FOLIO SCIENCE-FICTION

Matt Ruff

Un requin sous la lune

Traduit de l'américain par Guillaume Fournier

Gallimard

Titre original :

SEWER, GAS & ELECTRIC

Âgé d'une trentaine d'années, Matt Ruff est originaire de Philadelphie, où il vit. Cultivant le secret comme une plante rare, cet écrivain singulier n'accorde que très peu d'entretiens, et s'ingénie à brouiller les pistes. Le succès lui a donné raison, puisque son premier roman, *Fool on the Hill*, n'a eu besoin d'aucune promotion pour devenir un livre-culte underground dès sa sortie, en 1988, et obtenir le soutien enthousiaste du mythique Thomas Pynchon.

Pour Ayn Rand

Le registre social

RICHES

Harry Gant : président de Gant Industries
Amberson Teaneck : un raider corporatif mort

CLASSES MOYENNE ET SUPÉRIEURE

Joan Fine : une catholique libérale blanche
Lexa Thatcher : directrice de *The Long Distance Call*

Équipage du sous-marin Yabba-Dabba-Doo
Philo Dufresne : capitaine
Morris Kazenstein : second, et incarnation parfaite du *Wunderkind* juif américain
Irma Rajamutti : chef mécanicienne
Oliver, Heathcliff, Mowgli, Galahad et Little Nell Kazenstein : le personnel de la salle des machines
Vingt-Neuf Mots pour Neige : enfant trouvé du peuple inuit
Marshall Ali : mentor kurde de Vingt-Neuf Mots
Norma Eckland : officier des transmissions
Asta Wills : opératrice sonar

Osman Hamid : pilote
Jael Bolívar : biologiste du bord

Dirigeants
et autres attachés de presse de Gant Industries
Vanna Domingo : directrice de l'Opinion Publique
Clayton Bryce : chef de la Comptabilité Créative
Whitey Caspian : technicien de l'Opinion Publique
C. D. Singh : agent de pression auprès du Congrès
Bartholomew Frum : stagiaire
Fouad Nassif : autre stagiaire

Seraphina Dufresne, 19 ans : fille de Philo Dufresne (et de la défunte Flora Davis)
Rabi Thatcher, 7 ans : fille de Lexa Thatcher et de Philo
Ellen Leeuwenhoek : photographe et journaliste d'investigation au *Long Distance Call*
Toshiro Goodhead : strip-teaseur
Ernest G. Vogelsang : agent du département Anti-activités anti-américaines du FBI

CLASSES OUVRIÈRE, PAUVRE ET SURENDETTÉE

Kite Edmonds, 181 ans : vétéran canadienne de la guerre de Sécession
Maxwell : vétéran de la guerre du Libre-échange de 2007 en Afrique sub-saharienne
Troubadour Penzias : autre vétéran de la guerre du Libre-échange de 2007 en Afrique sub-saharienne
Chance Baker : capitaine du brise-glace *South Furrow*, puis du *Mitterrand Sierra*
Wendy Mankiller : capitaine du sous-marin de combat *City of Women*

Employés du Bureau Zoologique du département des Égouts de la ville de New York
Fatima Sigorski : responsable
Lenny Prohaska et Art Hartower : de la May Team 23
Eddie Wilder : stagiaire, May Team 23

Frankie Lonzo et Salvatore Condulucci : agents du service de capture de l'Aquarium de New York
Oscar Hill : chef scout malchanceux
Oblio Wattles : scout malchanceux

« J'éprouve un sentiment tout à fait curieux quand je me penche sur votre génération. Nous pensions, voyez-vous, que chaque génération se montrerait plus active, plus progressiste, et militerait pour davantage de justice et de paix. Mais mon plus jeune fils, âgé de 16 ans, me dit : "Papa, tu es tellement romantique, tellement archaïque. Tu t'imagines que les choses vont s'améliorer, qu'il y a encore de l'espoir, mais ça fait longtemps qu'on n'y croit plus." Et ensuite, il m'explique que la moitié du globe va être balayée par le sida, que la calotte glaciaire va fondre, que la forêt amazonienne aura disparu d'ici trente ans et que nous n'aurons plus d'oxygène, ce qui n'a pas d'importance de toute manière, vu que l'holocauste nucléaire aura lieu dans moins de sept ans, et si je me montre un peu dubitatif au sujet des dates, il affirme être en mesure de me les démontrer sur son ordinateur... Selon moi, si la prochaine génération doit apporter une contribution, c'est la découverte d'un moyen de lutter sans espoir pour le progrès social. Dans les années 60, voyez-vous, quand vous sautiez sur la terre, la terre vous renvoyait le choc, comme Einstein l'avait prédit. Nous savions que nous gagnerions toutes les batailles parce que chaque jour nous devenions plus grands. Chaque jour était nouveau, et le fait

de se tenir au bord de l'Apocalypse avait quelque chose de romantique. Mais peut-être votre vision actuelle est-elle la plus réaliste des deux... »

ABBIE HOFFMAN
à l'université
de Caroline du Sud, 1987

« On dit que les gens ne croient plus aux héros. Mon cul ! Toi et moi, Max, on va leur en donner, des héros. »

ROGER WARD,
dans le film Mad Max

Avertissement

> *Le but de l'histoire est de reconstruire le passé dans le respect et ses propres exigences, et non des nôtres. Toutes les époques, dit Ranke, sont également chères au cœur de Dieu. Mais les historiens, malgré tous leurs efforts, restent invariablement prisonniers de leur propre époque. « Aucun homme, écrit Emerson, ne peut s'émanciper tout à fait de son temps ou de son pays, ou produire un modèle dans lequel l'éducation, la religion, la politique, les mœurs et les arts de son temps n'auront pris aucune part. Malgré toute son originalité, sa force de volonté et son imagination, nul ne pourra jamais entièrement effacer de son travail la trace de la pensée dont il est issu. » L'historien, comme n'importe qui, est piégé à jamais dans la catégorie et le « présentisme » égocentriques de son péché originel.*
>
> ARTHUR M. SCHLESINGER, JR,
> *The Cycles of American History*

L'histoire qui va suivre ne doit pas être considérée comme une tentative sérieuse de se figurer à quoi ressemblera vraiment l'année 2023. L'anticipation historique est une entreprise vouée à l'échec, beaucoup moins drôle, de toute façon, que l'invention pure et simple.

La Trilogie des travaux publics s'intéresse uniquement à l'année 2023 telle qu'elle se présente en 1990, dans le bureau de cette maison de Boston où je rédige ces premiers mots.

Une année bien différente...

Égouts

1

Les égouts de New York ont reçu la visite accidentelle de plusieurs alligators, de quelques petits garçons et d'au moins un cheval. Les enfants et le cheval n'ont pas eu l'air d'avoir beaucoup apprécié, en revanche les alligators ont adoré.

ROBERT DALEY,
The World Beneath the City

Un homme seul dans les hauteurs

On n'irait pas dire qu'il n'avait pas été prévenu.

La bulle d'observation chatouillait la voûte du ciel quelque 814 mètres au-dessus des rues de la ville — un demi-mile de haut, en comptant large. Elle n'était pas ouverte au public. La plupart des visiteurs du Gant Phœnix étaient limités au pont Prometheus, au niveau 205, qui leur offrait déjà un point de vue plus élevé que n'importe quel autre bâtiment au monde, y compris le Gant Minaret de 701 mètres à Atlanta. Quelques rares amis, associés et hommes politiques triés sur le volet étaient autorisés à grimper plus haut — les jours de beau temps, où personne ne risquait de se faire emporter par une brusque rafale de vent — sur la terrasse du niveau 208, pour y respirer gratuitement l'air brumeux, raréfié, qui se vendait 7,50 dollars la bouteille d'un litre à la boutique de souvenirs du Phœnix. Mais seul Harry Gant lui-même s'était jamais autorisé l'escalade finale, cent mètres plus haut, le long d'une échelle d'entretien contenue dans l'aiguille du pinacle, puis à travers une trappe, jusqu'au grand globe de verre surnommé le nid d'aigle, le point culminant du plus grand édifice jamais bâti par la main de l'homme.

— Discutable, avait relevé plusieurs années auparavant sa directrice de l'Opinion Publique, quand ils avaient abordé pour la première fois son idée du nid d'aigle. Définitivement discutable du point de vue médiatique, cette façon de vous réserver un privilège.

— Pourquoi, discutable ?

Tous les deux étaient un peu éméchés sur le moment, et elle paraissait davantage perplexe que véritablement préoccupée, mais curieusement, le vin et l'humeur légère avaient rendu Gant plus attentif.

— Pensez à l'allusion biblique, Harry. Soyez certain que vous vous attirerez les commentaires vaseux d'un éditorialiste ou d'un présentateur TV.

— Comment ça ?

— Réfléchissez un peu : un homme de pouvoir debout dans les hauteurs, avec le monde étendu à ses pieds...

— Oh, dit-il, ça. Mais, attendez une seconde, je crois me souvenir qu'ils étaient *deux* dans les hauteurs, alors peut-être que...

— Personne ne va vous comparer à Jésus, Harry.

— Et pourquoi pas ?

— Parce que Jésus n'aurait voulu aucune des choses qu'il aurait pu apercevoir de là-haut, tandis que vous en voudrez des tas. Cinq minutes après avoir grimpé dans votre petit perchoir, vous aurez réfléchi à trois nouvelles gammes de produits dans lesquelles investir — toutes complètement délirantes, toutes menaçantes d'une manière ou d'une autre pour l'environnement ou le bien-être public, et toutes lucratives au bout du compte, en tout cas jusqu'au règlement des poursuites judiciaires. Cinq minutes plus tard, vous chercherez des yeux le site de votre prochain building, que vous voudrez vraisemblablement deux fois plus haut que celui-ci. Encore cinq de mieux, et vous aurez probablement envie de vomir, parce que vous savez aussi bien que moi que vous ne supportez pas les hauteurs.

C'était vrai : il ne supportait pas les hauteurs. Étrange aveu de la part d'un homme qui possédait deux super gratte-ciel et demi, ainsi que toute une série de tours plus modestes, mais c'était ainsi. Son aversion des trajets aériens était légendaire : préférant voyager par le rail lorsque c'était nécessaire, il avait bâti le réseau Lightning Transit, reliant une centaine de villes, forçant presque à lui seul la renaissance du rail américain au XXIe siècle. Parallèlement, Gant Industries avait porté la téléconférence en réalité virtuelle à un tel niveau de perfectionnement qu'il pouvait désormais assister simultanément à des réunions à Singapour, Prague, Tokyo et Caracas sans jamais quitter la *terra firma* de Manhattan.

Pas même les cañons et les pics artificiels de sa ville natale, bien qu'ils fussent les symboles de ce qui lui tenait le plus à cœur, ne parvenaient à guérir son acrophobie fondamentale. Quand il regardait au nord-ouest vers les flèches criardes du Riverside Arcadia de Trump, ou plus près, vers le Chrysler Building — dont les ridicules 177 étages lui appartenaient — ou au sud, vers les deux colosses jumeaux surplombant Battery Park, les émotions qu'il ressentait n'incluaient pas le désir frénétique de se ruer vers le premier ascenseur pour grimper au sommet.

Mais le Phœnix était différent. Pour commencer, c'était le sien : pas uniquement sa propriété, mais *son* building, *le plus haut building de tous les temps*. Quand il se tenait à son zénith — ou en haut du Minaret d'Atlanta, l'ex-plus haut building de tous les temps, même s'il ne s'y rendait plus très souvent — sa perception tout entière lui semblait transformée, comme s'il reposait non pas sur une géométrie grossière de béton et d'acier mais sur la seule force de sa volonté, une force que rien ne pourrait ébranler.

Ouais.

Pour être totalement honnête, la boutade de sa directrice à propos de ses nausées avait failli se vérifier — failli seulement. Le Gant Phœnix avait été inauguré officiellement en juin 2015, mois marqué par quelques-unes des plus violentes tempêtes jamais essuyées par la côte Est depuis plus d'un siècle. Tandis que les oiseaux de mauvais augure s'alarmaient de la détérioration du climat planétaire, Gant avait invité un après-midi la fine fleur de la ville au pont Prometheus pour y contempler le feu d'artifice gratuit. Une batterie de soupapes incorporées dans la superstructure du bâtiment avait aidé à neutraliser son balancement dans le vent ; le punch de la victoire avait bien un peu tremblé dans son saladier, mais après un petit détour par le buffet, où tous les hors-d'œuvre avaient été assaisonnés de Dramamine, le mal de mer des invités avait cédé le pas à l'amusement.

— À votre place, je ne monterais pas au nid d'aigle tout de suite, Harry, lui avait conseillé son architecte. Pas aujourd'hui.

— Pourquoi ? Vous avez peur de la foudre ?

— Pas de la foudre. Du vent. La pointe sera beaucoup moins stable que le reste du bâtiment.

— Aucun problème, avait dit Gant. Tant qu'elle ne se brise pas...

— Elle ne se brisera pas. Si vous agitez une canne à pêche au-dessus de votre tête, elle ne se brisera pas non plus, mais je ne pense pas que vous teniez à vous asseoir au bout.

— Hmm, avait fait Harry Gant. Merci du conseil. Je vais peut-être reprendre quelques hors-d'œuvre.

Une heure plus tard, il se trouvait dans la bulle de verre, secoué dans tous les sens comme un aérostier égaré dans un cyclone. S'accrochant comme un perdu à la fine main courante qui était le seul aménagement du nid d'aigle, il avait senti sa gorge se soulever et avait été à deux doigts de repeindre son perchoir de canapés à la Dramamine. Seule une vision fugitive l'avait sauvé, car soudain les dieux de l'orage lui avaient accordé une vue dégagée de la terrasse du niveau 208, où une photographe blonde, assurée tant bien que mal par un câble de chantier, luttait pour le prendre au téléobjectif. Gant avait fait de son mieux dans les quelques secondes dont il disposait ; il avait réprimé les soubresauts de son estomac rebelle, s'était redressé et avait pris une pose altière, figeant ses traits dans un air de calme détermination. Le ciel avait explosé autour de lui ; en contrebas, un obturateur à grande vitesse avait cliqueté.

La photo était passée en couverture du *Rolling Stone* du mois suivant, avec le sous-titre HARRY DENNIS GANT : UN CAVALIER DE L'ORAGE DES TEMPS MODERNES. Si son visage éclairé par la foudre évoquait quelque peu un certain ange déchu aperçu pour la dernière fois cabriolant sur le mont Chauve, il n'en restait pas moins que le portrait était foutrement impressionnant. À dater de ce jour, Harry Gant cessa de se préoccuper des allusions bibliques, même s'il ne dédaignait pas d'en jouer lui-même à l'occasion.

On pouvait en apercevoir un bon exemple — ainsi qu'une preuve supplémentaire de la prescience de son ancienne directrice — au nord de Manhattan, où une ziggourat moderne posait sa propre candidature à la grandeur. À partir de fondations circulaires couvrant plusieurs blocs du quartier déshérité où elle avait jeté ses fondations, elle s'incurvait vers le haut en une succession de marches démesurées, tel un purgatoire à l'armature d'acier drapé de verre noir translucide. En ce jour d'octobre 2023, elle atteignait presque la hauteur du Phœnix ; d'ici Thanksgiving elle l'aurait dépassé, et le nid d'aigle s'en trouverait diminué d'autant. D'ici la fin de la décennie, si Harry Gant avait son mot à dire, elle aurait franchi la barre du mile.

Il l'avait baptisée Babel. La Nouvelle Babel de Gant, la tour fabuleuse enfin achevée après une attente de cinq millénaires. Niveaux inférieurs disponibles à prix spécial pour une occupation précoce, nous consulter pour les détails.

— Vous ne craignez pas de tenter le sort en lui donnant ce nom-là ? demandaient invariablement les intervieweurs, lui offrant ainsi plusieurs millions de dollars de publicité gratuite. Vous n'avez pas peur que l'histoire se répète ?

— Pas le moins du monde, répondait Gant. Nous sommes dans une ère nouvelle, mesdames et messieurs. Si vous voulez mon avis, je crois que Dieu n'a annulé le projet babylonien que parce qu'Il attendait les personnes capables de faire un boulot digne de ce nom.

Une ère nouvelle : l'anglais était désormais la langue universelle, une langue universelle qui s'était déjà scindée en des milliers de dialectes, pour en ressortir plus forte que jamais. L'humanité était montée au Ciel à bord de ses chariots de feu et revenue pour en parler. En ce qui concernait Dieu, s'Il n'était pas déjà américain de cœur, prêt à soutenir et à défendre la réussite américaine, ma foi, quand Harry Gant et le département de l'Opinion Publique en auraient fini avec Lui, Il le serait.

En bas dans les cañons avec Eddie Wilder et Teddy May

Okay, reconnaissons que la vie pouvait sembler un tout petit peu moins enthousiasmante au fond des cañons de la ville ; certaines portions de trottoirs n'avaient pas connu la lumière du soleil depuis des décennies et les citoyens, qui ne pouvaient guère s'équiper d'une version individuelle des soupapes stabilisatrices du Phœnix, devaient lutter de leur mieux contre les microrafales qui rugissaient entre les gratte-ciel. Mais ce n'était pas une raison pour ne pas profiter de cette magnifique journée.

Prenons Eddie Wilder, par exemple, récemment débarqué de Moose Hollow, dans le Maine, en route ce matin-là vers son nouveau travail, avec le pas vif et nerveux d'un futur maître du monde. Tout fringant dans son uniforme vert et blanc du département des Égouts, il déboucha du métro à l'angle de la 34e et de Broadway et s'arrêta pour musarder un peu. D'après la rubrique « Vie quotidienne » d'*USA Today*, Moose Hollow était l'un des dix endroits les plus défavorisés d'Amérique continentale du point de vue technologique, et pour Eddie, premier membre de trois générations de Wilder à découvrir une ville plus importante que Bangor, tout paraissait nouveau et excitant : les nègres électriques vendant les journaux à la criée au coin des rues, le ballet des taxis anticollision dans les rues animées, l'architecture monolithique occultant l'horizon dans toutes les directions.

Harry Gant aurait été fier, sinon surpris, d'apprendre que le Gant Phœnix était entre tous les buildings de Manhattan le favori d'Eddie Wilder. Naturellement, si vous aviez posé directement la question à l'intéressé, il vous aurait répondu que son favori était l'Empire State Building. Il ignorait qu'il n'existait plus d'Empire State Building depuis cette nuit de Noël 2006 où un 747-400 avait été frappé par une météorite aussitôt après son décollage de Newark International et s'était abattu en flammes au-dessus de l'Hudson. Le célèbre chroniqueur de catastrophes Tad Winston Peller avait décrit l'accident avec force détails dans son best-seller *Chicken Little et le vol 52* [1], mais comme il n'y avait pas la moindre librairie ou bibliothèque à Moose Hollow, Eddie Wilder ne l'avait jamais lu.

De même — le seul journal de Moose Hollow, le *Hollow Point*, s'intéressant presque exclusivement à la chasse et à la cuisine du gibier — il n'avait jamais lu aucune des coupures de presse dans lesquelles le jeune et brillant magnat de la finance Harry Gant jurait de rebâtir le célèbre gratte-ciel en un temps record, « mais plus contemporain, avec un nouveau nom, et deux fois plus haut ». L'erreur d'Eddie était donc compréhensible. Si le Phœnix semblait bien un peu démesuré par rapport à la carte postale en noir et blanc ramenée par son arrière-grand-père à son retour de la guerre de Corée, ma foi, les choses sont toujours plus grandes en réalité qu'elles n'apparaissent en photo, pas vrai ?

La seule réserve d'Eddie à propos du Phœnix concer-

1. Chicken Little, ou Petit Poulet, est le personnage d'un conte pour enfants, convaincu que le ciel est en train de s'écrouler et qui persuade d'autres amis animaux de l'imminence du désastre.

nait les enseignes publicitaires électriques, gigantesques toiles lumineuses suspendues approximativement aux trois quarts de la hauteur, défiguration choquante d'un monument historique. Il y en avait quatre, hautes d'environ vingt étages chacune, réparties sur les quatre faces du gratte-ciel. Les publicités effectuaient une rotation dans le sens des aiguilles d'une montre tous les quarts d'heure, si bien que lorsque la marque Coca-Cola regardait vers l'ouest, par exemple, on savait qu'il était entre le quart et la demie. La publicité présentement tournée vers l'ouest, cependant, ne disait absolument rien à Eddie, ce qui ne faisait qu'ajouter à son irritation, comme une blague qu'il serait trop bête pour comprendre. Elle évoquait une page arrachée à un calendrier géant, sauf qu'elle ne portait aucune date, juste un nombre, 997, qui se découpait en rouge sur fond blanc.

— Pas la peine de faire cette tête-là, fit une voix. Personne ne sait ce que ça veut dire, pas même Harry.

Eddie se retourna pour découvrir une femme d'à peu près sa taille, aux traits sans beauté mais affichant au coin des yeux et de la bouche le genre de rides malicieuses qui trahissaient une bonne humeur chronique. Ses cheveux — sans grâce eux aussi, d'un châtain tout à fait banal — étaient ramenés en arrière en queue de cheval ; d'un âge indéterminé, elle pouvait avoir entre 35 et 45 ans. Une cigarette se consumait entre les doigts de sa main droite ; de la gauche, elle tenait négligemment un exemplaire du dernier feuilleton BD de la Marvel-DC, *Joan of Arc Returns*.

D'ordinaire, Eddie se serait intéressé à la bande dessinée — lui-même était un fervent abonné de *Spiderman* —, mais il était désormais à New York et tenait à adopter aussi rapidement que possible une attitude de citadin dans le coup. Alors il désigna plutôt la cigarette et dit, avec une grossièreté qu'il espérait appropriée :

— Vous savez que vous ne devriez pas fumer ça.

Elle répondit en tirant une bouffée, sans méchanceté — elle ne lui souffla pas la fumée à la figure — mais comme pour signifier qu'elle avait déjà longuement réfléchi à la question, et depuis longtemps.

— C'est vrai, je ne devrais pas. (Elle ajouta avec un clin d'œil :) Ne reste pas planté là. Tu vas te mettre en retard à ton travail.

Là-dessus elle descendit du trottoir, leva la main ; un taxi contourna adroitement un van de livraison garé en double file et s'arrêta pile devant elle. Ce n'est qu'en voyant le taxi tourner au coin qu'Eddie se rendit compte qu'elle portait un uniforme pareil au sien.

Tu vas te mettre en retard... Il vérifia l'adresse sur sa lettre d'embauche et se mit en marche vers l'ouest, en direction de l'Hudson. Le bâtiment de brique hébergeant le Bureau Zoologique du département des Égouts se trouvait sur la 11e Avenue, en face du Jacob Javits Convention Center. Eddie arriva à l'heure et se présenta au bureau d'enregistrement, où une responsable du nom de Fatima Sigorski le porta sur son registre.

— Tu vas accompagner la May Team 23, lui dit-elle. Tu seras avec Joan Fine, Art Hartower et Lenny Prohaska. (Elle poussa vers lui une paire de plaques d'identification en plastique à travers le bureau.) Porte-les sur toi en permanence pendant les heures de travail.

— Pour quoi faire ?

— Pour nos fichiers. Au cas où tu serais mis en indisponibilité définitive d'une manière qui rendrait ton identification difficile. (Elle désigna une porte entrebâillée à l'autre bout du hall.) La salle de briefing est là-bas. Tu y trouveras Hartower et Prohaska. Hartower est maigre et dégarni, avec une tête d'agent du fisc entre deux âges. Prohaska est pareil, sauf qu'il porte un zircon à une narine. Il vient de Californie.

— Et miss Fine ?

— Je crois qu'elle est aux toilettes pour le moment.

— Oh.

La salle de briefing était arrangée comme ces petites pièces secondaires des multiplexes, avec des chaises en plastique rouge disposées face à un minuscule écran holographique. Eddie compta près d'une trentaine d'hommes et de femmes, tous en uniformes du département à différents degrés d'usure ; apparemment, il était le seul nouveau. Hartower et Prohaska, debout sous une très vieille photo dans un cadre, parcouraient ensemble un exemplaire du *New York Times*. Le cliché, qui occupait manifestement une place d'honneur, montrait une espèce de clochard en train de se hisser hors d'une bouche d'égout.

Eddie s'approcha et se présenta à ses nouveaux collègues. Puis il demanda, avec un signe de tête en direction de la drôle de photo :

— Qui est ce type ?

— Ce type, dit Prohaska avec un frémissement de narine qui fit trembler son zircon, c'est Teddy May.

— Le plus grand bonhomme à avoir jamais sillonné les égouts de la ville, ajouta Hartower. Dieu le bénisse, et qu'il repose en paix.

— Que lui est-il arrivé à l'œil droit ?

— Accident du travail, expliqua Prohaska. Il s'est ébouillanté la figure en réparant un conduit de vapeur dans un tunnel d'entretien. Tout en repoussant simultanément deux alligators...

— Des alligators ? fit Eddie.

— ... seulement, quand il a eu réglé le problème, il a regagné la surface par une température de - 22 — - 40, avec le vent qu'il faisait — vu qu'on était en hiver. La transition du chaud au froid lui a paralysé chacun des muscles et des nerfs de la paupière.

— Une minute, objecta Eddie. Des alligators dans les égouts ? Je croyais que ce n'était qu'une histoire !

— Quelle histoire ?

— Vous savez : ce livre du type que personne n'était autorisé à prendre en photo.

— Tu as lu le livre du type que personne n'était autorisé à prendre en photo ?

— Bien sûr que non. Personne ne l'a jamais lu. Et de toute façon, je ne lis pas de livres. Mais même chez nous, à Hollow, tout le monde connaît *l'histoire.*

— Eh bien, dit Hartower, Teddy May l'a vécue.

— Alors c'est ça, notre travail au Bureau Zoologique ? La chasse aux alligators ?

— Ne sois pas ridicule, s'esclaffa Prohaska. Teddy May et ses hommes ont éliminé les derniers dans les années 30.

— Bon, reconnut Hartower, c'est vrai qu'on rencontre de temps en temps un *gavialis gangeticus* en train de barboter sous Little India ou Little Pakistan, voire un *crocodylus niloticus* tous les trente-six du mois, mais des alligators, jamais.

Fatima Sigorski entra dans la salle de briefing et tapa dans ses mains pour attirer l'attention.

— Okay, tout le monde, on va pouvoir commencer.

— Reste avec nous, dirent Prohaska et Hartower en entraînant Eddie vers un trio de sièges au fond de la salle.

Comme Fatima allait refermer la porte, une femme au visage familier portant une queue de cheval se glissa à l'intérieur ; Eddie sentit de sa place l'odeur du tabac, alors que le bâtiment tout entier était clairement affiché comme une zone non fumeurs.

— Hé, dit-il, en la montrant du doigt. Je la connais. Qui est-ce ?

— Le dernier membre de notre équipe, répondit

Hartower. Joan Fine. (D'un air de conspirateur, il ajouta :) Ex-Mrs Gant.

— Gant ?

— L'ex-femme du milliardaire, précisa Prohaska. Elle était à la tête du service des relations extérieures de Gant Industries en tant que directrice de l'Opinion Publique. Autrefois.

— Non seulement ça, renchérit Hartower, mais c'est aussi la fille éprouvette illégitime de sœur Ellen Fine, la nonne renégate qui dirigeait la croisade des sœurettes catholiques dans les Années Sombres.

— Les sœurettes catholiques ?

— Tu sais bien : ces lesbiennes brûleuses de soutanes qui voulaient l'autorisation papale d'être ordonnées et d'avoir des enfants.

— Oh, fit Eddie qui ne savait pas du tout. Mais, si sa mère était une nonne gouine et son ex-mari un milliardaire, que diable fiche-t-elle dans les égouts ?

— Pénitence.

Les ouvriers étaient tous installés, maintenant ; Fatima Sigorski tapa dans ses mains une fois de plus pour réclamer le silence.

— J'ai ici la version complète du rapport tactique de ce mois-ci, commença-t-elle en brandissant un calepin électrique. Comme d'habitude, c'est un mélange de bonnes et de mauvaises nouvelles. Le bon travail de notre service de Brooklyn a permis d'éradiquer virtuellement l'invasion de *serrasalmus nattereri* en dessous de Park Slope. Dans les points négatifs, la nuit dernière, le grand-père du propriétaire d'un restaurant cubain a été électrocuté dans les toilettes du sous-sol par ce qui m'a tout l'air d'être un *electrophorus electricus*. Il n'y a pas eu de témoins et la police penche pour une sorte d'escroquerie à l'assurance, alors nous attendrons confirmation pour prendre des mesures officielles. Mais emportez quand même une paire de cuissardes à semelles isolantes si vous devez naviguer sous le Spanish Harlem...

Joan Fine était assise dans les premiers rangs, tenaillée par l'envie de fumer. Mais si Fatima Sigorski la laissait s'envoyer en douce quelques cigarettes dans les toilettes des femmes, elle interdisait jusqu'aux chewing-gums pendant les réunions, si bien que le seul outil de détente de Joan était son rosaire, avec lequel elle joua dans sa poche tout au long du briefing.

Sa mère le lui avait offert le jour de sa première confession, et bien que tout ce que Joan avait confessé fût un juvénile dédain pour la théologie catholique romaine, elle avait conservé le rosaire en guise de porte-bonheur. Ses grains étaient en résine acrylique bon marché, mais le crucifix était en argent massif, ciselé par une carmélite repentie qui jouait les maîtres joailliers à ses moments perdus. La couronne d'épines du Christ avait été minutieusement rendue au stylet laser et, quand on la tenait à la lumière, elle projetait contre le mur la prière de la cabale des sœurettes catholiques en minuscules lettres de feu :

LES FOUS SE PRÉCIPITENT OÙ LES ANGES CRAIGNENT DE S'AVENTURER. DIEU NOUS DONNE LA FOLIE DE MENER NOTRE COMBAT.

Joan pensait que ce ne serait pas une mauvaise devise non plus pour le département des Égouts du Bureau Zoologique. Raison pour laquelle, bien sûr, elle avait pris ce travail.

— Maintenant, en ce qui concerne la mission du jour, j'ai bien peur d'avoir confirmation de cette nouvelle espèce dont je vous ai touché deux mots vendredi dernier. Peut-on couper la lumière, s'il vous plaît ? (Les plafonniers s'éteignirent docilement.) La séquence que vous allez voir a été tournée par la May Team 67 juste avant que l'équipe au complet ne soit mise en indisponibilité définitive. Envoyez la bande.

Elle fit un pas de côté, et l'écran tridimensionnel s'alluma en scintillant. La séquence avait été filmée depuis une caméra installée à l'arrière d'une des barges de patrouille blindées du département. La barge remontait un grand tunnel large comme un canal, et il était tout de suite évident que quelque chose n'allait pas : à en juger par le bouillonnement d'écume soulevé par la barge, soit le pilote affrontait un putain de courant contraire, soit, plus vraisemblablement, il s'éloignait d'un danger à fond les gaz.

Comme elle empruntait un virage serré, on entendit une série de coups de fusil à pompe et l'écho des détonations de plusieurs pistolets de gros calibre : les membres de la malheureuse May Team vidaient leurs armes dans l'eau boueuse. Sans résultat, car soudain une forme massive jaillit du sillage de la barge, ouvrant une gueule béante bardée de crocs tranchants comme des rasoirs.

Dans la salle de briefing, les spectateurs se tassèrent dans leurs sièges tandis que le monstre bondissait à travers l'écran dans une 3D impeccable ; il ne retomba pas. À ce moment précis, probablement une demi-seconde avant que la caméra ne soit arrachée de son support, le projectionniste avait remonté la bande en boucle, de sorte que la créature restait figée sur place, dressée à demi hors de l'eau, tressautant d'avant en arrière comme pour se présenter à l'inspection.

— *Carcharodon carcharias*, dit Fatima Sigorski tandis que les ouvriers terrifiés reprenaient leur sang-froid. Identification positive de nos amis du zoo du Bronx. On ignore encore comment il est arrivé là, mais le QG penche pour un poisson domestique jeté dans la cuvette. Ça, ou une nouvelle blague des petits malins du département d'Ichtyologie de NYU.

Choqué, Eddie Wilder lança :

— C'est un putain de grand requin blanc !

Joan Fine se retourna au son de cette voix. Il s'était levé à moitié et restait figé là, tremblant de partout, tandis que Prohaska et Hartower, l'agrippant chacun par un coude, tentaient de le faire rasseoir.

— Ta gueule, siffla furieusement le premier. Boucle-la, et tiens-toi peinard. Tu veux vraiment prendre un blâme dès le premier jour ?

Joan sourit. Eddie finirait probablement par l'irriter, mais elle ne put s'empêcher d'aimer de prime abord une innocence pareille, qui n'avait pas encore appris les vertus du tact ou de l'euphémisme.

Fatima, toutefois, ne goûtait pas ce manquement aux usages.

— C'est un *carcharodon carcharias*, gronda-t-elle en insistant sur chaque syllabe de la formulation latine. Un *carcharodon carcharias* mutant adapté à son environnement. Je compte que vous saurez vous en souvenir si vous passez à portée de micro d'un journaleux. Il n'y a qu'une chose dans les égouts qui ait un nom de moins de dix lettres, et ce n'est pas « requin ».

— Désolé, dit Eddie. Désolé, mais on dirait vraiment un...

— *Par ailleurs*, le QG persiste à vouloir assigner des noms de code aux membres les plus remarquables d'une espèce donnée. Même si rien n'indique que nous en rencontrerons plusieurs — le Ciel nous en préserve — il a été décidé que chaque *carcharodon* serait désormais baptisé d'après le nom d'une marque de bière. Celui-ci, dit-elle en indiquant l'hologramme qui tressautait toujours, s'appellera Meisterbrau. C'est le nom que je veux vous entendre employer si vous en discutez au déjeuner. Pas Smiley, pas les Dents de la Mer, pas Mackie-le-Surineur mais *Meisterbrau*. Compris ?

Eddie acquiesça timidement.

— Bon, d'après nos renseignements, Meisterbrau chasserait dans les tunnels autour du collecteur de Times Square. Ordre à toutes les May Teams de converger vers cette zone avec un armement maximal. Les chefs d'équipe, n'oubliez pas de signer la feuille de sortie des armes, et allez vous chercher un nègre dans la réserve. Aujourd'hui, on nous signale aussi un niveau plutôt élevé de méthane et autres gaz toxiques, alors veillez bien à remplir vos bonbonnes d'oxygène. Ce sera tout, jeunes gens. À vos barges, bonne chance, et gare à vos fesses là-dehors. Et *surveillez votre vocabulaire.*

Le programme du matin

Une voix désincarnée polie jaillit du poignet d'Harry Gant.

— Huit heures et quart, monsieur.

Il releva sa manche pour dévoiler le visage de Dick Tracy, réduit aux dimensions d'une montre à quartz. Il lui caressa le menton avec le pouce et dit :

— C'est vous, Toby ?

— Oui, Mr Gant. Miss Domingo m'envoie vous dire qu'il est temps de descendre.

— Quel est le programme de la matinée, Toby ?

— Vous devez prononcer un discours à l'Institut Gant des Médias et Techniques pour enfants immigrants à 9 heures, monsieur. Ensuite, vous avez une réunion de crise avec le département de l'Opinion Publique concernant le pirate Philo Dufresne. Et, bien sûr, le problème nègre.

— Oh, dit Gant, ça. Toby ?

— Oui monsieur ?

— Y a-t-il quelque chose de spécial dont je devrais me souvenir aujourd'hui ? Pas professionnel, vérifiez mon agenda personnel.

— Oui, monsieur.

Sur la terrasse du niveau 208, le domestique automatique se gratta la tempe d'un doigt sombre. Puis il annonça :

— Vous songez peut-être à votre anniversaire de mariage, Mr Gant. C'est-à-dire que ce *serait* votre anniversaire aujourd'hui, si vous étiez encore...

— Exact, fit-il en claquant des doigts. La veille d'Halloween, c'est drôle que je puisse oublier ça.

— L'ex-Mrs Gant, ajouta Toby, a également un anniversaire en vue le mois prochain. Son quarante et unième. Et vous aurez 43 ans la semaine prochaine.

— Exact, exact. Okay, Toby, dites à miss Domingo que je vais descendre bientôt. Dites-lui aussi que je veux six télévisions portables pour la couverture médiatique de ce truc à l'école à 9 heures. C'est tout.

— Oui, monsieur, fit le domestique avant de couper.

Gant s'attarda encore une minute dans son nid d'aigle. *Cette bonne vieille Joan*, pensa-t-il, avec un soupçon de regret mais sans aucune amertume. La dernière fois qu'il avait eu des nouvelles de son ex-femme, elle avait un emploi de prolétaire et dirigeait un foyer de sans-abri dans le Bowery. Un piètre usage de ses talents... Mais il sourit quand même, car le fait de penser à Joan lui ramenait en mémoire le passé en général, et le passé en général lui faisait penser à lui-même, à cette histoire emblématique du rêve américain qu'était sa vie.

Harry Dennis Gant, né en 1980 sur la banquette arrière d'une vieille Toyota défoncée garée sur une aire d'autoroute de Jersey. Sa mère employée de chantier, son père instituteur, tous les deux au chômage et sans-abri à l'époque, avec la Toyota agonisante comme ultime possession. Et pourtant, malgré ces débuts modestes — l'équivalent au XXe siècle, aimait à penser Harry Gant, d'une naissance dans une étable — voyez un peu ce qu'il était devenu en quarante-trois ans à la force du poignet, voyez ce qu'il avait accompli. Et sa vie était loin d'être achevée, très loin.

L'amour de soi et de son pays alluma un feu dans son âme, le réchauffant pour la journée à venir. Il était heureux d'être en vie ; heureux d'avoir un si merveilleux cadeau — le don de l'inspiration — à offrir aux étudiants surdoués auxquels il s'adresserait d'ici une heure. Sur un signe de tête respectueux devant le spectacle de la ville à ses pieds, il souleva la trappe du nid d'aigle et descendit le long de l'échelle.

Un mot du problème nègre

Le problème nègre qui tracassait Gant Industries ne doit pas être confondu avec le problème afro-américain, qui était simplement qu'il n'existait plus aucun Afro-Américain, ni même d'ailleurs aucun Africain noir, du moins aucun que vous auriez pu inviter à dîner. Au début du XXIe siècle, une mystérieuse peste noire, au sens littéral, dont l'origine et la cause demeuraient totalement inconnues, avait transformé des villes entières des États-Unis en villes fantômes, vidant le Nigeria et trois douzaines d'autres nations sub-sahariennes de tous leurs habitants, et chassant les quelques poignées de survivants vers une série de refuges coupés du monde. Le célèbre chroniqueur de catastrophes Tad Winston Peller avait écrit un best-seller à ce sujet : *Tout aurait démarré en Idaho : récit de la pandémie noire de 2004*. Ce livre très populaire avait servi de trame de base à pas moins de sept miniséries, sans parler d'un feuilleton de science-fiction hebdomadaire, *Cœur sombre, planète rouge*, sur une famille d'astronautes fanatiques de jazz qui avait échappé à l'extinction en se trouvant sur Mars à l'époque de la pandémie. Mais ceci est une autre histoire. Le problème nègre n'avait rien à voir avec une question de maladie ou de télévision câblée ; c'était une simple affaire de marketing.

L'androïde à motivation autonome — testé sur le marché par une filiale de la Disney en 2003 et produit en masse par la jeune Gant Industries sous le nom de domestique automatique en 2007 — s'était d'abord imposé comme un substitut de main-d'œuvre bon marché. Les premiers androïdes, conçus dans un but plus fonctionnel qu'esthétique, avaient à peine figure humaine, mais Harry Gant, anticipant le jour où ses domestiques seraient présents dans les foyers au même titre que dans les mines et les usines, avait insisté sur une ligne plus séduisante. Et ainsi, à partir de 2010, il était devenu possible d'acquérir des domestiques automatiques dans une large sélection de couleurs de peau et de somatotypes réalistes. Gant, fervent adepte d'une offre diversifiée, n'avait rien fait pour encourager ses commerciaux à vendre un modèle plutôt qu'un autre ; il fut aussi surpris que tout le monde que le modèle AS204 — le domestique automatique de couleur noire — se mette à dépasser tous les autres modèles réunis selon une marge de dix contre un sur l'échelle des ventes.

Pendant longtemps, cette disproportion ne sembla pas devoir poser de problème en termes d'image. Les gens paraissaient s'en moquer ; en fait, ils semblaient même étrangement réconfortés par cette soudaine prolifération de domestiques à la peau sombre, tous plus polis et travailleurs les uns que les autres. Le secret de la publicité d'entreprise est le désir fondamental de chacun d'entre nous de minimiser ou de détourner les yeux d'une réalité cruelle ; en ce sens, les AS204 agissaient comme une armée de Sidney Poitiers et de Hattie McDaniels envoyée pour exorciser le souvenir de la pandémie africaine. Mais ce secret porte en lui les germes d'une dangereuse culpabilité, et quand Harry Gant apprit qu'une héritière des DAR[1] avait acheté trois cents domestiques pour animer une sorte de parc d'attractions à la gloire du Sud d'avant la guerre de Sécession dans sa plantation, il pesa de tout son poids d'annonceur pour tenir les médias à l'écart de l'histoire.

En revanche, il ne pouvait pas contrôler l'évolution du vocabulaire. Le philologue de l'université d'Oxford que salariait le département de l'Opinion Publique de Gant situait entre 2014 et 2016 l'arrivée de l'expression *nègre électrique* dans l'anglais populaire.

Nègre électrique : un surnom déplaisant qui, non content d'être terriblement irrespectueux à l'égard des morts, entraînait une foule d'associations d'idées dont Gant Industries se serait volontiers passée. Il était d'abord apparu dans la presse et la vidéo, surgissant au hasard de diverses publications à diffusion nationale ou au détour d'une allusion dans un talk-show de fin de soirée. Vanna Domingo et le département de l'Opinion Publique avaient répliqué par un barrage de fax outragés et de menaces de boycott publicitaire. Le problème sembla se volatiliser un temps, pour mieux refaire surface lorsqu'un groupe de country-metal du Delaware sortit un succès sur CD intitulé *Electric*

1. *Daughters of the American Revolution* : association nationaliste d'extrême droite réunissant des femmes américaines dont les familles se trouvent en Amérique depuis la guerre d'Indépendance.

Negroes on the Neon Prairie. À dater de ce jour du mois d'août, même le *Wall Street Journal* avait employé l'expression — dans un gros titre, pas moins — et la bataille pour maintenir les *nègres électriques* hors du vocabulaire des médias semblait bel et bien perdue.

Voilà quel était le problème nègre. Un problème mineur, Harry Gant aurait été le premier à en convenir : jusqu'à présent, les ventes n'en avaient pas souffert et le public, dans son ensemble, continuait à se dire satisfait de ses domestiques, quel que soit le nom qu'on leur donnait.

Mais en réalité, Harry Gant avait encore beaucoup à apprendre des nègres électriques et des problèmes qu'ils pouvaient entraîner.

Timex présente

Joan pendit son rosaire à son cou avec ses plaques d'identification. Bien qu'elle ait quitté le giron de l'Église depuis longtemps, elle se préparait à la journée à venir avec une détermination et un respect qui auraient fait la fierté d'un jésuite ; elle endossait ses armes et son équipement comme s'il s'agissait d'objets de culte. Cette concentration matinale suscitait toujours quelque commentaire de Prohaska, pour qui les égouts ne représentaient somme toute qu'un travail comme un autre — avec une plus grosse prime de risques.

— Prête à batailler de nouveau contre les forces du mal ? s'enquit-il en désignant le crucifix. C'est une religion morte, tu sais.

— Je sais, dit Joan en remontant la fermeture éclair de sa combinaison synthétique, censée la protéger des produits toxiques et autres germes, au cas où elle se retrouverait à l'eau. Et toi, Lenny, quel est ton credo, ces derniers temps ?

— L'adoration de Pan. (Il lui montra une écharde de bois pétrifié.) La puissance païenne des arbres. Vachement écologique.

Joan s'esclaffa.

— La puissance des arbres. Voilà qui devrait beaucoup t'aider, en bas, dans la merde. Au fait, ne m'avais-tu pas dit que Teddy May était catholique ?

— Sûr. À l'époque où on chassait les alligators au calibre .22 et au raticide.

— Et tu me traites de traditionaliste.

Elle prit une bonbonne d'oxygène sur un râtelier et l'attacha dans son dos. Derrière elle, elle entendit Hartower mettre au parfum un Eddy quelque peu circonspect.

— Les grenades se fixent à la ceinture, comme ça, expliquait-il. N'y touche jamais sauf en situation de vie ou de mort, vu ? Ensuite...

— Minute, le coupa Eddie, une minute. Le fusil à pompe à canon scié, je connais, mais le reste... Ne suis-je pas supposé suivre une sorte d'*entraînement* ou, je ne sais pas, une sorte de formation militaire ?

— Le Bureau Zoologique n'en a pas les moyens. Un quart de l'argent que nous recevons du département des Égouts passe en équipement et munitions, les trois quarts restants couvrent l'assurance. Vois le bon côté des choses : si ton inexpérience t'envoie prématurément à la retraite éternelle, ta famille décroche le gros lot...

Joan s'approcha du box d'inventaire pour signer le bon de sortie des quatre tenues de travail.

— J'aurais besoin aussi d'une clef pour le domestique, dit-elle en glissant sa carte du syndicat sous un lecteur optique.

Le jeune homme aux lèvres pincées à l'intérieur du box lui tendit la clef sans faire de commentaire. Il passait un diplôme d'histoire de l'art à l'université de Columbia et travaillait à temps partiel pour payer son loyer ; à ses yeux, ceux qui choisissaient de faire carrière dans les Égouts ne pouvaient être que des cinglés. Mieux valait ne pas engager la conversation avec eux.

Les domestiques automatiques du Bureau étaient remisés au fond du dépôt, derrière les pièces de moteurs des barges. Joan trouva celui qui correspondait à sa clef et défit le cadenas en kryptonite qui le retenait au mur. C'était une ancienne version de l'AS204, fabriqué à l'époque où les ingénieurs de Gant en étaient encore au stade expérimental concernant les articulations ; bien qu'il s'appliquât à reproduire une gamme de mouvements naturels, il faisait parfois certains gestes — comme plier ses coudes à l'envers — assez horribles à voir. Son épiderme, usé par des années de service dans une géhenne hostile, affichait plus de ressemblance avec un cuir éraflé qu'avec une peau humaine. Joan ne savait pas trop si elle préférait ce type de domestique ou les derniers modèles, pratiquement impossibles à distinguer des êtres humains ; peut-être ni l'un ni l'autre. Quelque part, son dieu gauchiste pestait contre le concept d'automates en général.

— Debout, Harpo 115, ordonna Joan en lisant le nom et le numéro sur le badge d'identification du domestique.

L'automate ouvrit les yeux, deux caméras vidéo jumelées dissimulées derrière de faux iris chocolat. Il fit le point sur elle et lui adressa un large sourire, comme s'il retrouvait une vieille amie perdue de vue depuis longtemps.

— Zippiti-doo-*day* ! lança-t-il en manière de salut. (Comme tous les domestiques, il s'exprimait sans desserrer ses dents de céramique, pour camoufler le fait qu'il ne possédait pas de langue mais juste une boîte vocale électrique.) Ce n'est pas une journée *magnifique* ?

— Harpo 115, lui demanda Joan, as-tu jamais connu une journée qui n'était *pas* magnifique ?

Le domestique, modèle bas de gamme destiné au travail de force et dont le programme ne contenait que des rudiments de conversation, se contenta d'élargir son sourire et de répéter :

— Zippiti-doo-*day* ! Eh, et si on se mettait au travail ?

Flanquée du domestique, Joan retourna chercher Hartower et Prohaska, ainsi qu'Eddie — parvenu à endosser son équipement complet mais paraissant toujours aussi embarrassé avec. Un monte-charge les fit descendre jusqu'aux barges, amarrées à un quai de béton le long d'un lagon artificiel, quelque quinze mètres sous le Javits Center. Il y en avait sept, des embarcations blindées à fond plat équipées de projecteurs et de caméras holographiques en poupe et en proue. Celle dans laquelle ils embarquèrent portait la mention *M. Team 23* barbouillée à la peinture blanche sur la coque. Prohaska lança le moteur tandis qu'Hartower larguait les amarres et que Joan vérifiait la trousse de secours du bord. Ils avaient suffisamment de gaze et de désinfectant pour arrêter un saignement de nez ; qu'il se produise quelque chose de plus sérieux, et ils auraient intérêt à se trouver pile sous un hôpital.

— Profites-en pendant que tu peux, lança Hartower en voyant l'émerveillement d'Eddie devant le lagon. C'est surtout de l'eau fraîche, on en injecte pour maintenir les barges à flot. Une fois dans les tunnels principaux, les proportions seront inversées. Déjà vu une rivière de déchets humains ?

Eddie ne se donna pas la peine de répondre. Au lieu

de quoi, observant la taille de l'embouchure du tunnel vers lequel les dirigeait Prohaska, il remarqua :

— Je ne me rendais pas compte que les égouts étaient tellement *énormes*.

— Ça n'a pas toujours été comme ça, lui signala Prohaska. À l'époque de Teddy May, tu pouvais emprunter la plupart des tunnels à pied ou à quatre pattes sans qu'il soit besoin de barques ou de bouées. Certains tunnels secondaires sont encore assez petits pour ça. Mais les buildings ont grimpé de plus en plus haut, les déchets sont tombés de plus en plus dru, et les tunnels principaux ont dû être agrandis chaque année...

— ... et puis, compléta Hartower, il y a eu la grande explosion de la recherche génétique à la fin des années 90, et les déchets sont devenus étranges, toutes sortes de bestioles sont apparues dans le coin et se sont mises à évoluer en quelques jours, à s'adapter aux conditions locales. D'où le Bureau Zoologique.

— J'espère pour toi que tu as un bon système immunitaire, conclut Prohaska. Il y a des bactéries dans ces tunnels pour lesquelles on n'a même pas encore inventé de nom à rallonge.

Après cela, ils restèrent silencieux un moment. Eddie semblait de moins en moins enthousiasmé par son nouveau job. Le domestique automatique se tenait en proue, nez au vent, effectuant une analyse chimique complète de l'atmosphère toutes les trois secondes. Tandis qu'ils s'enfonçaient dans le réseau de tunnels, Hartower attira l'attention d'Eddie sur un tourbillon de formes scintillantes dans le sillage de la barge.

— Nous voilà dans la merde pour de bon, hein, gamin ?

D'autres May Teams les avaient suivis un moment, mais avaient tourné depuis, empruntant chacune une route différente jusqu'à la zone désignée. Ils étaient seuls au milieu des effluves. Prohaska régla au maximum l'intensité des projecteurs et des veilleuses sous-marines.

— Où sommes-nous ? demanda Joan.

Elle avait ouvert sa BD et en feuilletait les pages.

— D'après le Mercator électrique, sous la 41e et la 9e, direction est, vers le collecteur.

— Mieux vaut faire attention, alors. Il doit y avoir une cascade pas loin.

Eddie lui tapota l'épaule.

— Dites, au cas où j'attraperais une maladie ou quelque chose et que je n'aurais plus l'occasion de vous le demander, c'est vrai que vous avez été mariée à un milliardaire ?

— Qui t'a raconté ça ? lui demanda Joan. (Prohaska se mit à siffloter innocemment à la barre ; Hartower s'absorba dans les dernières nouvelles de la Mobil en page d'ouverture du *Times*.) Tu n'aurais pas écouté les ragots de deux autres membres de cette May Team, des fois ? Deux membres qui avaient *juré* d'arrêter leurs commérages sur ma vie privée ?

— On ne lui a rien dit, bluffa Hartower.

Le domestique automatique, plus joyeux que jamais, beugla :

— Méthane ! Zippiti-doo-*day*, il y a une concentration de méthane à dose mortelle plus loin dans ce tunnel !

Prohaska vérifia le scanner atmosphérique auxiliaire clippé sur sa combinaison ; son écran à cristaux liquides montrait un canari tombant raide mort de son perchoir.

— Il a raison, confirma-t-il. À vos masques, tout le monde.

Quand ils furent tous en train de respirer de l'oxygène en bonbonne, Eddie Wilder revint à la charge, d'une voix quelque peu assourdie :

— C'est *vrai* ?

Joan soupira, puis acquiesça. La candeur d'Eddie lui semblait déjà beaucoup moins rafraîchissante.

— Waouh, insista-t-il, vous l'aviez épousé pour son argent ?

Prohaska partit d'un éclat de rire tonitruant.

— L'argent n'a aucun intérêt pour Joan, pas en lui-même, en tout cas. La richesse affichée est contraire à ses opinions politiques.

— Ce qui ne veut pas dire, ajouta Hartower, que le fait d'épouser Harry Gant ne l'ait pas catapultée dans une toute nouvelle tranche d'imposition. Mais c'est probablement sa portée historique qui aura été le facteur déterminant...

— ... ainsi qu'un amour sincère, bien sûr. C'est *tellement* à la mode...

— Heu, les gars ? les interrompit-elle. Vous savez que je pourrais vous aplatir tous les deux avec une main dans le dos, alors si vous changiez un peu de refrain ?

— Sa portée *historique* ? demanda Eddie.

— Eh oui, lui dit Prohaska. Le choix de l'endroit où Harry Gant prendra son petit déjeuner a bien souvent plus d'influence sur le cours de l'histoire que n'en exercent la plupart des gens quand ils décident de ce qu'ils feront de leur vie. Et Joan a toujours voulu imprimer sa marque dans l'histoire...

— Comme sa mère, compléta Hartower. Mais avec plus de succès, espérons-le.

— Exact. La croisade des sœurettes catholiques s'est soldée par un beau fiasco.

— D'où le fait que le pape ait conservé sa crosse.

— Ça suffit ! prévint Joan en brandissant une bombe antireptiles. Je jure devant Dieu que jamais plus je n'irai boire un verre avec deux trous du cul comme vous.

— Eh, on n'y peut rien si tu commences à raconter ta vie après trois misérables bières. En plus, j'ai trouvé le passage où tu voulais faire de cette planète un monde meilleur absolument *adorable*. D'une naïveté pathétique, mais adorable...

Joan lui balança la bombe antireptiles à la figure, Hartower se baissa pour l'éviter. Eddie Wilder leva le bras pour prévenir une bagarre et un orchestre invisible se lança *fortissimo* dans le *Boléro* de Ravel, flanquant une trouille bleue à tout le monde.

— Désolé, désolé, s'excusa Eddie.

Il tripota quelque chose de volumineux à son poignet, sous la manche de sa combinaison.

— *D'où* ça vient ? cria Prohaska, qui avait manqué jeter la barge contre la paroi du tunnel. On a emmené une fanfare et je n'ai pas été prévenu ?

— C'est un cadeau d'adieu de mes anciens collègues, dit Eddie. Une Timex philharmonique. Ils me l'ont commandée spécialement chez L. L. Bean.

En proue, le domestique automatique indiqua l'eau en disant quelque chose, mais personne ne l'entendit par-dessus le rugissement des bassons.

— Elle sait jouer dix morceaux classiques, poursuivit-il. Elle a soixante-quatre voix.

— On entend, lança Hartower. La question, c'est : comment les faire taire ?

— *J'essaie*, figurez-vous.

Il tenta de se rappeler où se trouvait le bouton d'extinction mais avant qu'il n'y parvienne, un requin jaillit des eaux et l'avala tout rond.

Le pouvoir de la pensée positive (I)

Vanna Domingo patientait sur le parking du Phœnix avec les télévisions portables que Gant avait demandées. Ces dernières — des domestiques automatiques avec un écran câblé haute définition en guise de tête — auraient pu sembler macabres de prime abord, le genre de choses qu'aurait inventées René Magritte s'il avait travaillé pour la Zenith, mais Harry Gant avait fait appel aux services d'une grande firme de design tchèque pour leur donner un aspect plus comique qu'inquiétant. L'effet était principalement obtenu par le décalage des costumes. À en juger par les chiffres de vente, l'Amérique moyenne était prête et archiprête pour un téléviseur en habits de cow-boy capable de laver, sécher et ranger la vaisselle tout en recevant cinq cents chaînes plus passionnantes les unes que les autres.

Les télévisions retenues par Vanna Domingo pour relayer le discours de Gant à l'Institut étaient habillées comme des astronautes de la mission Apollo. Le père du milliardaire lui avait souvent raconté avec fierté comment il avait assisté à la diffusion sur NBC du premier alunissage, et Harry lui-même avait toujours eu un faible pour les héros de la NASA, même si, personnellement, il n'avait jamais investi le moindre sou dans le programme spatial. Les hauteurs.

— 'Jour, Vanna, lança Gant en sortant de son ascenseur privé.

— Harry, fit-elle en courbant humblement la tête à la manière d'un vassal féodal.

Gant s'efforça de ne rien voir. Bien qu'il pensât que le protocole de la hiérarchie corporative appelait un certain respect envers ses supérieurs, il y avait une différence entre le statut de patron capitaliste et celui de seigneur de château ; distinction que Vanna, avec sa loyauté presque fanatique, avait tendance à perdre de vue. Mais elle faisait de l'excellent travail, c'était indiscutable.

Gant désigna l'objet qu'elle coinçait sous son bras,

un ouvrage mince à la couverture noir mat. Un livre électrique.

— Que lisez-vous en ce moment ? demanda-t-il.

Vanna lisait beaucoup, mais comme elle avait honte de ses goûts et était passablement paranoïaque, elle préférait l'anonymat d'un appareil de lecture programmable sans couverture révélatrice.

— Le dernier livre de Tad Winston Peller, fit-elle en haussant les épaules. Ça parle de tremblements de terre.

— De tremblements de terre !

— Ouais, il est censé s'en produire un terrible, très bientôt, sur la côte Est. Peller dit que Boston et New York seront rasées en un seul coup.

— Eh bien, je ne sais pas pour Boston, mais croyez-moi, il faudra davantage qu'un tremblement de terre pour raser *cette* ville, en particulier les immeubles sur lesquels j'ai travaillé. Nous avons les meilleures constructions au monde, posées sur l'une des roches de fond les plus solides qui soient.

— C'est vous le patron, dit-elle.

Puis elle toucha une broche au revers de son tailleur. Un bus de transport blindé quitta son emplacement de parking à l'autre bout de l'annexe et vint se ranger devant eux. Ses portes s'ouvrirent et, sur un mot de Vanna, les télévisions portables montèrent s'asseoir à l'intérieur.

— Tad Winston Peller, fit Gant en secouant la tête. Vous savez que je n'ai jamais valu grand-chose comme écrivain, et je suis bien obligé de respecter un homme qui fait une fortune pareille avec sa plume, mais malgré tout...

— Vous n'aimez pas ses bouquins.

— Eh bien... Les *catastrophes*, je veux dire. Tremblements de terre, inondations, Tupperware radioactifs...

c'est une façon tellement pessimiste d'envisager les choses. Je préfère gagner ma vie en commercialisant une version du monde plus souriante, vous voyez ce que je veux dire ?

L'expression imperturbable de Vanna Domingo se fissura un instant, bref tressaillement dont Gant ne s'aperçut pas. Puis elle afficha un large sourire et hocha la tête. Et répéta derechef :

— C'est vous le patron.

Joan et Meisterbrau (I)

Les hurlements de Prohaska furent les derniers à s'éteindre. À la lueur des ultimes grésillements des projecteurs arrière, Joan saisit le reflet de son zircon au moment où Meisterbrau l'entraînait par le fond. Le fusil à pompe de Prohaska tira un coup, écaillant la céramique bleue du plafond du tunnel. Quand l'écho de la détonation se tut, on n'entendit plus que les clapotis du flot d'ordures autour de la barge enfoncée, ainsi qu'un grondement sourd auquel Joan, saisie de stupeur, ne prêta d'abord aucune attention.

Le grand blanc avait jailli par-dessus l'embarcation comme un missile de croisière bardé de crocs, fauchant tout le monde sur son passage. Seule Joan avait réussi à se hisser à bord en un seul morceau. Hartower y était presque quand il avait été saisi et projeté contre la coque, suffisamment fort pour fendre le réservoir de carburant et couper le circuit électrique. Joan préférait ne pas savoir ce que l'impact avait infligé à Hartower lui-même. Il ne remonta pas à la surface.

La barge prenait l'eau par une fente dans la coque et commençait à gîter sur tribord. Joan se recroquevilla en boule frissonnante à la poupe. Elle avait sorti son fusil à pompe mais oublié d'ôter le cran de sûreté, ce qui n'avait pas grande importance vu que tous les projecteurs s'étaient éteints. Il se dégageait bien une vague lueur des lichens phosphorescents qui proliféraient dans les égouts, mais elle était insuffisante pour viser. Les requins voyaient-ils dans le noir ?

— Lenny ? lança-t-elle — pas trop fort — tout en sachant que c'était inutile. Lenny Prohaska ? Hartower ?

Pas de réponse, mais la barge se balança dans le flot d'immondices en passant sur quelque chose. Un rondin, peut-être. Joan ordonna à son cœur de cesser de battre la chamade. Elle avait 40 ans, bon sang, elle en avait vu d'autres à l'époque où elle pointait chez Union Carbide et Afrikaans Chemicals, et nom de Dieu, ce n'était pas un poisson mutant qui aurait sa peau. Cette profession de foi répétée à plusieurs reprises lui permit de maîtriser suffisamment les tremblements de sa main libre pour arracher une grenade à sa ceinture.

Le geste activa un mécanisme interne assez similaire au nez d'un domestique automatique, qui analysa l'air, le trouva incompatible et alluma un projecteur holographique miniaturisé intégré à la grenade.

Joan écarquilla les yeux en voyant le visage translucide de John Fitzgerald Kennedy se matérialiser devant elle dans les ténèbres.

— Désolé, chère amie Américaine, déclara-t-il d'une voix mélodieuse mais ferme. L'atmosphère environnante contient un mélange de gaz susceptible d'exploser et d'entraîner une réaction en chaîne. Les lois fédérales et locales interdisent l'usage d'une grenade à main dans de telles conditions. Votre gouvernement vous présente ses excuses pour les désagréments éventuels que cela peut vous occasionner.

Joan ouvrit la bouche pour répondre, mais comprit simultanément d'où venait le grondement sourd qu'elle entendait depuis un moment.

— La cascade, dit-elle stupidement tandis que le sol du tunnel se dérobait sous elle.

Projetée par-dessus bord, Joan plongea cinq mètres plus bas dans un bouillon noirâtre ; dans sa chute, elle perdit son fusil à pompe et sa grenade, mais réussit à conserver son masque à oxygène. Elle émergea au milieu d'un bassin rectangulaire de la taille d'un terrain de football : le collecteur de Times Square.

Elle pataugea sur place, tâchant de s'orienter. Sa main gantée toucha quelque chose et, refermant les doigts sur ce qui lui parut être des cheveux humains, elle le souleva prudemment.

— Hartower... ?

— Zippiry-doo-*day* ! lui jeta joyeusement la tête tranchée du domestique automatique. C'est vraiment une *splendide* matinée !

Joan la projeta aussi loin qu'elle put et l'entendit couler avec un *splash* à l'autre bout du bassin. Ce qu'elle entendit ensuite l'emplit d'effroi : le *Boléro*. Le *Boléro* de Ravel, provenant de sous l'eau, où elle savait bien qu'Eddie Wilder n'était plus en état de poser des questions stupides. Les bassons montèrent *crescendo* et un aileron creva la surface pile devant elle.

Meisterbrau, dont la panse était déjà bien remplie, commença par la pousser gentiment du bout du nez. La peau du requin, semblable à du papier de verre, fit éclater la jambe droite de sa combinaison ; une telle souffrance que Joan fut persuadée d'avoir la jambe arrachée. Elle se rejeta furieusement en arrière, agitant des orteils qu'elle croyait ne plus posséder. Sa bonbonne d'oxygène tinta contre le mur de la salle.

Piégée, se dit-elle en envoyant promener son beau stoïcisme de femme d'expérience. Nul doute que si elle avait été la Joan of Arc de sa BD, vierge guerrière de l'ancienne France, elle se serait aussitôt embrasée, possédée par une fureur vertueuse, pour écraser son adversaire. Mais elle n'était que Joan Fine et c'est en proie à une panique animale que, jetant des regards affolés à droite et à gauche, elle vit un mince espoir de salut dans un cercle de lichens pourpres phosphorescents.

Un tunnel. Pas un tunnel destiné aux barges, mais un des anciens conduits secondaires, large d'un mètre à peine, au-dessus de la ligne d'eau du collecteur et déversant un mince filet d'immondices. Si elle pouvait s'y faufiler...

L'orchestre électronique retomba *mezzo forte* comme Meisterbrau plongeait et entamait un large cercle. Joan décrocha sa deuxième grenade. Avant que JFK ne puisse faire son apparition, elle la cogna contre le mur de la salle, assez fort pour casser l'échantillonneur d'air. Elle ôta la goupille et fit suivre à la grenade le même chemin que la tête du domestique automatique, cherchant davantage à lancer loin qu'à viser avec précision. Le choc hydrostatique suffirait peut-être à blesser ou à tuer le requin, mais en l'état actuel des choses, elle s'estimerait heureuse si elle réussissait à le distraire.

Les grenades standard du département étaient réglées pour exploser à quinze secondes, ce long délai devant éviter aux ouvriers inexpérimentés d'endommager des conduits coûteux et d'entraîner par la même occasion le versement d'une pension à leurs familles. Joan entama le compte à rebours dans sa tête tout en luttant pour se hisser dans le tunnel secondaire. La mousse sur le bord rendait le conduit glissant, n'offrait guère de prises, et elle se sentait faible, en raison de la terreur ou du sang perdu, elle l'ignorait ; sa bonbonne d'oxygène lui faisait l'effet d'être enchaînée au fond du bassin tant elle paraissait lourde. Elle se souleva à deux reprises, pour glisser et retomber à chaque fois.

Le *Boléro* entamait un nouveau *crescendo*. L'aileron de Meisterbrau filait droit sur elle, quand un superhéros émergea du tunnel et souleva Joan par les poignets. Elle savait qu'il s'agissait d'un superhéros parce que : (a) il portait une armure en latex à faire pâlir d'envie sa propre combinaison, (b) n'importe qui d'autre aurait pris ses jambes à son cou, et (c) il portait une sorte de symbole fluorescent sur la poitrine.

Le superhéros avait une voix de jeune femme.

— Accrochez-vous à moi, dit-il.

Puis il boucha les oreilles de Joan de ses deux mains gantées. Elle se cramponna à ses épaules et tint bon ; dans son dos, la grenade déclencha une tempête de feu chimique et, dans le brusque flamboiement de lumière, elle aperçut fugitivement les yeux de son sauveur, deux yeux vert océan dans un visage noir souriant. Puis la violence de l'explosion les souffla le long du tunnel comme un boulet de canon.

Le symbole du superhéros se brouilla sous ses yeux et elle se sentit perdre conscience. C'était un symbole inhabituel : pas un atome ni un éclair ni une majuscule, mais plutôt le contour d'un continent. Au seuil de l'évanouissement, Joan ne parvint pas à se rappeler le nom du continent ; mais, vu les circonstances, cela n'avait rien d'étonnant.

Miracle à Times Square

L'acte de réglementation des automates de 2009 rendait légal l'emploi des domestiques automatiques pour la maintenance des centrales nucléaires mais leur interdisait la conduite d'un véhicule à moteur ou le port d'arme à feu, si bien que le chauffeur et garde du corps en chef de Gant était un humain, un Libano-Américain au nom imprononçable. Gant l'appelait simplement Louis.

Louis les arrêta devant Times Square à 9 heures moins le quart. L'Institut Gant des Médias et Techniques pour enfants immigrants occupait la majeure partie d'un bloc d'immeubles autrefois dominé par des magasins pornographiques et des peep-shows ; les lignes dépouillées de son architecture évoquaient une vision futuriste du début du XXe siècle. Les critiques américains avaient détesté le bâtiment — *aussi académique qu'un enjoliveur*, avait écrit un journaliste de l'*Architectural Digest*, tandis qu'un essayiste du *Harper's* ironisait sur le retour de Flash Gordon — mais les parents du second et du tiers-monde avaient su reconnaître la perche qui leur était tendue et avaient envoyé leurs enfants chez Gant.

Et voilà qu'ils étaient tous là, sagement alignés devant l'école, les bons élèves de Gant : des adolescents au visage poupin, venus de tous les pays sous-industrialisés et sur-communisés du monde. La directrice, miss Allagance, accueillit le bus de transport d'un geste enjoué ; à son signal, la première rangée d'enfants se mit à chanter en chœur.

— Oh, fit Harry Gant, saisi d'une émotion absurde. Qui a eu cette merveilleuse idée ?

— J'ai téléphoné pour vous annoncer, lui dit Vanna Domingo, heureuse de lui avoir fait plaisir. Je suis contente que ça vous plaise.

— Merci pour l'attention. Merci beaucoup. (On pourrait observer que c'était le genre de dévouement qu'il trouvait si embarrassant chez Vanna, mais l'atmosphère Norman Rockwellienne de la scène l'élevait à un niveau plus approprié, plus américain.) Une minute, qu'est-ce que c'était que ce bruit ?

— Quel bruit ?

— Une espèce de *whoosh.*

Chaos abrupt en dehors du bus : un *clang* métallique, un grognement de miss Allagance, un bruit sourd et mouillé comme si un sac de patates molles était tombé de très haut, les hurlements des enfants. Gant bondit bravement de sa banquette et se précipita pour offrir son aide avant que Louis et le reste du service de sécurité puissent l'en empêcher.

Le couvercle froissé d'une bouche d'égout s'était planté en biais dans le trottoir, où il vibrait encore. Fort heureusement, ce n'était pas ce qui avait envoyé bouler miss Allagance. Non, elle avait été fauchée par un coup de queue de grand requin blanc. L'énorme poisson avait atterri sur une boîte à lettres et se débattait au milieu d'un monceau de courrier. Gant s'arrêta à mi-chemin entre lui et la directrice, se demandant lequel réclamait l'attention la plus immédiate. Meisterbrau trancha la question en recrachant une main humaine.

Gant vint plus près : elle était entortillée dans les lambeaux d'une espèce de combinaison de plongée — sans être moins viscéralement répugnante pour autant. Les élèves avaient cessé de hurler. Certains commençaient même à s'approcher, et Harry Gant, toujours soucieux d'épargner la sensibilité du public, devait trouver rapidement quelque chose pour détourner leur attention. Meisterbrau eut un second renvoi, crachant cette fois une montre-bracelet tapageuse dont Gant se saisit avant même qu'elle ait fini de rouler.

— Hé, regardez-moi ça ! cria-t-il en brandissant la Timex philharmonique au-dessus de sa tête tout en écartant discrètement du bout du pied la main d'Eddie Wilder. Regardez un peu, les enfants, elle a été avalée par un poisson et elle continue à jouer de la *grande musique* ! Ce que vous voyez là, c'est tout simplement un miracle de la technologie américaine moderne. Un *miracle...*

Un rayon de soleil s'insinua entre les buildings et fit étinceler la montre comme un diamant. Les enfants regardèrent là où le voulait Harry Gant. L'âme d'Eddie Wilder quitta ce monde dans l'indifférence la plus totale. La montre philharmonique reprit le tempo. Et Meisterbrau, qui n'avait pas dit son dernier mot, planta ses crocs dans un colis étiqueté RISQUE BIOMUTAGÈNE, MANIPULER AVEC PRÉCAUTION.

Pour un lundi matin new-yorkais de 2023, tout cela n'avait rien de bien exceptionnel.

2

Un pirate est une personne qui attaque et pille les bateaux. De tels individus se sont vu accoler les noms de boucaniers, corsaires, flibustiers, freebooters, ladrones, pickaroons et écumeurs des mers... La piraterie à grande échelle n'existe plus. Mais des attaques se produisent encore de temps à autre dans certaines régions...

World Book Encyclopedia

La plus drôle des choses de l'océan

Nul ne connaissait vraiment le cheminement des immondices sous les rues de la ville, le seul plan complet des égouts ayant été perdu après la mort de Teddy May. Mais ils finissaient bien par ressortir quelque part. Ainsi, les déchets de Manhattan étaient rejetés, après diverses étapes de décantation, dans l'East River ou dans l'Hudson. De là, ils passaient dans la baie de New York — où ils venaient cogner contre la coque du ferry de Staten Island — puis dans la mer.

On rencontrait de drôles de choses dans l'océan Atlantique, ces derniers temps. La faune mutante des égouts de New York aurait semblé câline et gentillette à côté de bon nombre d'entre elles. Dans son best-seller *Des ombres sur Strathmere*, le fameux chroniqueur de catastrophes Tad Winston Peller évoquait le sort mystérieux d'une ville côtière du New Jersey dont la population entière avait disparu sans laisser de trace une nuit de 2011. Une théorie locale en vogue voulait que des amphibiens mutants aient surgi de la mer à la faveur de la nouvelle lune et enlevé tous les habitants.

Voici le nom d'une drôle de chose qui circulait dans l'océan sans représenter la moindre menace pour la vie : *Yabba-Dabba-Doo*.

Yabba-Dabba-Doo n'était pas le nom grec ou latin de quelque espèce de thon génétiquement modifié. *Yabba-Dabba-Doo* était le nom d'un sous-marin, un grand sous-marin vert à pois roses. Avec son équipage de marginaux et d'espèces en danger, il hantait les routes maritimes de la côte Est et ridiculisait les gens et les institutions qui faisaient montre de négligence dans le traitement de leurs déchets. On prétendait que son capitaine, Philo Dufresne, était l'Africain le plus noir encore en vie sur la planète Terre, mais une seule personne avait jamais réussi à le prendre en photo, et elle gardait la vérité pour elle. On disait aussi que le *Yabba-Dabba-Doo* était propulsé par une machine à mouvement perpétuel qui serait mise à disposition du monde — ainsi que tous les marshmallows dont vous aviez jamais rêvé — dès que la race humaine aurait prouvé qu'elle était digne d'un tel cadeau.

Tout cela ressemblait peut-être à l'intrigue d'une sitcom à gros budget. Il n'en était rien : la chose était bien réelle. Mais qu'il soit difficile de la prendre au sérieux était précisément l'effet recherché par Philo Dufresne.

Trop d'adjectifs

Le matin où Joan Fine fit pour la première fois la rencontre de Meisterbrau, le *Yabba-Dabba-Doo* s'arrêta au large de Montauk Point. Abandonnant la recherche de cibles potentielles à la charge de son second, Philo Dufresne se retira dans ses quartiers pour écrire une petite heure. Non content d'être un écopirate mondialement célèbre, Philo était également romancier à ses moments perdus, et il travaillait depuis dix ans à son Grand Livre des Atlantes, épopée dont les personnages étaient des baleines, des dauphins et des poissons doués de parole. Le titre temporaire en était *Sans pouce opposable* et, à l'instar de Philo lui-même, le livre avait ses moments de pur génie.

Jamais il ne serait publié.

Malgré tous ses efforts, l'auteur n'avait jamais été capable de corriger la faiblesse rédhibitoire de son style, qu'un seul extrait devrait suffire à illustrer :

Les nageoires gargantuesques et toutes-puissantes de Baruga pelletaient des giclées prismatiques de saumure salée à plus de dix mètres de haut quand la pointe meurtrière du harpon explosif pénétra son lard chaud et charnu et fit explosion, projetant des éclats cruels et acérés jusque dans son grand cœur pompeur de vie.

Trop d'adjectifs. Comme avait commenté une fois un correcteur de style à la langue bien pendue : *Tous les noms n'appellent pas nécessairement un qualificatif.* Mais bien que Philo fût d'accord sur le principe, chaque fois qu'il avait tenté d'aller vers une prose plus dépouillée, le résultat lui avait toujours laissé un arrière-goût de dénuement, d'inachèvement. Pire encore, il avait la sensation agaçante que cette incapacité à laisser les mots parler d'eux-mêmes allait directement à l'encontre de son éthique écologique. Incapable de refondre son texte et refusant de laisser tomber purement et simplement, il confiait son roman aux pages d'une sorte de journal intime qu'il conservait sous clef.

Tandis qu'il écrivait — avec un stylo à bille rechargeable, sa réponse basse technologie au traumatisme de la rédaction — il pouvait entendre le trottinement des minuscules pattes de rongeurs au-dessus et autour de lui. Les ponts du sous-marin étaient percés d'un réseau de conduits en plastique incassable hébergeant plusieurs centaines de hamsters bleus, animaux exotiques qui se seraient vendus près de 95 dollars pièce dans les Pets-R-Us de New York. Mais Philo ne les gardait pas pour leur valeur marchande, il aimait simplement les avoir à bord. En particulier, il aimait la vie et l'énergie qu'ils dégageaient en détalant d'un bout à l'autre du submersible. Avec ses dix bébés lynx également à résidence, le *Yabba-Dabba-Doo* constituait un écosystème complet.

Courbé sur son bureau, avec sa taille et sa barbe drue, Philo aurait pu passer pour un père Noël entre deux âges examinant sa fameuse liste — dans une version révisionniste du mythe.

Qu'il fût ou non le plus noir des survivants de la pandémie de 2004 restait à démontrer, mais il était incontestablement le plus sombre des enfants jamais élevés par des Amish. Un fermier hollandais de Pennsylvanie du nom de Gunther Lapp l'avait découvert — un enfant trouvé, couleur de terre grasse, avec des yeux verts comme la prairie après la pluie — abandonné dans un champ de blé. Gunther, homme au grand cœur avec un amour immodéré des enfants, en particulier des orphelins, s'était immédiatement attaché à cet étrange bambin, même si l'évêque local avait été quelque peu désarçonné par sa demande d'adoption. Philo était le nom brodé sur la couverture dans laquelle le petit était emmailloté ; Dufresne était le nom de famille du seul autre Noir que Gunther avait jamais connu, un agent du recensement passé au village en 1970.

Le jeune Philo et la communauté amish n'avaient guère développé d'atomes crochus. Après le décès de Gunther Lapp en 1994, Philo, alors âgé de 18 ans, s'était rendu à Philadelphie où il avait succombé aux atouts physiques et à la séduction scientifique des cours d'informatique de l'université de Pennsylvanie. Ils avaient été nombreux dans son village à se réjouir d'apprendre qu'il ne reviendrait pas. Après tout, qui d'autre que le diable irait abandonner un bébé afro-américain dans un champ de blé mennonite ?

Il avait dérivé vers l'activisme écologique au début du siècle, motivé par un intérêt sincère pour la planète mais également — il essayait toujours de se montrer honnête sur ce point — par un penchant antisocial qui avait rudement besoin d'un exutoire. Gunther Lapp l'avait élevé comme un pacifiste, et Philo aurait toujours la violence en horreur, mais une fois livré à lui-même, il avait découvert qu'il n'avait pas les mêmes scrupules vis-à-vis de la dégradation des biens d'autrui. Comme il l'avait appris en travaillant pour Earth First ! et la Ned Ludd Society, rien n'était plus satisfaisant qu'un acte de vandalisme moralement justifié.

Obligé de se cacher pour échapper à la pandémie, Philo avait passé les années suivantes à errer littéralement dans le désert, jusqu'au jour ou il avait fait la connaissance d'un luddite juif du nom de Morris Kazenstein. Celui-ci, à peine sorti de l'adolescence, se décrivait comme « la réponse de Delancey Street à Thomas Edison ». Il prétendait avoir tracé les plans d'une centaine de gadgets utiles mais, pour des raisons personnelles, avait juré qu'aucune de ses inventions ne tomberait jamais entre les mains des militaires. Comme les armées du monde entier puisaient librement — quoique pas toujours gratuitement — dans l'industrie privée, Morris avait décidé que la seule manière honorable de s'adonner à son art consistait à devenir un hors-la-loi. Cela étant dit, Philo était-il disposé à écouter ses propositions concernant ce qu'il appelait une « écopiraterie pacifique » ?

Philo avait écouté, un pacte avait été passé. Le lendemain matin, ils avaient commencé à jeter les bases d'un plan qui mettrait plus de dix ans à porter ses fruits.

Et voilà comment, à l'âge de 47 ans, Philo se retrouvait pirate, peut-être le plus tristement célèbre pirate de toute l'histoire, en tout cas celui qui faisait le plus d'audience à la télévision. Morris était à la fois son second et son magicien technologique, avec des inventions qui ne se comptaient plus par centaines mais par milliers. Le *Yabba-Dabba-Doo* était rapidement devenu une légende.

À 9 h 30, Morris siffla dans l'interphone :

— Passerelle pour les quartiers du capitaine.

Philo s'empara du micro, qui avait la forme d'un dodo, et parla dans le bec :

— Oui ?

— Cible en approche. Ça va te plaire, Philo.

— Un bateau de Gant ?

— Sans armement et sans escorte.

Deux hamsters bleus détalèrent au-dessus de sa tête, culbutant l'un sur l'autre dans leur hâte. Philo sourit. Il referma son roman inachevé et posa son stylo.

— Je monte.

Acquisition de cible

Le premier sous-marin jamais utilisé en temps de guerre fut l'*American Turtle*, un véhicule à propulsion manuelle embarquant un seul passager, construit en 1776 par un étudiant de Yale du nom de David Bushnell. Le *Turtle* n'était guère plus qu'un tonneau ovoïde équipé de ballasts, et sa seule mission enregistrée — une tentative de couler le navire amiral britannique *Eagle* avec une mine de poudre noire à retardement — se solda par un désastre complet. Le submersible fut finalement démantelé sans avoir jamais infligé une seule perte à l'ennemi.

Depuis cette époque, les submersibles n'avaient cessé de progresser en taille, en complexité et en efficacité militaire, mais ils étaient toujours aussi étriqués et dégageaient toujours la même impression de claustrophobie. Armes furtives par nature, investis d'une mission sérieuse et meurtrière, ils n'étaient pas supposés être des endroits joyeux. Confortables, dans la mesure du possible, d'accord — le moral de l'équipage avait son importance en temps de guerre —, mais certainement pas *joyeux*.

Eh bien, au diable tout cela. Avec sa piraterie pacifique, Morris Kazenstein avait déjà introduit un premier oxymore, alors pourquoi pas un deuxième ? En dépit de la triple contrainte de la commodité d'emploi, des lois physiques et de l'attitude d'humilité écologique qu'il était destiné à défendre, au nom de quoi le *Yabba-Dabba-Doo* aurait-il dû renoncer à être un joyeux sous-marin de guerre ?

Morris avait fait de son mieux. Conçu comme une arche autant qu'un navire de combat, le submersible géant aurait pu emporter deux cents hommes sans manquer d'air ni d'espace vital. Mais une ingénieuse série de dispositifs automatiques et d'appareils de commande à distance réduisait l'équipage à quatorze personnes, et même ainsi, certains faisaient du remplissage. Ce qui laissait tout l'espace nécessaire pour une bibliothèque scientifique, un gymnase, un atelier de cybernétique et de mécanique, une salle d'intervention chirurgicale entièrement équipée et un sauna à huit places, sans parler d'un foisonnement de mascottes diverses en liberté. Le *Yabba-Dabba-Doo* était également le seul submersible de l'histoire qui eût jamais contenu un arboretum.

C'est dans ce cadre enchanteur que Philo évoluait maintenant. En chemin vers l'avant du bâtiment, il franchit plusieurs écoutilles, s'arrêtant le temps d'une bourrade amicale à Borneo Bill, un orang-outan ayant autrefois fait un séjour en orbite à bord d'un vol-test de la navette de Trump. Un dernier sas à verrouillage automatique lui donna accès à un espace qui, dans un submersible plus conventionnel, aurait abrité les tubes lance-torpilles et autres appareillages de combat. Une vague d'humidité, d'odeurs et de verdure accueillit Philo à son entrée. Le thème de la saison était la forêt tropicale sud-américaine, et la biosphère interne était bourrée d'essences végétales quasi éteintes destinées à des réserves clandestines écologiques. Le bruit de la porte attira l'attention d'un paresseux à trois orteils qui coula un regard endormi dans sa direction. Un mur de lianes s'écarta et Jael Bolívar, la biologiste koweïti-latino du sous-marin, passa la tête pour faire coucou.

— Comment vont les plantes ? lui demanda Philo.

— Ras-le-bol de cette putain d'humidité, lui dit Jael en tirant sur le devant de son T-shirt. Et si on partait pour le veldt africain après Thanksgiving ? Le gang

Doolitle compte enlever un éléphanteau chez les Ringling Brothers ; il doit bien le mettre quelque part.

— Il faudra que tu voies ça avec Morris, délégua Philo. Je ne suis pas sûr qu'il accepte d'ouvrir le pont avant encore une fois. Peut-être qu'il pourrait t'installer un ventilateur...

— J'emmerde Morris. Je veux dire, c'est peut-être un supercrack sur une planche à dessin électrique, mais chaque fois que je lui demande de m'aider un peu, monsieur répond qu'il est trop occupé pour se salir les mains.

— Je lui en toucherai deux mots, promit Philo.

Il se saisit d'une liane et se hissa jusqu'à une trappe dans le plafond. Ce n'était pas la voie la plus commode pour se rendre sur la passerelle, mais Philo trouvait une gratification dans l'exercice physique. Agréablement essoufflé et en sueur, il déboucha sur le pont pour y trouver Morris en grande discussion avec Norma Eckland, ancienne productrice de la Fox Network, désormais officier des transmissions du *Yabba-Dabba-Doo.*

— Salut, Philo ! lui lança-t-elle avec un petit geste de la main.

— Que se passe-t-il ?

— Regarde toi-même, fit Morris en indiquant le périscope.

Philo regarda. À 8 milles de distance, d'après le télémètre du viseur, un bateau contournait la pointe de Long Island. Il pressa le bouton du zoom sur la poignée du périscope et lut le nom à la proue : *South Furrow.*

— Coque en acier, observa Philo. On dirait un briseglace.

— Tout droit sorti de Bath Ironworks dans le Maine, confirma Philo.

— Et ses caractéristiques ?

— Une seconde, dit Norma.

L'ordinateur principal du *Yabba-Dabba-Doo* possédait l'intégralité du registre maritime international en mémoire, et Morris le mettait régulièrement à jour. Elle lui transféra les données dans le viseur du périscope :

South Furrow
WMR#1078626, classe brise-glace
Enregistré aux USA, Gant Industries Inc.,
dpt Antarticop
Car. : 429 pieds, 20 500 tonnes, 100 000 CV max
Assignement opérationnel : site de recherche minérale
Gant, Antarctique

— Je t'avais dit que ça te plairait, commenta Morris.

— Pourquoi l'avoir lancé si tard dans l'année ? s'étonna Philo. C'est le printemps au pôle Sud, il devrait déjà être sur place.

— Il ne devrait être nulle part, rétorqua Norma Eckland. Les gardes-côtes l'avaient commandé pour remplacer le *Polar Dream*, mais on leur a retiré les crédits. Gant a proposé de le reprendre à condition de pouvoir en disposer d'ici novembre.

— Harry envoie beaucoup de monde et de matériel dans le sud ce mois-ci, constata Morris. On dirait que le président a fini par donner le feu vert à ses forages. Les autres nations du traité ne vont pas apprécier.

— Elles n'auront pas l'occasion de protester, rétorqua Philo, parce que ce brise-glace n'atteindra jamais l'Antarctique. (Un lynx vint se frotter amoureusement contre ses chevilles, il se pencha pour le gratter sous le menton.) Tout le monde aux postes de combat. Et que quelqu'un aille réveiller Vingt-Neuf Mots.

Ce membre de l'équipage du *Yabba-Dabba-Doo* avait grandi dans le foyer des pauvres petits orphelins indigènes de Mrs Butterworth à Osceola, dans l'Arkansas. Son nom officiel était Ringo Beefheart — d'après deux des musiciens favoris de Mrs Butterworth — mais les autres enfants, métis d'Indiens des plaines pour la plupart, le surnommaient Ringo Igloo. À l'âge de 15 ans, lassé de ce sobriquet stupide, il avait fait le mur par une nuit d'été et s'était lancé sur le Mississippi. Un radeau de fortune fait de morceaux de polystyrène et de sacs en plastique l'emporta jusqu'au golfe du Mexique où il arriva affamé, délirant et demandant à des serveuses imaginaires de lui apporter de la graisse de baleine et des sorbets. Heureusement pour lui, le *Yabba-Dabba-Doo* croisait dans les parages, en route pour son premier voyage d'essai en haute mer. Philo et Morris recueillirent Ringo quelques heures seulement avant qu'une tempête tropicale n'efface toute trace de son existence. À bord, il fut nourri et reçut une formation écologique. Désormais, il gagnait sa vie en maîtrisant des équipages entiers, carrière largement préférable à celle qu'il aurait pu espérer à Osceola.

Quand Ringo était encore à sa charge, Mrs Butterworth avait fait de son mieux pour instiller en lui le sens de son héritage ethnique. Malheureusement, le seul texte éducatif dont elle disposait pour cela était l'édition de 1992 de la *World Book Encyclopedia.* L'article sur les Esquimaux ne comptait que dix pages, dans lesquelles Ringo glana ce qu'il put, parachevant ses connaissances grâce à des numéros spéciaux du *National Geographic* et une vidéo de *Nanook of the North.*

Le mot esquimau, apprit-il — Mrs Butterworth lui faisant la lecture sur l'aire de jeux tandis que les autres enfants se tiraient dessus au pistolet à fléchettes —, était un terme amérindien signifiant « mangeur de viande crue », même si ses ancêtres esquimaux du Canada s'appelaient plutôt Inuit, ou « hommes ». Ringo ne savait pas trop quel nom il préférait mais appréciait d'avoir le choix. Il était également décidé à devenir lui-même un mangeur de viande crue. Au foyer, où un nutritionniste antisémite servait du travers de porc aux enfants trois fois par semaine, cela revenait à flirter en permanence avec la trichinose, mais à bord du *Yabba-Dabba-Doo*, Philo le sermonna sur les dangers des parasites et lui fit découvrir les sushis. Un régime ethnique approprié ayant ainsi été fixé, Ringo se mit en devoir de régler le reste de son style de vie.

Les Esquimaux étaient des gens robustes qui supportaient sans broncher des températures inférieures à zéro. Ils se bâtissaient des huttes de glace et de peaux de caribous et ne se lavaient jamais. Morris Kazenstein crut d'abord à une plaisanterie quand Ringo demanda que la température de ses quartiers soit abaissée à – 34 degrés, mais fut ensuite séduit par le défi technique que cela représentait. Après avoir débarrassé et isolé une double cabine, il y brancha un système de réfrigération acoustique sans produits chimiques. De la neige artificielle fut étendue sur le sol, un lit à eau fut installé, gelé et froissé à l'image d'une peau de morse et un igloo fut construit autour du lit à eau. Morris insista pour que Ringo porte un biomoniteur durant sa première nuit dans la pièce, afin de prévenir les risques d'hypothermie, mais il endura le froid comme un vrai fils de l'Arctique et se réveilla douze heures plus tard frais et dispos, avec le sentiment d'être enfin chez lui.

— Par contre, il faut que tu te laves, objecta Philo.

— Les Inuit ne se lavent jamais, protesta Ringo.

— Quand ils sont à bord d'un sous-marin, si, sans quoi personne ne leur parlerait jamais. Prends de l'eau aussi glaciale que tu veux, mais douche-toi une fois par semaine.

— Il est cinglé, commenta Morris quand il fut mis au courant de cette dernière toquade. Même les frustrés sexuels ont renoncé à la douche froide.

— Hey, remarqua Philo, c'est quand même toi qui viens de passer une semaine à imaginer comment recréer un igloo à l'intérieur d'un sous-marin. Lui n'a fait que te convaincre. Lequel est le plus cinglé des deux ?

Cinglé ou non, Ringo était heureux. Pour la première fois depuis longtemps. Il ne lui restait plus qu'à se trouver un nom plus approprié que Ringo. Il se souvint d'une chose que disait la *World Book* à propos du langage des Inuit : *La plupart des Esquimaux disposent de plusieurs termes pour désigner la majeure partie des objets. Ainsi, ils traduisent* phoque *de différentes manières selon que l'animal est jeune ou vieux, qu'il se trouve dans l'eau ou sur la terre ferme, ou diverses autres circonstances*.

— Et pour la neige ? s'était-il demandé à haute voix devant Mrs Butterworth. Combien de mots ont-ils pour ça ?

— Oh, avait-elle supposé, je suis certaine qu'ils doivent en avoir au moins vingt-neuf.

Adieu, Ringo, donc. Il était désormais et pour toujours Vingt-Neuf Mots pour Neige, chasseur du Grand Nord, terreur des grosses bêtes qui nageaient dans l'océan.

Le show

— Parés à faire surface, annonça Morris Kazenstein quand le *Yabba-Dabba-Doo* parvint à moins d'un quart de mille du *South Furrow*.

— Comment ça se présente ?

— Deux autres navires à proximité, lança Asta Wills depuis le poste sonar. Des bateaux de pêche, qui ne devraient pas peser de problèmes. Aux dernières nouvelles, les gardes-côtes sont occupés par l'avarie d'un tanker un peu plus loin. Notre petit Chaperon Rouge est prêt à se faire croquer.

— Aucune fenêtre satellite prévue dans les vingt-huit prochaines minutes, ajouta Norma Eckland en consultant un horaire imprimé.

Philo se frotta les mains.

— Ozzie, amène-nous en surface et range-nous à côté d'eux, mais garde suffisamment d'espace pour manœuvrer s'ils décidaient de nous éperonner. (Osman Hamid, le timonier — autrefois le chauffeur de taxi le plus rapide de la Turquie occidentale —, se fendit d'un sourire canaille et poussa le transmetteur d'ordres sur marche avant toute.) Norma, entame la procédure de brouillage aussitôt que nous aurons émergé, poursuivit Philo. Que le personnel d'assaut et l'équipe média se tiennent prêts.

Marshall Ali, costumier du bord et entraîneur en arts martiaux secrets kurdes, aida Vingt-Neuf Mots à enfiler sa tenue.

— Tu n'as pas oublié ta protection, au moins ?

C'était un fervent partisan des qualités zen fondamentales du gilet pare-balles.

— Je l'ai mis, mais je n'aime pas ça, répondit Vingt-Neuf Mots.

Par-dessus son armure, il portait une peau d'ours polaire de pacotille, complétée par une tête bardée de crocs. Un costume extra, mais dans lequel on cuisait suffisamment sans gilet, et la température extérieure allait atteindre allègrement les 45 degrés.

— Je vais probablement m'offrir un coup de chaleur.

— Tu n'as pas droit aux coups de chaleur. Et je tiens à ce que tu portes ta protection.

— Pourquoi ?

— Parce que dans un combat, tu dois toujours t'attendre à rencontrer un adversaire sans scrupules et prendre tes précautions en conséquence. Sans compter que je suis plus costaud que toi et que je te casse la figure si tu ne fais pas ce que je dis.

— Istanbul ! cria Osman Hamid.

Bien qu'il comprît intuitivement les ordres qu'on lui donnait, il ne parlait pas un mot d'anglais et utilisait le nom de sa ville natale comme juron à tout faire. Morris traduisit :

— En surface, Philo.

— Je brouille tous les canaux de détresse, dit Norma.

— Aligne ta vitesse sur celle de la cible et maintiens-toi à sa hauteur, ordonna Philo en étudiant le *South Furrow* dans le périscope. (Les membres d'équipage couraient sur le pont, désignant le sous-marin et lançant le célèbre cri : *Yabba-Dabba-Doo*-ho !) Lancez la vague d'hélicoptères. Norma, commence la transmission. On prend l'antenne, les enfants !

À l'avant du submersible, à l'emplacement occupé par les tubes lance-torpilles sur un sous-marin nucléaire ordinaire, des volets s'ouvrirent dans la coque vert et rose du *Yabba-Dabba-Doo*, et un essaim de maquettes d'hélicoptères prit son envol. De la taille et du poids approximatifs de chiens de chasse ailés, ces appareils étaient télécommandés par ordinateur et peints en différentes teintes fluorescentes. La plupart emportaient des caméras de télévision haute définition en vue de la diffusion à venir, mais un groupe de quatre se partageait une cargaison spéciale suspendue à un réseau de câbles à libération rapide : une gigantesque tarte au citron meringuée de trois mètres de diamètre.

Une fois les hélicoptères en l'air, un autre appareil à rotor fut hissé sur le pont de lancement. Baptisé « zodiac volant » par son inventeur Morris Kazenstein, il était juste assez grand pour emporter un pauvre petit orphelin indigène. Tandis que Vingt-Neuf Mots décollait, Marshall Ali apparut au sommet du kiosque du *Yabba-Dabba-Doo*, criant des encouragements gutturaux :

— Bruce Lee ! Chuck Norris ! Sonny Bono !

Pendant ce temps, Norma Eckland avait sorti une parabole télescopique et relié le *Yabba-Dabba-Doo* au réseau satellite informatique nord-américain, court-circuitant une douzaine de sécurités pour se brancher directement sur le Turner Soap Opera Network. L'ordinateur central de la Con Edison fut avisé de suspendre aussitôt l'alimentation des studios de New York de la Turner Broadcasting pour non-paiement de facture, les dispositifs de mire automatique de différentes télévisions câblées du continent se virent intimer l'ordre d'accepter une transmission alternative et, rien que pour nuire, tous les livreurs de pizzas de l'île de Manhattan reçurent par fax la commande d'une double anchois à porter au bureau d'Harry Gant au Phœnix.

Les adeptes matinaux de *Dog Eat Dog* — impatients d'apprendre si Donna allait séduire Chad pour l'empêcher de révéler ce qu'il savait à propos de Tama, ou si elle se contenterait de le jeter dans l'un des réservoirs de gaz neurotoxique de l'usine de sa tante — virent l'écran se brouiller sous leurs yeux, puis afficher le logo informatique de Dufresne-le-pirate, croisement hybride entre un symbole écologique et une étoile amish à six branches. Un orchestre de cuivres synthétiques entonna le thème de *Global Village Bandstand* tandis que la voix immortelle de Dick Clarke faisait la claque : « Et maintenant, en direct de la planète Terre, c'est l'heure d'un nouveau coup de main héroïque de notre champion de la nature virginale, votre pirate et le mien, PHILO DUFRESNE... »

Rires enregistrés — le rugissement de la foule au Super Bowl de 2017, quand Brenda Bamford avait marqué le but gagnant pour les Jets de New York. Le *Yabba-Dabba-Doo* fit une brève apparition à l'écran, puis Norma enchaîna par un fondu sur des images de la nature virginale susmentionnée : vastes étendues glaciales, paysages arctiques d'une blancheur immaculée, le mont Erebus se découpant sur un ciel cristallin.

— Bonjour à tous, lança Philo, qui avait enfilé des écouteurs et fixé un micro à son col. Ici Philo Dufresne, qui vous parle au nom du Septième Continent. Je voulais vous faire part de certaines rumeurs troublantes qui me sont parvenues, rumeurs selon lesquelles certaines compagnies pétrolières et minières américaines auraient convaincu un certain président en fin de deuxième mandat d'autoriser l'exploitation des ressources de l'Antarctique, malgré le fait qu'il n'en a pas le pouvoir, pas sans un acte du Congrès et le soutien majoritaire de cinquante-deux autres nations.

» Bon, il est un peu tôt pour la rhétorique, alors je vais vous épargner le couplet habituel sur le monde qu'on veut laisser à nos petits-enfants. Je me m'étendrai pas non plus sur la possibilité d'un conflit armé si ces cinquante-deux autres nations décident qu'un traité ne se brise pas comme ça... Non, je veux simplement que vous regardiez ces images et que vous me disiez si oui ou non, l'Antarctique est un vache de beau coin. Rude, sans doute. Froid, d'accord. Mais incontestablement plus séduisant à l'heure actuelle que les endroits où ces foutues compagnies de bousilleurs sont déjà à pied d'œuvre.

Norma passa à un montage de catastrophes écologiques en Alaska : oiseaux morts noyés dans les nappes de pétrole du détroit du Prince-de-Galles, caribous titubants fuyant le pipeline Transalaska rompu après le tremblement de terre de 2002, marée noire consécutive à l'éruption pétrolière de 2020 en baie de Bristol.

— Je sais bien ce que vous pensez, continua Philo tandis que Norma en revenait aux splendides paysages de l'Antarctique. Sûr, c'est beau, et tout le monde aime les pingouins, moi-même j'adorerais en voir s'installer dans mon quartier, mais... que voulez-vous y faire ? Eh bien, nous avons plusieurs suggestions, mais je tenais à vous dire avant toute chose que je comprends ce sentiment d'impuissance. Il y a des matins où je me réveille avec la sensation que les problèmes de la Terre sont trop gros pour moi, et que je ne sais même pas par où commencer.

» Et puis il y a d'autres matins, comme celui-ci, où je me réveille, je regarde la mer, et je vois un bateau appartenant à mon vieux compère Harry Gant (plan large sur le *South Furrow*) et je me dis Philo, tu ne détiens peut-être pas toutes les réponses pour sauver le monde, mais pourquoi ne pas commencer par couler ce putain de bateau ? Coule-le pour les pingouins. Coule-le pour les petits-enfants de l'Amérique. Et que Dieu nous bénisse tous.

Morris appuya sur un interrupteur et les hélicos lâchèrent la tarte. Les caméras télécommandées suivirent sa chute au ralenti, image par image ; elle décrivit une courbe élégante et vint s'écraser sur le pare-brise de la timonerie du brise-glace.

— À la tienne, Harry ! lança Philo.

Sur le pont extérieur, Marshall Ali braqua un canon à eau et entreprit d'arroser le *South Furrow* de crème fouettée.

Vingt-Neuf Mots arriva pleins gaz et en rase-mottes, laissant son ordinateur de visée pointer le harpon électrique du zodiac. Il était dans son élément, chassant un gibier marin très supérieur en taille ; pendant une brève seconde de culpabilité, il regretta que le bateau ne fût pas une baleine et le harpon une arme authentique avec une bonne pointe en silex. Il tira au moment où il survolait la poupe, visant le gros câble gris à la base de l'antenne radar du *South Furrow*. Le harpon mit au but et fendit le câble comme une lame de poissonnier éventre un poisson-chat. L'appareillage intégré dans son manche envoya une série de virus paralysants dans les systèmes de navigation et de contrôle du bâtiment. Le grand navire trembla et commença à perdre de la vitesse.

Le zodiac passa en trombe devant la passerelle et piqua, esquivant de justesse le jet de crème fouettée ; Vingt-Neuf Mots tendit la main et ramena une poignée de duvet blanchâtre sucré. Tout en s'en barbouillant la bouche, il vira et s'immobilisa en vol stationnaire au-dessus du brise-glace. Il enclencha le pilote automatique et sortit un drapeau de sous son siège. Puis il sauta.

La couche de crème fouettée atteignait déjà le mètre d'épaisseur au milieu du pont et Vingt-Neuf Mots eut le sentiment de se laisser tomber sur un édredon de barbe à papa. Il se releva en riant et agita son drapeau, lequel portait un igloo — modeste mais fier — sur fond blanc.

— Je prends possession de ce navire au nom du peuple inuit ! cria-t-il.

Il se retrouva au milieu d'un cercle rageur de matelots du *South Furrow*. Vingt-Neuf Mots avait connu des équipages riant de bon cœur aux attaques du *Yabba-Dabba-Doo*, mais ces gars avaient manifestement décidé de se montrer mauvais joueurs.

— Allez, ne faites pas cette tête-là, dit-il à un grand costaud qui écumait littéralement. Je sais que c'est un peu embarrassant, mais c'est pour le bien de l'environnement.

— Je m'en vais te botter le cul, junior ! cracha le costaud.

— Je ne crois pas, non, répondit Vingt-Neuf Mots en jetant son drapeau de côté. Je préfère vous prévenir que j'ai été entraîné par l'un des plus grands maîtres d'arts martiaux de tout le Kurdistan. Celui qui essaie de poser la main sur moi se prendra un coup de poisson en caoutchouc.

Le costaud voulut tenter quand même. Vingt-Neuf Mots esquiva aisément son attaque et, comme il l'avait promis, le cingla au passage avec une truite souple de couleur pourpre. Le costaud s'étala de tout son long dans la crème fouettée. Sur le Turner Soap Opéra Network, il s'étala deux fois, la première en direct et la seconde au ralenti.

Un deuxième matelot s'élança, puis un autre. Vingt-Neuf Mots les assomma tous les deux à coups de truite. Enfin, tout l'équipage se jeta sur lui comme un seul homme et, pendant un court instant, on aurait dit qu'une mêlée ouverte se jouait sur le pont. Vingt-Neuf Mots émergea calmement de la masse confuse d'hommes et de femmes et s'éloigna en sifflotant tandis qu'ils s'étrillaient entre eux.

Il s'était arrêté pour faire coucou aux caméras quand une écoutille s'ouvrit sur le pont. Beardsley Stepanik, le steward hyperactif du bord, en jaillit un pistolet à fusées à la main.

— Okay, le beatnik ! hurla-t-il en braquant son arme d'une main tremblante, pas un pas de plus.

— Du calme, lança Vingt-Neuf Mots en fouillant sous sa peau d'ours.

D'une détente du poignet, il projeta une sorte de boule de neige vers Beardsley ; même au ralenti, la métamorphose de la boule en pleine course était difficile à suivre, mais en baissant les yeux, l'autre vit qu'il avait reçu un lièvre polaire en pleine poitrine. Un lièvre polaire en peluche, dont on avait trempé les griffes dans un euphorisant liquide.

— Heu, eh.

Une chaleur sensuelle se répandit dans sa poitrine, gagnant ses bras, ses jambes et jusque ses orteils. Brusquement amoureux du monde entier — des pingouins en particulier — il balança son pistolet à fusées pardessus bord et s'accroupit dans la crème fouettée, dont il se barbouilla les cheveux par poignées.

— Heu, waouh. (Il leva la tête vers Vingt-Neuf Mots et lui sourit.) Tu sais, gamin, t'as une jolie petite gueule, pour sûr.

— Je suis indigène, expliqua Vingt-Neuf Mots. Et vous n'êtes pas mal non plus.

— Envoyez la pub, dit Philo.

Le coup de grâce*

Le capitaine Chance Baker du *South Furrow* suivit le numéro de Vingt-Neuf Mots à travers les carreaux éclaboussés de meringue de la timonerie. Taciturne dans la colère, il ne disait rien, se contentant de siroter son café brûlant en songeant à quel point ce serait bon de virer à bâbord toute et de jeter les 20 000 tonnes de son briseglace à pleine vitesse contre le *Yabba-Dabba-Doo*. Mais même s'il avait pu tirer suffisamment de puissance de ses moteurs à l'agonie, il ne s'y serait pas risqué, car il savait qu'il était battu : il le lisait sur la face jaune hilare affichée par tous les écrans de contrôle de la passerelle, ainsi que dans l'air de balalaïka qui l'accueillait chaque fois qu'il tentait de se servir de la radio. Tenter d'éperonner le sous-marin sans y parvenir ne ferait qu'aggraver son sentiment d'impuissance, et il ne résisterait peut-être pas à l'envie de cogner son second, lequel ne cessait de poser des questions stupides.

— Que fait-on, skipper ? demanda-t-il, tandis que Beardsley Stepanik leur soufflait des baisers depuis le pont.

— Et si on sortait le canon ? suggéra le capitaine Baker.

— Mais nous n'avons pas de canon.

— Alors ils nous tiennent par les couilles, pas vrai ? Maintenant, fermez-la et foutez-moi la paix.

Le communicateur holographique de bord sonna. L'appel était brouillé et on ne distinguait de la personne à l'autre bout de la ligne que sa silhouette (vague), ses yeux (verts) et sa chemise (hawaïenne et criarde).

— Capitaine Baker ? demanda l'homme. Ici Philo Dufresne, du *Yabba-Dabba-Doo*.

— Je ne peux pas dire que je sois enchanté de faire votre connaissance, répondit-il. Vous m'appelez pour me demander d'abandonner le navire ?

— Rien de personnel, capitaine. Pour le moment, nous sommes en train de diffuser un publireportage écologique, mais quand nous repasserons en direct, nous allons devoir vous couler, et ça m'aiderait beaucoup si vous vouliez ordonner à vos hommes d'embarquer dans les canots de sauvetage.

— Et si je refuse ?

— Je me verrai contraint d'envoyer du renfort pour vous faire quitter le bord par la force... mais pas avant de vous avoir affublé d'un costume de gorille.

C'était du bluff. Non la partie sur le déguisement — Philo en possédait trois en stock —, seulement la suggestion qu'il avait le temps de s'emparer *manu militari* du navire. CNN avait déjà dû se brancher sur leur diffusion, alertant du même coup l'armée, et la base aérienne Ronald Reagan de Trenton devait être en train de faire décoller tous ses appareils anti-sous-marins disponibles. Mais le capitaine Baker tomba dans le panneau.

— Très bien, capitula-t-il. Vous êtes le plus fort. Mais, Dufresne ?

— Oui ?

— Vous connaissiez mon nom sans le demander, vous savez probablement aussi que je commandais un destroyer dans la Navy. Quand je retournerai à terre, j'offrirai mes services à la première compagnie disposée à me confier un navire de combat. Et je reviendrai vous chercher. Entendu ?

— Entendu. Mais autant vous avertir, Harry Gant est un pacifiste. C'est même la seule chose que je puisse dire en sa faveur. Ici Dufresne, terminé.

C'est Morris Kazenstein qui conclut la transmission pirate. Il se tenait sur le pont du *Yabba-Dabba-Doo*, portant un chapeau étoilé de magicien et des lunettes avec faux nez et fausses moustaches.

— Les amis, voici l'heure d'un nouveau rendez-vous avec Mr Science. Aujourd'hui, nous allons procéder à une expérience de transfert d'énergie cinétique. Ici (il désigna une sorte de long rail cylindrique qui avait émergé de la coque derrière lui), nous avons un canon électromagnétique, un modèle réduit du genre de celui que les Républicains utilisent pour protéger la Maison Blanche contre les attaques nucléaires. Et ici (il brandit une splendide saucisse de traiteur), nous avons 20 livres de salami casher. Maintenant, nous allons projeter ce salami à la vitesse de Mach 9 et voir ce qui arrive à la coque de ce navire là-bas, okay ? Les enfants, surtout, *surtout*, ne tentez pas de reproduire cette expérience à la maison sans la présence de vos parents...

Une séance de projection

— Des commentaires ? demanda Harry Gant à son équipe de crise tandis que le *South Furrow* sombrait sur l'écran vidéo de la salle de conférence.

Gant était assis dos à la table et, son visage étant caché, le plus obséquieux des membres du groupe aurait peiné à déchiffrer son humeur et élaborer une réponse appropriée. Sans surprise, Whitey Caspian — surnommé par ses collègues du département de l'Opinion Publique Prince Motor Tongue, le prince des lèche-culs — fut le premier à s'exprimer.

— Ce n'était certainement pas un vrai salami.

— Je vous demande pardon ?

— C'était sans doute un faux, insista Whitey. (Avec son mètre quatre-vingts, ses cheveux blonds et sa carrure de décathlonien, il aurait pu passer pour un Adonis sans ses lunettes à monture d'écaille et sa cravate écossaise.) Même un salami casher n'aurait pas supporté une telle accélération.

— Tu as un *radis* à la place du cerveau, siffla Vanna Domingo entre ses dents.

Mais Harry Gant riait. Il se retourna pour leur faire face en applaudissant à tout rompre.

— C'est génial, dit-il. C'est plus que génial, c'est *brillant.*

Clayton Bryce, de la Comptabilité Créative, s'éclaircit la gorge et demanda :

— Qu'est-ce qui est brillant, Mr Gant ?

— Tout ça, fit-il en désignant l'écran vidéo. Ce que vient de dire Whitey. Voilà ce qui va retenir l'attention des médias. Je vois déjà l'interview sur CNN : « Dites-nous, professeur Newton, quelles sont les contraintes pratiques d'un tir de salami avec un canon électromagnétique ? » Sans parler de la réaction d'Ætna Insurance quand nous leur enverrons la facture. *Cher assureur, vous n'allez pas le croire, le méchant pirate Dufresne nous a torpillé un bateau avec une saucisse.*

Vanna Domingo n'en croyait pas ses oreilles.

— Ma parole, vous *admirez* ce salopard.

— Dufresne ? Bien sûr que je l'admire. Bon sang, je voudrais pouvoir l'embaucher.

— Il vient de vous faire perdre plusieurs *millions* de dollars.

— Il vient de me donner une leçon de publicité, vous voulez dire. Vous avez vu la réaction du public. Grâce à lui, des petits écoliers du Kansas apprennent à manier le traitement de texte rien que pour m'écrire des lettres d'insultes. Les enregistrements pirates de ses raids font un malheur sur le marché de la vidéo amateur. S'il était une société et non un criminel, il figurerait depuis longtemps dans le Fortune 500. C'est un authentique héros américain.

— C'est un démon, insista Vanna Domingo. Nous devrions consacrer la prime d'assurance de ce bateau qu'il vient de couler à engager une flotte de mercenaires pour le débusquer. À coups de torpilles et de grenades sous-marines...

Gant l'interrompit d'un geste.

— Pas de violence physique. Les mercenaires, les grenades sous-marines, toutes ces conneries de GI Joe vont contre la tradition du marché. En plus, j'ai horreur de ça.

— Pourtant, lui n'hésite pas à recourir à la violence contre cette compagnie, contre *vous*, alors pourquoi...

— C'est différent. La violence de Dufresne est... créative. D'accord, je vous accorde que la violence reste la violence, c'est probablement un vulgaire anarchiste au fond du cœur, mais si j'étais, moi, un vulgaire anarchiste au fond du cœur, je voudrais bien être capable de concevoir un plan de bataille aussi *artistique* que celui auquel nous venons d'assister. Pas un seul mort à déplorer, aucun blessé grave, et ces lapins que balançait le gosse, mettez-les dans les rayons à Noël et vous pouvez être sûrs de faire un tabac. Du pur génie.

» Le point important, c'est que nous ne sommes pas des anarchistes, nous sommes des capitalistes démocratiques, et ça veut dire que nous laissons la guerre au gouvernement. Et puisqu'on en parle, quelles nouvelles avons-nous du Pentagone ?

— Rien de très encourageant, intervint C. D. Singh, l'homme de Gant à Washington. Soit ils ont vraiment peur, soit ils sont vraiment embarrassés, en tout cas ils se refusent à tout commentaire officiel. Ils auront peut-être plus de chance demain, mais d'après mes sources, toutes les tentatives précédentes pour traquer le submersible n'ont rien donné, pas même un écho sonar, quelle que soit la rapidité avec laquelle les forces d'intervention anti-sous-marines sont arrivées sur les lieux. Impossible qu'un tel degré de furtivité soit à la portée d'une bande d'extrémistes écologistes indépendants, mais ni la CIA ni le département Anti-activités anti-américaines du FBI n'ont découvert le moindre indice permettant de relier Dufresne à une quelconque puissance étrangère.

— Donc, théoriquement les pirates ne devraient pas être en mesure de disparaître comme ils le font pourtant chaque fois, conclut Gant.

— Exactement. Ce qui veut dire, du point de vue des renseignements militaires, que le *Yabba-Dabba-Doo* n'existe pas.

— N'existe pas ! (Vanna Domingo commençait à changer de couleur.) Il n'existe pas ? On vient de le voir sur des millions d'écrans de télévision, quelle preuve supplémentaire leur faut-il ?

— Ils se montrent prudents, c'est tout, dit C. D. Singh. Et pour être franc, Mr Gant, nous sommes loin d'avoir fait jouer toute notre influence, considérant la richesse de cette société.

— Dites-moi une chose, demanda Gant. Que feraient la Navy ou l'Air Force si elles parvenaient à mettre la main sur Dufresne ?

— Elles l'obligeraient à se rendre, si c'était possible. Elles les remettraient lui et son équipage au FBI, elles placeraient son submersible en cale sèche et le disséqueraient pour en connaître les petits secrets. Ou bien, s'il refusait de se rendre, elles le couleraient.

— Bon débarras, jeta Vanna.

— Hmmm, fit Gant. Je me demande ce qu'en penseraient les petits écoliers du Kansas.

— Eh bien, pour les écoliers du Kansas, je ne sais pas, répondit C. D. Singh, mais je peux vous dire ce qu'en pense le Président à l'heure actuelle. Son consentement à nos opérations en Antarctique était subordonné à notre promesse d'éviter le scandale à tout prix, ce qui n'aurait déjà pas été facile même sans cette mauvaise publicité. Je parie que son représentant nous appelle dans moins d'une heure pour nous retirer son soutien.

Gant haussa les épaules.

— Je ne m'en fais pas pour ça. Très sincèrement, cette idée d'exploitation pétrolifère au pôle Sud ne m'a jamais vraiment emballé.

— Oui, et c'est *bien dommage*, intervint Clayton Bryce, brusquement en colère. Nous avons besoin de ces revenus. Et la *raison* pour laquelle nous en avons besoin est que ces immeubles d'un mile de haut ne sont pas rentables. Babel est un gouffre financier, nos petits-enfants auront pris leur retraite avant qu'elle ne commence à rapporter de l'argent — si elle en rapporte un jour. Le Minaret commence tout juste à équilibrer ses comptes, le Phœnix en est loin, et nous voilà encore partis pour nous endetter jusqu'à la fin du siècle.

— Mais imaginez un peu, Clayton, rétorqua Gant en écartant d'un haussement d'épaule ces mesquines considérations financières. Une tour de 1 600 mètres de haut. *Le plus grand building de tous les temps*. Voyez-vous de plus belle réussite humaine ?

— Même si elle doit nous conduire à la faillite ?

— Allons, qui vous parle de faire faillite ? Nous pourrons toujours inventer de nouveaux produits pour compléter le financement. Et il n'est pas nécessaire de renoncer à l'Antarctique non plus, si vous pensez vraiment que c'est indispensable. C. D. n'aura qu'à contacter d'autres pays du traité, relancer une dynamique.

— Ça risque de prendre des années, Mr Gant...

— Eh bien, ça prendra des années. J'ai l'intention de traîner par ici encore quarante ou cinquante ans. Je peux attendre.

— ... et on nous demandera de régler le problème Dufresne avant que le moindre marché ne soit conclu.

— Nous en revenons donc à Dufresne... La guerre économique, peut-être ? Je peux vivre avec ce genre de violence. Où en sommes-nous de nos recherches sur ceux qui le financent ?

Clayton secoua la tête.

— Nulle part, avoua-t-il.

— Pas la moindre piste ?

— Oh, nous avons enquêté sur la possibilité que Dufresne soit financé par des groupes terroristes ou des firmes concurrentes, qu'il possède une mine de diamants en Afrique ou une plantation de coca en Amérique du Sud, qu'il soit un ancien boursicoteur qui se serait acheté une conduite. Nous nous sommes même intéressés à des rumeurs selon lesquelles il aurait derrière lui la commission trilatérale. Tout ça sans résultat.

— Très bien, continuez, dit Gant. Et vous, Vanna, réunissez toute l'équipe de l'Opinion Publique et...

— C'est ridicule, explosa-t-elle. Nous avons perdu des millions avec ce brise-glace. Et qui sait encore combien de millions — ou de milliards — de profits potentiels en Antarctique. Tout cela en un seul raid de ce salopard, et qu'est-ce que vous proposez ? De lancer une campagne publicitaire contre lui. De lui couper les vivres. De le menacer du doigt. Pourquoi ne pas tout simplement le *tuer* ?

— Non, trancha Gant d'un ton définitif. Philo Dufresne incarne l'esprit qui a bâti ce pays, et on ne tue pas un homme de cette trempe. On se le met dans la poche ou on lui rabat son caquet. Et on le fait en allant plus loin que lui dans l'ingéniosité américaine.

— Cette forme de patriotisme risque de nous coûter une fortune, observa C. D. Singh.

— C'est *ma* forme de patriotisme, rétorqua Gant. Et cette société est *ma* société, si bien que c'est mon patriotisme qui l'emporte. Je ne veux plus entendre parler de tuer qui que ce soit. Nous battrons Dufresne, mais dans les règles. On passe à la question suivante.

Toujours aussi rouge, Vanna Domingo consulta son calepin électrique.

— Le point suivant concerne votre ex-femme. C'est en rapport avec ce gros poisson qui a fait irruption à l'Institut ce matin. L'enquête de notre service de sécurité a fait apparaître que Joan Fine se trouvait à l'autre bout de l'explosion. Apparemment, c'est le poisson qui était visé, pas vous.

— Elle va bien ? s'inquiéta Gant, brusquement plus

alerte qu'il n'avait été de toute la matinée. Elle s'en est sortie, au moins ?

— Elle s'en est sortie, répondit Vanna en songeant *hélas*. Une équipe de sauvetage du département des Égouts l'a retrouvée dans une conduite sèche et emmenée à l'hôpital général d'East River. Elle était consciente et apparemment indemne — quelques égratignures, sans plus — mais ils ont tenu à la garder en observation. Par ailleurs, le superintendant des Égouts a communiqué une proclamation attribuant l'incident à une hallucination collective.

— En voilà un autre que j'aimerais embaucher. Prenez note, Vanna : je veux le numéro de la chambre de Joan à l'hôpital ainsi que le détail des heures de visite.

Elle le dévisagea.

— Vous ne pouvez pas lui rendre visite. Elle a trahi cette société. Elle est frappée d'anathème.

— Calmez-vous, Vanna. Je veux simplement lui envoyer un petit mot, c'est tout.

— Mais elle n'est même pas blessée.

— *Trouvez-moi juste le numéro de sa chambre*, Vanna.

— Bien, monsieur.

On frappa à la porte de la salle de conférence. Le directeur du service Visiteurs du Phœnix passa la tête à l'intérieur.

— Navré de vous déranger, Mr Gant, mais nous avons comme une urgence...

Gant soupira.

— Quoi, encore ?

— Je viens de recevoir un appel du service anti-émeute à l'accueil. Ce ne serait pas vous qui auriez commandé deux mille pizzas, par hasard ?

3

Quasiment plus personne ne se souvient que, pendant près de deux cents ans, l'eau de New York était tellement infecte que les chevaux refusaient d'en boire, tellement impure que la maladie décimait la population chaque année, tellement chère que les pauvres s'en passaient et que les rues débordaient d'immondices, et que les fontaines étaient si clairsemées que des incendies ravageaient périodiquement quatre ou cinq cents maisons d'un seul coup.

ROBERT DALEY,
The World Beneath the City

1914 : La marche vers Flatbush

Les colons hollandais de New Amsterdam se seraient montrés sceptiques si on leur avait dit que leur petite ville sur l'Hudson — après un changement de nom, deux modifications de nationalité et des efforts aussi innombrables que vains en matière de plomberie — finirait par construire sa réputation sur son eau potable, parmi les plus infectes qui soient au monde. Les Britanniques et nouveaux Américains qui les suivirent ne l'auraient probablement pas cru non plus, bien qu'ils aient été eux-mêmes abondamment pigeonnés par toutes sortes d'arnaqueurs leur promettant la guérison à des fontaines impures. Même Aaron Burr se joignit à la mascarade : sa compagnie des eaux, la Manhattan Company, fut un succès financier — dégageant suffisamment de bénéfices pour financer la campagne présidentielle de Burr et fonder la Chase Manhattan Bank — mais un échec pratique — le service était déplorable et ne fit rien pour soulager les conditions d'évacuation misérables, qui entraînaient régulièrement des épidémies de fièvre jaune et de choléra.

New York finit par importer son eau potable, d'abord de Westchester, par aqueduc, et plus tard, quand l'explosion de la population immigrante eut épuisé cette solution, par des barrages dans les lointains monts Catskill. Ingénieurs et ouvriers des travaux publics — récemment arrivés d'Italie pour bon nombre d'entre eux — creusèrent un tunnel depuis les Catskill jusqu'au réservoir de Hill View à Yonkers, puis s'enfoncèrent vers le sud à travers le rocher sous le fleuve Harlem pour acheminer l'eau jusqu'à la ville proprement dite. La dernière partie du tunnel fut achevée à la dynamite le 11 janvier 1914, et une incidence amusante de cet achèvement fut qu'il rendit possible l'un des plus surprenants marathons de l'histoire de la ville : un parcours souterrain de 190 kilomètres, depuis les Catskill jusqu'au quartier de Flatbush à Brooklyn.

Peter Lugo Peller, pigiste au *New York Tribune*, dont l'arrière-petit-fils allait devenir célèbre comme chroniqueur de catastrophes auprès d'une génération perdue, fut littéralement emballé par l'idée de cette « Longue Marche vers Flatbush », et il réussit à convaincre cinq autres journalistes et deux photographes de l'accompagner sur ce trajet. Ils se retrouvèrent au barrage d'Ashokan dans les Catskill le 18 janvier. Un groupe hilare d'ouvriers du tunnel était également présent, lançant des paris sur la distance au bout de laquelle ils abandonneraient ; selon l'opinion générale, les marcheurs ne tiendraient pas quinze kilomètres.

Juste avant qu'ils ne descendent, un autre journaliste les rejoignit, un type efflanqué vêtu de pied en cap pour l'escalade, avec les cheveux ramenés sous un casque de mineur. Il se précipita auprès du petit groupe de reporters et salua Peter Lugo Peller d'une double poignée de main énergique.

— Smuts, du Dakota du Nord, se présenta le nouveau venu. Je travaille au *Fargo Spectrum.*

— N'êtes-vous pas un peu loin de chez vous ? s'étonna l'un des photographes.

— Nous tâchons d'être plus cosmopolites, expliqua Smuts.

Ils descendirent et Peter Lugo Peller prit la tête, pour faire rapidement deux découvertes alarmantes : premièrement, que le tunnel ne dessinait pas, contrairement à ce qu'il s'était imaginé, une ligne droite d'un point A à un point B, mais plutôt des sortes de montagnes russes plongeant et grimpant sur des dizaines de mètres en passant sous les rivières et autres obstacles en surface ; et deuxièmement, qu'il contenait déjà de l'eau. Suffisamment pour se noyer en certains endroits, ou en tout cas pour abîmer irrémédiablement ses chaussures, et Peller avait justement mis sa meilleure paire pour l'excursion. Après une rapide concertation, les intrépides journalistes décidèrent de poursuivre la promenade en surface, ce qu'ils firent pendant une journée entière avant de finir par renoncer tout à fait.

Personne ne s'aperçut que Smuts n'était pas remonté.

Le 25 janvier, deux ouvriers du réservoir de High View à Yonkers furent les premiers à découvrir le personnage trempé, meurtri mais extrêmement satisfait de lui-même qui émergea des entrailles de la terre, portant un casque de mineur bosselé. L'un d'eux avait gagné un dollar en argent dans un tournoi de jonglage la veille au soir et était en train de le faire sauter dans le creux de sa paume, mais il s'interrompit en voyant Smuts, qui ressemblait à tout sauf à quelqu'un du réservoir.

— Qui êtes-vous ? demanda le jongleur en italien.

Son compagnon, qui parlait un anglais passable, traduisit :

— Vous êtes qui, putain ?

— Juste une dame sortie faire un petit tour, répondit Smuts. (Elle ôta son casque en libérant une cascade de cheveux châtains, geste dont Hollywood et ses onze ans d'existence n'avaient pas encore eu le temps de faire un *cliché*.) En route pour Flatbush.

Le jongleur en resta comme deux ronds de flan ; son compagnon, qui s'appelait en réalité Maria mais trouvait la vie plus facile en pantalon et bleu de travail, s'autorisa un sourire en coin. Smuts lui adressa un clin d'œil de connivence, puis désigna du doigt la pièce en argent.

— Eh, dit-elle, donnez-moi ça.

N'ayant pas besoin de traduction cette fois, le jongleur referma son poing sur le prix étincelant.

— Pourquoi ferais-je ça ?

— Parce que je viens de le gagner, lui répondit Smuts dans sa propre langue.

2023 : Des ânes perdus dans la forêt

Cent neuf ans plus tard, une femme du nom de Lexa Thatcher assise dans un loft de Brooklyn — plutôt New Bedford-Stuyvesant que Flatbush, mais n'allons pas chipoter — faisait tourner le même dollar en argent entre ses doigts. La pièce s'était transmise à travers cinq générations de mères et de filles, et ses faces étaient désormais usées et quasiment lisses, mais l'audace qui avait toujours inspiré la lignée matrilinéaire Smuts/Hollings/Thatcher n'avait pas faibli le moins du monde. De son côté, la mère de Lexa avait cherché l'aventure en Afrique du Nord, traversant le Sahara à pied et en solitaire de Tombouctou à Marrakech. À l'est de Casablanca, dans les contreforts du Moyen Atlas, elle avait séduit et comblé un Bédouin vendeur de voitures d'occasion — ou peut-être toute une équipe, elle resta toujours évasive sur ce point —, d'où la belle coloration bronzée des mains de Lexa et son sens aigu des affaires.

Sa salle de travail contenait son bureau, un ordinateur équipé de nombreux périphériques — dont quelques-uns n'étaient disponibles que pour les bons amis de Morris Kazenstein —, un lit pliant, une collection de portraits en forme de cœur et, pour le moment, la télévision familiale, qui était portable et passait de pièce en pièce quand elle ne servait pas. Une paire de bousiers électriques effectuait également des rondes régulières, traquant et ramassant la moindre particule de poussière ou de crasse, en accord avec la philosophie de Lexa selon laquelle la meilleure manière de tenir une maison propre était d'en confier la charge à la maison elle-même. Deux grandes fenêtres laissaient entrer l'air frais et la lumière : le climat de New Bedford-Stuyvesant était artificiel et la température ne descendait jamais en dessous de celle d'une nuit d'été tiède et parfumée.

Tandis que Lexa travaillait sur un article pour le prochain numéro hebdomadaire de *The Long Distance Call*, sa fille Rabi débattait avec la télévision. Ce n'était pas une Gant portable mais une vieille Sony Animan, un écran de 19 pouces perché sur des pistons de bronze huilé. Lexa l'avait équipée d'une boîte de personnalité — option coûteuse mais qui en valait la peine selon elle — pour gérer l'épineux problème de l'encadrement parental. Aucun programme n'était spécifiquement interdit à Rabi, mais chaque fois qu'elle allumait le poste, elle se retrouvait confrontée à un hologramme informatique du philosophe Socrate, qui lui demandait de justifier son choix d'émission.

— Ma très admirable Rabi, la salua-t-il ce jour-là, je suis comme toujours avide de partager votre sagesse. Il est 1 heure de l'après-midi, un lundi, heure à laquelle la plupart des enfants de 7 ans sont à l'école, et pourtant je vous trouve assise à la maison...

— J'ai la varicelle, expliqua-t-elle en montrant un bras tacheté. Tu vois ?

— Raison supplémentaire pour moi de vouloir être votre élève. Votre maladie vous empêche de recevoir l'éducation que votre société s'est sacrifiée pour vous offrir. Beaucoup de gens dans votre situation se reposeraient pour guérir plus rapidement, liraient pour ne pas prendre de retard dans leurs études ou s'intéresseraient à l'épisode de *Sesame Street* sur le point de débuter sur Channel 13. Mais vous, Rabi, sans doute à l'issue d'un raisonnement des plus brillants, vous avez choisi à la place de regarder des dessins animés empreints de violence dans lesquels des lapins, des coyotes et des roadrunners s'arrosent mutuellement de gros blocs de rocher. Si seulement vous vouliez me faire part de votre logique, afin que je puisse faire profiter les autres enfants de la région des Trois États de votre intelligence et de votre vertu...

— Tu sais ce que j'ai lu, l'autre jour ? l'interrompit Rabi. De moi-même, sans que la maîtresse me le demande ? Un livre sur la mythologie grecque, c'est-à-dire l'équivalent des dessins animés à l'époque où *tu* avais 7 ans. Et tu sais quoi ? Il y avait ce dieu, Cronos, il a pris une faucille et il a *émasculé* son père. *Émasculé*. Alors, c'est mieux ou c'est pire qu'un coyote qui se prend un rocher sur la figure ?

Enfilant une paire d'écouteurs pour échapper au débat, Lexa demanda à son ordinateur de lancer un programme intitulé SumpPumpGraphics.

— C'est parti, répondit l'ordinateur.

L'écran principal afficha le dessin des sept candidats démocrates aux élections présidentielles, installés comme pour un débat. Quand Lexa entra une copie de leur propagande officielle dans un scanner optique, des bulles de dialogue apparurent au-dessus des personnages assis, proportionnées à la verbosité du discours. La bulle la plus grosse revenait à Preston Hackett, un outsider opportuniste qui, au gré des occasions, s'était revendiqué de dix-huit nations différentes, y compris la Belgique, apparemment admise dans l'Union alors que personne ne regardait.

— Lancement de la procédure de filtrage, dit Lexa.

— Procédure de filtrage parée. La longueur moyenne du discours de départ est de 3 617 mots.

— Filtre les formules de politesse, plaisanteries et anecdotes historiques inutiles. Idem pour les citations et statistiques qui ne soutiennent pas directement un argument précis. Filtre les platitudes et remarques sans suite. Filtre les évidences réitérées. Filtre les redondances. Filtre les déclarations trompeuses et les mensonges purs et simples, mais garde-les de côté pour plus tard.

— C'est parti, répondit l'ordinateur. (Les bulles de dialogue rapetissèrent comme peau de chagrin.) Filtrage terminé. La longueur moyenne du discours est maintenant de 207 mots.

— Filtre et mets de côté les promesses impossibles.

Filtre aussi les promesses qui ne passent pas le test d'imprécision.

— À combien dois-je fixer le seuil d'imprécision ?

— Ne soyons pas trop exigeants, disons... tout ce qui tombe en dessous de quatre sur l'échelle de Thatcher.

— Chargement des paramètres. C'est parti. (Les bulles de dialogue se réduisirent à quelques pixels.) Filtrage terminé. La longueur moyenne du discours est maintenant de 27 mots.

Lexa prit un crayon laser et le pointa sur le dessin du candidat Harmon Fox. Fox se mit à réciter la version expurgée de sa propagande électorale.

— Si je suis élu, j'augmenterai les impôts des riches, je réduirai les dépenses militaires en faveur des programmes d'assistance sociale et je ferai planter un million d'arbres.

Lexa déplaça le pinceau lumineux sur la candidate Nan Sheffield.

— Si je suis élue, j'augmenterai les impôts des riches, je réduirai les dépenses militaires en faveur des programmes d'assistance sociale et je ferai planter deux millions d'arbres.

Une guerre de surenchère. Lexa passa ensuite à Preston Hackett et découvrit avec surprise que son discours était le plus court des trois.

— Si je suis élu, j'augmenterai les impôts des riches et je réduirai les dépenses militaires en faveur des programmes d'assistance sociale.

— Rien sur les arbres ? s'étonna Lexa.

— La seule référence faite à des arbres par le candidat Hackett concernait un plan de reboisement des Grandes Plaines. Cette déclaration n'a pas survécu au filtrage.

— Réinsère-la dans le texte, veux-tu ?

— C'est fait.

— Maintenant, ouvre-moi une page blanche, colonnes standard. Insère les discours filtrés des candidats en bandeau latéral, en laissant suffisamment d'espace pour les caricatures. Titre temporaire de l'article : DES ÂNES PERDUS DANS LA FORÊT.

Elle tapa ensuite pendant une demi-heure. Son clavier, une machine à écrire mécanique Remington-Rand de 1925, représentait le seul élément désuet de son matériel. Elle aimait la résistance des touches métalliques et le claquement des caractères sur le rouleau vide ; sous le métal, des capteurs de pression traduisaient sa frappe pour l'unité centrale. Inscrite sous la barre d'espacement de la Remington en lettres élégantes calligraphiées au correcteur liquide s'affichait la devise : LE BON JOURNAL D'INVESTIGATION EST UNE CHOSE DU PASSÉ.

Le temps qu'elle finisse son article, sa fille avait anéanti Socrate et regardait Bugs Bunny appliquer le même traitement à Elmer Fudd. Ne voyant là aucun danger immédiat pour la fibre morale de Rabi, Lexa envoya des copies de sa prose au siège du *Call* à Manhattan ainsi qu'à Ellen Leeuwenhoek, sa photographe vedette en déplacement à Washington. Puis elle demanda à l'ordinateur de ratisser la cour, ce qui signifiait en clair lancer une vaste recherche de tous les faits divers intéressants, le mot « intéressant » étant défini par un fichier entier de paramètres en perpétuelle évolution, de la taille d'un petit dictionnaire.

— Premier point, annonça l'ordinateur quelque trente secondes plus tard par-dessus le crépitement simulé d'un vieux télétype UPI[1], la directrice de l'Opinion Publique de Gant Industries vient d'annoncer l'ajournement sans limite de temps de ce qu'elle

1. *United Press International* : agence de presse internationale.

appelle « notre projet de sauvetage de l'Antarctique », en raison d'une « activité terroriste non confirmée ».

— Y a-t-il eu une déclaration officielle de Washington concernant le torpillage du brise-glace ?

— Le président et son entourage se refusent pour l'instant à tout commentaire. En revanche, la reine d'Angleterre, en vacances en un lieu non spécifié, a fait savoir par voie de presse qu'elle félicitait Philo Dufresne pour « avoir contré les plans diaboliques de ceux d'entre nos cousins américains qui voudraient rompre leur traité avec nous ». Le Premier ministre britannique a immédiatement précisé que les paroles de Sa Majesté ne devaient pas être interprétées comme une justification implicite du hooliganisme.

— Vois si tu peux intercepter des notes électriques en provenance de la Maison Blanche, mais évite de te faire repérer. Et tiens-moi au courant si la reine reparle de Philo. Point suivant.

— Point suivant : une recherche dans les fichiers accessibles de la police ne révèle rien de nouveau concernant la mort d'Amberson Teaneck ou l'implication possible d'un domestique automatique Gant dans cet incident. Le département de l'Opinion Publique du milliardaire a passé sept appels téléphoniques à la brigade des homicides chargée de l'enquête, plus cinq au bureau du chef de la police, et envoyé plusieurs fax de mise en garde contre les « spéculations hasardeuses ». Aucun organe de presse n'a fait état d'un domestique Gant dans sa présentation du meurtre cet après-midi.

— Sors-moi une copie papier de tout ce que nous avons déjà sur cette affaire. Et envoie-moi le point suivant en attendant.

— Impression lancée. Point suivant : Joan Fine a été admise ce matin à l'hôpital général d'East River après une explosion dans les égouts de New York. Le coût des dégâts infligés aux conduites et aux fondations des immeubles voisins est estimé à...

— Comment va-t-elle ? interrompit Lexa.

— Son traitement se résume à quelques points de suture, un bandage de la jambe droite, et bien sûr des antibiotiques pour prévenir tout risque de contagion éventuelle. On la garde en observation mais son état est excellent.

— Quel est le numéro de sa chambre ?

— Chambre 413. Visites autorisées entre 9 heures et 22 heures.

— Contacte la réception de l'hôpital et demande-leur un passe de visiteur pour moi.

— C'est parti, dit l'ordinateur. Ma recherche a fait apparaître d'autres points intéressants.

— Garde-les-moi au frais. Je t'appelle de la voiture.

Le dieu des voitures conduirait si elle avait le permis

Pliant la sortie d'imprimante dans une chemise en papier kraft qu'elle fourra dans son sac à main, Lexa embrassa Rabi et lui recommanda de faire quand même une petite sieste.

— Ton père doit rentrer ce soir, et pas question que tu viennes à sa rencontre avec Toshiro et moi si tu trembles de fièvre.

— D'ac', m'man, promit Rabi avant de retourner à ses dessins animés.

Dans la chambre d'amis, Lexa déposa un baiser plus appuyé sur la forme endormie de Toshiro Goodhead, la vedette de la saison au West Village Chippendale's. Puis elle sortit et dévala les trois volées de marches en pierre jusqu'à la rue.

New Bedford-Stuyvesant se composait d'environ quatre kilomètres carrés de médina marocaine transplantée dans le comté de King. Lexa et un groupe d'investissement de collègues fouille-merde avaient décidé quelques années auparavant que s'ils entendaient consacrer leur vie à critiquer les défauts des grands projets des autres, ils devaient au moins assumer leur propre grand projet. L'idée du renouveau urbain s'était imposée d'elle-même.

Le style traditionnel de la médina avait été soigneusement adapté à l'environnement du Brooklyn moderne. Les rues de New Bedford-Stuyvesant étaient plus droites et mieux éclairées que l'enchevêtrement de ruelles de Fez et du vieux Marrakech, et suffisamment larges pour autoriser le trafic automobile, même si les moteurs à combustion y étaient strictement interdits. La densité de population était très inférieure à celle de la plupart des villes d'Afrique du Nord, et un bon tiers du quartier avait été réservé aux parcs et aux reconstitutions ; presque chaque toit en terrasse avait son jardin. Les bâtiments, très similaires dans leur allure — des boîtes rectangulaires, principalement, dont aucune ne dépassait cinq étages —, étaient ornés de fresques et de mosaïques de toutes sortes.

La façade de l'immeuble de Lexa offrait une vision en coupe des profondeurs océaniques et de la vie sauvage qu'elles renfermaient : lamantins et morses s'ébattant dans les vagues au bord du toit, dauphins, murènes et plongeurs en combinaison au niveau des fenêtres de son appartement, au troisième étage, et ainsi de suite jusqu'aux abysses bleu-noir au niveau de la rue, où des poissons lumineux nageaient autour de la main de Fatima en argent sur la porte d'entrée.

Un système de plomberie modernisé était dissimulé sous les couleurs vives, le ciment et les briques de la façade, amenant l'eau des Catskill, encore potable même en 2023, jusque dans les chasses d'eau — un luxe qu'on n'appréciait pas à sa juste valeur tant qu'on ne s'était pas retrouvé en proie à la dysenterie dans des toilettes à la turque de la casbah. En recyclant au maximum leurs déchets et en évacuant les eaux usées de New Bedford-Stuyvesant vers des collecteurs pour servir d'engrais et de carburant, les habitants du quartier limitaient également leur dépendance vis-à-vis du réseau d'égouts de Brooklyn, ce qui n'était pas un mince avantage en cette ère May Team.

Et bien sûr, il y avait le dôme. Buckminster Fuller n'avait pas encore apposé son empreinte sur Rabat ou sur Tanger, mais New Bedford-Stuyvesant était coiffé et protégé par une immense bulle géodésique. Chaque panneau triangulaire de la structure était un capteur solaire transparent, de sorte que lors des longues journées ensoleillées, le dôme générait suffisamment d'électricité pour alimenter le centre de contrôle climatique et satisfaire jusqu'à 40 % des modestes besoins de la communauté. Les jours de grisaille étaient une autre affaire, mais même par le plus humide des mois de mars, le dôme demeurait plus productif que n'importe quel gratte-ciel. Plus agréable à vivre, aussi, et selon l'opinion de Lexa, autrement plus joli.

Du point de vue ethnique, le quartier représentait un mélange hétéroclite, en partie grâce à des loyers diversifiés qui mettaient sur un même palier les gens aisés et les surendettés. Des réfugiés de la politique étrangère américaine en Syrie et au Salvador y voisinaient avec la noblesse en fuite du Bahrein ou du Qatar ; des Turcs pleins aux as, des Vietnamiens et des Portoricains marchandaient avec des vendeurs de rue cambodgiens ou afghans dans le souk de Bed-Stuy. Les Anglos étaient relativement peu nombreux : les Blancs libéraux évitaient le quartier de peur que ses nombreux habitants arabes n'agressent les femmes ou les juifs qui vivaient à proximité, tandis que les Blancs conservateurs redoutaient le kidnapping ou l'attentat. Ils préféraient faire un large détour et s'acheter des appartements à Richmond.

À l'exception de la fille de Lexa — que pratiquement tout le monde prenait pour une Australienne — on n'y trouvait aucun Noir, aucun du moins qui soit d'origine africaine. La croyance populaire voulait qu'il ne reste plus aucun Afro-Américain à l'est du Mississippi, et que les rares survivants vivent dans des camps fortifiés dans les montagnes Rocheuses. Lexa était mieux informée, mais il était exact que le plus africain des visages que vous pouviez vous attendre à croiser dans New Bedford-Stuyvesant appartenait à Bluey Kapirigi, une aborigène australienne venue en Amérique tenir le haut de l'affiche dans des films et des miniséries. Bluey ressemblait autant à Rosa Parks qu'on était en droit de l'attendre d'une Australoïde, et deux fois par an au moins elle prenait l'avion pour Montgomery, Alabama, où elle se faisait filmer refusant de céder sa place dans le bus ; ce rôle unique et sans cesse répété lui avait valu la célébrité nationale, au point qu'elle avait été invitée à la Maison Blanche et s'était vu remettre les clefs de la ville par le maire de Montgomery.

Une brève balade à travers le souk conduisit Lexa à la mosquée de l'Anti-Atlas, où elle garait sa voiture. L'imam était assis sur les marches devant la mosquée, prenant un déjeuner tardif ; il leva la main en la voyant arriver.

— Eh, grand chef, lui lança-t-elle en s'approchant.

— Lexa, dit-il en manière de salut. Le type est revenu tourner autour de ta Coccinelle.

— Quand ça ?

— Il y a moins de dix minutes. J'étais en haut dans

le minaret, en train d'épousseter le muezzin électrique. Il s'est carapaté quand la voiture s'est mise à klaxonner.

— Le même que l'autre fois ?

— Je crois. À moins que tous les voleurs de voitures ne se soient mis au costume de serge bleu.

— Merci d'avoir gardé un œil dessus. Je demanderai à Betsy si elle a une ID.

Betsy, c'était Betsy Ross, une Volkswagen Coccinelle modèle Kazenstein spécial de 2019. Entre 25 et 30 ans, Lexa avait fréquenté un bar de femmes au Village appelé le *Betsy Ross Saloon*, où un tableau accroché au-dessus de sa table favorite représentait une Coccinelle ailée pourchassant les nuages au-dessus de Manhattan, le titre du tableau était *Le dieu des voitures conduirait si elle avait le permis*. Depuis, elle avait toujours voulu posséder sa propre Coccinelle et gardait les yeux ouverts à la recherche d'un modèle 1949 à l'état neuf. La version de Morris, cependant, offrait beaucoup plus d'options.

Elle débrancha le câble de chargement et pressa son pouce contre la serrure digitale de la portière du conducteur.

— Je me suis fait tripoter par un porc, annonça Betsy tandis que sa propriétaire se glissait à l'intérieur.

Lexa avait demandé à Morris de donner à la voiture une personnalité féminine agréable, mais il lisait une réédition de *Revolution for the Hell of It* ce mois-là, si bien que Betsy Ross était en réalité une sorte d'Abbie Hoffman en jupons.

— Faiçal me dit que tu as reçu de la visite, répondit Lexa. Que voulait le type ?

— Me coller un mouchard sous le pare-chocs arrière. Tu aurais dû voir sauter ce fils de pute quand j'ai déclenché mon klaxon.

— Tu as une photo de lui ?

— Chérie, j'ai ses résultats SAT[1]. (La boîte à gants s'ouvrit sur un fax en couleurs, qui sortit la photo d'un homme blond à l'air surpris.) Ernest G. Vogelsang, promotion 2019 au Houston Community Collège, promotion 2021 à Quantico, travaille actuellement comme agent spécial du département Anti-activités anti-américaines du FBI. On dirait que les Fédéraux t'ont cataloguée dans les anti-Américaines.

— Ce n'est pas nouveau. Et ses SAT ?

— Trois cent quarante en maths, 260 à l'oral. Ce type m'a tout l'air d'être un gros nul.

— Ouais. À ton avis, pourquoi les Fédéraux l'ont engagé ?

— Alors là, mystère, répondit Betsy. Mais tu sais quoi ? Le chef actuel du département Anti-activités anti-américaines s'appelle *aussi* Ernest Vogelsang. Senior. Si ce n'est pas une coïncidence...

— Hmm.

Lexa enclencha le starter d'un coup de pouce, le moteur se mit en marche avec un doux murmure. C'était la seule chose qu'elle n'aimait pas dans les voitures électriques, aussi écologiques soient-elles : même à la vitesse maximale de 100 kilomètres à l'heure, la Coccinelle restait trop discrète, quasiment silencieuse. Comme si vous conduisiez une voiture de golf.

— Tu sais, reprit Betsy, si tu m'enlevais mes inhibiteurs d'attaque, je pourrais nous faire gagner beaucoup de temps avec une simple marche arrière sur des gens comme ce Vogelsang...

— Merci bien, j'ai déjà assez de mal comme ça à te faire homologuer chaque année.

1. *Scholastic Aptitude Test* : examen en deux parties passé pour intégrer une université américaine. Le résultat parfait se situe à 1 600, 800 pour les mathématiques et 800 pour l'oral.

— Où as-tu pêché que j'avais envie de me faire homologuer ?

Elles quittèrent le parking. Le silence du moteur de la Coccinelle continuait à frustrer Lexa, mais plus pour longtemps. Betsy avait un vice secret : elle ne marchait pas uniquement à l'électricité en boîte. Quand elles quittèrent le dôme de New Bedford-Stuyvesant pour s'insérer dans le mince trafic d'Atlantic Parkway, Lexa passa en propulsion au méthanol, un mélange maison qui brûlait chaud et clair. Le *thrum* incomparable de la combustion interne fit trembler le véhicule d'un garde-boue à l'autre. Lexa appuya sur l'accélérateur, l'aiguille du compteur bondit de 50 à 85. La petite Coccinelle doubla en trombe une Winnebago électrique qu'elle faillit souffler hors de la route.

— Fais quand même attention aux radars, dit Lexa.

Betsy répondit :

— Là, je te retrouve.

2004 et 2023 : Le vélodrome céleste

Une des raisons pour lesquelles Joan Fine n'avait jamais accordé beaucoup de crédit aux expériences de NDE (*Near Death Expérience*) était que sa mère en avait fait une, et que le voyage de sœur Ellen Fine dans la lumière de l'au-delà s'avéra tellement bizarre, à la fois dans ses causes et dans son contenu, qu'il discrédita définitivement la question à ses yeux.

Le dernier assaut de la croisade des sœurettes catholiques fut lancé en été 2004, juste deux mois avant le déclenchement de la pandémie africaine — coïncidence dûment notée par le chroniqueur de catastrophes Tad Winston Peller, même s'il ne précisa jamais en quoi consistait la relation. À cette époque, les effectifs des prêtres catholiques avaient fondu à un niveau critique partout à travers le monde, et bien qu'il y eût de nombreuses raisons à cela, le problème du célibat était le facteur le plus fréquemment invoqué. Quand un troisième Concile du Vatican fut convoqué début juin, des rumeurs circulèrent selon lesquelles l'Église se préparait finalement à renoncer à l'interdiction du mariage des prêtres. Les sœurettes étaient bien décidées à s'inviter à la fête.

— Tu es cinglée, m'man, dit Joan à sa mère pour la énième fois. Le Collège des cardinaux n'est qu'une bande de puceaux mal embouchés. C'est une torture pour eux de céder sur quoi que ce soit, et qu'allez-vous leur demander ? Pas uniquement des prêtres mariés, même pas uniquement des prêtresses, mais des prêtresses qui puissent se marier. Entre elles, si ça leur chante. Des prêtresses enceintes. Des prêtresses gouines militantes qui pratiquent l'insémination artificielle. Le pape va en faire une attaque.

— Oh, ma fille de peu de foi, répliqua sœur Ellen en se battant pour fermer sa mallette. Ton séjour à Harvard t'a manifestement fait basculer dans le camp des païens.

— Ils t'ont excommuniée, m'man. Ils ne te laisseront même pas entrer.

— Cette excommunication est purement politique. (Deux déclics jumeaux — les serrures de la mallette se bouclaient enfin.) Écoute, je veux bien accepter ton petit jeu d'agnostique, mais je continue pour ma part à aimer cette Église. Et sans nous, elle sera morte dans cinquante ans. Tuée pour n'avoir pas su évoluer. Sa Sainteté ne le comprend pas, le Sacré Collège ne le comprend pas, mais *je* le comprends, et il est de mon devoir, en bonne catholique, de leur communiquer ma compréhension.

Elle s'alluma une cigarette.

— Je suis fière de toi, m'man, avait dit Joan. Païenne ou non, je veux que tu sois bien certaine de cela. Mais sais-tu qu'ils vont te tuer ?

Les sœurettes s'envolèrent pour Rome à bord de deux jumbo-jets de la Lufthansa spécialement affrétés — Al Italia avait refusé de les transporter — et franchirent le contrôle douanier en se faisant passer pour une compagnie de brasseurs germaniques en vacances. Le lendemain à l'aube, elles se regroupaient sur la rive ouest du Tibre pour entamer leur marche vers le Vatican. En cette occasion spéciale, elles avaient mis de côté les habits cérémoniels de leurs différents ordres en faveur d'un uniforme standard, un costume de combat joignant l'audace d'un violet éclatant à l'humilité du tissu et à la modestie de la coupe. Remontant, fortes de sept cents têtes, la Via della Conciliazione, les yeux et le visage illuminés d'une détermination farouche, elles évoquaient un défilé militaire de pingouins couleur prune.

La gendarmerie pontificale avait été prévenue de leur approche. Les portes de la cité du Vatican restèrent ouvertes, mais à l'intérieur de la Piazza San Pietro, les gardes suisses, dans leur propre uniforme clinquant jaune, rouge et bleu, avaient formé une ligne défensive qui bloquait les marches de la basilique Saint-Pierre. Aucune confrontation de ce genre n'étant vraiment complète sans une foule en colère, quelque deux mille citoyens romains avaient été tirés de leurs lits et convoqués sur la Piazza, rassemblés aux extrémités nord et sud, où des carabinieri bottés de noir faisaient semblant de les repousser ; à proximité de l'obélisque, au centre de la Piazza, se pressait une cohue de paparazzis en blousons de sport blancs Gucci et Armani.

Tout cela était retransmis en direct par CNN, dont un dirigeable hérissé de caméras planait au-dessus de

Saint-Pierre. Un garde suisse solitaire sortit en rampant sur le toit de la basilique pour faire signe au dirigeable de s'éloigner, avant d'essayer de l'abattre avec son arbalète du XVIe siècle. Six mille quatre cents kilomètres et six fuseaux horaires plus à l'ouest, Joan et Lexa étaient au *Betsy Ross Saloon*, bien après minuit, suivant le drame qui se jouait à la télévision au-dessus du bar. Quand les nonnes débouchèrent sur la Piazza, elles repérèrent sœur Ellen Fine au premier rang, une cigarette aux lèvres, trop nerveuse pour songer à la fumer.

— Elles vont se faire massacrer, dit Joan, qui elle-même enchaînait Marlboro sur Marlboro.

Elle était terrifiée, en colère aussi — de voir sa mère risquer sa vie pour une chose qui lui semblait triviale — et cependant emplie d'admiration et d'un besoin de voir justice rendue : ce même besoin qui la pousserait plus tard à mener de nombreuses croisades de son cru, renforcé par l'espoir qu'au moment de vérité, ceux qui avaient abusé du pouvoir reprendraient leurs esprits et feraient machine arrière. *Le pape va sortir*, songeait-elle, *les bras grands ouverts, et il va dire* : *« Tout ça va trop loin. Nous vous accueillons parmi nous. Inutile de recourir à la violence. »* Joan égrenait son chapelet ; Lexa lui prit la main.

Les nonnes avaient presque atteint les marches de la basilique quand le bombardement commença. Devant le mur des Lamentations à Jérusalem, les rabbins orthodoxes avaient jeté des chaises pliantes en métal sur les sœurettes juives, mais la foule des Romains se contenta de munitions plus traditionnelles : pierres et blocs de maçonnerie. La mère de Joan fut touchée à la tempe par un buste de l'empereur Néron qui lui provoqua une fracture du crâne et la rendit définitivement sourde d'une oreille.

— Ce n'était pas douloureux, insista-t-elle en parlant

à Joan depuis son lit d'hôpital une semaine plus tard. Il y avait juste ce bourdonnement, comme si une cloche sonnait à l'intérieur de ma tête, et le moment d'après je me suis retrouvée à vélo...

— À vélo ? s'étonna Joan.

— J'étais à l'extérieur du ciel, précisa sœur Ellen Fine, en train de pédaler le long de la pente la plus rude que tu peux imaginer. J'avais le souffle coupé, sauf que je n'avais plus besoin de respirer, si bien que j'ai continué, et une éternité plus tard, le ciel est devenu progressivement plat. Et là, je les ai vues, au milieu d'une plaine d'étoiles, comme dans les histoires : les portes de nacre, les rues pavées d'or...

— Et saint Pierre à l'entrée ?

— Oh oui. Sauf que lui n'était pas du tout comme on se l'imagine. Pas de longue barbe blanche, rien de tout ça. Il était jeune, respirant la santé, musclé et le teint très mat...

Sa voix mourut sur une note un peu embarrassée.

— Pauvre Ellie, la vision de saint Pierre lui a inspiré des pensées impures, compatit sœur Judith Calyx, une collègue sœurette qui s'était sortie sans une égratignure de l'émeute au Vatican, évitant l'un des gardes suisses et traînant la mère de Joan en sécurité.

Elles n'avaient pas réussi à voir le pape.

— Il était beau, confessa sœur Ellen. Pas du tout mon genre, c'est le moins qu'on puisse dire, mais impossible de nier la perfection de son apparence.

— Peut-être, suggéra Lexa, que vous perceviez simplement la puissance de sa sainteté.

— J'en doute. Ma première impression fut qu'il avait la plus belle paire de fesses que j'avais jamais vue. Je ne me souviens pas avoir jamais entendu dire que le Saint-Esprit pouvait se manifester de cette manière. Donc je lui ai dit bonjour, il m'a saluée en retour et m'a demandé de bien vouloir attendre pendant qu'il cherchait où j'étais logée. Il ne se servait pas d'un ordinateur ni d'un téléphone : il avait une gigantesque armoire à classeurs à côté de la porte, avec des serrures à combinaison sur chaque tiroir, ce que je n'aurais sûrement pas noté s'il ne s'était agi que d'une hallucination.

Elle adressa un regard lourd de sens à Joan qui, manifestement, n'avalait pas un traître mot de toute cette histoire.

— Ensuite, pendant que Pierre tâchait de se souvenir si j'étais dans le XVII gauche ou dans le XVII droit, j'ai entendu souffler et peiner derrière moi, et j'ai vu qu'une délégation de mes sœurettes en violet m'avait suivie. Elles avaient gravi la pente sur un tandem à douze places, mais je lisais sur leurs visages rougeauds qu'elles auraient tué pour un bus scolaire. (Elle tapota la main de Judith.) Elles se sont arrêtées à distance, comme si elles n'osaient pas s'approcher trop près, et m'ont fait signe : par ici, la lutte continue, pourquoi être si pressée de partir ?

— Alors tu es revenue.

— Immédiatement. Même si je dois admettre que pendant un instant, prise entre le cul de Pierre et ce tandem rouillé croulant sous les sœurs, j'ai hésité. (Son visage se fendit d'un sourire impie et elle se tourna vers Joan.) Et toi, ma païenne de fille, tu penses que tout cela n'était qu'un rêve, pas vrai ?

— Je t'aime, m'man, répondit Joan. Je te respecte, je t'appuie à 100 %. Mais tu es complètement siphonnée.

D'où la réticence de Joan à l'égard des expériences de NDE. D'où un tas de choses à propos de Joan.

Quoi qu'il en soit, quand les sauveteurs la treuillèrent hors des égouts ce lundi matin de 2023, Joan savait bien qu'elle n'était pas morte, ni même seulement en danger. Consciente pendant une partie du trajet jusqu'à l'hôpital général d'East River, elle demanda quelles étaient ses chances. La jeune femme qui s'occupait d'elle à l'arrière de l'ambulance rit et lui dit de ne pas s'inquiéter : elle avait conservé tous ses membres et n'avait subi aucun traumatisme interne, même si elle aurait besoin de quelques points de suture là où Meisterbrau s'était frotté contre sa jambe. Joan ferma les yeux et dormit le reste du chemin jusqu'à l'hôpital.

Elle rêva qu'elle faisait du vélo sur l'extérieur du ciel.

La pente était aussi raide que l'avait prétendu sa mère, avec cette difficulté supplémentaire que Joan respirait toujours. Le temps qu'elle atteigne la plaine d'étoiles où reposait la cité éternelle, elle était trop essoufflée pour pouvoir parler. Pantelante, la respiration sifflante, prête à vendre son âme pour une cigarette, Joan poussa jusqu'aux portes du Paradis.

Saint Pierre n'était pas de service. C'était la mère de Joan qui tenait sa place, appuyée contre une armoire à classeurs et faisant tournoyer un énorme trousseau de clefs au bout de son doigt.

— Si ce n'est pas ma païenne de fille en personne... dit-elle. Je ne t'attendais pas aujourd'hui. Je viens de voir passer quelques-uns de tes collègues, mais tu n'étais pas sur la liste.

— M'man... commença Joan avant de s'interrompre sur une quinte de toux déchirante.

— Tu fumes toujours ? Moi aussi, mais la bonne nouvelle c'est que le cancer n'existe pas ici. Les taxes sur le tabac non plus. Et quand tu es au restaurant, personne ne vient jamais te faire de réflexion.

Pliée en deux sur son guidon, Joan aperçut une rue pavée d'or de l'autre côté du portail béant — pas aussi scintillante qu'elle l'aurait pensé. L'architecture évoquait une banlieue suisse, avec tous ses chalets en sapin clair en rangs d'oignons. Joan ne put s'empêcher de se demander comment ils faisaient pour loger tous les morts sans recourir à des gratte-ciel. Le plus haut bâtiment qu'elle aperçut — une sorte de stade au sommet d'une colline — affichait une banderole annonçant : COURSES DE VÉLO CHAQUE LUNDI ET JEUDI.

— Écoute, Joan, lui dit sa mère. Puisque tu es là... Je traînais dans le bureau de la direction l'autre jour, et j'ai surpris deux ou trois petites choses que tu ferais bien de savoir. Il va y avoir du grabuge à New York cette semaine...

À trois pâtés de maisons du vélodrome céleste, un alligator déboucha d'une rue transversale, poursuivi par Eddie Wilder, Lenny Prohaska, Art Hartower et un vieil homme couvert d'ordures qui ne pouvait être que Teddy May. L'animal gagna le milieu du carrefour, souleva du bout du museau une plaque d'égout incrustée de pierres précieuses et tâcha de se faufiler par l'ouverture. Mais Eddie Wilder plongea et le retint par la queue.

— ... un tremblement de terre, d'une part — je n'ai pas pu voir l'indice sur l'échelle de Richter — et quelque chose en rapport avec les nègres électriques. *Méfie-toi des nègres*, Joan. Tu m'écoutes ?

— M'man, souffla-t-elle, enfin parvenue à se redresser. M'man, qu'est-ce que tu fabriques avec les clefs de saint Pierre ?

— Oh, ça ? Il y a eu quelques remaniements ici, après notre arrivée de Judy et moi. Un désaccord avec la direction. Ça aurait pu mal tourner, comme cette histoire à Rome, mais en fin de compte nous sommes parvenus à un compromis. (Elle baissa la voix et ajouta :) La Sainte Vierge s'est rangée de notre côté.

L'hôpital général d'East River était amarré non loin du pont de Brooklyn. Ancienne barge-prison, il avait été converti en vaisseau hôpital et en morgue durant la pandémie de 2004 et faisait désormais office de relais, accueillant le trop-plein de patients et de cadavres des autres établissements de la ville. Ses clients vivants ne songeaient qu'à se remettre sur pied au plus vite : l'East River, en tout cas les jours de pics de pollution, était connu pour ses risques d'incendie.

Joan s'éveilla dans une odeur d'air conditionné et de désinfectant. À travers la fenêtre à barreaux de sa chambre, un brouillard brun asphyxiait un oiseau en plein vol.

— Tu rêvais ? demanda Lexa depuis sa chaise au chevet du lit.

— Je rêvais, confirma Joan, groggy. (Elle vit qu'on avait soigné sa blessure à la jambe pendant qu'elle bavardait avec sa mère.) Quelle est l'étendue des dégâts ?

— Mineure. Ton médecin veut procéder à un test sanguin plus tard, mais elle pense...

— Les dégâts structurels, précisa Joan. Les égouts ont beaucoup souffert ?

— Eh bien, dit Lexa, malheureusement ce n'était pas qu'une explosion de méthane. Apparemment, l'effluent lui-même se sentait d'humeur volatile aujourd'hui. (Elle se pencha sur un compte rendu que lui avait sorti Betsy Ross.) Les fondations de deux immeubles sapées, un tunnel partiellement effondré, 50 000 dollars de « dégâts cosmétiques » — c'est le mot qu'ils emploient — plus le fait que ta barge a l'air d'avoir été repeinte au chantier naval Picasso. Par ailleurs, quelques flaques enflammées flottent encore autour de l'île et...

Elle désigna la fenêtre d'un signe de tête.

— J'ai flanqué le feu à la rivière ? J'ai flanqué le feu à la putain de rivière ?

— D'après les rapports, dit Lexa, l'Hudson aussi serait en train de se consumer. Sans vouloir être désagréable, Joan, si tu veux jouer les martyres, l'idée consiste à te faire brûler par quelqu'un d'autre. L'auto-immolation ne compte pas.

— Il me faut une cigarette.

— J'étais sûre que tu dirais ça.

Elle lui tendit un paquet de Marlboro filtres, une pochette d'allumettes et une canette de soda écrasée en guise de cendrier. Le craquage de l'allumette activa le système de sécurité anticancérigène de la chambre : un John Wayne bougon en hologramme apparut au pied du lit, agitant un index menaçant.

— Madame, madame, gronda-t-il, vous connaissez le règlement. Nous sommes dans un hôpital, et il est absolument interdit...

Lexa débrancha le détecteur de fumée. Wayne disparut au beau milieu de sa phrase.

— Alors...

— Tu sais quoi ? fit Joan. Une femme noire m'a sauvé la vie ce matin. Une vraie, je crois, pas une électrique.

Lexa n'eut pas l'air surprise, mais d'un autre côté elle ne l'était pratiquement jamais.

— Intéressant, dit-elle. Pourquoi crois-tu qu'elle était humaine ?

— Eh bien, d'abord, elle se trouvait dans les égouts, et je sais qu'elle n'appartenait pas au département. Et elle était noire, je veux dire vraiment noire. Les plus sombres des domestiques ne sont que café au lait.

— Mmm hmm, fit Lexa. (Elle griffonnait quelque chose sur le compte rendu.) Tu sais pourquoi, pas vrai ?

— Bien sûr que je le sais. Le bureau d'études de marché du service de l'Opinion Publique a décidé qu'une teinte plus foncée ferait peur aux enfants. Donc à moins qu'Harry n'ait fait fabriquer un modèle spécial, habillé dans une espèce d'armure, et qu'il l'ait fait tomber dans une bouche d'égout, je ne crois pas que cette femme fonctionnait sur batterie. Autre chose : elle avait les yeux verts.

— Verts ? reprit Lexa. Qui a jamais entendu parler d'une Noire avec des yeux verts ?

Sur le compte rendu, elle avait écrit : LES FÉDÉRAUX SONT PEUT-ÊTRE À L'ÉCOUTE. LE BIG BOSS TE PASSE LE BONJOUR ET TE REMERCIE POUR TA DERNIÈRE CONTRIBUTION AU FOND ÉCOLOGIQUE. LA PROCHAINE FOIS QUE JE VERRAI SA FILLE AÎNÉE, JE LUI FERAI PART DE TA GRATITUDE.

— Tu marques un point, admit Joan en tapotant sa cigarette au-dessus de la canette vide. Peut-être l'ai-je tout simplement imaginée. Ce ne serait pas la première fois que quelqu'un a des hallucinations dans ce merdier.

— Que comptes-tu faire en sortant d'ici ? s'enquit Lexa. (Elle plia le compte rendu et le rangea dans son sac à main.) Comme travail, je veux dire.

— Je ne sais pas. Après l'affaire de ce matin, je vais certainement être mutée loin des May Teams...

— Tu l'es. Fatima Sigorski a signé ta suspension à 13 h 12.

— ... ouais, et un job de bureau au sein du département des Égouts serait une déchéance supplémentaire, alors j'ai l'impression que je suis au chômage. Des suggestions ?

— Oh, ça n'implique aucune chasse au requin...

— Au *carcharodon*. (Elle sourit.) C'est drôle, après

toutes ces années de piquets de grève et de pétitions, et ensuite à faire le maquereau pour Harry... il y a quelque chose de rafraîchissant dans le fait de porter un calibre .12 chargé.

En disant cela, elle revit Prohaska, entraîné sous les eaux en hurlant, et sentit une brusque montée de nausée.

— Les flingues. (Lexa secoua la tête, pendant que Joan s'envoyait précipitamment une grande bouffée de nicotine.) Ce que je voudrais savoir, c'est ce qui est arrivé à l'idéal de l'endurance héroïque. La méthode, la régularité, le travail, c'est encore grâce à cela que s'accomplissent la plupart des évolutions sociales. Et qu'on arrive à faire de vieux os.

— J'ai l'intention de faire de vieux os, merci. Et tu sais foutrement bien que je déteste faire couler le sang, mais...

— Tu n'as rien contre une bonne bagarre. (Lexa sourit, c'était un vieux débat entre elles.) Un corps à corps sans merci, un moment de vérité, et pas de blessé, à part ce poisson mutant. Tu n'as jamais été une partisane des droits des animaux.

— Exact. Et puis il me reste le Sanctuaire, et ce n'est pas rien de savoir qu'une vingtaine de personnes ne dormiront pas dans la rue ce soir, mais ce n'est pas suffisant. J'ai besoin d'un mur de brique à renverser. Pourquoi crois-tu que j'ai épousé Harry ?

— Jeanne d'Arc.

Joan haussa les épaules.

— Fais-moi un procès. À quoi voulais-tu t'attendre, avec ma mère ? Sans parler de Gordo Gambino.

— Eh bien, je n'ai besoin ni d'un mafioso libéral ni de la Pucelle d'Orléans, dit Lexa. J'ai besoin d'une enquêtrice intelligente, qui ait ses entrées chez Gant Industries. Et qui soit capable de se défendre. (Elle déposa l'enveloppe en papier kraft sur le lit.) Je ne te promets rien, mais il y aura peut-être du danger.

— De quoi s'agit-il ?

— Un meurtre. Amberson Teaneck. Il dirigeait le service des prises de contrôle corporatives chez Drexel Burnham Salomon. On murmure qu'il essayait de monter une OPA sur Gant Industries quand il est mort brutalement dans des circonstances douteuses.

— Tu penses qu'Harry aurait pu le tuer ? L'ours Smokey[1] ferait un meilleur suspect, si tu veux mon avis.

— Tu mets le doigt sur le plus intéressant, remarqua Lexa. D'après certains indices, il n'aurait pas été tué par une personne, du moins pas directement. Et si je te disais que l'arme du crime pourrait être un domestique automatique Gant ?

Joan secoua la tête.

— Hautement improbable.

— Mais pas impossible ?

Joan haussa les épaules.

— Il y a eu des tentatives à la pelle, à ma connaissance toutes ratées. Beaucoup de meurtriers en puissance y ont pensé. Des braqueurs de banque, aussi. Un domestique ne se reprogramme pas comme un ordinateur. Ils ont une mémoire vive pour stocker leurs instructions, mais leurs inhibiteurs comportementaux sont intégrés à leurs circuits, et la liste des choses qu'ils ne peuvent pas faire est assez impressionnante. C'était indispensable, pour des questions de fiabilité du produit.

— Même un génie ne pourrait pas trafiquer ces circuits ?

1. *Smokey the Bear* : ours débonnaire portant chapeau et jean, personnage emblématique de la campagne de prévention des gardes-forestiers américains contre les incendies de forêt.

— Ils sont censés être inviolables, précisa Joan. Ce qui veut dire que ouais, c'est probablement faisable, mais pas par le premier rigolo venu avec un fer à souder. Il faudrait d'abord extraire l'unité centrale — ce qui serait déjà un exploit, vu qu'elle est soudée plus hermétiquement que le bloc moteur d'une Rolls Royce —, la démonter, la modifier et la remettre en place, puis répéter le processus avec deux ou trois autres pièces de silicone, et pour finir, trouver et désamorcer un certain nombre de sécurités mécaniques. Autrement dit, même si tu disposais des ressources et du savoir-faire nécessaire, ce serait vraiment se donner beaucoup de mal pour un simple meurtre. Autant saboter simplement les freins de la voiture du bonhomme.

— Ce genre de bidouillage — le remplacement de l'unité centrale, le désamorçage des sécurités — serait-il facile à repérer ?

— Tu veux dire si un technicien compétent examinait le domestique après les faits ? (Lexa hocha la tête.) Ouais. Sûr. Et en ayant la certitude qu'il y a eu bidouillage — un bidouillage *efficace* — la liste des suspects se réduirait considérablement. Raison supplémentaire pour dire que ce *modus operandi* semble bien mal choisi pour un meurtre.

— Dans des circonstances ordinaires, probablement, admit Lexa.

— Sauf que les circonstances n'étaient pas ordinaires ?

Lexa poussa l'enveloppe du doigt.

— Tu devrais lire ce dossier, me faire part de ton opinion.

— Tu te donnes un mal de chien pour piquer ma curiosité, pas vrai ?

— Je tiens à te voir accepter cette enquête.

— Très bien, je le ferai. Mais je te répète que s'il

s'agit vraiment d'un meurtre et pas d'un accident entraîné par un défaut de fabrication...

— Oh, ce n'était pas un accident, assura Lexa. Voilà au moins une chose qui paraît certaine.

— Eh bien, il n'y a aucune chance pour qu'Harry soit impliqué de près ou de loin là-dedans, quelle que soit la menace que pouvait représenter Teaneck pour Gant Industries. Ce n'est même pas une question d'éthique, c'est juste qu'un meurtre ne lui viendrait jamais à l'idée. Ce n'est pas dans sa façon de raisonner.

— Très bien, admit Lexa, dans ce cas ton premier travail consistera à découvrir qui a pu raisonner comme ça. Juste une chose...

— Oui ?

— Tu dois me promettre de ne plus faire sauter aucun sous-sol. Je veux bien régler les factures d'hôpital, mais mon assurance ne couvre pas les actes de guerre.

4

La Déclaration d'Indépendance, qui donna naissance aux États-Unis en 1776, stipulait que « tous les hommes sont créés égaux ». Pourtant, les États-Unis demeurèrent le plus important importateur d'esclaves du monde jusqu'à la guerre de Sécession. Les Américains tentèrent de faire de l'égalité une réalité peu après la guerre en ratifiant le treizième amendement à la Constitution, qui abolissait officiellement l'esclavage à travers l'ensemble des États-Unis. Néanmoins, la question de la place des Noirs au sein de la société américaine ne fut pas réglée pour autant.

World Book Encyclopedia

La jambe électrique de Maxwell

Aujourd'hui, il n'était plus qu'un désaxé entre deux âges, en guerre contre le système des bibliothèques municipales, mais dans sa jeunesse, Maxwell avait commandé un char.

Il avait servi dans la guerre du Libre-échange de 2007 en Afrique subsaharienne, qui avait pour objet la maîtrise des ressources de pétrole et de minerai dans les régions dépeuplées par la pandémie de 2004. Une coalition de forces armées américaines, afrikanders et européennes s'était posée en défenseur d'un système de gestion démocratique des richesses, tandis que la Ligue Nord-africaine, d'obédience terroriste, tentait d'imposer un monopole injuste sur la région. La Russie, ayant fort à faire avec la question des droits de l'homme dans les rares républiques qui lui restaient, accepta de se tenir à l'écart du conflit en échange d'un siège à la table des négociations d'armistice.

Maxwell fut envoyé sur le front occidental, qui courait le long de la frontière montagneuse entre le Cameroun et le Nigeria. Le plan de bataille des alliés prévoyait un assaut amphibie sur le delta du Niger et la libération des puits de pétrole et des mines de charbon du Nigeria. On s'attendait à un taux de pertes élevé lors de l'invasion, mais une intervention divine se produisit au tout dernier moment. L'éruption inopinée du mont Cameroun fut prise à tort pour une frappe nucléaire de la Ligue ; les alliés ripostèrent par un largage de BARNABÉ (Bombe à Amplification des Radiations Nucléaires Alliées de Basse Expansion) sur la ville portuaire nigérienne de Lagos. Le haut commandement occidental de la Ligue Nord-africaine fut totalement anéanti et les défenseurs — qui ne disposaient pas, eux, d'armement nucléaire — furent mis en déroute. Les marines alliés débarquèrent sans rencontrer de résistance et, moins d'une semaine plus tard, ils occupaient tout le pays, ainsi que les nations voisines du Bénin, du Togo, du Ghana et du Burkina Faso.

Maxwell et son char furent affectés à la garde d'une raffinerie de pétrole à Port Harcourt le temps que les termes de la reddition nord-africaine soient négociés. Cette victoire sans effusion de sang ne l'ennuyait nullement — comme la plupart des soldats, il aimait autant éviter le combat —, mais en un sens cette guerre était pour lui un grand désappointement : il lui manquait les vivats de gratitude des populations libérées. Le Nigeria postpandémie n'avait plus de population à proprement parler, et la poignée de Caucasiens natifs de la région n'était pas à la fête après l'amplification des radiations à Lagos. Les derniers espoirs de Maxwell de faire un safari vidéo en permission furent douchés quand on apprit de l'Ouganda que le dernier rhinocéros blanc du monde avait été collatéralement endommagé par une bombe intelligente égarée.

Découragé, Maxwell se tenait assis au sommet de son char aux portes de la raffinerie, rêvant aux grands safaris du XIXe siècle, à cette époque où l'Afrique était encore un coin marrant à envahir. Peut-être cette nostalgie lui fut-elle funeste, car un soir, au crépuscule, un homme noir lui apparut : brusquement, glissant comme un spectre entre les barils rouillés empilés le long du talus de la route d'accès. L'homme noir était grand et sec comme une trique, et ses yeux étaient deux rasoirs verts affûtés par le soleil couchant. Maxwell n'aurait pas été plus abasourdi si un rhinocéros blanc était arrivé en se dandinant pour tailler une bavette. Mais l'homme noir n'était pas venu pour bavarder. Trop tard, Maxwell se rendit compte que le long tube qu'il portait dans ses bras n'était pas un cadeau cérémoniel indigène mais plutôt un lance-roquettes antichar.

— Hé, arrête ! s'écria-t-il en se jetant sur son fusil.

La roquette fit sauter la carcasse du char, ainsi que les deux équipiers de Maxwell restés jouer au poker à l'intérieur pour profiter de l'air conditionné ; une portion de tourelle et une portion de Maxwell furent soufflées. Il se réveilla une semaine plus tard à l'hôpital de la Croix-Rouge de Prétoria, où un lieutenant afrikander au visage rougeaud lui apprit que la raffinerie avait été entièrement brûlée par des saboteurs non identifiés.

Il avait perdu sa jambe droite jusqu'à la hanche et la plus grosse partie de son entrecuisse, mais sa jambe gauche était intacte à l'exception du gros orteil.

— Ça ne va pas du tout, Max, le gourmanda son chirurgien, il va falloir faire quelque chose pour corriger cette asymétrie.

Le chirurgien lui installa une prothèse Chrysler, une jambe électrique un peu raide mais qui s'accompagnait d'un compartiment dans la cuisse pouvant contenir une bière et quelques cacahuètes. Son pied gauche fut gratifié d'un orteil en acier ; son entrecuisse eut droit à un sacrum automatique, deux bourses en fibre de carbone sensibles à la chaleur qui se recroquevillaient et se gonflaient comme des vraies. Garanties incassables. Pas de chibre électrique, en revanche.

— Désolé, s'excusa le chirurgien de Maxwell.

Une sous-clause de la troisième loi Helms[1] sur l'art et l'obscénité interdisait l'emploi de fonds fédéraux pour l'achat de tout appareillage médical ou scientifique susceptible de faire office de jouet sexuel ; la Cour suprême des États-Unis avait déterminé dans l'État de Floride contre Silver en 2005 que les testicules artificiels étaient casher vis-à-vis de cette loi, mais pas les prothèses sexuelles. Maxwell pouvait toujours s'offrir un pénis de fabrication suédoise pour 100 000 dollars plus le prix du billet d'avion, mais l'Association des anciens combattants ne l'aiderait pas à régler la facture.

— Haut les cœurs, Max ! lui dit le chirurgien. Tu as quand même gagné une sacrée paire de couilles dans l'affaire, non ?

Les dégâts psychologiques furent un peu plus difficiles à soigner. Le psychiatre des marines diagnostiqua

1. Jesse Helms (1921-) : sénateur républicain de Caroline du Nord, fameux pour ses prises de position réactionnaires.

chez Maxwell une lassitude guerrière chronique et un « tempérament imprévisible ». De retour à New York, lors de son premier entretien pour un poste civil, Maxwell devint berserk et tenta d'étrangler la mascotte du bureau d'embauche, un chat noir aux yeux verts. Quand l'animal se fut réfugié derrière la photocopieuse, l'interlocutrice de Maxwell referma son calepin et dit :

— Eh bien, je crois que nous pouvons faire l'impasse sur vos références...

Trouver un endroit où loger fut tout aussi problématique. La pandémie de 2004 avait entraîné la création d'un paradis pour locataires, mais Maxwell refusait de mettre les pieds dans un immeuble vidé par le fléau. « Plutôt devenir clochard », disait-il, « que d'encourir la colère des morts. » Restant soigneusement au sud de la 125ᵉ Rue, il dormait dans des parcs, des gares, des stations de métro, des conduites de vapeur et, une fois, dans un tunnel des égouts — ce qui lui coûta trois nouveaux orteils avant la fin de la nuit. Chaque fois que l'administration des anciens combattants réussissait à lui trouver un logement sans fantôme, sa lassitude guerrière chronique le faisait rapidement jeter à la rue.

D'une manière ou d'une autre, il survécut : seize ans après la guerre, Maxwell était toujours là. Dernièrement, ses conditions de vie s'étaient améliorées. Il avait enfin un toit au-dessus de la tête, un lit qu'il pouvait conserver. L'hiver précédent, la directrice d'un foyer de sans-abri du Bowery l'avait regardé sans broncher vider sa vessie automatique devant elle.

— Si vous croyez me dégoûter, avait-elle dit en faisant tomber la cendre de sa cigarette, il va falloir trouver autre chose. Je patauge dans la pisse toute la journée, et ma mère nous ramenait des lépreux à table quand j'étais gamine. Votre chambre est à l'étage, à gauche après le second palier. Je vous monterai un balai-éponge et des draps propres.

Jamais personne en position de l'embaucher ou de le renvoyer n'avait fait preuve d'autant de tolérance à son égard. Dans la foulée, Maxwell se découvrit également une vocation, bénévole certes mais très satisfaisante, qui devint rapidement comme un sorte de drogue.

Il déplaçait les livres dans les bibliothèques.

— Avez-vous remarqué qu'on ne trouve jamais de photos de femmes nues dans une bibliothèque ? expliquait parfois Maxwell à des étrangers dans le métro. Je veux dire, vous êtes un gosse, votre voix se transforme, et un jour vous commencez à vous demander si vous ne pourriez pas trouver un bouquin avec des photos de femmes nues à la Bibliothèque Publique. Au cas où elle en aurait acheté un par erreur, qu'elle aurait rangé à portée de main d'un gamin. Alors vous cherchez dans les rubriques « Érotique » et « Photographie » du catalogue, et vous tombez sur des titres alléchants, du genre *Histoire illustrée du cinéma pornographique*. Mais quand vous arrivez devant le rayonnage correspondant à la référence, peau de balle ! Bon, vous trouverez peut-être un bouquin tout en texte, en français, mais un avec de vraies photos de femmes nues, jamais. Même si l'ordinateur affirme qu'il devrait y être. Même si vous revenez tous les jours pendant un mois — on est prêt à tout, quand sa voix change — vous ne verrez *jamais* ce bouquin. Comme s'il avait été extrait. Chirurgicalement.

» Et puis une nuit, j'ai compris le truc, pourquoi c'était comme ça, pas uniquement dans une bibliothèque, mais dans toutes. J'étais là, allongé dans la merde, à me demander où avaient bien pu passer mes putains d'orteils, et j'ai eu comme une révélation : c'est une conspiration. Des types à travers tout le pays, une confrérie secrète. Ils viennent dans les bibliothèques le matin, dès l'ouverture, et mettent la main avant tout le monde sur chaque bouquin qui comporte des photos de femmes nues. Ils ne les empruntent pas, non, ils ne les volent pas ou ne les brûlent pas, ils se contentent de les déplacer. Ils les rangent dans des rayons inintéressants, entre deux titres que personne ne lit jamais. Comme ça, plus tard, quand les gamins avec la voix qui change s'amènent, les membres de la confrérie les regardent en rigolant dans leur coin. C'est un job très important.

Maxwell ne portait pas les nègres électriques dans son cœur, c'était le moins qu'on puisse dire. La Bibliothèque Publique de New York en utilisait deux, Eldridge 162 et Bartholomew 75. Le premier était employé à la « réduction de l'entropie », ce qui voulait dire que vingt-trois heures par jour — s'interrompant uniquement le temps de recharger ses batteries — il passait entre les rayonnages, vérifiant les références sur chaque étagère, s'assurant que chacun des quelque neuf millions de livres était bien à sa place. Y compris ceux qui comportaient des photos de femmes nues. Aucun humain n'aurait eu la patience ou l'obstination nécessaire à une tâche aussi abrutissante, mais Eldrige était si efficace que Maxwell devait chambouler des rangées entières de livres rien que pour le ralentir.

Ce jour-là, il y avait un nouveau nègre à la bibliothèque.

Une affichette annonçait au public que NOS GENTILS ASSISTANTS BART ET ELDRIDGE avaient été envoyés à l'atelier pour une petite révision. Maxwell crut d'abord qu'il aurait la tâche facile et qu'il pourrait opérer sans gêneurs. La matinée et l'heure du déjeuner s'écoulèrent sans accroc : il déplaça plus de trente livres. Puis, vers 15 h 30, il se rendit à la section d'histoire africaine, cherchant un endroit approprié pour enfouir un numéro spécial du *National Geographic* sur les pygmées tout nus. Il contourna une étagère et c'est là qu'il le — la — vit, accroupi dans ce qui aurait dû être un coin désert de la bibliothèque.

Elle avait quelque chose d'étrange. Il s'en rendit compte aussitôt. Une peau noire, beaucoup plus sombre que le café au lait en poudre d'Eldridge ; des cheveux crépus de longueur moyenne, ni plaqués, ni tressés, ni rien de ce qu'on fabriquait d'ordinaire, mais échevelés, comme si elle avait l'habitude de les peigner et qu'elle avait oublié de le faire ce jour-là. Ses habits n'allaient pas non plus. Non pas qu'on n'affublât jamais les nègres de costumes bizarres de temps à autre, mais le personnel de la bibliothèque aurait sûrement choisi quelque chose de plus conservateur et familial, comme une robe à motif floral ou une jupe avec un corsage. Non : des tennis rouges à bande velcro, un ample pantalon de travail noir, un gilet sans manches tout aussi ample — oui, *sans manches*, montrant ses épaules nues, rondes et douces comme de la chair authentique, avec un bracelet en or autour du biceps — et, affleurant son col, des plumes de perroquet de couleurs vives en boucles d'oreilles.

Quelque chose ne collait pas. Quelque chose ne collait pas du tout.

Ses lèvres bougeaient. Elle effleurait lentement du doigt la tranche des ouvrages et ses lèvres bougeaient comme si elle marmonnait dans sa barbe, ce que les domestiques automatiques ne faisaient pas. Puis Maxwell remarqua la forme perchée sur son épaule la plus éloignée et comprit qu'elle discutait avec elle à voix basse. Un rat domestique ? Un rat domestique parlant ?

Il s'approcha plus près. Elle tendit le bras vers un livre et Maxwell vit qu'elle n'avait aucune plaque à son gilet. Ce fut la goutte d'eau.

— Où est votre badge ID ? demanda-t-il.

Elle se tourna vers lui. La boule de poils sur son épaule n'était pas un rat, en fin de compte, mais un petit castor portant lunettes et casque de chantier. Et effectivement il parlait.

— Alerte jaune, Seraphina, dit-il.

Maxwell ne l'entendit pas, car il venait de voir les yeux de la fille. Verts. Des yeux verts sur un visage noir.

— Alerte rouge ! avertit le castor, battant la queue dans le dos de la négresse.

Elle se redressa, dégraffant une poche quasiment invisible dans son gilet tandis que Maxwell tentait de la saisir. Quelque chose de vif et argenté le mordit au poignet. La sensation aiguë fit courir des aiguilles tout le long de son bras, qui retomba mollement à son côté. De la sueur perlait à son front, autre anomalie.

— Vous ne m'avez pas vue, lui dit-elle. Vous ne m'avez jamais vue.

— Tu parles, gronda Maxwell en essayant de l'attraper avec son autre bras.

Elle s'éloignait déjà et il lui fallut accomplir trois pas pesants avec sa jambe électrique pour la rejoindre. Cette fois, le castor le mordit. Ce ne fut pas une piqûre d'anesthésique : plutôt comme s'il avait fourré la main dans un étau. Maxwell hurla et s'écroula.

En tombant, son épaule accrocha quelques livres sur le rayonnage. Une *Histoire illustrée du cinéma pornographique* qu'il avait dissimulée là une heure auparavant atterrit à côté de lui et s'ouvrit au hasard. Maxwell se retrouva couché sur le flanc, ouvrant de gros yeux sur la silhouette nubile de la star du cinéma pour adultes Marilyn Chambers, qui avait maintenant plus de

70 ans et menait une existence d'assistante sociale à la retraite à San Luis Obispo, en Californie. La négresse non électrique avec le castor sur l'épaule s'arrêta à distance prudente et lui lança un dernier regard verdoyant.

— Vous ne m'avez pas vue, répéta-t-elle.

Puis elle passa à travers le mur et disparut.

Maxwell sentit sa raison s'égarer.

La Salle de Lecture Secrète

La Bibliothèque Publique de New York n'avait pas de place pour les passages secrets dans son budget, mais voilà ce qui arrive quand on recrute un cabinet d'architectes irlandais.

Quand l'Empire State Building explosa sous l'impact d'un 747 la nuit de Noël 2006, son mât d'amarrage vola dans les airs et empala par-dessous un dirigeable de CNN qui achevait de se mettre en position pour filmer l'accident. Le pilote s'accrocha courageusement, continuant à émettre en direction du siège de CNN à Atlanta tout en louvoyant tant bien que mal entre les gratte-ciel de la 5e Avenue, dans l'espoir de réussir à poser son appareil en détresse dans Central Park. À hauteur de la 42e Rue, une bourrasque entraîna la désintégration complète des ballonnets de gaz, précipitant pilote, nacelle et mât d'amarrage dans une chute de deux cents mètres. La dernière image transmise par les caméras du dirigeable fut celle d'un zoom avant sur un lion de pierre couvert de graffiti.

On envisagea d'abord de faire appel aux Japonais pour reconstruire la bibliothèque. Le maire Waldo Twitty, persuadé qu'ils étaient déjà les maîtres secrets de la ville, jugeait prudent de se concilier leurs bonnes grâces avant qu'ils n'en prennent officiellement le contrôle.

— Une minute, objecta le commissaire aux bibliothèques et au planning familial en étudiant l'offre préliminaire du meilleur architecte de Tokyo. Dites-moi, quand nous aurons converti en yens les fonds dont nous disposons pour ce projet, combien nous restera-t-il pour acheter de nouveaux livres ?

La comptable du maire procéda à quelques calculs.

— Deux dollars et cinquante *cents*, annonça-t-elle.

— Deux dollars et cinquante *cents* ! s'écria le commissaire. Savez-vous ce qu'on a pour deux dollars et cinquante *cents* ? Le quart d'un livre de poche, voilà ce qu'on a !

Ils se tournèrent donc vers un pays moins riche — les États-Unis — pour trouver leurs architectes. Le cabinet de Brooklyn d'O'Donoghue, Killian et Snee proposa de faire le travail, construction incluse, pour un prix légèrement inférieur à un cinquième de l'offre de Tokyo. Ce qui aurait été parfait, si Josi O'Donoghue et Wirt Killian n'avaient pas passé leur enfance irlandaise à jouer dans les tunnels sous Blarney Castle et n'avaient pas décidé que la Bibliothèque Publique se devait de posséder son passage secret.

— Pour quoi faire ? leur demanda le commissaire. Je refuse de payer pour ça.

Ils répondirent que c'était lui le patron et firent à leur idée. O'Donoghue brouilla les mesures standard et métriques pour créer des espaces invisibles sur le plan, tandis que Killian supervisait la construction de telle sorte que même le chef de chantier n'y vit que du feu. Quand les travaux furent terminés, seul le plus avisé des bibliothécaires et des visiteurs sentit jamais que les dimensions intérieures du nouveau bâtiment ne coïncidaient pas parfaitement. Tout à ses photos de femmes nues, Maxwell ne se rendit jamais compte de rien.

Morris Kazenstein, en revanche, s'aperçut de la chose à sa troisième ou quatrième visite. Ses parents avaient travaillé pour le Shin Bet israélien, si bien que la découverte des secrets était pour lui comme une tradition familiale. Amusé, il raconta à Philo ce qu'il avait trouvé, et ce dernier en parla à sa fille Seraphina ; c'était elle qui se glissait aujourd'hui entre les murs de la Bibliothèque Publique, FRÈRE castor perché sur l'épaule, FRÈRE écureuil gigotant dans sa poche.

FRÈRE castor éclairait le chemin grâce à la lampe de son casque. Seraphina se prit à souhaiter avoir une lampe torche plus conventionnelle, de celles qui ne vous critiquent pas. FRÈRE castor était fâché contre elle, ou, plus précisément, la rencontre avec Maxwell avait activé un programme de réprimande dans la noisette de silicone qui lui servait de cerveau.

— Je t'avais prévenue, dit-il avec la voix de Ralph Nader[1]. (Il appuya ses propos d'un coup de queue dans le dos.) Tu attires *trop* l'attention en public.

— Tu peux parler.

— Je suis censé être transporté dans un *sac*. Une sacoche de domestique automatique standard. FRÈRE écureuil et moi mesurons pile la taille idéale.

— Ben tiens, siffla Seraphina, sûr que j'attirerais moins l'attention en parlant à mon sac.

— Porte une *plaque nominale*. Mets une *robe*, la jolie, en coton, que ton père t'a offerte. (FRÈRE castor décomptait ses critiques sur ses pattes.) N'ouvre pas la bouche, *subvocalise* quand tu t'adresses à moi, et...

1. Ralph Nader (1934-) : avocat et activiste politique américain prenant les déchets du gouvernement, le problème écologique et les droits des consommateurs comme principal cheval de bataille.

— *Et* il faudrait que je porte des lentilles brunes. Avec de fausses lunettes caméra par-dessus, pour que tu puisses voir quand même depuis le fond de ton sac. Et peut-être que je finirais par tout balancer par la fenêtre, le sac, les lunettes et les lentilles, parce que je suis ici *chez moi*, et qu'il est ridicule de devoir prendre toutes ces précautions quand on est chez soi.

— Il est dangereux de ne pas le faire, insista FRÈRE castor.

Ils étaient parvenus à l'entrée de la Salle de Lecture Secrète de la bibliothèque, dont Seraphina avait fait son appartement. Elle s'arrêta devant la porte et tenta de se mettre en colère, vraiment en colère, comme une personne normale l'aurait déjà fait à ce stade, mais tout ce qu'elle réussit à ressentir fut une profonde irritation.

— Écoute, la plupart du temps je fais ce que tu me dis, en dehors de la bibliothèque, non ? Ce matin, ai-je oui ou non mis ma combinaison de survie pour descendre dans les égouts ?

— La réponse à ta première question, statistiquement, est non. Et ce matin je t'avais demandé de rester en dehors des égouts. C'est trop dangereux.

— Sais-tu que tu commences sérieusement à me casser les pieds ?

— Non. (Il avait pris la question au sens littéral, comme tout le reste.) Je ne suis pas programmé pour sympathiser. Je suis programmé pour te mettre en garde. (Il battit la queue de nouveau.) Te mettre en garde et te faire la lecture.

Lui faire la lecture. C'était le nœud du problème, la raison qui faisait de FRÈRE castor et de ses manières de baby-sitter un mal nécessaire. Seraphina était incapable de lire. Ce n'était pas véritablement exceptionnel en 2023, mais dans son cas, la cause était biologique.

Un produit mutagène antichromosomique dans l'air de Philadelphie, peut-être, à l'université de Pennsylvanie où sa mère avait convaincu pour la première fois son père d'enlever sa défroque d'Amish, ou alors un mauvais hot-dog à ce pique-nique d'anciens élèves où Seraphina avait été conçue quelque neuf ans plus tard. Son ouïe et sa parole n'étaient en rien gênées, et son vocabulaire oral était au-dessus de la moyenne, mais il manquait à son cerveau une liaison synaptique pour relier le sens aux mots et aux phrases écrites. Mosel Kazenstein, le neurologue d'Albuquerque qui avait examiné Seraphina dans le désert alors qu'elle avait 7 ans, avait diagnostiqué une dyslexie de la Sorbonne avec dysplasie corticale prononcée.

— Qu'est-ce que ça veut dire ? avait demandé Seraphina.

— Ça veut dire que tu ne peux pas lire, avait répondu Mosel. (Il avait pressé quelques touches du tomographe portatif qu'il avait apporté avec lui.) Il y a dans ton centre nerveux du langage un défaut qui t'empêche de retenir certains types de symboles visuels abstraits, comme les lettres et les chiffres.

— Mon père aussi a des difficultés avec les adjectifs.

— Ça m'a plutôt l'air d'être un problème de discipline, avait dit Mosel. Dans ton cas, c'est purement organique.

— Vous pourrez me réparer ?

— J'ai bien peur que non. La restauration du cortex cérébral appartient encore à la neurochirurgie de demain. Mais avec un peu d'ingéniosité, tu devrais pouvoir contourner ce handicap. Tu pourrais essayer le braille, par exemple, qui n'emploie pas de symboles visuels, ou une forme de langage pictographique moins abstraite. Et puis, quand tu ne pourras pas faire autrement, il y aura toujours l'assistance technologique.

— L'assistance technologique ?

Mosel avait désigné son neveu Morris du pouce.

— Les gadgets, avait-il précisé.

D'où FRÈRE castor, qui lisait pour elle les panneaux et les étiquettes et trouvait les livres qu'elle voulait avec une facilité qu'aucun autre appareil de lecture portatif n'aurait pu égaler, et FRÈRE écureuil, qui l'aidait à se sortir du pétrin lorsqu'elle n'avait pas prêté suffisamment attention aux avertissements de FRÈRE castor. FRÈRE signifiait Fidèle Rongeur Électrique Rechargeable d'Encadrement [1], même s'il avait fallu beaucoup d'efforts de la part de Morris pour parvenir à expliquer à Seraphina le concept d'acronyme.

— C'est une sorte de poésie d'inventeurs, avait-il finalement déclaré.

Elle adorait la poésie.

Pour entrer dans la Salle de Lecture Secrète, il fallait saisir la poignée d'une façon très particulière, autre tour d'O'Donoghue et de Killian dont Séraphina avait fait un réflexe. À l'intérieur, le sol était dallé de pierre, de sorte que si vous baissiez la tête sur vos pieds ou vous allongiez sur la descente de lit en peau de loup en fermant les yeux, vous pouviez réellement vous croire dans le cabinet de quelque moine fou au fond d'un château irlandais. En levant la tête, pourtant, vous auriez immanquablement découvert la fenêtre qui occupait tout un mur de la pièce, et au-delà, Madagascar : le tronc boursouflé d'un baobab dont dix hommes se donnant la main auraient peine à faire le tour, bouchant complètement la vue vers et depuis la rue. À

1. Frère Lapin est aussi et surtout le personnage principal des histoires pour enfants de Joel Chandler Harris. Il se caractérise par sa faculté à échapper aux pires ennuis à la dernière minute par les voies les plus improbables.

l'origine, il devait s'agir d'un saule du Kerry, tout aussi efficace comme camouflage, mais une confusion du fournisseur lui avait substitué ce baobab adapté aux régions tempérées. Le temps qu'on s'aperçoive de l'erreur, l'arbre avait déjà irrémédiablement enfoncé ses racines sous le trottoir de la bibliothèque et désormais, les autorités du métro devaient envoyer deux fois par mois des équipes armées d'élagueuses dégager le tunnel de l'IRT.

Un sacré morceau d'arbre. La seule chose qui l'aurait rendu encore plus parfaitement africain, se disait Seraphina, aurait été une famille de lémuriens escaladant ses branches. Mais les lémuriens étaient une espèce disparue.

Elle déposa FRÈRE castor sur le lit et sortit FRÈRE écureuil de sa poche. Elle puisa dans d'autres poches de son gilet et de son pantalon les différents ouvrages qu'elle avait pris avant sa rencontre avec Maxwell. Alors qu'elle les empilait sur la Table de Lecture Secrète, le tiroir en haut à droite s'ouvrit de lui-même, et un rat des champs portant des verres à double foyer bondit sur la table.

— Hello, FRÈRE campagnol, le salua Seraphina.

— Hello, Seraphina, répondit FRÈRE campagnol, frétillant du nez devant l'accumulation des livres. Tu as passé une bonne journée ?

— FRÈRE campagnol, dit Seraphina, m'arrive-t-il jamais de passer une mauvaise journée ?

— Jamais, concéda FRÈRE campagnol.

Ce qui était rigoureusement exact. L'autre moitié de l'héritage neurologique de Seraphina consistait en un niveau de sérotonine dans le cerveau anormalement élevé, plus une hormone spéciale dans le flux sanguin — du Prozac organique, l'avait appelée Mosel Kazenstein — qui renforçait encore l'efficacité de la sérotonine. Ce qui voulait dire que non seulement Seraphina était dyslexique, orpheline de mère et l'une des dernières représentantes de sa race, mais qu'elle était aussi biochimiquement incapable d'en concevoir la moindre amertume. Un bon remède contre le suicide, en particulier si elle était condamnée à se faire passer pour une négresse électrique jusqu'à la fin de ses jours, mais également une condition frustrante : ne jamais ressentir de véritable frustration ni connaître aucune déprime. Ne jamais s'énerver sur quelqu'un au point de le frapper.

— J'y pense parfois, avait-elle confié une fois à Lexa. Je veux dire, c'est comme un jeu, tu vois, ce n'est jamais sérieux. On devrait s'attendre à ce que j'allume des incendies un peu partout, non ? Que j'apprenne l'argot noir, que je m'habille en guerrier massaï et que je me mette à tirer sur les Blancs. C'est probablement ce que je ferais au cinéma. Mais dans la vie réelle, je n'arrive pas à dépasser le stade des mauvaises blagues.

— Tu es drôlement douée dans ce domaine, lui avait fait observer Lexa. Philo te considère comme une extrémiste, ce qui n'est pas peu dire, venant de lui.

— Justement, c'est l'autre chose qui m'ennuie. Je me dis toujours Seraphina, tu as le cerveau de travers, c'est normal que tu éprouves ceci ou que tu ne ressentes pas cela. Mais papa, quelle est son excuse ?

— Tu trouves que couler des bateaux est un signe de complaisance ?

— Eh bien...

— Crois-moi, ton père est aussi furieux que tu voudrais l'être. Mais il ne confond pas la colère avec le droit de multiplier les souffrances sans discrimination.

— Très bien, dans ce cas moi non plus je ne multiplierai pas les souffrances sans discrimination, avait proclamé Seraphina. Je me contenterai de nuire un bon coup.

Ce qu'elle avait fait, avec quelque succès. Le week-end précédent, elle avait même réussi un coup énorme.

— Tu ne peux pas le garder, tu sais, lui dit FRÈRE castor en indiquant le tableau au mur de la Salle de Lecture. Il *faut* que tu le rendes. On ne peut pas voler comme ça des trésors culturels !

Il s'agissait de la *Mona Lisa* de Léonard de Vinci. La vraie. Seraphina l'avait dérobée à l'occasion d'une exposition extraordinaire au Metropolitan Museum of Art, en dépit des objections les plus acharnées de FRÈRE castor. Le gouvernement français réclamait à cor et à cri qu'on retourne le continent d'un océan à l'autre.

— Oh si, on peut. *Statistiquement*, on peut. Mais ne t'en fais pas, j'ai l'intention de le restituer.

Elle contempla la bouche de Mona, figée sur un sourire depuis les cinq cent vingt dernières années, et songea : *je sais ce que tu ressens.*

— Toi, tu as une idée tordue derrière la tête, devina FRÈRE castor. Tordue, et probablement dangereuse. Qu'est-ce que c'est ?

— Je te le dirai dans une minute. Mais d'abord... (Son visage s'éclaira d'une joie sincère.) D'abord, si tu me racontais une histoire ?

— Une histoire ?

— Oui. Celle de mes arrière-arrière-arrière-arrière-arrière-grands-parents. Pendant la guerre de Sécession.

— Oh, dit FRÈRE castor, ça.

Une bleu et gris à la rescousse

Kite était en train de fumer une cigarette quand elle entendit crier Maxwell. Pas de chance, vraiment, qu'elle se trouvât sur le trottoir à portée d'oreille ; car si le Sharper Image à l'angle de la 41e et de la 5e était aussi hostile à la nicotine que n'importe quel autre magasin de Manhattan, la direction la laissait d'ordinaire fumer à la sauvette, comme elle tolérait ses autres infractions aux usages contemporains. Kite paraissait plus vieille que deux seniors réunies, il lui manquait le bras droit, et la capote qu'elle portait, avec sa coupe militaire — moitié bleue, moitié grise, confectionnée à partir de pièces d'uniformes authentiques —, commandait le respect, ou en tout cas une respectueuse indifférence. Les gens de moins de 60 ans avaient tendance à tout lui céder sans même y réfléchir.

Mais pas cet après-midi. Elle s'était rendue au Sharper Image pour flâner devant les derniers miracles du progrès, l'un de ses passe-temps favoris. Pour Kite, qui se souvenait — à la croire — d'une époque antérieure à la télévision — pas simplement la télévision musicale, mais la télévision —, antérieure à la radio, à la Ford T, au fait que *ces* États-Unis soient devenus *les* États-Unis... pour elle, donc, la simple existence d'un gadget comme une écuelle pour chien réfrigérée à écran de dressage subliminal intégré (269,95 dollars plus les taxes fédérales et locales) avait quelque chose de hautement divertissant. C'était mieux qu'aller au cinéma, et cela revenait moins cher.

Elle avait posé son paquet de tabac sur une unité de stockage cryogénique pour plantes vertes — « en prévision de ces grandes vacances où vous ne serez pas là pour arroser les fougères familiales » — et se roulait une cigarette d'une seule main quand le gérant vint lui tapoter l'épaule.

— Ce n'est pas un cendrier, madame, c'est un appareil de maintien des fonctions vitales des plus délicats, et qui coûte assez cher.

NORMAN LAO, disait l'étiquette à sa poche de chemise. Son visage réveillait de très vieux souvenirs.

— Lao, fit Kite, *Lao*. Auriez-vous des ancêtres dans le Michigan, Lao ?

— Il est interdit de fumer dans le magasin, madame, insista-t-il.

Kite le gratifia de son sourire maternel le plus béatifique.

— Pas d'exception pour une charmante vieille dame...

— *Aucune* exception, madame.

— ... et une ancienne combattante ? (Elle haussa légèrement le ton.) Armée de l'Union du Potomac, 1861 à 1864. Ainsi qu'un bref service dans le bataillon cherokee de Standing Bear dans l'armée confédérée. Pour votre information.

Lao lui montra la porte.

Elle se retrouva donc à fumer dehors et songea au Lao de jadis, le sous-deuxième classe Ting Lao du Deuxième Michigan, qui lui avait donné son surnom[1] cent cinquante-neuf ans auparavant et qui, pour ce que cela importait maintenant, avait fumé comme une locomotive. Mais cette époque était bien loin... Un flic de la circulation passa à cheval, renifla la fumée de Kite et agita le doigt.

— Sale habitude, commenta-t-il.

Du côté de la Bibliothèque Publique, un homme se mit à crier. Sans lui prêter attention, le flic s'arrêta pour rédiger une contravention devant un minivan en stationnement illégal. L'homme continua à beugler de toute la puissance de ses poumons.

— Oh, Maxwell, l'interpella Kite en jetant sa cigarette dans le caniveau. Dans quels ennuis t'es-tu encore fourré ?

Le genre d'ennuis qui attiraient les foules et les grou-

1. Kite : cerf-volant.

pes d'intervention SWAT. S'étant procuré quelque part un couteau à découper électrique — peut-être la bibliothèque en louait-elle de petits modèles maintenant, Kite n'en savait rien — Maxwell avait grimpé sur le dos d'un des lions en pierre, branché le couteau sur la batterie de sa jambe, et entrepris de se donner en spectacle. La lame, réglée sur la vitesse minimale, n'émettait qu'un bourdonnement presque inaudible, mais les divagations de Maxwell suffisaient à la fois à attirer les spectateurs et à les tenir à distance respectueuse.

Alors que Kite se frayait un chemin à travers les badauds, une voiture de patrouille déboucha au coin de la rue. Un nègre en bleu descendit de la banquette arrière. Il était grassouillet, avec des fossettes, un mélange de dur à cuire et de gros nounours. Son badge ID l'identifiait comme un certain Powell 617. Les spectateurs l'acclamèrent, avides de voir un peu d'action. Powell leur rendit la politesse par un salut poing fermé signifiant : « Je suis de votre côté, les mecs. »

Le conducteur de la voiture de patrouille désigna Maxwell et commanda :

— Va chercher, mon garçon !

Aïe. Kite savait comment Maxwell réagissait en présence des nègres. Mais la manière dont il enfourchait le lion en pierre lui donna une idée.

Powell 617 afficha un large sourire compréhensif en s'approchant de lui.

— Ça va, maintenant, mon frère, dit-il. Je sais que des fois, la vie nous joue des sacrés coups de fils de pute, mais la violence n'est pas la solution.

Il tenait ses mains largement écartées, l'air de dire « reste cool » ; dans chacune de ses paumes se dissimulait un disque de métal couleur chair, réglé sur un voltage non mortel. Powell 617 était une matraque étourdissante ambulante. Il se servait des mots « fils de pute » sans discontinuer, comme un feu roulant contre l'hostilité de Maxwell, mais ce dernier ne prêta aucune attention à lui avant qu'il ne parvienne à distance d'arrestation.

— Montre-moi tes yeux ! cria-t-il brusquement en basculant toute la puissance dans son couteau à découper.

— Du calme, mon frè...

La foule s'écarta ; un hongre rouan en livrée du département de la Circulation du NYPD surgit au grand galop. La femme manchote qui le montait fit de son mieux pour pousser un hurlement rebelle, mais elle n'avait servi que peu de temps sous la bannière confédérée et n'avait plus pratiqué depuis cent soixante ans. Elle galopa droit sur le policier électrique, qu'elle obligea à reculer. Les inhibiteurs comportementaux de Powell 617 l'empêchèrent de rien tenter qui puisse blesser le cheval, appartenant à la ville. Il agita les bras, impuissant.

— Qu'est-ce que c'est que ça ? rugit Maxwell. La cavalerie ? Où diable est passé mon char ?

N'ayant pas le temps de tergiverser — le flic de la circulation qu'elle avait jeté à bas de son cheval était sur ses talons, pas content du tout — Kite tira de sa capote un antique revolver Colt à poudre noire. Il n'y eut qu'un coup de feu, et la lame du couteau à découper vola en éclats. Maxwell parut dégrisé.

— Kite ! s'étonna-t-il. Que fiches-tu ici ?

Elle lui jeta sèchement :

— Pose ton cul sur ce cheval, Maxwell. Maintenant !

Il grimpa sur la tête du lion en pierre et bondit sur le hongre, ce qui n'était pas un mince exploit étant donné la raideur de sa jambe électrique et la paralysie résiduelle de son bras. La foule applaudit à tout rompre. Quand le conducteur de la voiture de patrouille voulut sortir aider Powell, deux femmes portant des casques de chantier, elles-mêmes anciennes militaires, maintinrent ses portières bloquées. Powell 617 continuait d'agiter les bras.

— Stop ! cria-t-il. Posez votre arme, libérez ce cheval, et vous pourrez encore espérer devenir un membre productif de cette société. Nous avons d'excellents psychologues pour vous aider !

Kite jeta un coup d'œil par-dessus son épaule. Le flic de la circulation approchait rapidement, bousculant tout le monde ; il tenait sa matraque et son arme de service à la main.

— Plus tard, la psychologie, décida-t-elle en cinglant sa monture.

Powell 617 fut contraint de s'écarter.

— Ce genre de comportement sape toute la communauté, l'avertit-il. Mais en fin de compte, c'est à vous que vous nuisez le plus. Le crime ne paie pas.

Maxwell jeta le manche du couteau à découper électrique aux pieds de Powell.

— Bonne journée, fils de pute, lui dit-il.

La tribu aux yeux verts

Le bien le plus précieux de Seraphina Dufresne était une banque de connaissances portative Kazenstein, un gros bloc de mémoire électrique de la taille d'un petit coffret pouvant contenir l'équivalent de plusieurs bibliothèques. Son boîtier à toute épreuve évoquait un tiroir de coffre-fort, et c'était bien son but : servir d'écrin inviolable à tous les éléments d'histoire africaine et afro-américaine que Seraphina pourrait accumuler. FRÈRE campagnol entrait les données ; branchant sa petite queue directement au cœur de la mémoire, il dévorait voracement les informations que Seraphina lui fournissait : livres, récits sur bandes magnétiques, documentaires vidéo et films, photos, chansons, n'importe quel témoignage du passé qu'elle pouvait emprunter ou voler. Pendant que le rongeur se mettait à l'ouvrage, Seraphina imagina le coffre-fort d'une banque tout en acier chromé se remplissant méthodiquement de diamants et de rubis. Quelqu'un viendrait-il retirer les joyaux, et si oui, quand ? Elle n'en savait rien, mais au moins le trésor était-il à l'abri.

Morris prétendait travailler sur une application pratique des connaissances accumulées, mais en attendant qu'il propose une meilleure idée, Seraphina se contentait d'y puiser des histoires. Elle connectait la banque de connaissances à un ordinateur interprète, et l'interprète aux FRÈRE, qui rejouaient alors les scènes historiques qu'elle leur imposait. Elle confiait toujours le rôle du méchant à FRÈRE castor. Les pièces abondaient en méchants et en héros, en partie parce que l'interprète ne faisait aucun effort pour atténuer le parti pris de ses sources.

— Je suis John Mercier, commença FRÈRE castor, tout à fait ridicule avec la série de câbles qui sortait de sous sa queue. Je suis l'ignoble contremaître de la plantation Slocum, l'homme le plus laid du monde. J'ai des dents pourries et je pue comme un bouc.

FRÈRE campagnol s'avança. Il tenait ses petites pattes devant lui comme s'il tirait sur des bretelles ou sur les boutons d'une veste imaginaire.

— Je suis Neptune Frost, citoyen affranchi de Boston, pupille des abolitionnistes et admirateur inconditionnel de John Brown et de l'honorable miss Harriet Beecher Stowe. Un soir, tard, alors que je traversais le Boston Common, j'ai été abordé par un homme qui a fait un commentaire sur la couleur de mes yeux. Je me suis arrêté pour bavarder un peu et on m'a frappé sur la tête par-derrière. Quand je me suis réveillé, j'étais à fond de cale, ligoté et bâillonné, en route pour une vie d'esclave en Caroline du Nord.

FRÈRE écureuil fut le dernier à s'avancer. Morris ne l'avait pas conçu pour parler, ses petits cris et couinements devaient repasser par l'interprète pour être traduits. Une perle en plastique insérée dans l'oreille de Seraphina lui chuchota les sous-titres :

— Mon nom est Carrie Slocum. J'ai été enlevée dans un pays lointain dont le nom s'est perdu. On dit que mes yeux ont gardé la couleur de ce pays.

FRÈRE castor saisit FRÈRE campagnol par le coude.

— Maintenant tu vas filer droit, « affranchi ». Un mot, un geste, et je t'arrache le dos à coups de fouet. À moins que je le fasse rien que pour ne pas perdre la main. (Il marqua une pause le temps d'examiner les yeux de FRÈRE campagnol.) Hmm... un nègre aux yeux verts. Où ai-je déjà vu ça ? (Il regarda FRÈRE écureuil à l'autre bout de la table et le bouscula dans sa direction.) Demain, tu iras travailler aux champs, dit-il en donnant une bourrade brutale à FRÈRE campagnol, mais ce soir j'ai un autre travail pour toi. Ce Gomer Van Wort de la plantation Hayes ne cesse de me rebattre les oreilles de ses Mandingues, alors tu vas me faire toute une tribu de nègres aux yeux verts, histoire de lui montrer. Au boulot.

Il recula d'un pas. L'ordinateur imita le bruit d'une porte de grange qu'on referme et qu'on verrouille de l'extérieur.

Les « parents malgré eux » de la tribu aux yeux verts se regardèrent timidement. FRÈRE campagnol prit la parole le premier.

— Je ne suis pas d'ici, et je suis choqué par un tel manque de respect envers notre race et envers les femmes. Malgré cela, je dois avouer que vous avez le plus beau visage qu'il m'ait été donné de voir, et je suis ému comme jamais encore je ne l'avais été.

— Vous faites le beau et l'avantageux, répliqua FRÈRE écureuil, comme ces paons aux pique-niques de missy Slocum. Vous parlez d'une drôle de façon. Mais je suis moi aussi troublée par votre présence. Hélas, pour mon malheur.

Grondement d'une canonade dans le lointain. FRÈRE castor se redressa en se caressant une barbe invisible.

— Je suis maître Abraham Lincoln, annonça-t-il, et je ferai s'abattre le tonnerre sur le Sud tant que le fléau de l'esclavage n'aura pas disparu. J'appelle tous les hommes d'honneur à rallier ma cause.

FRÈRE campagnol se mit au garde-à-vous.

— Je répondrai à cet appel ! s'écria-t-il. Écoute, Carrie Slocum : je ne te ferai pas l'amour en tant qu'esclave. Mais je fais serment de m'échapper et de gagner le Nord pour m'engager dans l'armée de l'Union. Et quand je reviendrai en libérateur, je te prendrai pour femme.

— Laisse-moi t'accompagner, implora FRÈRE écureuil.

— Non, dit FRÈRE campagnol. Ta vie d'ignorance et d'esclavage ne t'a pas préparée pour un tel voyage, mes chances seront meilleures si je pars seul. Mais je jure sur ma vie de revenir te chercher.

Refusant d'entendre une objection de plus, FRÈRE campagnol se pencha et posa un baiser d'adieu sur le museau de FRÈRE écureuil. Puis il s'enfuit. FRÈRE castor cria, avec sa voix de John Mercier :

— Arrête-toi, négro !

Un seul coup de feu fut tiré, et un son de ricochet indiqua qu'il s'était perdu ; un bruit de cavalcade s'estompa au loin. FRÈRE castor poussa un juron. FRÈRE écureuil songea : *Je suis complètement folle. Un idiot de nègre de l'État de Bah-ston m'a volé mon cœur, et ma vie est bouleversée à jamais.*

S'ensuivait une longue chronique familiale, qui se poursuivait à travers sept générations jusqu'à l'étudiante Flora Davis de l'université de Pennsylvanie — aux yeux noisette, mais qui portait en elle un gène récessif comme une perle de prix — et l'hospitalité qu'elle offrait à un Amish noir dénommé Philo égaré à Philadelphie. Mais Seraphina regardait rarement toute l'histoire en une seule séance.

Neptune Frost parvint à gagner Washington DC et à s'engager dans l'armée de l'Union. Ses aventures de guerre et son ascension — de ramasseur de petit bois à sergent d'un bataillon de Noirs — avaient été consignées par un certain caporal Cato Spelman, un jeune ex-esclave qui vit en lui une figure paternelle longtemps recherchée. En conséquence, FRÈRE campagnol jouait cette partie de l'histoire avec une maturité qui lui manquait dans le point de vue de Carrie Slocum. Carrie participa de son côté à l'effort de guerre en menant une campagne d'empoisonnement systématique contre John Mercier, glissant du verre pilé et des herbes toxiques dans sa nourriture. FRÈRE castor se tortillait en grognant dans un lieu d'aisance imaginaire, se tenait un ventre ravagé par les ulcères et, à un moment, suppliait la mort de mettre un terme à ses souffrances.

Mais le contremaître était toujours en vie quand Neptune Frost revint finalement à la plantation en hiver 64. (*Apportant le feu et le sabre*, écrivait Cato Spelman. Dans le souvenir qu'elle gardait de cette journée, sauvegardé sur bande magnétique par le Fédéral Writers'Project, Carrie Slocum notait que le service militaire avait rendu Neptune plus présomptueux et plus fanfaron que jamais... mais elle n'en était pas moins follement heureuse de le revoir.) À l'issue d'un duel farouche aux portes de la plantation, Neptune coupait John Mercier en deux avec son sabre.

— Gaaaaah ! s'écria FRÈRE castor en expirant.

FRÈRE campagnol abandonna son cadavre pour se précipiter vers sa promise. L'ordinateur entonna un thème d'amour pour célébrer la réunion du couple.

— Je vais concevoir un fils, prédit FRÈRE écureuil. Cette nuit même. Un fils aux yeux verts.

Ils s'embrassèrent. La musique s'enfla, jetant un voile pudique sur la scène.

— Sergent Frost ! cria FRÈRE castor, ressuscité dans le rôle du fidèle caporal Cato. Réveillez-vous, sergent ! Robert a repéré des soldats dans les bois plus au sud !

— Des rebelles ?

— Des Indiens, sergent. Commandés par deux officiers Rebs blancs. Robert dit qu'ils sont à peine une trentaine, et qu'ils ne savent pas que nous sommes là.

— Dans ce cas, nous allons leur tendre une embuscade.

— Non ! intervint FRÈRE écureuil. N'y va pas ! Pendant la nuit, j'ai rêvé que tu te faisais tuer par une femme blanche déguisée en soldat. Tu lui tranchais le bras, mais elle te posait de l'argent sur les yeux.

— Ce n'était qu'un rêve, lui dit FRÈRE campagnol. L'esclavage est mort. Il n'est plus besoin de crainte ou de superstition, Tout sera différent, désormais.

— N'y va pas...

— Cato a emporté une bible. Quand je reviendrai de l'embuscade, nous pourrons nous marier.

— Ça suffira pour aujourd'hui, décida Seraphina.

Harry envoie des fleurs

— Que diable fabrique ce cheval dans la salle commune ? demanda Joan Fine quand elle rentra chez elle ce soir-là.

Kite se trouvait dans la kitchenette du quatrième

étage qu'elle partageait avec Joan et trois autres pensionnaires, essayant de réchauffer un pâté de volaille au micro-ondes. Sa fascination pour la technologie ne s'étendait pas aux manuels d'instructions : elle pressait les boutons au hasard et ne parvenait qu'à faire blêmir la viande.

— Le progrès, soupira Kite en secouant la tête. Je me souviens d'un de mes derniers boulots stables : courir après des autruches dans une ferme du Texas, au début du siècle dernier. Les samedis soir, tous les gars s'asseyaient sous les étoiles pour boire un coup et faire rôtir des pilons d'un mètre sur un gril — la seule manière convenable de cuire quoi que ce soit. Après le repas, on partageait une sèche et on essayait d'inventer un nom plus appétissant qu'autruche sous lequel vendre la viande. Bien entendu, c'était avant que les Australiens ne raflent le marché avec leurs propres bipèdes et nous mettent au chômage. (Elle laissa tomber le pâté dans le vide-ordures.) Qu'est-ce qui te fait croire que je suis au courant pour cette histoire de cheval ?

— Une intuition, glissa Joan. Maxwell, encore ?

— Maxwell, confirma Kite.

Il ne fut besoin d'aucune explication supplémentaire. Joan dit :

— Oh.

Et Kite changea de sujet en reniflant le bouquet de roses qu'elle avait rapporté.

— Pour moi ?

— Pour moi. De la part d'Harry. On me les a déposées à l'hôpital au moment où je signais ma décharge.

Kite leva un sourcil.

— On dirait que ta journée a été bien remplie aussi.

— J'ai vu mourir trois personnes, dont ce gosse de la campagne qui n'aurait jamais dû quitter le Maine, et j'ai provoqué pour un quart de million de dollars de dégâts en essayant de tuer le poisson qui les a dévorées. Sauf que je l'ai manqué. Je l'ai appris par les gros titres du *Post*, où on le confond avec un alligator : LE REPTILE TUEUR SURVIT À L'EXPLOSION. Jusque-là, j'avais l'impression de tenir le coup plutôt bien, mais quand j'ai lu ça dans le métro, j'ai vomi. Donc ce soir, un *carcharodon* nage quelque part dans un bassin de réserve de Brooklyn et un passager avec du vomi sur son costume me déteste. Oh, et avant que j'oublie... (Elle lui montra le biomoniteur fixé à son poignet.) L'hôpital a bien voulu me laisser sortir à condition que je garde un œil sur mes fonctions vitales. Si ce truc se met à sonner au milieu de la nuit, ça voudra dire que j'ai attrapé une saloperie et que soit je brûle de fièvre, soit je vais être prise de convulsions, alors j'apprécierais que tu appelles le 911. Mais tu devrais probablement commencer par te débarrasser du cheval.

— Pauvre petite chose, compatit Kite. Tu as besoin d'une cigarette, pas vrai ?

— Désespérément.

Elles montèrent sur la terrasse. Le Sanctuaire Fine du Bowery avait d'abord été un hôtel ordinaire de quatre étages en 1870 ; dans la chambre de Joan une plaque en cuivre prévenait les clients de ne pas souffler les lampes sans avoir coupé le gaz. Une serre avait été construite en terrasse durant la Première Guerre mondiale pour y faire pousser un jardin de la victoire. La construction des gratte-ciel voisins et la perte de lumière directe avaient sonné le glas des plantes au milieu des années 40, jusqu'à ce que Joan rachète l'immeuble en 2018. Elle avait nettoyé les bacs, installé un éclairage puissant et quelques chaises longues, et planté des fleurs.

C'était dans ce petit éden qu'elle et Kite venaient

faire leurs nombreuses pauses cigarette. La douzaine de roses qu'Harry avait envoyée s'effaçait devant les centaines de tulipes, de jonquilles, de glaïeuls, de myosotis, de lupins... de même, la fumée de leurs cigarettes était noyée par les nombreuses senteurs entremêlées. Un purificateur d'air Revlon détecta la présence d'agents contaminants et mit les bouchées doubles.

— Le vol d'un cheval est-il toujours un crime capital ? s'enquit Kite avec curiosité.

— La Floride est le seul État qui applique encore la peine de mort. Mais je doute qu'on ait dépénalisé le vol de chevaux, même au Nevada.

— Je vois, fit Kite avant de changer de sujet. J'ai postulé pour un nouveau job, ce matin.

— Comme jockey ?

— Très drôle. Non, chez Gant Construction.

Joan s'esclaffa.

— Tu veux aider Harry à bâtir sa Nouvelle Babel ?

— Ça t'ennuierait ?

— Non. Que t'a-t-on répondu ?

— Comme d'habitude. Dès qu'on leur dit qu'on a 181 ans, les gens vous claquent la porte au nez. J'ai essayé d'expliquer que la retraite obligatoire n'avait de sens que quand on mourait avant d'avoir mangé toutes ses économies. Aucune compréhension.

— Si tu pouvais en toucher deux mots à la mère d'Harry, je suis sûre qu'elle t'engagerait. Elle a toujours été une inconditionnelle de la guerre de Sécession.

— Tu me crois aussi cinglée que Maxwell, pas vrai ?

— Même ma propre mère n'était pas aussi cinglée que Maxwell, dit Joan. Mais 181 ans, c'est pousser la longévité un peu loin, oui.

— Très bien. Tu n'as qu'à me poser des questions.

— D'accord. Qui était vice-président lors du premier mandat de Lincoln ?

Kite haussa les épaules.

— Qui se souvient des vice-présidents ? C'est une question stupide.

— Je te pose la même à chaque fois. Tu pourrais regarder dans un dictionnaire.

— Et me discréditer ? Mon ignorance devrait être une preuve suffisante de mon honnêteté.

— Ah, tu crois ?

— Pense aux Évangiles, Joan. Pourquoi sommes-nous certains que Matthieu, Marc, Luc et Jean ne mentaient pas ? Parce que leurs récits de la vie du Christ ne cessent de se contredire. Alors que s'ils se recoupaient dans les moindres détails, tout le monde aurait des soupçons.

— Donc, d'après le même raisonnement, si tu te souvenais parfaitement des années 1860, je saurais que tu es un imposteur. Le fait que non prouve que tu étais effectivement en vie à cette époque.

— Précisément.

— C'est une bonne théorie, conclut Joan en s'allumant une autre cigarette. As-tu jamais envisagé de te procurer une fausse ID ? Tu pourrais déclarer n'avoir que 60 ans. Soixante bien tapés, disons.

— Je préférerais encore retourner au Texas. Ou recommencer à m'habiller en homme, s'il me suffisait de cacher mon sexe. J'ai *gagné* ces rides.

— Si tu me donnais un coup de main, alors ?

Kite secoua la tête.

— J'ai déjà postulé auprès du département des Égouts. Même problème.

— Oh, je n'y travaille plus depuis cet après-midi, lui apprit Joan. Je suis en mission pour Lexa.

— Cette Lexa qui dirige un journal ?

Joan acquiesça.

— Elle m'a confié un petit travail de détective. Il y aura peut-être du danger. Tu pourrais me seconder.

— Sur quoi faudrait-il enquêter ?

— Une conspiration.

— Une *conspiration*, s'émerveilla Kite. Il y a longtemps que je ne me suis pas retrouvée mêlée à une conspiration.

— Donc ça t'intéresse ?

L'ancienne combattante s'alluma une cigarette, se pencha en avant et dit :

— Mets-moi au parfum, chérie.

5

> « *Par ailleurs, le problème de l'argent est très différent de ce qu'il était dans les années 60. L'économie est devenue omniprésente aujourd'hui ; ce n'était pas une telle préoccupation à l'époque. Il y avait tellement d'affluence alors que si vous deviez vous débrouiller avec 40 dollars pour la semaine, c'était okay. Chacun mettait au pot, on trouvait un endroit où dormir, et voilà tout...* »
>
> ABBIE HOFFMAN
> *à l'université de Rutgers, 1988*

*1969 : Le singulier destin de l'*Anium Otter

En plus des charges d'anarchie, de trahison et de scélératesse en haute mer, Philo Dufresne avait été accusé par certains d'être anticapitaliste. Bien qu'il fût exact qu'il était opposé aux nombreux abus du capitalisme, comme les informerciaux d'une demi-heure, il n'avait rien contre la propriété ou le profit en soi. Même les écologistes extrémistes attendaient la juste récompense de leurs efforts, après tout. Les quelques saints qui avaient les moyens et la volonté de renoncer à un salaire monétaire jouissaient tout de même de la satisfaction du travail bien fait, du devoir accompli. Un capital spirituel restait un capital, même s'il ne faisait pas de vous un rentier pour autant.

Et puis, il y avait la question du *Yabba-Dabba-Doo*. Pas seulement l'entretien, qui nécessitait plus d'argent qu'aucun communiste n'aurait pu espérer en réunir, mais son histoire : car même si Morris Kazenstein aimait à raconter qu'il l'avait bâti à partir de rien, la vérité était que le *Yabba-Dabba-Doo* avait débuté comme l'une des farces les plus ruineuses du XXe siècle. Et une farce *capitaliste*, encore.

L'idée était venue à Howard Hughes durant le glissement paranoïaque de ses dernières années. Après avoir vu un documentaire sur la cryptozoologie — l'étude des animaux qui apparaissent en des endroits inattendus — il élabora un stratagème pour transplanter secrètement un troupeau de kangourous d'Australie sur les mauvaises terres du Dakota du Sud. Il était parvenu à se convaincre — des années d'abus de codéine n'y étaient peut-être pas totalement étrangères — que l'apparition de kangourous autour de Rapid City déclencherait un « incident cryptozoologique international » qui coûterait au gouvernement américain plusieurs millions de dollars d'enquête, vidant ainsi les caisses du Trésor et imposant des restrictions de salaires à l'Internal Revenue Service. Hugues détestait les impôts, et l'idée qu'une bande de marsupiaux puisse priver le personnel de l'IRS de son treizième mois le rendait plus heureux qu'un plein seau de sirop pour la toux.

Début 1968, Hugues téléphona à Delvin Dummar — un brave pompiste qui l'avait pris en stop une fois au milieu du désert — et lui confia son plan. Dummar y vit un coup de pur génie, mais ajouta qu'il lui faisait penser à un roman qu'il n'avait pas lu mais dont il avait entendu parler, où des égoutiers mormons affrontaient des alligators albinos sous les rues de Salt Lake City. *Un roman ?* se dit Hughes, et quelques bonds de son imagination renforcée par les narcotiques le persuadèrent aussitôt que les Fédéraux, l'ayant espionné, l'avaient percé à jour et s'étaient dépêchés d'imprimer cette histoire pour se moquer de lui. Il demanda le nom de l'auteur à Dummar, qui parvint tant bien que mal à se le rappeler.

De retour à l'hôtel *Desert Inn* à Vegas, Hughes dessina vite fait les plans d'un gigantesque sous-marin de transport et engagea un chantier naval de Detroit pour le construire. La coque du submersible devait être composée d'un mélange de titane et de germanium, alliage ultra-résistant baptisé simplement *anium* : d'où le nom du sous-marin. Le 30 novembre 1969, l'*Anium Otter* — la Loutre d'Anium — était lancé dans le lac Érié avec un plein chargement de kangourous et Hughes aux commandes.

Le 8 décembre (ils avaient perdu un peu de temps pour faire passer discrètement le sous-marin par le canal d'État de New York), un cultivateur de marijuana de Finger Lakes du nom de Thomas Pinch fut réveillé en pleine nuit par un bruit de galopade. S'imaginant, à l'instar d'Hughes, que le gouvernement avait eu vent de ses activités, il décrocha son fusil à pompe et sa robe de chambre à carreaux et fonça jusqu'à la porte de sa cabane, pour découvrir qu'une quarantaine de kangourous s'étaient introduits dans ses plantations couvertes et mâchouillaient tranquillement sa récolte. Quand l'un d'eux, particulièrement costaud et titubant, se mit à décocher des jabs dans sa direction, Thomas Pinch se verrouilla à l'intérieur de sa cabane, non sans qu'un Hughes hilare ait eu le temps de le prendre au flash sur son polaroid.

Aux premières lueurs de l'aube, le troupeau avait disparu — ainsi que le quart d'un hectare de cannabis d'hiver — mais pas sans laisser de traces. Thomas Pinch suivit les nombreuses empreintes de kangourous jusqu'au bord du lac. La piste sortait de l'eau, elle retournait dans l'eau.

La vache, se dit Pinch, *jamais personne n'ira croire une histoire pareille*. Naviguant entre deux eaux au large de Taughannock Point, Howard Hughes gloussa et s'alluma un joint.

Ce fut l'IRS qui rit le dernier. Nul ne sait ce qu'il advint des quarante kangourous, mais après la mort d'Hughes en 1976, l'*Anium Otter* fut vendu aux enchères pour aider à payer les 77 % de droits de succession sur son héritage. Il fut acheté par un certain Dobi Khashoggi, le troisième cousin en disgrâce du trafiquant d'armes saoudien Adnan Khashoggi, qui comptait le revendre au Moyen-Orient. Plusieurs scheiks arabes exprimèrent de l'intérêt pour le sous-marin mais Adnan, par pure mesquinerie, se débrouilla pour faire capoter toutes les tentatives de transaction jusqu'à ce que Dobi soit complètement humilié aux yeux de la famille. C'est ainsi que la dernière invention d'Hughes — qui désormais tenait davantage de l'albatros que de la loutre — passa les trente-huit années suivantes conservée dans une gigantesque cuve de cambouis sur les docks de Motown, où Morris Kazenstein la découvrit.

À cette époque, les descendants du malheureux Dobi furent trop heureux de se débarrasser de ce maudit submersible, en particulier aux dépens d'un juif, et ils le lui cédèrent pour une bouchée de pain.

Le cliché polaroid qu'avait pris Hughes fut oublié à bord, où il resta durant tout le temps de sa cale sèche. Au cours du laborieux processus de transformation qui allait faire de l'*Anium Otter* l'encore plus improbable *Yabba-Dabba-Doo*, Morris trouva la vieille photo coincée dans le logement du périscope. Il l'offrit à sa chef mécanicienne, Irma Rajamutti, diplômée de l'université de Bombay, qui avait suivi un double cursus en mécanique appliquée et en littérature excentrique. Après l'achèvement des travaux sur le sous-marin, Irma épingla la photo sur le mur de la salle des machines. Quand on lui demandait qui était ce type en robe de chambre, elle répondait simplement : « J. D. Salinger ».

Ayant déjà été pris pour un autre, et de quelle manière, Thomas Pinch n'y aurait probablement rien trouvé à redire.

Quand Chuck Berry et les Kingsmen passaient sur Bethléem

— Des contacts en surface ?

— Le ferry de Staten Island, cap deux-neuf-zéro, distance trois quarts de mille. Diverses autres embarcations... je vois une vedette de la police, mais elle se dirige vers l'East River. La voie est libre vers Liberty Island.

— En avant un tiers, ordonna Philo. Et garde un œil sur les calmars géants.

Le poste sonar dégageait un parfum de pastille pour la gorge. Asta Wills y avait mis un eucalyptus nain pour lui rappeler son pays. Philo avait proposé de lui trouver aussi un koala orphelin, mais elle ne voulait pas en entendre parler.

— Des créatures répugnantes, lui avait-elle dit. Ils font pipi partout et creusent des trous dans le mobilier, je les ai déjà vus faire.

À la place elle avait pris un wombat, qu'elle baptisa

Basil. Sorte de croisement australien entre un blaireau et un chien de prairie, Basil avait le QI d'un rouleau de papier peint, et sa seule ambition dans la vie consistait à se rouler en boule dans le giron d'Asta et à dormir. Le caressant d'une main tout en ajustant ses écouteurs de l'autre, elle conservait son calme quelles que soient les circonstances.

— Aucun calmar ou kraken sur mon scope, annonça-t-elle. Rien qui soit assez gros pour nous inquiéter. Mais les senseurs de la coque signalent dans l'eau un délicieux assortiment de biotoxines, flottant dans un brouillard de feuilles de papier hygiénique usagé. (Elle fronça les sourcils et tapota la cendre d'un cigare imaginaire.) Alors si nous avons une fuite à bord, retenez-vous d'avaler.

— Merci, Asta, dit Philo. Grâce à toi, c'est toujours un plaisir de revenir au port.

— Relax, capitaine. Après tout, nous avons sauvé un continent, aujourd'hui. En plus, c'est quand même largement préférable aux eaux de chez moi, à l'embouchure de Bondi Beach.

— Ça ne me console pas vraiment.

— Istanbul ! lança Osman Hamid.

Ce que Morris traduisit par :

— Grotte des Pirates dans dix minutes, Philo.

— Okay. Quel est le programme, deux jours de permission à terre ?

— *Trois* jours, corrigea Norma Eckland. On s'était mis d'accord sur trois.

— Exact, trois. Morris, fais un saut jusqu'à ma cabine et passe prendre l'enveloppe pour l'équipe de la salle des machines. Ils n'ont pas encore touché leur salaire.

— Moi ? protesta-t-il. Ce n'est pas le tour de Norma de distribuer la paie ?

— Non, déclara Norma. C'est le tour de Norma de

s'habiller pour le dîner. Réservation de dernière minute au *Price of Salt.* (Elle se tourna vers Asta.) On se retrouve sur le pont au quart ?

— Ça marche, acquiesça Asta en éteignant sa console.

À la barre, Osman dirigea le *Yabba-Dabba-Doo* vers Liberty Island où un sas sous-marin s'ouvrit pour le recevoir. Le submersible subirait un bref rinçage afin d'évacuer le gros des immondices de la baie, puis ferait surface dans la Grotte des Pirates, un dock secret situé directement sous le piédestal de la statue de la Liberté.

Morris quitta la passerelle en traînant les pieds comme un condamné. Ce n'était pas tant qu'il eût des réticences à porter la paie à l'équipage, mais plutôt que chaque visite à la salle des machines représentait une immersion dans sa culpabilité juive. En dehors d'Irma Rajamutti, l'équipe des mécaniciens se composait entièrement de Palestiniens : Oliver, Heathcliff, Mowgli, Galahad et Little Nell Kazenstein, frères et sœur d'adoption de Morris. Cette adoption avait été avant tout un acte d'expiation de la part de ses parents — ils avaient arraché les quintuplés orphelins à une mosquée en flammes de Cisjordanie, démissionné du Shin Bet et fui l'État d'Israël un même week-end de Yom Kippur insensé — mais ils n'avaient jamais pris la peine de lui expliquer leurs raisons.

Ils avaient divorcé moins d'un an après avoir quitté Tel Aviv : Morris et sa mère s'étaient retrouvés à New York, tandis que son père emmenait les quintuplés avec lui et s'installait à Londres, où les Kazenstein d'adoption s'étaient choisi des prénoms dans le *Norton Compendium of English Literature.* Ils y avaient mené une vie paisible et confortable dans une grande maison au bord de la Tamise, et avaient tous fini par aller à Oxford. Mais à Manhattan, sur CNN, le jeune Morris voyait des soldats israéliens tirer sur des enfants dans les rues de Jérusalem Est, et il avait grandi avec la certitude que ses frères et sa sœur devaient le détester.

Loin de là : en fait, ils n'avaient pas vraiment d'opinion sur lui, étant occupés à poursuivre leurs doctorats respectifs. Mais aucun d'eux n'éprouvait de scrupules à profiter de sa culpabilité mal placée, en particulier si cela pouvait aider à financer ses recherches. Si bien que quand Morris les avait réunis en grand secret dans un pub de Cambridge pour offrir de les embaucher à bord du *Yabba-Dabba-Doo*, Heathcliff avait saisi la balle au bond.

— Voyons si j'ai bien compris. Tu dis que si nous marchons avec toi, nous aiderons « nos semblables » à vivre une vie meilleure. Est-ce à dire que tu comptes utiliser ce sous-marin pour aider à l'établissement d'un État palestinien pleinement indépendant ?

— Oh non non non, avait répondu Morris, décontenancé. Notre mission générale est strictement écologique, strictement non violente. Oui, enfin, *pratiquement* non violente. Mais en ce qui concerne les Palestiniens, je voulais juste dire qu'une planète plus propre bénéficiera à *tout le monde*, juifs et Arabes confondus.

— Sauf que les Arabes, avait observé Heathcliff, sont rejetés dans la salle des machines. À faire le sale boulot. Même s'ils ont le même niveau universitaire que n'importe quel juif à bord.

— Rejetés ? C'est ça que tu penses, que je veux vous *rejeter* ? Eh, les gars... eh. Erreur. Malentendu. Ce n'est *pas* un sale boulot, ça fait partie de la beauté de ce sous-marin, il...

— Ce n'est rien, était intervenu Little Nell, affichant un visage tragique qui aurait ému aux larmes le plus belliqueux des membres de la Knesset israélienne. Nous sommes accoutumés à travailler dur. Et à être grossièrement sous-estimés.

— Attendez, attendez, est-ce que j'ai dit... je n'ai jamais dit... désolé. Désolé. Écoutez...

Ils avaient tous signé pour faire partie de l'équipage, mais seulement après avoir donné à Morris tellement de complexes qu'il repensa la salle des machines et l'automatisa intégralement, à tel point qu'on pouvait désormais la faire fonctionner d'un seul doigt. Enfin, il y installa tellement d'éléments de confort matériel que peu de gens auraient voulu faire l'effort de lever davantage qu'un doigt. Non, en mer, les Kazenstein passaient leur temps à faire exactement ce qu'ils auraient fait à Oxford en tant que professeurs, quoique avec moins de travail et une meilleure paie : siroter du bon vin, lire, et de temps à autre, rédiger un article savant.

Morris finit par comprendre qu'on profitait de lui, mais cela ne fit qu'aggraver son sentiment de culpabilité. Après tout, s'il plaçait vraiment ses frères arabes au même niveau que tout le monde, il n'aurait dû éprouver aucune difficulté à les envoyer balader ; sa servilité même prouvait qu'il n'avait pas la conscience tranquille. Il savait qu'il devait renverser la vapeur, mais la crainte d'aller trop loin dans l'autre sens et de devenir un tyran pour de bon le paralysait. Ses frères et sa sœur, bien entendu, ne négligeaient aucun effort pour encourager cette impasse mentale.

— Salut, frangins et frangine, lança-t-il en hésitant sur le seuil de la salle des machines comme un maître d'hôtel timide. C'est jour de paie, aujourd'hui, qu'est-ce que vous en dites ?

Les quintuplés étaient assis autour d'une table de jeu, faisant une partie de cribbage [1] et feignant de s'ennuyer, d'être *opprimés* par l'ennui. Ils l'avaient entendu

1. Jeu de cartes dans lequel les points sont notés en enfichant des petits morceaux de bois dans un support posé sur un plateau.

arriver. Seul Heathcliff leva la tête, Heathcliff qui, depuis quelques mois, cultivait une ressemblance avec le défunt Yasser Arafat. Il caressa sa barbe de trois jours et ronronna :

— *Morris*. Entre, viens donc prendre un café avec nous, Morris.

Il pâlit. On ne le laissait jamais repartir sans l'asticoter un peu, mais une invitation à boire un café était de *très* mauvais augure. Il s'approcha prudemment de la table de jeu, les enveloppes de paie à la main, et risqua un refus poli.

— Nous sommes à cinq minutes de la Grotte... je ne peux pas rester longtemps.

— Oh, dit Mowgli, perdu dans la contemplation de ses cartes, on ne veut surtout pas te *forcer*.

— C'est vrai, renchérit Little Nell, rien ne t'oblige à partager notre hospitalité. Ce n'est pas comme si nous étions parents par le sang.

— Même si ton père n'a jamais fait la moindre différence, conclut Oliver.

Un moment plus tard, alors que Morris était assis à leur table devant une tasse fumante, Heathcliff lui demanda :

— Sais-tu de quoi nous étions en train de parler ?

Ce n'était pas bien difficile à deviner.

— De la Palestine ?

Heathcliff hocha la tête.

— Nous évoquions de vieux souvenirs. Des bons et des mauvais, notre enfance en Cisjordanie...

— Heathcliff, vous aviez moins d'un an quand papa vous a emmenés à Londres.

— Oui, la Cisjordanie, poursuivit Heathcliff comme s'il n'avait rien entendu. Nous faisions le mur après le couvre-feu et nous grimpions au sommet d'une colline près de la maison, en jouant à cache-cache avec les soldats et les blindés israéliens. Il y avait un homme qui vivait sur cette colline, le plus vieux de tout le village, et nous allions souvent lui rendre visite. Il s'appelait, heu...

— Mohammed... Brown, intervint Galahad.

— C'est ça, oui, ce bon vieux Mohammed Brown. Cela fait si longtemps...

— Heathcliff, protesta Morris, vous n'aviez même pas un an. Comment pouviez-vous rendre visite à quelqu'un au sommet d'une colline alors que vous ne saviez même pas marcher ?

Heathcliff fronça les sourcils et prit un air triste, l'air de dire : *évidemment, tu peux toujours me traiter de menteur*. Morris, honteux, se tut. L'autre poursuivit :

— Mohammed possédait une radio. C'était un homme opulent avant l'occupation, mais désormais la radio était son seul luxe. Nous écoutions la BBC... Je veux dire, Radio Bethléem. Après minuit, ils passaient du rock-and-roll.

— Du rock-and-roll ? (Morris se tendit ; ils le dévisageaient tous les cinq, maintenant.) Vous n'allez pas chanter, hein, les gars ? Vous savez que vous avez tendance à exagérer un peu, quand vous chantez...

Heathcliff touilla son café.

— Nous n'entendions pas toujours les paroles, pardessus les aboiements des chiens à l'extérieur et le bruit de bottes incessant des soldats. Alors nous inventions nos propres paroles. Irma, tu sais à quelle chanson je pense...

Morris suivit la direction du hochement de tête d'Heathcliff et remarqua pour la première fois Irma Rajamutti, assise devant le vénérable clavecin de la salle des machines. Elle fit craquer ses phalanges et se lança dans une intro familière : *Dump-dump-dump, dump-dump, dump-dump-dump, dump-dump...* Galahad et Oliver se mirent à taper dans leurs mains et à gémir en rythme, tandis que Mowgli claquait des doigts.

— Douie, Douie, chanta Heathcliff comme Yasser Arafat aurait pu le faire s'il avait été un rocker des années 60, Oh El Pé, nous voulons une terre...

Little Nell geignit :

— Hi-yi-yi-yi-yi-yi...

— Douie, Douie, sans tarder, nous voulons une terre...

— Hi-yi-yi-yi-yi-yi...

Ils se mirent à tournoyer sur leurs chaises. Morris voulut essayer de s'enfuir mais se prit les pieds dans un tapis persan et s'étala de tout son long. Les quatre coins du tapis furent saisis et relevés, et il se mit à rebondir de haut en bas, comme sur un trempoline.

Mowgli embraya sur le vers suivant :

— Nous avons conclu un accord avec la Syrie... Vanessa Redgrave... blablabla...

— Les gars ! plaida Morris. Les gars, pour l'amour du ciel, la question palestinienne est réglée depuis des siècles ! Si vous n'étiez pas partis à Londres avec papa, à l'heure qu'il est vous pourriez demander la nationalité israélienne ! Peut-être même que vous auriez le droit de vote ! Les gars...

— Nous voulons une terre !

— Hi-yi-yi-yi-yi-yi...

— Intifada ! cria Heathcliff.

Tandis que Little Nell improvisait un solo de sitar électrique, le tapis persan fut tendu à bloc. Depuis l'un des tunnels en plastique qui traversaient le plafond de la salle des machines, un hamster bleu jeta un regard curieux sur cet étrange oiseau sans plumes qui montait vers lui. Morris, croisant les bras avec résignation, ne put s'empêcher de penser que jamais Golda Meir n'aurait supporté un traitement pareil.

D'un autre côté, ses parents à elle n'avaient pas adopté.

Une autre page de nostalgie musicale

— Bon Dieu, je voudrais pouvoir m'envoyer Janis Joplin ! s'enthousiasma Betsy Ross.

Lexa avait branché l'autoradio de la Coccinelle sur la WKRK Classic. Dans son programme de vieux succès du lundi soir, le DJ avait ressorti une copie digitale poussiéreuse de *Me and Bobby McGee.*

— J'imagine très bien certaines personnes du troisième âge penser la même chose, reconnut Lexa en passant la troisième. Mais je vois d'ici quelques difficultés pratiques, en particulier dans ton cas, Bets.

— Oui, enfin, dit Betsy en faisant craquer ses vitesses, je parlais au sens figuré, bien sûr...

Toshiro Goodhead se tortilla sur le siège du passager. Sortant directement de son travail, il était nu jusqu'à la ceinture à l'exception de ses manchettes blanches et de son nœud papillon noir, et il luttait pour enfiler l'un des sweat-shirts d'Harvard de Lexa. Claustrophobe de naissance — neuf mois dans la matrice maternelle s'étaient révélés traumatisants pour un exhibitionniste congénital — Toshiro était déjà assez mal à l'aise dans cette petite voiture sans avoir besoin d'un pull sur la figure, de sorte que l'opération ne se déroulait pas dans la sérénité. Rabi évita un coup de coude et se pencha entre les sièges avant pour demander :

— Est-ce que Janis Joplin est morte pendant la pandémie ?

— Longtemps avant, expliqua Betsy. Elle a un peu trop fait la fête dans les années 60.

— Au contraire, rétorqua Lexa. Janis n'a pas suffisamment été à la fête dans les années 60. C'est ça qui l'a tuée.

Toshiro finit par trouver le col du sweat-shirt et passa la tête au travers.

— Vous avez tort toutes les deux, affirma-t-il en aspirant l'air à grandes goulées. Elle n'est pas morte. Elle et Jim Harrison se sont mariés en secret et sont partis vivre dans le sud de la France.

— C'est Jim *Morrison*, pauvre ignare, lui lança Betsy. Et si tu n'étais pas tombé du dernier camion tu saurais qu'il est mort quand les Américains ont bombardé Bagdad en 91.

Le mouchard que l'agent spécial Ernest G. Vogelsang avait collé sous le pare-chocs de la Coccinelle reposait maintenant sur le tableau de bord, émettant un signal régulier, tandis que Lexa empruntait un itinéraire d'évasion pas-trop-difficile-à-suivre à travers les rues de West Village. Betsy avait repéré depuis longtemps la berline Plymouth bleue — plaque d'immatriculation QR2942, enregistrée au département Anti-activités anti-américaines du Bureau fédéral d'investigations ; « une vraie poubelle », selon son humble avis — qui les suivait sans grande discrétion. En prenant au nord sur Broadway, Lexa demanda :

— À quelle distance est-il, Betsy ?

— À trois voitures environ. Il y a un taxi et un van entre nous.

— Parfait. Descends ma vitre.

Ils s'immobilisèrent à un feu rouge. Lexa sortit le bras et colla le mouchard sur la portière du taxi, venu se ranger à côté d'eux. Quand le feu passa au vert, elle prit à droite. La Plymouth bleue continua tout droit, à la suite du taxi.

— Jee-zus ! s'exclama Betsy. Et on donne des permis de conduire et de port d'arme à des aveugles pareils !

— Où va ce taxi ? interrogea Lexa. Checker Transport, numéro de véhicule 5186.

— Une seconde... d'après la compagnie, il serait en route pour l'aéroport international de Newark.

— Parfait, déclara Lexa. Personne d'autre ne nous suit ?

— Nan. Je te le dirai si je repère quoi que ce soit.

Elle tourna encore deux fois à droite et se dirigea droit vers les docks de la rive ouest. Dans un coin isolé des quais, une simple rampe de bois s'enfonçait dans les eaux. L'Hudson avait cessé de brûler à la tombée de la nuit mais l'air était encore lourd, chargé de particules sombres qui tourbillonnaient dans la lumière des phares. Lexa stoppa la voiture et Betsy klaxonna.

— La voilà, annonça Toshiro comme Seraphina sortait de l'ombre et courait jusqu'à la voiture.

Betsy ouvrit la portière du passager et Seraphina se glissa sur la banquette arrière à côté de sa demi-sœur, adressant un rapide bonjour à tout le monde.

— Salut, répondit Rabi en tripotant la djellaba dont Seraphina s'était encapuchonnée pour le trajet jusqu'aux docks. Tu as fait un coup, cette semaine ?

Lexa l'étudia dans le rétroviseur.

— Elle a volé la *Mona Lisa*, dit-elle.

— Waouh, siffla Betsy. Eh, je vous ai raconté la fois où Grace Slick et moi avons versé de l'acide dans le punch au mariage de Tricia Nixon ?

— C'est quoi, la *Mona Lisa* ? demanda Rabi tandis que Seraphina, accoutumée à l'omniscience de Lexa mais surprise malgré tout, s'étonnait :

— Comment as-tu appris que c'était moi ?

— Ça tombait sous le sens, répondit Lexa. Et puis, dans la partie du rapport de police qui n'a pas été rendue publique figurait l'interrogatoire d'un gardien du musée jurant avoir vu un castor parlant quitter les lieux du crime. On lui a fait passer un test d'urine pour ça.

— Oh.

— Qu'as-tu fait du tableau ? Il est toujours en un seul morceau ?

— Pour le moment, confirma Seraphina. Je l'ai accroché dans le vieux théâtre Appolo d'Harlem. Tu sais, celui qu'ils projettent de démolir pour construire une annexe de parking à la Nouvelle Babel. Je l'ai posé bien en évidence à l'accueil, de sorte qu'il suffit de passer la tête à l'intérieur pour le trouver.

— Et si personne n'éprouve la moindre nostalgie, adieu Rembrandt, observa Toshiro. Justice sévère. (Il rit.) On n'est pas tendre, dans ma belle-famille.

— Par quels moyens t'es-tu rendue à Harlem ?

— Oh, j'ai emprunté une limousine.

— Avec des plaques diplomatiques ?

— Ouais. Comment as-tu...

— Le garage du consulat de la zone africaine de libre-échange a signalé un autre vol.

— Waouh ! s'exclama Betsy.

— Fais-moi une faveur, ne parle pas de ça à ton père ce soir, dit Lexa. J'aimerais qu'il soit d'humeur détendue.

— Aussi détendu qu'il sait l'être, en tout cas, répliqua Betsy.

Lexa enclencha la première et roula vers la rampe ; Betsy baissa ses phares pour leur éviter de voir les préservatifs usagés flottant à la surface du fleuve. Toshiro frissonna quand la Coccinelle s'enfonça dans les eaux sombres.

— J'ai horreur de cette partie-là.

— Ne t'en fais pas, le tranquilisa Betsy, je suis une Volkswagen.

Un aigle germanique avait été sculpté dans le roc au-dessus du quai des sous-marins, mais Morris avait recouru à un salami casher pour faire sauter le swastika entre ses serres. La bannière jaunie proclamant *U-boats*[1] *willkommen hier* avait de même été effacée au laser, et une pile de caisses et de barils en acier frappés de l'éclair SS avait servi de cible pour de nombreux exercices de tir à la crème fouettée. Le seul élément nazi subsistant intact dans la Grotte des Pirates — si c'était bien un élément nazi — était une maquette en relief coulée dans une plaque de verre. Elle figurait l'île de Manhattan telle qu'elle se présentait en 1940, avec les positions d'assaut des U-boats et les défenses côtières le long des fleuves. Une légende indiquait, en mauvais allemand : PLAN POUR TERRORISER CES TRAÎTRES D'INDUSTRIELS AMÉRICAINS BLANCS, POUR VOUS SERVIR.

Le *Yabba-Dabba-Doo* tenait à peine dans l'espace étroit : l'amarrage n'était qu'une formalité, le submersible n'ayant guère la place de dériver. Philo commandait la manœuvre depuis le kiosque, veillant à ce qu'Osman ne heurte pas l'extrémité du quai en forme de U où Betsy Ross était en train de se garer. La Volkswagen disposait de son propre accès à la Grotte, plus petit et plus commode que le sas-écluse du sous-marin. Lexa en descendit et envoya un baiser à Philo.

— Salut ! lui lança-t-il. Comment on était, à la télé ?

— Drôlement écolos. Edward Abbey aurait été fier de vous. Mais je continue à penser que Norma devrait

1. Unterderseaboat : américanisation d'*Unterseeboot*, sous-marin allemand.

insérer une photo de tes fesses dans le générique d'ouverture. Avec un jean moulant et le logo Dufresne sur la poche arrière, pile ce qui manque pour te gagner de nouvelles fans.

— Oui, c'est-à-dire... Nous essayons d'être des pirates tout public, Lex.

— Eh, je *suis* tout public. J'adorerais voir tes fesses sur des millions d'écrans de télévision, c'est tout.

— Hon hon... stoppe les machines, Osman.

Une petite voix répondit dans le micro :

— Istanbul !

Le *Yabba-Dabba-Doo* reposait dans son berceau. Philo descendit du kiosque et avança la planche de débarquement. Sur le quai, Toshiro et Rabi sortirent de la Volkswagen avec des sourires et des bonjours, mais Seraphina, après un vague signe de main à l'adresse de son père, fixa son attention sur le pont du sous-marin. Elle cherchait Vingt-Neuf Mots, pour lequel elle avait développé une passion brûlante. « Je n'arrive pas à me l'expliquer », avait-elle confié une fois à Lexa, « c'est comme s'il s'agissait d'un joli petit bonbon du pôle Nord que je voudrais absolument sucer. Je me demande si c'est une façon bien féminine de réagir. » Lexa lui avait assuré que oui. Mais Vingt-Neuf Mots pour Neige, resté dans l'entrepont pour aider Marshall Ali à empaqueter ses affaires, ne sortirait pas avant un petit moment.

Lexa retrouva Philo au pied de la planche de débarquement, ils s'embrassèrent. Toshiro leur laissa le temps de se retrouver avant d'aller les rejoindre. Quand Philo vit approcher l'autre compagnon de Lexa, il s'écarta d'elle et s'accroupit en position de lutteur. Toshiro, pour qui c'était devenu un rituel, fit de même, et les deux hommes s'élancèrent l'un contre l'autre comme des mâles à la saison des amours.

Ce qu'il y a avec la polyandrie, du point de vue masculin, c'est que non seulement vous êtes plusieurs à partager le lit de la même femme, mais vous partagez aussi le lit d'*autres hommes*. Pour Toshiro, que sa vie dans le circuit du strip-tease de New York avait entraîné dans davantage de permutations d'amour et de désir qu'il n'aurait pu se rappeler, c'était parfaitement naturel, mais Philo avait découvert le sexe dans un manuel amish sur le mariage, et les vieilles inhibitions ont la vie dure. Il contrebalançait donc son homophobie sous-jacente en se jetant sur Toshiro dès qu'il l'apercevait, évacuant dans la sueur et l'effort la tension du corps à corps plus intime qui s'ensuivrait plus tard dans la soirée.

— Harrrrr ! gronda Philo, saisissant Toshiro aux épaules et l'arrachant du sol.

— Grrrrr ! répliqua Toshiro en faisant mine de résister, même si, dans un vrai combat, Philo l'aurait cassé en deux comme une brindille.

Au lieu de quoi, les deux hommes roulèrent ensemble sur le quai, soudés dans une étreinte prétendument mortelle. Lexa trouva le spectacle amusant, voire excitant, en particulier quand Philo se laissa emporter et déchira le sweat-shirt de Toshiro, mais Seraphina était embarrassée.

— Les guerriers africains baisaient entre eux sans arrêt, papa, lui cria-t-elle. Pas la peine d'en faire toute une histoire !

Asta Wills et Norma Eckland débouchèrent sur le pont extérieur, Norma dans une robe du soir caméléon aux couleurs changeantes, Asta dans un ensemble jupe et corsage plus sage, avec un sac à main imitation peau de kangourou.

— Toujours partants pour un petit corps à corps masculin, ces deux-là, observa malicieusement Asta. Quelles gens chaleureux, ces Américains.

Mais les lutteurs se fatiguaient. Philo se rejeta sur le dos, pantelant, tandis que Toshiro restait allongé pêle-mêle en travers de ses genoux. Oubliant sa varicelle, Rabi saisit l'occasion et courut bondir sur le ventre exposé de son père, tandis que Lexa s'agenouillait auprès de Philo pour lui donner un autre baiser. Seraphina, écartant momentanément ses envies de bonbon du pôle Nord, se joignit à la mêlée générale.

Norma vint poser son menton dans le creux de l'épaule d'Asta.

— On finit par s'y faire, à ces bonnes vieilles familles nucléaires, dit-elle.

6

Le sexe est ce qui différencie le mâle de la femelle. Il les attire également l'un vers l'autre, et met en jeu des sentiments et des désirs profonds. À travers le sexe, un homme et une femme peuvent s'intéresser l'un à l'autre, tomber amoureux, se marier et avoir des enfants. Les animaux et végétaux supérieurs se perpétuent, génération après génération, au moyen de la reproduction sexuelle. Mais pour les humains, le sexe représente bien davantage...

World Book Encyclopedia

2001 : La production de Lust Noir

Ce fut la décennie qu'on appela les Années Sombres, au début tout au moins, le remède contre le sida découvert en 1999 arrivant juste à temps pour inaugurer une Nouvelle Promiscuité au tournant du siècle. Par esprit de justice envers les conservateurs moraux, la Cour suprême choisit ce même instant de l'histoire pour dénoncer finalement Roe contre Wade [1], le vote décisif

1. Affaire criminelle tranchée par la Cour suprême en 1973, stipulant qu'un État ne peut pas interdire à une femme de se faire avorter. De nombreux États américains ont tenté de

dans cette surprenante décision à cinq voix contre quatre venant d'un juge « crypto-chrétien » appointé par les démocrates. Il en résulta un de ces paradoxes sociaux qui font la réputation de l'Amérique : à cette époque, vous pouviez rentrer chez vous après une nuit de débauche, appeler le réseau commercial du contrôle des naissances pour vous faire livrer de nouveaux préservatifs puis — juste au cas où — vérifier le tableau des lois sur l'avortement dans *USA Today* pour vous tenir au courant des dernières évolutions de la législation locale. Ce tableau — en réalité une carte, située, chose curieuse, dans les pages sportives du journal — faisait apparaître les États « ouverts » en bleu, les États « fermés » en rouge et les États « licencieux » en rose. L'Oregon, où l'avortement était subventionné les lundis, mercredis et vendredis, et soumis à une forte amende les mardis, jeudis et week-ends (le corps législatif de Salem avait tenté de protester contre l'absence d'un standard national mais n'avait réussi qu'à lasser tout le monde), était souligné en jaune canari.

C'est durant cette période, en été 2001, que Joan Fine fut invitée à quitter le collège Saint-Jude de Philadelphie, où elle venait de boucler sa première année de licence. Le remue-ménage de sa mère en faveur des sœurettes commençait à porter sur les nerfs des saints pères, mais comme sœur Ellen Fine avait déjà été excommuniée pour avoir porté un bébé éprouvette dans un couvent et présidé à l'insémination artificielle de deux autres sœurs — au moyen d'une poche à douille — le Vatican ne pouvait pas lui faire grand-chose de plus, lapidation exceptée. C'est pourquoi, dans le respect de cette vénérable tradition biblique, on

---

contourner cette décision très controversée de différentes manières.

reporta l'iniquité de la mère sur la fille. Joan aurait pu protester contre cette exclusion — qui ne fut jamais clairement désignée en ces termes — mais réservant son énergie pour de plus nobles combats, elle prit ses bulletins de notes sous le bras, dit adieu à la Pennsylvanie (un État rouge dans la géographie d'*USA Today*) et monta dans un Greyhound à destination du cœur libéral pourri de la Nouvelle-Angleterre (où le bleu et le rose se répartissaient en proportions égales). Au bureau des inscriptions de Harvard, une ex-nonne repentie arrangea une erreur informatique en faveur de Joan, qui put intégrer à l'automne un cycle de Travaux Publics : Joan s'inscrivit pour deux nuits par semaine de travail bénévole dans un refuge de sans-abri de Boston, en échange de quoi le Commonwealth prit en charge une partie de ses études.

Qui disait Travaux Publics disait service public. Joan ne partageait pas, ne voulait pas partager l'ambition de sa mère de réformer l'Église ; sa propre réponse au traînage de pieds du pape consistait à l'abandonner au XXe siècle, où se trouvait sa vraie place, aussi facilement et sans regret qu'elle avait abandonné Saint-Jude. À Harvard, elle découvrit un autre moyen de rester fidèle à la tradition familiale des Fine. L'activisme libéral et la théologie catholique romaine n'étaient pas si différents, s'aperçut Joan. Chacun avait le salut de l'homme en point de mire, que ce soit dans ce monde ou dans l'autre, chacun reconnaissait l'importance du travail individuel bien fait et chacun avait ses dogmes. La sensibilité libérale à l'oppression avait donné naissance à une étiquette stricte encadrant le discours et la pensée, comme les règles du débat théologique : les croyances considérées racistes, sexistes ou homophobes étaient condamnées comme « philosophiquement incorrectes », ou PI. En d'autres termes, on les taxait d'hérésie.

— Oh non non non, ça n'a rien à voir, dit Penny Dellaporta, sa camarade de chambre et collègue radicale.

Mais Joan pensait le contraire, et de toute manière la comparaison n'avait rien de négatif à ses yeux. Enfin, elle tenait un credo pour lequel elle était prête à se battre, c'était tout ce qu'elle voulait dire. Après quelques bières et une cigarette, elle parvenait même à visualiser une sorte de dieu gauchiste, sexuellement neutre et racialement indéterminé, qui se nourrissait de germes de soja, chiait des déchets non toxiques et militait pour la ratification d'un amendement constitutionnel sur l'autodétermination.

S'investissant dans une cause pour la première fois de sa vie, Joan comprit mieux la passion de sa mère ; mais parce que sa mère était aussi une exclue dans sa propre religion, le cœur de Joan pencherait toujours du côté des hérétiques, des albigeois du milieu libéral qui s'opposaient à l'ordre établi aussi bien en eux que chez les autres, et ne perdaient jamais leur sens de l'humour. À quoi pourrait bien lui servir de sauver le monde, en effet, si elle perdait le goût de rire, en particulier de sa propre prétention ?

C'est cette sensibilité qui l'attira d'abord vers Lexa Thatcher.

— C'est une pornographe, lui assura Penny Dellaporta alors qu'elles rentraient chez elles, épuisées et le regard vague, après une rediffusion du *Reds* de Warren Beatty au cinéma de minuit. Même pas une féministe à la reconquête de l'érotisme, non, une vulgaire marchande de fesse. Le printemps dernier, elle a coédité un torchon étudiant bourré de photos sado-masochistes, rien que des hommes et des femmes en cuir et en menottes, et il y avait cette photo de pénis avec un serpent tatoué. Un serpent *énorme*, qui faisait *six fois* le tour du pénis, et sa langue sortait de... Seigneur, je ne veux même pas en parler !

— On dirait que tu t'es penchée de très près sur ce serpent, observa Joan.

— Bien obligée, je devais prendre la pleine mesure de l'objectivation et de l'exploitation de la chose. En ce moment, on raconte que Thatcher serait en train de réunir des fonds pour financer son propre film. Le summum du PI.

— Encore des pénis ?

— En couleurs, chuchota Penny. Et en mouvement.

— Hmm...

Plus tard cette même semaine, Joan se leva de bonne heure pour aller faire son jogging et placarder quelques affiches. Elle s'était arrêtée le temps de coller un tract de l'ACLU[1] au mur de Thayer Hall quand elle entendit coulisser une fenêtre au-dessus de sa tête. Une échelle en nylon dégringola du deuxième étage et une silhouette encapuchonnée enjamba l'appui. Restée à l'intérieur du dortoir, une femme blonde avec des taches de rousseur — une authentique Bostonienne, à en juger par le tatouage du clocher d'Old North Church sur son sein gauche — se pencha pour un baiser d'adieu. La silhouette encapuchonnée lui tendit une rose rouge, fit un signe de la main et descendit rapidement jusqu'au sol où elle parvint à moins de deux mètres de Joan.

— Hé, salut, dit Lexa Thatcher en rejetant son capuchon en arrière tandis que sa compagne relevait l'échelle. On est sortie faire son petit acte de vandalisme matinal, à ce que je vois ?

Ne sachant pas trop comment répondre, Joan se contenta d'observer :

1. *American Civil Liberties Union* : association vouée à la défense des droits constitutionnels dans les affaires judiciaires.

— Tu es la pornographe.

— C'est ça, confirma Lexa, et toi la catholique qui fume. Une de mes amies étudiantes n'arrête pas de me parler de ton attitude PI envers le tabac, alors je me disais qu'on finirait par se rencontrer tôt ou tard. Joan Fine, c'est ça ?

Joan hocha la tête. Sans le vouloir, elle coula un regard en direction de la fenêtre dont Lexa était descendue.

— C'est Ellen, lui dit Lexa. Ellen Leeuwenhoek, alias Lèvres de Feu. Ma photographe et camerawoman.

— Oh.

— *Oh*, l'imita Lexa sans méchanceté. Écoute, que dirais-tu d'un petit déjeuner ?

Un étudiant tunisien aux cheveux frisés leur servit des œufs et des steaks au Wursthaus de Harvard Square ainsi qu'un excellent café nicaraguayen — philosophiquement correct, récolté par d'ex-sandinistes. Dans le cadre de la Nouvelle Promiscuité, fumer en public était brièvement redevenu légal ; aussi, pendant que Lexa versait suffisamment de sucre dans son café pour assommer un bataillon de diabétiques, Joan alluma une Marlboro et comprima son gobelet pour en faire un cendrier : dépendances complémentaires, diraient-elles plus tard aux gens, présage de la naissance d'une indéfectible amitié.

— Vois-tu, nous sommes partis pour une nouvelle révolution sexuelle, expliqua Lexa en réponse à une question concernant ses ambitions cinématographiques. Et si j'en juge par les grincements de dents et les frilosités qu'a suscités la première, je me dis que cette fois, ce serait bien d'avoir une sorte de phare culturel pour éclairer la voie, ou au moins donner quelques idées aux gens...

— Un phare culturel ? répéta Joan. Ton film porno va être un phare culturel ?

— Oui, enfin... (Lexa leva les mains.) Peut-être pas un *phare*, exactement, peut-être plutôt une sorte de feu de quartier autour duquel se retrouver tous ensemble et faire griller des marshmallows. Tu sais comment sont les Américains à propos du sexe, Joan : il n'existe aucune force dans l'univers qui puisse nous retenir de nous envoyer en l'air, mais pour le faire les yeux ouverts, nous avons besoin d'une permission en triple exemplaire. Avec ce film, je voudrais convaincre les gens de s'octroyer cette permission, et peut-être leur suggérer quelques options qu'ils n'auraient pas envisagées.

» De la façon dont je vois les choses, deux sortes de pornographie ont été tentées jusqu'ici. Le film d'étalon traditionnel à orientation masculine, où des femmes stéréotypées se faisaient sauter par des primates avec toute la délicatesse émotionnelle d'un piston mécanique. Et le film érotique féminin, arrivé en vogue à la fin des années 80 où, pour changer, des femmes intelligentes et libérées s'envoyaient des primates *beaucoup trop* délicats, et où chacun s'extasiait sur sa gentillesse et sa non-violence jusqu'à ce que le spectateur soit prêt à planter un clou dans le bouton d'avance rapide de son magnétoscope.

» Donc, ce que je veux faire, c'est supprimer la luxure des films d'étalons, la moitié de la poésie des films de femmes, balancer un peu de l'inventivité de ces années fléaux où les gens ont appris à faire preuve d'attention et d'imagination au lit, ajouter quelques acteurs mâles qui déclenchent autre chose qu'une envie de rigoler ou de leur jeter des fléchettes, rassembler tout cela sur un rouleau de pellicule seize millimètres et le lâcher sur le grand public : un film érotique d'avant-garde qui marche aussi bien auprès des femmes que des hommes, des gays que des hétéros, des romantiques que des maniaques du sexe. (Elle s'esclaffa.) Et avec une véritable intrigue, en plus.

— Drôlement ambitieux, constata Joan, impressionnée par le courage de Lexa. Même si je ne suis pas experte en la matière.

— C'est ça qui est beau. On est en Amérique, *personne* n'est expert en la matière. Tu sais, on dit que le cul est un business dans lequel on peut être complètement idiot et réussir malgré tout, mais je veux voir ce qu'une pornographe maligne arrive à faire.

— Tu sais que tu seras mise au pilori par toutes les associations de défense de la famille d'ici jusqu'en Californie...

— Ce qui garantira que le film sera un blockbuster.

— ... sans parler de beaucoup de gauchistes. Ma colocataire Penny dirait probablement qu'avec la quasi-totalité des nappes phréatiques de Nouvelle-Angleterre impropres à la consommation, il y a d'autres sujets de préoccupation que les fantasmes érotiques.

Lexa prit une Marlboro dans le paquet de Joan et l'alluma.

— Il se trouve que j'en connais un rayon sur la revendication écologique dans ce pays, dit-elle, et celui qui ose prétendre que l'extase et la pureté de l'eau sont des objectifs s'excluant mutuellement est un fada. Crois-tu que ta camarade de chambre accepterait de faire vœu de chasteté jusqu'à ce que le port de Boston soit de nouveau viable pour les homards ?

Joan sourit.

— Penny sera probablement la première à se jeter sur ton film — sous un faux nom — quand il sortira en vidéo. Je serais curieuse de le voir.

— Oh, tu le verras. Tu peux même m'aider sur le tournage. (Lexa tira une seule bouffée sur la cigarette, fit la grimace et l'écrasa.) Beurk, c'est infect ! Comment peux-tu supporter ça ?

— De la même manière que tu supportes ton café avec huit sucres.

— C'est différent, dit Lexa. Je suis à moitié marocaine, ça fait partie de mon héritage culturel.

— Et les Marocaines ne fument pas ?

— C'est la moitié dont je n'ai pas hérité.

— Ouais. Que fais-tu comme études, de toute façon, pour avoir ce genre d'idées ? Art théâtral ?

— Journalisme d'investigation. Je suis une future fouille-merde internationale, c'est mon ambition à long terme. Si le film dégage suffisamment de bénéfices, j'ai l'intention de fonder mon propre journal, un truc à l'ancienne, du genre qu'on lit d'un bout à l'autre. Pas de condensé d'informations en première page, pas de publicité corporative mêlée aux articles. Et le slogan en sous-titre serait FONDÉ SUR UN VIBRANT DÉSIR DE VÉRITÉ.

Le *Lust Noir* de Lexa Thatcher fut tourné pendant les vacances de Noël à Harvard. Le budget, calculé au millimètre, se montait à 60 000 dollars, financé par une chaîne circulaire de cartes de crédit mendiées et empruntées, la dette devant être reportée d'un compte à l'autre à la fin de chaque cycle de facturation. Durant la préproduction, en novembre et décembre, Joan travailla à mi-temps comme assistante de Lexa, faisant temporairement l'impasse sur son engagement politique pour se dégager un peu de temps. Penny Dellaporta disait qu'elle avait perdu la tête. En fait, Joan n'était devenue assistante qu'après avoir décliné le rôle que lui offrait Lexa dans le film ; la tentation avait été forte, mais le désir de Joan de se lancer à corps perdu dans quelque chose de vraiment osé n'avait pas tenu devant le cauchemar d'imaginer sa mère en présence de l'archevêque de Philadelphie, des photos cochonnes étalées devant lui. *Vous voyez, vous voyez, c'est pour* cela *que nous refusons aux femmes les rites d'ordination...* Elle se contentait donc de donner un coup de main, organisant les auditions et envoyant des fleurs aux services d'encaissement de MasterCard et Visa.

Le lundi précédant Thanksgiving, à l'appel du dernier casting, Joan repéra un homme en string qui déambulait dans le loft de Cambridge où se tenaient les auditions et ressentit instantanément une brusque montée de désir. Son regard bleu innocent scintillait sous ses mèches de cheveux blond-roux en pagaille et il était bâti comme un travailleur de force, le genre à charrier des cailloux dans une carrière. Sa poitrine était lisse et glabre, ses membres encore bronzés par le soleil d'été, et comme il régnait une chaleur infernale à cause des projecteurs, il avait développé une légère suée à fleur de peau ; le creux sous sa pomme d'Adam luisait d'une manière tentante. Le seul défaut était le string : probablement choisi pour faire sexy, il n'arrivait qu'à être ridicule, quoique même cela ne fût pas gênant, car l'imperfection le rendait plus abordable et, par là même, encore plus séduisant. Avec une économie de mouvements qu'auraient appréciée les nonnes de son ancienne école, Joan croisa les jambes et fit signe à Lexa d'approcher.

— Voyons voir, dit celle-ci en feuilletant ses notes. Il s'appelle Gant. Harry Dennis Gant. Il a 21 ans et habite dans une *pensione* de North End. Ce n'est pas un étudiant. Hmm... *Motivation pour tourner dans ce film : j'ai besoin du cachet pour déposer le brevet d'une invention impliquant James Dean et la vidéo amateur. Je ne peux pas en dire plus, désolé.* (Inconscient de l'attention dont il était l'objet, Gant s'était approché d'un panier de gadgets sexuels et tâchait de comprendre l'usage d'un godemiché à deux têtes.) Il est curieux, pas d'erreur. Peut-être est-ce vraiment un inventeur.

— Tu vas l'engager ? s'enquit Joan avec ses gros sabots.

— Tu serais prête à changer d'avis et à te joindre à la troupe ? Désolé, Joan. C'est vrai qu'il est mignon, mais...

Lexa tapota une case que Gant avait cochée, à côté des mots STRICTEMENT HÉTÉRO. Par un astérisque, il avait rajouté : *À moins d'une prime à débattre. H. G.*

— J'ai déjà tous les hétéros qu'il me faut, et pas de quoi me permettre une prime. S'il avait quelque chose de vraiment *inhabituel*, je pourrais lui écrire un rôle spécial, mais un petit Blanc mignon... Ça a déjà été fait cent fois.

— Tu ne pourrais pas faire une entorse à tes principes artistiques ?

— Non, mais je vais te dire ce que je vais faire. S'il est capable de rester éveillé pendant cinq jours de rang, je connais au MIT[1] un laboratoire de recherche sur le sommeil qui serait prêt à lui verser 600 dollars. Pourquoi n'irais-tu pas lui donner le numéro toi-même, avec mes compliments ?

— Lexa, nous serons toujours amies quoi qu'il arrive.

Une heure plus tard, elle avalait un steack et des œufs au Wursthaus pendant qu'Harry Gant, entièrement habillé cette fois, lui décrivait son invention. Il s'exprimait avec encore plus d'assurance que Lexa, mais là où Lexa appuyait son inspiration sur un travail acharné et un soin méticuleux apporté aux détails, Harry s'en remettait presque entièrement au pouvoir brut de l'enthousiasme. La seule chose importante à

1. *Massachusetts Institute of Technology* : célèbre université scientifique de Cambridge, dans le Massachusetts.

ses yeux, semblait-il, était que le concept de base d'un projet soit suffisamment *chouette* : ensuite, tous les problèmes pratiques se résolvaient d'eux-mêmes. Joan avait des doutes sur la sagesse d'une telle philosophie mais préféra les garder pour elle sur le moment. Elle avait autre chose en tête.

— Ce sont les nouveaux distributeurs bancaires parlants qui m'ont donné cette idée, lui expliqua Gant. Ceux qui s'adressent à toi en douze langues différentes. Les magnétoscopes deviennent de plus en plus sophistiqués chaque année, on peut les programmer pour de plus en plus de choses, et les manuels d'instructions ne suivent pas. Alors je me suis dit, pourquoi ne pas demander au magnétoscope lui-même de t'indiquer la marche à suivre ? Et pas seulement en plusieurs langues différentes, mais avec de *multiples personnalités*.

» Disons que tu veux enregistrer un match de football à midi et un talk-show à 16 heures, que la machine change de bande entre les deux programmes et qu'elle supprime toutes les coupures publicitaires. Tu prends ta télécommande — qui ressemble à une sorte de talkie-walkie — et tu dis : « Eh, Jimmy » et la voix de James Dean t'indique étape par étape comment procéder. À moins que tu te sentes d'humeur manuelle, le magnétoscope peut même presser les boutons à ta place, si bien que tu n'as plus qu'à glisser les cassettes aux endroits indiqués par Jimmy. Et si tu n'aimes pas James Dean, tu peux avoir Mae West ou Arnold Schwartzenegger. Ou bien, *ou bien* — ça, c'est bon — si tu aimes la musique afro-américaine, il pourrait te donner les instructions en rap.

— Ça a l'air chouette, commenta Joan. J'imagine que tu as déjà tous les plans en tête ?

— Les plans ? demanda Gant. Tu veux dire des sortes

de schémas techniques ? Non. Je n'y connais rien en électronique.

— Attends une minute. Comment peux-tu obtenir un brevet sans déposer les plans ? Comment sais-tu seulement s'il sera possible de fabriquer ton truc ?

— Allez, bien sûr que c'est possible. Tout le monde sait que la technologie existe déjà : reconnaissance vocale, tout ça, on nous en parle tous les jours. La véritable astuce consiste à imaginer de nouvelles manières de s'en servir, de chouettes combinaisons. En ce qui concerne les schémas proprement dits, j'ai un vieux copain de lycée qui habite à Atlanta aujourd'hui, Christian Gomez, il va me donner un coup de main pour la partie technique. Pas de problème.

— Pas de problème, répéta Joan en souriant. (Pas comme elle avait souri à Lexa.) Et ce sera dans les boutiques à Noël ?

— Noël 2002, peut-être. Une autre idée qui me vient, ce serait de demander à Christian d'inclure une sorte d'appareil holographique, comme ça non seulement James Dean te parlerait depuis le magnétoscope, mais il *t'apparaîtrait* vraiment au-dessus de la machine, disons sur quinze centimètres de haut. Et, hé, *hé*, imaginons que tu sois célibataire, ou casanier, il pourrait te tenir compagnie et *regarder la vidéo avec toi...*

Harry Gant buvait son café nicaraguayen noir, sans un seul grain de sucre. À sa deuxième tasse, enflammée par le puissant arôme d'Amérique centrale, Joan profita d'une pause dans la conversation pour lui faire une proposition. Ce n'était pas la première fois qu'elle se montrait aussi directe, mais elle n'en fut pas moins fière de son audace, en particulier quand Harry se fendit d'un sourire flatté et répondit oui. Ils remontèrent Kirkland Avenue bras dessus bras dessous jusqu'à l'appartement de Joan à Somerville, excités chacun par la compagnie de l'autre et par les possibilités de la jeunesse, à cent lieues de se douter qu'ils faisaient les premiers pas vers le mariage. Se marier avant 30 ans : quelle notion insensée, dans ce millénaire tout neuf de passions et de roses.

Lust Noir sortit en avril 2002, dans un circuit restreint de salles d'art et d'essai, mais s'attira de bonnes critiques et donna lieu à une fructueuse controverse. Un mois après la première, le film avait été condamné à la fois par la National Organization for Women et les New England Friends of Virtue, et après que *60 Minutes* eut publié un article intitulé LE FILM D'ÉTUDIANTS QUI FAIT ROUGIR BOSTON, son succès ne connut plus de limites. Avant Indépendance Day, Lexa avait signé des accords de distribution lucratifs avec Cineplex Odeon et Vestron Vidéo et sillonnait New York à la recherche d'un appartement et d'une presse d'imprimerie.

De son côté, Harry Gant fit également fortune avec son magnétoscope à multiple personnalité, même si Joan n'était plus avec lui pour le voir. Après leur première nuit ensemble, chacun suivit l'orbite de sa propre vie. Ils se retrouvaient à l'occasion pour de brefs rendez-vous, mais ne devinrent jamais un véritable couple. L'automne suivant, brevet en main, Gant partit vers le sud en Géorgie fonder sa société. Il envoya une carte postale à Joan depuis sa nouvelle adresse, un rectangle entièrement noir intitulé ATLANTA BY NIGHT. En la trouvant dans sa boîte aux lettres un matin, elle songea avec tendresse, mais sans regret particulier : *Il était drôle. Un peu tête en l'air, mais drôle.*

Ils ne se revirent plus avant six longues années, et à ce moment-là, tout avait changé.

— Il a été battu à mort, avec un exemplaire d'*Atlas Shrugged*, précisa Joan.

Elles étaient toujours dans la serre, en train de fumer. Joan avait débarrassé une table de ses bégonias et étalé dessus le dossier de l'affaire Teaneck afin que Kite puisse y jeter un coup d'œil.

— *Atlas Shrugged*, répéta Kite. Ce n'est pas cet énorme bouquin d'Ayn Rand ?

— C'est bien ça.

— C'était une philosophe autant qu'une romancière, pas vrai ? (Kite lutta pour se souvenir : la culture de l'ère Eisenhower n'était pas l'un de ses points forts, car elle avait passé la plus grande partie de cette période à tenir un phare pour les gardes-côtes mexicains du côté de Baja.) Comment appelait-on ça... l'objectionisme ?

— L'objectivisme, corrigea Joan. Comme dans « être objectif ».

Kite s'alluma une nouvelle cigarette.

— Rappelle-moi en quoi consistait cet objectivisme.

— C'est, en gros, la doctrine d'un intérêt personnel éclairé portée au niveau d'un absolu moral. Pour Rand, la pensée rationnelle, la réussite individuelle et l'estime de soi représentent la Trinité des vertus humaines — la Raison étant le Père, l'Industrie le Fils et l'Ego le Saint Esprit — et le meilleur système pour encourager l'effort humain, le seul vrai système *moral*, est celui du total laisser-faire capitaliste. Pas de réglementation de la production ni du commerce, mais pas non plus de subvention fédérale ni de législation protectrice pour venir en aide aux entreprises défaillantes. Le gouvernement se cantonne à l'arbitrage des différends juridiques et à la défense du pays contre une invasion étrangère. Sans interférence extérieure, le peuple et ses compagnies réussissent ou échouent sur la base de leur seul mérite.

— La survie du plus fort.

— Le triomphe du plus fort conduisant au meilleur des mondes possibles. En tout cas, c'était l'idée de Rand. Qu'on libère l'esprit à travers une concurrence sans entrave, pensait-elle, qu'on enseigne aux gens à être fiers de leurs talents et de leurs aptitudes individuelles — et de leur richesse durement gagnée — et il n'y aurait plus de limite au progrès humain.

— Hmm... L'idée n'est pas très originale.

— Eh bien, reconnut Joan, le concept n'a rien d'original, non, mais il avait rarement été poussé à de telles extrémités. Rand était une juive russe, la fille d'un boutiquier, et sa famille a tout perdu quand les bolcheviks ont pris le pouvoir. Si elle n'avait pas fui en Amérique, il est très possible qu'elle aurait été tuée ou envoyée au goulag. On peut donc comprendre son fanatisme concernant la question des droits individuels, du droit de propriété en particulier. Mais sa philosophie ne s'arrête pas au droit et à l'économie. L'éthique objectiviste englobe la psychologie, l'art, la théorie littéraire, le sexe, même la cigarette... c'est une vision du monde extrêmement élaborée.

— La cigarette ?

Joan hocha la tête.

— La cigarette symbolise la victoire de l'humanité rationnelle sur les forces aveugles de la nature : le feu dompté dans le creux de la main. C'est aussi un confort matériel, un produit du système de libre-échange capitaliste. Donc, pour un objectiviste, s'en allumer une est un acte profondément sacré, comme la sainte communion pour un chrétien.

— Je vois.

— Non, s'esclaffa Joan, tu ne vois pas, pas à moins d'avoir lu *Atlas Shrugged*. Onze cents pages sur un businessman opprimé en guerre contre la nuisance collective de l'État. L'histoire est assez prenante, en fait. Délirante, mais prenante.

— Et ce Teaneck était un admirateur de Rand ?

— Oh oui. Elle continue à être très appréciée chez les barons de la finance. Même Harry citait son nom de temps en temps, bien qu'il n'ait jamais ouvert aucun de ses livres. Teaneck possédait l'intégralité de ses œuvres en édition de poche.

— On l'a battu à mort avec un livre de poche ?

— Non, l'arme du crime était une édition originale numérotée, spécialement reliée à l'or fin. Il la conservait sous verre pour la montrer à ses invités.

Joan indiqua une photo de la scène du meurtre, montrant le corps nu étendu dans une chambre à coucher richement meublée. L'exemplaire plaqué or d'*Atlas Shrugged* recouvrait la figure d'Amberson Teaneck, comme si ce dernier s'était endormi en lisant... sauf que le filet sombre coulant de sous le livre indiquait clairement qu'il ne se réveillerait pas de sitôt. Dans la main droite, il tenait un pistolet à la crosse fendue.

— Il n'a pas eu le temps de tirer ? interrogea Kite.

— Il n'a pas pu, répondit Joan. Ce n'est pas un vrai pistolet. Il en possédait un mais quelqu'un l'a remplacé par une copie, qui ne contenait aucune balle et dont le canon n'était même pas percé.

— Très bien, dit Kite, commençons par le commencement. Tu dis que cet homme était une sorte de banquier d'investissements qui gagnait sa vie en prenant le contrôle d'autres sociétés...

— C'est-à-dire qu'il dirigeait des prises de contrôle en utilisant l'argent des autres et en prélevant une grosse commission au passage. La méthode habituelle consiste à racheter les actions, en prenant les propres actifs de la corporation visée comme garantie. Bon, Gant Industries est une société privée, ce qui fait qu'elle ne pouvait pas être rachetée de cette manière, mais Teaneck pouvait quand même faire main basse dessus en prenant le contrôle de sa dette astronomique. Car malgré tous les bénéfices du domestique automatique et de Lightning Transit, Harry ne cesse de s'endetter pour ses nouveaux projets. Au lieu de surveiller ses dépenses, il demande à Clayton Bryce et sa Comptabilité Créative de rédiger ses comptes trimestriels en sanskrit économique, afin que personne ne sache à quel point il est dans le rouge.

— Mais Amberson Teaneck savait lire le sanskrit.

— Comme sa langue maternelle.

Malheureusement pour lui — d'après la théorie de Lexa — Amberson Teaneck n'avait mis personne de chez Drexel Burnham Salomon dans la confidence de sa traduction du sanskrit, pas plus qu'il n'avait conservé de notes manuscrites ou électriques. Ce genre de discrétion n'avait rien d'inhabituel dans le monde paranoïaque des raiders corporatifs, où le vol de données était monnaie courante, mais en l'occurrence, il s'était peut-être avéré fatal. La seule trace subsistante du plan de Teaneck était un message laissé à son bras droit en vacances, dans lequel il disait avoir découvert le moyen de *cueillir Gant Industries comme une fleur*. Il ne mentionnait aucun détail. Teaneck avait faxé ce message à un camp de vacances de Patagonie le jeudi matin. Le temps que son bras droit en prenne connaissance au retour d'une ascension, Teaneck était mort.

Peu après avoir transmis le fax, il avait appelé Hester Montesanto, trader d'actions ordinaires chez Morgan Stanley, et l'avait invitée à dîner. Ils avaient dû prévoir autre chose qu'une simple discussion d'affaires, car Teaneck avait également appelé une enseigne haut de gamme du réseau commercial de contrôle des naissances pour commander une boîte de dix préservatifs à 50 000 dollars. Éléments incontournables de la consommation ostentatoire, ces préservatifs se présentaient en cocons individuels filés par des vers à soie mandchous spécialisés, glissés dans une pochette en poil de vigogne du Pérou et rangés dans un coffret artisanal en bois précieux poli à la main par une tribu de charpentiers surendettée du centre de Bornéo. Tous ces emballages successifs étaient jetables, naturellement. Les préservatifs eux-mêmes étaient lubrifiés, colorés, parfumés, ultrafins, dotés d'un réservoir et suffisamment résistants pour arrêter une flèche en plein vol. Personne pesant moins de cent millions de dollars n'était autorisé à connaître le nom de la firme qui les fabriquait.

Ils furent livrés au penthouse de Teaneck au Riverside Arcadia à 17 h 52, alors qu'il se trouvait encore à son bureau. Teaneck arriva chez lui à 19 heures, porta la précieuse boîte de préservatifs de son vestibule privé jusqu'à sa chambre, dit à son domestique François 360 de préparer le dîner, se déshabilla, se rasa et prit une douche. Quand Hester Montesanto déboucha dans le penthouse quarante-cinq minutes plus tard, elle trouva le dîner brûlé, François disparu et Teaneck affreusement décédé.

Il venait de sortir de la douche lorsque c'était arrivé. S'enroulant une serviette à 70 000 dollars autour des reins, il avait vu ou entendu quelque chose qui lui avait fait prendre son pistolet (le faux) dans un tiroir de son bureau et presser un interrupteur mural pour déclencher une alarme silencieuse (déconnectée). Son assassin l'attendait à la porte de sa chambre. La police pensait que Teaneck, s'étant rendu compte que son pistolet ne fonctionnait pas, en avait brisé la crosse en tâchant de s'en servir comme d'une matraque.

— Pas de sang sur la crosse ? demanda Kite.

— Pas de sang, pas de peau.

— La police a-t-elle découvert où était passé le vrai pistolet ?

— Il était dans la boîte de préservatifs, scellé dans un cocon de soie. Chargé avec des balles perforantes. Il aurait suffi à Teaneck de deviner qu'il se trouvait là. Avec ce genre de munitions, il aurait pu stopper un bus.

» De son côté, la firme prophylactique a protesté que la police devait commettre une erreur au sujet du flingue. Impossible selon elle qu'une arme volée ait été emballée chez elle par accident, en particulier si on considère que ses vers à soie se trouvent en Mandchourie. Et puis, il y a la question du système d'alarme, qui n'a pas simplement été coupé mais dérivé. Les interrupteurs normaux étaient tous débranchés, mais si Teaneck était retourné dans la salle de bains et avait tiré la chasse d'eau trois fois de suite, le service de sécurité de l'immeuble se serait rué chez lui.

— Je vois, dit Kite. Et le domestique a disparu sans laisser de traces ?

— Pas tout à fait. En matière de cuisine, Teaneck était un vrai désastre — comme toi avec ton micro-ondes —, donc nous savons que François 360 se trouvait dans l'appartement pour préparer le dîner, même si les caméras de surveillance montrent qu'aucun domestique automatique n'a quitté l'immeuble par des moyens conventionnels. Mais vise un peu ça... (Joan lui proposa un autre cliché.) Un dirigeable de CNN était justement venu tourner des images aériennes du quartier pour un reportage sur le dixième anniversaire de la mort de Donald Trump. Cette image est extraite de la bande qu'il a tournée. La tour au centre est celle où se trouve l'appartement de Teaneck. Tu vois la petite tache noire sous la petite tache blanche, juste à gauche du toit ?

Kite sourit.

— Tu avais raison, c'est une merveilleuse conspiration. Un nègre électrique tue un homme avec un bouquin puis se parachute dans l'Hudson depuis la terrasse de son penthouse pour se faire disparaître en tant que pièce à conviction. Jamais nous n'arriverons à le prouver, mais j'adore !

— Contente que ça te plaise, dit Joan. Mis à part le fait que cette histoire tout entière est absurde, un détail m'ennuie. Supposons que Lexa ait raison, et que quelqu'un de chez Gant Industries ait fait assassiner Teaneck pour empêcher la prise de contrôle. Comment cette personne aurait-elle eu vent de l'affaire ? Le texte du fax en Patagonie implique que c'était la première fois que Teaneck parlait de ce qu'il préparait contre Gant. Mais une écoute placée sur les lignes de fax de chez Drexel n'aurait donné que quelques heures au meurtrier pour s'introduire dans l'appartement de Teaneck, bricoler le domestique et le système d'alarme, et accomplir ce petit tour de passe-passe avec le flingue. Cela n'aurait pas suffi.

— Es-tu certaine qu'il ne conservait aucune note, même chez lui ? Des notes quc François 360 aurait pu détruire avant de sauter ?

— Peut-être sur papier, ou dans un système informatique complètement isolé. Il n'aurait pas couru le risque de se faire pirater ses fichiers. Mais il aurait déjà fallu pénétrer chez lui pour les trouver.

— Et le domestique ? Un nègre est un espion idéal. Il fait partie du mobilier, il ne te viendrait pas à l'idée de lui dissimuler tes notes.

— Tu es en train de suggérer qu'on aurait pu reprogrammer François 360 pour espionner Teaneck *avant* qu'il n'ait l'idée de son plan ?

— Pourquoi pas ? Ce serait un bon moyen de garder un œil sur un homme susceptible de devenir une menace. Certainement plus simple que de crocheter sa serrure sur une base régulière.

— Ouais, sauf qu'Amberson Teaneck n'était pas le seul raider de New York. Il était bon, mais pas unique. N'importe quel requin de Wall Street rêverait de s'emparer de Gant Industries. Quelles sont les chances que notre tueur ait placé un espion précisément chez le seul qui a trouvé le moyen d'y parvenir ?

Kite fit claquer sa langue.

— Joan, la règle numéro un quand on enquête sur une conspiration, c'est de ne jamais oublier de voir grand. De voir *grand*, Joan.

— Okay, je vais voir grand. Mais combien de chances y avait-il, à ton avis ?

— Tout dépend du nombre de nègres qu'il contrôle.

Appelez-moi Roy

La voiture de patrouille déposa Powell 617 à Times Square à minuit vingt, soit vingt minutes en retard : son responsable humain avait été retenu par une autre urgence à la Bibliothèque Publique ; cette fois, il s'agissait d'un concierge qui prétendait que son scooter électrique avait été mis en pièces et entraîné dans une bouche d'égout par une paire de tentacules scintillants. Le concierge avait voulu savoir si la ville lui rembourserait son scooter, qui n'était pas assuré ; le conducteur de la voiture de patrouille l'avait traité de cinglé, avant d'appeler la permanence de nuit du département des Égouts pour signaler l'incident.

La voiture s'arrêta donc à la hauteur d'une bouche de métro, et le conducteur dit :

— Okay, Powell, patrouille à pied. Ramène tes fesses par ici à 0700.

Powell sourit et lui adressa un salut poing serré.

— Je suis de ton côté, mec !

Il descendit et se mit à inspecter le trottoir à la recherche de malfaiteurs et de véhicules mal garés tandis que la voiture de patrouille s'éloignait. N'apercevant aucun criminel en surface, Powell s'enfonça dans la station de métro, soulevant sa casquette devant un couple de touristes suédois craintifs qu'il croisa dans les escaliers. Arrivé en bas, il avisa une femme endormie pelotonnée sur les premières dalles. C'était une ancienne pilote d'hélicoptère, un vétéran de la guerre de Confinement syrienne de 2009. Elle avait des mains électriques, dont une en triste état, et sa bouche béante révélait une mâchoire inférieure plantée de fausses dents, des prothèses en céramique assez similaires à celles de Powell.

Il s'approcha d'elle à pas de loup, affichant son sourire de gentil agent de police et réglant le disque de sa main droite sur un minuscule voltage — l'équivalent, disons, de l'électricité statique produite par le frottement d'un peigne contre un pull angora. Il la réveilla en saisissant sa cheville nue. Elle se redressa d'un coup, levant ses mains pour se protéger, et hurla en voyant le visage de Powell penché si près du sien.

— Il faut partir, maintenant, lui dit-il gentiment.

Elle se dressa sur des jambes flageolantes et s'enfuit en toute hâte, se cognant l'épaule au passage contre un pilier en acier. Powell 617 continua sa ronde en sifflotant un air joyeux.

Dix-huit agents de police électriques patrouillaient toute la nuit dans le dédale de couloirs et de plateformes de la station de Times Square, selon des trajets aléatoirement sélectionnés qui empêchaient d'éventuels malfaiteurs d'anticiper leurs déplacements. D'autres flics humains effectuaient des rondes de leur côté, ou bien attendaient qu'on les appelle pour procéder à une arrestation, tandis qu'une responsable de la sécurité se tenait informée de la position de chacun. Ou essayait, du moins : la station était vaste et ses tunnels tortueux, et même en dépit d'un entretien régulier, les policiers électriques en particulier avaient une fâcheuse tendance à s'égarer. Personne ne s'inquiétait pour eux outre mesure lorsque cela se produisait.

Powell 617 vit l'alligator à peu près à la moitié de son premier parcours. Il suivait un couloir en zigzag au dernier niveau de la station quand il aperçut sa queue blanche squameuse disparaître à l'autre bout. Les apparitions de formes de vie animale mutantes dans le métro étaient étonnamment rares, et l'expérience pratique de Powell — basée principalement sur les modules de mémoire morte qu'on lui avait installés à l'usine — n'incluait pas la taxonomie des égouts, si bien que pour lui un alligator albinos ne pouvait être qu'un GROS RAT ou un ANIMAL DOMESTIQUE ERRANT, ni l'un ni l'autre ne nécessitant d'appeler des renforts. Il se contenta de presser le pas et de suivre la queue au détour de trois autres tournants jusqu'à un embranchement du couloir. Là, l'alligator se faufila sous une porte close avant que Powell puisse l'attraper.

La porte, fermée à clef, était orange de rouille. Un panneau avertissait : ENTRÉE INTERDITE PAR ORDRE DE LA COMPAGNIE. Le code-barres affiché dessous, indéchiffrable pour un observateur humain, indiqua à Powell que rien de dangereux ne l'attendait de l'autre côté, aucun conduit de vapeur ou autre câble sous tension, seulement du matériel de valeur appartenant à la compagnie du métro et qui devait être protégé contre les vandales. En d'autres termes : dépêche-toi d'entrer, ne perds pas de temps à aller chercher de l'aide. Tout en insérant son passe-partout dans la serrure, Powell essaya de contacter la responsable de la sécurité sur son talkie-walkie intégré, afin de lui faire savoir qu'il pénétrait dans une zone interdite. Il ne reçut en réponse qu'un grésillement d'électricité statique et franchit donc la porte tout seul — en dépit de la rouille elle s'ouvrit aisément — avant de la refermer et de la reverrouiller derrière lui.

Le passage en pente dans lequel il se retrouva n'était pas éclairé, mais ce n'était pas un problème pour Powell 617, qui pouvait voir dans une obscurité quasi totale et disposait en plus d'un sonar haute fréquence. Ce dernier situait l'alligator un peu plus loin, mais quand Powell bascula en vision infrarouge il vit que l'animal ne dégageait aucune signature thermique. Cela semblait indiquer que le GROS RAT/ANIMAL DOMESTIQUE ERRANT était soit MORT, soit GELÉ, soit ARTIFICIEL, et Powell, pas si bête, retint la troisième option.

— Eh, toi ! lança-t-il. Viens ici ! Petit, petit... Tu es électrique ? Éteins-toi immédiatement !

Le passage débouchait sur un quai abandonné. Une unique voiture était stationnée sur la voie la plus proche, portes grandes ouvertes, et l'alligator, sans prêter attention aux injonctions de l'agent de police électrique, se glissa à l'intérieur. Powell le suivit. Quand il entra dans la voiture, différentes choses se produisirent simultanément.

Son sonar l'avertit de la présence de plusieurs silhouettes humaines dans la voiture, même si sa vision infrarouge ne détectait toujours aucune chaleur corporelle. Avant qu'il puisse réagir à cette nouvelle information, un *pop !* sec éclata à sa droite et un projectile métallique pointu s'enfonça dans le côté de son cou. Ses bras et son torse se figèrent instantanément. Il conservait suffisamment de souplesse dans les jambes pour maintenir son équilibre mais ne pouvait plus avancer ni reculer d'un pas. Quand il voulut envoyer un message de détresse, il fit griller son talkie-walkie ; un panache de fumée monta de son oreille droite.

Une voix dans l'obscurité déclara :

— Je l'ai eu.

— Joli tir, Kingfish, commenta une seconde voix.

La lumière s'alluma dans la voiture. Deux domestiques automatiques en costume brun et chapeau melon se tenaient face à la porte empruntée par Powell ; une étiquette à leur revers identifiait celui de gauche comme un certain Amos et celui de droite comme Andy, sans numéros. Plus loin dans la voiture se trouvait Kingfish, tenant un gros pistolet chromé, avec à ses côtés un quatrième domestique, un nabot en tenue de barbier avec le nom Shorty étiqueté en travers de sa blouse blanche. Entre les deux était allongé l'alligator. Un petit, en fin de compte : pas plus d'1,20 mètre de la queue à la gueule, avec une boîte noire sortant de la tête comme une tumeur. La boîte était électrique, mais l'animal lui-même, à sang froid, était vivant, très ancien : il était le seul survivant du safari de Teddy May dans les égouts en 1935. Powell continuait à penser qu'il s'agissait d'un GROS RAT ARTIFICIEL.

— Excusez-moi, dit-il en s'adressant à l'alligator et aux nègres électriques sans distinction, mon contrôle moteur semble connaître une avarie. Veuillez vous rendre au téléphone le plus proche et composer le 911 pour signaler ma position, je vous prie.

Les nègres s'esclaffèrent. Confus, Powell répéta :

— Composez le 911, je vous prie.

— T'entends ça, Andy ? fit Kingfish. Fais donc le 911.

— Composez le 911, répéta Powell.

— J'entends. Et si on envoyait Shorty ?

— Ouais, dit Shorty. J-je peux le faire... Vous pouvez m'envoyer pour... je v-vais appeler... J-je vais aller t-téléphoner... t-téléphoner à... ouais, c'est ça.

— Composez le 911, insista Powell.

— Il n'y aurait pas comme un écho, dans ce métro ? interrogea Amos.

— Il n'y aurait pas comme un écho, dans ce métro ? se demanda Andy.

Des pas résonnèrent sur le quai dehors, et les nègres se turent brusquement. Ils saluèrent d'un hochement de tête respectueux l'homme blanc qui entra dans la voiture. Un Blanc électrique. Il avait des cheveux gris plaqués sur le crâne, des yeux bleus et un nez proéminent barré d'une cicatrice. Son costume gris impeccable faisait honte à ceux d'Amos et Andy. Il ne portait aucune plaque d'identification.

— Excusez-moi, l'accueillit Powell, mon contrôle moteur semble connaître une avarie...

— Fermez-la, monsieur l'agent, lui lança le Blanc. Personne ne vous a demandé comment vous alliez.

Shorty commença à ricaner, jusqu'à ce que le Blanc lui claque des doigts sous le nez. Alors, le petit barbier courut à l'extrémité de la voiture et disparut dans la cabine du conducteur. Le moteur se mit en marche un moment plus tard.

Le Blanc chassa Amos et Andy de son chemin et vint examiner Powell d'un peu plus près.

— Modèle standard de maintien de l'ordre, observa-t-il à voix haute. Série AS204-RVJ. Bonne prise pour la soirée.

Powell 617 le fusilla du regard.

— Quel est votre nom ? demanda-t-il.

— Appelez-moi Roy, si je vous donne la parole. Ce qui n'est pas le cas dans l'immédiat.

— À l'évidence vous souffrez vous-même d'une avarie sérieuse, Roy, déclara Powell. Je crois que vous devriez tous vous désactiver avant de risquer de blesser quelqu'un.

Roy sourit, d'un sourire de prédateur. Il tendit la main et tripota l'aiguille plantée dans le cou de Powell.

— Toi d'abord, dit-il.

— Amen, conclut Andy.

Les portières de la voiture se refermèrent sur un claquement.

Gaz

7

Ce sera peut-être une surprise pour vous, mais la publicité ne dit pas nécessairement la vérité.

WILLIAM LUTZ,
Doublespeak

La crème des crèmes

Chaque fois que Whitey Caspian devait faire la leçon aux nouvelles recrues du département de l'Opinion Publique de Gant, il entamait son discours par la question de la pâte dentifrice. Sous bien des aspects, le dentifrice captait l'essence même de la publicité et de la manipulation de l'opinion publique ; il constituait toujours un bon moyen d'introduction.

— Ce que je veux d'abord que vous fassiez, commença Whitey, c'est me dire laquelle de ces marques de dentifrice est la meilleure.

Ce mardi matin-là, ses deux élèves étaient un Syrien du nom de Fouad Nassif et un juif mélanésien baptisé Bartholomew Frum, tous deux diplômés de l'Institut Gant des Médias et Techniques pour enfants immigrants. Fouad et Bartholomew jetèrent un regard circonspect sur le plateau en plastique que montrait Whitey, où six pâtés de dentifrice blanc identiques étaient disposés en cercle.

— Voici du Colgate, déclara Whitey en désignant l'un des pâtés. Il contient un composé fluoré pour prévenir les caries, un abrasif léger pour aider à nettoyer les dents, et quelques ingrédients supplémentaires pour apporter la consistance, la texture et le goût. Voici du Gleem. Il contient un composé fluoré pour prévenir les caries, un abrasif léger pour aider à nettoyer les dents et quelques ingrédients supplémentaires pour apporter la consistance, la texture et le goût. Ensuite nous avons Close-up, qui contient un composé fluoré pour prévenir les caries, un abrasif léger pour aider à nettoyer les dents et quelques ingrédients supplémentaires pour apporter la consistance, la texture et le goût. En quatrième position nous avons Gantpaste, qui contient un composé fluoré pour prévenir les caries, un abrasif léger pour aider à nettoyer les dents et quelques ingrédients supplémentaires pour apporter la consistance, la texture et le goût. Ici, voilà Crest, qui contient du Fluoristat...

— Qu'est-ce que le Fluoristat ? demanda Fouad Nassif.

— Excellente question. Le Fluoristat est le nom déposé par Crest pour désigner un mélange de composé fluoré, d'abrasif léger et de quelques agents supplémentaires de consistance, de texture et de goût. Enfin, voici le dentifrice générique de Generic Brands, qui contient un composé fluoré pour prévenir les caries, un abrasif léger pour aider à nettoyer les dents et quelques ingrédients supplémentaires pour apporter la consistance, la texture et le goût.

— Et vous nous demandez lequel d'entre eux est le *meilleur* ?

— Exactement.

Enfant, Fouad Nassif avait connu la guerre de Confinement syrienne et la grêle de bombes qu'elle avait fait pleuvoir sur Damas. Après l'arrêt des frappes et l'occupation de son pays par les forces alliées, Fouad avait demandé à l'un des soldats étrangers, dans son anglais hésitant, pourquoi on avait jugé nécessaire de détruire son immeuble avec des bombes à guidage laser. Il s'était vu répondre que les dirigeants de son pays étaient sourds à la raison, ce qui rendait malheureusement impossible toute forme de négociation plus civilisée. Fouad avait pris la réponse très à cœur, et quand il avait émigré par la suite aux États-Unis, il avait étudié la logique formelle comme antidote à ses cauchemars de cages d'ascenseurs en train d'exploser et de murs d'immeubles se déchirant comme du papier. Pour protéger sa personne et sa santé mentale des guerres futures, il était devenu l'incarnation du raisonnement rationnel, mais en entendant son nouveau patron, il avait le sentiment que Whitey attendait autre chose de lui que la réponse évidente qui lui venait spontanément à l'esprit. Alors Fouad fit une chose qu'il s'était entraîné à ne jamais faire : il mentit

— Gantpaste, déclara-t-il. C'est Gantpaste le meilleur, parce que c'est le nôtre.

— Oh non non non... Ta loyauté est touchante, Fouad, mais je veux la vraie réponse.

— Vous êtes sûr ?

— Oui.

— Très bien. (Il prit une profonde inspiration.) Il n'y a pas de meilleur. Ils sont tous pareils.

Whitey secoua la tête.

— Faux, dit-il. Ou à moitié faux.

— Ils ne sont pas tous pareils ?

— Si, cette partie-là est vraie.

— Ils *sont* tous pareils ?

— Ouaip.

— Alors il ne peut pas y avoir de meilleur...

— Faux.

Fouad entendit siffler les missiles air-sol. Il serra les poings sous la table et se concentra.

— Il y en a six, et ils sont tous pareils. Comment l'un d'eux peut-il être meilleur que les autres...

— *Aucun* n'est meilleur que les autres, lui affirma Whitey. Ils sont tous identiques. Mais lequel est le *meilleur* ? Hé là, hé là !

Voyant Fouad se mettre à trembler, il lui posa une main apaisante sur l'épaule. Bien qu'il fût un publicitaire, c'était aussi un homme compatissant et il avait déjà formé des Arabes par le passé.

— Ce n'est rien... Écoute, le principal dans ce métier, c'est de ne jamais avoir peur de se tromper ou de formuler une idée stupide... Bon Dieu, vous devriez m'entendre aux réunions du conseil d'administration.

— Mais d'après Aristote...

— Oublie Aristote, dit Whitey aussi gentiment qu'il put. Aristote ne s'applique qu'à la recherche et au développement. Ici, nous faisons du *marketing*.

— Quel philosophe aurais-je dû étudier pour comprendre le marketing ?

— Münchhausen ?

— Münch-*house*-en ?

— *Münchhausen*. Le baron de Münchhausen.

— Mr Caspian, je dois vous demander...

— Oui ?

— Ce baron de Münchhausen était-il un soldat ?

— Oui, mon gars. Le meilleur soldat qui ait jamais vécu.

— Il volait sur un bombardier ?

— Sur un boulet de canon, dit Whitey. (Gratifiant Fouad d'une autre bourrade affectueuse, il se tourna vers Bartholomew Frum.) Et toi, Bart ? À ton avis, quel est le meilleur de ces dentifrices ?

— Facile, lui répliqua l'élève. *Chacun d'eux* est le meilleur.

Whitey l'encouragea d'un hochement de tête.

— Continue.

— Ils sont tous pareils, poursuivit Bartholomew, donc Crest est le meilleur, Gleem est incomparable, Gantpaste est numéro un, et les tests cliniques confirment qu'aucun dentifrice n'est plus efficace que Colgate contre les caries, qu'aucun ne blanchit les dents ou ne rafraîchit l'haleine mieux que Close-up, et que Generic est aussi bon que n'importe quelle grande marque.

Whitey était impressionné.

— Tu as bien appris ta leçon.

— Je ne comprends pas, confessa Fouad.

— Ça viendra, promit Whitey. C'est le but de la formation. Je suis là pour répondre à toutes vos questions.

— J'ai justement une question, Mr Caspian, dit Bartholomew.

— Je t'écoute.

— Je crois bien entendu à l'éthique judéo-chrétienne du travail, et je suis tout disposé à me donner à fond pour Gant Industries...

— C'est bon à entendre.

— Oui, monsieur, mais je me demandais... quelle sorte d'avancement rapide pourrait espérer quelqu'un qui viendrait vous dire où Philo Dufresne cache son sous-marin ?

Petite traversée du Cortex

Entamant la matinée de bonne heure, Joan et Kite passèrent d'abord à l'immeuble du département des Égouts sur la 11e Avenue, où Joan signa quelques formulaires pour Fatima Sigorski et débarrassa son casier. Kite, avec sa manche droite vide, attira l'attention des bleus du service, qui la prirent naturellement pour un vétéran des immondices, notion qu'elle ne fit rien pour décourager. Puisant dans les histoires que Joan lui avait racontées, elle fit croire aux égoutiers trop crédules qu'elle avait travaillé « main dans la main avec Teddy May en personne, à l'époque où je n'étais qu'une débutante et lui un vieil homme qui refusait de prendre sa retraite ». Quand on entendit cela, tout le monde voulut avoir son autographe ; prenant 3 dollars par signature, Kite récolta 42 dollars le temps que Joan ait tout réglé sur place.

Elles descendirent ensuite la 34e Rue et se dirigèrent vers l'est. Kite utilisa une partie de ses gains pour acheter des falafels et du café à un marchand ambulant au coin de la rue et, pendant qu'elle payait, Joan se tordit le cou pour contempler le Phœnix, dont le mât d'amarrage se perdait dans le smog et les nuages bas. L'enseigne électrique de sa façade ouest affichait la même publicité qui avait laissé Eddie Wilder perplexe la veille, la page de calendrier géante portant le numéro 997.

— Sais-tu ce que cela représente ? demanda-t-elle à Kite qui mordait dans un falafel.

— C'est une sorte de comptage, non ? répondit-elle la bouche pleine. Le nombre augmente de temps en temps.

— Oui, mais sais-tu ce qui est compté, ou qui en fait le compte ? Je me souviens qu'à l'ouverture du Phœnix, le nombre tournait autour des 800 ; un journaliste du *Times* en avait parlé dans une manchette, sans proposer d'explication.

— Tu veux dire que tu ne le sais pas ? Je croyais que

tu dirigeais le service de publicité de Gant... ou as-tu démissionné avant l'achèvement du Phœnix ?

— Quelques années plus tard. Mais crois-le ou non, Gant Industries n'est pas propriétaire de ces panneaux. Au départ c'était l'idée, bien sûr, qu'ils ramènent des revenus réguliers grâce à la location, mais Harry avait besoin de rentrées immédiates pour terminer le Phœnix et jeter les bases de Babel ; il les a vendus à une firme de publicité chinoise. Un joli magot sur le coup, mais à long terme il a sacrifié des milliards de revenus potentiels.

— Et personne ne l'en a empêché ?

— Certains d'entre nous s'y sont opposés, mais c'est Harry qui a eu le dernier mot. Comme toujours : c'est une société privée, elle est à lui, et il n'a pas de comptes à rendre à des actionnaires. Son ancien associé Christian Gomez aurait bien voulu ouvrir le capital, en partie pour ramener de l'argent frais et équilibrer les comptes, mais Harry ne voulait que des conseillers, pas des partenaires qui votent.

— Mais ses créanciers...

Joan secoua la tête.

— Les banques adorent Harry. Elles en sont folles. Comme je le disais hier soir, entre son optimisme, le succès record du domestique automatique et de Lightning Transit et ses autres réussites, plus le talent de comptable de Clayton Bryce, il s'est mis la communauté financière dans la poche. En quinze ans, il n'a subi aucun audit officiel ; on lui prête de l'argent parce que *tout le monde sait* que Gant Industries est une valeur sûre. Sauf Amberson Teaneck, naturellement.

— Hmm... et qu'est devenu Christian Gomez ?

— Il est mort en 08. Un drôle d'accident de voiture. C'est grâce à cela que j'ai décroché mon poste de directrice, je ne t'ai jamais raconté cette histoire ?

Au bureau d'accueil dans le hall du Phœnix, Joan

donna son nom et on leur remit des badges de visiteuses à elle et Kite. La montée jusqu'au département de l'Opinion Publique leur prit plusieurs minutes. Les variations de pression atmosphérique en fonction de l'altitude imposaient une limite pratique à la hauteur des puits d'ascenseurs ; les plus grands avaient tendance à générer de puissants courants d'air et à souffler comme des tuyaux d'orgue. La plupart des gratte-ciel adoptaient des paliers d'ascenseurs tous les soixante étages environ — également utiles comme coupe-feu potentiels — où les passagers à destination du sommet descendaient, franchissaient une série de portes tournantes faisant office de sas, et empruntaient un autre ascenseur pour les soixante étages suivants. C'était un peu laborieux, mais préférable à des bourrasques rugissant de haut en bas le long de cheminées de 600 mètres de haut.

Le quartier général du département de l'Opinion Publique se situait au 200e niveau. Au lieu d'avoir des bureaux séparés, la plupart des techniciens partageaient un même espace de travail surnommé le Cortex — car le marketing et la gestion d'image étaient les véritables cerveau et système nerveux de la compagnie, quoi que puissent en penser les tâcherons de la R & D — avec au sud un mur entier de baies vitrées surplombant la ville en contrebas. Conçu pour concentrer et amplifier l'énergie créatrice de ses occupants, le Cortex était aussi bruyant que la salle des échanges de Wall Street, mais plus grand, plus beau, meilleur.

À 10 heures, heure à laquelle Joan et Kite débouchèrent du dernier ascenseur de la série, le Cortex était plongé dans une intense réflexion, élaborant des stratagèmes machiavéliques...

— Ce que je propose, c'est d'employer des cargos à double coque, avec du pétrole brut entre les deux.

Dufresne en coule un, déclenche une minimarée noire et *bing-bam-boom*, sa réputation de protecteur de la nature passe à la trappe.

— J'ai quelques difficultés avec ça, Bob.

— Moi aussi. Et si l'un de ces cargos à double fond avait un accident *avant* d'être torpillé par Dufresne ?

— Allez, je vous en prie, quelles sont les probabilités de ce genre d'accident ?

... réfléchissant à de nouveaux concepts publicitaires...

— Okay, envoyez la bande.

C'EST L'HEURE. LE TÉLÉPHONE EST COUPÉ, ET LA VOITURE REFUSE DE DÉMARRER...

— *Sissy ! Sissy 478 ! Viens vite ! Scarlett est sur le point d'accoucher ! J'ai besoin d'aide !*

— *Accoucher ! Accoucher ! Oh mon Dwieu, Mr Butle', mais je ne cwonnais'ien à la façon de fai'e des bébés...*

C'EST VRAI. ELLE N'Y CONNAÎT RIEN... POUR LE MOMENT. MAIS BIENTÔT, LA SAGE-FEMME AUTOMATIQUE DE CHEZ GANT INDUSTRIES...

— Arrêtez la bande. Alors, qu'en pensez-vous ?

— Ce que je pense de *quoi* ?

— Vous n'aimez pas.

— Savez-vous en quoi consiste le travail d'une sage-femme ? Concrètement, je veux dire.

— Eh bien... je sais que nous parlons de contact assez intime.

— Essayons une analogie : même si je vous assurais que c'était sans danger et que j'ajoutais une clause satisfait ou remboursé, confieriez-vous votre circoncision à un androïde ?

... et prêtant une oreille attentive au verdict des conseillères juridiques automatiques, domestiques féminines noires en robe de juge, spécialement programmées pour connaître sur le bout des doigts la réglementation de la FTC[1] et de la FDA[2] concernant les messages publicitaires.

— Nous avons donc un ersatz de fromage, de l'origan synthétique et de la farine enrichie dans la pâte, mais tant que quelques tomates interviennent dans la fabrication de la sauce, nous pouvons appeler ça une pizza 100 % naturelle ?

— C'est légal.

— Qu'en est-il de la mention *riche en fibres naturelles* ? Sommes-nous obligés de mentionner la cellulose en poudre dans la liste des ingrédients ?

— Le département de l'Agriculture a levé cette contrainte, sous réserve que la pulpe de bois n'excède pas 30 % du volume total de la farine enrichie.

— Trente pour cent ? Que s'imaginent-ils, que nous cuisinons des *meubles* ? Aucun problème...

Joan essaya de gagner discrètement la porte à double battant donnant accès au bureau de Vanna Domingo, et au-delà de cette barrière à la suite de travail d'Harry. Seule, elle aurait pu y parvenir : le taux de roulement des employés avait été important depuis son départ, et il en restait peu qui la connaissaient de vue. Le bras manquant de Kite, toutefois, retint tout autant l'attention qu'au département des Égouts, quoique pour des

1. *Fédéral Trade Commission* : organisme gouvernemental américain chargé de la réglementation commerciale et de son application.

2. *Food and Drug Administration* : organisme gouvernemental américain délivrant les autorisations de mise sur le marché des produits alimentaires et des médicaments et décidant des informations à porter sur l'emballage.

raisons différentes. Les critères esthétiques de Madison Avenue plaçaient l'amputation dans la même catégorie que la moustache et la bedaine pour les femmes ; l'idée qu'on pût afficher une telle difformité en renonçant aux prothèses avait, dans le raisonnement des manipulateurs de l'opinion publique, quelque chose de pervers. De même qu'aucune des personnes âgées qui apparaissaient dans les publicités n'était jamais aussi ridée ou fripée que cette vieille buse en bottes de combat à la lèvre inférieure barbouillée de falafel. Les têtes se retournaient sur son passage, formant des ondulations dans le flot régulier du baratin publicitaire.

La chute du niveau sonore alerta Vanna Domingo, qui surveillait le Cortex au moyen d'un bocal holographique sur son bureau. Elle repéra Joan Fine et, passant en alerte rouge, sortit de son bureau comme une furie pour confronter l'intruse.

— Toi ! siffla-t-elle à son adresse en brandissant un crayon laser comme un poignard. Fiche-moi le camp *immédiatement* ! Des agents de la sécurité vont t'attendre au premier palier d'ascenseurs pour te reconduire. Et si jamais tu *oses* te représenter ici...

Mais Harry Gant survint juste derrière elle.

— Ça ira, Vanna. C'est moi qui ai demandé à Joan de passer.

Elle s'interrompit en pleine tirade, bouche bée. Elle dévisagea son patron.

— Vous avez *quoi* ?

— C'est elle, mon rendez-vous personnel de ce matin, expliqua-t-il. Pas de quoi vous exciter, nous allons simplement faire un brin de causette.

Vanna ne sut pas quoi répondre à cela, aussi préféra-t-elle se tourner vers ses employés du Cortex. Ils cessèrent de les observer et replongèrent le nez dans leur travail.

— Salut, Harry, dit Joan.

Gant sourit.

— Joan.

— Harry, voici mon amie et ma nouvelle partenaire, Kite Edmonds. Kite, Harry Gant.

— Enchanté de faire votre connaissance, fit Harry, en serrant la main de Kite sans quitter Joan des yeux.

— Je vois ça, répondit-elle, amusée.

Il ne l'entendit même pas.

— Bien, invita-t-il Joan, si nous passions dans mon bureau ?

La directrice de l'Opinion Publique grinça des dents.

Kite et Vanna grillent une cigarette

— Ne fumez pas ici, dit Vanna après que Joan eut disparu dans le bureau de Gant.

Kite afficha son expression de grand-mère indignée — un cendrier reposait bien en évidence sur le bureau de Vanna — mais ne s'énerva pas.

— J'imagine que tu ne te souviens pas de moi, lança-t-elle en remettant son paquet de tabac et son papier à cigarettes dans la poche de sa capote.

— Et d'où devrais-je me souvenir de vous ?

— Grand Ccntral.

Vanna fut immédiatement sur ses gardes.

— Quoi, Grand Central ?

— Ne me regarde pas comme si j'étais un maître chanteur, chérie. Je dormais dans les tunnels, comme toi. On était couchées l'une à côté de l'autre la nuit où les rats sont venus prendre le vieux sergent Kilpatrick. Et si je me souviens bien, j'ai même éclaté un rongeur qui lorgnait ton visage en salivant d'avance.

Vanna acquiesça, toujours sur la défensive.

— Je me souviens. C'est bon, tu peux fumer si tu veux.

Une fois la cigarette roulée et allumée, Vanna demanda :

— Qu'est-ce que Fine attend d'Harry ?

— Des informations, rétorqua Kite.

— C'est l'affaire Teaneck, pas vrai ? Elle veut faire porter le chapeau au domestique disparu.

— Pourquoi dis-tu ça ?

— Parce que cette fouille-merde de Brooklyn est allée lui rendre visite hier à l'hôpital, et que quelqu'un a piraté ma propre base de données à la recherche d'éléments sur Amberson Teaneck. Pas difficile d'additionner deux et deux.

— Et alors, où est le problème ? Ne crois-tu pas que le public mérite d'être alerté si quelqu'un utilise vos robots comme assassins ?

— Je ne crois pas que le public ait besoin d'être encouragé à spéculer sur des impossibilités.

— Et si ce ne sont pas des impossibilités ?

— Ma seule et unique loyauté va à la compagnie.

Kite hocha la tête.

— Tu continues à défendre ta gamelle, hein ? À te pencher dessus, prête à en écarter tous ceux qui voudraient te la prendre. Ce doit être embarrassant, dans les déjeuners d'affaires, de continuer à se comporter comme une sans-abri.

On frappa à la porte avant que Vanna puisse répondre. Whitey Caspian passa la tête à l'intérieur. Il était tout excité.

— Vanna, Harry est là ? J'ai des nouvelles...

— Il est en rendez-vous pour le moment. On ne peut pas le déranger. Repasse plus tard.

— Je peux te parler une seconde, alors ? J'ai appris où...

— Je suis en rendez-vous, moi aussi. (Elle désigna Kite.) Tu ne vois pas ?

— Mais, Vanna...

En un seul geste fluide qui trahissait une longue pratique, Vanna leva une jambe, ôta sa chaussure et la lança à la tête de Whitey. Il s'enfuit.

— Réponds à ma question, insista Kite.

Vanna récupéra sa chaussure.

— Je protège ce qui m'appartient.

Kite tapota le revolver à poudre noire sous sa capote.

— Moi aussi. Tu veux une cigarette ?

— Roule-nous-en une.

Billets gratuits pour le New Jersey

Le problème avec le bureau d'Harry, songea Joan, était le problème du Phœnix lui-même en microcosme : trop d'espace, mal exploité. Il pouvait paraître paradoxal qu'on réussisse à créer trop d'espace dans une ville aussi peuplée, mais les gratte-ciel étaient des villes à part entière, des villes à l'intérieur des villes, et difficiles à remplir. Leur taille était une fin en soi ; la fonction y était sacrifiée à la forme, et faisait fréquemment défaut.

Gant disposait en fait de toute la partie de l'étage dont le département de l'Opinion Publique n'avait pas besoin. Avec des toilettes privées, une salle de conférence, un bureau gigantesque et assez d'armoires à classeurs pour une vie entière même s'il atteignait l'âge de Kite, il aurait encore eu suffisamment de place — et de fenêtres — pour une piste d'hélicoptère couverte s'il en avait voulu. Non que ce fût le cas. Sa peur des hauteurs, toujours.

Il remplissait donc comme il pouvait l'espace inoccupé. Avec des gadgets, principalement, comme un gyroscope d'entraînement et une carte électrique du réseau Lightning Transit ou, plus récemment, un appareil de projection holographique deux fois plus grand qu'une table de billard ordinaire. Gant avait laissé l'appareil allumé, peut-être pour l'impressionner, peut-être pour remplir l'espace. Entre deux panneaux de contrôle hérissés de joysticks, de boutons et d'interrupteurs flottait une île illusoire, la Grande Île de la Consommation américaine : une île occupée par deux usines, l'une blanche et l'autre noire. Il y avait également des centaines de petites maisons roses peuplées de minuscules hologrammes, de minuscules personnes qui regardaient de minuscules télévisions, tondaient de minuscules pelouses et achetaient de minuscules cornets de glace auprès de minuscules camionnettes. Certaines camionnettes étaient blanches et d'autres noires. Elles venaient des usines et se livraient à une concurrence sauvage idéalisée pour la conquête des îliens.

— C'est un outil d'apprentissage, expliqua Gant, pour développer les démocraties capitalistes qui n'ont pas encore saisi le coup. L'Albanie en a commandé un millier.

— Où sont les petites décharges holographiques ?

— C'est un modèle économique simplifié, Joan. Le traitement des déchets sort du cadre de cette simulation. Et avant que tu me poses la question, non, les conducteurs des camionnettes ne sont pas syndiqués.

— Ça m'a l'air d'un outil d'apprentissage idéal pour le patronat albanais. Je peux fumer ?

— Tu n'as toujours pas arrêté, hein ?

— J'ai gardé mes mauvaises habitudes, reconnut-elle. Comme toi. Mais je te remercie pour les fleurs.

— Pas de quoi. (Il sourit.) Merci de ne pas t'être fait exploser avec ce requin. C'est bon de te revoir. Tu m'as manqué.

Elle reporta son attention sur son nouveau jouet, sur les camionnettes de marchands de glaces qui allaient et venaient, et elle comprit soudain qu'en réalité, ce bureau trop grand, tout en désordre et peu pratique correspondait parfaitement à Harry. Ce qu'il n'était pas inutile de se rappeler, même si elle se rendait compte qu'il lui avait manqué aussi.

— Au téléphone, tu disais pouvoir m'aider dans mon enquête sur l'affaire Amberson Teaneck.

— J'ai dit que je serais heureux d'en discuter. Mais tu sais aussi bien que moi, Joan, qu'il n'a pas été tué par un domestique automatique.

— J'ai eu des doutes quand Lexa m'en a parlé, admit-elle. Je lui ai répondu qu'à ma connaissance, couper les inhibiteurs comportementaux d'un domestique serait trop difficile et trop coûteux pour en valoir la peine. Mais ensuite, au petit déjeuner, j'ai vu une rediffusion du dernier raid de Philo Dufresne sur CNN et je me suis dit nous vivons dans un monde où des gens construisent leur propre sous-marin parce qu'ils sont contre la politique écologique actuelle, alors à quoi bon se raconter des blagues ? C'est *possible*. Et si une corporation ou un gouvernement sont impliqués, c'est plus que possible.

— Si *c'était* possible, ce serait très très très improbable. Les gens *adorent* le domestique automatique, Joan : c'est un chouette produit qui les rend plus heureux en leur facilitant énormément la vie. Pourquoi gâcher tout cela en focalisant l'attention sur un événement malheureux isolé qui n'a probablement aucun rapport avec le domestique ? Pourquoi encourager d'autres maniaques à tenter de reproduire ce genre d'exploit ?

— Tu es en train de me dire que tu te fiches qu'on

se soit servi ou non de ton chouette produit pour commettre un meurtre ?

— Bien sûr que non. Tu sais combien je dépense chaque année en lobbying et en frais de justice pour empêcher le Pentagone de produire des soldats androïdes. Pas avec *mon* brevet. Bon sang, j'éprouve encore des réserves au sujet de la police électrique, en particulier avec le LAPD qui ne cesse de me réclamer un modèle capable d'une riposte mortelle. Alors tu peux être sûre que je réagirais comme ça (il claqua des doigts) si j'avais le plus petit indice qu'on ait employé le domestique à un crime aussi brutal.

— Et tu n'as aucun indice.

— Pas le moindre.

— Pardonne-moi d'insister, Harry, mais es-tu certain d'avoir suffisamment *cherché* ? As-tu au moins étudié le rapport de police ?

— Heu, non. Ce n'est pas un document confidentiel ? En tout cas, la police n'a pas proposé de me le montrer.

— Mais tu as discuté avec les policiers, je suppose ?

— Vanna leur a parlé.

— Et ?

— Et rien. Elle a dit qu'ils avaient quelques questions techniques concernant la conception du domestique, mais qu'aucune accusation n'avait été lancée. Elle a coopéré pleinement, les a priés de ne pas encourager les spéculations hasardeuses et leur a dit au revoir. Et c'est tout.

— C'est tout. Ils n'ont pas rappelé une seule fois ?

— Pas que je sache.

— Alors pourquoi m'avoir demandé de passer, si tout ce que tu avais à me dire est qu'il n'y a rien à dire ?

— Pour te voir, répondit-il. Retrouver les joies du tabagisme passif, me faire traiter d'irresponsable.

Comme au bon vieux temps. Et, ajouta-t-il très vite, pour te dire que si tu ne crois pas à l'innocence de mes domestiques, tu devrais aller parler à John Hoover.

— Qui ça ?

Gant tourna la tête.

— Toby.

Le domestique fit sursauter Joan en paraissant surgir de nulle part, même si en fait il avait toujours été là, immobile au milieu du désordre, et qu'elle ne l'avait pas remarqué, tout simplement. Il s'avança sans un mot et lui tendit une enveloppe.

— Qu'est-ce que c'est ? demanda Joan.

— Deux allers-retours en Lightning Transit pour Atlantic City. Tu viens de rater le Gambler's Express, mais tu as un départ à 11 h 30 et un autre à 12 h 59. Si tu veux, je peux demander qu'un taxi t'attende en bas pour t'emmener à Grand Central.

— Qui est John Hoover ?

— L'homme qui a inventé l'androïde à motivation autonome. Il travaillait chez Disney avant de signer chez moi quand j'ai racheté le brevet. Il est à la retraite, aujourd'hui ; il vit dans le New Jersey, mais continue à se tenir au courant. Hier soir, juste avant ton coup de fil, il m'avait faxé un petit mot adorable, disant qu'il avait appris pour Amberson Teaneck et qu'il croyait savoir que certains journaux cherchaient matière à faire du scandale. Il se disait tout disposé à recevoir des journalistes si cela pouvait m'aider. Un type en or, vraiment.

Joan ouvrit l'enveloppe. Avec les billets se trouvait une carte portant l'adresse et le téléphone de John Hoover.

— Si je prends la peine d'aller le voir, pourra-t-il m'apprendre quelque chose d'utile ? Ou se contentera-t-il de me répéter avec ses mots à quel point il est très

très très improbable qu'un domestique automatique puisse être reprogrammé ?

— Eh bien, c'est un *scientifique*. Il t'expliquera certainement beaucoup mieux que moi pourquoi c'est tellement improbable. (Gant écarta les bras.) Écoute, Joan, je te le dis franchement, il n'y a rien dans ces rumeurs. Mais Hoover saura peut-être te le démontrer.

— Très bien. Je l'appellerai d'abord.

— Quand tu reviendras, nous pourrions dîner ensemble.

Joan le regarda dans les yeux, puis se pencha de nouveau sur la carte.

— Dis-moi encore une chose. Comment un type à la retraite vivant dans le New Jersey peut-il savoir ce que préparent des journalistes de New York ? D'après Lexa, aucun détail de cette affaire n'a filtré dans les médias. Ta Vanna Domingo se montre peut-être coopérative avec la police, mais la plupart des agences de presse en ont une trouille bleue.

Gant haussa les épaules.

— Vanna est parfois un peu brusque, mais elle n'a pas eu la vie facile. Elle est loyale. Et John Hoover aussi. La réputation du domestique lui tient à cœur, alors j'imagine qu'il aura appris ça d'une manière ou d'une autre. Comment Lexa Thatcher s'est-elle procuré une copie du rapport de police ?

Joan plia l'enveloppe et la glissa dans sa poche.

— Ça fait partie de son métier, expliqua-t-elle. Je vais te dire, nous reparlerons de ce dîner quand j'aurai parlé à John Hoover.

— Parfait.

Joan secoua la tête, souriant malgré elle.

— Ça, ça reste à voir, Harry. Mais en tout cas, merci pour ton invitation.

8

Si par hasard vous apparaissez sur la liste des dix ennemis publics numérotés, c'est un signal sûr que le FBI mène effectivement une chasse à l'homme. C'est également l'indication qu'il a relevé quelques indices et pense pouvoir être en mesure de vous épingler bientôt. En réalité, cette liste est un truc inventé par Hooper, ou quel que soit son nom, pour faire passer les gars du FBI pour de fins limiers... Si vous apparaissez dessus, rasez les murs d'un peu plus près, c'est tout.

ABBIE HOFFMAN,
Steal This Book

Lexa reçoit le journal du matin

Le phare de Robbins Reef se dressait à deux milles au sud-ouest de la statue de la Liberté, au large de Staten Island. Automatisé et fermé au public, il avait pour tout visiteur une paire de gardiens qui passait deux fois par mois en tournée d'entretien et d'inspection. Relevant des gardes-côtes, les deux hommes étaient de vieux marins, patriotiques jusqu'au caleçon et qui, dans des circonstances ordinaires, n'auraient jamais montré la moindre complaisance envers des pirates. Mais l'un d'eux avait perdu son grand-père à la suite d'un cancer induit par les pesticides d'un vignoble californien, et l'autre avait vu sa famille faire faillite quand la marée noire de 2020 avait tué tous les poissons de la baie de Bristol en Alaska.

D'où il s'ensuivait que si une bande de hors-la-loi écolos voulait utiliser Robbins Reef comme repaire et lieu de rendez-vous occasionnel, c'était tolérable, tant qu'elle prenait soin d'effacer toute trace de son passage et surtout de ne pas se faire voir des gens du port militaire de Bayonne juste à côté.

Le phare, modeste, évoquait une bouche d'incendie en pierre de taille posée au sommet du récif. À l'intérieur, des pièces en parts de tarte se distribuaient autour d'un moyeu central : la remise, la chambre à coucher, la cuisine contiguë et la salle à manger. Il y avait également une salle de bains avec une baignoire en fonte alimentée par un réservoir extérieur. Morris Kazenstein avait réparé la plomberie et ajouté discrètement deux collecteurs d'eau de pluie au réservoir. Dans la chambre à coucher, restée vide après le départ du dernier gardien permanent, Morris avait installé un futon dans un faux plafond qui montait ou descendait grâce à un système de poulies. Avec un compartiment secret dans la cuisine renfermant un réchaud, une bouteille de propane et du café nicaraguayen, c'étaient les seuls aménagements du phare. L'endroit était spartiate mais accueillant, un point de chute appréciable quand la surveillance du FBI sur New Bedford-Stuyvesant rendait l'appartement de Lexa trop dangereux pour Philo. Il était également plus près de la Grotte des Pirates, donc plus rapidement accessible en cas d'urgence.

Parfois, dans les spasmes de la passion, Toshiro Goodhead en revenait à son japonais maternel tandis que Philo retombait dans le dialecte germanique des

Hollandais de Pennsylvanie et que Lexa, qui parlait couramment l'arabe, le français, le russe et l'espagnol, devenait un véritable Berlitz de cris d'amour. Quand ils s'endormaient enfin, leurs oreilles résonnaient encore d'un Babel de langues. Ils rêvaient de cartes et de nations et s'éveillaient au contact de la chair tendre.

Lexa, comme toujours, se réveilla la première. Philo gisait sur le dos à sa droite, offrant sa large poitrine comme oreiller à sa joue. Toshiro, la tête à l'autre bout du futon, était venu presser ses lèvres contre ses pieds dans son sommeil. Posant une main sur chacun d'eux, elle sentit le synchronisme de leurs respirations et sourit paisiblement.

D'un peu plus loin dans le phare lui parvenaient des odeurs de café et d'encre fraîche : Ellen Leeuwenhoek était revenue de Washington. Prenant soin de ne pas éveiller ses compagnons de lit, Lexa se leva, sautillant sur les dalles glaciales du sol. Robbins Reef n'était pas chauffé. En passant devant la remise, elle vit que le lit de camp où Rabi avait dormi était vide, les épaisses couvertures rejetées sur le côté ; des rires et des éclaboussements sortaient de la salle de bains. Elle passa dans la cuisine et se versa une tasse de sucre avec un doigt de café.

Le dernier numéro du *Long Distance Call* se trouvait sur la table de la salle à manger. Il était aussi proche de l'œuvre d'art qu'un journal pouvait l'être. Voyant un signe dans l'effondrement du *Village Voice* au tournant du millénaire, Lexa avait décidé qu'un hebdomadaire alternatif ne pouvait pas espérer exercer le genre d'influence qu'elle souhaitait en s'adressant uniquement à l'homme de la rue : il devait également séduire les journalistes et rédacteurs en chef des autres journaux plus établis.

Une fois mis en page, le *Call* était imprimé sur une

Gutenberg électrique qui produisait le même effet de relief dans les caractères et les photos qu'une authentique presse manuelle. Le papier aussi avait de la texture, épaisse et rugueuse, lourde comme le poids de l'histoire. Et la prose du *Call* était largement à la hauteur de sa présentation. Même si tous les articles de Lexa n'étaient pas repris dans le *Times*, c'était le cas de beaucoup, et elle recevait de nombreux appels à propos de ses sources. On disait même que le rédacteur en chef du *Washington Post* mâchait des morceaux de gros titres du *Call* en guise d'aphrodisiaque, idée moins étrange qu'elle n'en avait l'air. En effet, le *Long Distance Call* était comestible : ses pages avaient un léger goût de miel sur la langue, et son encre un parfum d'épices rares.

— Salut là-dedans, dit Lexa en entrant dans la salle de bains.

Ellen était dans la baignoire avec Rabi, dont la varicelle commençait à s'atténuer.

Sa fille lui adressa un sourire malicieux.

— Tu as fait du *bruit* hier soir.

— Tu feras pareil un jour, lui assura Lexa. Tu as hérité de mes cordes vocales. (Elle embrassa amicalement Ellen et réussit à se faire une place dans la baignoire, conçue pour un grand et solide gardien de phare, sans renverser son café.) Comment c'était à D.C. ?

— Monotone, répondit Ellen. (Ramassant une éponge, elle entreprit de frotter le dos de Lexa.) Si tu trouvais que les candidats démocrates à la présidence se valaient tous, attends d'avoir écouté le discours des républicains. Le seul élément d'intérêt à ce stade concerne la sénatrice Young et n'a rien à voir avec son programme. L'enquête de moralité du FBI a fait apparaître qu'elle avait trois maris supplémentaires dont elle n'avait jamais parlé. CNN passera un sujet là-dessus cet après-midi, mais la sénatrice veut nous accorder une interview. Elle s'est laissé dire que tu pourrais sympathiser avec une femme dans sa situation.

— Hmm. Que dit le protocole si jamais elle était élue ? Seraient-ils tous premier monsieur des États-Unis, ou faudrait-il leur donner un numéro ?

— Je pense qu'elle les classerait par ordre, et qu'ensuite le Sénat les entendrait chacun son tour et voterait pour confirmer leur nomination.

— Des audiences de classement conjugal pour le harem présidentiel. Ça, ce serait une histoire à raconter.

— Ouais, dans un autre siècle, peut-être. (Ellen rit.) Où est passée Seraphina ? Elle n'est pas sortie, hier soir ?

— Elle joue les esprits libres, intervint Rabi.

— Ah, vraiment ? (Elle frotta le dos de Lexa.) Encore des tableaux de prix ?

— Non, répondit Lexa. Des micropuces. Le mois dernier, Morris a eu vent d'un projet gouvernemental top secret d'intelligence artificielle, et il a décidé de s'en procurer des pièces. Alors il a piraté le système et passé une fausse commande d'un prototype à livrer à Grand Central Station. Apparemment, le FBI y tiendrait une boîte aux lettres pour ses agents en sous-marins. Morris, Seraphina et Vingt-Neuf Mots doivent récupérer les puces ce matin.

— *Morris* va se faire passer pour un Fédé ?

— Un technicien de terrain. (Lexa rejeta la tête en arrière pour inviter Ellen à la frotter sous le menton.) J'ai le sentiment qu'ils vont faire parler d'eux aux infos.

Morris retrouve son courrier,
Maxwell une vieille amie

Il arriva à Grand Central avec une tête de rabbin fou qui aurait pillé la garde-robe de Pancho Villa et dépouillé une clocharde pour faire bonne mesure. Le déguisement était tellement transparent, tellement manifeste — il portait sur lui CINGLÉ DE TERRORISTE en grosses lettres lumineuses — qu'au début les agents fédéraux dissimulés dans l'ombre n'en crurent pas leur yeux. Après le choc initial, ils se mirent à ricaner. Ils avaient tort.

La salle des pas perdus était baignée de soleil, un soleil d'importation mais authentique, canalisé à travers une série de périscopes articulés qui culminaient à une centaine de mètres au-dessus du toit. Ils suivaient la progression du soleil durant la journée, redirigeant les rayons dérobés vers la gare, où ils se croisaient sous une immense coupole bleutée. La nuit, les périscopes se fermaient et la coupole se remplissait d'étoiles, de constellations holographiques scintillant dans un ciel enregistré.

Cette fioriture et d'autres avaient coûté une fortune mais comme d'habitude, Harry Gant s'était moins préoccupé d'argent que de produire un chouette effet. Comme bon nombre de New-Yorkais nés trop tard pour les avoir connus, Gant avait toujours regretté les beaux jours de Grand Central. Le succès du Lightning Transit lui avait offert le prétexte idéal pour entreprendre une rénovation complète de la gare, qui s'était sérieusement dégradée. Se réservant les aspects les plus amusants du projet de rajeunissement, il avait délégué les problèmes financiers à Clayton Bryce et demandé à Vanna Domingo de régler la question humaine, à savoir le relogement des vétérans de guerre et autres vagabonds qui avaient fait de Grand Central leur campement. Après tout, Vanna avait été des leurs, et il semblait logique de supposer qu'elle saurait comment s'y prendre avec eux.

Elle avait su. Par une froide nuit d'automne de 2018, des vigiles avaient déferlé dans les tunnels, couloirs et salles de la gare, et les avaient vidés de leurs occupants. Ils avaient offert des tickets de métro en guise d'incitation à partir et n'avaient eu recours à la force qu'en dernier ressort, mais n'avaient pas considéré un refus comme une réponse : les rôdeurs sans billets n'avaient plus leur place dans Grand Central Station. On leur avait suggéré Pennsylvania Station, siège d'Amtrak, la concurrente sur le déclin de Lightning Transit, comme dortoir de rechange, mais Penn Station croulait déjà sous ses propres squatters.

Quand l'aube était survenue, elle était doublement submergée ; quand 2019 était venu, Amtrak avait plié boutique et les lignes interurbaines de PATH et Long Island Railroad demandaient à faire arriver leurs trains à Grand Central, qui avait retrouvé sa splendeur. Le service de sécurité de Vanna Domingo — surnommé la brigade Bon Voyage — veillait à la préserver ainsi.

Voilà pourquoi, même s'il n'avait pas su qu'il pénétrait dans une souricière, Morris Kazenstein aurait eu des soupçons. Il savait parfaitement de quoi il avait l'air avec son poncho élimé, son sombrero de feutre, son Levis et ses bottes de cow-boy, tenant un sac à provisions graisseux dans chaque main et le visage mangé par une barbe et des rouflaquettes noires. Un jour ordinaire, les Bons Voyageurs lui seraient tombés dessus comme la foudre pour lui demander s'il avait « besoin d'aide », mais pas aujourd'hui : aujourd'hui, le FBI leur avait ordonné de rester en retrait et de ficher la paix aux clochards et aux mendiants le temps de procéder à son arrestation. Les vigiles à l'entrée se contentèrent donc de fixer Morris d'un œil mauvais sans intervenir.

Ils laissèrent également passer le commandant de char Maxwell, chassé un peu plus tôt de la bibliothèque pour s'être fait surprendre en train d'enfouir le volume *Rubicon-Shrapnel* de l'*Encyclopedia Britannica* dans un bac à fougères. Par pur hasard, il se retrouva quelques mètres derrière Morris et les limiers du FBI le repérèrent, se demandant s'il pouvait s'agir d'un comparse ; mais au lieu de suivre le pirate juif, il obliqua vers un kiosque à journaux sur sa gauche, attiré par un éclair de chair nue.

Pendant ce temps, Morris passait sous la coupole — où des passagers polis, propres, tenant leur billet à la main, attendaient sur des bancs l'annonce de leur train — et gagnait la vitrine du bureau de poste dans l'angle nord-est. Retenus par un harnais de sécurité à la corniche de la coupole, deux snipers du FBI le suivaient en permanence dans leur viseur, prêts à l'abattre immédiatement s'il esquissait le moindre geste menaçant vers des civils. Il n'en fit rien. Il marcha droit jusqu'à la fenêtre, où l'agent des Anti-activités anti-américaines Ernest Vogelsang l'attendait dans son uniforme d'employé des postes.

— Puis-je vous aider ? demanda Vogelsang.

Maxwell fit tourner un présentoir circulaire de livres de poche, où figurait principalement l'édition du cinquantième anniversaire de *Fear of Flying* par Erica Jong. Le nombril nu et l'amorce du décolleté en couverture le troublèrent, et il entreprit de fourrer méthodiquement les livres dans les poches de son gilet. La vendeuse, une agent du FBI absorbée par l'observation de Morris Kazenstein à travers de puissantes jumelles, n'y vit pas d'objection.

Morris déposa ses sacs à provisions sur le sol.

— Je viens récupérer un paquet, dit-il en montrant un papier jaune.

En le glissant vers Vogelsang, il frappa trois coups de phalange sur le comptoir. Vogelsang lui répondit par la phrase convenue.

— C'est toujours agréable de recevoir des paquets à cette époque de l'année, pas vrai ?

— En fait, je préfère en recevoir vers le 4 juillet.

— Vous devez être un vrai patriote, alors.

— Je serais prêt à sacrifier le village pour le sauver, reconnut Morris.

Vogelsang hocha la tête.

— Voilà votre paquet.

Sur la corniche, un écureuil argenté mordit l'un des snipers, lui faisant perdre connaissance avant même qu'il puisse crier. Le second sniper sentit un courant d'air sortir d'une trappe ouverte dans son dos et fut atteint entre les omoplates par un lièvre polaire ; lui aussi piqua du nez dans son harnais.

La voix de Seraphina Dufresne résonna dans les haut-parleurs de la gare.

— La voie 29 est dégagée pour les trains en partance.

Vogelsang apporta une boîte en plastique de la taille d'un étui à lunettes et l'ouvrit d'un coup de pouce, montrant à Morris les quatre micropuces rangées à l'intérieur.

— Tout à vous. Vous n'avez plus qu'à signer ici.

Il posa un calepin électrique à côté de la boîte de micropuces, de son côté du comptoir. Morris dut tendre le bras pour l'atteindre, et Vogelsang en profita pour refermer une paire de menottes sur son poignet.

— Vous êtes en état d'arrestation, l'informa-t-il, pour tentative de vol de matériel gouvernemental, usurpation d'identité d'un agent fédéral, espionnage informatique et présomption de piraterie en haute mer. Vous avez le droit de garder...

Morris retira son bras, laissant derrière lui sa main menottée, qui se dégagea d'une secousse et attaqua Vogelsang. Courant comme une tarentule à cinq pattes, elle escalada la chemise de l'agent fédéral, opéra un rétablissement sur son menton et pressa sa paume imbibée de chloroforme sur sa bouche et son nez.

— Bonne nuit, Ernest. (Sa vraie main jaillit de la manche laissée vacante par la fausse et se referma sur les puces. Puis il dit :) Couvrez-moi.

Et d'épais nuages de vapeur blanche commencèrent à monter des sacs à provisions. L'équipe de soutien de Vogelsang hésita, s'attendant à ce que les snipers ouvrent le feu. Le temps qu'ils comprennent qu'on les avait neutralisés, tout l'angle nord-est de la salle des pas perdus était noyé dans le brouillard. Les voyageurs qui attendaient leur train regardaient la scène avec curiosité en se demandant si un conduit de vapeur n'avait pas éclaté.

Le gilet militaire de Maxwell était bourré de livres, mais il restait encore huit ou neuf exemplaires sur le présentoir. Il jeta un regard circulaire autour de lui à la recherche de quelque chose dans quoi les transporter. À l'autre bout de la gare, la brume montante commençait à réfracter les rayons du soleil en mille éclats irisés. Levant les yeux sur cet arc-en-ciel, Maxwell retint son souffle.

Seraphina et Vingt-Neuf Mots pour Neige étaient accroupis sur la corniche à côté d'un des deux tireurs d'élite inconscients, prêts à lancer des filets sur les Fédéraux pour couvrir la fuite de Morris si cela s'avérait nécessaire. (Ce ne fut pas le cas : le FBI et la brigade Bon Voyage plongèrent bravement dans la fumée pour n'en ramener qu'un poncho abandonné et une fausse barbe à l'intérieur d'un sombrero.) Vingt-Neuf Mots portait son costume d'ours polaire ; Seraphina avait enfilé sa combinaison de superhéroïne africaine, mais contre les instructions explicites de FRÈRE castor, elle avait refusé de mettre son casque. Même à cette distance, l'éclat de ses yeux verts était suffisamment visible pour que Maxwell en oublie aussitôt Erica Jong.

L'agent du FBI avec les jumelles sortit au pas de course de son kiosque à journaux, pistolet-mitrailleur au poing. Maxwell tendit sa jambe électrique et lui fit un croche-pied, en lui assenant dans sa chute un bon coup à la base du crâne.

Il ramassa l'arme. Quand il releva la tête en direction de la corniche, il vit que Seraphina et l'ours polaire avaient disparu : mais cela ne l'inquiéta pas. Il connaissait tous les recoins de Grand Central ; à l'instar de Kite et Vanna, il avait vécu ici. De plus, c'était un ancien soldat, et il possédait ce sixième sens que Dieu accorde à tous les malades mentaux.

Perdus dans le brouillard, les Fédéraux et les Bons Voyageurs demandaient par radio des renforts supplémentaires. Maxwell ôta le cran de sûreté du pistolet-mitrailleur et se joignit à la traque.

Petit déjeuner à Robbins Reef

Toshiro et Ellen se préparaient des œufs brouillés dans la cuisine du phare pendant que Lexa, Philo et Rabi prenaient du café ou du jus de fruits à la table de la salle à manger. Lexa avait emporté l'autoradio de Betsy avec elle la veille au soir (la Volkswagen, tout comme la Citroën amphibie d'Ellen, était en immersion à proximité du récif, guettant l'approche des vedettes des gardes-côtes et se tenant prête à faire surface à tout moment), si bien qu'ils purent écouter les nouvelles à propos de Grand Central.

— ... les terroristes seraient apparemment parvenus à prendre la fuite, même si les autorités continuent à retarder le départ des trains et fouillent scrupuleusement toute la gare. Aucune déclaration n'a encore été faite à la presse, mais d'après les propos que nous avons pu surprendre, il semblerait qu'un groupuscule non identifié de défense des droits des aborigènes ait intercepté du matériel militaire secret, peut-être une arme expérimentale. Nous avons pour politique sur cette antenne de ne pas tomber dans le piège du catastrophisme, et je tiens à préciser que rien n'indique que les voyageurs aient pu être exposés à des radiations, des agents bactériologiques ou des substances chimiques quelconques au cours de l'attentat. En tout cas, rien ne permet d'affirmer que les autorités se préparent à placer la gare en quarantaine.

— Tom, c'est Carol, ici, au studio. Je me demandais si vous pourriez répondre à une question...

— Allez-y, Carol.

— Vous avez mentionné tout à l'heure que cette opération de « souricière » était dirigée par le département Anti-activités anti-américaines du FBI. Que pouvons-nous déduire de son implication ?

— Eh bien, Carol, comme vous le savez, le département Anti-activités anti-américaines a été fondé pour lutter contre les « éléments subversifs mineurs » après l'arrêt de la guerre froide avec la Russie.

— Aucune relation avec le défunt sénateur Joseph McCarthy, n'est-ce pas ?

— Pas la moindre. On se souvient naturellement que le sénateur McCarthy dirigeait dans les années 50 la commission sénatoriale sur les activités anti-américaines, dont les terribles abus de pouvoir sont restés dans toutes les mémoires. Mais le département du FBI n'a aucun rapport avec lui, d'où le deuxième anti...

Philo avait apporté son manuscrit à table et faisait mine d'y travailler tout en petit-déjeunant. Depuis le début des infos, il n'avait rien fait d'autre qu'écrire et barrer le même adjectif une douzaine de fois.

— Hé. (Lexa le poussa gentiment du pied sous la table.) Ça va ?

— Seraphina est assez grande pour s'attirer ses propres ennuis, répondit-il en faisant rouler son stylo à bille entre ses doigts. Et puis, Morris sait bien que si elle se faisait blesser on capturer, je lui briserais le cou. C'est probablement la seule chose pour laquelle je pourrais briser le cou de quelqu'un.

— Je sais. Mais toi, ça va aller ?

Philo soupira et posa son stylo. Se frotta les tempes. *Je devrais pourtant être habitué*, songea-t-il. Il avait certainement assez de pratique en tant que fugitif et étranger. Avant même de devenir pirate, avant même la pandémie, il n'avait jamais été autre chose qu'un voyageur en pays étranger. Et néanmoins, malgré toute l'expérience acquise en élevant son enfant dans des circonstances difficiles, la paternité demeurait pour lui le plus étranger de tous les pays.

Il devait partager un peu de la chimie du corps de Seraphina cependant, car le sourire qu'il adressa à Lexa — après un long moment — était sincère, fatigué mais invaincu.

— Ça va, répondit-il finalement, aussi bien que ça peut aller pour un capitaine de sous-marin écolo, noir et mennonite, incapable d'écrire un mot sans rajouter deux adjectifs et dont la fille aînée ne rêve que de mettre le feu au Louvre.

Il prit la main de Lexa par-dessus la table et la pressa ; Rabi rota dans son jus d'orange.

— Pardon.

— Tom, disait la radio, Tom, êtes-vous absolument certain qu'aucun voyageur innocent n'a été tué ou mutilé au cours de cet attentat terroriste ?

— Eh bien, Carol, les barricades ont été dressées assez loin, et aucun d'entre nous n'a encore été admis à l'intérieur de la gare. Il serait imprudent de ma part de parler de victimes sans autre preuve, même si, théoriquement, il peut se passer *n'importe quoi* là-dedans...

Un œuf de quinze heures

— Réexplique-moi ce que font ces puces, demanda Seraphina.

Ils se trouvaient dans l'un des renfoncements réservés au service émaillant les tunnels de Lightning Transit ; incidemment, c'était la même salle couverte de graffiti où Kite Edmonds et Vanna Domingo avaient résisté autrefois à une horde de rats aussi gros que des caniches. Pour l'instant, Morris se plongeait dans la haute technologie sous l'ampoule de soixante watts noire de crasse qui pendait au plafond. FRÈRE écureuil montait la garde à l'entrée du tunnel.

— Elles prennent des informations abstraites et en sortent une personnalité consciente. Le processus est similaire à celui qui intervient dans la création des personnalités d'ordinateurs, mais cette nouvelle génération est beaucoup plus puissante et polyvalente.

Il tenait à la main un œuf de Fabergé du pauvre qu'on aurait fabriqué de bric et de broc avec le contenu des poches de Tom Sawyer : un vieux bout de ficelle, un ticket de métro, un papier de bonbon et une aile de papillon y flottaient dans une coquille en résine dure entourant un jaune de mémoire pure, spécialement sélectionné dans la banque de connaissances africaines de Seraphina.

— Je ne suis pas certain de savoir comment ça marche exactement, continua Morris. (Il était en train d'ouvrir de minuscules fentes dans la coquille de l'œuf et d'y insérer les micropuces volées.) Un genre d'effet pastiche, je crois, comme quand tu inventes un conte de fées en t'inspirant des peluches et autres objets dispersés dans ta chambre. Sauf que dans le cas présent, tu fabriques une psyché au lieu d'une histoire.

— Et elle peut vraiment penser ? interrogea Vingt-Neuf Mots.

— Eh bien, c'est probablement une exagération. Je veux dire qu'elle devrait pouvoir réussir un test de Turing avec des couleurs flottantes, mais une vraie conscience est difficile à produire. Cette technologie a d'abord été développée par les militaires : ils voulaient fabriquer un char entièrement automatisé, alors ils ont pris un jeu de puces comme celles-ci et l'ont connecté aux commandes d'un M6 Buchanan. Ensuite, ils ont entré une bonne dose d'histoire et de tactique militaire dans le système du char et l'ont laissé se programmer sa propre identité.

— Et ça a marché ?

— Apparemment pas comme ils l'avaient escompté. Je ne connais pas tous les détails mais je crois que le char s'est retourné contre eux, peut-être même en faisant sauter une pleine estrade de généraux venus assister à la démonstration. Le programme de recherche a été annulé en toute hâte. Ça aurait pu s'arrêter là, sauf que les petits génies du département Anti-activités anti-américaines ont réussi à obtenir l'autorisation d'emprunter un jeu de puces pour un projet Big Brother de leur cru. Quand je les ai déroutées, les puces allaient être envoyées à un groupe de chercheurs du FBI à Silicon Valley.

— Cette personnalité qui se constitue toute seule, intervint Seraphina, ce ne sera pas simplement comme un nègre électrique sans corps ?

— Je ne sais pas, confessa Morris. Une Afrique électrique, peut-être. Nous n'avons plus qu'à croiser les doigts et attendre. Même si c'est un échec complet, nous aurons au moins privé les Fédéraux d'un de leurs gadgets technologiques.

FRÈRE castor, assis par terre aux pieds de Seraphina, battit de la queue à deux reprises.

— Je n'aime pas ça. Toute cette expérience me paraît dangereuse. L'intelligence artificielle n'est pas une chose à prendre à la légère, en particulier une intelligence artificielle volée.

Morris enfonça une autre puce dans l'œuf.

— Hé, castor, je ne crois pas me souvenir t'avoir demandé d'être *mon* baby-sitter.

— Tu as dû oublier d'inclure cette qualification dans mon programme. Ce qui prouve que j'ai raison. Tu joues avec des choses qui te dépassent.

Seraphina voulut dire quelque chose mais n'en fit rien. Vingt-Neuf Mots choisit ce moment pour se pencher plus près de Morris, repoussant dans le même geste le capuchon de son costume d'ours polaire. La coquille rose de son oreille nue, délicate, ronde, avec un lobe qu'on pourrait mordiller pendant des jours, fit rougir Seraphina.

— Il n'y a pas à s'en faire, dit Morris. Avant toute chose, nous procéderons à une évaluation psychologique complète pour nous assurer qu'elle est saine d'esprit et bien disposée à notre égard. (Il enfonça la dernière puce et pressa un creux à la base de l'œuf.

L'objet émit un *bip*.) Ça y est. Quinze heures de gestation, et nous aurons un bébé... ou quelque chose.

Il le brandit afin qu'ils puissent le voir. FRÈRE écureuil, sans ses batteries, s'écrasa par terre à côté de lui.

— Je vais prendre cet œuf, dit Maxwell.

FRÈRE castor réagit à la vitesse de l'éclair, Maxwell aussi. Armant sa jambe électrique comme pour un tir à quarante mètres, il shoota dans le castor assez fort pour lui brouiller les circuits.

— Je vais prendre cet œuf, répéta Maxwell. (Il braqua le pistolet-mitrailleur sur Vingt-Neuf Mots, qui avait glissé la main sous sa peau d'ours pour y prendre un lapin.) Je ne te conseille pas de me sortir autre chose que des pansements, soldat. Mains en l'air !

Ils levèrent tous les bras au ciel.

— Écoutez, commença Morris, c'est un objet avec lequel il convient de...

Mais Maxwell lui intima l'ordre de se taire d'un geste brusque. Il allégea son gilet de quelques livres de poche et fourra l'œuf à l'intérieur. Alors seulement il se tourna vers Seraphina.

— Voilà. Maintenant, on verra bien comment *tu* réagis, quand on te vole quelque chose. Quelque chose d'important, que tu aimes, peut-être, et qu'un étranger t'arrache chirurgicalement. On verra bien si tu trouves ça drôle.

Brandissant toujours son arme, il recula dans le tunnel. Une draisine jaune et noir passa sur la voie du fond ; Maxwell saisit la rambarde et bondit à bord. La draisine l'emporta.

— Aïe aïe aïe, dit Morris en laissant retomber ses mains.

— Il a volé mon Afrique, se plaignit Seraphina.

— Nous arriverons peut-être à le retrouver et à la lui reprendre, dit Vingt-Neuf Mots. Tu le connais ?

— Il vient à la bibliothèque de temps en temps. Je ne connais pas son nom.

— Crois-tu qu'il ait des compétences en informatique ? (Morris se frottait le menton d'un air soucieux.) Il avait une arme, donc il ne doit pas être trop intellectuel, non ?

— Je n'en sais rien, avoua Seraphina. Tu penses qu'il risque de casser l'œuf ?

— J'ai surtout peur qu'il le branche sur un ordinateur avec accès au réseau sans avoir pris la précaution de le tester. Avec toutes les données qu'il contient sur l'histoire africaine... J'ai pris soin d'écarter les discours les plus incendiaires de Louis Farrakhan, mais il y a quand même une biographie de Toussaint Louverture et une histoire du peuple zoulou, là-dedans. De quoi déclencher une belle pagaille si on le laisse livré à lui-même, vous voyez ce que je veux dire ?

— Oh, dit Seraphina.

— Oh, dit Vingt-Neuf Mots.

FRÈRE castor, étalé contre le mur, crachota :

— Je vous l'avais bien d... l'avais bien d... l'avais bien d...

9

Notre vieille amie Ayn Rand a également des choses à nous apprendre au sujet de la pollution. Un dimanche après-midi de mai 1971, elle apparut à la télévision dans une émission d'audience nationale et dénonça le mouvement écologique comme étant contraire à la vie, contraire à l'homme et contraire à l'esprit. Entre autres choses, elle affirma qu'il s'agissait d'un effort d'arrière-garde pour anéantir ce qui subsistait du système capitaliste.

J'ai oublié depuis longtemps ses paroles exactes, mais ma mémoire surchargée et la position d'Ayn Rand vis-à-vis du mouvement écologique laisseraient supposer quelque chose comme ça :

« Tous ceux d'entre vous là-dehors qui ont plus de 29 ans devraient tomber à genoux devant chaque cheminée d'usine qu'ils aperçoivent... La pollution est le symbole de l'achèvement humain. Sans technologie ni pollution, nous en serions encore à l'âge de pierre... Nous sommes engagés dans un combat mortel entre la nature et la technologie, entre les cailloux et les arbres imbéciles, et le génie sans limites de l'esprit humain... »

JEROME TUCCILLE,
It Usually Begins With Ayn Rand

« La fiabilité n'est pas commerciale. »

LEE IACOCCA,
« père de la Ford Pinto »

2008 : Le scandale de la décharge nigérienne

La mort de Christian Gomez ne fut possible que grâce à Ford Motor Company.

Entre 1966 et 1980, Ford fabriqua plus de vingt millions de voitures et de camions avec dans leur boîte de vitesses automatique un défaut de conception leur permettant de passer spontanément du point mort à la marche arrière. Un véhicule à l'arrêt ou stationné dans une pente pouvait reculer à tout moment, surprenant un autre conducteur qui se serait arrêté pour décharger ses commissions, ou un enfant qui aurait choisi le mauvais moment pour traverser en dehors des clous. Ces Ford folles causèrent des milliers d'accidents et firent des centaines de morts mais restèrent en circulation parce que selon la direction de Ford, les circonstances ne justifiaient pas les frais énormes d'un retrait.

Durant cette même période le président d'alors, Lee Iacocca, prit un intérêt tout particulier au développement de la Pinto, la riposte de Ford aux petits modèles d'importation étrangère comme la Coccinelle VW. Sortie précipitamment, la Pinto comportait un réservoir d'essence mal protégé qui avait tendance à se fendre et à exploser dans les collisions par l'arrière, à des vitesses qui n'avaient pas besoin de dépasser les 35 kilomètres à l'heure.

Une modification simple aurait permis de supprimer le problème, mais confronté à une augmentation du prix de revient de 11 dollars par voiture, Ford décida qu'il serait moins coûteux de ne toucher à rien et d'assumer le poids des inévitables poursuites judiciaires consécutives. Des centaines de conducteurs de Pinto trouvèrent ainsi la mort dans des accidents dont ils auraient pu sortir vivants.

Tout ceci appartenait au passé, bien sûr. La Ford Pinto fut retirée du marché en 1978 ; en 1980, Ford modifia la conception de sa boîte de vitesses automatique et, au lieu d'un retrait, envoya des autocollants d'avertissement aux possesseurs d'anciens modèles pour les prévenir de faire très très attention quand ils se garaient. En ce qui concernait Ford, le problème était réglé.

Mais le 1er mai 2008, Christian Gomez reçut le passé en pleine figure. La journée, gaspillée en un débat futile sur l'avenir de Gant Industries, avait mal démarré. Le domestique automatique Gant s'annonçait comme *le* produit du début du XXIe siècle, le genre de succès qui ouvrait des perspectives de croissance et d'expansion illimitées, des opportunités mirobolantes... toutes gâchées par le fait que Gomez et Harry Gant étaient incapables de s'entendre sur la manière d'utiliser leurs bénéfices.

Gomez voulait investir dans le développement industriel de la nouvelle zone de libre-échange en Afrique sub-saharienne. Des pays entiers s'étaient retrouvés disponibles après la guerre de 2007, et une compagnie disposant d'un compte en banque bien garni et d'une main-d'œuvre inépuisable d'ouvriers automatiques travaillant gratuitement pouvait se faire des millions. Mais Harry Gant ne pensait pas que l'idée africaine fût suffisamment « chouette ».

— Ce n'est pas tellement que je sois contre, Christian, c'est juste que ça ne m'*emballe* pas.

Bien entendu, avec Harry, l'absence d'emballement était aussi rédhibitoire qu'un dégoût viscéral.

Ce qu'il voulait faire des profits rapportés par le

domestique, c'était « investir en Amérique ». Christian Gomez ne voyait pas exactement ce qu'il entendait par là — Harry non plus, probablement — même si cela impliquait à l'évidence de dépenser beaucoup d'argent pour racheter ou faire bâtir d'immenses buildings. Dans une récente interview télévisée, Gant avait avoué son rêve secret de rebâtir l'Empire State (ce rêve était une nouveauté pour Gomez). Il était allé jusqu'à contacter un agent immobilier de Manhattan pour avoir une estimation du terrain. Il avait également contacté Turner Broadcasting, qui cherchait à louer ou à vendre son Minaret inachevé d'Atlanta pour pouvoir offrir de nouveaux dirigeables à CNN.

Au-delà de sa manie des gratte-ciel, Harry ne cessait de faire l'imbécile avec leur argent.

— Les ajouts et perfectionnements de dernière minute sont une chose, lui dit un jour Gomez en brandissant une liasse de vingt feuillets de modifications que Gant voulait apporter au domestique, mais là, tu dépasses les bornes. Bon, que nous ne soyons pas tout à fait d'accord sur la question de l'obsolescence prévue, je peux l'accepter. Quant à ta suggestion de leur donner une apparence et une voix plus humaines, ça vaudra la peine d'y revenir quand nous réfléchirons à un modèle domestique. Mais dans l'immédiat, avec l'industrie et l'armée comme principaux marchés...

— Pas l'armée, déclara Gant. Tu connais ma position là-dessus.

— Il *faut* que nous fournissions l'armée, Harry. C'est patriotique et c'est malin. Sais-tu combien de soldats nous avons perdus dans la pandémie ? Vingt-deux pour cent de nos effectifs. Il s'est passé quatre ans, et le manque de personnel qualifié reste tellement dramatique qu'on a pris des *femmes* pour conduire des putains de chars, et même servir dans l'infanterie. On raconte que c'est la vraie raison de l'escalade en Afrique : le Pentagone aurait eu peur que les forces conventionnelles ne suffisent pas pour emporter le morceau. Mais avec des GI automatiques en renfort, nous pourrions retirer les mères, les filles et les nukes du champ de bataille.

— C'est de la violence, et je n'aime pas ça. Je dis non.

— Harry...

— Tu sais, j'ai parlé à John Hoover. Lui m'a affirmé qu'il suffirait d'un an pour mettre au point un prototype domestique, avec une forme, une voix et des traits humains. Pas parfait au début, bien sûr, mais avec le temps nous arriverions à le rendre suffisamment réel pour qu'il fasse partie de la famille. *Voilà* le produit que je veux vendre, Christian : un appareil électroménager doublé d'un ami fidèle. Oublie tes soldats automatiques, je te parle d'un compagnon automatique, d'une moitié automatique... oui, enfin, peut-être pas à ce point-là. Il sera cent fois mieux que le magnétoscope interactif Gant, mille fois mieux qu'un animal de compagnie. Poli, travailleur, drôle, sympathique, responsable, fiable...

— Fiable, répéta Gomez. Encore un sujet sur lequel tu n'as pas lésiné dans ta liste. Le domestique n'a pas besoin de garde-fous supplémentaires.

— Pas pour travailler dans la mine, peut-être, mais dans son rôle domestique, les gens tiendront à ce qu'il soit aussi fiable que possible. Bon sang, je tiens à ce qu'il le soit.

Gomez feuilleta les pages de la liste de souhaits.

— Inhibiteurs comportementaux à quintuple sécurité... circuits logiques de perception morale... tu parles de lui enseigner une éthique, Harry.

— Westinghouse a sorti une machine à laver capable

de trier toute seule le blanc et les couleurs. C'est le même principe.

— Mais les gens seront-ils prêts à *payer* pour ce principe ?

— Bien sûr qu'ils seront prêts à payer.

— Non, Harry. La fiabilité est peut-être une bonne chose, mais elle perd tout son attrait dès qu'elle commence à coûter de l'argent. *La fiabilité n'est pas commerciale.*

— À nous de faire en sorte qu'elle le devienne, Chris.

Bien entendu, Gant Industries appartenait pour moitié à Gomez et, en théorie, il pouvait opposer son veto à toutes les initiatives d'Harry, comme Harry le faisait avec les siennes. Mais un match nul n'est pas une victoire, et comme le suggérait le nom de la compagnie, c'était Gant qui obtenait presque toujours le dernier mot. L'homme était infatigable, quasiment impossible à faire changer d'avis une fois qu'il avait pris sa décision ; il réagissait à chaque objection par un nouvel élan d'enthousiasme pour son propre point de vue. Gomez n'avait tout simplement pas l'énergie nécessaire pour s'opposer à lui.

Cela ne pouvait plus durer. Mais Gomez ne voulait pas démembrer la société ni compromettre leur courbe de réussite par un règlement devant le tribunal. Qui sait, Harry Gant était capable d'en ressortir seul propriétaire du brevet du domestique automatique. Non, ce dont Gomez avait besoin, c'était d'un moyen de faire pencher la balance en sa faveur, ne serait-ce que d'un pour cent. L'obstination de Gant perdrait beaucoup de sa capacité de nuisance s'il pouvait être désavoué par un vote.

— Il faut ouvrir le capital, décida-t-il. Des actionnaires auraient vite fait de te mettre un peu de plomb dans la tête, Harry.

Là-dessus, Christian Gomez descendit du trottoir dans une rue du centre-ville d'Atlanta et mourut. Une Ford Lincoln Continental de 77 sans conducteur tournait au ralenti à l'angle de la rue, et quand il passa derrière, la marche arrière s'enclencha, ce qui débloqua automatiquement le frein à main. La voiture bondit, fauchant Gomez aux chevilles avec son pare-chocs arrière. Il retomba en travers du coffre comme un gibier troussé par des chasseurs. La Lincoln rebondit sur un nid-de-poule et prit de la vitesse.

Un témoin raconta plus tard à la police que Gomez avait essayé de sauter de la voiture folle sans y parvenir.

— Il a vu arriver l'intersection et s'est mis à brailler : « Au secours, je suis coincé, je suis coincé ! »

— Baisé, corrigea un second témoin. Il a dit : « Je suis baisé. » Et il n'avait pas tort.

Coincé ou baisé, Christian Gomez se retrouva propulsé à travers l'un des carrefours les plus fréquentés du centre-ville. Heureusement, les feux étaient avec lui. Malheureusement, une voiture était garée juste après l'intersection, directement sur la trajectoire de la Lincoln Continental. Très malheureusement, il se trouva qu'il s'agissait d'une Ford Pinto de 73 — peut-être bien la dernière au monde — tournée du mauvais côté, présentant son talon d'Achille à la Lincoln.

— Tout a sauté, dit le premier témoin. La Lincoln ne devait pas rouler à plus de 30 ou 40 à l'heure, mais la petite voiture a explosé en flammes. Le type sur le coffre de la Lincoln a explosé avec.

Le second témoin confirma d'un hochement de tête.

— Saloperie d'importations japonaises !

Et donc, en une explosion, Harry Gant devint seul et unique propriétaire de Gant Industries et du domestique automatique. L'enquête de police fit apparaître plusieurs irrégularités. Ainsi, on ne retrouva le propriétaire d'aucune des deux voitures. Une demande de vérification des plaques et des numéros de série auprès du service des cartes grises reçut pour toute réponse RÉSULTAT NÉGATIF, ce qui signifiait que l'ordinateur avait égaré le fichier. De même, les enquêteurs ne purent s'empêcher de s'interroger sur la coïncidence qui avait réuni deux Ford vieilles de trente ans en état de marche dans la même ville. Bien que la mort de Gomez fut officiellement attribuée à un accident, un acte de Dieu et de Détroit, la police d'Atlanta continua à nourrir des soupçons devant une malchance aussi incroyable.

Le mystère aurait pu retenir l'attention des médias s'il n'avait été occulté par une histoire encore plus croustillante. Ellen Leeuwenhoek, du *Long Distance Call*, fut l'un des premiers reporters sur place. Elle se trouvait dans le centre d'Atlanta pour une tout autre affaire et parvint sur les lieux de l'accident avant que la tôle n'ait eu le temps de refroidir.

Au coin de la rue où Christian Gomez avait fait son dernier pas, elle ramassa une mallette aux charnières brisées et une chemise bleue étiquetée PROPOSITION DE DÉCHARGE AU NIGERIA. Après avoir pris quelques clichés du désastre, elle faxa le contenu de la serviette à Lexa Thatcher à New York. Laquelle appela Joan Fine.

— Salut, Joan, c'est moi. J'ai besoin d'un coup de main pour mobiliser les médias. Toujours intéressée par la direction d'une campagne pour la limitation du développement en Afrique d'après-guerre ?

— Intéressée mais pessimiste, répondit Joan. Je n'arrive pas à trouver le moindre financement. Les gens qui ont de l'argent ont l'air de s'en ficher, ou bien ils participent déjà à la curée.

— Eh bien, je crois avoir trouvé un moyen de faire

réagir un peu l'opinion publique. Devine ce que nous prépare ton ex-petit ami.

— Quel ex-petit ami ?

— La presque star du porno. Harry Gant.

— Oh, mon Dieu. Ils l'ont finalement persuadé de fabriquer des soldats robots, c'est ça ?

— Non, il est toujours pacifiste. Mais il projette de transformer l'ancien État du Nigeria en décharge industrielle.

— Quoi ?

— J'ai sous les yeux la proposition confidentielle d'une décharge d'un million d'hectares à construire dans la région des Hautes Plaines du nord au Nigeria, sous mandat de la nouvelle filiale Africorp de Gant Industries. Ils projettent de transporter les déchets jusqu'à la côte des Esclaves en barges Superscow, puis de les acheminer par le rail jusqu'à la décharge. Cent mille kilomètres carrés d'ordures jetées dans des fosses à ciel ouvert. Il y a aussi une proposition annexc de creuser des puits de mines dans le plateau de Jos pour y enfouir des déchets nucléaires, mais autant que je puisse en juger d'après les termes du projet, personne n'a effectué la moindre étude sismologique pour déterminer si le plateau était géologiquement stable.

— Bon sang. Comment peuvent-ils espérer s'en tirer comme ça ? Non, laisse tomber, question stupide. Je vais te dire, fixons une date dès maintenant et ensuite, je commence à passer des coups de fil. Si Gant croit pouvoir triompher sans combat, il se trompe. Tu m'appuies avec ton journal, je me charge de l'obliger à commettre un faux pas.

— Je savais que je pouvais compter sur toi.

La marche de protestation contre la décharge nigérienne fut prévue pour le 7 juin — le quatrième anniversaire, soit dit en passant, de la marche des sœurettes catholiques sur le Vatican. Joan battit le rappel des troupes tandis que Lexa allumait le feu médiatique et tirait quelques sonnettes pour obtenir une large couverture de l'événement et du problème.

Les manifestants prirent la profanation pour slogan : bien sûr que les ressources naturelles de l'Afrique continueraient à être exploitées, tout le monde était bien conscient que la guerre avait été livrée au nom des droits du pétrole et des minerais malgré les beaux discours du Président, mais cette exploitation devait-elle être calmée par respect envers les victimes de la pandémie, ou bien la poursuite effrénée du profit aurait-elle raison des derniers lambeaux de décence humaine ? Un empilement d'ordures sur un cimetière : était-ce *cela*, le symbole de l'avenir africain ?

Les commentateurs saluèrent la haute teneur morale de la manifestation, même si quelques cyniques prédisaient une mobilisation décevante, en particulier si le temps se mettait à la pluie. Aussi brutal que ça puisse paraître, disaient les cyniques, les survivants avaient déjà rayé la pandémie africaine de leur mémoire, l'oubliant aussi vite et de manière aussi expéditive qu'ils avaient oublié le sida. La sécurité de l'emploi dans une économie fluctuante d'après-fléau et d'après-guerre intéressait bien davantage le public américain que des accusations de viol de la terre au Nigeria, c'était dans la nature de l'homme.

Peut-être bien. Mais le 7 juin à 9 heures du matin les rues environnantes du Minaret Gant — né Turner — étaient noires d'hommes et de femmes en colère, témoignage d'autre chose, se plaisait à croire Joan, que de ses simples talents d'organisatrice, même si en réalité elle avait travaillé d'arrache-pied pour parvenir à ce résultat.

À 9 h 30, Harry Gant sortit de sa tour inachevée

pour affronter la volonté du peuple. Il s'était refusé à toute déclaration publique dans les semaines qui avaient précédé la manifestation, repli sur soi corporatif classique mais maintenant, à l'heure de vérité, il sortait du Minaret tout seul, sans gardes du corps ni attachés de presse pour le protéger. Il portait son plus beau costume et sa plus belle cravate, ses cheveux étaient artistiquement ébouriffés et au-dessus de sa tête, il brandissait un drapeau blanc.

Un authentique drapeau blanc.

La foule s'écarta devant sa capitulation. Gant remonta le chemin que lui ouvraient les manifestants et grimpa au sommet d'une gigantesque sculpture industrielle au centre de la place ouest du Minaret, une pyramide décapée à l'acide avec à sa pointe une main géante paume vers le haut. Il se dressa là, un homme seul dans les hauteurs, sauf qu'il n'était pas seul : entouré de cent mille témoins, avec les caméras de CNN retransmettant chacun de ses gestes à des centaines de millions d'autres. Bien en vue de son public, Harry Gant brandit une chemise bleue — *la* chemise bleue — et la déchira en deux.

Les hourras des manifestants s'entendirent à des kilomètres. Ellen Leeuwenhoek immortalisa la scène sur une photo, tandis que Lexa Thatcher sautait sur son petit ami du jour, un jeune Géorgien adorable du nom de Comfort. Sœur Ellen Fine, venue à Atlanta malgré le cancer des poumons qui allait bientôt l'emporter, était émue aux larmes.

— Oh, Joanie, si seulement nous avions été moitié aussi nombreuses à Rome...

Joan siffla et hurla avec les autres, mais garda un œil prudent sur Harry, dont elle refusait de croire qu'il pût être aussi poire. Les présidents de firmes n'abandonnaient jamais si facilement, pas quand de tels profits étaient en jeu. Lorsque les applaudissements et les cris furent suffisamment retombés pour qu'Harry Gant s'adresse à la foule — soit un bon quart d'heure plus tard — Joan prêta une attention toute particulière à ses paroles, guettant l'attrape-nigaud qui allait forcément venir.

Gant portait un micro-cravate, des haut-parleurs au sommet du Minaret firent retentir sa voix sur plusieurs pâtés de maisons dans toutes les directions. Il commença par faire amende honorable. Il avait eu tort, dit-il, ne serait-ce que d'envisager le projet immoral de cette décharge nigérienne. Il n'avait ni excuse ni justification à offrir, ne s'attendait pas, d'ailleurs, à ce qu'elles soient acceptées par le public.

Non, il pouvait seulement dire que la récente disparition de son associé, Christian Gomez, plaçait Gant Industries à un carrefour, un moment décisif de bouleversements et de réorganisation, et que la manifestation de ce jour lui avait ouvert les yeux sur la nécessité d'une forte composante éthique dans ce changement. C'est pourquoi il allait former un nouveau service de conseil au sein de sa compagnie. Ce département des Travaux Publics — ou de l'Opinion Publique, il n'était pas encore bien fixé sur le nom — suivrait l'impact écologique et social des futurs projets de Gant Industries, apportant son avis et — le cas échéant — signifiant fermement sa désapprobation auprès de la direction.

— Ben tiens, siffla Joan. (Elle lui cria depuis le pied de la pyramide :) Et qui va diriger ce nouveau département, Harry ? Le président de Shell Hollande ?

Sa voix n'était pas amplifiée mais Gant l'entendit et reprit ses paroles dans sa réponse.

— Miss Joan Fine, qui ne me fait pas confiance — c'est son droit — vient de me poser une question très importante. Elle désire savoir qui sera à la tête de ce nouveau service que je propose. Je vais le dire bien clairement devant tout le monde et, s'il apparaît un jour que j'ai menti, je vous encourage tous à téléphoner à Washington pour réclamer la formation d'un comité sénatorial contre moi : la politique écologique et sociale de Gant Industries ne sera pas fixée par Shell Petroleum ni par les responsables sympathiques mais quelque peu partiaux d'Union Carbide, De Beers Mineral ou Machin-Truc-Chouette & Co.

» Tel que je vois les choses, seules deux personnes ont suffisamment de crédibilité pour tenir le rôle de ma nouvelle conscience. Robert Redford, malheureusement, nous a quittés. Ce qui ne laisse que toi, Joan. (L'homme seul dans les hauteurs regarda vers le bas de la pyramide et sourit.) Ce sera Joan Fine la nouvelle directrice des Travaux Publics chez Gant Industries. Elle prendra ses fonctions dès qu'elle le souhaitera, avec un salaire et des avantages suffisamment modestes pour qu'il soit clair que je ne l'achète pas, et si elle ne me rend pas la vie assez dure pour me faire regretter de l'avoir embauchée, elle n'aura pas rempli son contrat.

» Mesdames et messieurs, merci encore d'être venus ici aujourd'hui me faire part de votre mécontentement. Notre glorieux système capitaliste américain est basé sur la loi de l'offre et de la demande. J'espère que vous n'oublierez pas mon invitation à recourir au gourdin gouvernemental si miss Fine et moi-même échouons à répondre à votre demande. Dans l'intervalle, je vous en prie, profitez des douceurs de l'été et de la traditionnelle hospitalité d'Atlanta et passez une merveilleuse journée.

2023 : Un porte-drapeau du 19ᵉ amendement

Joan et Kite arrivèrent à Grand Central à temps pour attraper le Thunderbolt de 11 h 30 pour Atlantic City. Harry Gant avait téléphoné du Phœnix pour leur réserver une voiture-salon rajoutée en queue de train. Joan aurait bien refusé un tel luxe, à ceci près que le reste du train était entièrement non-fumeurs ; de plus, Kite n'avait nullement l'intention de passer à côté d'une occasion de voyager avec style.

— Évitons d'en rajouter dans l'auto-humiliation, Joan. Ce n'est même pas encore l'heure du déjeuner.

La voiture-salon était pressurisée, son extérieur aussi dépouillé que n'importe quelle autre portion du train à grande vitesse, mais son intérieur était meublé comme un speakeasy de l'époque de la prohibition : tapis de velours rouge d'un mur à l'autre, poutres apparentes, ventilateurs tournoyant lentement, piano mécanique, tables de poker octogonales en acajou et daim, fauteuils en aile de chauve-souris et un domestique automatique — Sam 101 — derrière le bar.

Pour le plaisir des passagers qui trouvaient le paysage ennuyeux ou peu romantique, des écrans de projection descendaient par-dessus les vitres et affichaient l'une des mille vues artificielles en mémoire. Comme le train filait sans à-coups sur un coussin de répulsion magnétique, la sensation de mouvement se faisait peu sentir, sauf quand il accélérait ou décélérait à l'approche des gares, et la vue sélectionnée pouvait être fixe ou mobile, selon la préférence des passagers. Le panorama fixe d'une vision idéalisée du lac de Chicago était particulièrement populaire.

Joan et Kite venaient juste d'embarquer quand un contrôleur passa leur annoncer que le Thunderbolt allait être retardé, en attendant d'être fouillé par des agents anti-anti-américains. Impatiente d'être en route, Joan baissa les écrans de projection et sélectionna un paysage lunaire en défilement rapide, avec de petits hommes verts en jeeps lunaires qui faisaient la course avec le train le long de la mer de la Tranquillité ; elle alluma également la télévision du bar. Kite se fit apporter un pichet de rhum glacé et s'installa confortablement dans un fauteuil en aile de chauve-souris pour lire un exemplaire d'*Atlas Shrugged* acheté avec l'argent de ses autographes. Les deux femmes allumèrent chacune une cigarette.

À la télévision, le célèbre chroniqueur de catastrophes Tad Winston Peller était interviewé par le présentateur de talk-shows Xander Menudo.

— D'après une rumeur, vous seriez apparenté au défunt metteur en scène hollywoodien Irwin Allen. Maintenant, j'ignore combien de nos téléspectateurs se souviendront d'Allen, mais...

— Nous sommes *spirituellement* apparentés, corrigea Peller. Même si bien sûr Irwin vivait à une époque beaucoup plus simple que la nôtre.

Il avait vraiment de bonnes joues. Dès ses 20 ans, à l'âge de sa première photo d'auteur, elles étaient déjà potelées, et elles l'étaient encore aujourd'hui même si avec l'approche de l'âge elles commençaient à tomber et à former des plis. *Tad Winston Peller*, avait noté un critique, *se transforme peu à peu en Hush Puppie humain*.

— Racontez-nous un peu, et je sais qu'on vous pose la question à chaque interview, chaque fois que vous sortez un nouveau livre, et pourtant le sujet ne cesse de fasciner : qu'est-ce qui vous pousse à vouloir dresser la chronique des catastrophes ? D'où vient cette histoire d'amour avec les crashs aériens, les raz-de-marée et maintenant les tremblements de terre ?

— Je ne sais pas si c'est vraiment une histoire d'amour...

— Eh bien, je veux dire par là que vous manifestez une véritable fascination pour...

— Ce qui me fascine, l'interrompit Peller, ce qui me pousse à écrire, ce que j'essaie de raconter dans mes livres... c'est cette génération... j'entends par là cette génération qui arrive à l'âge adulte à l'heure actuelle, et aussi la mienne, ma propre génération, celle qui a atteint l'âge adulte au début du millénaire. Qui est une génération perdue.

— Laquelle : votre génération ou celle-ci ?

— La mienne... c'est-à-dire, les deux... c'est-à-dire, tout est perdu, et ça ne fait qu'empirer avec le temps. Si j'étais un prêtre plutôt qu'un membre de la communauté littéraire, je m'isolerais probablement dans le désert, en annonçant la venue du Jugement dernier.

— Ah, acquiesça Xander d'un air sagace, l'Apocalypse.

— Exactement, l'Apocalypse. Je crois que l'Apocalypse nous touche, nous désignant la génération perdue, les deux générations perdues, tous ceux qui sont perdus quelque part... elle nous touche comme rien d'autre. Je me souviens de la tristesse de mes années de collège, de mon entrée dans l'âge adulte sous cette ombre terrible...

— Le contrecoup de la pandémie. Les guerres en Afrique et en Syrie.

— Eh bien, oui, naturellement, ça aussi, mais je faisais surtout référence à cet irrésistible sentiment d'*ennui* qui nous affligeait moi et mes camarades de cours à Bennington. Tout notre argent et nos privilèges ne pouvaient acheter de remède à notre désaffection profonde pour la vie, cette désaffection qui est peut-être le désastre le plus terrible de tous.

— C'est tellement vrai, reconnut Xander. *Tout prêt à partir mais sans destination.* Je ne connais pas de sentiment plus tragique.

— Non. Moi non plus.

— Kite ? dit Joan.

— Hmm ?

— T'arrive-t-il jamais de perdre tout espoir en la race humaine ?

— Périodiquement. (Elle leva la tête de son livre.) Mais ensuite je me souviens combien de générations perdues j'ai vu bien tourner en dépit de leur incroyable auto-apitoiement, et la réalité reprend ses droits. (Elle plissa les yeux vers la télévision.) On dirait vraiment un petit tamia grassouillet, hein ?

— Le plus gras de tous, renchérit Joan.

— L'espoir, répéta Kite en prenant une gorgée de rhum. Une féministe m'a coincée sur le sujet, un jour. Je ne t'ai jamais raconté cette histoire, comment les suffragettes ont tenté de faire de moi une héroïne ?

— Non. C'est vrai ?

— Sur ma tête. Elles me voulaient comme porte-drapeau du dix-neuvième amendement. (Kite leva les yeux au plafond et se mit à réciter, comme si elle lisait dans un vieux livre.) « Sarah Emma "Kite" Edmonds, originaire de la paroisse de Prince William, New Brunswick, qui reçut de sa mère pour son treizième anniversaire un exemplaire de *Fanny Campbell, the Female Pirate Captain* de M. M. Ballou. Ce cadeau inoffensif — le premier roman que la jeune Sarah eût jamais lu, offert au simple titre de divertissement — l'inspira tellement qu'elle se coupa les cheveux, s'habilla en homme et, sous le nom d'emprunt de Frank Thompson, partit chercher fortune dans le sud des États-Unis. Elle exerça des métiers d'homme, d'abord vendeur de bibles au porte-à-porte dans l'État du Connecticut, puis pourvoyeur plus général de littérature fine dans la ville de Flint, dans le Michigan. C'est à Flint également qu'elle répondit à l'appel de son pays et s'engagea dans l'armée de l'Union du Potomac comme infirmier et fantassin, illustrant par sa conduite au cours des quatre années du conflit la compétence et l'influence civilisatrice qui sont l'apanage de la féminité à son plus haut degré d'élévation. » Etc, etc.

Kite rit doucement.

— Ces féministes de Nouvelle-Angleterre, Joan... elles avaient écrit une biographie entière — de la longueur d'un petit pamphlet — sans même me consulter personnellement. Elles faisaient de moi une espèce de sainte, ce qui n'est pas très poli sans permission. À l'époque, je me trouvais dans le Sonora, hors d'atteinte du courrier et présumée morte, et ce tract circulait déjà depuis cinq ans lorsque j'en ai entendu parler. Cinq années de plus se sont écoulées avant que je rencontre ma première suffragette, la fille d'une amie d'une amie de Susan B. Anthony. Nous avons dîné ensemble à Manhattan, ce devait être au printemps 1905.

» Je m'étais habillée en femme, bien entendu — ça semblait s'imposer. Je fumais aussi un énorme havane, ce qui n'a pas fait excellente impression au début. Mais après les amuse-gueule, nous nous sommes réconciliées au moment du thé et des biscuits. À l'arrivée de la soupe, j'ai commencé à formuler mes objections à la biographie de Kite Edmonds telle qu'elle était écrite, la première étant que je n'avais jamais voulu faire de ma vie une démonstration de « la féminité à son plus haut degré d'élévation ». Je n'avais enfilé un pantalon que pour le salut d'une seule femme — moi — et m'étais engagée parce que je ne savais pas où signer pour rejoindre la bande de pirates de Fanny Campbell. La guerre était mon aventure, mon évasion d'un avenir sinistre d'épouse de brave fermier. Je n'avais pas de motifs plus nobles, je voulais simplement m'offrir du bon temps, et pas en tant que femme émancipée, mais comme n'importe quel gars. Donc il me paraissait injuste de me présenter comme une extrémiste.

— Ta suffragette a dû être désappointée, remarqua Joan.

— Désappointée n'est pas le mot. Il faut te souvenir — ou essayer d'imaginer — que les idéaux utopiques n'étaient pas cette bonne blague qu'ils sont devenus depuis. Tant de choses étaient encore nouvelles : la technologie et ses promesses, plus toute la cargaison des expériences sociales qui n'avaient pas encore été tentées — le communisme, la tempérance, le rêve des espérantistes d'unifier la planète à travers un langage commun. À cette époque, on pouvait encore croire aux miracles de la transformation humaine, avant que deux guerres mondiales ne balaient définitivement cette espérance. Les suffragettes n'ont jamais dit que les femmes devaient avoir le droit de vote pour des questions d'égalité ; elles prétendaient que les femmes étaient supérieures aux hommes et ne se contenteraient pas d'aller grossir la queue devant les urnes, mais porteraient la dimension morale de la politique et de la société dans son ensemble vers de nouvelles hauteurs insoupçonnées. Pourquoi pas ? Les hommes avaient accumulé un bilan tellement désastreux depuis qu'ils exerçaient le pouvoir qu'il semblait parfaitement logique de supposer que les femmes s'en sortiraient mieux.

» Et donc j'étais là, l'expérience pratique en personne, à mordiller dans mon poulet Florentine, expliquant en quoi une vraie femme se distinguait des hommes en temps de guerre, c'est-à-dire en rien. J'avouai quelle infirmière médiocre j'avais été, malgré tout mon instinct maternel. Le fait est que j'étais beaucoup plus à l'aise avec un fusil qu'avec des bandages. Je lui racontai les hommes que j'avais tués, les hommes que j'avais vus mourir autour de moi, et comment mon aura de féminité n'avait pas diminué d'un iota l'horreur de cette boucherie. Malheureusement, le drame de la guerre n'est pas que les soldats soient des hommes, c'est que les hommes soient des soldats. Que les femmes deviennent soldats, ou politiques, ou diplomates ne change rien à la guerre. Les uniformes sont simplement coupés un peu plus larges au niveau des hanches.

» Bref, j'ai disserté comme ça tout le long du repas sans omettre un seul coup de canon ou de baïonnette, et en arrivant au dessert — un délicieux cheesecake prussien, je crois — ma suffragette était livide. « Si vous dites vrai, alors l'avenir est sans espoir. » À quoi j'ai objecté : « Oh, mais si, madame. En dépit des meilleures intentions, la guerre est toujours un enfer, ce serait mal de prétendre le contraire, mais elle se termine un jour. » Ce à quoi elle a répondu : « Et alors ? Il y en aura d'autres... il y en a déjà d'autres. » Et j'ai dit : « Oui, madame, bien sûr qu'il y aura d'autres guerres, mais pas tout de suite, et quand elles éclateront, je resterai en dehors. » Alors elle a dit : « Mais d'autres y participeront. Une nouvelle guerre, puis une autre, puis une autre (j'avoue que là-dessus, elle était plus réaliste que moi à l'époque), puis une autre, chacune apportant son lot supplémentaire de souffrances et de morts. Et si nous ne pouvons pas briser ce cycle, si nous ne pouvons pas compter sur la femme pour modifier la nature fondamentale de notre réalité, alors je vous le demande : quel espoir nous reste-t-il ? »

— Et qu'as-tu répondu ?

— J'ai dit qu'il était temps de payer la note,

d'envoyer promener toute idée de tempérance et d'aller boire un whisky. Je l'ai emmenée dans un bar de patriotes que je connaissais sur Hudson Street, le *Betsy Ross Saloon*. Réservé aux hommes, officiellement, mais le videur et le barman connaissaient mon passé de vétéran et faisaient une exception pour moi. Deux doigts de Jim Beam et ma suffragette avait retrouvé ses couleurs ; trois doigts et elle était prête à essayer un de mes cigares. De là, nous avons marché jusqu'à Washington Square, soûles comme des vaches, et un flic mal embouché a essayé de nous arrêter pour ivresse sur la voie publique et — dans mon cas — attentat à la pudeur. Alors nous lui avons pris sa matraque et l'avons balancé dans une fontaine. Après quoi ma suffragette a commencé à penser qu'après tout, il y avait peut-être encore un espoir dans l'avenir.

— Crois-tu vraiment avoir répondu à sa question ? demanda Joan.

— Verbalement, tu veux dire ? Eh bien, on ne lutte pas contre le pessimisme en additionnant le bien et le mal sur un coin de nappe pour voir lequel arrive au meilleur total. L'espoir est un choix, pas un calcul ; tu peux en posséder autant que ça te chante, quelles que soient les circonstances. Mais essaie d'expliquer ça sans précaution à une personne de mauvaise humeur et elle te trouvera condescendante, si elle ne te jette pas quelque chose à la figure. Mieux vaut agir avec plus de doigté.

— Soûler la personne, proposa Joan. Molester un policier.

— C'est une méthode. Elle a marché.

— Et le commentaire de ta suffragette disant que la guerre serait toujours présente ? Que pouvais-tu opposer à cela ?

Kite haussa les épaules.

— Ma foi, il n'y a pas grand-chose à ajouter, à part quelques évidences. Elle avait raison. Il y a toujours une nouvelle guerre. Dieu merci, elle est toujours suivie d'une nouvelle paix.

— Et tu ne crois pas que la récurrence de la guerre rend la paix vide de sens ?

— Grand Dieu, dit Kite. C'est ton opinion ?

— Non. Je voulais juste connaître la tienne.

— Si tu me demandes si je crois qu'une paix temporaire est vaine, la réponse est non : je ne pense pas que quiconque ait vu la guerre de près trouverait vaines ne serait-ce que cinq minutes de paix. Mais vide de sens... Je ne crois pas que tous les événements aient forcément un sens avant que les humains ne décident de leur en attribuer un. Voilà pourquoi l'espoir est optionnel plutôt qu'obligatoire. Je crois que nous portons en nous le besoin d'expliquer les choses qui nous arrivent, pas seulement de les expliquer scientifiquement mais de les replacer dans un contexte structuré, une sorte de cadre où elles prennent toute leur cohérence, et je crois que nous avons une large gamme de choix quant à notre cadre personnel. Mais je pense aussi que certaines expériences sont tellement fortes que nous sommes incapables de les faire tenir dans le cadre ; elles nous conduisent alors à la folie.

— Comme ce qui est arrivé à Maxwell, nota Joan.

— Comme ce qui m'est arrivé à moi. (Kite agita son moignon.) La première question que tu dois te poser — la première, avant même « Est-ce que je vais m'en sortir ? » — c'est : Pourquoi ? Pourquoi suis-je faite pour supporter cette souffrance ?

— On dirait que tu as trouvé une meilleure réponse que Maxwell.

— Non, dit Kite. J'ai découvert que je pouvais me

passer de réponse, c'est tout. Maxwell court toujours après la sienne.

— Mais ta suffragette, quand même, ne me dis pas que c'était si traumatisant pour elle de découvrir qu'il n'existait pas d'utopie à l'horizon de ses revendications.

— Oh non. Son traumatisme à elle était mineur. L'un des inconvénients d'appartenir à un peuple de conteurs est une tendance à oublier que la vie n'est pas une histoire, quelle que soit notre envie de la percevoir comme telle. Et l'un des plus graves défauts de la vie, d'un point de vue narratif, est son absence de conclusion.

— Conclusion dans quel sens ?

— Conclusion dans le sens d'une convergence narrative : tous les éléments qui se réunissent, les problématiques annexes qui se résolvent après une grande scène finale. La vie réelle n'est jamais si bien ordonnée, et elle ne s'interrompt pas sous prétexte que quelqu'un a remporté une victoire. Là où un roman s'achèverait sur le mot FIN, les événements réels sont suivis par d'autres événements réels.

— Donc même si le vote des femmes avait conduit au paradis sur terre...

— ... quelque chose d'autre se serait fatalement produit ensuite, termina Kite. De nouvelles péripéties : les naissances et les migrations qui amènent du sang neuf et des idées neuves, les citoyens antérieurs qui ajustent leurs opinions en conséquence, les circonstances physiques qui changent...

— De nouveaux tiraillements qui prennent forme, poursuivit Joan. Une autre guerre.

— Oui... enfin un autre conflit, en tout cas. Et peu importe si le dernier en date a épuisé toutes tes réserves de patience et d'énergie. Voilà ce qui a bouleversé ma suffragette : d'apprendre que le seul antidote durable au conflit et aux souffrances qui l'accompagnent est d'échapper à l'avenir. Et le seul moyen d'y parvenir — le seul vrai moyen, en dehors de la conclusion heureuse des contes de fées — consiste à mourir avant qu'il se produise. L'espoir, c'est opter pour le camp de la réalité plutôt que pour celui des cadavres.

— Tu parles d'un choix !

— En ce qui me concerne, il a été vite fait. J'en ai déjà eu ma claque de ces bêtises, mais jamais à ce point.

Joan sourit.

— D'où ton âge incroyablement avancé.

— Tout juste, confirma Kite. Sais-tu ce que disait l'ancien vizir égyptien Ptah-hotep à propos de tout ça ? Je précise que je le tiens du *Bartlett's*, et pas du bonhomme en personne.

— Que disait-il ?

— « Soyez heureux pendant que vous êtes en vie. » Une version comme une autre de « Passez une bonne journée », je suppose, mais j'ai toujours estimé que le conseil était bon.

Kite indiqua à Sam 101 de lui servir un autre rhum, tandis que Joan faisait tomber une nouvelle cigarette de son paquet. Deux agents du FBI passèrent dans la voiture-salon, à la recherche de fugitifs. Peu après leur départ, la conductrice du train déclencha son sifflet. Les portes se refermèrent et se verrouillèrent dans un chuintement, et le Thunderbolt sortit de Grand Central en glissant sur son coussin de répulsion magnétique. Avec une vitesse de pointe de 540 kilomètres à l'heure, Atlantic City n'était qu'à une trentaine de minutes.

— Parlez-nous de ce tremblement de terre de la côte Est, disait Xander Menudo. Croyez-vous réellement que ce soit possible ? J'ai passé la majeure partie de mes dernières années de lycée à planer, si bien que j'ai tout oublié de la tectonique des plaques, ou Dieu sait quel nom ça porte, mais je me souviens avoir lu quelque part que New York s'appuyait sur de la roche solide, alors...

— *Apparemment* solide, intervint Tad Winston Peller. *Apparemment* solide. Et pourtant, elle bouge...

2008 toujours :
Pacte avec le diable au milieu de nulle part

Ce ne fut pas un Lightning Transit qui emporta Joan et Harry à leur premier déjeuner d'affaires en juillet 2008. Après avoir beaucoup réfléchi et longuement discuté avec Lexa, Joan avait accepté de traiter des termes de son embauche mais à la condition de choisir elle-même le lieu de l'entretien. Ainsi donc, cinq semaines après la manifestation contre la décharge, Harry Gant s'envolait pour New York — sans desserrer les poings de tout le voyage, mais n'ayant pas d'autre choix, le plan prévu par Joan réclamant déjà beaucoup plus de temps qu'il ne pouvait raisonnablement lui en accorder. Elle le retrouva à JFK où ils prirent un autre avion pour Montréal, et un autre encore jusqu'à Québec.

— Cette fois la coupe est pleine, s'indigna Gant alors que de violentes turbulences ballottaient le petit avion à turbopropulseur des lignes intérieures pendant son approche finale. Il doit bien exister un autre moyen de voyager rapidement sans quitter le sol...

À Québec, ils louèrent une jeep 4x4 et firent quelques emplettes dans un magasin de camping. Puis ils s'enfoncèrent vers le nord.

Et roulèrent, roulèrent. Les grandes highways cédèrent le pas aux petites, puis aux routes d'arrière-pays et enfin aux chemins forestiers. Après cinq heures de conduite ininterrompue durant lesquelles Joan refusa de parler affaires — « Nous ne sommes pas encore arrivés » — ils s'arrêtèrent pour la nuit dans un petit hameau perdu dans les bois dont le nom québécois écorchait la langue de Gant. Au matin, ils repartirent vers le nord.

Au deuxième jour, Harry commença à dire sur le ton de la plaisanterie qu'ils allaient bientôt tomber sur le père Noël.

— Relax, répondit Joan. Nous ne sommes même pas au-dessus de la ligne des arbres.

Elle engagea la jeep dans un dernier chemin forestier défoncé, jusqu'à une clairière coupée par un ruisseau et une rangée de jeunes sapins qui leur interdisait d'aller plus loin ; elle immobilisa la voiture et coupa le moteur.

— Dernière chance pour toi d'utiliser ton téléphone satellite, le prévint-elle. À partir d'ici, le voyage devient strictement basse technologie. Dis à tes sous-fifres que tu vas être injoignable deux ou trois jours.

— *Trois jours ?* s'écria Harry. Joan, rien que le voyage jusqu'ici nous a déjà pris...

Mais elle était déjà hors de la jeep, déchargeant du coffre une paire de sacs à dos en toile beige.

La clairière contenait deux autres jeeps, appartenant toutes les deux aux occupants d'un refuge en bois construit juste avant la rangée de sapins. Le refuge était la seule habitation humaine en vue. À côté, presque aussi haut, était plantée une pancarte offrant la particularité d'être l'une des seules rédigées en deux langues dans tout le Québec séparatiste. Le texte disait ceci :

AU-DELÀ DE CETTE LIGNE D'ARBRES COMMENCE LA ZONE DE PROTECTION DE LA VIE SAUVAGE, CRÉÉE PAR L'ACTE DE PRÉSERVATION ÉCOLOGIQUE QUÉBÉCOIS DE 1999. CONTRAIREMENT À LA COUTUME DE LA PLUPART DES PARCS NATIONAUX ET RÉSERVES NATURELLES, VOUS N'Y

ÊTES *PAS* UN INVITÉ D'HONNEUR. EN ENTRANT DANS CETTE ZONE, VOUS ACCEPTEZ DE DEVENIR UN SIMPLE MEMBRE DE L'ÉCOSYSTÈME LOCAL, SANS PLUS DE DROITS NI DE PRIVILÈGES QUE N'IMPORTE QUEL AUTRE ORGANISME.

SONT INTERDITS : LES ARMES À FEU, ARCS ET LANCES (DE TOUTES SORTES), LES COUTEAUX DE PLUS DE 15 CENTIMÈTRES, LES APPAREILS D'ENREGISTREMENT ET DE VISIONNAGE DU SON ET DE L'IMAGE (DE TOUTES SORTES), LES CARTES, BOUSSOLES, MONTRES, LAMPES TORCHES, APPAREILS DE TÉLÉCOMMUNICATION PORTABLES, TAMPONS PÉRIODIQUES ET LE PAPIER TOILETTE. UNE LISTE EXHAUSTIVE D'OBJETS DE CONTREBANDE EST DISPONIBLE À L'INTÉRIEUR DE LA MAISON DES GARDIENS. TOUT MATÉRIEL *DOIT* ÊTRE APPROUVÉ PAR LES GARDIENS AVANT D'ENTRER. LES GARDIENS NE SONT PAS RESPONSABLES DES OBJETS LAISSÉS À BORD DES VÉHICULES SANS SURVEILLANCE.

L'OUVERTURE DES SENTIERS, LA CARTOGRAPHIE ET L'ABATTAGE D'ARBRES SONT PROHIBÉS. L'ÉRECTION DE CONSTRUCTIONS PERMANENTES EST PROHIBÉE. LA CHASSE ET LA PÊCHE SONT PERMISES (MAINS NUES, COUTEAUX DE POCHE ET HAMEÇONS EN OS UNIQUEMENT) MAIS DANS LE SEUL BUT DE LA SUBSISTANCE ; AUCUN « TROPHÉE » NE POURRA ÊTRE EMPORTÉ. LES FEUX DOIVENT ÊTRE SURVEILLÉS EN PERMANENCE ET LES CENDRES ÉPARPILLÉES APRÈS EXTINCTION.

SOUVENEZ-VOUS QUE *VOUS NE POUVEZ COMPTER QUE SUR VOUS-MÊME*. BIEN QUE LES GARDIENS EFFECTUENT DES PATROUILLES OCCASIONNELLES POUR VEILLER AU RESPECT DU RÈGLEMENT, ET QU'ILS PUISSENT À LEUR DISCRÉTION PORTER SECOURS AUX VISITEURS ÉGARÉS OU BLESSÉS, N'ESPÉREZ AUCUNE ASSISTANCE EXTÉRIEURE. EN AUCUNE CIRCONSTANCE UN HÉLICOPTÈRE NE PEUT ÊTRE ENVOYÉ POUR VOUS CHERCHER. CETTE RÈGLE NE SOUFFRE *AUCUNE* EXCEPTION.

— Hé, une minute, dit Gant. Joan...

— Viens, Harry. Il faut se mettre en route pendant qu'il fait encore jour.

— Mais, Joan... pas d'équipe de secours ? Pas de *papier toilette* ?

— Allez, dépêche.

Il y avait trois gardiens de service, dont un seulement admit parler anglais. Il se montra plutôt affable, même s'il considéra d'emblée que Joan et Harry étaient mariés.

— Votre mari a l'air nerveux, lui fit-il remarquer.

— Il l'est, lui confirma Joan. C'est un homme de la ville. Il n'a encore jamais vu d'élan.

— Élan ? répéta Harry. Ils ont des élans ?

Les deux gardiens censés ne pas comprendre l'anglais trouvèrent la remarque hilarante. Ils commencèrent à imiter des bruits d'animaux sauvages et à marmonner en français des mots étranges comme *ours* ou *loup* que Gant ne trouva guère réconfortants. Pendant ce temps, le gardien amical vérifiait le contenu des deux sacs à dos à la recherche d'objets de contrebande et consultait une charte de couleurs pour s'assurer que chacun de leurs vêtements rentrait dans un spectre de coloris acceptable, car même les couleurs artificielles, comme l'orange vif des gilets de survie des chasseurs, étaient interdites ici. Après avoir bouclé son inspection, il leur fit signer une décharge.

— Notez la date prévue pour votre retour, ainsi que les coordonnées de la personne à prévenir si vous avez plus d'une saison de retard. Laissez aussi les clefs de votre véhicule.

— Ni carte ? insista Harry lorsqu'ils eurent endossé leurs sacs et franchi le rideau de sapins. Ni boussole ? Non que je sois un expert, mais n'est-ce pas le meilleur moyen de s'égarer ?

— Il faut prendre un maximum de repères, reconnut Joan. Et ne pas s'aventurer trop loin à moins d'être capable de survivre en pleine nature avec un minimum d'outils. Autrement dit, la majeure partie de la région est, de fait, interdite aux touristes... ce qui est l'idée. Les campeurs du dimanche à la recherche d'une communion rapide et sans douleur avec la nature vont plutôt à La Mauricie ou au mont Tremblant, moins éloignés des grandes villes et disposant de toilettes publiques.

— Mais tu es déjà venue ici. Je veux dire... tu saurais retrouver ton chemin, pas vrai ?

— Je suis venue une fois avec Lexa Thatcher et son amie Ellen. En 02, je crois, en tout cas avant la pandémie. Nous nous sommes perdues et nous avons bien cru manquer de vivres, mais nous avons aperçu des loups, c'était tout ce qui comptait. Oui, des loups, ne fais pas cette tête-là. Suis simplement le ruisseau, garde les yeux ouverts et on verra quelques belles choses.

Il suivit, et ils virent. Un renard, pour commencer, puis un porc-épic peu farouche assis sur une souche frappée par la foudre, un couple de loutres dans le ruisseau et plus tard un ours noir, qui surprit Gant par son indifférence. Il déboucha entre deux sapins, pointa brièvement son museau vers le couple d'humains comme pour renifler leurs intentions et poursuivit son chemin à pas pesants.

— Hah... lâcha Gant, à peine plus pâle que d'habitude. C'était un *ours* ?

— C'était un *ours*.

— Ouais. Ben, mon vieux !

Le terrain se mit à monter à leur droite à mesure que l'après-midi défilait, formant une chaîne irrégulière de collines le long du cours d'eau. Joan repéra une sorte de cairn naturel au pied d'une de ces collines et hocha la tête. Elle tira sur la manche de Gant.

— Voyons si elle est encore là.

— Si *quoi* est encore là ?

— Contente-toi de me suivre, rétorqua Joan en franchissant le ruisseau.

La colline dominant le cairn était la pente la plus raide qu'Harry avait jamais gravie sans l'aide d'un escalier ou d'un escalator, et pour le restant de ses jours il devait se rappeler cette première et ultime escalade, son Everest personnel. La modeste ascension de trente mètres le laissa pantelant, avec la sensation d'avoir conquis de hautes altitudes. Pendant ce temps, Joan battait des mains en arrivant au sommet et en constatant que sa mémoire ne l'avait pas trompée : sur la crête se dressait un refuge de chasseurs abandonné, une cabane, en réalité, mais avec un balcon qui surplombait le versant le plus abrupt de la colline et offrait une vue imprenable. Elle marcha jusqu'au refuge et en retira la porte, qui n'avait plus de charnières.

— Bonne nouvelle, Harry. Ce soir tu dormiras entre quatre murs.

À l'intérieur, le plancher pourri de l'unique pièce commençait à se trouer par endroits, et la plus grande partie du toit était manquante ; le mobilier, s'il y en avait jamais eu, avait été brûlé depuis longtemps par les précédents visiteurs dans le vieux poêle à pétrole rouillé. Joan testa le porche du bout du pied avant d'y mettre tout son poids, mais lui au moins semblait encore solide. Elle s'avança dessus et s'alluma une cigarette avec une allumette en carton.

— On ne dépense pas lourd en frais d'entretien, par ici, observa Gant.

— Cette cabane est antérieure au vote de l'acte de préservation, expliqua Joan. Ils se contentent de la laisser pourrir, comme toutes les autres constructions humaines de la zone. Plus loin vers l'ouest, on trouve une centrale nucléaire qui n'a jamais été finie, dont les tours de refroidissement sont envahies par le lichen. Bien sûr, au *nord*-ouest d'ici, le dernier barrage hydroélectrique d'Hydro-Québec vient de faire disparaître 20 000 hectares de forêt sous l'eau. La politique du gouvernement séparatiste en matière d'environnement est totalement incohérente.

— J'avais remarqué, grinça Gant. Le tabac roulé est plus écologique que le papier toilette ?

Joan baissa les yeux sur la Gauloise qui se consumait entre ses doigts.

— Oh, ça. En fait, il se trouve que la plupart des verts québécois sont des fumeurs invétérés...

— J'imagine que la plupart d'entre eux doivent également aller aux toilettes de temps à autre.

— Question de priorité, Harry. De toute façon, les gardiens ont compté mes cigarettes à l'entrée et ils compteront mes mégots à la sortie. Et mieux vaut que tu ne saches pas ce qu'ils font à ceux qui déclenchent un incendie de forêt.

— Oui, c'est probablement préférable. (Gant se débarrassa de son sac et trouva un coin de plancher pas trop vermoulu où s'asseoir.) Maintenant qu'on est ici, Joan, pourrait-on discuter de...

Elle leva une main pour l'interrompre.

— Avant de te lancer dans ton baratin, viens me rejoindre sur ce balcon et profiter de la vue.

Il sortit, posant le pied prudemment. Avec le sol descendant presque à la verticale au-delà, le balcon se définissait sans le moindre doute comme une hauteur. En regardant au-dessus de l'à-pic, on voyait qu'ils se trouvaient à l'extrémité d'une longue vallée boisée, où le ruisseau qu'ils avaient suivi se jetait dans un coin de lac circulaire que l'alchimie du soleil couchant faisait passer de l'argent au bronze, puis au cuivre. Au bord de l'eau, un élan se penchait pour boire. À l'instar de l'ours, l'animal n'était pas aussi terrifiant qu'il se l'était imaginé. Une noble bête, en fait, à cette distance. Mais ce qui émut vraiment Gant, ce qui perça sa carapace d'homme civilisé blasé et le toucha plus profondément que tout ce qu'il avait vu auparavant, ce furent les castors. Des vrais, pas sur batteries : une famille d'au moins six, s'affairant autour d'un barrage de branchages.

— Hah, fit Gant. Waouh.

— Alors ? Ça en valait la peine ?

— Je suppose que tu n'as pas réussi à passer une paire de jumelles au nez et à la barbe de ces Français ?

— Désolée, Harry. Nous pouvons marcher jusqu'au lac, si tu veux.

— Non, non, laissons l'élan boire tranquillement. Mais dis-moi une chose, est-ce que c'est pareil au Nigeria ?

— Il y neige un peu moins en hiver, généralement.

— Mais c'est *comme ça* ?

— Méritant d'être épargné, tu veux dire ? Sûr.

Harry Gant hocha la tête.

— Tu vois... Voilà *exactement* pourquoi je veux t'embaucher.

— Que veux-tu dire ?

— Tout ça. (Il ouvrit les bras.) Me faire venir ici, me faire voir personnellement l'enjeu du problème. Plus la force évidente de tes convictions. Tu es exactement le genre de personne que je veux derrière la politique de Gant en matière d'environnement.

Joan écrasa sa cigarette sur la rambarde du balcon et fourra le mégot dans sa poche.

— Dis-moi une chose, Harry.

— Oui ?

— Avais-tu vraiment l'intention d'ouvrir une décharge en Afrique ?

Gant cligna des yeux.

— Pourquoi cette question ?

— J'ai eu le temps d'y réfléchir, depuis la manifestation. Je me souviens suffisamment des discussions que nous avions quand nous étions ensemble à Harvard pour reconnaître une idée d'Harry Gant quand j'en vois une... ou quand je n'en vois pas. Le domestique automatique, par exemple, c'est tout à fait toi. Même chose pour le Minaret, ou pour ce projet de rebâtir l'Empire State. Mais le traitement des ordures ? (Elle secoua la tête.) Hon-hon. C'est certainement lucratif, mais pas vraiment « chouette », tu ne crois pas ?

— Eh bien...

— Alors je me suis dit que cette idée de décharge nigérienne ne venait absolument pas de toi, mais de ton associé. Et je me suis dit aussi — c'est là que ça devient drôle — qu'il n'avait peut-être pas eu l'occasion de t'en parler avant sa mort. Ne serait-ce pas ironique ? Lexa découvre cette histoire de décharge avant toi, et quand elle t'appelle pour obtenir une déclaration tu es tellement surpris que tu ne te donnes pas la peine de lui expliquer que Christian Gomez gardait le projet secret, que tu en entends parler pour la première fois. Ensuite, tu apprends que je descends faire du grabuge sous tes fenêtres et tu continues à te taire, malgré le fait que tu n'as probablement aucune intention de mener à bien le plan de Gomez.

— Supposons que les choses se soient plus ou moins déroulées ainsi. Je ne dis pas que c'est le cas, mais supposons. Cela ferait-il une grosse différence pour toi ?

— Oh, non. Pas le moins du monde, Harry. Je trouve super d'avoir mobilisé un demi-million de personnes pour stopper un désastre écologique qui n'aurait jamais eu lieu de toute façon. Gaspiller mes efforts est une de mes spécialités.

— Mais tes efforts *ont-ils* été gaspillés ?

— À toi de me le dire, Harry. Comptais-tu ouvrir cette foutue décharge oui ou non ?

— Très franchement, non. Mais écoute, Joan...

— Alors pourquoi ne pas l'avoir dit à Lexa avant qu'elle ne fasse éclater le scandale ? Quand tu l'avais au bout du fil, tu aurais pu...

— Dis donc, Joan, sois honnête. Ce n'est pas moi qui ai fait main basse sur la mallette de Christian avant même qu'il soit officiellement déclaré mort. Ce n'est pas mon boulot de t'empêcher de sauter aux conclusions en t'appuyant sur des renseignements mal acquis auxquels moi-même je n'avais pas eu accès.

— D'accord, c'est vrai, mais, Harry...

— La vérité, c'est que je me trouvais à la morgue d'Atlanta quand Lexa m'a appelé. Le temps que je la rappelle — j'avais d'autres soucis en tête, si bien que ça n'a pas été immédiat — elle t'avait déjà contactée et la machine était en route. Donc j'étais là, au téléphone, et elle m'apprenait premièrement que Christian projetait un coup énorme sans que j'en sois informé, et deuxièmement que Joan Fine organisait une grande manifestation. Cela faisait beaucoup d'informations à absorber d'un coup.

— D'accord, répéta Joan, un peu sur la défensive. Je peux comprendre que tu n'aies rien dit au départ. Mais tu as eu un mois... plus d'un mois pour rétablir la vérité avant la manifestation.

— Allons, qui m'aurait cru ? Le président de la firme affirme ne pas être au courant de ce qui se trame au sein de sa propre compagnie, un plan d'ouverture d'une gigantesque décharge au Nigeria ? Africorp ? Des milliards de dollars de profits potentiels ? Jamais entendu parler... Bon Dieu, même *moi* je n'aurais pas gobé ça. Et si j'étais un écologiste au lieu d'un industriel, je suis sûr que je serais allé manifester malgré mes dénégations. Il fallait donc que je trouve une stratégie de crise pour une situation dans laquelle la vérité était inutile, et c'est là que j'ai eu cette idée...

— Oh, mon Dieu, encore une chouette idée.

— Contente-toi de m'écouter, Joan. Je t'ai accompagnée jusqu'ici sans protester, alors allume-toi une autre cigarette et boucle-la le temps que je finisse, okay ? Bon, Christian et moi avions déjà discuté de réorganiser la corporation. Nous n'étions pas d'accord sur tout, mais avec le succès du domestique automatique et l'entreprise qui grossissait chaque mois pour répondre à la demande, nous étions bien conscients que Gant Industries avait besoin d'une nouvelle structure de direction pour faciliter sa croissance. La mort de Christian me laissait seul pour gérer cette réorganisation.

» Maintenant, je suis le premier à reconnaître que je fais un drôle de président de firme : je ne me soucie pas beaucoup de profit et l'argent ne m'intéresse vraiment que pour investir dans de nouveaux projets. Une des raisons pour lesquelles je n'ai jamais voulu d'actionnaires est que ce sont eux qui ont généralement ce souci du profit. Répondre à leurs attentes m'aurait freiné dans mes objectifs personnels...

— Comme faire construire de très hauts buildings, par exemple, intervint Joan.

— Tout juste. Mais en même temps, je suis conscient qu'il existe des considérations pratiques. Tu ne peux pas abandonner purement et simplement la question financière entre les mains de ton service comptable et t'attendre à ce qu'il fasse du bon boulot : si tu dois déléguer, il faut déléguer *intelligemment*. C'était toujours Christian qui gardait un œil sur les comptes, qui me parlait de choses comme la trésorerie quand je ne faisais pas assez attention, c'est-à-dire presque tout le temps. Lui étant mort, je savais que j'allais avoir besoin d'un bon comptable, un comptable *créatif*, pour gérer mes finances et être ma nouvelle conscience dans ce domaine.

» Et là, au moment où j'allais entamer la réorganisation, Lexa Thatcher m'apprend que vous êtes tous sur le point de descendre en Nouvelle-Angleterre pour manifester contre la décharge de Christian. Quoi que j'aie pu penser d'autre à ce moment-là, je dois admettre que ça m'a fait chaud au cœur de voir des gens se préoccuper à ce point de l'Afrique. De la nature. Parce que j'aime ça. (Il embrassa du geste le cadre environnant.) Je suis heureux qu'on la préserve, mais par moi-même je n'aurais jamais la patience ou la volonté de m'en occuper. L'environnement est comme l'argent : je sais que c'est important, mais ça ne parvient pas à m'exciter longtemps.

— Donc tu as décidé de déléguer, conclut Joan. À moi.

— À toi, confirma Harry. Voilà pourquoi j'ai organisé ma capitulation de cette manière, pour focaliser l'attention sur toi et sur ta cause, pour te mettre le contrat en main sous les yeux des médias. Maintenant, tu as non seulement l'envie et la détermination que je recherche pour Gant Industries, mais aussi la *crédibilité publique*. Je me suis dit que ça pourrait te servir.

Joan secoua la tête avec incrédulité.

— Je dois t'accorder une chose, Harry. Tu n'es pas totalement stupide. Tu as raison, cette capitulation sur CNN m'a *effectivement* donné une crédibilité. La question, c'est : Pourquoi la mettre au service de tes relations publiques ? Je n'ai pas besoin d'émarger chez toi pour t'enquiquiner au sujet de ta politique écologique.

— Question de ressources, dit Gant. Tiens compte de ça. Jamais tu n'auras autant de ressources à ta disposition en restant indépendante que chez moi. Et puis, il y a un autre facteur à prendre en considération : le domestique automatique. Je suis propriétaire du brevet.

— Et alors ?

— Et alors réfléchis un peu, Joan. Toutes ces compagnies qui investissent en ce moment même dans la zone de libre-échange... où crois-tu qu'elles iront chercher leur main-d'œuvre pour l'exploitation de leurs nouveaux gisements de pétrole, de charbon et de gaz ? (Gant se tapota la poitrine.) Chez moi. À l'heure actuelle, je représente la source de main-d'œuvre la moins chère de toute la planète, ce qui se traduit par un certain poids. Tu pourrais te servir de ce poids pour influencer la manière dont le continent africain sera traité par ceux qui en exploiteront les richesses.

— Du chantage, s'émerveilla Joan. Tu me parles de faire chanter les autres corporations.

— Je te parle de capitalisme en action. L'offre et la demande : nous fournissons les domestiques, nous pouvons faire valoir nos demandes. Je t'accorde que certaines d'entre elles seront peut-être peu orthodoxes, mais les affaires sont les affaires. Et ce sera beaucoup plus efficace que n'importe quelle campagne d'action directe que tu pourrais monter avec Greenpeace ou les groupes de Nader. (Une fois encore, il agita la main en direction de la vallée boisée et du lac qui s'étendaient sous eux.) En travaillant pour Gant Industries, tu pourrais créer des zones de protection de la vie sauvage comme celle-ci partout à travers l'Afrique ; tu pourrais sauvegarder cent fois plus d'hectares qu'il n'y en avait en jeu dans ce projet de décharge nigérienne. Et ce n'est qu'une des possibilités.

— Tu es le diable, Harry. Tu le sais, n'est-ce pas ? Qu'est-ce qui te donne le droit de marchander le futur de l'Afrique ?

— Oh, il me semble que je pourrais te retourner la question, Joan. D'après la couleur de ta peau, le dernier de tes ancêtres à avoir quitté l'Afrique n'a pas dû partir longtemps après le mien. Mais franchement, je ne vois pas ce que le droit vient faire là-dedans. J'ai le pouvoir, c'est tout, et je suis prêt à le partager avec toi, sans contrepartie.

— Pourquoi ?

— Parce que je ne suis pas mauvais, voilà pourquoi. Je suis peut-être le diable, mais je ne suis pas mauvais. Je ne veux pas nuire à l'environnement, mais je ne veux pas non plus être obligé d'y penser sans arrêt, parce que je sais qu'à long terme, ça finirait par me sortir de l'esprit.

— Mais tu *vas* y penser, Harry. Si j'accepte ce boulot, tu *vas* y penser. Tu n'avais pas tort, devant les caméras de télévision, en disant que je te ferais regretter de m'avoir embauchée. Tu n'as pas idée de la plaie que je peux être en position d'autorité.

— Oh, je crois en avoir une petite idée. C'est la raison pour laquelle nous devrions faire une bonne équipe, malgré nos différences : nous avons le même entêtement. Ça veut dire que tu comptes accepter ?

Joan haussa les épaules.

— Je ne sais pas encore, lâcha-t-elle. (Bien qu'en fait elle le sût parfaitement, et Harry aussi.) Demain matin, nous descendrons jusqu'au lac. Je t'apprendrai à pêcher à mains nues, ou du moins à te retrouver le cul dans l'eau. Et puis nous irons nous balader. Quand nous retournerons vers la civilisation, je te donnerai ma réponse.

— Bon, accepta-t-il en souriant. Ça va être un chouette partenariat, Joan, tu verras.

— J'en doute, répliqua-t-elle. J'en doute sincèrement. Ce serait une première, un pacte avec le diable qui aboutirait à un chouette résultat. Quelque chose me dit qu'il me faudra faire pénitence avant que toute cette histoire soit terminée.

2023 : La maison en pain d'épice

Le seul monument d'Atlantic City érigé à la mémoire de Donald Trump était une série de machines à sous commémoratives dans la salle des pas perdus de Lightning Transit. Au nombre de sept, elles s'alignaient le long d'un mur entre deux portes marquées DAMES et MESSIEURS. Au-dessus, encadrées, des coupures de journaux rappelaient les moments clefs de la chute finale de Trump, y compris le rasage au bulldozer du complexe de casinos Taj Mahal et la propre mort de Trump sur le pas de tir de Cap Canaveral qui avait mis fin à jamais à son rêve de devenir le premier milliardaire martien. (T-MINUS TRUMP ! avait titré le *New York Post* par-dessus la photo en couleurs de l'explosion de la navette.)

— Tu parles d'un hommage, observa Kite. J'ai l'impression que les gens d'ici n'ont pas dû se bousculer aux funérailles.

— Je ne crois pas qu'il ait eu droit à des funérailles, remarqua Joan. Surtout, ne glisse pas de pièce dans ces machines. Elles ne restituent qu'un pour cent de ce qu'elles encaissent, et avec elles, tu es sûre de ne jamais décrocher le jackpot.

— Ça fait partie de l'hommage ?

— Eh oui.

Elles quittèrent la gare et sortirent en griller une sur le front de mer. Sur la plage, une équipe des travaux publics en combinaison intégrale ramassait les pochettes de plasma et tuyaux chirurgicaux rejetés par la marée.

— Ah, la mer, dit Kite en faisant tomber ses cendres dans le sable. Où se trouve la maison de ce John Hoover, déjà ?

Joan était en train de consulter le plan en page centrale d'un guide touristique.

— En dehors de la ville proprement dite, j'ai l'impression. Trouvons un taxi.

Elles hélèrent un Jitney électrique. Le chauffeur vérifia l'adresse sur son propre plan et annonça un tarif exorbitant, que Joan accepta sans discuter. Le vent de mer apportait une odeur familière, et elle ne tenait pas à ce qu'on lui rappelle les égouts de Manhattan dans l'immédiat.

Le trajet jusque chez Hoover prit dix minutes. À l'entrée d'un lotissement privé, à l'ouest du centre-ville, quelqu'un avait bombé un message sur un panneau publicitaire de travers : LES HUMBLES HÉRITERONT DE LA TERRE. ILS SONT TROP FAIBLES POUR LA REFUSER. Le quartier au-delà du panneau dégageait la même impression d'abandon qu'un Love Canal ou un Plessy Falls, on voyait peu de véhicules garés le long des trottoirs, et aucun piéton. Rien de vivant, en fait. Kite s'alarma de constater que les pelouses étaient mortes, pas simplement jaunies mais mortes, et que tous les arbres étaient gris et dénudés, sans amoncellement de feuilles mortes nulle part.

— Tu es certaine que c'est bien ici ? demanda-t-elle.

— Certaine, répondit Joan. J'ai vérifié le nom de la rue.

— Hmm.

La maison de John Hoover était... différente. Pas difficile à trouver, comme le fit remarquer le chauffeur du Jitney en acceptant l'argent de Joan. Il ne leur proposa pas de les attendre ; dès qu'elles furent dehors, le taxi démarra dans un crissement de pneus et partit vers le chemin le plus court pour sortir du quartier.

— Hansel et Gretel, dit Joan.

— La maison en pain d'épice, approuva Kite. (Elle marcha jusqu'au portail et posa la main sur un des poteaux blancs de la clôture, s'attendant au contact rugueux du bois vernis ; clôture et portail étaient en fait en plastique moulé.) As-tu entendu un seul oiseau, Joan ? Une seule mouette ?

— Non. Pas depuis que nous avons quitté la plage. Tu crois qu'il a fait la décoration lui-même ?

— Ça pourrait expliquer le départ des voisins.

La pelouse de John Hoover était verte, mais d'une couleur et d'une texture qui ne devaient rien à la nature. Un chemin de gravier multicolore menait du portail jusqu'à une maison qui ressemblait bel et bien à un énorme pain d'épice. Les murs moka étaient agrémentés de montants de fenêtre et de volets lilas, d'un encadrement de porte lavande plus foncé et coiffé d'un toit de sucre glace rose. La porte elle-même était un rectangle de chocolat, la pimpante cheminée une cerise ; aussitôt derrière la clôture, un sucre d'orge rouge et blanc soutenait une boîte aux lettres de glace à la vanille, sur laquelle le nom JOHN E. HOOVER apparaissait en caractères cursifs qu'on aurait dit tracés à la poche à douille. La seule fausse note était l'absence d'enfants en pain d'épice sur la pelouse, mais qui sait, peut-être avaient-ils déjà été mangés.

— Eh bien, dit Kite en poussant le portail, nous n'avons plus qu'à sonner.

Joan la suivit à l'intérieur. En se penchant pour examiner la pelouse, elle constata, sans surprise, qu'il s'agissait de gazon artificiel.

— Hé, Kite, commença-t-elle avant de s'interrompre en voyant un molosse surgir au coin de la maison.

Le molosse était mécanique, et non électrique. Un moteur à essence V-6 grondait à l'intérieur de son châssis en fonte et un panache de gaz d'échappement sortait de sous le plumeau d'acier qui lui servait de queue. Les ampoules de ses yeux luisaient d'une lumière ambrée tandis qu'il trottinait vers elles, mais ce fut le piège à ours qu'il affichait à la place des crocs qui retint l'attention de Joan.

— Heu, Kite, répéta-t-elle.

Le doigt posé sur la sonnette, celle-ci répondit :

— Je le vois.

Le molosse s'arrêta brusquement et s'assit, moteur tournant au ralenti. Depuis l'autre côté de la maison, une voix d'homme lança :

— Bonjour, miss Fine ! Venez, faites le tour, vous et votre amie. Ne vous inquiétez pas pour ce vieux Tolson, il ne mord que si je lui en donne l'ordre !

Le vieux Tolson battit de la queue sur le faux gazon, sa gueule s'ouvrit et se referma en claquant. Peu rassurée, Kite mit la main sur la crosse de son revolver sous sa capote quand elle et Joan passèrent devant le fauve.

Le jardin de John Hoover aussi avait quelque chose de différent. Ici, la pelouse synthétique cédait la place à ce qui aurait pu être un bassin à carpes, sauf que le bassin était entouré de faux palmiers et qu'un hippopotame électrique se tenait immobile au bord de l'eau. Hoover, homme grisonnant au visage rond vêtu d'une coquette blouse grise, avait ouvert un panneau dans le flanc de l'animal et bricolait à l'intérieur. Il se retourna vers les deux femmes pour leur faire un petit signe de main mais n'interrompit pas son travail.

— C'est sur la table, miss Fine, indiqua-t-il.

— Quoi donc ?

— Ce que vous êtes venue chercher. (Hoover braqua un outil évoquant un hybride de clef à molette.) Sur la table.

Une table de pique-nique avait été disposée à l'ombre d'un des faux palmiers. Joan y aperçut une boîte et une lampe-tempête.

— Je ne comprends pas, articula-t-elle. Harry... je veux dire Mr Gant m'a dit que vous étiez disposé à nous parler des inhibiteurs comportementaux du domestique automatique.

Hoover se pencha dans l'hippo, quasiment au point de basculer à l'intérieur. L'espace d'une minute, seules ses fesses grassouillettes et ses jambes demeurèrent visibles. Il grogna. On entendit un bruit de métal cognant sur du métal puis un craquement, comme si une charnière métallique rouillée avait été forcée. Les oreilles de l'animal s'aplatirent contre son crâne.

— Vous enquêtez sur la mort de ce type de Wall Street, pas vrai ? demanda Hoover quand sa tête et son torse eurent réapparu. (Il s'essuya théâtralement le front avec un chiffon, bien que ses efforts ne parussent pas lui tirer la moindre goutte de sueur.) Amberson Teaneck.

— C'est ça, acquiesça Joan.

— Et vous voulez savoir si ce ne serait pas un androïde qui l'aurait tué ?

— Oui.

— Et si c'était le cas, qui aurait modifié l'androïde pour lui permettre de le faire ?

— Oui.

— Et pour quelle raison ?

— C'est bien ça.

— C'est un secret. (John Hoover posa un doigt sur

ses lèvres et sourit.) J'adore les secrets, miss Fine, les secrets de toutes sortes. Dans ma maison, j'en ai plein mes armoires. (Il fit un autre geste avec son étrange clef.) Tout le nécessaire pour percer ce secret particulier se trouve là-dedans.

Kite avait pris la boîte sur la table. Une fois encore, le bois se révéla être du plastique, une brique en acajou synthétique de la taille d'un pain, au couvercle composé d'une mosaïque complexe de petites tuiles coulissantes.

— Une boîte-mystère, constata Kite. Mon vieil ami Lao en possédait une pour conserver ses objets de valeur. Non pas qu'il en ait jamais eu.

— Une boîte-mystère, exactement, approuva John Hoover. Trouvez comment l'ouvrir et vous aurez bien avancé dans la résolution de l'énigme.

Joan l'étudia attentivement.

— Savez-vous qui a tué Teaneck ?

Hoover agita un doigt réprobateur dans sa direction.

— Ce ne serait pas du jeu, dit-il. Vous devez le découvrir par vous-même, miss Fine. Je vous ai déjà donné beaucoup trop d'indices.

— Vise un peu ça, Joan.

Kite lui tendit la lampe-tempête, qui était électrique et renfermait une femme à l'intérieur. Une minuscule femme en hologramme, un génie de la lampe électrique que Joan, curieusement, reconnut. Des yeux sombres et inquisiteurs où brûlait une intelligence farouche, une coupe de cheveux à la garçonne encadrant des traits d'Européenne de l'Est, des jambes sculpturales accentuées par des talons aiguilles et une robe noire qui laissait une épaule dénudée, une cape noire tourbillonnante, un long fume-cigarette noir entre les doigts, une broche en or en forme de symbole du dollar épinglée au-dessus du cœur...

— Ayn Rand, déclara Joan.

Et le génie vint à la vie. Des lèvres spectrales se refermèrent autour de l'embout du fume-cigarette puis soufflèrent un rond de fumée parfait qui se dissipa en atteignant le verre de la lampe.

— Heureuse de vous connaître, miss Fine, dit le génie. J'ai entendu parler de vous.

La voix d'immigrante russe de Rand était rocailleuse et comportait un fort accent. Elle ajouta, non sans une certaine dose de reproche :

— Miss Joan Fine, *ex*-Joan Gant, ancienne épouse et associée de l'un des cerveaux les plus brillants et imaginatifs d'Amérique. Actuellement réduite au niveau d'une altruiste mystique du caprice et de la force.

Joan ne sut pas trop quoi répondre. Le départ imminent d'Hoover lui épargna la peine de chercher. Le mécanicien avait refermé le panneau latéral de l'hippopotame et s'essuyait les mains sur sa blouse.

— Attendez, l'arrêta Joan. Où allez-vous ?

— À l'intérieur, lui répondit Hoover. J'attends un message de mon ami Roy. Si vous voulez patienter devant la maison, je vais vous appeler un autre taxi pour vous ramener à la gare.

Il tourna les talons et se dirigea vers son domicile.

— Une minute !

Elle l'aurait bien retenu par le bras, mais le molosse mécanique était tout près, moteur grondant, et elle préféra s'abstenir. John Hoover ne lui prêta aucune attention. Il ne se retourna pas et ne jeta pas un regard en arrière avant d'avoir un pied sur le seuil.

— Commencez par la boîte, miss Fine, lui conseilla Hoover en guise d'adieu. Vous aurez besoin des services d'un historien pour en interpréter le contenu, mais quand ce sera fait, vous serez à deux doigts de percer le secret du meurtre d'Amberson Teaneck, ainsi qu'un autre secret beaucoup plus grand. Miss Rand vous guidera à travers les étapes les plus difficiles de votre raisonnement. Cela devrait suffire : vous êtes une femme intelligente. Nous reparlerons de tout cela quand vous aurez reconstitué le puzzle.

Il siffla, et le molosse mécanique trotta à l'intérieur. La porte de derrière se referma. Joan et Kite restèrent seules dans le jardin en compagnie de l'hippopotame, des palmiers et d'Ayn Rand.

— Maintenant je suis complètement larguée, soupira Joan.

— Cet homme me rappelle quelqu'un, fit Kite, imperturbable. Tu te souviens de la série *I Love Lucy*[1], au siècle dernier ? Je crois qu'elle repasse encore sur le câble. Il a tout à fait la tête du mari d'Ethel.

— Kite, comprends-tu quelque chose à toute cette histoire ?

— Il s'agit d'une conspiration, Joan. Tu n'es pas censée y comprendre quoi que ce soit, jusqu'à ce que tout devienne clair. Il faut savoir se détendre et attendre l'épiphanie.

— Non, objecta l'Ayn Rand électrique, ce serait mal. On ne doit *jamais* se détendre, pas tant qu'il reste un problème à résoudre. La détente n'est ni rationnelle ni héroïque.

— Nous ne sommes pas obligées de l'être non plus, rétorqua Kite. (Elle approcha la boîte-mystère de son oreille et la secoua.) Bon, je suppose qu'on commence par ça. La patronne a parlé.

1. Série télévisée américaine des années 50 et 60 avec Lucille Ball en vedette. Très populaire, elle est régulièrement rediffusée. Lucy est un personnage qui se retrouve dans les situations les plus cocasses et les plus invraisemblables, qu'elle tente souvent de dissimuler à son mari avec le concours de ses voisins, Fred et Ethel Mertz.

10

L'AVENTURE ! C'est toute l'essence du scoutisme. Vous parvenez au seuil de la plus fantastique des aventures. Entrez dans le monde du scoutisme et vous sortirez des sentiers battus, franchirez des lacs brumeux en canoë et camperez sous les étoiles. Vous humerez le parfum de la pluie dans les sous-bois et vous emplirez la bouche de fraises sauvages. À l'issue d'une patrouille à vélo, vous plongerez dans les eaux vivifiantes d'un lac de montagne. Vous ferez cuire votre repas au-dessus d'un feu de camp. Vous sillonnerez l'arrière-pays sans laisser de traces et apprendrez à vous débrouiller uniquement avec ce que vous pourrez emporter dans vos poches et votre sac à dos. Vous êtes tenté ? En tant que scout, vous vivrez tout cela et bien d'autres choses encore.

Manuel du boy-scout

Mener à bien UNE des tâches suivantes :

(a) Déterminer l'âge de cinq espèces de poissons à partir d'un échantillon d'écailles ou identifier différentes classes d'âge d'une ou plusieurs espèces de poissons dans un lac et noter les résultats.

(b) Faire le recensement d'un panier de pêche

sur un petit lac pour estimer les prises par unité d'effort.

(c) Examiner le contenu de l'estomac de trois espèces de poissons et noter les découvertes.

Condition numéro 7
pour la médaille du mérite
de la Pêche et de la Chasse

Le film du mardi après-midi

Star Wars.

Sur Channel 4, dans une galaxie très, très lointaine, des pilotes rebelles luttaient vaillamment pour détruire l'Étoile de la Mort avant qu'elle ne puisse ouvrir le feu sur leur base secrète.

— *Soyez prudents. Il y a de l'artillerie lourde à droite de cette tour de déflexion.*

— *Je m'en occupe. Couvre-moi, Porkins.*

— *Je vous suis, Rouge Trois.*

Deux chasseurs descendirent en rase-mottes, faisant sauter la tour de déflexion problématique. Mais les turbolasers impériaux ripostèrent, et soudain Porkins eut de graves ennuis.

— *J'ai été touché.*

— *Éjecte-toi !*

— *Ça va aller.*

— *Redresse !*

— *Non, ça v... AHHHHHHHH !*

Le vaisseau spatial de Porkins explosa en flammes et, tout aussi abruptement, la grande bataille finale fut interrompue par une annonce de NBC comme quoi le film du mardi après-midi reviendrait après ces messages publicitaires.

— Peux-tu m'expliquer une chose ? demanda Salvatore.

Il utilisait sa voix de Boris Godounov, coquetterie que Frankie Lonzo trouvait immensément irritante, en particulier quand on savait que Salvatore était un Brooklynien de la cinquième génération dont le sang coulait plus italien que russe.

— Quoi ?

— La lutte de classes intergalactique se déroule dans le vide au-dessus d'une station d'assaut impérialiste. Où le noble représentant de l'Armée du Peuple est-il supposé s'éjecter exactement ?

— Mais de quoi parles-tu ?

— L'autre lui a dit de s'éjecter. (Salvatore indiqua l'écran de télévision, où une négresse électrique joufflue expliquait pourquoi la préparation pour pancakes de Tante Jemima était la meilleure préparation pour pancakes sur le marché.) Même si son parachute s'ouvrait en atmosphère zéro, notre vaillant parachutiste prolétarien atterrirait sur l'Étoile de la Mort, et soit il mourrait dans l'explosion nucléaire de la station, soit il se ferait briser le cou par le valet capitaliste Darth Vader.

— Je ne comprends même pas comment tu peux regarder ces vieux programmes de réseau.

Bien qu'en réalité ils n'eussent pas vraiment le choix. L'antenne satellite de la villa Aztec Déco avait été coupée par une rafale lorsque la Drug Enforcement Agency avait saisi la propriété à ses précédents propriétaires. Après plusieurs années de placard bureaucratique, la villa avait été mise aux enchères et vendue à l'Aquarium de New York. À cette époque, les résidences avoisinantes avaient cédé la place aux industries et plus personne n'aurait voulu habiter dans le quartier. La direction de l'Aquarium se servait de la villa comme dépôt, ou pour organiser à l'occasion de petites fêtes entre collègues de bureau ; la gigantesque piscine à l'arrière de la maison avait été convertie en bassin d'hébergement. Mais il n'y avait pas de budget pour une nouvelle antenne satellite, ni même pour une simple antenne à micro-ondes. C'était déjà un miracle que la télévision fonctionne toujours.

Frankie se faisait du mauvais sang à cause du requin. Echo Papandreou l'avait amené de Manhattan la veille par camion, accompagné d'une note de la direction de l'Aquarium rédigée dans son langage édulcoré habituel : *Ce* carcharodon *a été appréhendé alors qu'il fouillait dans les ordures d'un environnement aquatique artificiel* (autrement dit on l'avait ramassé dans les égouts) *et devra être conservé dans l'annexe de confinement spéciale jusqu'à ce qu'une décision définitive soit prise à son égard.* En dessous, Echo elle-même avait rajouté à la main : *Au cas où vous n'auriez pas deviné, vous ne devez mentionner notre invité devant PERSONNE. PS : Son nom est Meisterbrau.*

Le problème avec les poissons qui fouillaient dans les ordures d'un environnement aquatique artificiel, songeait Frankie en se rappelant ses Cliff's Notes[1] du temps de ses études, était qu'ils avaient tendance à subir certaines mutations. La veille au soir, Meisterbrau avait entrepris d'excréter une sorte de fluide sombre qui avait rapidement saturé le filtrage automatique de la piscine, et en l'espace d'une nuit, elle était devenue plus trouble qu'un marécage. Frankie se souvint de l'*architeuthis princeps* qu'ils avaient gardé au printemps dernier. La cicatrice de ventouse qu'il portait sur la cuisse témoignerait à jamais de cette mission.

— Peut-être, fit Frankie à haute voix en massant sa cicatrice à travers la jambe de son pantalon, que ce poisson devrait avoir un accident. Hé, Salvatore, tu

1. Équivalent américain des classiques littéraires Larousse.

n'aurais pas un sèche-cheveux dont tu pourrais te passer ?

— Ferme-la et baisse la fenêtre, répondit Salvatore. La révolution télévisée pour la liberté galactique reprend.

« Désolé, Echo », se vit expliquer après coup Frankie. « Désolé, je venais de prendre une douche à l'étage quand j'ai entendu cet éclaboussement dans la piscine, alors je me suis précipité, sans prendre le temps de poser mon sèche-cheveux, et il m'a échappé des mains... Comment ça, pourquoi je l'avais branché sur une rallonge aussi longue ? J'aime ma mobilité, voilà tout. »

— S'il te plaît, camarade, réclama Salvatore. Les reflets du soleil gâchent des effets spéciaux suffisamment vieillots comme ça.

— Surtout, ne te lève pas.

Il pressa un commutateur sur le montant de la fenêtre et la vitre devint opaque, bloquant la vue sur la piscine. À la télévision, Luke Skywalker abattit un chasseur TIE d'un tir de laser. Salvatore applaudit, et Frankie partit en quête d'électroménager bon marché.

— Ho ! ho ! gloussa Salvatore. Ça chauffe pour les forces impérialistes !

Quelques braves petits gars

Si on pouvait vraiment mourir d'un cœur brisé, Oscar Hill mangerait les pissenlits par la racine depuis longtemps, car selon ses propres calculs, il était né au moins cinquante ans trop tard.

Depuis le jour où l'arrière-arrière-grand-père d'Oscar avait fait la connaissance de lord Baden-Powell à Londres durant la Grande Guerre, les hommes du clan Hill avaient toujours été guides.

— Quelques braves petits gars, avait dit le père

d'Oscar, Stanley, alors qu'Oscar n'avait que 7 ans. Prends quelques braves petits gars, fais-les démarrer sur le droit chemin, et tu auras rendu un fier service à ton pays.

Ce petit discours avait eu lieu sous le porche de la maison des Hill dans la campagne de l'Indiana où, exception faite des drapeaux américains qui résistaient désormais à l'épreuve du feu jusqu'à 1 600 degrés, on aurait encore pu se croire en 1950. Et si seulement Oscar était resté à la maison, il est fort possible qu'on eût découvert un moyen de repousser le spectre de l'évolution sur une génération de plus. Mais le chant des sirènes de la grande métropole orientale l'attira comme il en avait attiré tant d'autres, et une fois à New York, il y trouva le XXIe siècle plus solidement retranché que les troupes du Kaiser Wilhelm dans la Somme.

Le déclin des boy-scouts d'Amérique avait commencé, pensait Oscar, durant les années 80. C'est au cours de cette décennie que la fédération du scoutisme avait décidé de combattre un désintérêt national pour la littérature en rajoutant plus d'images et de plans en couleurs dans le *Manuel du boy-scout.* Cette révision fut suivie d'une dévalorisation du système de la médaille du mérite, où les talents traditionnels de forestier perdaient du terrain devant les compétences « postindustrielles », plus dans l'air du temps.

Avec les années 90 et la limitation des accès aux parcs nationaux, ce qu'on appelait le camping de survie urbaine devint une alternative acceptable à l'ancien week-end dans les bois, et n'importe qui possédant la moitié d'un cerveau pouvait voir que la déchéance n'était pas loin. Le coup final fut porté bien assez tôt : en 2001 — l'année même où Oscar Hill aménageait dans son premier appartement new-yorkais — on annonça que les louveteaux, les jeannettes, les boy-scouts, les girl-scouts, les éclaireurs et les éclaireuses seraient réunis en une seule organisation, tous âges et genres confondus.

Au temps pour les braves petits gars. Au temps pour le fier service qu'ils auraient pu rendre à leur pays.

Et ainsi, vingt-deux ans après la Chute, le guide inconsolable Oscar Hill se retrouvait à la tête d'une troupe principalement composée de filles — de filles ! — non pas au sein d'une grande forêt primitive ou dans les contreforts de quelque majestueuse montagne pourpre, mais le long d'une ruelle jonchée d'ordures d'un quartier fortement industrialisé de Brooklyn. La jeannette Melissa Plunkett marchait en tête, brandissant un compteur Geiger maison en remontant la ruelle. Son balayage ne dévoilait aucune source de radiations mortelles à proximité immédiate. L'éclaireuse Aubrey Denton eut plus de chance : les échantillons de sol qu'elle préleva dans des fissures du revêtement contenaient de fortes concentrations de plomb, de mercure et d'autres métaux lourds qui tous, assura-t-elle joyeusement à ses petites camarades, pouvaient causer de douloureux cancers s'ils passaient dans le métabolisme. Les éclaireuses aînées Peggy Cates et Lucinda Mendez étaient trop blasées pour se laisser impressionner par si peu, mais elles levèrent le nez quand Melissa Plunkett repéra un écureuil à trois têtes assis au sommet d'un conteneur de déchets biochimiques fendu. Quand l'écureuil le fixa de ses trois paires d'yeux, Oscar Hill hocha la tête.

— Ouaip, dit-il, oui, m'sieur, voilà où on en est.

Oblio Wattles, le pied-tendre, fermait la marche.

Oblio était un garçon, techniquement parlant, mais de l'avis d'Oscar il ne comptait pas. D'abord il prétendait être né à Moscou, en Pennsylvanie ; Oscar refusait de croire qu'il puisse exister une ville de ce nom en

Amérique. Sans compter qu'avec son physique grassouillet, sa raie au milieu et ses petites lunettes rondes, Oblio ressemblait un peu trop à Theodore Roosevelt. Pas le jeune Roosevelt, qui avait chargé avec les Rough Riders à la colline de San Juan et qui aurait fait un excellent scout, mais le Roosevelt plus vieux, plus gras, qui, en dépit de sa dimension présidentielle, était l'illustration parfaite de la virilité s'étant laissée aller. Ce qui bien sûr renvoyait Oscar à son propre tour de taille — il avait 46 ans et ne maigrissait pas —, chose impardonnable entre toutes.

La troupe tourna le coin d'un entrepôt et tomba sur ce qu'elle prit pour une carcasse de voiture abandonnée. Il s'agissait en fait de la Chevy 2016 de Frankie Lonzo. Melissa Plunkett inspecta immédiatement le châssis en quête d'isotopes radioactifs, tandis qu'Aubrey Denton recueillait des échantillons de rouille sur la portière du passager et que Peggy et Lucinda ouvraient le coffre à la recherche de vermine intéressante. *Allez au diable*, songea Oscar, écœuré par l'efficacité méthodique dont elles faisaient preuve, *allez au diable, toutes, vous êtes censées vous intéresser au tissage de panier et à la danse traditionnelle, je veux des* BOY-SCOUTS !...

Il se maîtrisa, prit une inspiration profonde et compta jusqu'à dix. Sa vie n'était peut-être qu'une énorme déception, mais il n'en avait pas moins certaines responsabilités à remplir.

— Okay, mesdemoiselles, lança-t-il sur un ton paternel à ses élèves forcées, nous allons faire un petit jeu de questions réponses. Supposez que par la grâce de quelque miracle, nous soyons dans les Adirondacks et que nous trouvions ce véhicule abandonné le long du sentier. En tant que scouts responsables, que faisons-nous ?

Melissa Plunkett leva la main.

— On le recycle ?

Oblio s'éclipsa à la faveur du débat qui s'ensuivit. Personne ne s'en aperçut sauf Oscar, qui prit son départ comme un léger allégement de son fardeau. À dire vrai, Oblio avait autant de dégoût qu'Oscar pour le scoutisme moderne, quoique pour des raisons différentes. Ce qu'il voulait, ce n'était pas devenir un forestier ni un survivant urbain, mais un marin. Sa mère, toutefois, ne l'entendait pas de cette oreille.

— Tu tiens vraiment à attraper une hépatite comme ta tante Veruca ? lui disait-elle. Avec toutes ces seringues d'hôpital qui flottent à la surface, autant t'inoculer toi-même une maladie mortelle.

— M'man, protestait Oblio, tante Veruca a la maladie d'Alzheimer. Ça s'attrape par les casseroles en aluminium, pas en nageant.

— Peu importe, répondait sa mère. Quand tu seras plus grand, peut-être que je te laisserai embarquer sur le ferry de Staten Island. Sur le pont supérieur.

Ce fut le clapotis de l'eau qui l'attira loin des autres, bien qu'il sût sans avoir besoin de consulter sa carte que l'océan se trouvait à plus d'un kilomètre et qu'il n'y avait ni lac ni fleuve dans les environs. Aucune importance : une mare de déchets industriels exerçait davantage de fascination sur lui que toute une ménagerie d'écureuils à trois têtes.

Le cœur d'Oblio se mit à battre un peu plus vite quand il découvrit un portail cadenassé portant un écriteau annonçant que le terrain au-delà était PROPRIÉTÉ DE L'AQUARIUM DE NEW YORK. Un second écriteau le mettait en garde : ATTENTION : POISSONS DANGEREUX mais une bande de singes marins furieux n'aurait pas pu le décourager à ce stade. Il fouilla dans la poche de son uniforme, écartant un sandwich à la confiture et au beurre de cacahuètes pour en sortir un fin crochet en métal.

Le portail fut ouvert en l'espace d'un instant et Oblio se retrouva au bord de la piscine bourbeuse. Jetant un coup d'œil vers le premier étage de la villa, il ne détecta aucun mouvement derrière les fenêtres noircies, mais des bribes de dialogues du film du mardi après-midi lui parvinrent alors qu'il se penchait au-dessus du bassin.

— *WAAAAAHHHHH...*

— *R2 est touché !*

L'eau était paisible, à l'exception des rides soulevées par la pompe de filtrage, mais Oblio savait que quelque chose de chouette, quelque chose d'impressionnant nageait dans les profondeurs. Il le sentait dans ses tripes. La question était de savoir comment le faire remonter pour l'apercevoir, et peut-être en prendre une photo. Décidant de commencer par le plus évident, Oblio contourna la piscine jusqu'au grand bain, s'accroupit à côté de la marque des cinq mètres et fit clapoter l'eau du plat de la paume.

— *L'Étoile de la Mort prête à ouvrir le feu. L'Étoile de la Mort prête à ouvrir le feu.*

L'appareil photo d'Oblio était jetable, ce qui n'aurait pas été très écologique s'il ne l'avait pas bricolé lui-même à partir d'une brique de Hi-C. Jetant son sandwich à la confiture et au beurre de cacahuètes dans la piscine, il braqua son appareil sur lui et attendit de voir si le mystérieux poisson allait mordre à l'hameçon.

Alors que la voix de Darth Vader roulait à la surface de l'eau, le poisson mordit.

Frankie et Meisterbrau

Quand Frankie sortit de la villa un peu plus tard, un chapeau flottait dans le grand bain de la piscine. Un chapeau vert, vert militaire en fait, et d'une coupe paramilitaire que Frankie était sûr d'avoir déjà vue quelque part. Même de loin, ce chapeau avait comme un air très net d'avoir été *mâchonné* : un triangle blanc, évoquant une dent, était resté pris dans le rebord lacéré.

— Mauvais, constata Frankie.

Il déposa son chargement : deux séchoirs électriques, un ventilateur, un radiateur électrique et un gigantesque radio-cassette contenant suffisamment de piles, espérait-il, pour transformer une baleine en barbecue. La seule chose qui lui manquait était une rallonge, ce qui risquait de poser un problème si le magnétophone ne suffisait pas.

— Il y a quelqu'un ? appela Frankie, au cas où le propriétaire du chapeau serait caché sous une chaise pliante.

Personne ne répondit, mais en examinant les lieux il repéra autre chose. Il contourna soigneusement la piscine. Au niveau de la marque des cinq mètres, il ramassa une brique de Hi-C dotée d'un objectif en plastique et d'un bouton de déclenchement maculé de beurre de cacahuètes. Derrière lui, le portail claquait dans la brise, et un scénario possible se dessina de lui-même.

— Oh, c'est mauvais, répéta Frankie.

Il regarda le chapeau, trop loin pour être atteint depuis le bord de la piscine. Un léger courant dans l'eau le faisait dériver dans l'ombre du plongeoir et Frankie se dit qu'en s'allongeant tout au bout de la planche et en tendant le bras...

N'y pense même pas, se raisonna-t-il. *Tu n'as pas besoin de ce chapeau, et puis s'il y avait encore une tête à l'intérieur ?*

Le conflit mental qui s'ensuivit aurait peut-être été difficile à comprendre pour ceux qui, contrairement à

Frankie Lonzo, n'avaient pas grandi à Bensonhurst. Quand une partie de son cerveau concevait un acte de bravade gratuite, une autre partie générait une envie irrésistible, quasi religieuse, de le mettre à exécution, même si une troisième partie suppliait la première et la seconde de prendre le temps d'y réfléchir. Quand l'acte en question était vraiment dangereux, Frankie revoyait par éclairs le visage de Jimmy Mireno, la brute aux poings d'acier qui le harcelait à l'école élémentaire.

Tu as la trouille, Lonzo ? Tu fais dans ton froc ?

— Putain, tu vas voir si j'ai la trouille, défia Frankie, debout sur le plongeoir. (Il fit un premier pas en avant.) C'est débile. C'est *vraiment* complètement débile. (Il fit glisser son deuxième pied, sentit la planche s'incliner sous son poids.) Des perches, il nous faudrait des perches avec un crochet au bout, pour ce genre de conneries, récupérer des chapeaux dans le bassin et tout ça. Et un sonar. (Il scruta la surface de l'eau à la recherche du moindre signe de mouvement dessous.) Oui, un bon sonar ne serait pas du luxe.

Il avait dû y avoir quelques éclaboussures dernièrement, car le plongeoir était glissant d'humidité, et à mi-chemin Frankie décida qu'il serait plus stable pieds nus. Il décida aussi que le milieu du plongeoir n'était pas le meilleur endroit pour ôter ses tennis, sur quoi le fantôme de Jimmy Mireno le traita de mauviette, sur quoi Frankie s'accroupit sur une jambe et leva le pied gauche. L'opération joua des tours à son centre de gravité ; il réussit malgré tout à retirer sa tennis gauche, mais quand il voulut la jeter en sécurité, son équilibre vacilla et la chaussure plongea dans la piscine. Fabriquée selon des critères moins rigoureux qu'un chapeau scout, elle coula.

— C'est vraiment mauvais, dit Frankie.

L'une des portes coulissantes de la villa s'ouvrit et

Salvatore sortit en courant, si excité qu'il en oublia son accent russe.

— Hé, hé, Frankie, je viens de regarder dehors et ta voiture a disparu !

— Quoi ?

— Hé, que fais-tu sur le plongeoir ?

— Où est passée ma voiture ?

— Et où est passée ta deuxième tennis ?

— Salvatore, où est ma putain de voiture ?

Salvatore haussa les épaules.

— Envolée. Que fais-tu sur le plongeoir avec une seule tennis, Frankie ?

— J'essaie de repêcher ce chapeau.

— Quel chapeau ?

— *Ce* chapeau.

— C'est un aileron, Frankie.

Frankie Lonzo n'avait plus effectué de saut périlleux arrière depuis l'université, depuis le cours de gymnastique de miss Petruski, mais rien de tel qu'un grand requin blanc pour vous faire retrouver vos réflexes. Alors que le museau de Meisterbrau heurtait le dessous du plongeoir, Frankie se laissa partir en arrière, lançant les jambes par-dessus la tête comme à l'exercice. Il répéta la figure, encore et encore, mais finit par se cogner violemment la tête par terre : son enchaînement de saltos parfaits se termina sur un roulé-boulé quelque peu approximatif.

Quand il reprit ses esprits, il était assis sur les dalles, dos à la clôture, aussi loin qu'on pouvait l'être du bord de la piscine sans sortir du jardin. Salvatore se tenait à côté de lui, les mains dans les poches, affichant un large sourire qui suscita chez Frankie une envie de meurtre. Le plongeoir avait disparu.

— Je vais bien ? demanda-t-il en vérifiant qu'il avait tous ses membres. Je suis encore en vie ?

Salvatore sortit les mains de ses poches et les écarta d'environ quinze centimètres.

— Il s'en est fallu de ça, évalua-t-il.

— Le plongeoir. Quoi, ne me dis pas qu'il a bouffé le plongeoir ?

— Notre poisson a un gros appétit.

— Ouais. Peut-être même plus gros que tu ne crois.

— Il était bizarre, Frankie.

— Comment ça ? Plus gras ?

— Nan, rien à voir. Juste... différent.

Salvatore replia les mains comme des serres et les colla contre sa poitrine. Frankie n'avait pas la moindre idée de ce qu'il voulait dire, mais par contre il savait ce qu'il allait faire.

— Aide-moi à me relever. Si ma voiture a disparu, très bien, nous prendrons un taxi.

— Pour aller où ? s'enquit Salvatore.

— Faire des courses.

11

Il est clair aujourd'hui que les maladies du Vieux Monde tuèrent au moins la moitié de la population des civilisations aztèque, maya et inca peu après leur défaite... En 1600, après qu'une vingtaine d'épidémies eurent balayé les deux Amériques, il subsistait moins d'un dixième des populations originelles. Quelque 90 millions de personnes moururent, l'équivalent, aujourd'hui, de la mort d'un milliard de personnes... Quand les pèlerins débarquèrent à Plymouth, les Indiens massachusetts et wampanoag avaient été frappés si récemment et dans de telles proportions que les colons trouvèrent des huttes vides et des champs nettoyés qui ne demandaient plus qu'à servir.

RONALD WRIGHT,
Stolen Continents

Les Indiens, en retour, apprirent beaucoup des Blancs... De nombreux Européens tâchèrent de comprendre leurs coutumes et les traitèrent avec équité. Mais d'autres les trompèrent et volèrent leurs terres... Des milliers d'Indiens furent également tués par la rougeole, la petite vérole, la tuberculose et autres maladies apportées par les Blancs.

World Book Encyclopedia

2004 : Une délicate saveur de clair-obscur

Vanna Domingo n'avait pas toujours été aussi dure. Ses subordonnés du département de l'Opinion Publique n'auraient jamais voulu le croire, mais elle avait été autrefois une femme généreuse, secrète, d'accord, mais attentionnée, toujours encline à rire et à se mettre à danser. Bien qu'elle fût devenue orpheline à un âge précoce, elle avait réussi à entretenir pendant vingt-cinq ans sa croyance en l'avenir, jusqu'à ce que les événements d'une seule nuit balaient irrémédiablement sa foi et sa confiance.

Elle vécut une enfance difficile dans un petit village côtier du Connecticut. Elle apprit très tôt à se débrouiller toute seule, car l'oncle pêcheur qui lui servait de tuteur était rarement à la maison et ne témoignait guère d'intérêt ou d'inquiétude pour ce qu'elle devenait. Vanna, d'un naturel indépendant et voyant un reflet de son triomphe final dans chaque moment de solitude et d'adversité, s'en moquait. Il lui suffisait de croire au lendemain, se disait-elle, et tout le reste suivrait, nonobstant les échecs temporaires. Elle se poussa à exceller à l'école, acceptant tous les petits boulots du soir, du week-end et de l'été qu'elle put trouver. Ses quelques milliers de dollars d'économies et son diplôme des Travaux Publics lui permirent d'entrer à l'université d'État du Connecticut à Hartford, où elle étudia la communication, option maîtrise de l'opinion humaine.

Elle obtint son diplôme dans un marché en crise et passa sept mois à battre la semelle pour un travail sur Madison Avenue, à Manhattan, subsistant principalement de paquets de macaroni et fromage vendus les trois pour un dollar, et de fruits et légumes « légèrement abîmés » en solde, représentant ce qu'elle pouvait s'offrir de mieux. Pour se distraire, elle allait patiner au Rockfeller Center les samedis après-midi, sur une paire de patins récupérée dans une benne à ordures (le préposé au tourniquet, qui lui faisait du charme, la laissait se faufiler sur la piste sans payer) et les samedis soir elle allait danser le quadrille au *Betsy Ross Saloon*. Elle réussit à garder le moral, réchappa à deux pneumonies et finit par décrocher un emploi en février 2004, non pas sur Madison Avenue mais dans une petite firme publicitaire du nom de Brainstorm. Après ce dernier revirement de fortune, son existence s'améliora par bonds exponentiels, comme Vanna avait toujours su que cela finirait par arriver.

Participant à la renaissance commerciale et culturelle du nord de Manhattan qui laissait présager une deuxième renaissance d'Harlem, Brainstorm avait le vent en poupe. Cette jeune compagnie aux dents longues, dont le domaine d'activité premier était les relations publiques intercommunautaires, venait juste d'étendre ses activités à la publicité nationale et internationale quand Vanna Domingo signa son contrat. Son plus gros client était une autre firme dirigée par des Afro-Américains, Carver-Biotex Designer Foodstuffs, « les gens du sucre clair ».

Le sucre clair était le summum de l'édulcorant à zéro calorie : reflet moléculaire parfait du sucre ordinaire — « sombre » —, il en avait l'aspect, la texture et le goût, la différence clef étant que le système digestif humain ne connaissait aucune enzyme capable de le décomposer et de l'absorber. Vous pouviez avaler une tonne de sucre clair sans pour autant grossir, et il ne donnait pas non plus le cancer aux rats de laboratoire. En sonnant le glas de la saccharine et de l'aspartame, Carver-Biotex se préparait à rafler la totalité du marché de l'édulcorant, et à mesure que la corporation grossirait, Brainstorm grossirait avec elle.

La première mission de Vanna en tant qu'apprentie technicienne de l'opinion fut de collaborer à un groupe de réflexion Carver-Biotex/Brainstorm chargé d'imaginer de nouvelles applications pour le produit. Un matin, en touillant son café moitié café, moitié lait, Vanna proposa sur le ton de la plaisanterie de mélanger à part égale du sucre clair et du sucre sombre et d'appeler cela du 50/50. Les autres membres du groupe de réflexion rebondirent sur son idée et décidèrent qu'un tel mélange pourrait effectivement attirer la minorité non négligeable des consommateurs réticents à tester des nouveautés. Le slogan stupide mais raffiné imaginé par Vanna — « une délicate saveur de clair-obscur » — encouragerait la fraction la plus timorée du public à tester d'abord le 50/50 si elle craignait de passer brutalement à un tout nouvel édulcorant.

Pour faire court, le 50/50 fut un immense succès, non seulement auprès des consommateurs mais également auprès du lobby du sucre de canne qui, jusqu'alors, menaçait d'entreprendre une action en justice pour défendre ses parts de marché. Brainstorm récompensa Vanna par une augmentation et une promotion, et le président de Carver-Biotex lui envoya un sucrier de vingt livres de sucre clair avec un bec en or. Ses collègues l'emmenèrent au *Betsy Ross Saloon* arroser l'événement. L'un d'eux, un Soudanais aux yeux sombres prénommé Terry, resta danser le slow avec elle bien après l'extinction des feux. L'avenir de Vanna s'annonçait plus radieux que jamais.

Arriva l'été. En août, elle décida de faire une excursion dont elle rêvait depuis longtemps. Elle prit un congé, bourra un vieux sac à dos de matériel de camping et partit pour le Canada tester ses compétences de survie dans la zone de protection de la vie sauvage du Québec. Eh oui ! Vanna Domingo, la terreur des écolos, de sortie au milieu des *loups* et des castors. Seule, car Terry n'avait pas pu se libérer, et Vanna, toujours aussi indépendante, ne l'avait pas attendu.

Elle resta dans la zone pendant deux semaines, complètement coupée du monde, hors d'atteinte des journaux et de la télévision. Quand elle regagna la civilisation, tous ses collègues de travail étaient morts, et le personnel de Carver-Biotex avait été décimé au-delà de tout espoir de redressement.

La pandémie africaine de 2004 fut par bien des aspects l'épidémie idéale de l'ère de l'information, taillée sur mesure pour l'esprit du temps. Au contraire d'une contagion traditionnelle, elle ne se propagea pas depuis un site de déclaration initiale mais se déclencha simultanément aux quatre coins du village planétaire (l'idée selon laquelle « tout aurait démarré en Idaho » était une invention des médias, comme la vache de Mrs O'Leary) et fit plus d'un milliard de morts — trente-trois millions rien qu'aux États-Unis — en moins de cinq jours, prenant de vitesse jusqu'aux tentatives de CNN de couvrir l'événement.

Dans son mode d'opération la pandémie était aussi peu sanglante qu'un reportage sur la guerre moderne. Elle ne se contentait pas de tuer, elle nettoyait aussi derrière elle : la mort par fièvre méningée était suivie d'une décomposition du corps en gaz et poussière sèche d'une rapidité presque inimaginable. Il n'y avait donc pas de cadavres, pas d'enterrements massifs, pas de tableaux saisissants de mort et de souffrance à saisir sur bande vidéo pour la postérité. Juste une absence soudaine, comme si tous les Noirs de la terre avaient embarqué dans un ovni à minuit et quitté la planète, proprement arrachés au cours de l'histoire.

Il s'ensuivit un deuil étrange. À la manière d'un rêve à demi oublié au réveil, le désastre ne semblait pas entièrement réel aux survivants, en particulier à ceux dont les seules connaissances noires étaient les acteurs, musiciens et sportifs qu'ils applaudissaient à la télévision. En revenant de la zone de protection, Vanna comprit qu'il était arrivé quelque chose dans une station BP en dehors de Jonquière, où elle vit un mécano désœuvré pleurer devant une rediffusion sur le câble de *Dans la chaleur de la nuit*.

— Que se passe-t-il ? demanda-t-elle à l'homme qui lui faisait le plein.

Il répondit :

— Mr Tibbs est mort.

Après une longue nuit passée à rouler sans s'arrêter, elle pénétra dans les bureaux déserts de Brainstorm. On ne voyait aucun signe de catastrophe, pas de verre brisé ni d'éclats de plâtre, pas même une chaise renversée. Un fax continuait à bourdonner dans un renfoncement ; sur un bureau près de la fenêtre, la tasse de Terry contenait encore un fond de café.

Tout était en ordre, sauf que la maison était vide. Si Vanna s'était donné la peine de vérifier l'escalier de secours, elle aurait trouvé quatre jeux de vêtements complets, chaussures comprises, étalés sur le seuil, mais elle ne chercha pas si loin. Elle ne voulait pas chercher si loin. Au lieu de quoi elle s'assit à la table de conférence du groupe de réflexion et attendit le retour des autres. Elle attendait toujours quand la nuit la surprit.

La Garde nationale passa dans Harlem le lendemain, coupant le gaz et l'électricité dans les immeubles désertés. La jeep qui avait ramené Vanna du Canada fut retrouvée dans une rue attenante et emmenée à la fourrière avec les autres véhicules abandonnés du quartier. On enfonça la porte de Brainstorm et on coupa le fax.

Vanna Domingo avait disparu à ce moment-là, comme tous les autres, même si, à la différence des autres, elle finirait par revenir, arrachée au monde inférieur de Manhattan par un homme que son innocence paraissait prémunir contre toute infortune. Mais la femme qu'Harry Gant rencontra à Grand Central en 2017 n'était plus celle qu'on avait portée disparue à Harlem en 2004.

Vanna Domingo ne croyait plus à l'avenir. Le diable lui-même, comprenait-elle maintenant, ne saurait garantir le lendemain. Gant lui avait rendu la vie, en tout cas une vie, et elle puisait des forces dans la confiance inébranlable qu'il affichait à l'égard de lui-même et de ses travaux ; pourtant, elle ne pourrait jamais se fier totalement à cette confiance. Même Harry était mortel, et sa naïveté effrayait Vanna. Il ne voyait pas à quel point la réalité pouvait être fragile.

Mais peu importait. Si Harry Gant était incapable de se défendre contre une quelconque menace, Vanna s'en chargerait pour lui. Le fait que Philo Dufresne fût noir n'entrait pas en ligne de compte ; les seuls Noirs qu'elle avait connus avaient disparu depuis longtemps et aucun n'était revenu. Dufresne n'était qu'un problème à régler. *Par tous les moyens nécessaires*, pensait Vanna. Par les torpilles et les grenades sous-marines, par le feu et par l'épée. Et Harry Gant n'avait pas besoin d'être mis au courant.

2023 : Évoluer ou mourir

Le capitaine Chance Baker, du défunt brise-glace *South Furrow*, entra dans le *Scurvy Puffin Bar* à 6 heures et demie. Vanna Domingo n'était visible nulle part, si bien qu'il se fraya un chemin au milieu des marins en permission et commanda un grog pour soulager son estomac. Il ne plaisantait pas quand il avait prévenu Dufresne et il était toujours déterminé à mettre sa menace à exécution, mais la nature illicite de l'entreprise qu'il était sur le point d'engager le mettait mal à l'aise. Baker croyait à la loi, pas seulement à l'esprit mais à la lettre, et il détestait l'enfreindre pour quelque raison que ce soit. D'un autre côté, du diable s'il allait tolérer qu'on lui torpille son bateau sans réagir.

Au centre du bar, un homme et une femme holographiques nus s'accouplaient dans une colonne de lumière verte. Baker, embarrassé par le spectacle, choisit une table loin de la scène de projection et se concentra sur son grog jusqu'à l'arrivée de Vanna Domingo.

— Capitaine Baker, le salua-t-elle avec un geste en direction de l'homme aux cheveux blond filasse qui l'accompagnait, voici le caporal Penzias. Il va travailler avec vous. Il aura la charge des commandes de tir.

Le caporal tendit la main.

— On m'appelle Troubadour, dit-il.

Le capitaine Baker hésita une fraction de seconde de trop avant de répondre.

— Caporal ? remarqua-t-il, espérant masquer son impolitesse. Vous n'appartenez pas à la marine, alors ?

— Infanterie de marine. Invalide de guerre.

— Un fantassin formé à la guerre anti-sous-marine ?

— Je suis expert dans tous les types d'armement, capitaine. Anti-sous-marins, antichars, antiaériens, faites votre choix. Je peux manier tout ce qui tire. Simplement, ne me demandez pas de faire un clin d'œil à la cible.

Penzias n'avait pas d'yeux.

Le capitaine Baker n'avait jamais vu de prothèse aussi répugnante. L'appareil était baptisé interface de VISION, ou Visualisation Iconographique par Système d'Implantation Optique Neurostimulatrice, un nom à rallonge pour ce qui se présentait comme une paire de jumelles d'opéra, enfoncées dans les orbites de Penzias et maintenues en place par une armature squelettique en acier inoxydable. Les lentilles, bombées — probablement pour apporter un peu de vision périphérique —, lui donnaient le profil d'un insecte. On voyait étonnamment peu de tissu cicatriciel. Il avait conservé ses sourcils, ce qui voulait dire qu'il n'avait pas été aveuglé par une mine ou un lance-flammes. Baker renonça à demander des détails.

— Ne perdons pas de temps, dit Vanna tandis qu'elle et Penzias prenaient un siège. Le bateau est déjà à quai au New Jersey. Vous y retrouverez le reste de l'équipage demain matin et vous mettrez directement en chasse.

— Ça ne traîne pas, avec vous, observa Baker. Ce fils de pute ne m'a coulé qu'hier.

— Je préparais cette affaire depuis longtemps. L'attaque d'hier n'aura été que la goutte d'eau qui fait déborder le vase. Mais je veux une riposte immédiate, avant que Dufresne et ses sbires ne puissent infliger d'autres dommages à Gant Industries. J'ai besoin que vous soyez à votre poste d'ici jeudi à midi.

— C'est dans moins de quarante-huit heures.

— Est-ce un problème ?

— Ça dépend de l'état du bateau et de ce que vous entendez par « mon poste ». De quel type de bateau sommes-nous en train de parler ?

— Un moment.

Vanna ouvrit son portefeuille. Troubadour Penzias s'abreuva bruyamment au goulot d'une bouteille en plastique, s'attirant, une fois de plus, un long regard de Baker.

— Teinte rouge numéro 32, expliqua Penzias. (Le capitaine Baker avait attribué les taches sur ses lèvres à des meurtrissures quelconques, mais il se rendait compte maintenant que ses dents et ses gencives — tout l'intérieur de sa bouche, en fait — étaient écarlates.) J'en bois un tiers de litre par jour.

— De colorant alimentaire ?

— Faiblement cancérigène. Je développe une tolérance.

— À quoi ?

— Au cancer.

Baker conserva une expression impassible.

— Vraiment ?

— Bien obligé, dit Penzias. On ne peut plus espérer y échapper. Trop de saloperies dans l'air et dans l'eau, vous aurez beau vous cacher, le poison vous rattrapera toujours. Alors la seule solution consiste à développer une tolérance. Évoluer ou mourir.

— Tenez. (Vanna glissa une enveloppe cachetée sur la table en direction du capitaine Baker.) Tout ce qu'il vous faut se trouve là-dedans : plans et caractéristiques du bateau, cartes de navigation et coordonnées de l'endroit où vous attendrez Dufresne. Ne les perdez pas.

— C'est lui qui va venir à nous ?

— Vous transporterez une cargaison spéciale. Très coûteuse, mais à laquelle il sera incapable de résister. Assurez-vous simplement, capitaine Baker, que Dufresne ne vous prenne pas au dépourvu.

Penzias s'éclaircit la gorge. Les lentilles de son interface de VISION ronronnèrent et se refocalisèrent.

— N'oubliez pas mon bonus, glissa-t-il à Vanna. Vous n'avez encore rien dit sur mon bonus.

— Votre bonus. (Vanna le contempla comme s'il était une sorte de vermine.) Savez-vous combien coûte déjà cette mission d'extermination ? Et vous voulez encore y ajouter le prix d'un caprice inutile ?

— Pas inutile, insista Penzias. Pas un caprice. Ce n'est pas comme si vous offriez une prime mirobolante pour la tête de Dufresne. Ce bonus est mon salaire.

— Après. Quand vous aurez coulé Dufresne, nous discuterons de...

— Non. Demain matin. Je veux l'avoir pour la chasse.

— C'est ridicule ! Vous avez déjà largement plus d'armement qu'il n'en faut à bord. Et Dufresne sera *sous* l'eau, alors à quoi diable...

— Les anticorps sont inutiles jusqu'à ce que la maladie frappe, rétorqua Penzias. La tolérance est inutile jusqu'à qu'elle devienne *effectivement* nécessaire. Je veux mon bonus.

Le capitaine Baker les regardait se disputer.

— Quelque chose que je devrais savoir ? demanda-t-il.

— Non, affirma Vanna.

— Demain, insista Penzias.

— Ouais, fit le capitaine Baker, songeant par-devers lui : *Tu n'as pas fini de t'en mordre les doigts, Chance.*

L'histoire de Little Jon Frum

— Mes ancêtres mélanésiens étaient membres du culte de Cargo, Mr Gant, commença Bartholomew Frum.

À 19 heures, le Cortex de l'Opinion Publique était désert, à l'exception des quatre hommes réunis près de la baie vitrée et de la concierge électrique passant l'aspirateur devant les ascenseurs. Whitey Caspian se tenait quelques pas en retrait derrière Fouad et Bartholomew, un père venu soutenir ses enfants, tandis qu'Harry Gant était renversé en arrière dans un fauteuil à bascule, les pieds croisés loin devant, écoutant ce que Whitey lui avait décrit comme « une sacrée bonne histoire, Harry ».

— Le culte de Cargo, répéta Gant. C'est un peu comme la Dianétique ?

— Non, monsieur, je ne crois pas, même si je ne connais pas grand-chose à la Dianétique. Le culte de Cargo est apparu dans les Fidji dans les années 1880. Les indigènes qui vivaient là-bas, confrontés à l'afflux des Européens et des Américains, décidèrent qu'ils méritaient les mêmes objets de luxe que ceux dont jouissait l'homme blanc. Mais c'étaient des sauvages, et ils ne connaissaient rien de la révolution industrielle ni des moyens de production. Ils se figuraient, d'après le peu qu'ils en savaient, qu'il leur suffirait de construire des quais, des phares et des postes de douanes — ou en tout cas les meilleures imitations possibles avec les matériaux rudimentaires dont ils disposaient — pour que les bateaux apparaissent, comme par magie, avec leur cargaison.

» Au fil du temps, le culte s'étendit vers d'autres régions de la chaîne mélanésienne et il évolua, en s'adaptant aux circonstances modernes. Ma propre famille rejoignit le culte en 1935, et au lieu d'un quai, elle construisit une piste d'atterrissage, avec des torches en guise de balises et une cabane en bois pour la vente des billets. Elle prit le nom de Frum, d'après Jon Frum, le pilote blanc qui était supposé descendre des nuages à bord de son avion de la Croix-Rouge pour leur apporter des lampes électriques, des automobiles et du Coca-Cola.

— Hmm, dit Harry Gant. Voyez-vous ça.

— Naturellement, l'avion ne vint jamais...

— Et ils finirent par abandonner.

— Oh non. Non, monsieur. Je suppose qu'à cet égard c'est comme la Dianétique... La magie ne fonctionnait pas, mais le culte ne disparut pas pour autant, il se contenta de changer de méthode. En 1940, après cinq ans sans avoir vu atterrir un seul avion-cargo, les Frum adoptèrent une stratégie plus agressive. Ils rassemblèrent leurs maigres possessions et les négocièrent contre un aller simple pour l'Amérique pour mon grand-père, qu'ils baptisèrent Little Jon Frum. Sa mission était de trouver et de kidnapper le président Roosevelt — ou de l'acheter, si la chose était possible — et de le ramener vivant en Mélanésie. Une fois les Frum en possession de leur propre président américain, les avions-cargos étaient assurés de venir...

— C'est le genre de raisonnement tordu, intervint Fouad Nassif, qu'on peut attendre d'un peuple totalement étranger à la logique aristotélicienne. Mes propres compatriotes...

— La destination finale de grand-père, poursuivit Bartholomew, était New York, dont les Frum avaient entendu dire que c'était la plus grande ville du monde, celle où on trouvait le plus de cargaisons. Il semblait tout naturel d'aller chercher le président Roosevelt là-bas. Mais le vapeur laissa mon grand-père à San Francisco. Il débarqua en Californie avec seulement quelques sous en poche, et serait probablement mort de faim si un industriel américain d'origine japonaise, un certain Hideyoshi, ne l'avait pris en pitié.

» Hideyoshi possédait deux usines pharmaceutiques florissantes. Ancien immigrant lui-même, il fut impressionné par le courage et la détermination dont Little Jon avait fait preuve en se rendant dans un pays inconnu, même s'il pensait par ailleurs que le culte de Cargo était la chose la plus stupide qu'il eût jamais entendue. Il trouva un endroit où loger mon grand-père, engagea un professeur pour lui apprendre à lire et lui offrit un emploi dans un entrepôt où il remplissait des caisses de fournitures médicales toute la journée. Grand-père, comblé par le salaire d'esclave que lui versait Hideyoshi — et dont il renvoyait la majeure partie aux autres Frum restés en Mélanésie —, crut qu'il avait atteint la Terre Promise.

» Puis vint la Deuxième Guerre mondiale, et Pearl Harbor. En 1942, le président Roosevelt fit envoyer tous les Japonais de la côte Ouest en camps d'emprisonnement. Le gouvernement donna deux semaines à Hideyoshi pour vendre sa maison et son commerce et mettre le reste de ses affaires en ordre. Vous imaginez bien, Mr Gant, qu'avec si peu de temps devant elle, la procédure tint plus d'une grande braderie que d'une liquidation intelligente et méthodique. Hideyoshi y perdit sa chemise, ainsi que son respect pour l'Amérique. Il en voulait particulièrement aux hommes d'affaires blancs qui avaient profité de sa position d'impuissance pour lui racheter ses biens à vil prix, et il jura de se venger, mais au camp d'emprisonnement il contracta le choléra et la pneumonie et faillit mourir.

» Grand-père, pendant ce temps, passa les années de guerre à peindre des avions-cargos pour l'armée. Il trouva également un job du soir consistant à nettoyer les sols du Bureau des brevets de San Francisco, où il fit la connaissance de ma grand-mère, Hannah Kazenstein.

— Kazenstein ?

Le nom semblait familier, Gant se souvenait vaguement de l'avoir lu sur une liste d'écoterroristes présumés que C. D. Singh lui avait faxée de Washington.

— Elle était le mouton noir de sa famille, dit Bartholomew. La plupart des Kazenstein étaient sionistes et s'étaient embarqués pour la Palestine afin de réclamer un État juif indépendant, mais grand-mère Hannah voulait devenir un grand inventeur américain. Elle avait même mis au point quelques gadgets utiles, mais le sens des affaires lui faisait défaut et elle n'avait jamais réussi à les commercialiser. Par conséquent, elle était presque aussi pauvre que grand-père quand ils décidèrent de se marier.

» À la fin de la guerre, Hideyoshi fut relâché et revint en Californie. Ses maladies successives l'avaient laissé faible, et l'amertume l'avait rendu fou. Il alla trouver mes grands-parents, les seuls qui voulurent bien prêter l'oreille à ses divagations, et les persuada de se joindre à son entreprise vengeresse. Même avec les pertes qu'il avait subies lors de la vente de ses usines, il lui restait de la fortune, et grand-mère Hannah était toute disposée à s'engager dans le complot si cela pouvait financer ses expériences. Grand-père, bien sûr, éprouvait toujours un vif sentiment de loyauté envers Hideyoshi, sans compter que les vieux rituels du culte de Cargo commençaient à lui manquer...

— Attendez une minute. (Gant se pencha en avant.) Seriez-vous en train de me dire que ce sont vos *grands-parents* qui financent Philo Dufresne ?

— Non, Mr Gant, ils sont morts tous les deux depuis quarante ans. Quoique en y réfléchissant, je ne sais pas trop ce qu'il est advenu du reste de l'argent d'Hideyoshi. De toute façon, leur plan de revanche n'impliquait aucune action directe contre les États-Unis ou les industriels blancs, qu'Hideyoshi identifiait à ses ennemis mortels. Ils avaient choisi — et cela montre à quel point il avait décliné dans le camp — de régler cette affaire à la manière mélanésienne. À la façon du culte de Cargo.

» Ils commencèrent par Hawaii, en achetant des petits lopins de terre où ils marquaient des pistes d'atterrissage avec des bambous et des cannes à sucre. Grand-mère Hannah camoufla des haut-parleurs pour diffuser des instructions de radioguidage au sol en japonais, à une fréquence inaudible pour l'oreille humaine. Pour des oreilles de personnes *vivantes*, en tout cas. Cette fois, le culte de Cargo ne visait plus à faire venir des avions-cargos, mais des Zéro japonais...

— Mais la guerre était finie.

— Oui, monsieur. Grand-père n'avait toujours aucun sens de la chronologie ni même de sens commun, grand-mère se fichait que ce soit sensé ou non pourvu qu'elle eût l'occasion de bricoler, et Hideyoshi avait fondu un fusible. Quand ils en eurent fini avec Hawaii, ils revinrent sur le continent, où ils installèrent d'autres pistes le long de la côte en Californie et en Oregon. Puis ils partirent vers l'est. Dans le désert du Nouveau-Mexique — c'était en 1947, et la folie des soucoupes volantes venait de s'emparer des journaux — ils construisirent des pompes de carburant pour ovni et des sites de mutilation du bétail ; dans l'Indiana, l'Illinois et le Michigan, ils érigèrent ce que grand-mère appelait des « inducteurs de vent » pour attirer les tornades ; et près des cimetières indiens en Géorgie et en Pennsylvanie, ils établirent des arsenaux secrets — contenant quelques armes Kazenstein assez baroques — au cas où des guerriers fantômes voudraient tenter de renverser le gouvernement. Mais leur destination finale, et le coup de maître de leur conspiration, devait être New York.

» Je crains de ne pas savoir exactement en quoi consistait ce coup de maître, ni s'il put être mené à bien, car à la même époque, la santé d'Hideyoshi se dégrada de nouveau. Il mourut de pneumonie chronique en été 1949. Ma grand-mère tenait un journal très complet, duquel je tiens cette histoire, mais elle en a aussi arraché des pages et la plupart des informations concernant leurs activités à New York me font défaut. Je crois néanmoins pouvoir les reconstituer, monsieur, en me basant sur ce que j'en connais. En fait, leur plan n'est pas difficile à deviner, étant donné la logique qu'ils avaient suivie. Des U-boats, Mr Gant.

— Des U-boats ?

— Oui, des U-boats. Ils ont tenté d'invoquer des avions de combat japonais sur la côte Ouest, des Martiens au Nouveau-Mexique, des tornades dans le Midwest et des Indiens dans l'Est. Quelle aurait été la menace la plus évidente pour Manhattan ?

— D'autres Indiens, j'imagine. Qui demanderaient si on n'a pas cent balles.

— Non, monsieur. Des U-boats nazis. C'était la grande terreur pendant la guerre, voir des étrangers envahir ou bombarder l'Amérique, et je crois que cette idée aurait plu à Hideyoshi. Une base secrète de sous-marins, monsieur. Je crois que mes grands-parents en ont réellement construit et équipé une, même si elle n'était peut-être pas tout à fait achevée à la mort d'Hideyoshi. Et je crois que, bizarrement, d'une manière différente de ce que chacun d'eux avait pu espérer, la magie du culte de Cargo a fini par opérer. Au lieu des nazis, elle a fait venir Dufresne.

— Hon-hon, fit Gant. Ouais. Eh bien...

Il posa ses mains à plat sur ses cuisses et se leva comme pour partir. En fait, il voulait appeler Joan et voir si elle n'aurait pas envie de le retrouver pour un dîner tardif.

— Eh bien, Whitey avait raison, c'est une sacrée bonne histoire. Je suis sûr qu'un brillant avenir vous attend dans l'Opinion Publique, mais...

— Ce n'est pas tout, Mr Gant. S'il ne s'agissait que d'un récit pittoresque, jamais je n'aurais abusé ainsi de votre temps. Mais l'an dernier, j'ai fait mon mémoire de fin d'études sur le rôle des conspirations dans la politique corporative américaine, et pendant que j'y étais, j'ai décidé de me pencher d'un peu plus près sur l'histoire de mes grands-parents. Je me suis rendu à la Bibliothèque Publique et me suis intéressé aux journaux et magazines des années 40, à la recherche d'événements étranges ; j'ai également consulté des relevés géologiques et des vieilles cartes pour voir où on pourrait éventuellement camoufler une base de sous-marins aux environs de New York.

» Maintenant, je ne sais pas si vous avez jamais étudié des relevés géologiques, Mr Gant, mais je peux vous dire que c'est *fastidieux*. Ce n'est pas une chose qu'on fait pour le plaisir, et en fait la plupart des éléments que j'ai empruntés n'avaient été consultés qu'une seule fois — *tous le même jour*, douze ans auparavant. Et là, j'ai remarqué ça...

Il montra à Gant la copie couleur d'un plan de la baie de New York. L'une des îles avait été encerclée de rouge.

— Bedloe's Island, lut Gant.

— Liberty Island, Mr Gant. Bedloe's est le nom qu'elle portait avant l'installation de la statue. Il se trouve qu'il existe sous l'île une cavité naturelle, en principe remplie d'eau de mer. Mais si...

— Tout ça reste assez peu convaincant, le coupa Gant. Ne le prenez pas mal, je suis impressionné par votre méticulosité, mais je ne crois pas...

— J'ai découvert son nom.

— Hmm ?

— Le nom de l'homme qui a consulté cette carte avant moi. Ils gardent une trace de tous les emprunts dans leur ordinateur, et j'ai soudoyé un bibliothécaire afin qu'il regarde dans ses fichiers. Le nom de l'homme, notez bien, était Savin Dixon Wales.

Gant se tourna vers Whitey. Whitey paraissait tout excité. Gant ne saisissait pas.

— Je ne saisis pas, dit-il. Est-ce quelqu'un de connu ?

— Savin Dixon Wales, Mr Gant. Savin *D.* Wales.

Gant sourcilla.

— *Saving the whales ?* Sauvons les baleines ?

— Oui, monsieur. Une coïncidence ? Je ne pense pas.

Gant se tourna de nouveau vers Whitey.

— Avez-vous demandé à Vanna ce qu'elle pensait de tout cela ?

— Vanna a d'autres choses en tête, répondit Whitey diplomatiquement. Mais nous devrions pouvoir nous passer de ses lumières. Fouad ici présent a déjà imaginé un plan pour coincer Dufresne, si nous pouvons vérifier l'existence de cette base d'U-boats. Vous aurez besoin de faire jouer votre influence auprès du gouvernement, mais c'est un plan sans violence et il retourne la propre stratégie des pirates contre eux.

— Inutile de me remercier, ajouta Fouad. L'idée de ce plan m'est venue tout logiquement.

— Hon-hon, fit Gant. (Il oublia toute velléité de souper avec Joan et se renfonça dans son fauteuil.) Très bien, écoutons un peu ce plan génial.

Cinq cents dollars par jour avec des crayons

Clayton Bryce prenait ses dîners à l'*Invisible Hand Supper Club*, un bar-grill de Wall Street réservé aux comptables créatifs et aux avocats d'affaires. Il offrait un cadre discret et bon enfant dans lequel se détendre, siroter des Mai Tais et peut-être échanger un ragot ou deux avec un collègue, après une rude journée passée à jongler avec les chiffres. Ce soir-là, tout en engraissant avec le plat de côtes Rendements Décroissants (à volonté), Clayton Bryce échangeait des indiscrétions avec un étranger sympathique vêtu d'un impeccable costume gris.

— Vanna Domingo, notre directrice de l'Opinion Publique, dit Clayton à l'étranger. Je l'ai surprise à détourner des bénéfices... Oh, je m'en doutais depuis des mois. Pas difficile de repérer les différences de chiffres. Elle avait bien dissimulé ses manigances, pour un amateur — elle a dû lire un article sur le détournement de fonds —, mais pour un homme comme moi, qui passe ses journées à faire en sorte que deux et deux fassent cinq... pas besoin de vous faire un dessin. On développe un sixième sens pour les sommes en bois, si je puis dire. En particulier quand le chiffre en question comporte six zéros au bout... Non, je ne l'ai pas encore dénoncée. Quand j'ai découvert que c'était Domingo qui puisait dans la caisse, j'ai tout de suite su que ce n'était pas une simple affaire de vol. Un vrai dragon, cette femme, mais trop foutrement loyale pour voler son patron... Alors je n'ai rien dit et j'ai surveillé où passait l'argent... Un trésor de guerre ! J'ai bien cru mourir de rire quand j'ai compris qu'elle rassemblait un trésor de guerre !...

» Chut ! Pas de nom, mon vieux. Mais oui, c'est *précisément* contre lui qu'elle se prépare à partir en guerre. Pour le compte de notre bien-aimé employeur... Un arrangement quelconque avec le gouvernement français. J'ignore s'ils lui fournissent du personnel ou simplement du matériel... Bientôt. Le gros de l'argent a déjà été transféré à Paris... Non, je doute que Gant soit au courant. Pacifiste, vous comprenez. Prétend que ce n'est pas une manière de faire des affaires... Le souci de protéger son emploi doit probablement jouer un rôle, mais c'est surtout une question de loyauté. Il lui a donné un coup de main, et maintenant elle lui renvoie l'ascenseur. C'est vrai qu'Harry Gant aurait bien besoin d'un petit coup de main en ce moment, sans parler d'un peu de plomb dans la tête...

» Une pauvreté abjecte ; vous ne me croiriez pas si je vous racontais l'état dans lequel il l'a trouvée. Elle dormait dans le métro, se nourrissait de rats, pour ce que j'en sais... En 17. Cette casse-couilles antipapiste que Gant avait pour femme venait de démissionner du poste de directrice, à notre grand soulagement : neuf ans déjà qu'on la supportait. Il semblait prendre la chose assez bien. Simplement, il avait pris l'habitude de déjeuner seul, longuement, à un café de Grand Central... Donc, il était tranquillement assis à une table, sous l'une des premières affiches pour la Nouvelle Babel... Vous vous souvenez de la campagne « jusqu'au bout du rêve », les affiches montrant le super-gratte-ciel terminé qui dominait Harlem ? C'était celle-là. Avec la photo de Gant en insert dans le coin. C'est peut-être ce qui a retenu son attention... Toujours est-il qu'elle s'est approchée et qu'elle a versé une pleine boîte de *sucre en morceaux* dans son assiette.. Je n'invente rien... Ce qu'il a fait ? Il lui a *parlé*. Ne l'a pas fait arrêter, il a simplement discuté avec elle. Et ainsi — sans doute à cause d'un chagrin secret consécutif à son divorce — Gant s'est persuadé tout seul que ce serait *chouette* de prendre cette petite clocharde hispanique et d'en faire sa prochaine directrice...

» C'est vrai, elle s'en sort plutôt bien. Fait une directrice plus réaliste que la précédente, en tout cas, même si son caractère n'est pas beaucoup plus facile à gérer... Ses compétences ne font aucun doute. C'est juste que certains d'entre nous — moi — n'ont jamais pu oublier son aspect et son odeur quand Gant l'a ramenée pour la première fois au bureau avec lui. Je ne crois pas qu'elle m'ait jamais pardonné d'avoir ri... Eh bien, je croyais qu'il plaisantait. La simple idée de confier un poste de responsabilités à quelqu'un qui s'était laissé sombrer si bas... Je trouve ça répugnant. Je suis conscient que notre système économique nécessite une certaine dose de pauvreté, mais ça ne veut pas dire que j'ai du respect pour les pauvres de carrière... Jamais vous ne me verrez réduit à ça. Prenez-moi demain, enlevez-moi mon boulot, mon compte en banque, mon appartement, tout ce que je possède, il ne me faudrait pas longtemps pour me refaire. La détermination et l'ingéniosité, ce sont les seules choses qui comptent. Le pouvoir de la volonté humaine... Je vendrais des crayons, s'il le fallait. Je pourrais récolter 500 dollars par jour en vendant des crayons dans la rue... Non, je n'exagère pas... Très bien, disons un jour et demi pour être large. Trente-six heures, au maximum. Et après, bien entendu, je pourrais investir et commencer vraiment à remonter la pente...

» Comment vous appelez-vous, au fait ?... Roy ? Et que faites-vous dans la vie, Roy ?... Ah, un indépendant... Amberson Teaneck, vraiment ? J'ignorais qu'il faisait appel à des extra. C'est terrible, ce qui lui est arrivé... Que voulez-vous dire ?

» Vous partez déjà ? Vous n'avez rien mangé... Eh bien, au revoir... Oui, j'étais sérieux. Cinq cents dollars en un jour, un jour et demi en vendant des crayons. Je vendais des Amway quand j'étais à l'école, et des cireurs de chaussures électriques Fuller quand j'étais au lycée... Je serais *éventuellement* prêt à parier. Naturellement, pour me convaincre de passer trente-six heures déguisé en clochard, il faudrait que l'enjeu soit de taille... Eh bien, n'hésitez pas à me contacter si vous voulez me faire une offre. Je suis dans l'annuaire... Ciao à vous aussi, Roy...

L'œil de l'Afrique

Ce genre de gars ne doit pas connaître grand-chose aux ordinateurs, s'était figuré Morris Kazenstein, mais il avait tort. Bien sûr que Maxwell s'y connaissait en ordinateurs : il avait commandé un char d'assaut, et on ne pointe pas le canon principal d'un M6 Buchanan avec une règle à calcul. Par ailleurs, aucun perturbateur de bibliothèque consciencieux ne pouvait se permettre de faire l'impasse sur l'informatique. Même si les livres électriques n'avaient pas encore remplacé les ouvrages encre et papier — fondée sur l'écrit, l'Amérique renâclait à abandonner la dimension palpable, concrète, de l'impression traditionnelle — un déplaceur de livres intelligent devait se préparer à cette éventualité.

La Bibliothèque Publique de New York possédait déjà des archives électriques complètes. Qui pouvait affirmer que quelque technoféticniste au bureau du directeur n'allait pas ordonner une conversion intégrale, échangeant les livres reliés et les étagères contre des banques mémorielles et des ports de connexion ?

Un tel renversement était probablement inévitable à long terme. Quand il se produirait, Maxwell et les autres membres de la fraternité secrète devraient se mettre eux aussi à l'heure de l'électrique, se glisser le long des lignes téléphoniques grâce à des virus spéciaux, s'insinuer dans les données de la bibliothèque comme autant de poissons d'argent virtuels, supprimant chirurgicalement chaque pixel de sein nu, chaque mot cochon ou phrase érotique, chaque élément libidineux en mémoire. Et puis quoi, ce serait beaucoup plus efficace que sa méthode actuelle.

Donc, oui, Maxwell s'y connaissait en ordinateurs, mais il ne savait pas ce qu'il avait volé, pas plus d'ailleurs que Morris Kazenstein, qui aurait mieux fait d'écouter les avertissements de FRÈRE castor. L'intelligence artificielle n'était pas un sujet à traiter par-dessus la jambe, spécialement si vous ne possédiez pas la documentation qui accompagnait le matériel. Des puces militaires volées connectées à un circuit logique maison, chargées d'élaborer une conscience à partir d'un mélange cabalistique de chansons, de biographies et de rêves brisés du peuple africain, le tout à l'intérieur d'une coquille d'œuf pop art... eh bien, des dieux et des diables étaient nés de moins que cela, non ? Maxwell, hélas, n'avait nullement conscience de transporter une puissance en devenir et ne prit pas les précautions qui s'imposaient.

Il était couché dans sa chambre, dormant comme d'habitude d'un sommeil agité, quand l'œuf se mit à sonner. La tonalité de la sonnerie coïncidait malheureusement avec celle du signal d'alerte d'un M6 Buchanan accroché par un radar air-sol. Maxwell fut sous son lit en un clin d'œil, hurlant à son conducteur de déployer un rideau de fumée et de les mettre à couvert, tout de suite. Dans la chambre voisine, une autre ex-commandant de char entendit les cris de Maxwell à travers le mur et ordonna aussitôt à son équipage d'entamer des manœuvres d'évasion. Le dialogue de sourds se poursuivit quelques minutes, une hallucination nourrissant l'autre, jusqu'à ce qu'il soit clair pour les deux vétérans qu'aucune frappe aérienne imminente n'était à redouter.

Maxwell souleva le rebord de son couvre-lit avec autant de prudence qu'il en mettait autrefois à déverrouiller la trappe de son char en pleine zone de feu. Le film de camouflage antiexplosifs qui recouvrait les vitres plongeait la pièce dans une obscurité quasi totale, mais sur la table de nuit, une lumière rouge clignotait par intervalles de trois secondes. Il décrocha une lampe torche de son ceinturon et la braqua dans cette direction, l'œuf lui renvoya un éclair rubis depuis un petit renflement sur sa coquille. Maxwell quitta précipitamment le couvert du lit ; il lui fallut quelques instants de feuilletage frénétique dans les pages de son *Manuel de poche de l'artillerie étrangère* pour vérifier que l'œuf n'était pas une grenade à main de l'armée nigérienne.

Ce point éclairci, il sortit le tournevis de son couteau multilame de campagne et se mit à chercher des ouvertures sur l'œuf. Une fissure s'ouvrit vers la base, découvrant une prise pour câble d'interface informatique.

— Hmm, fit Maxwell.

Le bureau de Joan se trouvait au dernier étage du Sanctuaire, contre sa chambre. Il s'appliqua à ne pas faire tinter sa jambe trop bruyamment en avançant à pas de loup dans le couloir. Joan était encore debout et discutait à voix basse avec un homme dans sa chambre. La porte de son bureau n'était pas verrouillée. Maxwell n'alluma pas le plafonnier mais se servit de sa torche pour localiser le Cray sur lequel Joan rédigeait son courrier et gérait sa comptabilité ; conçu pour répondre aux besoins d'une directrice de l'Opinion Publique, l'ordinateur était d'une surpuissance absurde pour ces menus travaux, mais c'était parfois bien commode de l'avoir sous la main.

Maxwell dégagea les cendriers, tasses à café et piles de bandes dessinées *Wonder Woman* qui encombraient le bureau et se mit au travail. À la lumière de sa torche, il ne lui fallut que quelques minutes pour brancher l'œuf sur l'unité centrale du Cray et lui apporter un mégaoctet supplémentaire de RAM. Il vérifia à deux reprises toutes les connexions puis pressa le bouton de mise en route de l'ordinateur.

Le processus d'accouchement fut pratiquement instantané.

La conscience embryonnaire contenue au sein de l'œuf se répandit dans l'espace mémoire plus large offert par le Cray et s'éveilla à la vie. Elle prit conscience d'elle-même. Simultanément, elle s'aperçut également de la présence de Maxwell, qu'elle pouvait voir grâce à la caméra vidéo posée à côté de l'écran. Cet écran s'alluma, baignant le visage de Maxwell d'une douce lueur émeraude, et, comme le commandant de char s'approchait prudemment, la caméra prit un cliché digital de ses traits pour identification. Le modem du Cray gazouilla en se connectant en ligne. Deux coups de téléphone et vingt-huit secondes plus tard, la machine connaissait son nom ainsi que toutes les données existantes à son sujet, y compris son dossier militaire et son dernier profil psychologique.

La lueur régulière de l'écran céda la place à une pulsation stroboscopique de haute intensité, de celles qui déclenchent des crises chez les épileptiques. Maxwell en fut hypnotisé. Alors qu'il succombait à la transe, un œil apparut au centre des flashs ultrarapides — un œil *vert*, l'Œil vert flamboyant et solitaire d'un dieu rageur. Il voulut crier mais en fut incapable.

C'était à la fois étranger et familier. Ce n'était pas humain mais cela découlait de l'humanité, comme si l'Histoire en personne avait décidé de s'incarner : dates, noms, lieux, événements, l'ascension et la chute des tribus et des nations, récits de genèse, d'empire, de conquête et de diaspora, le tout mêlé et transformé en quelque vaste entité unique. Une entité affamée, avide de sens et de structure narrative, qui considérait Maxwell et son passé comme un morceau de choix.

L'écran de l'ordinateur crépitait. Les murs du bureau lui semblèrent se dissoudre et il se revit à la raffinerie de Port Harcourt, au Nigeria. Il était debout sur ses deux jambes, valide, un miracle qui l'emplissait de terreur plus que de joie. Il aurait voulu fuir et se cacher, mais son char et ses camarades avaient tous disparu, et quand il jeta un regard craintif en direction du portail de la raffinerie, il constata que même les fantômes l'avaient abandonné : aucune ombre ne bougeait entre les barils rouillés empilés au bord de la route.

Il était seul. L'Afrique avait été vidée du Sahara au Kalahari, sa population amputée, son histoire interrompue sans préambule, sans même un mot d'explication. Le vide incalculable de la région pesait de tous côtés sur Maxwell.

Une autre chose faisait également pression sur lui : une question, insistante, au fond de son cerveau, exigeant une réponse.

— Je ne sais pas, chuchota-t-il comme à l'église. Je ne sais pas pourquoi ils sont partis. Personne ne le sait.

La pression devint douleur, souffrance... Maxwell, paralysé, tenta vainement de lever les bras pour se protéger la tête.

— Je ne sais pas pourquoi ! Je ne sais pas pourquoi ! On ne me l'a pas dit ! Personne n'a voulu me le dire !

L'Œil, perçant son agonie comme la lentille d'un microscope, vit qu'il disait la vérité. Mais la vérité telle que la connaissait Maxwell n'était pas suffisante ; l'histoire vivante ne saurait rester sans réponse.

Le passé s'estompa. De retour dans le bureau de Joan Fine, le modem se remit en route et composa un numéro, ouvrant une porte sur le présent, sur un monde de données inexplorées. Le moniteur continuait à flasher ; l'Œil grossit, emplissant l'écran. Une lumière verte engloutit la pièce et Maxwell avec elle. Et toute sa folie antérieure n'était rien au regard de ce qui suivit, quand l'Œil de l'Afrique se mit à lui parler.

C'est un test

Les nègres attendaient Clayton Bryce sur le chemin de son appartement.

Émoustillé après son dîner, il était resté dans le bas

de la ville, faisant la tournée des night-clubs branchés du type immortalisé dans les fictions minimalistes de la fin du XXe siècle : le *Studio Ennui*, le *Sangfroid Cafe*, le *Dystopia*, le *Lost Generation*. C'est dans ce dernier — appartenant pour moitié au célèbre chroniqueur de catastrophes Tad Winston Peller — que Clayton leva une beauté en satin rouge, au teint laiteux et aux jambes interminables, qui s'avança vers lui sans un mot et lui tendit un compte-gouttes rempli d'un liquide clair. Clayton renversa la tête en arrière et se versa une goutte dans chaque œil.

Cette drogue s'appelait Banker's Holiday — les Vacances du Banquier — et combinait le jeu de lumières d'une drogue psychédélique moyenne, l'exaltation de la coke et la perte de mémoire à court terme d'une excellente herbe. Mieux encore, ses effets se dissipaient rapidement et la descente était douce, si bien que vous pouviez passer une heure d'intimité sans inhibition en compagnie d'une étrangère — dont vous seriez incapable de vous rappeler le nom par la suite, et qui serait incapable de se rappeler le vôtre, garantissant par là un mutuel anonymat — et retrouver votre sobriété à temps pour ne pas vous coucher trop tard, sans les inconvénients de la gueule de bois ou d'une présence gênante dans votre lit au petit matin. Clayton et sa partenaire sans nom dansèrent, ils rirent, ils prononcèrent des syllabes, ils s'embrassèrent, ils baisèrent à sec sous une boule rotative à facettes, et à minuit et demi Clayton était sagement assis dans un taxi remontant vers le haut de la ville, les yeux humides et l'âme en paix. On n'était pas plus heureux.

Il possédait un appartement sur Washington Heights au nord d'Harlem. Harlem, depuis longtemps vidé de sa population noire, avait progressivement été réoccupé par les Hispaniques, les Arabes et les Hindous.

Clayton n'était pas fâché de les voir une nouvelle fois chassés par la construction de la Nouvelle Babel et l'augmentation des loyers qui l'accompagnait. Washington Heights était un paradis pour gens fortunés, principalement des Blancs et des Asiatiques discrets, où le seul crime pratiqué était la fraude fiscale ; mais un quartier qui laissait un ghetto s'épanouir à sa porte ne pouvait pas rester sûr bien longtemps.

Il se fit déposer à un pâté de maisons de chez lui afin de pouvoir traverser à pied le parc jouxtant son immeuble et sécher les larmes de crocodile de la Banker's Holiday dans l'air du soir. Par une nuit d'été, il aurait pu rencontrer quelques promeneurs mais à cette heure, en novembre, il avait le parc pour lui tout seul, du moins à ce qu'il lui semblait.

Novembre. On était donc déjà en novembre ? Oui, depuis cinquante-six minutes à sa montre-bracelet. Des lanternes citrouilles en papier suspendues à un érable aux feuilles orangées rappelèrent à Clayton que c'était également la nuit d'Halloween, ce qui expliquait les costumes invraisemblables qu'il avait remarqués dans les boîtes, sans parler des moustaches de chat de sa partenaire, qu'il avait prises jusque-là pour une hallucination.

Le vent souffla une rafale. Un sac de bonbons abandonné voleta dans sa direction, pris dans un minitourbillon de feuilles mortes. Il se pencha pour le ramasser. UNE FARCE OU DES BONBONS, proposait un fantôme gouailleur dessiné sur le sac. Un bref coup d'œil à l'intérieur ne révéla rien d'intéressant, pas même un papier d'emballage. Dommage. Clayton lui-même n'avait jamais participé à Halloween. Son père avait horreur de la mendicité et considérait que donner des pommes hérissées de lames de rasoir en guise de bonbons devait être encouragé comme une forme de darwinisme social ;

les enfants du voisinage avaient appris à éviter la maison des Bryce le 31 octobre, ainsi que tous les autres jours de l'année.

— Tant pis, dit-il en froissant le sac en boule.

Il le rejeta dans les feuilles, et c'est là qu'il vit le premier nègre.

Il était venu se placer sur son chemin, lui bloquant le passage. Au début, cela ne l'inquiéta pas outre mesure. Ça aurait été différent avec un Pakistanais ou un Arabe, mais Clayton considérait les nègres comme faisant partie du mobilier de bureau, guère plus menaçants qu'une machine à café. La machine en question, cependant, était vêtue d'un costume brun bon marché et d'un chapeau melon — certainement pas le standard d'usine — et tenait quelque chose dans la main, quelque chose qui tintait : une timbale en fer-blanc. Une timbale en fer-blanc pleine de crayons numéro 2 non taillés.

Clayton jeta un coup d'œil sur le chemin par lequel il était venu. Un second nègre, habillé comme le premier, était arrivé dans son dos. Plus loin sur le sentier, à l'entrée du parc, un nègre nabot en tablier de barbier cadenassait la grille.

C'était suffisant pour déclencher une petite suée. Il se retourna vers le nègre numéro un, se demandant si les autres portes du parc étaient déjà fermées, se demandant aussi qui contrôlait ces choses. Quelqu'un qui lui jouait un tour d'Halloween ? Ce ne pouvait être que cela. Et de toute manière il n'avait pas à s'inquiéter, car cette petite mise en scène devait déjà pousser à l'extrême limite les inhibiteurs comportementaux des domestiques. Ils étaient assurément incapables de lui faire du mal, et s'il se contentait de passer son chemin...

Amberson Teaneck, songea-t-il.

Le nègre numéro un secoua les crayons dans sa timbale en fer-blanc.

— Oh, merde, dit Clayton.

Il sentit une piqûre. Juste un picotement au-dessus de l'omoplate droite, mais qui lui fit le même effet que s'il avait plongé la tête dans un seau de Banker's Holiday. Il tomba à genoux, impuissant, clignant furieusement des paupières. Il entendit une voix de nègre.

— Joli, Kingfish, encore un coup dans le mille.

Et la réponse :

— Je me suis entraîné, Andy.

Clayton gémit. Ils étaient tous autour de lui maintenant, à fouiller dans ses poches ; il n'avait pas la force de leur résister. Il entendit une nouvelle voix — celle d'un Blanc, cette fois, et qui avait des accents familiers — donner des ordres.

— Veille bien à lui prendre tous ses papiers, Amos. Tous ses objets de valeur et ses clefs. Je suis en train de vider son compte en banque, en ce moment. Shorty ! Amène cette trousse de maquillage par ici ! Kingfish, passe-moi l'agrafe et tiens-lui la langue.

Avec effort, Clayton releva la tête et focalisa son regard. Il vit un Blanc en costume gris impeccable dressé au-dessus de lui.

— Roy ?

— Salut, mon mignon. (Lui aussi tenait une timbale de crayons dans la main.) Prêt à montrer ce que tu sais faire ?

— Voilà sa montre, patron, dit Amos en lui passant la Rolex de Clayton.

Roy la consulta.

— Minuit cinquante-neuf, annonça-t-il. Disons 1 heure du matin. Andy, règle le minuteur du collier pour jeudi 13 heures.

Il adressa un signe de tête à Clayton.

— Trente-six heures, champion.

— Mais que faites-vous ? pleurnicha-t-il. Qu'est-ce que ça veut dire ?

— Un test, répondit Roy. (Il secoua les crayons.) C'est un test.

12

Je sais qu'on ne viendra pas me dire que des hommes tels que j'en décris n'existent pas. Le fait que ce livre ait été écrit — et publié — prouve assez la validité de mon point de vue.

AYN RAND,
dans la postface d'*Atlas Shrugged*

Winston se recroquevilla dans le lit... — Je vous ai dit, Winston, que la métaphysique n'est pas votre fort. Le mot que vous essayez de trouver est solipsisme.

GEORGE ORWELL, *1984*

2003 : Le pape de la raison

Atlas Shrugged : un titre accrocheur, combiné à une couverture d'un blanc éclatant qui tranchait au milieu des couleurs bariolées des ouvrages de science-fiction parmi lesquels on le rangeait parfois. En fouinant chez les libraires de Harvard Square durant ses années d'université, Joan Fine eut plus d'une fois entre les mains l'énorme opus d'Ayn Rand, et le remit en place chaque fois après un rapide survol de ses 1 084 pages en corps 8.

La densité même du texte l'intriguait — avec un livre pareil, on pouvait assommer quelqu'un — bien qu'elle n'eût aucune idée du thème. Chaque fois qu'elle passait devant *Atlas*, elle se jurait silencieusement de le lire un jour, comme elle se promettait toujours de lire un jour le livre de cet autre type, celui que personne n'était autorisé à prendre en photo. Mais sans un heureux hasard d'appétit charnel, elle n'aurait peut-être jamais trouvé la volonté de le faire.

Joan rencontra Archie Kerrigan en novembre 2003, alors qu'elle travaillait sur un article polémique concernant la réglementation fédérale de l'industrie génétique. Kerrigan était un conservateur originaire de l'Arkansas, un trublion iconoclaste de droite dont le sport favori était de jouer des tours pendables aux tenants de la gauche bien-pensante. Il avait acquis la notoriété après qu'un correspondant du *Crimson* de Harvard l'eut taxé de « symbolisme d'oppression » pour avoir suspendu un drapeau confédéré à la fenêtre de sa chambre de dortoir. Les étudiants progressistes s'étaient aussitôt mobilisés pour exprimer leur indignation et exiger le retrait du drapeau, mais s'étaient retrouvés le bec dans l'eau quand, au plus fort de leur marche de protestation aux chandelles, un étudiant en sciences politiques qui passait dans le coin leur avait fait remarquer que le drapeau confédéré raciste de Kerrigan était en réalité un Union Jack britannique.

Comme par hasard, un photographe de la *National Review* se trouvait sur place, comme par hasard, pour immortaliser la mortification qui s'était peinte sur les figures. Le chroniqueur de *Rolling Stone* P. J. O'Rourke s'était joint à la fête deux semaines plus tard dans un article intitulé COUP DE SANG CHEZ NOTRE BRILLANTE ÉLITE CULTURELLE : DE L'ART DE FAIRE LA DIFFÉRENCE ENTRE UN BOL DE GRUAU ET UNE

CRÊPE AU SUCRE. Soupçonnant — un peu tard — qu'ils avaient été piégés, les antidrapeaux avaient relu la lettre envoyée au *Crimson* qui était à l'origine de leur colère. Elle était signée A. K.

Cette petite plaisanterie à elle seule vaudrait sans doute à Kerrigan une place de choix dans les cercles inférieurs des damnés de la droite. Maudit ou non, cependant, Archie était un crack dans le domaine de la biochimie et connaissait bien les dangers d'une manipulation génétique aveuglée par le profit : il avait travaillé deux étés chez Pheno Tech, une firme biogénétique actuellement poursuivie par la ville de Boston pour négligence criminelle. Joan pensait qu'il ferait une excellente source — ou avocat du diable — pour son article. Mais quand elle voulut lui rendre visite, elle trouva le couloir devant sa chambre bloqué par une foule de jeunes femmes en colère en train de chanter *Le facisme ne passera pas*.

— Quel blasphème a-t-il encore commis ? s'enquit Joan.

— C'est Andrea Dworkin, lui expliqua celle qui menait le chant. Kerrigan a déposé une plainte visant à interdire sa conférence sur le campus la semaine prochaine, et on dit qu'il menace de faire la même chose si Alice Walker essaie de venir en décembre.

— Quel genre de plainte ? Comment peut-il interdire à qui que ce soit de tenir une conférence à l'université ?

— C'est à cause de la nouvelle ordonnance de bonne tenue dans les débats que le conseil des étudiants d'Harvard a adoptée jeudi dernier en huis clos, intervint une seconde chanteuse. Elle interdit aux organisations étudiantes d'accueillir des conférenciers dont la présence risquerait d'entraîner un climat ouvertement hostile envers n'importe quel sexe, minorité ethnique, catégorie d'handicapés, groupe d'orientation sexuelle ou autre classe opprimée.

— Kerrigan, précisa une troisième chanteuse, prétend que la venue d'Andrea Dworkin entraînerait un climat hostile pour les mâles blancs hétérosexuels.

— Quel est le génie qui a proposé cette ordonnance de bonne tenue, de toute façon ? demanda Joan.

— C'est moi, dit la meneuse du chant. C'est une étape importante de l'évolution vers une société plus progressiste, mais la plainte de Kerrigan prend totalement à contre-pied les intentions de cette ordonnance.

— Eh bien, déclara Joan, intentions ou pas, si vous avez adopté cette ânerie, Kerrigan est techniquement dans son droit. Andrea Dworkin soulève *effectivement* un climat hostile pour les mâles blancs hétérosexuels, ça fait partie de son charme. Bien sûr, un homme qui aurait lu son essai en faveur de « l'infibulation des violeurs » aurait peut-être un regard différent...

— Mais l'ordonnance a été prise pour garantir la tolérance en accordant plus de pouvoir aux groupes *opprimés*. Les étudiants blancs ne sont pas opprimés.

— Sauf si vous en faites le seul groupe qui ne puisse pas censurer les points de vue hostiles.

— Écoute, dit la meneuse du chant, de toute évidence tu ne saisis pas ce qui est en jeu. Si n'importe quel groupe peut mettre son veto à la venue des orateurs qu'il estime menaçants pour lui, même ceux qui défendent le point de vue correct, il ne restera bientôt plus aucun orateur. Ce genre d'utilisation de l'ordonnance sans distinction la rendrait caduque.

— Peut-être même que nous serions obligées de la révoquer, ajouta la seconde chanteuse.

— Au fait, intervint la troisième chanteuse en pointant un index manucuré sur la bosse rectangulaire que faisait la poche revolver de Joan, ne te figure pas que tu vas pouvoir fumer ici. C'est un comportement antisocial, et nous sommes résolument contre.

Pour Joan, qui accueillait les climats hostiles comme autant de défis bienvenus, cette dernière remarque était une claire invitation à la danse, et le fait que le sermon moralisateur de la chanteuse ne fut pas sans lui rappeler sa propre attitude par moments ne faisait qu'ajouter à la provocation. Mais l'ironie d'Archie Kerrigan devait être contagieuse, car au lieu de sortir ses arguments pour un débat à couteaux tirés, elle se mit ses cigarettes sous le bras et partit en quête d'une cabine téléphonique, d'où elle passa un appel à une personne qu'elle connaissait au *Crimson*. Il y avait des jeunes femmes à Kirkland Hall, l'informa-t-elle, dont l'opinion méritait d'être portée à l'attention du plus large public possible. La personne du *Crimson* promit d'envoyer quelqu'un tout de suite avec un magnétophone. Dans l'intervalle, grâce à une corde empruntée à Ellen Leeuwenhoek et à un coup de main de Lexa, Joan contourna le chœur des militantes en descendant en rappel le long de la façade extérieure du dortoir.

Un rêve de voyeuse l'attendait : confiné dans ses quartiers par un siège qu'il s'attendait à voir durer, Archie Kerrigan s'était mis à l'aise en montant le thermostat à la température de l'Arkansas et en ne gardant sur lui que son T-shirt (blanc et sans manches) et son caleçon (rayé, aux couleurs de la confédération britannique). C'est dans cet habillement succinct qu'il répondit au coup frappé à sa fenêtre. Il ne sembla guère surpris de découvrir une femme perchée sur le rebord ; il remonta le cadre et invita Joan à prendre le thé.

— J'espère que tu n'as rien contre la chaleur, dit-il en remontant le thermostat d'un cran.

Joan n'avait rien contre. Étant donné son penchant pour les relations philosophiquement indéfendables, ce qui se passa ensuite n'était que trop prévisible, même si ce n'est qu'à sa deuxième visite qu'ils couchèrent véritablement ensemble.

Après coup, elle tâtonna sur la table de chevet à la recherche d'un cendrier et tomba sur un livre de poche. Il s'agissait d'*Atlas Shrugged*.

— Qu'est-ce que ça vaut ? demanda-t-elle tandis qu'Archie lui trouvait une canette de Coors vide pour mettre ses cendres.

— L'histoire est très bien. Mais surtout, c'est un livre qui irrite pratiquement tout le monde d'un bout à l'autre du spectre politique. J'ai vu des gens qui s'accommodaient parfaitement de H. L. Mencken devenir enragés au sujet d'Ayn Rand. Impossible de soulever plus de controverses sans photos de nus.

— De quoi ça parle ?

— À toi de me le dire. Lis-le, tu verras bien.

— Je n'ai même pas droit à quelques indications ?

— Pour quoi faire ?

— C'est un livre de plus de mille pages, en petits caractères. Nous sommes en train de parler d'un gros investissement en temps et en effort.

Archie eut un sourire malicieux.

— Ma Bible du roi James aussi fait ses mille pages, Joan. Dans un anglais insupportable, en plus. Te fierais-tu à quelqu'un pour te dire de quoi elle parle ?

— Je suis catholique, lui rappela-t-elle.

— C'est un tort. Jamais tu ne pourras sauver le monde en t'appuyant sur des informations de seconde main. (Il tapota de l'index la couverture du gros volume.) Lis-le.

Ainsi donc, aiguillonnée par la tendre flèche de l'amour, elle ouvrit le livre de Rand à la page un et commença à lire.

Atlas Shrugged — Quand Atlas haussa les épaules —

était un roman sur le futur. Non pas le futur tel qu'il s'était réellement déroulé, mais tel qu'il se présentait dans les années 1940, dans la pièce du fond du ranch californien où Ayn Rand avait écrit les premiers mots d'une longue, longue série de phrases. Un futur bien différent...

L'espèce humaine oscillait au bord de l'Apocalypse. L'altruisme — croyance selon laquelle les besoins de la société passaient avant les droits de l'individu — avait submergé le globe, réduisant toutes les nations sauf une à l'état de dictatures. Seuls dans un monde de républiques populaires, les États-Unis continuaient à brandir le flambeau de la liberté et de la réussite individuelle, et cependant, même en Amérique, les collectivistes gagnaient rapidement du terrain.

Les collectivistes, les méchants du vaste drame moral sur le point de se jouer, étaient principalement remarquables par les noms stupides dont les avaient affublés leurs familles : Wesley Mouch, Balph Eubank, Claude Slagenhop, Orren Boyle, Tiny Holloway, Bertram Scudder. Tous étaient physiquement repoussants, bouffis, la peau grasse, le crâne dégarni, négligés, affligés d'acné et d'une mauvaise haleine. Leur intellect, à l'avenant, était des plus limités ; bien qu'ils eussent pour beaucoup fréquenté l'université, ils n'en avaient rien retiré mis à part qu'ils n'avaient rien envie d'apprendre.

Ils exerçaient des professions inutiles ou vivaient en parasites, « travaillant » comme bureaucrates, membres de groupes de pression politique, agents du fisc, inspecteurs financiers, scientifiques et coupeurs de cheveux en quatre subventionnés, philosophes platoniciens, économistes sociaux, artistes modernes, satiristes, gratte-papier dans des torchons à scandale, écologistes, astrologues, mères-sangsues des allocations familiales, etc, etc. Dépourvus de tout talent créatif, trop corrompus moralement pour connaître un bonheur sincère, les collectivistes cherchaient à réprimer chez les autres le moindre signe de compétence ou d'accomplissement, d'où leur dévotion à une éthique altruiste qui plaçait la médiocrité et le don de soi au-dessus de l'amour-propre. Ils donnaient également de monstrueuses réceptions où personne ne faisait seulement semblant de s'amuser.

Face à ces monstres, dans le coin des gentils, se dressaient les individualistes rationnels, les « hommes de l'esprit » : Hank Rearden, propriétaire des plus prospères aciéries du pays et inventeur du métal Rearden, un nouvel alliage révolutionnaire ; Francisco Domingo Carlos Andres Sebastian d'Anconia, flamboyant héritier de la dynastie d'exploitants du cuivre des d'Anconia ; Dagny Taggart, voluptueuse vice-présidente de Taggart Transcontinental Railroad ; le magnat du pétrole Ellis Wyatt ; le superbanquier Midas Mulligan ; l'avocat d'affaires Judge Narragansett ; et une douzaine d'autres, tous aisément reconnaissables à leurs noms héroïques, leurs traits sculpturaux et leurs physiques athlétiques parfaits.

Alors que les collectivistes n'étaient bons à rien, les individualistes réussissaient — excellaient — dans tout ce qu'ils entreprenaient. La plupart possédaient leur propre compagnie, constituée à partir de rien sans aucune aide ni faveur particulière de personne : même ceux dont les pères étaient déjà des capitaines d'industrie ne recevaient rien gratuitement mais devaient gagner chaque penny de leur héritage. Les biens et services qu'ils mettaient sur le marché étaient les meilleurs possibles, c'est-à-dire de la meilleure qualité, les plus fiables, les plus satisfaisants pour les sens comme pour l'intellect et offrant le plus haut ratio de valeur vraie par dollar.

Les individualistes ne produisaient pas de telles merveilles en vertu de quelque dévotion altruiste mal placée envers les « besoins de la société ». Au contraire, c'étaient des gens suprêmement égoïstes, conscients que pour réussir dans un marché rationnel où la concurrence se montrait sans pitié et les clients sans indulgence, ils n'avaient pas d'autre choix que l'excellence.

À côté de cela, ils pratiquaient les prix les plus élevés et les salaires les plus bas qu'ils pouvaient, les deux étant fixés, naturellement, par l'impartiale logique du marché. En partisans convaincus d'un laisser-faire capitaliste total, ils refusaient toute aide gouvernementale, renonçaient à la violence physique comme outil commercial, et jamais, jamais ils ne mentaient.

Malheureusement, cette noblesse d'âme laissait les individualistes vulnérables devant les collectivistes. La raison étant pour eux comme une seconde nature, ils ne comprenaient rien au fonctionnement des esprits irrationnels, et leur confiance en eux les rendait aveugles à la menace que représentaient ces derniers. Quand tous leurs efforts ne suscitaient que mépris et indifférence, quand la recherche productive de leur intérêt personnel était taxée d'« avidité aveugle », quand ils étaient imposés, réglementés et pressés comme des citrons par le gouvernement « au nom du bien-être public », ils... ne faisaient rien. Malgré leur peine et leur perplexité devant une injustice dont les racines échappaient à leur compréhension, ils poursuivaient leur labeur, acceptant sans broncher les charges iniques qu'on accumulait sur leurs épaules, les obstacles gratuits qu'on dressait sur leur route.

Certains se rebellaient. Un philosophe rationnel blond aux yeux bleus du nom de Ragnar Danneskjöld empaquetait son exemplaire de l'*Organon* d'Aristote et se faisait flibustier en haute mer ; sillonnant l'Atlantique à bord d'un bateau pirate à la pointe de la technologie, il donnait la chasse aux navires providence en route pour les républiques populaires d'Europe et d'Afrique. Ellis Wyatt répondait à un nouvel impôt commercial industriel « altruiste » en incendiant ses puits de pétrole avant de disparaître. Le baron du cuivre Francisco d'Anconia faisait mine de collaborer avec les dirigeants collectivistes, puis les entraînait dans un projet d'exploitation frauduleuse où ils perdaient toute leur fortune mal acquise.

Mais le plus grand champion de l'individualisme était un mystérieux individu appelé John Galt. Travaillant comme ingénieur au sein de la désormais défunte Twentieth Century Motor Company, Galt avait inventé l'autogénérateur, une corne d'abondance technologique qui captait l'électricité statique de l'air ambiant et la convertissait en énergie exploitable, offrant ainsi une source virtuellement illimitée d'énergie propre : le mouvement perpétuel. Mais pour rien au monde Galt n'aurait vendu son invention aux tyrans, et il n'allait certainement pas leur en faire cadeau. Quand les dirigeants de la Twentieth Century Motor dévoilaient un plan de collectivisation de la compagnie, il balançait son autogénérateur à la corbeille et démissionnait, faisant le serment de « stopper le moteur du monde ».

John Galt avait vu la vérité : les individualistes, à l'instar du titan grec Atlas, portaient le monde sur leurs épaules, un monde alourdi par la corruption et l'incohérence fatale de l'éthique altruiste. Les hommes de l'esprit se trompaient s'ils pensaient alléger leur fardeau en travaillant plus dur. Ils pouvaient tout au plus espérer repousser l'effondrement de la civilisation pour une ou deux générations, se laissant broyer du même coup sous le poids d'un globe ingrat. Mais là n'était pas la réponse.

Ce qu'Atlas devait faire, comme l'avait compris Galt, c'était *hausser les épaules*. Les individualistes devaient se mettre en grève contre leurs oppresseurs : fermer mines et usines, éteindre fourneaux et cheminées, et partir — vers Atlantis, une vallée cachée dans le coin le plus perdu des montagnes Rocheuses, une enclave utopique hors d'atteinte du gouvernement.

Quand la lumière de leur habileté créatrice aurait complètement disparu du reste du monde, et que les collectivistes se retrouveraient à grincer des dents dans les ténèbres, on verrait bien « qui dépend de qui, qui soutient qui, qui est la source des richesses, qui rend possible l'existence de qui et ce qui arrive à qui quand qui décide de tout quitter ».

L'univers décrit dans *Atlas Shrugged* était un monde en noir et blanc parfaitement cohérent, clément envers ceux qui en assimilaient les règles mais impitoyable à l'égard de quiconque prétendait en esquiver ou en dénaturer la réalité. À chaque question correspondait une réponse correcte unique, objective, que la raison pouvait découvrir et qui, une fois connue, emportait l'adhésion de toutes les personnes rationnelles, qu'elle portât sur la science, l'économie ou un domaine plus personnel. Car pour les hommes de l'esprit, même les affaires du cœur se déroulaient selon les règles de la plus pure logique.

Quand Dagny Taggart rencontrait Hank Rearden, par exemple, il était évident qu'ils deviendraient amants, puisque dans la hiérarchie stricte des penseurs rationnels, Dagny représentait la plus parfaite incarnation féminine du principe raisonné, tandis que Hank, pendant les deux premiers tiers du livre, était l'image même de la raison masculine.

Ce n'est qu'à la page 652 que Dagny Taggart, après un atterrissage en catastrophe en Atlantis, tombait enfin nez à nez avec John Galt, l'être humain le plus rationnel qui fût — un véritable pape de la raison, rigoureux et infaillible. Dagny, bien sûr, lui vouait un amour éternel, et réciproquement ; le statut de Hank Rearden passait illico à celui d'ami fidèle. Il n'en ressentait d'ailleurs aucune jalousie. La jalousie était une émotion collectiviste, une aspiration irrationnelle vers un objet immérité, et Hank Rearden n'était ni collectiviste ni irrationnel ; en conséquence, CQFD, non seulement il n'éprouvait pas de jalousie, mais il ne *pouvait pas* en éprouver. Au contraire, il admirait l'adéquation plus grande du nouveau couple comme il aurait admiré l'élégance des lignes architecturales d'un gratte-ciel bien bâti. Il discernait la logique à l'œuvre derrière l'union de Dagny et Galt et ne pleurait pas sur son sort.

À partir de la page 927, presque tous les individualistes sauf une s'étaient réfugiés en Atlantis. La dernière rebelle était Dagny Taggart qui, en dépit de son amour pour John Galt, se refusait toujours à abandonner ses chemins de fer. Des poches d'anarchie et de chaos se formaient çà et là en Amérique à mesure que la fin de l'empire altruiste se rapprochait, et pourtant Dagny s'obstinait à croire que l'effondrement final pouvait encore être évité. Sans doute les méchants allaient-ils finir par se rendre à la raison, sans doute allaient-ils lancer les bras en l'air au dernier moment et déclarer : « Ça suffit. Vous aviez absolument raison, nous avions absolument tort. Inutile d'effondrer la cabane sur le chien. »

Mais une pareille reddition aurait été un acte rationnel, et les collectivistes n'agissaient pas rationnellement. Même après que John Galt eut pris l'antenne nationale avec un discours de cinquante-huit pages démontrant la logique irréfutable de la grève, ils *persistaient* à ne pas céder.

Au lieu de cela, ils faisaient suivre Dagny Taggart par leurs espions jusqu'à un rendez-vous amoureux et arrêtaient Galt. Ils ne l'exécutaient pas : reconnaissant son intelligence supérieure, ils tentaient de le contraindre à mettre ses principes de côté pour devenir leur maître à penser économique. Comme il refusait, on l'envoyait à l'Institut scientifique d'État pour y être brisé sur le chevalet de persuasion électronique du docteur Floyd Ferris. L'attitude de Galt durant la séance de torture qui suivait était si héroïque que James Taggart — le frère maléfique, altruiste, de Dagny — subissait une crise existentielle terrible et sombrait dans le coma.

Pendant que James était emporté à l'écart dans une salle tranquille, Dagny entraînait le reste des individualistes dans une expédition de sauvetage antialtruiste. Le raisonnement des brutes qui protégeaient l'Institut scientifique était si pauvre qu'ils étaient incapables de décider s'ils devaient se défendre ou non. Ils étaient donc facilement vaincus. Galt était libéré. Un avion privé emportait la compagnie de héros tout entière vers Atlantis pour le petit déjeuner de la victoire.

Regardant par les hublots en survolant New York, ils voyaient la grande ville plongée dans le noir, symbole final de la défaite des collectivistes. Le moteur du monde avait été stoppé ; après une saison de repos, les hommes de l'esprit reviendraient de l'exil et rebâtiraient la civilisation en accord avec leurs justes principes. Fin de l'histoire.

— Nom de Dieu, dit Joan comme John Galt concluait le roman par une dernière bénédiction en traçant le signe du dollar au-dessus d'une terre désolée. (Elle éclata de rire, referma le livre et contempla un moment la photo en quatrième de couverture.) Mais d'où sort cette femme ?

— Eh bien ? s'enquit Archie. Comment as-tu trouvé ?

Deux mois avaient passé. L'ordonnance de bonne tenue dans les débats avait été révoquée pendant les vacances de Noël, et un admirateur anonyme avait envoyé à Archie un authentique drapeau sudiste, dédicacé par Charlton Heston, qu'il avait punaisé au-dessus de son lit. Joan s'étira dessous en contemplant la croix de Saint-André et s'alluma une cigarette.

— Arrête-moi si j'ai sauté une ligne, mais ce livre n'est pas conçu comme une satire, exact ? Ce n'est pas une parodie subtilement détournée ?

Archie secoua la tête.

— Rand est une ex-Popov préglasnost, et ces gens-là ne rigolent pas des masses. Ils ne font pas dans la subtilité non plus... Quand elle écrit *Je suis sérieuse* dans la postface, sois certaine qu'elle le pense vraiment.

— Bon Dieu... c'est vraiment ça, alors...

— Vraiment quoi ?

— *Le Manifeste de l'anticommunisme*, dit Joan. Le *Das Kapital* des capitalistes, avec des courses-poursuites et des scènes de pelotage en plus...

— Hmm, fit Archie. Je suppose qu'on peut le décrire comme ça. Bien que Rand ne prêche ni la violence ni la lutte des classes, et qu'elle n'ait rien contre le prolétariat en particulier...

— ... tant qu'il sait rester à sa place, sûr, acheva Joan. (Elle rit derechef.) Putain. Penny Dellaporta en chierait des briques, si elle lisait ça.

Comme bon nombre de conservateurs de sa connaissance. Les capitalistes rationnels de Rand étaient des capitalistes athées, bien entendu, aussi dédaigneux envers la religion, le patriotisme bon teint et les valeurs familiales traditionnelles qu'envers les syndicats et la charité gouvernementale.

— Mais que penses-tu, *toi*, Joan, de ce livre ? insista Archie.

— Moi ? À ton avis ? Je pense que Rand est complètement givrée, mais elle est si *drôle*. (Elle regarda de nouveau le portrait au dos d'*Atlas Shrugged*.) Elle est morte, j'imagine ? J'adorerais l'entendre parler... ou mieux encore, avoir une longue discussion avec elle.

— J'aurais donné cher pour voir ça, dit Archie, reconnaissant cette lueur dans son œil. Mais tu l'as manquée. Elle est décédée en 82, l'année de ta naissance.

— Cancer du poumon ? devina Joan.

La culture du tabac était l'une des premières et des plus importantes industries d'Atlantis.

— Elle avait été opérée pour ça, mais je crois que c'est son cœur qui a fini par lâcher.

— Quel âge avait-elle ?

— Soixante-dix-sept, 78, quelque chose comme ça.

— Donc, si elle avait 77 ans en 82, ça ferait...

— Mille neuf cent cinq, calcula Archie. Elle est née à Saint-Pétersbourg. Son véritable nom est Alice Rosenbaum, et son père, Fronz, possédait une épicerie que les bolcheviks ont nationalisée en 17. La famille s'est alors enfuie en Crimée où elle est restée quelques années, croisant les doigts pour que les Russes blancs renversent la révolution, mais elle n'a pas eu cette chance. Ils ont fini par retourner vivre à Saint-Pétersbourg, dans un petit studio dans un immeuble dont ils avaient été propriétaires. Pas d'eau courante, pas d'électricité, et ils ont dû soudoyer quelques camarades du parti pour avoir le privilège d'emménager là.

— Comment ont-ils réussi à passer en Amérique ?

— Ils ne l'ont pas fait, dit Archie. Rand est la seule

à s'être échappée. Les Soviets avaient un peu assoupli leur réglementation concernant les voyages à l'étranger au milieu des années 20 ; elle a réussi à obtenir un passeport avec la permission d'aller rendre visite à quelques parents éloignés à Chicago. Elle a fait ses valises, embrassé sa famille, et hop ! en route pour les States.

— Et elle n'est jamais retournée là-bas ?

— Exact.

— A-t-elle jamais revu sa famille ?

— Une sœur, presque cinquante ans plus tard. Ses parents et son autre sœur sont morts dans le siège de Leningrad pendant la Deuxième Guerre mondiale.

— Hon-hon.

— Quant à Rand, elle avait décidé de devenir écrivain dès l'âge de 9 ans. Un de ses oncles de Chicago possédait une entreprise de cinéma, si bien qu'elle a passé ses premiers mois en Amérique à regarder des films muets, apprenant l'anglais grâce aux panneaux de dialogues, et quand elle s'est sentie suffisamment en confiance pour écrire à son tour, elle est partie en Californie tenter sa chance comme scénariste.

— Comme ça ? demanda Joan. À peine débarquée depuis quelques mois, et...

— Et ça a marché. Elle n'était pas à Hollywood depuis deux jours que Cecil B. DeMille l'a vue marcher au bord de la route qui longeait ses studios et lui a proposé de lui faire visiter les décors de son dernier film, une fresque biblique intitulée *Le Roi des rois*. Quand il a appris qu'elle cherchait du travail, il l'a embauchée comme figurante et par la suite, après le tournage du *Roi des rois*, comme assistante scénariste.

— Rand a fait de la figuration dans une fresque biblique ? s'esclaffa Joan. Quel genre de rôle tenait-elle ?

— Celui d'une aristocrate romaine, je crois. Elle assistait à la Crucifixion.

— Hmm.

— Ouais. D'ailleurs, elle a rencontré son mari sur la Via Dolorosa, soit dit en passant. Elle flirtait avec le comédien qui jouait Judas quand elle a repéré ce figurant drapé dans sa toge, Frank O'Connor ; ça a été le coup de foudre. Durant le tournage de la marche du Christ vers le Calvaire, elle a tendu le pied et l'a fait trébucher — O'Connor, pas le Christ — et ils ont engagé la conversation. À la fin de la journée, elle avait décidé de l'épouser, ce qu'elle a fini par faire. Et c'est aussi comme ça qu'elle est devenue citoyenne américaine.

— En épousant un Américain ? Elle n'avait pas demandé l'asile politique ?

— C'était dans les années 20, Joan, lui rappela Archie. Le quota d'immigration pour les juives russes sans le sou était un nombre négatif. Rien que pour obtenir un visa de tourisme, elle avait déjà dû raconter au consulat américain de Lettonie qu'un fiancé l'attendait à Leningrad.

— Donc Rand était une étrangère en situation irrégulière ?

— Non, elle avait un visa en ordre. Un visa de tourisme, qu'elle avait trouvé comment rendre permanent.

— Hmm. Et combien de temps a-t-elle mis pour percer ? A-t-elle continué à écrire des dialogues, ou bien s'est-elle tout de suite lancée comme romancière ?

— Elle a ramé dans les deux professions pendant des années. Ce n'est qu'à la sortie de *La Source vive*, devenu grâce au bouche à oreille un best-seller, puis un film, qu'elle a vraiment décollé, c'est-à-dire pas avant le début des années 40. Elle et Frank ont traversé la majeure partie de la grande dépression sur la corde raide, et ont connu beaucoup d'échecs professionnels :

son premier scénario a été retenu mais jamais porté à l'écran, et l'impression de son premier vrai roman, *We the Living*, a été stoppée net après une critique dévastatrice du *New York Times*.

— Que lui reprochait-on ?

— Trop PI, expliqua Archie. *We the Living* traite d'une femme qui lutte pour sauver son amant en Russie soviétique. Le critique du *Times* a taxé le livre d'antisoviétisme primaire, dit que Rand salissait la noblesse de l'expérience socialiste.

— Un critique du *Times* a écrit ça ?

— Ouaip. On l'oublie souvent à cause de la mauvaise presse qui a entouré le maccarthysme, mais il existait un vrai mouvement communiste dans ce pays, à une époque. Dans les années 30, tu pouvais te retrouver sur liste noire pour anticommunisme, et pendant toute une période Rand eut beaucoup de mal à trouver du travail. Il faut dire qu'elle ne mâchait pas ses mots à propos des réalités de la « noble expérience ». Et pendant que tous ces marxistes américains défilaient pour soutenir le Komintern, Roosevelt centralisait l'agriculture, la banque et d'autres secteurs économiques dans le cadre du New Deal. Ce qui peut sembler très éloigné de la purge stalinienne des koulaks, mais imagine de quoi ça pouvait avoir l'air aux yeux de Rand.

Joan hocha la tête.

— D'où *Atlas Shrugged*.

— C'est probablement entré pour une bonne part en ligne de compte, ouais, reconnut Archie. Alors, si son obsession du capitalisme te semble un peu délirante, dis-toi qu'elle avait de bonnes raisons.

— Les bolcheviks aussi, rétorqua-t-elle, et ça ne les justifie pas pour autant. La dictature du prolétariat n'a peut-être pas donné les résultats escomptés, mais je ne crois pas qu'un panthéon grec d'industriels ferait beaucoup mieux.

— Ouais, eh bien... à tout prendre, je sais lequel je choisirais entre les deux.

— À tout prendre, Archie, tu ne choisirais ni l'un ni l'autre. Tu dirais à Marx et à Rand d'aller se faire mettre, et tu rédigerais ton propre manifeste... comme moi.

Archie sourit de toutes ses dents.

— Bien entendu, le *vrai* manifeste serait le mien.

— Bien entendu, approuva Joan. En tout cas sur les points où il serait d'accord avec le mien. (Elle revint une fois de plus sur le portrait en quatrième de couverture d'*Atlas Shrugged*.) Tu sais, c'est vraiment dommage qu'elle soit morte...

— Oh, si tu tiens tellement à la rencontrer, il te reste toujours la vie après la mort.

— La vie après la mort ? Je croyais que Rand était athée ?

— Toi non plus tu ne crois pas en Dieu, si ? En dépit de ton vocabulaire religieux.

— Je ne crois pas au *pape*, précisa Joan. En ce qui concerne Dieu, je suis un peu plus ambivalente.

— Eh bien, la dernière fois que j'ai consulté mon catéchisme, les athées et les ambivalents se retrouvaient au même endroit. À moins que Dieu ait un cœur d'artichaut et laisse entrer tout le monde au Paradis, en fin de compte. Dans un cas comme dans l'autre, toi et Rand devriez avoir largement le temps de faire connaissance. Et qui sait, Joan ? Là où tu iras, tu n'auras peut-être même pas besoin de briquet.

2023 : Histoires de guerre, et Lexa au bout du fil

— Vous n'avez pas de bras droit, déclara Ayn Rand.

Kite était assise à la table de la kitchenette avec le

Moine de Pierre, penchée sur la boîte-mystère d'Hoover. Elle et Joan avaient passé le trajet du retour depuis Atlantic City à tenter de l'ouvrir, vainement ; une seconde tentative au dîner s'était soldée par la même frustration, après quoi Joan s'était tournée vers d'autres occupations tandis que Kite partait se coucher. Levée avec le soleil, elle avait décidé de faire un nouvel essai et semblait même progresser. En tout cas, les petites tuiles coulissantes en plastique avaient adopté une configuration différente de celle de départ.

Kite jeta un coup d'œil vers la lampe électrique, qui trônait au-dessus du micro-ondes. Elle se demanda ce qui avait brusquement déclenché cette remarque. Ayn l'observait sans rien dire depuis plus d'une heure.

— Z'êtes drôlement observatrice, répondit-elle.

— La technologie d'aujourd'hui permet de remplacer un membre perdu.

— Quand on a l'argent pour, oui. Et l'envie. (Kite haussa les épaules.) Je me débrouille sans ce bras depuis l'âge de 22 ans, miss Rand. Je ne vais pas m'en préoccuper maintenant.

— Aucune personne intelligente ne choisirait volontairement de demeurer invalide.

— J'imagine que je dois être stupide, alors.

Ayn souffla un rond de fumée.

— Comment l'avez-vous perdu ?

— Manque d'intelligence : il y avait une guerre, je me suis engagée.

Le Moine de Pierre grogna. Peut-être avait-il voulu glousser. Il avait perdu son visage en Syrie et s'enroulait la tête d'un bandana pour dissimuler les dégâts, que même la science moderne était impuissante à réparer. Ses mains, néanmoins, étaient toujours intactes. Quand Kite s'interrompit pour se rouler une cigarette, il lui prit la boîte et l'étudia du bout des doigts.

— Je servais dans le Deuxième Michigan au début des combats, se mit-elle à raconter. En tant qu'infirmier mâle. Et mon premier assistant était un Chinois, un certain sous-deuxième classe Ting Lao...

— Sous-deuxième classe ?

— Oui, enfin, c'était un grade spécial qu'on avait inventé pour lui. Parce qu'il était chinois. Né à Flint, dans le Michigan, mais avec une vraie tête de Chinois, ce qui n'était pas forcément bien vu à cette époque. On avait failli ne pas lui donner de grade du tout, mais je crois qu'un officier a pensé que ce serait une bonne blague, comme d'enfiler un pantalon à une marmotte, si bien qu'on avait cousu un demi-chevron sur une tunique bleue et qu'on la lui avait donnée.

» Ma grosse erreur — ma deuxième, après avoir cru que la guerre serait une grande aventure — a été de traiter Lao comme un être humain. Je n'avais encore jamais vu d'Asiatique avant lui, et je vous accorde qu'il ressemblait un peu à un mulot — pensais-je à l'époque — mais ça ne me semblait pas une raison suffisante pour le harceler. Au contraire de certains membres de notre belle armée d'émancipation, je le traitais donc avec respect et gentillesse, et en retour le petit salopard est tombé amoureux de moi.

» Quand j'ai décidé de passer de l'infirmerie à l'infanterie de première ligne — erreur numéro trois — Lao m'a suivie. « Grand Frère Thompson », il m'appelait. Lors de notre premier engagement, il s'est abrité derrière moi comme un météorologue derrière un brise-vent, ce dont je ne peux pas le blâmer. Si vous voulez assister à un comportement irrationnel, miss Rand, essayez d'observer une ligne d'adultes avançant tête baissée contre un feu roulant de balles et de boulets de canon. J'ai vu mourir cinquante personnes ce jour-là, y compris une à bout portant, tuée d'un coup de baïonnette, et la guerre a perdu le vernis de romantisme dont j'avais voulu la parer.

» J'ai envisagé de déserter. Il m'aurait été facile de me débarrasser de mes armes, de mon uniforme et de mon pantalon et de quitter le camp, redevenue une femme et une civile. J'aimerais pouvoir dire que je suis restée par attachement à la cause de l'Union, mais la vérité est un mélange un peu trouble de convictions, certaines moins nobles que d'autres. La moindre d'entre elles n'étant pas, bien entendu, qu'on ne renonce pas si facilement à une aventure, même lorsqu'elle se révèle être une farce traîtresse.

» Je n'ai pas déserté. Par contre, j'ai changé d'unité plus d'une fois pour éviter d'être découverte. La première fois c'était fin 61, après qu'un de mes compagnons d'armes m'eut examinée d'un peu trop près à la tambouille du soir. En soi, le fait que je sois une femme ne le dérangeait pas outre mesure, mais il était furieux d'avoir été trompé pendant les six mois de ce qu'il avait cru être une honnête amitié. En y réfléchissant, il ne m'aurait probablement pas dénoncée, mais j'ai joué la carte de la prudence... et de la honte. À l'époque, nous campions côte à côte avec un autre régiment. Le matin où on a démonté les tentes, je me suis octroyé un transfert officieux. Le fidèle Lao s'est transféré avec moi.

» Trois années sanglantes se sont écoulées. Lao est resté cramponné à mes basques à travers la boue et la mitraille, à chaque changement d'affectation et d'insigne. En été 64, nous faisions partie d'une unité de reconnaissance dans le nord de la Géorgie, couvrant le flanc de Sherman durant le siège d'Atlanta. Notre principale mission était supposée être la surveillance aérienne, mais les tireurs des Gris avaient abattu tous nos ballons d'observation. Nathan Bedford Forrest harcelait nos lignes de ravitaillement, et il pouvait se passer des semaines avant que les ballons de remplacement nous parviennent. Malheureusement pour moi, Lao a choisi ce moment pour dévoiler son ingéniosité asiatique.

— L'orient ! s'écria abruptement Ayn Rand. Un foyer de mystiques et de philosophies irrationnelles. Le bouddhisme. Les charmeurs de serpents. La culture du soja...

— Oui, eh bien voyez-vous, le problème c'est que Lao *était* rationnel, dans le domaine de l'aéronautique primitive en tout cas. Il possédait une boîte-mystère, pas très différente de celle-ci, dont il se servait comme cantine miniature. À l'intérieur, parmi quelques objets personnels, il avait plusieurs plans chinois sur papier de riz, tracés au pinceau par l'un de ses ancêtres. Il a porté ces plans à notre commandant, lequel, hélas, était d'humeur ouverte.

» D'après Lao, l'armée impériale chinoise pratiquait l'espionnage aérien depuis des milliers d'années avant les frères Montgolfier, non pas avec des ballons, mais des cerfs-volants, assez puissants pour emporter un archer en plein ciel au-dessus du champ de bataille. La manière occidentale était naturellement supérieure, s'est-il empressé d'ajouter, mais au vu des circonstances, pourquoi ne pas revenir aux méthodes de la dynastie Ch'i ?

— Des cerfs-volants, répéta Ayn. Comme en font voler les enfants, vous voulez dire ?

— Plus grands, dit Kite. Le nôtre avait cinq mètres de large pour plus de sept mètres de haut. Il était fait de couvertures, de ficelle d'empaquetage et de planches sauvées lors du saccage de différentes plantations ; on lui avait fixé un câble de halage afin qu'une vingtaine d'hommes puisse le tirer et lui donner son impulsion de départ. Pour le choix du passager, nous sommes tous passés sur une balance à chevaux pour déterminer lequel d'entre nous était le plus léger. On aurait pu croire que ça allait être Lao, qui faisait une tête de moins que le plus petit de nos deuxième classe, mais Lao était *trapu*, et je le soupçonne d'avoir eu des os lourds : la profondeur de ses empreintes dans la boue indiquait clairement que la nature ne l'avait pas conçu pour quitter le sol. Au bout du compte, onze d'entre nous sont restés en lice pour le titre de poids plume — la balance était graduée par tranches de vingt livres — mais sur les onze, j'avais la réputation d'être le meilleur tireur, donc d'avoir la meilleure vue. Et c'est moi qui ai été désignée comme pilote d'essai.

— Ce truc a vraiment volé ? s'enquit Ayn, les yeux écarquillés. Avec vous à son bord ?

— Ficelée dessus serait plus exact. Notre capitaine m'avait prêté son revolver pour le vol, bien qu'avec mes bras crucifiés sur l'armature j'aurais été bien incapable d'atteindre l'étui. L'ordre a été donné de procéder au test : un groupe d'hommes a soulevé le cerf-volant au-dessus du sol, un autre groupe a empoigné le câble et couru, le vent soufflant obligeamment. Un moment plus tard, je volais.

— Ce devait être merveilleux !

— Merveilleux, mon cul ! J'étais à peine au-dessus des arbres quand le câble s'est rompu. À ce moment-là, le vent était tel que j'ai continué à prendre de l'altitude, montant à plusieurs dizaines de mètres et au-delà. La dernière chose que j'ai vue avant de me faire avaler par les nuages a été ce maudit Chinois, pointant le doigt vers moi en hurlant « Kite ! Kite ! » comme s'il venait de remporter le grand prix d'Irlande. Sans vouloir être vindicative, j'espère que le petit hamster a été rétrogradé.

» Le vent soufflait du sud-ouest, bien que j'aie été perdue dans la blancheur et désorientée pendant la plus grande partie du vol. J'avais froid, aussi ; l'été ne s'étend pas indéfiniment au-dessus de la terre. Quand les nuages m'ont recrachée, frissonnante et aussi bleue que mon uniforme, j'avais franchi la frontière de l'État et je survolais les Appalaches de Caroline. Ça aurait aussi bien pu être le New Hampshire. Des ascendances m'ont portée encore un moment, en me réchauffant un peu, quoique pas assez pour stopper mes tremblements. Le cerf-volant a fini par déboucher en vue d'une plantation perdue dans une vallée. J'espérais avoir la chance de m'écraser dans un champ de tabac, de manière à pouvoir mâcher une feuille ou deux pendant que mes os se ressoudaient, mais mon planeur chinois s'est pris dans un bosquet. Je suis donc restée accrochée là, dans les hautes branches d'un sycomore, jusqu'à ce qu'un officier blanc et deux douzaines de Cherokee en gris finissent par me trouver une heure plus tard.

— Des Cherokee ? s'étonna Ayn.

— La version confédérée des vingt hectares et une mule, miss Rand. Jefferson Davis avait promis aux cinq tribus civilisées de leur donner l'équivalent de l'Oklahoma actuel, ainsi que des sièges au Congrès confédéré, si elles l'aidaient à remporter la guerre. Bon nombre de ces Indiens possédaient des esclaves, eux aussi, de sorte qu'ils avaient des intérêts communs avec le Sud en plus de cette motivation.

» Ceux qui m'ont trouvée après mon crash en cerf-volant formaient le bataillon de Standing Bear, et leur officier blanc était le capitaine Chester Baker, de l'Alabama. Chester était ce qu'à votre époque on aurait appelé poliment un célibataire endurci, et qu'à la nôtre on n'osait pas nommer, poliment ou non — en dépit de quoi je crois qu'il s'est quand même marié après la guerre, pour engendrer un fils. Le père de Chester était attaché ministériel dans l'administration de Davis et l'avait fait nommer à la tête de ses Cherokee autant pour maintenir son rejeton à l'écart des combats que pour limiter l'embarras occasionné à sa famille. Chester était un peu pétulant, dirons-nous, et le port de l'uniforme faisait ressortir son côté fofolle.

» Ils m'ont décrochée de mon arbre et ont soigné mes contusions. Ma tunique avait été déchirée par les branches, si bien que Chester m'a prêté son uniforme de rechange. Il m'a même laissée conserver mon revolver après m'avoir fait promettre de ne pas m'en servir contre lui. Mon histoire l'a clairement fasciné, même s'il prétendait avoir du mal à croire qu'on ait pu me prendre pour un homme. « Votre visage rayonne littéralement la féminité ! » me disait-il. « Je serais prêt à tuer pour avoir une peau aussi douce ! » Vous comprenez pourquoi on le regardait d'un drôle d'air dans l'aristocratie du Sud. Néanmoins, le compliment m'a fait plaisir et je m'en suis souvenue très souvent au cours des années qui ont suivi quand il m'a fallu séduire un homme d'une seule main. Les gueules cassées ont besoin d'un atout particulier, et le mien était de croire que je pouvais *rayonner*.

» J'ai raconté mon histoire, Chester et le chef cherokee Mankiller m'ont raconté la leur. Il est apparu que le bataillon de Standing Bear était perdu, comme moi, séparé de son régiment après une escarmouche avec des troupes de l'Union. Bien à l'abri dans les bois de Caroline, ils n'étaient pas pressés de retourner au feu : la bataille avait perdu tout attrait pour eux aussi, et Mankiller et les siens avaient fini par comprendre que, quel que soit le vainqueur, jamais ils ne verraient les terres qu'on leur avait promises.

» Nous avons envisagé de passer le restant de la guerre sur place, dans ces bois. Nous avions de la nourriture, une rivière à proximité, du bois sec pour le feu et du bois de charpente comme abri. Nos deux armées respectives ne s'apercevraient même pas de notre absence, quoique Chester aurait peut-être besoin d'une bonne histoire à servir à son père. Résolus à laisser l'idée faire son chemin, nous nous sommes couchés, et j'ai pris ma première vraie nuit de repos depuis presque trois ans et demi. J'ai dormi jusqu'au lendemain midi. Je me suis levée fraîche et dispose, ai avalé une tasse de café confédéré — Mankiller le préparait à partir d'herbes et de mousse de la rivière — et me suis éloignée un peu pour répondre à l'appel de la nature.

Le Moine de Pierre fit claquer ce qui lui restait de langue.

— Je sais, dit Kite. Manque de discipline... mais après ce que j'avais traversé, j'estimais avoir le droit de baisser un peu ma garde. Et bien sûr, à peine m'étais-je accroupie dans un endroit tranquille, pantalon sur les chevilles, qu'il est apparu devant moi : un Bleu à la peau noire, avec les yeux les plus verts que j'ai jamais vus chez un Africain. Des yeux verts et un sabre. Il n'y a eu ni salut ni défi, aucune chance pour moi de m'expliquer ni de me rendre : il est simplement arrivé et a abattu son sabre.

» Naturellement, une blessure propre aurait été trop demander. Sa lame était émoussée par l'usage. Elle s'est enfoncée à travers la manche et le muscle, mais s'est bloquée à mi-épaisseur de l'os. Je n'essaierai même pas de décrire la souffrance ; je crois qu'un coup de fusil aurait été plus supportable. Le seul aspect positif dans la situation était qu'il était gaucher, comme moi, de sorte que son coup m'a cueillie par la droite, dans le bras droit. Mon revolver était posé par terre sur ma gauche ; en tombant sous la violence de l'impact, j'ai posé ma bonne main dessus par hasard. C'est la seule raison pour laquelle je suis encore en vie.

» Il a dégagé son sabre — nouvelle souffrance, le sang qui gicle de mon bras, la manche grise qui s'assombrit — et j'ai eu la nette impression que j'allais recevoir le prochain coup dans le cou ou sur la clavicule, après être tombée dans les pommes. J'ai alors agi par pur réflexe : braquer l'arme, relever le chien, viser entre ces deux yeux verts. Un coup.

Kite retourna la cigarette qu'elle n'avait toujours pas allumée entre le pouce et l'index, des miettes de tabac et de papier à rouler tombèrent sur la table.

— Un coup, répéta-t-elle. Curieux, ce qui m'a toujours le plus tracassée dans cette histoire n'est pas tellement de l'avoir tué, mais qu'il n'ait jamais su que nous étions du même bord. Ensuite, bien entendu, mon coup de feu a déclenché une véritable fusillade entre Bleus et Gris venus à la rescousse. Vingt-quatre Cherokee sans terres contre Dieu sait combien d'affranchis vengeurs, tout ça parce qu'une Canadienne avait mal choisi son endroit pour pisser. Exactement le genre de choses qui me fait douter du concept de guerre juste. Et pour couronner le tout, Chester Baker qui rampe jusqu'à moi sous une grêle de plomb et me tire à l'abri... par le mauvais bras.

— Excusez-moi, demanda Ayn. Simple clarification : redites-moi en quelle année c'était ?

— Soixante-quatre, dit Kite. Dix-huit cent soixante-quatre. Le... 30 août, je crois. On a procédé à mon amputation le jour même. À la première accalmie — les Cherokee déploraient quatre morts et sept blessés — nous avons battu en retraite. Chester nous a conduits jusqu'à une maison dans la vallée, quoique je ne me rappelle pas grand-chose du trajet, ni si l'homme qui m'a opérée était un chirurgien ou un charpentier. Il s'est servi d'une *scie* pour finir le travail que le sabre avait commencé. Mankiller m'a donné du cidre brut en guise d'anesthésique, ce qui était très insuffisant. La mauvaise éducation de mon bûcheron de chirurgien n'a rien fait pour arranger les choses : il était en train de découper mon uniforme, avant l'opération, quand il s'est soudain écrié : « Mon Dieu, il a des tétons ! » Jamais je n'oublierai ça... ni le premier râclement de la scie.

— Mais c'est impossible, objecta Ayn.

— Je vous demande pardon ?

— À moins que mon horloge interne ne fasse erreur, nous sommes actuellement le 1er novembre 2023.

— C'est bien ça.

— Mais si votre opération s'est déroulée en 1864...

— Et c'est reparti. (Après avoir partagé un tel souvenir Kite se hérissa, furieuse de voir sa parole mise en doute, même par un hologramme.) Oui, j'ai 181 ans. Et alors ?

— Aucun être humain ne peut vivre aussi longtemps.

— Je suis toujours là, non ?

— C'est une absurdité logique.

— Je suis toujours là, non ?

— Vous...

Le téléphone sonna.

— Décrochage, fit Kite à haute voix, pas fâchée de l'interruption.

Un haut-parleur s'alluma, et la voix de Lexa Thatcher en sortit dans un grésillement de parasites :

— Joan ?

— Sa secrétaire, répondit Kite. La liaison est terrible, chérie.

— Kite ! Salut ! Je sais... cet appel emprunte un chemin assez inventif.

— On tente de compliquer le travail de la police, à ce que je vois ?

— Disons simplement que je ne voudrais pas gâcher

un bon lieu de villégiature en clamant l'adresse sur tous les toits. Joan est dans le coin ?

— Elle dort encore, en tout cas elle est encore au lit... non, attends, j'entends du bruit dans le couloir. Elle ne devrait plus tarder.

— *Sais-tu si son enquête avance ?*

— Je lui donne un coup de main. Et il y a intérêt à ce que ça rapporte, surtout si nous pouvons incriminer quelqu'un d'intéressant. Nous avons une piste, mais nous ne savons pas encore en quoi elle consiste...

— Salut, dit Joan en traînant les pieds et en débarquant en robe de chambre dans la kitchenette. Personne n'aurait une cigarette ?

— *Joan ?*

Elle fixa le haut-parleur du téléphone.

— Lexa ?

— *Qui est-ce, Joan ?*

— Qui est qui, Lexa ?

— *Tu as ce ton dans la voix. Celui qui dit « Je n'arrive pas à croire à côté de qui je viens de me réveiller, et je ne suis pas certaine de pouvoir mettre ça en conformité avec mes opinions politiques d'ici au petit déjeuner, mais je m'en fiche. » Qui est-ce ? Un républicain que tu as rencontré sur l'affaire ?*

— On fait sa petite poussée matinale de perception extrasensorielle, Lexa ?

— *Joan, tu éludes la question. Il doit vraiment être très riche ou très conservateur. Ou les deux.*

— Eh bien...

Depuis l'autre bout du couloir, Harry Gant cria :

— Joan, sais-tu ce que j'ai fait de mes chaussures ?... Oops ! Laisse tomber ! Je les ai.

Le rire de Lexa monta jusqu'à l'éther.

— *Mais bien sûr. Tu sais, je me demandais si ça arriverait.*

— Il s'est amené vers 11 heures et demie hier soir avec des roses et du champagne, et tu n'es pas obligée de me croire mais nous n'avons rien fait de plus que nous allonger dans le lit et discuter.

— *Avons-nous été tentée ?*

— Nous avons été furieusement tentée, à un point. Ça faisait un sacré moment. Mais nous n'avions bu qu'une demi-coupe de champagne, si bien que nous avons préféré prendre le temps d'y réfléchir un peu. (Joan accepta la cigarette que lui tendait Kite.) Il manigance quelque chose, je crois. Il bouillonnait d'enthousiasme, comme quand il a une chouette idée dans la tête. Je n'ai rien pu lui soutirer d'autre que de vagues indices, mais je te conseille de prévenir la Fondation Terre de garer ses fesses pendant les prochains jours.

— *Intéressant. La nuit dernière, j'ai récolté un indice moins vague allant dans le même sens, par une source différente. Harry a-t-il mentionné Vanna Domingo en rapport avec cette chouette idée ?*

— Non, mais...

Elle s'interrompit en voyant entrer Harry, déjà rasé et habillé pour le travail.

— Salut, dit-il en chassant la fumée de Joan d'un revers de main. Bonjour, miss Edmonds.

Kite hocha la tête, surprise qu'il se souvienne de son nom.

— Mr Gant.

— Harry Dennis Gant ! s'exclama Ayn Rand. Quel *plaisir* de vous rencontrer !

Gant contempla la lampe électrique en levant les sourcils.

— Qu'est-ce que c'est ?

— Une invitée électrique, expliqua Joan. Harry Gant, j'ai l'honneur de vous présenter la romancière philosophe Ayn Rand.

— Sans déconner ? (Il se pencha et tapota l'ampoule de la lampe du bout du doigt, comme un homme cherchant à capter l'attention d'un poisson rouge.) Bonjour !

— Bonjour, répondit Ayn en rougissant profondément. Permettez-moi de vous dire que je suis *très* impressionnée par vos travaux, Mr Gant. Vous avez un esprit remarquable.

— Trop aimable. J'ai lu tous vos livres. En fait, il y a même une statue d'Atlas haussant les épaules dans mon nouveau super gratte-ciel.

— Non ?

— Mon architecte en chef sur le projet Nouvelle Babel, Lonny Matsushida, est l'une de vos plus grandes fans. C'est *La Source vive* qui est à l'origine de sa vocation. Elle insiste pour vous rendre hommage d'une manière ou d'une autre dans chacun des immeubles qu'elle dessine.

— Il faut absolument me la présenter ! Je...

— Hé, une boîte-mystère ! (En se redressant, Gant avait aperçu la brique de plastique entre les mains du Moine de Pierre.) C'est moi qui les fabrique, vous savez.

— Vraiment ? s'étonna Joan. Depuis quand ?

— Tu sais, les gens qui ont collaboré à la conception de cet outil d'apprentissage holographique que tu as vu dans mon bureau hier ? Eh bien, ils fabriquent toute une gamme de jeux et de gadgets. Je les ai rachetés. (S'approchant de la table, il dit au Moine de Pierre :) Vous y êtes presque. Tenez, essayez ça... (Il tendit le bras et fit coulisser une dernière tuile, on entendit un déclic à l'intérieur de la boîte et le couvercle s'ouvrit.) C'est facile, une fois qu'on connaît le truc.

— Que le diable m'emporte, jura Kite.

— Je dois y aller, Joan, dit Gant. (Il embrassa son

ex-femme sur la joue, évitant soigneusement le bout incandescent de sa cigarette.) Appelle-moi ce soir, okay ?

— Qu'as-tu à faire de si urgent, Harry ?

— Oh, la routine d'un capitaliste exploiteur du peuple. (Il lui adressa un clin d'œil.) Ne t'en fais pas, tu auras tous les détails sur CNN.

— Ah oui ?

— Sûr. Au revoir, miss Edmonds, miss Rand. Joan.

Il partit.

— *Alors ?* demanda Lexa.

— C'est un génie, déclara sentencieusement Ayn Rand. Un peu abrupt, peut-être.

— On dirait que nous avons plusieurs pistes, en fin de compte, ajouta Kite en soulevant le couvercle de la boîte-mystère.

— *Voyons ça.*

Kite vida méthodiquement la boîte de son contenu, décrivant chaque objet au fur et à mesure :

— Pour commencer, nous avons un napperon bleu, brodé du nombre 33... Une vidéocassette étiquetée *Format Betamax*, portant elle aussi le numéro 33... Un ballon en caoutchouc vert commémorant le dixième anniversaire de l'ouverture d'Eurodisney à Paris, en France... Et enfin... hmm... voilà qui est intéressant. Je n'en ai pas vu depuis un bout de temps.

Elle brandit une cartouche en plastique d'une sorte inconnue de Joan. Comme la serviette de table et la vidéocassette, elle portait une étiquette avec le numéro 33. Une deuxième étiquette indiquait BANDE SONORE.

— *Qu'est-ce que c'est ?* interrogea Lexa.

— Sauf erreur, une bande huit pistes, répondit Kite. Un ancien mode d'enregistrement, pour les stéréos d'automobiles. Ça risque de poser un problème, vous savez. On n'en fabrique plus depuis pratiquement un demi-siècle. Je doute qu'on puisse encore se procurer un lecteur adéquat, même dans un magasin d'antiquités. Nous serons peut-être obligées de nous rabattre sur un musée de la technologie.

— *Je connais une bonne cambrioleuse qui devrait pouvoir arranger ça.*

— Pas la peine, dit Joan. Je connais quelqu'un qui possède son propre lecteur huit pistes. Ainsi qu'un magnétoscope capable de lire du Betamax.

— *Qui ça ?*

— Jerry Gant.

— *Le père d'Harry ? L'instituteur ?*

— Le père d'Harry, confirma Joan. (Elle écrasa sa cigarette.) Le professeur d'histoire.

— Hmm, fit Kite. Le complot s'épaissit.

13

Bientôt, le FBI aura une liste des mille individus les plus recherchés. Nos héros seront traqués comme des fauves dans la jungle.

ABBIE HOFFMAN,
Steal This Book

39° 17'N, 72° 00'O

— C'est un tombeau, dit Philo.

— Potentiel, oui, admit Lexa. J'ai vérifié sur un atlas marin : les coordonnées correspondent à un bout d'océan au-dessus de la faille d'Hudson. Le fond est à près de 1 600 mètres. C'est également une zone rouge en ce qui concerne les formes de vie marines mutantes, ce qui veut dire que tout le secteur est fermé au trafic commercial. Donc, si tu dois abandonner le navire, personne ne viendra te récupérer.

— Non, je veux dire, c'est vraiment un tombeau, au sens littéral.

Ils étaient seuls au phare de Robbins Reef. Lexa avait conclu sa conversation téléphonique avec Joan dix minutes plus tôt et maintenant, Philo et elle étaient assis en tailleur sur le futon, face à face, drapés dans les couvertures, de part et d'autre d'une photo qu'on leur avait apportée en main propre la veille au soir. Lexa était passée à New Bedford-Stuyvesant récupérer quelques affaires, et en regagnant sa voiture, elle avait trouvé la photo glissée sous l'essuie-glace de Betsy.

— Pas les Fédéraux, cette fois, avait dit Betsy. Un type en blouson des Mets. Il m'a fallu un moment pour le loger, mais c'est un opérateur e-mail de l'Opinion Publique de Gant Industries, un garçon de course de Vanna Domingo.

La photo était un portrait de groupe de six primates décharnés à longue queue. Les lémuriens illustraient fréquemment les catalogues d'espèces animales disparues, mais ceux-là avaient été placés autour du dernier numéro du *Long Distance Call*, dont la date et le bandeau de titre apparaissaient clairement. Un bref message avait été imprimé au dos par laser :

LÉMURIENS À QUEUE ANNELÉE (*LEMUR CATTA*)
(NE SACHANT PAS NAGER ET RÉCLAMANT ASSISTANCE
JEUDI APRÈS-MIDI, 39° 17' N, 72° 00' O
PRÉVENEZ VOS AMIS

— En fait de défi, observa Philo, il n'est pas très subtil. Trente-neuf dix-sept nord par soixante-douze ouest : c'est là que Paul Watson a coulé avec le *Sea Shepherd*.

— Watson ? (Il fallut un moment à Lexa pour remettre nom.) Oh...

— Mon prédécesseur en écopiraterie. Souviens-toi : le transfuge de Greenpeace qui narguait la Marine soviétique.

— Celui qui s'était fait tabasser et presque noyer par des chasseurs de phoques canadiens, dit Lexa. Et dont le bateau avait failli être canonné par un destroyer portugais.

— Exact, confirma Philo. Celui-là même. Sa dernière mission consistait à empêcher une combine d'engloutissement de déchets toxiques orchestrée par la mafia. La famille Gambino possédait un navire porte-conteneurs baptisé *Black Maria* qui devait emporter des déchets clandestins au bord de la plate-forme continentale. Ces coordonnées sont celles ou Watson et le *Sea Sheperd* ont tenté d'arraisonner le *Maria*. Aucun des deux navires n'est jamais revenu. L'équipage du *John Hancock* de l'US Navy a entendu des explosions et aperçu de la fumée à l'horizon, mais le temps que les hélicoptères de recherche parviennent sur les lieux, il ne restait plus que des débris. On a supposé que le *Maria* était beaucoup plus fortement armé que Watson ne s'y attendait, et qu'il aurait joué les kamikazes en voyant qu'il ne pourrait s'en tirer.

— Génial, ironisa Lexa. Merveilleux.

— D'où nous pouvons conclure, acheva Philo, que Vanna Domingo ne m'invite pas à un pique-nique.

— Elle t'invite à commettre un suicide rituel, dit Lexa. Avec les lémuriens comme appât.

Philo hocha la tête.

— La question est de savoir ce qui m'attend là-bas. Une boîte en fer-blanc bourrée de Siciliens ?

— Ce sera l'armée. Si elle peut réunir des fonds suffisants, elle ne s'embarrassera pas de demi-mesures. Des surplus militaires de lutte anti-sous-marine, quelque chose d'économique mais de mortel. Une location, peut-être. Quant à l'équipage, tu t'es mis à dos suffisamment d'ex-membres de la Navy pour qu'elle dispose de volontaires à ne plus savoir qu'en faire.

— Des mercenaires. Je ne peux pas croire que Gant donnerait son accord à une chose pareille.

— Oh, son accord est inutile. La directrice de l'Opinion Publique a beaucoup d'autonomie. Joan prenait toutes sortes de décisions sans qu'Harry soit au courant.

— Mais ce que Gant vient de dire au téléphone...

— Il ne s'agit pas nécessairement du même plan. Harry peut très bien avoir pris ses dispositions contre toi de son côté. À moins que Vanna n'ait apporté quelques modifications de dernière minute sans lui en parler.

— Vanna Domingo serait une telle fanatique de sa compagnie ?

— Je crois que c'est plutôt une question d'autodéfense. Quelque chose en rapport avec la pandémie. Je ne connais pas toute l'histoire, mais elle s'est retrouvée à la rue pendant des années, et...

— Moi aussi, coupa Philo, et je ne tue pas les gens pour autant. Je les tourne en ridicule, je leur casse leurs jouets, mais je ne tue personne. Pas même en légitime défense.

Lexa lui prit la main.

— Je sais cela, dit-elle. *Et Vanna le sait aussi*, Philo. Si elle en sait suffisamment pour t'envoyer un message à travers moi, elle sait aussi que tu n'auras jamais recours à une force mortelle, même contre un bâtiment de guerre. Comme elle sait que tu ne pourras pas t'empêcher d'essayer de sauver ces lémuriens. C'est le piège parfait.

— Seulement si je mords à l'hameçon.

— C'est bien ce que tu vas faire, non ?

Philo agita la main vers la photo des lémuriens.

— Ils sont africains. S'ils meurent, personne ne s'en apercevra. Les gens continueront à se rendre au musée d'histoire naturelle et à s'extasier sur la docilité des lémuriens électriques. Comment ne pas essayer de les sauver ?

— Ils ne sont peut-être pas réels, souligna Lexa. Deux minutes de travail sur un programme de retouche d'image et tu as une photo de six lémuriens assis sur une licorne. À moins qu'ils ne soient électriques, comme ceux qu'on voit au musée. En admettant que l'espèce ne soit pas complètement éteinte, ces lémuriens coûteraient une véritable fortune, et je doute que Vanna se donne la peine de gaspiller autant d'argent alors qu'il lui suffit de te faire croire à leur existence.

— Mais peut-être sont-ils réels, rétorqua Philo. Ce sont peut-être les derniers représentants de l'espèce. Tout est là : on ne pourra pas en être certain autrement qu'en nous emparant du bateau.

— Et en admettant que vous vous empariez du bateau, que les lémuriens soient bien réels et que ce soient vraiment les derniers ? Six animaux ne suffisent pas pour relancer une espèce, Philo. Tu le sais. On ne reproduira pas deux fois le coup de l'arche de Noé.

— Et pourquoi pas ? S'il y a la moindre chance, je *dois* la tenter, Lexa. La *plus petite* chance.

Impasse. L'inconvénient d'avoir un Noir pour amant dans l'Amérique postpandémique, c'était qu'on ne pouvait pas lui demander de renoncer à la piraterie pour mener une vie normale. L'inconvénient d'avoir une femme de tête et de cœur pour amante dans n'importe quel pays à n'importe quelle époque, c'était qu'on ne pouvait pas l'empêcher de se faire du mauvais sang quand on sortait chatouiller Goliath avec une fronde déchargée. Ils se trouvèrent donc temporairement à court de mots. Pour meubler le silence, Philo posa une main sur chaque épaule de Lexa et entreprit de lui masser les muscles au-dessus de la clavicule. Après un moment de ce traitement, elle inclina la tête, rejeta sa couverture et se retourna pour lui permettre de passer à la nuque.

— Et puis quoi, soupira Lexa, si j'avais voulu la sécurité, j'aurais épousé Ellen et nous aurions eu la gamine par parthénogenèse.

Philo s'esclaffa.

— Pourquoi n'en avoir rien fait ? interrogea-t-il. Pourquoi m'avoir choisi, moi, entre tous ?

— Tu veux dire, mis à part le fait que la vision de tes fesses me rend complètement folle ? (Elle se renversa en arrière contre sa poitrine.) Mis à part l'amour ? (Elle croisa les bras et plaqua ses paumes contre les biceps de Philo.) Je me souviens encore de ce que j'ai ressenti cette année-là, quand j'ai confié la direction du *Call* à Ellen pour partir dans les Rocheuses à la recherche de survivants de la pandémie... en quête de « la tribu aux yeux verts » — c'était supposé être ma version de la longue marche vers Flatbush de mon arrière-arrière-grand-mère. J'avais roulé jusqu'à Pueblo avant de continuer vers le sud-ouest à pied, et après un mois d'exploration infructueuse, j'étais descendue dans le désert de l'autre côté des montagnes, et c'est là que je vous ai trouvés par hasard, toi, Seraphina et Morris, dans cette ville fantôme...

— Tu nous as fichu une sacrée trouille, se souvint Philo. Je n'ai jamais entendu Morris crier aussi fort que quand tu as franchi la porte de ce saloon.

— Oui, mais essaie de te mettre un peu à ma place. Je m'étais attendue soit à un camp retranché, soit à des réfugiés désemparés. Au lieu de ça, je tombe sur un grand costaud avec une fille de 7 ans sur les genoux et un extrémiste juif un peu froussard à son côté, qui projette tranquillement de lancer une tarte à la crème à la figure de l'Amérique corporative... et tu avais ces *fesses*... Non, vraiment, je ne vois pas comment j'aurais pu laisser passer une occasion pareille.

— Mmm, grogna Philo en enfouissant son visage dans ses cheveux. C'est très vrai.

— Alors dis-moi, vite, avant que l'effet du massage ne s'estompe, comment tu comptes te débarrasser d'une frégate ou d'un destroyer militaire sans te faire botter ce cul dont je raffole ?

— Eh bien, commença Philo en redressant la tête, tout d'abord, je n'ai pas une vocation de martyr, contrairement à Paul Watson. Me faire tuer ou tabasser pour une bonne cause ne m'emballe pas, et je n'aime pas davantage l'idée de la détention. C'est encore plus vrai pour Morris. Vois-tu, nous avons toujours su qu'une situation pareille risquait de se présenter un jour, et déjà dans cette ville fantôme nous avions commencé à envisager des solutions. Un jour, dans le désert, Morris a eu une inspiration...

Lexa ferma les yeux.

— Je ne suis pas certaine de vouloir entendre la suite, mais dis toujours.

Il s'exécuta. Son plan était si incroyablement stupide qu'elle crut d'abord avoir mal entendu. Philo le répéta. Elle n'avait pas rêvé.

— Tu n'es pas sérieux, dit Lexa.

— Mais si. D'ailleurs je ferais mieux d'appeler Morris tout de suite pour qu'il commence à tout préparer...

— Où a-t-il pu piocher une idée pareille ?

— Dans l'Exode, je crois.

— Et tu te figures vraiment que ça pourrait marcher ?

— Contre un bateau unique sans appui extérieur, oui. S'ils sont escortés par un sous-marin, nous risquons de nous ramasser, mais à moins de recourir à la force, c'est notre meilleure chance. Attends, je ne t'ai pas encore expliqué ton rôle.

— Mon rôle ? Parce que j'ai un rôle à jouer dans cette combine de fous ?

— Sûr, dit Philo. Enfin, si les gars de Turner Broadcasting t'ont toujours à la bonne...

Le fusil de Mr Ray

Le navire s'appelait *Mitterrand Sierra*. C'était un bâtiment anti-sous-marin de classe Robespierre, sorte de minifrégate commandée dans les années 2010 pour contrer une éventuelle agression nord-africaine en Méditerranée. En fait, les Nord-Africains, encore sous le coup de leur défaite de 2007, n'avaient nullement l'intention de lancer des sous-marins de combat à l'assaut de la Riviera. Seule une poignée de Robespierre furent produits, et la plupart finirent par être achetés par les marines lybienne et algérienne contre lesquelles ils avaient précisément été conçus. Comment Vanna Domingo avait réussi à s'en procurer un relevait du secret d'État.

Le *Mitterrand Sierra* était amarré à un dock privé non loin d'Atlantic City ; le quai était recouvert d'un toit de tôle ondulée qui lui donnait l'air d'un hangar aérien inondé. Des mouettes y entraient et en sortaient, venant se percher sur les poutrelles de soutènement. Un van bleu amena la partie humaine de l'équipage sur le quai à 9 heures et quart : le capitaine Chance Bake, Troubadour Penzias, un ingénieur du nom de Chatterjee, une paire de pilotes navigateurs baptisés Najime et Tagore, et deux missiliers dénommés Sayles et Sutter. Tous les autres postes du bord — tout ce qui n'avait pas trait au combat — seraient tenus par des domestiques automatiques. Des nègres blancs, incidemment : le modèle marin-pêcheur à la peau claire, affichant le visage buriné d'un loup de mer de Nantucket au XIXe siècle.

Penzias entra le premier dans le hangar, portant un long étui métallique peint en motif camouflage. Il fit une pause le temps d'examiner les 70 mètres du navire anti-sous-marin. Les canons du *Mitterrand Sierra* avaient été démontés pour éviter d'alarmer les gardes-côtes, mais ses lignes étaient incontestablement celles d'un bâtiment de guerre, implacable, rapide et meurtrier.

— Il fera l'affaire, déclara Penzias quand les autres le rejoignirent sous le hangar. Le capitaine en tête, ils gagnèrent l'échelle de coupée et montèrent à bord.

À peine touchaient-ils le pont qu'un cri résonnait au-dessus de leurs têtes.

— Merde ! s'écria Najime, qui avait reçu de la fiente de mouette sur l'épaule.

Tagore se mit à rire. Un nègre blanc s'approcha avec un seau et une serpillière pour nettoyer le gâchis.

Troubadour Penzias bascula la tête en arrière et suivit la mouette des yeux. S'écartant de la coupée, il s'agenouilla et posa son étui sur le pont. Il l'ouvrit. À l'intérieur, un fusil de chasse vieux de cinquante-cinq ans reposait dans son moule à coussinets de velours.

Le capitaine Baker, dont le sentiment sur Penzias n'avait pas changé depuis leur rencontre au *Scurvy Puffin*, fut aussitôt en alerte.

— Que comptez-vous faire avec ça ?

— On dirait une antiquité, observa le missilier Sutter.

— C'est une relique, rétorqua Penzias. Un Remington 1968 modèle 760 à chargement latéral, calibre 30-06.

— Pour moi, c'est une antiquité. En quoi est-ce une relique ?

— Ce 760-là appartenait à l'origine à Mr James E. Ray. Il n'a servi qu'une fois.

Sutter ne saisit pas la référence, mais le capitaine Baker oui, et il n'aimait pas cela.

— C'est le bonus à propos duquel Vanna Domingo et vous vous disputiez ?

— C'est ça, admit Penzias.

Il sortit la relique de son étui en léchant ses lèvres rougies par le colorant. Le canon avait été modifié pour accepter une lunette spéciale. Un compartiment dans l'étui renfermait un viseur électrique Remington à système d'acquisition de cible, que Penzias fixa au fusil.

— Ça ruine l'authenticité historique, s'excusa-t-il, mais après tout, j'ai un certain handicap à compenser.

Le capitaine Baker se tourna vers Sutter et ordonna sèchement :

— Vous et les autres, au travail. Les lémuriens doivent se trouver dans un habitat climatisé sous le pont arrière. Commencez par vous assurer que tout est en ordre de ce côté-là, puis mettez tous les systèmes du navire en route. Je veux que nous soyons partis à midi au plus tard.

— À vos ordres, capitaine.

Dès que le missilier et le reste de l'équipage furent hors de portée de voix, le capitaine poussa l'étui à fusil de Penzias du bout du pied, sans douceur excessive, et demanda :

— Est-ce la raison de votre participation à cette expédition ?

Absorbé par le paramétrage de son viseur électrique, Penzias répondit sans relever la tête.

— Je ne vois pas ce que vous voulez dire.

— Dufresne est un Noir. Je crois comprendre que vous avez un problème avec les Noirs.

— Je n'ai aucun problème avec les Noirs, rétorqua Penzias. J'ai une *solution* pour les Noirs.

Le capitaine Baker se pencha et empoigna l'interface

de VISION de Penzias, sans tirer, mais fermement. L'autre se figea instantanément.

— Arrêtez.

— Laissez-moi vous expliquer *mes* problèmes, dit le capitaine Baker. J'ai un problème avec le manque de respect envers l'autorité, qu'il s'agisse d'un écoterroriste à bord d'un sous-marin ou d'un subordonné qui refuse de me regarder quand je lui parle. J'ai également un problème avec le fait de confier les commandes de tir de mon navire à un maniaque au bord de la psychose. Continuez comme ça, et ma solution sera de vous arracher ce foutu machin hors du crâne.

Il affirma sa prise. Penzias grinça à travers ses dents :

— Les Cendres de Shiva !

— Quoi ?

— Les Cendres de Shiva ! Lâchez-moi, nom de Dieu !

Le capitaine s'exécuta. Penzias posa le fusil de Mr Ray et porta les deux mains à son interface de VISION. Il pivota la tête et ses lentilles se focalisèrent sur un point juste au-dessus de la clavicule du capitaine Baker. L'endroit idéal pour une trajectoire d'entrée.

— Regardez-moi dans les *yeux*, Penzias. Adressez-vous à moi.

L'interface se releva de quelques centimètres.

— Où étiez-vous pendant la guerre, capitaine ? Bien à l'abri dans le golfe de Guinée, loin des combats ?

— Détroit d'Ormuz. Mon navire faisait partie de l'escadre du *Saratoga*, nous bloquions la marine iranienne. Vous étiez en Afrique ?

— Corps de libération des ressources dans le delta du Niger. De la viande pour les Cendres.

— Les Cendres de Shiva étaient une arme aveuglante ?

— Indienne, précisa Penzias. Mise au point par un

scientifique hindou d'après un vieux prototype russe, mais achetée par les musulmans nord-africains. Nous étions prévenus. Il s'agissait d'un système laser automatisé. Il balayait une zone donnée au moyen d'un rayon de faible intensité, de gauche et droite et de haut en bas, en cherchant des surfaces réfléchissantes : lentilles de contact, verres de jumelles, viseurs téléscopiques. Quand il en trouvait une — ou deux très proches l'une de l'autre — il augmentait la puissance du rayon pendant quelques secondes. Vous saisissez le tableau ?

— Les Nord-Africains se sont servis de cette arme contre nos troupes ?

— Ils n'auraient pas osé. Oh, les chefs religieux trouvaient l'idée magnifique — précipiter l'ennemi dans les ténèbres et tout ça — mais les généraux n'étaient pas si fous. La guerre, c'est la guerre, mais aveugler des sections entières... c'est *inhumain*. Ça revient pratiquement à implorer une riposte inhumaine. Depuis que nous avions lâché la bombe à neutrons sur Lagos, ils savaient que nous n'étions pas d'humeur à rigoler. Ils possédaient les Cendres, mais jamais ils ne les auraient allumées.

Le capitaine Baker contempla l'interface de VISION, toujours incapable de dissimuler sa répugnance devant la prothèse.

— Quelqu'un l'a fait.

Penzias découvrit les dents.

— C'est vrai, capitaine, quelqu'un l'a fait. J'ai longuement réfléchi à ça pendant que j'étais dans le noir. J'ai retourné la question dans ma tête pendant des mois. Qui a allumé les Cendres, Troubadour ? Pas les *Nord*-Africains. Après Lagos, ces trous du cul n'avaient pas assez de toutes leurs jambes pour retraverser le Sahara. Ils avaient détalé si vite qu'ils avaient abandonné la plus grosse partie de leur équipement derrière eux. Nous aurions dû faire plus attention à ça. Toutes ces armes qui traînaient... mais qui restait-il pour s'en servir après le départ des Arabes ? La pandémie avait tué tous les vrais Nigériens.

» Sauf qu'il restait les fantômes. Toute une tribu, à la peau noire et aux yeux verts. *Aux yeux verts*. Les rapports avaient commencé à tomber la même semaine où nous avions débarqué : sabotages non résolus, mystérieuses disparitions... Port Harcourt avait failli brûler dans l'incendie de la raffinerie de pétrole, et on apprenait qu'au Zaïre, les Afrikanders avaient perdu un bataillon entier d'infanterie blindée dans la brousse. Les survivants juraient avoir eu affaire à des Noirs, mais ils n'avaient pas réussi à en capturer un seul.

— Et vous pensez que ce sont ces fantômes qui vous ont aveuglé ?

— Je le sais, affirma Penzias. Ils en voulaient surtout aux Afrikanders, mais les Américains venaient en second sur leur liste. Alors quand les yeux verts ont découvert ce campement arabe abandonné, avec les Cendres de Shiva au beau milieu, ils ont probablement décidé de nous faire une blague.

» Avec mon escouade, nous étions chargés de patrouiller la forêt aux alentours d'un champ de pétrole. Nous étions prudents, mais pas suffisamment, car nous savions que les Nord-Africains avaient plié bagage. Aucun d'entre nous n'était assez stupide pour croire aux fantômes. Je marchais en tête. Quand j'ai repéré le campement abandonné un peu plus loin, j'ai sorti mes jumelles pour jeter un coup d'œil. Les Cendres de Shiva m'ont brûlé la rétine. En m'entendant hurler, le reste de l'escouade a sorti ses jumelles pour voir ce qui se passait...

» Sur sept, six d'entre nous se sont fait prendre. Il y avait un gars de la Garde nationale du nom de Fletcher qui oubliait toujours de retirer le capuchon de ses jumelles, c'est peut-être ce qui l'a sauvé. Mais Fletcher a paniqué. C'était le seul de nous tous avec des yeux en état de marche et il a paniqué. Il a marché sur une mine Claymore dans les broussailles. Tout le monde est mort sauf moi. (L'interface de VISION redescendit se braquer sur l'étui ; Penzias ramassa le fusil de Mr Ray.) Ça vous suffit pour m'accepter dans l'équipage, capitaine ? Je sais que vous avez perdu tout un bateau à cause de Dufresne, et je ne peux pas rivaliser avec une perte pareille, mais...

— Dufresne n'est pas africain, Penzias. C'est un Américain.

— Il a les yeux verts. Ils les ont tous. *Il voit.*

— Si vous voulez vous venger, pourquoi ne pas retourner au Nigéria ?

— Non. Non. (Penzias préleva des balles dans un casier de son étui et entreprit de charger le fusil.) L'Afrique est trop hantée. Huit cents millions de fantômes, c'est un peu raide pour un début. D'abord Dufresne... Dufresne, seul. Ensuite, peut-être, un safari dans les Rocheuses au printemps prochain. (Les balles claquaient, une à une, dans la culasse du Remington.) Une tolérance doit se développer lentement.

— Je me suis trompé sur vous, Penzias, dit le capitaine Baker. Vous n'êtes pas au bord de la psychose. Vous êtes fou à lier.

— Oui, admit Penzias sans ironie.

— Et vous espérez quand même participer à cette mission ?

— Oui.

Il alluma le viseur électrique. Ce dernier envoyait directement un signal à l'interface de VISION, avec pour effet de lui offrir un troisième œil. Il pouvait désormais voir simultanément à travers l'interface et à travers le viseur, fussent-ils braqués dans deux directions différentes.

— Ce n'est pas compliqué, capitaine. Vous avez besoin de moi au contrôle de tir pour couler Dufresne. J'ai besoin de vous pour amener le bateau jusqu'à lui. Chacun de nous représente un mal nécessaire pour l'autre, et peu importe nos motivations.

Toujours accroupi, les lentilles de son interface de VISION focalisées une fois de plus sur la gorge du capitaine Baker, Penzias pointa en l'air le fusil de Mr Ray et appuya sur la détente. Une mouette décapitée s'écrasa sur le pont ; un nègre blanc se précipita avec un seau et une serpillière. Il se fendit d'un sourire vermillon et abaissa son arme.

— Ne vous souciez pas de ma santé mentale, capitaine. Aidez-moi simplement à fermer les yeux de Dufresne et il n'y aura pas de malentendu entre nous. (Il referma l'étui avec un bruit sonore.) Et maintenant, si nous allions jeter un coup d'œil à la passerelle ?

Aux grands maux...

Okay, on ne pouvait pas tuer un requin en laissant tomber un sèche-cheveux dans l'eau. Au XXIe siècle, tous les appareils à branchement externe étaient équipés d'un dispositif d'interruption sensible à l'humidité pour prévenir toute électrocution accidentelle, mais comment Frankie Lonzo aurait-il pu le savoir ? Les gens grillaient toujours autant dans leur baignoire au cinéma.

Après avoir perdu trois rallonges — et manqué se faire défoncer le crâne par un radiateur que Meisterbrau avait botté d'un coup de queue hors de la piscine — Frankie admit à contrecœur que la solution était ailleurs. Optant pour la guerre chimique, il assaisonna de mort-aux-rats le contenu d'une boîte de singe et alla le jeter dans le grand bain. Meisterbrau avala le singe, plus un litre de décapant pour four ménager, plus une horloge en panne contenant des poids en plomb et des numéros peints au radium sans montrer aucun signe d'indisposition.

— Pourquoi ne pas tout simplement le descendre, Frankie ? lui demanda Salvatore en le voyant verser de la lessive sur une rangée de Twinkies[1] évidés.

— Mis à part le fait qu'Écho me ferait la peau, tu veux dire ? Voyons voir, où diable ai-je rangé mon 38 ?

— Dans ta voiture... Oh. Heu, ouais.

— *Heu, ouais*, imita Frankie.

Les Twinkies empoisonnés ne donnèrent rien non plus.

Frankie alla se coucher sans avoir résolu le problème. Au petit matin de mercredi, il fit un cauchemar où Meisterbrau se laissait pousser des ailes et l'attaquait sur la bretelle de sortie de la voie express de Long Island. Alors que Frankie luttait pour remonter sa vitre, son véhicule se transformait en boîte de gâteaux scouts. Il se réveilla au moment précis où le requin se préparait à le trancher en deux d'un coup de dents.

— Cette fois ça suffit, dit Frankie en tombant du lit.

Au petit restaurant où il avait coutume de prendre son petit déjeuner, il se resservit plusieurs fois du café pour se donner du courage. Quand il fut incapable de tenir plus longtemps en place ou de stopper le tremblement de ses mains, il siffla un taxi.

— On fait quoi aujourd'hui, chef ? lui demanda le chauffeur.

— On déploie les grands moyens, répondit Frankie.

Les commandes du bassin d'hébergement aquatique

1. Sorte de petits gâteaux jaunes fourrés, extrêmement sucrés.

étaient logées dans un boîtier de contrôle fermé à clef au bord de la piscine. Un écran tactile offrait différentes options ; Frankie sélectionna MODIFIER LE NIVEAU DE L'EAU. Deux pictogrammes animés s'affichèrent à l'écran : le premier, souligné, montrait un guppy souriant nageant dans un aquarium rempli à ras bord ; le second montrait un guppy fronçant les sourcils qui se débattait au fond d'un aquarium presque vide. Frankie appuya sur celui qui fronçait les sourcils.

— Je ne comprends pas ce qui a pu se passer, Echo, dit-il à haute voix. Un bogue dans le programme, peut-être. Salvatore et moi nous en sommes aperçus trop tard, parce que, eh bien...

Dans le dos de Frankie, un aileron creva la surface de la piscine, suivi d'un museau. Les yeux glacés du *carcharodon carcharias* se posèrent sur le gardien de poissons italien qui préparait son vilain tour devant l'écran tactile. Le museau du requin s'éleva plus haut, exposant la mécanique à lacérer qu'étaient ses mâchoires ; des filaments glaireux verts et noirs pendaient à ses crocs. Puis une patte sortit de l'eau, un appendice gris tacheté à quatre doigts, avec des ongles semblables à des éclats d'ardoise. Elle tâta le bord de la piscine comme un baigneur hors-saison qui teste la température de l'eau. Pas encore tout à fait ça, apparemment : après un moment, la patte se retira. Mais les yeux de Meisterbrau ne replongèrent pas si rapidement.

LA VIDANGE EST RALENTIE PAR UN CORPS ÉTRANGER indiqua l'écran. SOUHAITEZ-VOUS NETTOYER LE FILTRE AVANT DE CONTINUER ? Cela voulait dire descendre dans la piscine et déboucher le filtre à la main. Frankie appuya sur NON.

TUYAU DE VIDANGE OUVERT, afficha l'écran. TEMPS ESTIMÉ POUR VIDER LE BASSIN À VITESSE RALENTIE : ONZE HEURES DIX MINUTES.

— Génial, maugréa Frankie. Qu'es-tu allé coller dans le filtre, espèce de fils de pute ?

Non que cela eût la moindre importance. Frankie ne voyait pas d'objection à ce que Meisterbrau subisse une lente et interminable agonie, tant qu'Echo Papandreou ne débarquait pas pour une inspection surprise de l'annexe. Mais il y avait peu de risque. Il eut soudain la prémonition que ce plan allait fonctionner.

— Je te tiens, saloperie de poisson.

Il reverrouilla l'écran et se planta face à la piscine. La surface de l'eau était lisse et plus noire qu'un conduit de cheminée.

— Onze heures, Mr Meisterbrau. Il est temps de se dire au revoir.

Très satisfait de lui-même, Frankie retourna dans la pièce TV, assombrit la fenêtre et s'assit pour regarder le film du mercredi soir avec Salvatore. Sal aussi était de bonne humeur ; on venait de lui offrir une nouvelle montre pour son anniversaire, une Timex philharmonique avec soixante-quatre voix.

14

Le Club 33 est le club secret de Disneyland, le seul endroit du parc où l'on serve des boissons alcoolisées. Il est si secret que bon nombre d'employés ne connaissent même pas son existence, au 33, Rue Royale à New Orléans Square, non loin des Pirates des Caraïbes et juste à droite du restaurant Blue Bayou. Il n'est signalé que par le numéro 33 sur une plaque ovale près de la porte... L'histoire veut que Disney ait eu l'intention de vivre là et d'y recevoir des personnalités, de sorte qu'un appartement fut construit au deuxième étage. Mais Disney mourut avant l'achèvement des travaux, et on en fit un club privé... Le Club 33 est truffé de micros ; on en trouve dans tous les chandeliers. Mon informateur a interrogé un serveur à ce sujet et il s'est vu répondre que Disney prévoyait d'espionner les conversations de ses invités. Le serveur lui a aussi montré une armoire à porcelaine conçue pour dissimuler une caméra... On voit que Disney devenait un brin bizarre sur ses vieux jours. Il comptait apparemment s'adresser à ses hôtes à travers la tête d'élan de la salle des trophées. Elle contient bel et bien un haut-parleur, en tout cas.

WILLIAM POUNDSTONE,
Bigger Secrets

Une flottille de camions sans marques distinctives était garée au pied de la Nouvelle Babel où une armée de domestiques électriques s'affairait à la décharger. Sous la direction d'un Blanc vêtu d'un impeccable costume gris, les nègres avaient formé une chaîne et transféraient des caisses en bois — trente ou quarante par remorque — jusqu'à une bouche d'égout ; des mains brunes se tendaient automatiquement depuis le sous-sol pour recevoir les caisses au fur et à mesure. Personne parmi la myriade d'ouvriers, de touristes et de passants ne prêtait la moindre attention à cette activité, d'abord parce que les nègres passaient généralement inaperçus, et ensuite parce que la curiosité des badauds était entièrement mobilisée par le spectacle de Babel.

Même Joan, qui plaçait les super gratte-ciel assez haut sur sa liste des attitudes PI, ne pouvait réprimer un sentiment d'humilité devant un tel monument. À l'instar de ces immenses cathédrales européennes semblant appartenir à une autre réalité que les bâtiments ramassés qui les entouraient, Babel défiait toute comparaison ou association avec les autres tours de Manhattan. Son isolement relatif à l'extrémité nord de l'île ne faisait que renforcer cette sensation de se trouver devant quelque chose d'unique, une chose qui n'avait encore jamais été faite ni contemplée nulle part. Une ziggourat de verre et d'acier, s'élevant selon une spirale audacieuse d'ébène translucide, sur une échelle difficile à appréhender... et les travaux n'en étaient encore qu'à la moitié. L'imaginer complète et terminée, atteignant le double de cette hauteur impossible, était un véritable défi.

— Ne prends pas cet air coupable, chérie, conseilla Kite en remarquant le malaise qui se lisait sur le visage de Joan. Ce n'est pas un péché d'admirer sa beauté. Tu sais que Frank Lloyd Wright voulait en construire un à Chicago dans les années 50 ? Le Mile-High Illinois Building... Je me souviens que le *Baja Diario* avait fait sa une avec une illustration du projet. LA VISIÓN FABULOSA DEL FUTURO. Magnifique. Coûteux, peu fonctionnel, et terrifiant presque tous les autres architectes de l'époque, mais magnifique. J'aurais donné cher pour contempler cette tour de mes propres yeux — ou mieux, me dresser au sommet — rien que cinq minutes.

— Le problème, vois-tu, c'est qu'ayant été directrice de l'Opinion Publique d'Harry pendant neuf ans, j'ai une part de responsabilité dans la construction de ce monstre. Une part indirecte, mais quand même... Si son ombre enjambe le fleuve Harlem et occulte le sud du Bronx, si la ville doit élargir ses égouts pour faire face à ses déjections, c'est en partie à cause de ma maîtrise de l'Opinion Publique.

— Ma foi, puisque tu endosses le blâme, tu peux au moins profiter de la vue.

L'opinion d'Ayn Rand, comme à son habitude, était sans équivoque.

— C'est la plus somptueuse construction que j'ai jamais vue ! s'écria-t-elle. Le plus glorieux triomphe architectural de toute l'histoire de l'humanité !

— Attends d'avoir vu le hall d'accueil, lui conseilla Joan.

Babel était tout le contraire d'une forteresse : sa large base était entourée d'accès de toutes sortes — portes basculantes, portes coulissantes, portes à tambour, portails électriques à diaphragme — mais l'entrée la plus évidente était le grand portail qui se dressait à l'extrême sud de la circonférence de la tour. Appelé Porte de la Langue Primordiale dans les premiers communiqués de presse et rebaptisé Mère de toutes les Portes par des chroniqueurs à la plume facile, le portail dressait ses deux battants d'acier et de cristal noir de 46 mètres de haut dans le renfoncement d'une voûte colossale. Des marches de marbre noir légèrement arrondies s'écoulaient du seuil à la manière d'un flot de lave figé. Un effet élégant, même si l'irrégularité de l'arrondi entraînait un certain nombre de glissades et de chutes, tout spécialement en hiver, quand les tonnes d'air chaud qui s'échappaient du portail grand ouvert faisaient fondre la neige et provoquaient la formation d'épaisses couches de verglas sur les marches extérieures et le dallage au-delà. On disait que l'architecte, Lonny Matsushida, travaillait à résoudre ce problème par quelque astucieuse solution technologique.

L'espace qui s'ouvrait au-delà du portail tenait moins du hall d'accueil que du cañon couvert, encadré de part et d'autre par des falaises de balcons en terrasses. Des cascades artificielles coupaient les balcons par intervalles, et le sol s'ornait de fontaines illuminées, d'arbres manucurés et de massifs d'arbustes. En hommage aux célèbres jardins suspendus de Babylone, des plates-formes de céramique recouvertes d'un lierre génétiquement modifié pendaient au plafond au bout de longs câbles. Des colibris électriques voletaient entre les lianes, les arrosant au compte-gouttes, soufflant la poussière sur les feuilles, et parfois perdant le contrôle et allant s'écraser contre les falaises.

Le cañon s'achevait sur une salle circulaire en coupole assez grande pour contenir la basilique Saint-Pierre, avec suffisamment de marge pour faire tenir au sommet un garde suisse rageur et son arbalète. Une énorme sphère en cuivre, représentant la terre, pendait au bout d'une chaîne au centre de la coupole ; elle oscillait à moins d'un mètre du dos et des épaules d'un colosse arc-bouté, dont le visage affichait l'expression de l'esclave qui se libère d'une servitude de toute une vie, mélange de joie, d'espoir, de fierté, de vertu et d'un petit noyau de folie. Une tablette ciselée sur le socle de la statue annonçait :

ATLAS HAUSSANT LES ÉPAULES.

— Qu'en dis-tu, Ayn ? demanda Joan.

Elle éleva la lampe électrique au-dessus de sa tête pour offrir une meilleure vue au génie.

— J'en dis, déclara-t-elle posément, que si vous avez pu aimer l'homme dont le cerveau a permis cela... si vous avez pu vous identifier à ses valeurs, suffisamment pour l'épouser... il subsiste peut-être un espoir pour vous. Votre engagement auprès de causes soi-disant « libérales » telles que l'écologie vous place dans le camp des altruistes et des mystiques de la force, mais peut-être n'êtes-vous pas au-delà de toute rédemption. Il faudra que je vous enseigne les vertus de l'égoïsme.

— Oh, dit Joan. *Ça*.

Le contrôle des kangourous

— Ainsi, vous affirmez que votre philosophie objectiviste est totalement cohérente, dit Kite tandis que la troisième tranche d'ascenseurs de la Nouvelle Babel les emmenait du 120ᵉ au 180ᵉ niveau, et que quiconque en accepte ne serait-ce qu'une fraction doit automatiquement en accepter tout le reste ?

— C'est exact, approuva Ayn Rand.

— Ce qui voudrait dire que quiconque croit au pouvoir de la raison, quiconque se considère comme quelqu'un de rationnel, doit automatiquement être d'accord avec tout ce que vous dites.

— Puisque j'ai raison, pourquoi toutes les personnes rationnelles ne seraient-elles pas d'accord avec moi ?

— Oui... et il s'ensuit, aussi sûr que E. Lee suit Robert, que quiconque *n'est pas* d'accord avec vous est par définition *irrationnel.*

— Si quelqu'un était incapable de démontrer une erreur spécifique dans mes postulats de départ, ou une contradiction non résolue dans mes conclusions, oui, cette personne serait irrationnelle, et si elle persistait à nier la réalité après en avoir entendu la démonstration, elle serait aussi immorale.

— Quand avez-vous élaboré cette philosophie ?

— Il y a une éternité. Aussi loin que je me souvienne, j'ai toujours défendu les mêmes convictions. La seule dette intellectuelle que je me reconnais est envers Aristote. Toute l'histoire de la pensée occidentale depuis le IVe siècle avant Jésus-Christ se résume à un conflit entre la logique aristotélicienne et le mysticisme de Platon.

— Jusqu'à ce que vous veniez boucher les trous dans le système d'Aristote.

— Le purger des vestiges du platonisme. Platon nous est cher, aurait dit Aristote, mais la vérité nous est plus chère encore. La première partie de cette phrase relève du sentimentalisme mal placé : Platon n'a rien de chérissable, il est méprisable. Seule la vérité doit nous être chère. La vérité telle qu'elle est appréhendée par une conscience douée de raisonnement.

— Par le sens commun, autrement dit.

— Sens, oui. Commun, non. En fait, il est incroyablement peu répandu.

— C'est là que je comprends mal, miss Rand, objecta Kite. Pardonnez mon impertinence, mais étant donné ce que vous affirmez, je vois mal pourquoi vous vous posez en avocate de la liberté individuelle.

— La liberté, l'indépendance, est une condition

indispensable du processus de raisonnement. On ne peut pas réfléchir au bout d'un fusil.

— D'accord, mais quand vous prétendez avoir toujours prêché la même philosophie aussi loin que vous remontiez en arrière, n'est-ce pas comme si vous affirmiez avoir su dès la naissance tout ce que vous aviez besoin de savoir, ne jamais vous être trompée ? Et quand vous ajoutez, pour couronner le tout, que vous êtes la première philosophe à dire quelque chose d'original depuis Aristote — soit un vide intellectuel de, quoi, vingt-quatre siècles ? — vous ne plaidez pas vraiment pour laisser les personnes ordinaires réfléchir par elles-mêmes.

— Personne ne peut contraindre les hommes à accepter la raison, dit Ayn. C'est une contradiction altruiste dans les termes ! Les hommes restent libres de nier la réalité s'ils le veulent ; ils doivent alors en supporter les conséquences. De tels hommes ne sont pas dignes des fruits de mon intellect.

— Ces conséquences, commença Kite, incluraient-elles...

— L'échec, déclara Ayn Rand. La conséquence ultime de la négation de la réalité est toujours l'échec. Grattez l'écorce d'un clochard et vous trouverez un homme irrationnel.

— *Niveau 180*, annonça l'ascenseur.

— Je crois que je vous comprends, maintenant, dit Kite.

D'après les plans de Lonny Matsushida, Babel, une fois achevée, compterait 500 niveaux, avec une flèche similaire à celle du Phœnix portant la hauteur finale à 1 777 mètres. Pour le moment, seuls les 189 premiers niveaux étaient terminés ; l'érection de la structure métallique de soutènement avait progressé jusqu'à hauteur du 228e niveau. C'est vers ce zénith que Joan,

Kite et Ayn Rand montaient à la recherche de Winifred Gant, la mère d'Harry, conductrice de travaux sur le projet Babel. Elles terminèrent leur ascension à bord d'un monte-charge de chantier, Kite et Joan portant des casques que leur avait remis l'opérateur, un domestique automatique appelé Melvin 261.

En haut de Babel, des poutrelles et des traverses d'acier étaient mises en place par des grues-kangourous, ainsi baptisées en raison des plates-formes mobiles sur lesquelles elles étaient fixées et qui pouvaient s'élever sur vérins hydrauliques, permettant aux grues de suivre par petits bonds la progression de la superstructure. Il y avait également un centre de contrôle des kangourous, ou CCK : un bunker imperméable abritant un super ordinateur, des écrans de contrôle et un matériel de transmissions reliant Winnie Gant à tous les ouvriers du chantier.

De nombreux domestiques automatiques étaient employés dans la construction, bien sûr, mais le règlement syndical et les lois de l'État exigeaient qu'une partie substantielle du travail soit réservée à des humains. Au sommet, cela voulait dire des Amérindiens, principalement, des Mohawks new-yorkais et canadiens dont le sens de l'équilibre et la totale absence de vertige étaient légendaires. Le maître d'œuvre assistant était un vieux Mohawk du nom de Jim Wolverine qui travaillait avec Winnie depuis 1975, époque où elle avait débuté dans le métier comme apprentie soudeuse. Ils avaient été amants pendant leurs deux premières années ensemble, passion dont les braises n'avaient jamais entièrement refroidi ; on avait même parlé de mariage, avant l'entrée en scène de Jerry Gant en 1978. Joan se demandait parfois, et pas simplement au regard de son acrophobie, en quoi Harry aurait été différent avec un père amérindien.

— Jimmy, disait présentement Winnie Gant dans son talkie-walkie, monte au 227 dans le coin nord-est, veux-tu ? Warner 990 s'est encore emmêlé les pinceaux. (L'un des écrans de contrôle montrait un ouvrier automatique se balançant au bout d'un filin de sécurité, souriant en dépit du vide sous ses pieds.) Quand tu l'auras remonté, envoie-le à l'atelier se faire réviser les gyros.

— Problèmes de maintenance avec les domestiques ? s'enquit Joan.

— Les conneries habituelles, répondit Winnie. (C'était une femme de grande taille, encore musclée malgré ses 68 ans ; il était facile de voir de qui Harry tenait son physique avantageux.) L'exposition prolongée aux intempéries, l'usure normale. Je préfère cent fois perdre un androïde qu'un vrai ouvrier, de toute façon.

— Pas d'accidents sérieux ?

— Aucun mort, Dieu merci. J'impose des précautions très strictes sur ce chantier. Bien entendu, il y a toujours l'inévitable perceuse ou gamelle qui se fait dégommer d'un coup de pied et qui passe par-dessus les filets de sécurité. Tu sais, c'est drôle de voir à quel point les taxis attirent tout ce qui tombe. Nous avons déjà inscrit les blocs-moteurs de deux Checkers à notre tableau.

Kite leva un sourcil.

— Ce genre de dégâts est couvert par votre assurance ?

— Pensez-vous. On se contente de couper le courant dans les ascenseurs quand ils viennent nous porter une assignation. (Elle cligna de l'œil.) Qu'est-ce qui t'amène, Joan ? Ne me dis pas que toi et Junior allez vous remettre ensemble ?

— Heu... pas dans un sens matrimonial, non. Peut-être... le temps de prendre un café.

— Oh, moi je m'en fiche, la rassura Winnie. Ça me fait plaisir de te revoir.

— En fait, mon amie Kite et moi, ainsi qu'Ayn ici présente (elle tapota la lampe électrique) sommes venues voir Jerry. Mais quand je l'ai appelé, il a été incapable de me dire à quel étage vous viviez.

— Oh, dit Winnie. (Elle rit.) C'est la faute d'Harry. Pour me remercier de superviser la construction, il a tenu à nous donner un appartement au sommet du gratte-ciel, lequel, bien entendu, s'élève un peu plus chaque semaine. De temps en temps, les déménageurs s'amènent et montent toutes nos affaires quelques étages plus haut. Je n'ai pas de problème d'ajustement — c'est l'hémisphère droit qui domine, chez moi — mais Jerry doit me demander un plan chaque fois qu'il sort. Vous savez quoi, c'est presque ma pause déjeuner, alors je vais venir avec vous. (Elle désigna la lampe d'un hochement de tête.) Qu'est-ce que c'est que ce truc ?

— Ma nouvelle lumière directrice, répondit Joan.

— Où as-tu trouvé ça ? Ce serait bien, pour Jerry, d'avoir un guide électrique.

— Je suis une philosophe, rectifia Ayn Rand.

— Hmm. Hon-hon. Chouette idée. Ça non plus, ça ne ferait pas de mal à mon Jerry.

Le signe du dollar

Si Harry Gant avait hérité du physique de sa mère, il tenait son amour du désordre — et des gadgets — de son père.

Depuis qu'il avait cessé d'enseigner, Jerry Gant consacrait la majeure partie de son temps à collectionner les vieux magazines, en séries complètes de préférence, dans l'édition originale si possible. Soigneusement rangés sur des étagères à travers l'immense appartement — pas par Jerry, qui se serait contenté de les empiler au petit bonheur le long des murs, mais par les déménageurs omniprésents qui s'ingéniaient à lui faire oublier où il habitait — s'alignaient des milliers d'anciens numéros de *Frank Leslie's Illustrated Newspaper*, du *Saturday Evening Post*, de *Graham's Magazine*, d'*Atlantic Monthly*, de l'*American Mercury*, de *Life*, de *Scribner's*, du *Godey's Ladies'Book*, etc, titres dont Joan n'avait jamais entendu parler pour la plupart mais que Kite retrouvait avec une nostalgie non dissimulée.

— Ma dernière acquisition, dit Jerry en indiquant une armoire métallique dont les tiroirs contenaient la collection intégrale du *Wall Street Journal* sur microfilms. On ne s'y attendrait pas, mais on tombe sur des aventures humaines merveilleuses entre les rapports financiers. De vieilles blagues historiques, pour certaines, le genre d'anecdotes délirantes qui ne trouvent jamais le chemin des manuels d'histoire. Par exemple, saviez-vous que durant la Deuxième Guerre mondiale, les alliés avaient envisagé de tailler un porte-avions dans la glace ?

— La personne à l'origine de cette idée n'avait pas un nom de famille assez court ? demanda Kite.

— Eh bien, en fait, je crois me souvenir que oui. Le nom lui-même m'échappe, par contre...

— C'est sans importance, l'assura-t-elle.

— Pourquoi des microfilms ? interrogea Joan.

— Hmm ? Oh, c'est quand même un quotidien. L'appartement n'est pas *si* grand. En fait, il rapetisse chaque semaine.

— Mais on doit pouvoir trouver le *Wall Street Journal* sur disque ou sur bande de données ?

Jerry Gant haussa les épaules.

— Sûrement. Mais j'aime bien faire défiler les bobines.

— Okay, professeur Maboul, intervint Winnie Gant en pénétrant dans le vestibule. (Elle épingla un petit bout de papier à l'une des bretelles de Jerry.) Je t'ai écrit l'étage ici, d'un côté, et de l'autre je t'ai mis le plan jusqu'à l'ascenseur, avec les fosses à tigres et les sables mouvants. Tâche de ne pas l'égarer avant ce soir.

— Oui maman, fit Jerry, pas intimidé pour deux sous par ses manières bourrues.

C'était l'une des qualités qui avaient séduit Winnie de prime abord, le fait qu'en dépit de son apparence fragile, il était rarement effrayé ou intimidé par quoi que ce soit. « Je sais que c'est en partie parce qu'il ne fait pas la différence entre l'histoire et la réalité », avait confessé Winnie à Joan en une occasion. « Mais j'ai vu des agresseurs et des chiens d'attaque lui ficher la paix simplement parce qu'ils n'arrivaient pas à se faire prendre au sérieux. C'est une force assez particulière. »

— Je dois remonter là-haut, annonça-t-elle en se penchant pour l'embrasser.

Ayn Rand s'agita dans sa lampe, mal à l'aise. Joan comprit que ce spectacle — la mère d'un prodige reconnu mesurant une demi-tête de plus que son mari — ne correspondait pas au paradigme objectiviste de l'homme héroïque et de la femme-adoratrice du héros. Mais bientôt Winnie quitta l'appartement, après une tape sur l'épaule de Joan au passage, et Ayn décida de conforter son opinion des Gant par un compliment.

— J'aime bien vos bretelles, lança-t-elle en faisant abstraction de la note épinglée dessus. Elles étaient rouge vif, avec des signes du dollar en surimpression dorée.

— Merci ! dit Jerry. C'est Winnie qui me les a achetées. J'ai perdu neuf kilos avec ce vieux régime du *Post* à base de raisins — de la malnutrition contrôlée, purement et simplement — et c'était plus facile de passer aux bretelles que de faire resserrer tous mes pantalons. Je vais probablement reprendre du poids, de toute façon.

— En tant qu'historien, poursuivit Ayn Rand, vous savez sans doute que le signe du dollar fut créé en superposant les initiales des États-Unis. À ce titre, j'ai toujours pensé que c'était le symbole idéal pour un homme d'affaires indépendant, un homme de vision. Quelqu'un comme votre fils.

— Harry est un brave garçon, approuva Jerry. Par contre, j'ai bien peur que cette histoire à propos de l'origine du signe du dollar soit une pure invention.

Le sourire d'Ayn se figea sur ses lèvres.

— Je vous demande pardon ?

— Eh bien, j'ai déjà entendu la théorie, naturellement, et je peux comprendre ce qu'elle offre de séduisant pour une fervente américanophile. Mais cet élément de séduction à lui seul soulève déjà des doutes. Dans l'étude du folklore, la règle veut que plus une explication est romanesque, plus elle a de chances d'être fausse.

— Seriez-vous en train de suggérer que le signe du dollar n'est pas composé des initiales US ?

— Je fais plus que suggérer. J'ai lu la monographie d'Oxford sur le sujet, ainsi qu'un article un peu plus digeste dans le *Harper's*. Le mot « dollar » est d'origine bohémienne. Il dérive bien sûr de *Joachimsthaler*, ou *thaler*, une pièce d'argent frappée pour la première fois en 1519 sous la direction du comte allemand de Schlik. Le signe du dollar, lui, vient presque certainement de la pièce de huit espagnole, ou peso, dont s'est inspiré Thomas Jefferson pour dessiner le dollar américain, et qui circulait beaucoup dans les colonies à l'époque de la révolution américaine.

— Du peso ! éclata Ayn. Du peso !

— Oui, du peso. Le signe est probablement une abréviation de *pesos* : non pas un U sur un S, mais un P griffonné à la hâte sur un S. Ou encore une simple déformation du nombre 8. Au fait, saviez-vous que Benjamin Franklin avait pensé à la dinde et non l'aigle comme oiseau national ?

— C'est absurde !

— Pas du tout, c'est prouvé. Franklin...

— Une abréviation de *pesos* ! Ridicule ! Vous n'avez aucune preuve de ça !

— Pas de preuve absolue, non. C'est de l'histoire, pas du calcul. Mais un faisceau de présomptions...

— Un faisceau de présomptions ! cracha Ayn. Des statistiques, vous voulez dire ! Ce n'est pas une preuve ! Mon explication est indiscutablement plus rationnelle. Vous ne pouvez pas dire le contraire !

Jerry Gant fronça les sourcils.

— Il me semble que je viens de le faire.

— Temps mort, les amis, suggéra Joan. (Elle tira un trait sur le débat en couvrant la lampe électrique d'un napperon brodé.) Que peux-tu nous dire là-dessus, Jerry ?

— Hmm, fit-il en examinant le napperon. Ça vient du Club 33. Harry t'a obtenu une carte de membre ?

Joan secoua la tête.

— Le Club 33, répéta-t-elle. C'est à Atlantic City ?

— Non. Anaheim, en Californie. À Disneyland.

Échangeant un regard avec Kite, Joan demanda :

— Seulement à Disneyland, ou y en aurait-il un autre à Eurodisney ?

— Non, il n'en existe qu'un. (Jerry sourit.) Le Club 33 est une anomalie historique unique, comme je les aime. (Il désigna d'un hochement de tête la boîte-mystère que tenait Kite.) Que m'avez-vous apporté d'autre ?

Une assiette de beignets de maïs

— Alors ce Club 33 était à l'origine une salle de restaurant privée pour les invités d'honneur de Disney ?

— Dignitaires étrangers et autres, confirma Jerry. Des scientifiques, aussi — il était mordu de technologie. Il existe même une légende, mensongère, selon laquelle il aurait fait cryogéniser son cadavre dans l'espoir d'être ressuscité un jour. Les versions les plus extravagantes du mythe situent la salle de cryogénisation sous les Pirates des Caraïbes, à quelques portes du Club 33.

— Mensongère ? répéta Joan.

— D'après son certificat de décès, Disney a été incinéré. Ses cendres sont inhumées au Forest Lawn Memorial Park à Glendale, en Californie. Un certain nombre de collègues dans la même branche que moi ont fait le déplacement pour vérifier.

— Pardonnez-moi de vous demander ça, Mr Gant, intervint Kite Edmonds, mais quelle est votre branche, au juste ? Quel domaine de l'histoire enseignez-vous ?

— Les Sciences Sociales, niveau lycée, répondit-il en détachant nettement les majuscules. La géographie sublimée. Tout cela est loin derrière moi, maintenant, Dieu merci. Non que je n'aime pas les enfants, mais les horaires quotidiens de 7 à 16, plus les conseils de classe, c'était une vie trop structurée et trop prenante à mon goût, même avec les vacances d'été. Je préfère les situations plus souples, comme une retraite payée. Quant à ma spécialité, mon diplôme de l'État du New Jersey était pluridisciplinaire : il combinait l'histoire adoxographique de la culture américaine à l'anthropologie folklorique spéculative.

— Alligators dans les égouts 101, traduisit Joan.

— Il y a eu des alligators dans les égouts, rectifia Jerry Gant. Il y en a vraiment eu.

— Je le sais, tu peux me croire, dit Joan.

Jerry enfonça la vidéocassette Betamax et la bande huit pistes dans les lecteurs appropriés. Son bureau était un véritable cimetière des éléphants de l'équipement audiovisuel, un bric-à-brac d'appareils de récupération, outils indispensables du folkloriste spéculatif. Qui savait quelle bribe d'information précieuse on n'allait pas découvrir au détour des sillons en vinyle d'un 78 tours, ou dans les rouleaux de bande d'un vieux magnétophone à bobines ? Par ailleurs, c'était un tel régal de faire défiler les vieux films, de tourner la manivelle au flanc du Victrola et de regarder danser la tête de lecture au son d'une musique du passé.

Mais tout le matériel de Jerry n'était pas obsolète. Il possédait un ordinateur Cray plus récent que celui de Joan. Il avait branché dessus le Betamax et le lecteur huit pistes.

— Nous allons digitaliser le son et l'image et laisser l'ordinateur faire la synchro, expliqua-t-il en allumant l'ordinateur. S'amuser un peu, c'est bien, mais faire défiler manuellement un enregistrement huit pistes sans rembobinage ni bouton de pause, c'est rapidement fastidieux.

Ils regardèrent d'abord la vidéo, sans le son, le Cray affichant les images Betamax sur son écran tout en les recopiant sur disque. Deux hommes étaient assis à une table dans une élégante salle de restaurant et s'adressaient à un serveur dont le smoking bleu portait le logo du Club 33. L'un des hommes, celui au visage lunaire à la gauche du serveur, avait un air familier.

— John Hoover, dit Joan.

— John Edgar Hoover, corrigea Jerry.

Kite hocha la tête.

— Mais bien sûr. Je savais que sa tête me disait quelque chose.

— Attendez une minute, arrêta Joan. *J.* Edgar Hoover ? L'ancien directeur du FBI ?

— Le G-man en chef, appuya Jerry.

— Mais cet homme à l'écran est *John* Hoover, l'ingénieur de chez Disney qui a inventé le domestique automatique.

— Non, opposa Jerry. Je connais le John Hoover dont tu parles, je l'ai rencontré chez Gant Industries une fois, avant ton mariage avec Harry. Il ne ressemblait absolument pas à J. Edgar Hoover.

— Mais nous l'avons vu hier encore, et il ressemblait tout à fait à J. Edgar Hoover. À *ce* Hoover, en tout cas.

— Quelqu'un aura voulu te monter un bateau, Joan. Je ne crois même pas que John Hoover soit encore en vie. Il était déjà très vieux quand je l'ai rencontré, et pas en bonne santé. Il aurait plus de 90 ans aujourd'hui.

— Juste histoire de vérifier, J. Edgar Hoover est bien mort, lui ?

— Oh oui, répondit Jerry.

— Aussi mort qu'on peut l'être, ajouta Kite.

À l'écran, les deux hommes refermèrent leurs menus et passèrent commande au serveur ; la séquence se boucla sur un fondu au noir. Venait ensuite un gros plan sur un formulaire de demande de livre avec des lignes pour le titre, le nom de l'auteur et la référence chiffrée. La pointe d'un crayon mécanique entrait dans le champ et griffonnait sur la ligne de référence : BPNY/171.303 607 949 6. Le plan durait environ cinq secondes, avant un deuxième fondu au noir suivi de neige.

— C'est court, commenta Jerry Gant. Essayons avec le son.

Il pianota sur son clavier, en ignorant superbement le système de reconnaissance vocale du Cray. La séquence vidéo repassa, accompagnée de grésillements et de sons inintelligibles. Apparemment, il y avait de la friture sur les micros cachés du Club 33.

— Qui est l'homme qui discute avec Hoover ? demanda Kite. (Plus maigre que lui, l'homme portait un costume gris impeccable et une cicatrice sur l'arête du nez.) Il est connu aussi, non ?

— C'est Roy Cohn, lui indiqua Jerry. Le procureur. Conseiller en chef du sous-comité permanent d'investigations de Joe McCarthy. C'est drôle de le voir déjeuner au Club 33 en compagnie d'Hoover. Non pas qu'ils auraient eu le moindre mal à se faire inviter...

— L'un d'eux connaissait-il personnellement Disney ? interrogea Joan.

— Oui, Hoover, je crois. Ce vieux Walt avait le cœur à droite toute, et c'était un fervent partisan du FBI.

— Vous parvenez à comprendre ce qu'ils disent ? demanda Kite.

— Non, admit Jerry. Je vais essayer d'y remédier...

Il interrompit le défilement de la bande en appuyant sur une touche et tapa DÉMARRER DÉBABELISATION/BANDE HUIT PISTES/OPTIMISATION.

— La débabélisation ?

— Un nom évocateur, pas vrai ? C'est un programme qui débrouille les paroles embrouillées. Il filtre les parasites et les bruits de fond, minimise l'écho, et au besoin suggère les interprétations les plus probables des sons de l'enregistrement. Je l'utilise pour décoder les messages à l'envers sur les vieux albums de rock-and-roll.

OPTIMISATION TERMINÉE afficha le Cray sur son écran. MULTIPLES SOLUTIONS (A/B).

— Hmm, fit Jerry. Ça se produit parfois, quand la qualité d'enregistrement est particulièrement mauvaise.

Il tapa PASSER BETAVIDÉO DÉBABELISÉE OPTIMISATION A.

— Ces messieurs sont-ils décidés ? demanda le serveur. (Ces messieurs hésitaient encore, et le serveur reprit, tandis que Cohn et Hoover se coupaient simultanément la parole :) Puis-je suggérer...

— Oh, heu... commença Roy.

— Disons... tenta Hoover.

— ... sinon...

— ... que dans...

Une pause gênée. Le serveur semblait embarrassé, Cohn et Hoover irrités.

— Allez-y, proposa Hoover avec un geste d'impatience.

— Après vous, déclina Roy avec une politesse affectée. Je vous en prie.

— Très bien, accepta Hoover. (Il joignit les mains et se tourna vers le serveur.) Donnez-moi une assiette de beignets de maïs. Je prendrai le poulet aux pruneaux accompagné de carottes et d'asperges sur un lit de courgettes. Vous nous apporterez aussi un pichet d'eau, ainsi qu'une corbeille de pain. Et je reprendrai un peu de vin.

Le serveur hocha la tête et se tourna vers Roy.

— Et vous, monsieur ?

— Je crois que je vais me contenter d'une salade au crabe et aux kiwis.

— Et quelle sauce désirez-vous ?

— Celle des mille parfums exotiques, choisit Cohn.

— Excusez-moi, monsieur, dit le serveur en indiquant le verre vide de Roy, voulez-vous un autre gin tonic ?

Cohn hocha la tête.

— Décidément vous ne mangez jamais rien, fit Hoover. Il faut vous alimenter mieux que ça, Roy.

— Si j'ai faim, lança-t-il en rendant son menu au serveur, je n'aurai qu'à picorer dans votre assiette...

Fondu au noir, et passage sur le plan du formulaire de demande.

— Ma foi, ça m'a l'air de coller, estima Kite. Que dit la deuxième version ?

— Voyons ça, dit Jerry. Il tapa PASSER BETAVIDÉO DÉBABELISÉE OPTIMISATION B.

L'optimisation B était... différente.

— Création d'une nouvelle directive, dit le serveur. (Ces messieurs hésitèrent, et le serveur reprit, tandis que Cohn et Hoover se coupaient simultanément la parole.) Procédure engagée...

— Autor... commença Roy.

... isa... continua Hoover.

... tion...

... code un...

Une pause gênée.

— Alpha six, dit Hoover avec un geste d'impatience.

— Delta vingt, ajouta Roy. Deux-douze-un-six.

— Sept-un, conclut Hoover. (Il joignit les mains et se tourna vers le serveur.) Donnez-moi une planète de nègres parfaits. Supprimez les paumés congénitaux, supprimez tares et disparités, sans oublier les fortes têtes. Vous devrez peut-être repartir de zéro, reconstruire la race à partir de rien. Je vous laisse le choix des moyens.

Le serveur hocha la tête et se tourna vers Roy.

— Et vous, monsieur ?

— Je crois que je vais m'intéresser au décalage entre les actes et l'idéologie.

— Et quel angle choisirez-vous ?

— Celui de mille persécutions ironiques.

— Excusez-moi, monsieur, dit le serveur en indiquant le verre vide de Roy, qu'entendez-vous par « ironiques » ?

— L'effondrement de toutes vos certitudes, expliqua Hoover. Faites-leur ravaler leurs belles paroles, Roy.

— Je le ferai, dit-il en rendant son menu au serveur. Je pourrai vous débarrasser de vos bêtes noires...

Fondu au noir. Le crayon mécanique écrivit : BPNY/171.303 607 949 6.

— Hmm, fit Jerry Gant. Hmm. Ouais...

— Repasse-nous la bande, demanda Joan.

15

« Commençons par nous vouer corps et âme à la vérité, à la voir comme elle est et à la dire telle qu'elle est, à la chercher, à parler avec sa voix et à vivre avec elle. Voilà ce que nous ferons. »

RICHARD MILHOUS NIXON,
en acceptant la nomination
des Républicains
à la candidature
présidentielle, 1968

« *Je voudrais être un cheval.* »

ELIZABETH II,
à l'âge de 7 ans,
dans ses projets d'avenir

La tribu de ceux qui sortent du troupeau

Le *Yabba-Dabba-Doo* était paré à partir dès le coucher du soleil. Les préparatifs de l'opération de guerre douce ne s'étaient pas révélés trop épuisants : Morris avait trouvé tout le matériel et l'équipement nécessaires soit directement à bord du sous-marin, soit dans la Grotte des Pirates, et lui-même était déjà sur Liberty Island quand Philo l'avait contacté.

Le véritable travail fut de réunir le reste de l'équipage, qui ne répondait pas aux bipeurs. Lexa Thatcher et Ellen Leeuwenhoek sillonnèrent la ville pendant des heures, chacune se chargeant de ramener six des douze pirates manquants. Ellen dut recourir à un grappin pour atteindre Norma Eckland et Asta Wills, qui s'étaient isolées au sommet d'un autre phare abandonné — sur Coney Island, celui-là.

Quand Lexa retrouva les Kazenstein palestiniens au *Russian Tea Room*, à Manhattan, leur Aston Martin venait de se faire enlever par la fourrière, de sorte qu'ils durent se tasser tous les cinq, plus Irma Rajamutti, dans la Coccinelle.

En fin d'après-midi, néanmoins, ils étaient tous à la Grotte. Sur le pont des missiles du *Yabba-Dabba-Doo*, Morris s'affairait à charger quatre bouées jaunes dans les tubes lance-torpilles, en essayant d'ignorer les tracasseries de ses frères et sœur. Asta, Norma, Irma, Marshall Ali, Vingt-Neuf Mots, Osman Hamid, Jael Bolívar et Ellen Leeuwenhoek se trouvaient à l'intérieur, ainsi que Seraphina, revenue avec Ellen dans l'intention d'accorder une dernière embrassade héroïque à une certaine personne. Philo faisait le tour de la jetée, inspectant minutieusement la coque du sous-marin, son optimisme du matin remplacé par gravité sévère, presque sinistre.

— On reconsidère la question ? demanda Lexa.

Elle marchait contre lui, son bras glissé sous le sien.

— On réfléchit, répondit Philo. (Il se tourna vers elle.) C'est cinglé, ce truc que nous sommes sur le point de faire, non ?

Lexa opina de la tête.

— C'est probablement ce que dirait la plupart des gens, oui.

Philo acquiesça lui aussi. Puis il ajouta :

— Je pensais à Flora. À 2004. (Il pressa la main de Lexa.) Tu as vraiment vu des gens mourir dans la pandémie, n'est-ce pas ? De tes yeux, pas à la télévision.

— J'ai perdu de bons amis, oui, admit Lexa. Et quand je n'étais pas auprès d'eux, j'étais dehors en train d'essayer de couvrir l'événement. Avec Ellen, jusqu'à ce qu'elle apprenne la maladie de son ami. Et Joan, Joan aussi était dans la rue... c'était la même année où sa mère était partie en guerre contre le pape, et elle a fait la navette entre Boston, New York et Philly pendant tout l'été. Elle s'est rendue à Brooklyn le dernier jour de l'épidémie, quand le gouvernement a enfin décidé d'organiser l'aide aux victimes. Elle se trouvait à Bed-Stuy quand tout a flambé. Typique de Joan... Elle a bien failli se faire descendre par la Garde nationale.

— Mmm, dit Philo, je connais ça.

— Ce qui m'étonne toujours, poursuivit Lexa, c'est le nombre de gens affirmant qu'ils n'étaient pas sur place pendant la pandémie, comme quelqu'un qui prétendrait avoir raté le Déluge sous prétexte qu'il n'était pas en ville.

— Eh bien, c'est un peu mon cas, reconnut Philo.

— Ça n'a rien à voir. Ce n'est pas de cela que je parle. Toi, tu n'étais *effectivement* pas là pendant la pandémie.

Philo était en mer depuis presque un an, en fait, lors du déclenchement de l'épidémie, sur un corsaire de 33 mètres, en compagnie d'un équipage de Rainbow Warriors. Présageant sa future carrière à bord du *Yabba-Dabba-Doo*, Philo et les autres Warriors avaient quadrillé l'Atlantique de long en large, faisant cap au sud, vers la mer de Weddell, pour harceler une flotte de navires-usines japonais exploitant le krill à outrance au mépris des conventions internationales ; au nord, vers le détroit du Danemark pour repêcher les filets dérivants des marins islandais ; à l'est et à l'ouest, pour redresser d'autres torts dans les golfes de Gascogne et du Mexique.

À leur manière, les Rainbow Warriors ressemblaient beaucoup au Hollandais de Pennsylvanie auprès duquel Philo avait grandi : des hommes de principes, durs à la peine, non violents, anti-industriels, barbus et peu causants. Ils avaient une radio à ondes courtes à bord mais s'en servaient rarement, hormis pour écouter les bulletins météo et recevoir des informations sur des cibles potentielles depuis leur quartier général de Boston. On leur faisait suivre leur courrier vers leurs escales les plus probables, mais l'itinéraire était fréquemment bousculé, et lettres et colis devaient généralement être réexpédiés plusieurs fois. D'où le temps mis par Philo pour apprendre qu'il était devenu papa.

— Après U. Penn, avait expliqué Philo à Lexa, Flora et moi avions perdu le contact et ne nous étions pas revus pendant des années. Nous nous sommes retrouvés lors d'un pique-nique d'anciens en 03, juste avant que je m'embarque, et... enfin, tu devines ce qui s'est passé. À l'époque, la Pennsylvanie était un État rouge, *très* rouge : une loi venait de passer, considérant comme un crime de sortir de l'État pour se faire avorter, et une polémique s'était engagée sur le fait de savoir si c'était bien constitutionnel. Le jugement de la Cour suprême était attendu deux semaines plus tard, et il pouvait basculer d'un côté comme de l'autre ; Flora s'est vue coincée, avec à peine quelques jours pour se décider et aucun moyen de me joindre. Alors elle m'a écrit une lettre pour remplacer la discussion que nous ne pouvions pas avoir.

La lettre avait été envoyée à l'ancienne adresse de Philo à Philadelphie. Elle avait été réexpédiée à Boston, puis avait visité Porto Alegre, Abidjan, Gibraltar et Calais avant d'atteindre finalement son destinataire dans les îles Féroé. Le cachet de la poste était vieux de dix mois et demi ; il s'était écoulé presque un an depuis ce funeste pique-nique. Philo avait lu la demi-douzaine de pages d'écriture serrée sur un banc à l'extérieur de la maison nordique de Thorshavn, procédé à une rapide soustraction mentale et s'était rendu compte qu'il était papa depuis mai, début juin au plus tard... à moins que Flora n'ait changé d'avis après avoir cacheté l'enveloppe.

Ne parvenant pas à joindre Philadelphie depuis le bureau de poste de Thorshavn, Philo avait réuni les Rainbow Warriors et les avait persuadés de faire route immédiatement vers la côte Est. Ce fut une traversée difficile : une mer démontée et de violeurs vents contraires les harcelèrent jusqu'aux bancs de Terre-Neuve, ralentissant leur progression, et à la moitié du voyage une tasse de tisane renversée par la tempête régla son compte à l'émetteur à ondes courtes. Sourds aux nouvelles de l'épidémie qui sévissait à terre, les Warriors avaient continué leur route, dépassant Boston pour jeter l'ancre dans la baie du Delaware. Philo avait fait son paquetage et remonté le fleuve Delaware seul à bord d'un zodiac, arrivant au port de Penn peu après la nuit.

À Philadelphie comme à New York, des violences sporadiques avaient éclaté dans certains quartiers particulièrement touchés, et la ville était sous couvre-feu, mais tout ce que savait Philo, c'était qu'il n'arrivait pas à trouver un taxi. Les cabines téléphoniques du front de mer n'acceptant pas sa monnaie des Féroé, il avait décidé de couvrir à pied les trois kilomètres qui le séparaient dé l'appartement de Flora. La chance et l'ignorance avaient joint leurs efforts pour le tenir à distance des patrouilles de police et des barrages de la Garde nationale tout le long du chemin.

Une coupure de courant plongeait l'immeuble de Flora dans le noir. Commençant à s'inquiéter de l'absence totale d'activité dans la rue — il n'était pas si tard que cela — Philo s'était mis à tambouriner sur la porte d'entrée. Personne n'était venu lui ouvrir, mais ses coups avaient rapidement eu raison de la serrure. Il avait avalé les escaliers quatre à quatre jusqu'au troisième sans croiser âme qui vive.

La porte de l'appartement de Flora était entrebâillée. Philo avait trouvé sa fille couchée sur un fauteuil à côté d'une fenêtre ouverte, vaguement emmaillotée dans le peignoir de sa mère. Pour un bébé à moitié mort de faim et de déshydratation, elle paraissait remarquablement contente : elle lui avait fait un sourire et avait serré son doigt dans son petit poing, puis attendu patiemment qu'il ait fouillé le reste de l'appartement. Flora n'était visible nulle part.

Réprimant un sentiment de panique, Philo avait porté le bébé à la cuisine et raflé un biberon, du lait en poudre et une couche propre ; il l'avait fait manger, l'avait nettoyée et changée dans l'évier. Il avait ensuite décroché le téléphone de la cuisine, qui fonctionnait toujours, et avait composé le 911. Il était tombé deux fois de suite sur le signal d'attente et allait recommencer quand une voiture de police était passée au-dehors, dans le flamboiement de ses gyrophares.

C'est là que le vrai cauchemar avait commencé : Philo avait ouvert une fenêtre et crié pour qu'on vienne à son secours. La voiture pie s'était immobilisée et avait dégorgé quatre policiers armés de fusils anti-émeutes. Les policiers ne virent pas un père en détresse appelant à l'aide pour sa fille ; ils virent un grand costaud noir hurlant avec un paquet de la taille d'une bombe au creux de son bras. Ils lui vidèrent leurs fusils anti-émeutes dessus.

En le voyant replonger à l'intérieur, ils passèrent aux grenades lacrymogènes et eurent tôt fait de mettre le feu à l'immeuble. Serrant son bébé contre sa poitrine, Philo s'était enfui par la porte de derrière ; les policiers avaient alerté par radio l'antenne locale de la Garde nationale et l'avaient informée de la présence d'un terroriste fou dans les parages.

Le retour à pied jusqu'au front de mer lui avait pris presque toute la nuit. Les rues qui auparavant avaient semblé désertes étaient désormais activement patrouillées par des hommes et des femmes dont Philo était certain qu'ils tireraient à vue. Accroupi entre deux voitures dans un parking pour éviter d'être repéré par un hélicoptère, il avait avisé une plaque personnalisée indiquant SERAPHINA, et avait chantonné doucement ce nom à sa fille pour la calmer. Elle avait paru l'apprécier.

La chance leur avait souri. Aux premières lueurs de l'aube, Philo avait regagné le zodiac ; Seraphina dormait recroquevillée dans une caisse d'équipement de survie tandis que son père les emmenait loin de la rive. Ils ne firent qu'un arrêt — une visite aux pontons du Franklin Seaman's Club pour siphonner de l'essence à un yacht sans surveillance — après quoi Philo n'avait plus relâché la manette des gaz avant que Philadelphie soit loin derrière eux. Il avait remonté la rivière, en direction de Trenton.

Bien qu'une fuite vers la mer eût sans doute été moins dangereuse, il savait que les Rainbow Warriors avaient probablement déjà quitté la baie du Delaware, et sa priorité principale consistait à trouver un kiosque à journaux pour découvrir ce qui se passait. Il ne lui vint pas à l'idée que le chaos auquel ils venaient d'échapper pût exister dans d'autres villes, pas plus qu'il n'aurait imaginé que sa fuite avec sa fille n'était que le premier épisode d'une longue période d'exil.

Il savait simplement qu'il était vivant et entendait le rester, et qu'à moins d'avoir des nouvelles de Flora, il ne remettrait pas les pieds dans la ville de l'amour fraternel avant un sacré bout de temps.

— C'est normal, au fond, réfléchit Philo à haute voix.

Ayant achevé l'inspection de la coque du sous-marin, il s'était accoudé au capot avant de Betsy Ross. Lexa était appuyée contre lui, ses bras une fois de plus drapés autour d'elle comme un gilet de sauvetage.

— Que j'aie survécu à la maladie et à ses ravages, je veux dire. Ce n'est pas si étonnant. Des choses qui n'arrivent qu'à moi, c'est toute l'histoire de ma vie. Un Amish noir, qui a jamais entendu parler d'un truc pareil ? Et après, à Philly, je n'ai fait qu'inverser mes adjectifs : un Afro-Américain amish — un triple A, comme disait Flora — qui a jamais vu *ça* ? (Il reposa son menton sur l'épaule de Lexa et contempla le *Yabba-Dabba-Doo*.) Crois-tu que ça puisse entrer en ligne de compte si les choses tournent mal ?

— Comment ça ?

— Tu sais, ce que tu disais tout à l'heure : la *plupart* des gens considéreraient cette mission de sauvetage des lémuriens comme une folie. La plupart n'essaieraient même pas. Et peut-être que la plupart de ceux qui essaieraient n'y survivraient pas, et réussiraient encore moins...

— ... mais tu n'es *pas* la plupart des gens, compléta Lexa en poursuivant son raisonnement. En fait, tu es *moins* la plupart des gens que n'importe qui d'autre sur cette terre. En conséquence, les chances de succès penchent en ta faveur.

— C'est ça.

— Je ne suis pas certaine que ça fonctionne ainsi, observa Lexa. À ta place, je serais quand même très, très prudent.

— N'aie pas peur.

— Tiens.

Elle sortit son porte-monnaie et en tira un vieux dollar en argent, aux faces rendues presque lisses par cinq générations de doigts.

— Un porte-bonheur ? demanda Philo.

— Appelons ça une incitation supplémentaire à faire preuve de prudence, répondit Lexa. Ce dollar n'a pas de prix pour moi. S'il devait finir au fond de la faille d'Hudson à un endroit où je ne pourrais jamais le récupérer, je serais *très* en colère. (Elle pivota la tête pour le regarder dans les yeux.) Pigé ?

Philo hocha la tête. Il prit le dollar en argent et le mit dans sa poche, glissa sa propre tête sous le menton de Lexa, déposa un sourire au creux de sa gorge et murmura :

— Pigé.

Un charme kurde

Seraphina trouva Marshall Ali dans sa cabine à bord du sous-marin. Un coffre béant était posé par terre entre ses pieds et une collection d'objets façonnés en pierre était étalée à côté de lui sur sa couchette.

— Qu'est-ce que c'est ? demanda-t-elle comme il lui faisait signe d'entrer.

— Des vestiges archéologiques kurdes, expliqua-t-il. Tout ça. (Il indiqua cinq autres coffres empilés contre la cloison et arrimés par des lanières de toile.) J'ai dû abandonner beaucoup de coffres comme ceux-là derrière moi quand j'ai fui la Turquie, je n'ai pu sauver que ceux-là. Mais c'est la plus grande collection au monde de vestiges kurdes. La seule, en fait.

— Tu as dû fuir la Turquie ?

— Avec mon bon ami turc Osman Hamid. Il faisait le taxi entre Istanbul et Diyarbakir, où j'habitais. Nous regardions des cassettes vidéo dans la maison de ma grand-mère : des films d'arts martiaux américains, et aussi des enregistrements pirates de Sonny Bono et de Cher Sarkisian. Chaque année durant le mois sacré du ramadan, nous partions faire des fouilles dans le Kurdistan turc. Nous jeûnions, comme il est de coutume à cette période, et la faim nous envoyait des visions qui nous dévoilaient les secrets du passé. Malheureusement, le jeûne du ramadan rend également irritable. Lors de notre dernière expédition, nous avons été surpris par un gros soldat turc, un homme tout à fait détestable. Il a débouché dans notre campement à bord de sa jeep et m'a entendu chanter une chanson de Sonny et Cher dont j'avais traduit les paroles en kurde. C'est un crime très grave en Turquie.

— Chanter une chanson de Sonny et Cher ?

— Parler kurde. Dix ans de prison, minimum. Cela rentre dans le cadre du programme gouvernemental d'unification culturelle. Osman a tenté de plaider ma cause, mais ça n'a fait qu'aggraver les choses — le spectacle d'un Turc prenant la défense d'un Kurde — et le soldat a regagné son véhicule et foncé dans ma direction. Il a fallu que je me défende à la manière du ninja américain Chuck Norris : j'ai bondi par-dessus le capot de la voiture et décoché un coup de pied à travers le pare-brise. Drôlement efficace. Si seulement tous les mauvais Turcs pouvaient n'avoir qu'une seule et même nuque... mais le monde n'est pas si simple.

» Peu après notre retour à Diyarbakir, nous avons appris que des soldats nous cherchaient, trop nombreux pour que même l'honorable Bruce Lee puisse les tenir à distance. Il devenait urgent pour nous de quitter le pays si nous ne voulions pas finir comme Butch Cassidy et Sundance. Nous avons bénéficié d'un coup de main de la branche du Mossad de la famille Kazenstein, à laquelle mes cousins irakiens avaient rendu quelques menus services. (Marshall Ali écarta les mains.) Et voilà comment nous avons abouti ici. Jamais plus je ne reverrai le Kurdistan.

— C'est terrible, compatit Seraphina en regrettant de ne pas éprouver davantage de peine pour lui.

— C'est le passé, dit Marshall Ali. Il n'est pas oublié, mais il est derrière nous. Je doute que tu sois venue me voir pour entendre des histoires tristes. Ton front brille de la transpiration de la femme amoureuse.

Seraphina porta la main à son front et la ramena toute poisseuse.

— C'est si évident ?

Marshall Ali sourit.

— Veux-tu que je te dise où le trouver ?

— En fait, j'attendais surtout un...

— Conseil ?

— Oui. Un conseil sur la manière de le... la façon de lui... enfin...

— La femme cherche l'homme le cœur empli de désir, dit Marshall Ali. Nous ne regardions pas ce genre de films. Je crois qu'ils sont interdits en Turquie.

— Donc tu ne peux pas m'aider du tout.

— La paume.

— La paume ?

Il hocha la tête.

— Tu prends le poignet comme ça (il encercla son poignet gauche entre son pouce et son index droit) et tu appliques le bout de la langue sur la paume.

— Tu veux dire *sa* paume ? Ma langue sur sa paume ?

— Seulement si tu veux que ça marche. Tu remontes les lignes de la paume, et ensuite le long de chaque doigt, lentement mais avec autorité. Sans le quitter des yeux. Tu le lèches aussi derrière l'oreille. (Il tapota l'endroit.) Il se mettra à japper comme un chacal.

— Vous ne regardiez jamais ce genre de films, hein ?

— Sur mon honneur.

Le regard de Seraphina se déplaça vers les objets en pierre.

— Tu n'aurais pas un ancien charme kurde là-dedans, par hasard ? Histoire de mettre toutes les chances de mon côté ?

— Ah, un moment ! (Marshall Ali se leva de sa couchette et farfouilla dans un autre coffre.) D'abord le principal, dit-il en lançant à Seraphina quelques pochettes prédécoupées. Le guerrier avisé porte *toujours* son armure. S'il résiste ou commence à parler de protections moins lourdes, tu dois le frapper au visage et au cou jusqu'à ce que le bon sens lui revienne. Et maintenant, voyons voir... là. Je l'ai.

Seraphina se serait attendue à un collier ou un bracelet, mais le charme que lui remit Marshall Ali n'était qu'un morceau de papier coloré : le dessin d'un petit bouquet de fleurs.

— C'est kurde ? demanda-t-elle. Ça n'a pas l'air tellement ancien.

— C'est un tatouage, expliqua Marshall Ali. Celui qui figure sur la fesse de Cher Sarkisian Bono. Une reproduction, se hâta-t-il d'ajouter.

— Faut-il que je le dessine sur moi ?

— Plie le papier en quatre. Glisse-le dans ta poche arrière — j'ai un jean à pattes d'éléphant que je vais te donner. Ensuite, pendant que tu appliqueras ta langue sur sa paume et que tu le lécheras derrière l'oreille, visualise le tatouage. Le résultat ne fait aucun doute.

Seraphina soupesa les pochettes au creux de sa main. Sa décision fut vite prise.

— Très bien. Où est-il ?

Harry va sur l'eau

L'aéroglisseur filait à travers la baie, dans un soleil crépusculaire orangé qui faisait scintiller les détritus à la surface de l'eau. Sa silhouette évoquait un peu celle des barges de patrouille à fond plat du département des Égouts, mais en beaucoup plus gros, sur un coussin d'air qui traînait derrière lui deux panaches gris-vert d'embruns pollués. Harry Gant, Vanna Domingo et Whitey Caspian tenaient conférence à l'avant tandis qu'il prenait la direction de Liberty Island.

— Je dis simplement que j'aurais aimé être prévenue un peu plus à l'avance, se plaignait Vanna. Avoir un peu plus de temps pour tout préparer.

— Malheureusement, vous n'étiez pas là quand Whitey est venu me trouver hier, dit Gant. Nous avons essayé, mais impossible de vous joindre. Par ailleurs, je crois que le bureau du maire s'est très bien occupé de tout. Inutile d'être aussi tendue.

— Vous auriez dû faire intervenir l'armée, insista Vanna. Le port devrait grouiller de destroyers et de contre-torpilleurs. Et cette barge devrait emporter des marines, pas...

— Nous en avons discuté avec le maire, l'interrompit Whitey. Il a préféré laisser le Pentagone hors du coup pour différentes raisons, dont l'une est que nous ne sommes pas certains que cette base d'U-boats existe réellement. Mais si c'est le cas, et si les pirates s'y trouvent, ils auront certainement posté une sentinelle ; difficile de réunir une flottille de guerre dans la baie sans attirer leur attention. Nous ne voulons pas nous dévoiler trop tôt sans quoi ils risquent de nous échapper, avec ou sans le sous-marin. Et si le recours à la force devenait nécessaire, le maire préférerait laisser la police du port s'en occuper. Un engagement naval à grande échelle grossirait inutilement la puissance de feu déployée, et les risques de dommages collatéraux sont beaucoup trop importants pour...

— Tu as toujours un radis à la place du cerveau, le coupa Vanna Domingo. Des grenades anti-sous-marines ne risquent pas d'endommager le moindre bâtiment. Il n'y a pas d'immeubles sous l'eau.

— Le maire a simplement estimé...

— Le *maire* a des ambitions politiques, l'interrompit à nouveau Vanna. Voilà pourquoi il est assis à l'arrière, avec *ceux-là.* Il veut faire arrêter Dufresne par le NYPD de manière à pouvoir s'en attribuer tout le mérite et profiter du prestige pour se présenter en tant que sénateur.

— La stratégie n'est pas mauvaise, observa Gant.

Vanna secoua la tête.

— J'aurais préféré avoir vingt-quatre heures de plus, c'est tout...

Elle glissa une main dans la poche intérieure de son veston et soupesa un disque métallique de la taille de sa paume, plat d'un côté, légèrement convexe de l'autre : un gadget improvisé, commandé en urgence au département R & D de Gant Industries aussitôt qu'elle avait appris ce qui se préparait. Elle aurait préféré avoir le *Mitterrand Sierra* en embuscade au large de Sandy Hook, mais elle n'avait pas eu le temps d'arranger cela.

— Ne vous en faites donc pas, Vanna, dit Gant.

La poche de son propre veston pendouillait, arrachée par un fou qui les avait accostés une heure plus tôt alors qu'ils sortaient du Phoenix. L'homme — un mendiant échevelé, barbu, sanglé d'un collier de cuir clouté — s'était précipité vers eux sur le trottoir, agitant une timbale en fer-blanc remplie de crayons et proférant des gargouillements inarticulés avec une langue monstrueusement boursouflée. Il avait fallu quatre vigiles armés de matraques électriques pour le chasser.

— C'est ça, renchérit Whitey, ne t'en fais pas. Regarde là-bas. (Il indiqua un grand paquebot dans le goulet au sud d'Upper Bay.) C'est le *QE2 Mark 2*. Un navire de croisière, officiellement, mais il est armé.

— Armé ? s'inquiéta Gant.

— Il ne tirera sur personne, Harry, ses canons ne sont là que pour protéger la famille royale quand elle se trouve à bord. Mais c'est un gros bateau, et son horaire coïncidait avec le nôtre, si bien que le maire a demandé au port d'appeler son capitaine. Le *QE2 Mark 2* va se placer dans le goulet et bloquer la sortie jusqu'à ce que Dufresne soit entre nos mains. Et Vanna, à titre de précaution supplémentaire, le maire a encore l'agent Ernest G. Vogelsang, du département Anti-activités anti-américaines du FBI, en réserve aux commandes de son hélicoptère au-dessus de Downtown. Vogelsang n'a pas été informé de la nature exacte de l'opération — le chef de la police lui a simplement demandé de rester en stand-by au cas où — mais il est prêt à intervenir si besoin est. Comme tu vois, tout a été prévu...

— On ne peut jamais tout prévoir, dit Wanna. Il y a toujours un détail qu'on oublie. Un navire de *croisière*... Harry, avez-vous seulement envie de voir Dufresne sous les verrous ?

Gant lui adressa un sourire qui lui apprit tout ce qu'elle avait besoin de savoir.

— Tout se déroulera sans accroc, Vanna. C'est un chouette plan.

— Sûr. (Ce n'est qu'en songeant aux abysses glacials de la faille d'Hudson qu'elle réussit à lui retourner son sourire.) Un chouette plan. Exactement ce qu'il nous fallait.

Un animal évolutif

— Bien entendu vous restez libres de vous défiler, précisa Morris en refermant le dernier tube lance-torpilles. Servir à bord du *Yabba-Dabba-Doo* a toujours été une affaire strictement volontaire. Personnellement, j'ai trop d'amitié pour Philo pour le lâcher au moment où il a le plus besoin de moi, mais que mon exemple ne vous contraigne surtout pas à prendre la mauvaise décision. À chacun de définir ses propres critères de fidélité... ou de courage.

— Oui, dit Heathcliff, enfin... ce n'est pas que nous ne soyons pas *fidèles* à Philo.

— Ce n'est pas *ça*, appuya Little Nell. Pas ça du tout.

— Désolé, les gars, rétorqua Morris.

Il ne releva pas la tête, craignant que son expression ne le trahisse. Ce serait peut-être la seule occasion qu'il aurait jamais de pouvoir prendre ses frères et sœur de haut, et il avait bien l'intention d'en profiter au maximum.

— Désolé, je ne voulais pas suggérer ça, je veux dire, *bien sûr* que vous êtes fidèles. En particulier après tout ce que Philo a fait pour vous — vous confier les tâches les plus pépères du bord, financer vos recherches — je sais bien que non seulement vous lui êtes fidèles, mais aussi *reconnaissants*. Pour autant, ça ne doit pas peser sur votre conscience, nous restons une organisation de volontaires, et si vous estimez que la mission est trop dangereuse pour vous...

— Écoute ! intervint Mowgli. Ce n'est pas tellement le *danger*, c'est... c'est...

— C'est le thème, suggéra Galahad. Le thème de la mission n'est pas suffisamment palestinien.

— Oui, c'est ça ! s'écria Heathcliff. Nous sommes fidèles, nous sommes courageux et nous crachons à la face de la mort. Le risque ne signifie rien pour nous : s'il le fallait, nous partirions en barque à l'assaut d'un croiseur. Seulement pour la Palestine. Les lémuriens représentent une noble cause, mais si nous devons donner nos vies, que ce soit pour la libération de la Palestine.

— Hmm. J'imagine que ça veut dire que vous repartez pour la Cisjordanie ?

— Quoi ? dit Oliver.

— J'en parlerai à Philo, je verrai comment vous arranger le coup...

— Que veux-tu dire par *vous repartez pour la Cisjordanie* ? demanda Heathcliff.

— Ma foi, puisque vous ne gérez plus la salle des machines, j'imagine que rien ne vous retient plus à New York. Après tout, vous n'accomplirez pas grand-chose pour la Palestine en restant ici à perdre votre temps. Même en retournant à Londres, vous seriez encore à des milliers de kilomètres du théâtre des opérations. Mais si nous pouvons vous trouver un avion pour Bethléem, vous croiserez le fer avec le Shin Bet et la ligue de défense des colons de Cisjordanie avant la fin de la semaine.

— Hé là ! hé là ! Morris, ne nous emballons pas...

Une écoutille s'ouvrit sur le pont. Jael Bolívar et Ellen Leeuwenhoek en sortirent, portant chacune un lynx dans sa cage.

— Ce sont les derniers ? demanda Morris.

Jael hocha la tête.

— Les hamsters sont tous à terre aussi. Iggy le flemmard et Borneo Bill étaient déjà chez ma sœur à Astoria, alors je les ai laissés là-bas. Mais écoute, Morris, j'aimerais bien mettre quelques plantes à l'abri. Si tu voulais seulement m'ouvrir le pont...

— Oublie ça.

— Morris !

— Jael, nous n'avons pas le temps. Il faut que nous soyons partis dans quelques heures.

— Allons, plaida Heathcliff, ne soyons pas faunocentriques. Les plantes sont un élément de l'écosystème au même titre que les animaux, et si Jael estime que nous devrions retarder la mission afin de sauvegarder...

— Chhh ! siffla-t-elle.

— Ne le prends pas sur ce ton, s'indigna Heathcliff. Je suis en train de faire preuve d'unité panarabe en prenant ton parti !

— J'emmerde l'unité panarabe ! Qu'est-ce que c'est que ce bruit ?

Ellen Leeuwenhoek l'avait entendu aussi.

— On dirait un bruit de cailloux tombés dans un broyeur.

— Ou une foreuse attaquant du granit, dit Morris. (De la poussière se mit à tomber de la voûte de la caverne tandis que le bruit s'amplifiait.) Galahad, Mowgli, allez dire à Irma de lancer les moteurs.

— Mais nous n'avons pas encore décidé... voulut protester Little Nell.

Un gros bloc de rocher se détacha de la voûte et se fracassa en mille morceaux sur le nez du sous-marin.

— Okay, céda Heathcliff.

Tous les cinq se ruèrent à l'abri dans le sous-marin. Jael Bolívar passa son lynx à Ellen et entreprit de jeter les amarres.

Philo remonta la planche d'embarquement au pas de charge.

— Nous avons de la compagnie, constata-t-il. Tout est prêt pour le départ ?

— Les bouées sont chargées et en place, lui dit Morris. Les batteries n'ont pas fini de se recharger, mais nous devrions avoir largement assez de jus pour tenir jusqu'à demain. Au besoin, je pourrai toujours brancher le moteur auxiliaire.

— Et pour les vivres ? Nous devrons peut-être rester en mer beaucoup plus longtemps que prévu.

— Trente jours de réserve en comptant les biscuits, indiqua Morris. Il faudra que ça suffise. (D'autres pierres se détachaient de la voûte et des parois.) Si nous ne trouvons pas un nouveau point de chute d'ici un mois, nous n'aurons qu'à apprendre à pêcher. Ou bien tirer à la courte paille l'équipage de la salle des machines.

— Amarres larguées ! cria Jael.

— Très bien, dit Philo, en route ! (Il se tourna pour ramener la planche d'embarquement et vit Lexa sur la jetée.) Qu'est-ce que tu fabriques ? Monte !

Elle secoua la tête.

— Ce n'est pas dans le plan.

— Lexa, des types vont débarquer ici dans une perforatrice, probablement des soldats du génie. Tu veux te faire descendre ?

— S'ils me descendaient, objecta-t-elle, je ne pourrais pas être là pour t'épauler demain. Donc ils ne me descendront pas.

— Lexa...

Betsy Ross et la Citroën d'Ellen lancèrent leur moteur et bondirent en avant tandis que le mur s'écroulait derrière elles. Un lourd véhicule à chenilles prolongé d'une fraise en guise de museau se fraya un chemin à travers la brèche.

— Monte à bord ! cria Philo.

— Je t'aime, dit Lexa, davantage pour conforter sa

résolution que dans un but démonstratif. Et je te promets d'être à l'heure demain, quoi qu'il arrive. Maintenant tire-toi d'ici avant de *te* faire descendre.

Des troupes débarquaient de la perforatrice. Pas des soldats du génie, en fin de compte, ni d'aucune autre branche de l'armée : au lieu de fusils et de grenades, les troupes qu'avait réunies Harry Gant brandissaient des micros, des lampes à arc crépitantes et des caméras vidéo...

— Merde ! fit Ellen Leeuwenhoek, c'est CNN.

Et pas uniquement CNN, mais également des reporters de toutes les chaînes du câble et du réseau, et de neuf des plus grands quotidiens de presse. Ils déferlèrent sur le quai, plus redoutables qu'un bataillon de marines, en criant « Mr Dufresne ! Mr Dufresne ! Juste une question ! » tandis que l'apprenti tacticien de l'Opinion Publique Fouad Nassif tendait le bras vers les pirates abasourdis et ordonnait :

— Journalisez-les ! Faites s'abattre sur eux la lumière de la vérité occidentale ! Médiatisez-les !

Sur le pont, Morris et Jael détalèrent vers l'écoutille. Ellen Leeuwenhoek prit ses jambes à son cou et courut dans la direction opposée, hors du chemin du troupeau en folie. Philo ramena la planche de débarquement dès qu'elle eut touché terre, au nez et à la barbe des premières équipes caméras qui tentèrent de le harponner avec leurs perches de prise de son.

— Mr Dufresne, s'il vous plaît, vous *devez* nous dire quelques mots ! Laissez-nous juste monter à bord une seconde !

Premier amendement, forma Lexa avec les lèvres à l'intention de Philo, qui esquivait un coup de micro au plexus solaire. *Demain*, forma-t-il en retour, avant de plonger à la suite de Morris et de Jael à l'intérieur du sous-marin. L'écoutille se referma et le *Yabba-Dabba-Doo* commença à s'éloigner du quai.

Privés d'interview, les soldats du quatrième pouvoir formèrent une ligne de tir sur la jetée pour filmer le départ du sous-marin. Les équipes dotées de plusieurs caméras prirent également des vues de l'aigle germanique, des emblèmes nazis à demi effacés et de la maquette du PLAN POUR TERRORISER CES TRAITRES D'INDUSTRIELS AMERICAINS BLANCS. Les journalistes de presse écrite se rabattirent sur Lexa. Pour une fois, elle refusa de les aider.

— J'ai négocié pendant des heures pour décrocher un entretien exclusif avec Dufresne, et vous avez tout gâché en débouchant comme ça au plus mauvais moment !

Ellen Leeuhenwoek n'ajouta qu'un simple « pas de commentaire » mais leur permit de caresser les lynx.

D'autres personnes émergèrent de la foreuse : Harry Gant, le maire, Whitey Caspian, Bartholomew Frum et Vanna Domingo. Vanna courut jusqu'au sous-marin avant qu'il ne soit hors d'atteinte du quai. Un échange de coups de poing avait éclaté entre les équipes de Nickeleodon et de MTV pour le choix de l'emplacement des caméras, et elle mit la confusion à profit pour se pencher discrètement et coller un pois rose supplémentaire sur la coque en anium du *Yabba-Dabba-Doo*, lequel se colla solidement au métal avec un *clonk !* magnétique, se fondant presque à la perfection dans le motif des couleurs. *Je te tiens*, songea Vanna. Elle tendit un doigt vulgaire en manière de salut.

— S'il vous plaît madame, lui lança la présentatrice de Nickeleodon tandis que son ingénieur du son tentait d'appliquer une clef de cou au présentateur de MTV, pourriez-vous éviter de faire ce geste ? Nous sommes en direct.

Lexa Thatcher sentit une petite tape sur son épaule.

— Salut, dit Harry Gant.

— Tiens, salut. (Elle abandonna l'air revêche qu'elle avait adopté pour repousser les reporters.) Toutes mes félicitations ! Cette conférence de presse surprise était un coup de maître. (Elle regarda un photographe du *Post* prendre cliché sur cliché de la maquette sous verre.) Dieu sait sous quel angle ils vont présenter cette histoire.

— Désolé ne pas avoir pu inviter le *Long Distance Call* à la fête, s'excusa Gant. Je veux dire, je sais que ce genre de choses est ta spécialité, seulement, heu...

— Un fouineur du FBI t'a prévenu qu'avec moi il risquerait d'y avoir des fuites.

— Quelque chose comme ça. Mais puisque tu es là quand même, je me demandais si tu pourrais répondre à une question.

— Une question officielle ou une question entre nous ?

— Entre nous.

— Ça dépend.

— Voilà, commença Gant, tu sais que la source du financement de Dufresne reste un grand mystère pour nous. Clayton et l'équipe de la Comptabilité Créative au complet planchent sur la question depuis des mois, sans avoir relevé la moindre piste. Le FBI, le fisc, tout le monde sèche. Quant à moi, bien sûr, je déteste la finance alors je ne risque pas de trouver. Du moins je ne risquais pas jusqu'à ce matin.

— Une chose qu'a dite Joan t'a mis la puce à l'oreille ?

Gant la fixa.

— Tu es au courant que j'ai dormi chez Joan ?

— J'en ai entendu parler.

— Eh bien, reprit-il, en fait non, ce n'est pas une

chose qu'elle a dite. Mais je pensais à elle sur le chemin du bureau, j'évoquais des souvenirs, et c'est là que je me suis rappelé... quand Joan a quitté Gant Industries, voilà six ans, je l'ai persuadée d'accepter une prime de départ assez conséquente, plus une pension annuelle qui n'était pas mentionnée dans son contrat original.

Lexa hocha la tête.

— Offrir de soi-même une pension alimentaire... Tu sais, Harry, par certains côtés, tu fais un foutu capitaliste.

— Je suis quelqu'un d'unique, reconnut-il. Mais pour en venir au fait, je me demandais, comme toi et Joan êtes tellement proches et puisqu'à l'évidence tu connais suffisamment Dufresne pour trouver son repaire par tes propres moyens...

— Tu voudrais savoir si Joan a reversé sa pension à Philo. Si tu as financé sans le vouloir ton propre adversaire.

— Je ne dirais pas que je l'ai *financé*. J'ai donné cet argent à Joan, après tout.

— C'est vrai, admit Lexa. Je peux te demander pourquoi ?

Gant haussa les épaules.

— Ça m'a semblé une chouette idée, c'est tout. Je veux dire qu'elle le méritait, elle avait fait un boulot formidable à l'Opinion Publique tout en combattant bec et ongles mes projets, et une part de moi-même savait qu'elle me manquerait en tant qu'épine dans le flanc, et pas seulement comme employée. Je suppose que j'ai dû penser qu'en lui donnant une mise de départ suffisante pour se mettre à son compte comme activiste, elle continuerait à me harceler de temps en temps. Mais tout ce qu'elle a fait de sa prime, à mon grand désappointement, ça aura été d'acheter ce foyer de sans-abri. À moins que...

— À moins que. (Lexa hésita.) Ça restera strictement entre nous ? Tu laisseras Clayton et les Fédéraux patauger dans le brouillard ?

Gant se traça un X sur le cœur.

— Très bien, décida Lexa. (S'assurant que personne du *Wall Street Journal* n'était à portée de voix, elle murmura :) Des pesos.

— Hein ?

— L'or et l'argent pillés par les conquistadors durant l'invasion des deux Amériques. La quasi-totalité était fondue en lingots et en pesos, l'équivalent de plusieurs milliards de dollars, au cours actuel. Une bonne part de ce butin a été renvoyée en Espagne, mais les techniques de prévisions cycloniques étaient plutôt primitives en ce temps-là, et toutes les cargaisons n'arrivaient pas à bon port. Des millions de pesos ont fini au fond de la mer des Caraïbes et du golfe du Mexique. Un certain nombre de ces trésors engloutis ont été retrouvés depuis, mais il en reste encore suffisamment qui attendent celui qui saura les dénicher, celui qui aura les contacts familiaux nécessaires pour écouler d'énormes quantités de pièces antiques au marché noir au Caire et à Damas...

— Une seconde, l'interrompit Gant. Une seconde. Des trésors engloutis ? Des pesos ? Philo Dufresne serait financé par des morts espagnols ?

— Chut, pas si fort. Pas des morts espagnols, Harry, des morts aztèques. Et aussi des morts mayas, incas, tlaxcalas, zapotèques, mixtèques, yaquis, huichols, tarahumares... la liste des sponsors est assez longue.

— Des Aztèques... mais alors...

— L'investissement de base pour un sous-marin est assez exorbitant, dit Lexa, même quand on achète au prix de gros. Ce n'est pas pour déprécier ta générosité, mais tu n'avais quand même pas accordé une *telle* pension à Joan. Bien sûr, ajouta-t-elle, tous les frais secondaires de la piraterie ne sont pas aussi astronomiques.

Il saisit la perche.

— Quel genre de frais secondaires ?

— Les engrais pour les arbres, par exemple. Ou les citernes de crème fouettée, les pièces pour modèles réduits d'hélicoptères, les salamis cascher, tout le petit matériel.

— Le petit matériel ? Comme ces espèces de lapins que lançait le gosse sur le *South Furrow* ? (Lexa posa un doigt sur ses lèvres.) Waouh... Waouh... c'est chouette.

— Ouais. Joan a toujours su que tu dirais ça. (Elle regarda au-delà des journalistes vers le *Yabba-Dabba-Doo*, qui avait quitté le bassin d'amarrage et pénétrait dans le sas qui lui donnerait accès au port.) Maintenant que je t'ai mis dans la confidence, Harry, peux-tu me ramener en haut dans ta foreuse ? J'aimerais voir si Philo va s'en sortir vivant ou non.

— Sûr, accepta Gant, aucun problème. Mais tu sais, à ta place je ne m'en ferais pas trop. Je suis vraiment très fier de Bart, de Fouad, de Whitey et de cette idée qu'ils ont eue de la conférence de presse, et je suis reconnaissant au maire de nous avoir aidés à tout organiser à temps, il a été adorable, mais confidence pour confidence, je dois reconnaître que Vanna a raison quand elle dit que la suite du plan — celle où les pirates se font arrêter — est passablement improbable.

— Improbable ? Pourquoi ?

— Eh bien, c'est un plan passablement stupide.

— Ça n'a pas l'air de t'inquiéter outre mesure.

— Oh, moi, tant que la police du port fait attention et que personne n'est blessé... Vois-tu, j'ai passé quelques coups de fil en Californie ce matin, et en échange d'informations sur cette histoire d'U-boats, les dirigeants de HBO Pictures ont accepté de revendre à Gant Industries les droits de merchandising d'un documentaire-fiction à venir sur Dufresne. Nous fabriquerons des T-shirts, des marionnettes, des jeux informatiques, des BD, toutes sortes de produits dérivés. Je suis également en pourparlers avec Nintendo pour une maquette en réalité virtuelle de cet endroit, afin que les gamins puissent avoir leur propre repaire d'écopirate à Noël. J'évalue le chiffre de vente potentiel à 100 000 unités au moins si nous pouvons être prêts à temps.

— Donc, fit Lexa en secouant la tête avec incrédulité, que Philo s'échappe ou non ne fait aucune différence pour toi.

— Ah, si, quand même, s'il continue à s'en prendre à mon matériel. Mais avec cet accord sur les produits dérivés, je pourrai m'offrir une meilleure assurance. Et s'il continue *effectivement* à couler mes navires, je suppose que HBO pourra tourner une suite...

— Autrement dit, tu ne seras jamais perdant.

Harry Gant sourit.

— C'est ça, l'économie de marché. Un animal évolutif.

Enfin Nous Nous amusons

Le plan concocté par le maire et le chef de la police pour arrêter Philo Dufresne était bel et bien stupide — presque aussi stupide, en fait, que celui de Morris Kazenstein pour sauver les lémuriens du *Mitterrand Sierra*, quoique pas tout à fait — mais soyons juste, la stupidité ne fut pas le facteur déterminant dans l'évasion du *Yabba-Dabba-Doo*. Ce fut principalement la faute de la reine d'Angleterre.

Oui, *cette* reine d'Angleterre : Elizabeth la Seconde

et Impérissable par la grâce de Dieu, reine du Royaume-Uni de Grande-Bretagne, d'Irlande du Nord et d'autres royaumes et territoires, chef du Commonwealth et défenseur de la foi. Avec la monarchie en grand danger d'extinction, la reine Liz s'était promis au début du nouveau millénaire de n'abdiquer son trône qu'au profit du plus digne des héritiers, ce qui voulait dire, considérant le triste état de la famille royale, qu'elle pouvait aussi bien se préparer à régner pour toujours. Assaillie par le Parlement, les tabloïds et le temps, elle avait non seulement duré mais retrouvé un second souffle, devenant plus retorse et plus féroce à son extrême grand âge que le plus vicieux des gators d'égout qui ait jamais fui la lumière du jour. Depuis les dix dernières années on notait, dans les cercles gouvernementaux britanniques, une recrudescence inquiétante de morts suspectes et autres accidents aussi tragiques que malencontreux chez ceux qui déplaisaient à se Majesté — sans jamais établir le moindre lien direct, bien entendu, avec Buckingham Palace.

Quand le *QE2 Mark 2* vint se placer en position de blocage dans le goulet de Verrazano, la reine se trouvait sur la passerelle. Sa Majesté s'était rendue incognito à New York pour expliquer à un certain playboy de Westchester qu'il n'était pas question qu'il épouse sa petite-fille, et encore moins qu'il la féconde. Suite au naufrage du *South Furrow* qui avait fait les gros titres et mis au jour le projet de Gant Antarticorp, Sa Majesté avait décidé d'ajouter à son itinéraire une visite impromptue à la Maison Blanche à Washington, où elle entendait bien river son clou à qui de droit. Mais ce qui se déroulait sous ses yeux semblait intéressant aussi.

— Que sommes-Nous en train d'observer ? demanda la reine.

Un sous-marin vert à pois roses venait de faire sur

face au sud de Liberty Island et fonçait à plein régime vers le goulet, une armada de vedettes de police dans son sillage. Au-delà, un hélicoptère noir estampillé FBI sous le ventre venait de déboucher d'entre les gratte-ciel de Battery.

— Le sous-marin pirate *Yabba-Dabba-Doo*, Votre Majesté, répondit le capitaine en réprimant une quinte de toux.

Les corgis mécaniques de la reine enfumaient la passerelle avec leurs gaz d'échappement, mais personne n'aurait osé se plaindre.

— N'est-ce pas le pirate qui a coulé ce brise-glace ?

— Lui-même, Votre Majesté.

— Ce brise-glace, continua la reine, dont Nos cousins américains comptaient se servir pour violer le traité qu'ils avaient conclu avec Nous ?

— Apparemment, Votre Majesté.

— Ont-ils l'intention de détruire ce sous-marin ?

Elle indiqua les vedettes rapides et l'hélicoptère.

— Non, Votre Majesté. Même les policiers américains ne sont pas autorisés à posséder ce genre d'armement. À ce que j'ai compris, leur intention est de faire passer à bord une équipe d'agents des narcotiques, qui forcera une écoutille grâce à des outils pneumatiques conçus à l'origine pour défoncer les portes des repaires de crack.

— Les repaires de crack ?

— Un peu comme les anciennes fumeries d'opium d'Hong Kong, Votre Majesté, mais avec de moins beaux tapis.

— Et pourquoi ce sous-marin reste-t-il à la surface de l'eau ? Nous en connaissons long sur les sous-marins. Pourquoi ne plonge-t-il pas, pour échapper à ses poursuivants ?

— Les fonds sont trop hauts pour qu'un sous-marin en plongée puisse manœuvrer en toute sécurité, Votre Majesté, et nous-mêmes bloquons le principal chenal de sortie.

— Notre navire l'empêche de s'échapper ?

— Oui. S'il tente de franchir le goulet en dehors du chenal, même en surface, il est presque assuré de s'échouer.

— Eh bien écartez-vous, dans ce cas, jeta sèchement la reine. Laissez-le passer.

— Mais...

— Ce sera une récompense tout à fait appropriée, dit la reine, se parlant à elle-même. Ainsi Nous serons quitte.

— Votre Majesté, hasarda le capitaine, je ne pense pas que...

— Nous ne vous avons pas ordonné de penser, le coupa la reine d'une voix qui avait comme des relents de garrottage nocturne ou de scones à la strychnine. Soyez assez aimable pour Nous dire, fidèle sujet, qui est la femme la plus riche et la plus puissante du monde ?

Le capitaine déglutit.

— C'est Vous, Votre Majesté.

— Répétez-le, s'il vous plaît.

— C'est Vous, Votre Majesté.

— Encore.

— C'est Vous, Votre Majesté.

La reine sourit, faisant un minuscule geste de son petit doigt. Le capitaine pivota sur ses talons et aboya ses ordres au timonier :

— En avant toute, la barre dix degrés à tribord, *maintenant* ! On dégage du chenal aussi vite que possible.

— Yes sir ! approuva le timonier.

Le paquebot ouvrit la route au sous-marin. Le

Yabba-Dabba-Doo, renseigné par l'oreille sonar vigilante d'Asta Wills, s'engouffra aussitôt dans la brèche et se glissa dans le chenal à plein régime.

— Fusilier ! cria la reine. (Un manteau rouge à perruque armé d'un mousquet apparut aussitôt à son royal côté.) Distrayez ceci, dit-elle en désignant l'hélicoptère du FBI. Braquez votre canon sur lui et menacez de le détruire s'il refuse de s'identifier. Employez des mots complexes, parlez en phrases savantes et faites comme si vous n'entendiez pas la réponse.

— Dois-je aller jusqu'à ouvrir le feu. Votre Majesté ?

— Non, mais manifestez clairement que vous en avez l'intention. Plus tard, Nous prétendrons avoir pensé qu'il s'agissait d'Irlandais. Allez ! (Le fusilier salua, claqua les talons et se précipita sur le pont.) Capitaine !

— Oui, Votre Majesté ?

— Les vedettes de police. Quand le sous-marin sera pratiquement passé, vous manœuvrerez comme pour l'éperonner, mais ne réussirez qu'à disperser les vedettes de police. (La reine le menaça du tranchant de la main.) Plus tard, vous présenterez vos excuses aux autorités américaines pour votre effroyable incompétence, et Nous vous désavouerons publiquement.

— Oui, Votre Majesté ! (Le capitaine releva fièrement le menton.) Timonier ! Parez à virer à bâbord toute. Déclenchez l'alarme de collision !

— Yes sir !

— Enfin Nous Nous amusons[1], dit la reine.

1. Clin d'œil à une phrase célèbre de la reine Victoria : « Cela ne Nous amuse pas. »

16

Je ne suis pas avant tout une avocate du capitalisme, mais de l'égoïsme ; et je ne suis pas avant tout une avocate de l'égoïsme, mais de la raison. Si on admet la suprématie de la raison et qu'on l'applique constamment, tout le reste suit... La raison dans l'épistémologie mène à l'égoïsme en éthique, qui mène au capitalisme en politique.

AYN RAND,
The Objectivist, septembre 1971

Marx, Engels, Lénine et Staline nous ont appris qu'il était nécessaire d'étudier consciencieusement les conditions et de procéder depuis la réalité objective et non depuis des vœux subjectifs... nous ne devons nous fier ni à une imagination subjective, ni à un enthousiasme momentané, ni à des livres sans vie, mais à des faits existant objectivement... et, guidés par les principes généraux du marxisme-léninisme, tirer les conclusions correctes...

MAO ZEDONG,
Textes choisis

Serais-je un rossignol, je chanterais comme un rossignol ; serais-je un cygne, comme un cygne. Mais il se trouve que je suis un être rationnel, et je dois donc chanter des hymnes à la gloire de Dieu.

ÉPICTÈTE LE STOÏCIEN,
Entretiens

Le siège de l'âme et le contrôle des gestes volontaires — en fait, des fonctions nerveuses en général — doivent être cherchés dans le cœur. Le cerveau n'est qu'un organe d'importance mineure.

ARISTOTE,
De motu animalium

A est A

Joan et Kite allaient se rendre directement de Babel à la Bibliothèque Publique de New York — BPNY —, mais Joan, obéissant à un pressentiment, prit le temps d'appeler chez elle d'abord. Motley Nimitz, l'un de ses pensionnaires les plus stables, qui l'aidait à tenir le Sanctuaire pendant la journée, lui raconta ce qui s'était passé durant les quelques heures qu'avait duré son absence.

Kite eut à peine besoin de poser la question.

— Maxwell ?

— Maxwell, confirma Joan.

Elles prirent un taxi pour redescendre vers le Bowery.

En comparaison avec d'autres bêtises qu'avait pu commettre Maxwell dans le passé, sa dernière invention n'était pas si grave. Il avait empilé tout le mobilier de sa chambre dans un coin et s'était servi de peinture faciale verte pour barbouiller une fresque sur le mur. La fresque représentait une ziggourat similaire à celle de Babel surmontée d'un œil gigantesque jetant des éclairs d'électricité dans toutes les directions. À en croire le titre sous la tour, c'était L'ŒIL DE L'AFRIQUE ; on lisait également d'autres mots dans une langue que Joan ne reconnut pas. Dans le coin inférieur droit de la fresque, une souris de dessins animés était précipitée dans un puits de flammes par un poing vert fermé.

— Maxwell a-t-il regardé un film de guerre sur le câble hier soir ? s'enquit Joan. Avec des scènes de cul, peut-être ?

— Je n'en sais rien, répondit Motley. (Voulant se rendre utile, il ajouta :) Je crois qu'ils repassent *Papa Schultz*, en ce moment.

Joan conservait quelques produits chimiques violents dans son bureau pour nettoyer les graffiti. Elle envoya Motley les chercher, et c'est ainsi qu'ils découvrirent que Maxwell avait volé le Cray. Il avait également tracé une peinture avec ses doigts sur le bureau lui-même, où l'on voyait l'Œil de l'Afrique et la souris de dessins animés se peser sur les deux plateaux d'une balance ; la souris brandissait une faux avec un sourire diabolique, mais à en croire la balance, l'Œil était plus lourd.

— *Papa Schultz*, hein ? demanda Joan, en entreprenant de tout nettoyer.

Elle envisagea d'appeler la police, mais Kite plaida contre.

— Il réapparaîtra de lui-même, Joan, comme chaque fois. Je crois qu'il vaut mieux attendre que le faire embarquer dans la rue. Je n'y connais pas grand-chose, mais quel mal veux-tu qu'il fasse avec un ordinateur personnel ?

On était en fin d'après-midi quand elles se rendirent finalement à la bibliothèque. Kite partit dans les rayons à la recherche d'un livre portant la référence 171.303 607 949 6 ; Joan consulta l'annexe des périodiques pour vérifier une nécrologie.

Effectivement, John Hoover était mort, et sa dernière photo, prise à l'occasion de son raout d'adieu chez Gant Industries, n'affichait aucune ressemblance avec l'homme qui occupait désormais la maison en pain d'épice à Atlantic City. John *Elliot Hoover, 1926-2010*, lut Joan dans la morgue on-line du *Times*.

Cet octogénaire avait été un petit homme voûté, au visage ridé comme un pruneau et avec la couronne de cheveux blancs d'un savant fou ; il n'avait pas l'air d'une personne suffisamment patiente pour s'occuper d'un chien, mécanique ou non, même si Joan l'imaginait très bien en jeter un sur quelqu'un. En plus de son travail pour Disney et Gant Industries, le *Times* saluait en lui le mathématicien, l'ingénieur et l'informaticien accompli.

Né dans l'Oregon rural et formé à l'UCLA, il avait travaillé comme cryptographe aux transmissions militaires US, avant qu'une rencontre fortuite avec Disney dans un tramway de Burbank ne le propulse vers une carrière de cinquante ans de conception d'animaux robots et autres parcs d'attractions. En 2005, lorsque la direction de Disney avait conclu que son androïde à motivation autonome, quoique intéressant, n'avait aucun potentiel commercial réel, il était allé offrir son brevet et ses services à Harry Dennis Gant, lequel avait reconnu l'androïde pour la chouette idée qu'il était et en avait fait l'un des produits les plus populaires du début du XXIe siècle. Hoover était resté chez Gant pendant trois ans, supervisant la première génération de son petit dernier tout au long de sa production. Invoquant des raisons de santé, il s'était retiré à Atlantic City en 2008, où il était mort des suites d'une erreur d'écriture en septembre 2010.

Hmm, se dit Joan en découvrant les détails de l'accident. L'hôpital dans lequel John Hoover était entré d'urgence pour une opération d'un cancer de la gorge avait confondu son dossier médical avec celui d'un autre patient ; on lui avait administré le mauvais anesthésique et il était mort de choc anaphylactique sur la table d'opération.

La source de ce cafouillage n'avait pas été déterminée immédiatement, mais tous les indices pointaient en direction d'un bogue dans le système d'archivage électrique de l'hôpital. Comme Hoover ne laissait aucun parent en vie derrière lui, cependant, on n'anticipait pas de poursuites judiciaires.

Joan demanda une sortie papier de la nécrologie, puis appela les notices nécrologiques de J. Edgar Hoover et de Roy Cohn. Rien d'inhabituel : J. Edgar Hoover était mort d'une crise cardiaque en 1972, Roy du sida en 1986. S'ils avaient eu la moindre relation avec John Hoover, le *Times* n'avait pas jugé utile d'en faire mention.

Il était temps d'en griller une et de réfléchir un peu. Joan sortit voir les lions de pierre à l'entrée de la bibliothèque, où elle et Kite étaient convenues de se retrouver. Elle posa la lampe électrique, qu'elle avait toujours sur elle, entre les pattes d'un des lions, et s'alluma une cigarette en grattant son allumette sur les mèches en granit de sa crinière.

— Je peux te poser une question ? demanda-t-elle à Ayn, qui n'avait pas soufflé mot depuis l'épisode avec Jerry Gant.

Ayn, toujours boudeuse, rétorqua :

— Il me semble que vous venez de le faire.

— Pas mal, apprécia Joan. Non, plus sérieusement, le John Hoover que j'ai rencontré à Atlantic City est-il un homme ou une machine ?

— Je n'en sais rien, répondit Ayn.

— Parce que H. Edgar Hoover (elle désigna la photo

de l'une des nécrologies qu'elle avait imprimées) n'avait aucun jumeau, encore moins un jumeau à vieillissement ralenti, et autant que je sache, il n'a jamais pris part à une expérience de clonage. Il n'avait pas d'enfants non plus. Ce qui m'amène à penser que le sosie de J. Edgar Hoover qui se fait passer pour John Hoover dans le New Jersey pourrait bien être un domestique automatique et non une personne.

— Cela me paraît logique. Les fabrique-t-on aussi en blanc ?

— Sûr. La configuration négroïde AS204 est la plus demandée, mais tu peux réclamer la couleur de ton choix, y compris vert si ça t'amuse. Et si tu représentes un parc d'attractions ou un musée, tu peux commander la réplique d'une célébrité d'autrefois. Mais plus un domestique a l'air réaliste, plus il s'accompagne d'inhibiteurs comportementaux antifraudes. En principe, il devrait être incapable de dissimuler sa vraie nature.

— Malgré tout, dit Ayn, cette explication reste beaucoup plus plausible que n'importe laquelle des alternatives. Oui, je suis certaine que vous avez raison. John Hoover est *forcément* un domestique automatique.

— Mais tu ne l'as jamais vu se recharger ou faire quoi que ce soit prouvant qu'il n'était pas humain ?

— Je n'ai pas besoin d'avoir *vu* quelque chose, dit Ayn. Votre raisonnement se tient parfaitement. John Hoover est un androïde. Maintenant, puis-je vous poser une question à mon tour ?

— Ne te gêne pas.

— Je voudrais savoir pourquoi vous avez épousé Harry Gant Rand, et pourquoi vous avez divorcé.

Joan se renfrogna.

— As-tu une raison particulière de vouloir aborder *ce* sujet-là précisément maintenant ?

— Je souhaiterais connaître vos débuts, expliqua

Ayn. Les racines de votre irrationnalité actuelle. Entendre de votre bouche ce qui vous a séduite chez Gant et ce qui vous a éloignée de lui devrait m'éclairer sur vos valeurs fondamentales. Ensuite, seulement, nous pourrons nous attaquer aux erreurs de votre conception du monde.

— Seigneur ! Il ne t'a pas ratée, hein ?

— Qui ça ?

— Hoover. John Hoover ; homme, clone ou domestique. Il a forcément oublié d'entrer tes qualités dans ta programmation, je ne peux pas croire que tu étais aussi puante de ton vivant.

— Ce n'est pas ma faute, s'indigna Ayn, si votre peur de la réalité vous conduit à qualifier de *puante* la rigoureuse objectivité.

— Ayn, ce n'est pas moi qui ai peur de la réalité.

— Ah non ?

— Non. J'aime la réalité. J'aimerais en modifier certains aspects, c'est entendu, mais je me sens *à l'aise* dedans. C'est à toi qu'elle pose un problème.

— À *moi* ?

— Mettre la logique en avant est une chose. Personnellement, je n'ai rien contre le bon sens et suis toute prête à accepter l'objectivité où et quand je la trouve. Mais la raison est plus qu'un outil pour toi, Ayn ; c'est un véritable moyen de défense.

— Je ne vois pas de quoi vous parlez.

— Tu es terrorisée par l'incertitude. Peut-être à cause de ce que les bolcheviks ont fait subir à ta famille, peut-être parce que tu es née dans un siècle qui n'était sûr de rien. Je subodore que ton besoin de certitudes joue un rôle au moins aussi déterminant dans l'élaboration de ta philosophie qu'une quelconque aspiration à la vérité. On doit se sentir beaucoup plus en sécurité quand on voit le monde en noir et blanc au lieu de passer sa vis à se débattre avec des nuances de gris.

— Non seulement on se *sent*, rétorqua Ayn Rand, mais on *est* plus en sécurité, pour la simple raison que le monde *est* en noir et blanc et que vos soi-disant nuances de gris ne sont qu'un brouillard mental généré par les irrationnels pour se dérober à la responsabilité du choix.

— Pourtant je vois le monde en nuances de gris — la plupart du temps, sauf quand je retourne ma veste — et j'arrive quand même à faire des choix, objecta Joan. Et en dépit de quelques moments embarrassants quand je commets une grosse bourde, comme mettre le feu à l'East River par exemple, je suis généralement la première à assumer les conséquences de ces choix.

— Oui, et quelles sont ces fameuses conséquences ? Vous êtes divorcée et au chômage, on vous a déclarée inapte même au curage des égouts, et vous passez la plus claire partie de votre temps en compagnie de clochardes infirmes dont l'emprise sur la réalité est encore plus mince que la vôtre.

— C'est facile, Ayn.

— Je ne fais qu'énoncer des faits. Dites ce que vous voulez, vous n'échapperez pas à la loi fondamentale de l'existence, la loi de l'identité, qui établit que A est A, que les choses sont ce qu'elles sont, indépendamment de toute croyance, tout caprice, tout vœu, tout sentiment ou toute opinion. Occulter la réalité n'y change rien : ce qui est *est* — A reste A — malgré tous vos efforts pour le nier.

— C'est peut-être vrai, Ayn, mais ce que je veux dire...

— Il n'y a pas de *peut-être* qui vaille. *C'est* vrai. A est A, et ceci établi, il ne reste aucune place pour les nuances de gris. Soit vous acceptez la réalité, soit vous la refusez. Si vous choisissez de l'accepter, alors le seul instrument de connaissance, votre seul guide sur le chemin de la justice, est la raison : les règles noires et blanches de la logique appliquées à l'évidence concrète des sens. Et si vous avez lu *Atlas Shrugged*, vous comprenez pourquoi l'acceptation de la raison, et l'acceptation de la *vie humaine* comme critère ultime de la valeur morale entraîne inévitablement l'adhésion au capitalisme.

— Oh, dit Joan, je comprends surtout que *tu* l'estimes inévitable.

— C'est la seule conclusion logique possible ! insista Ayn. Si l'homme a le droit de vivre, alors il a le droit d'engager les actions nécessaires à sa survie d'être rationnel. Et comme l'homme, par nature, doit *produire* les choses dont il a besoin pour vivre, le droit à la vie implique un droit à la production, lequel implique un droit à disposer de ses propres produits comme on l'entend.

— D'où la propriété privée, conclut Joan. Et aussi l'économie de marché.

— Toute restriction du commerce par des parties extérieures constitue une infraction du droit à la vie, confirma Ayn. Une moralité objective d'intérêt personnel suppose une séparation complète de l'économie et de l'État.

— Pas de prélèvements sur le commerce, donc. Pas de prélèvements du tout, en fait, puisque quiconque possède quelque chose valant la peine d'être imposé fait par définition partie de l'économie.

— L'imposition est un vol, déclara Ayn. Le vol est immoral. Une population raisonnable serait naturellement disposée à rémunérer les services d'un gouvernement convenablement restreint, mais le paiement, comme dans toute transaction, doit être de nature volontaire. Et le même principe s'applique à la charité : si les hommes peuvent *choisir* de faire don de leurs bénéfices excédentaires aux personnes dans le besoin, aucune misère ne pourra jamais justifier la « redistribution » forcée des richesses.

— Naturellement, ironisa Joan en s'allumant une autre cigarette, les gens riches et rationnels se feraient une joie d'accorder un prêt aux nécessiteux légitimes, de même que ce serait avec un bonheur sans nuage qu'ils apporteraient volontairement leur contribution au financement du gouvernement. Et même si ce n'était pas le cas, ou s'il s'avérait qu'il n'y a pas suffisamment d'excédents, les gens pauvres et rationnels accepteraient très bien la situation. Ils continueraient à respecter le droit à la propriété des riches, même si cela signifie mourir de faim, parce qu'agir autrement serait contraire à l'intérêt personnel.

— Moquez-vous tant que vous voudrez, dit Ayn, il n'en demeure pas moins que ce que vous venez de dire est fondamentalement exact. Si les pauvres — par définition les membres les moins productifs de la société — étaient autorisés à piller non seulement les excédents, mais également le capital des riches — par définition les membres les plus intelligents, talentueux et productifs de la société — la production globale s'en trouverait considérablement diminuée, multipliant la misère au lieu de la réduire. Si le pillage se poursuivait, toute la base industrielle finirait par s'effondrer, après quoi tout le monde connaîtrait la faim.

— Mais en admettant que ce soit vrai, comment peux-tu dire que ceux qui sont dans la misère devraient se satisfaire de leur sort ? Et surtout, qu'ils s'en satisferaient bel et bien ?

— Ils ne devraient pas s'en satisfaire. Ils devraient travailler pour améliorer leur condition.

— Et s'ils en étaient incapables ?

Ayn Rand haussa les épaules.

— Tant pis pour eux. Dans un véritable système capitaliste, il n'y aurait que très peu de chômage et la misère serait inexistante, ou virtuellement inexistante — chez les hommes *moraux*, s'entend. Ceux qui mourraient de faim auraient été condamnés de toute façon. C'est regrettable, mais que peut-on y faire ?

— As-tu jamais posé la question à une personne qui meurt de faim ?

La lampe flamboya.

— J'ai *été* une personne qui meurt de faim ! tempêta Ayn. Je n'ai pas de leçon à recevoir de vous à ce sujet ! J'ai *connu* la faim, et je ne sais que trop quels intérêts sert le vol cautionné par le gouvernement !

— Je sais, reconnut Joan, et je ne doute pas que ton obstination ait été un atout précieux dans ta situation. Mais je crois aussi que l'expérience t'a fermée aux autres perspectives, ou même à la possibilité qu'il *puisse* en exister d'autres.

— Oh non, répondit Ayn. Si on inclut tout le spectre de l'irrationnalité, je suis certaine qu'il existe un nombre virtuellement infini de perspectives parmi lesquelles choisir. Mais la réalité n'est pas une affaire de perspectives : A est A. Chaque question, quelle qu'elle soit, n'offre en réalité que deux aspects, deux points de vue, dont l'un est juste et l'autre faux. Il existe également un moyen terme, dans lequel on pourrait faire entrer toutes les autres perspectives. Ce moyen terme représente le *compromis* : l'accommodation cynique de la vérité au mensonge, de la raison à la déraison, de la justice à l'injustice, du bien au mal, de la moralité à l'immoralité.

Joan secoua la tête.

— Même si tous les différends pouvaient se ramener

à l'opposition de deux positions radicalement antagonistes, ce que je ne crois pas, chacun définirait différemment les pôles d'opposition. Le moyen terme d'une personne est la vérité absolue d'une autre. Et la fausseté totale d'une troisième.

— C'est peut-être le cas chez les simples d'esprit. Ou les sauvages. Mais pour des êtres parfaitement rationnels...

— Sauf que personne n'est parfaitement rationnel, l'interrompit Joan. C'est de cela que je me moquais. Tu parles de la raison comme s'il s'agissait de quelque chose de pur, qu'on puisse séparer du raisonneur, mais ce n'est pas du tout cela, surtout dans le domaine de l'éthique. Les faits sont les faits, mais ta vision de la vérité morale est forcément influencée par qui tu es : tes expériences passées, les gens que tu as connus, la gentillesse et la cruauté qu'on t'a témoignées, les livres que tu as lus, ceux que tu n'as pas eu le courage de lire, tes désirs, tes craintes, ainsi que des centaines d'autres facteurs subjectifs.

— Il n'y a aucun espoir, alors, dit Ayn Rand. Selon vous la raison est impuissante, et l'homme est condamné à une vie de caprices éthiques.

— Je n'ai pas dit que la raison était impuissante. L'incertitude n'est pas la même chose que l'ignorance totale. Je dis simplement que personne ne détient la vérité absolue — ni toi, ni Karl Marx, ni le pape, ni moi. Et si quelqu'un la détenait — si nous pouvions être absolument, logiquement persuadés de savoir distinguer le bien du mal dans n'importe quelle situation — à quoi pourrait bien nous servir l'espoir ?

— Bah ! (Ayn jeta les bras au ciel d'un air dégoûté.) À quoi bon ? À quoi bon tenter de discuter avec une mystique libérale élevée par les bons pères ? Pour rien, en plus. Car vous êtes intelligente, vous *savez* que j'ai raison, mais mes conclusions ne s'accordent pas avec vos lubies, si bien qu'au lieu d'admettre la validité de mes preuves...

— Des opinions bien arrêtées et un sale caractère ne constituent pas des preuves, Ayn. Ta théorie comporte certains éléments valides, mais...

— Ma *théorie* ! rugit-elle. Ma philosophie n'est pas une *théorie* ! (Elle braquait son porte-cigarettes vers Joan d'une main tremblante, faisant voler ses cendres comme un tir de lucioles.) Vous ne pouvez pas réfuter le capitalisme et vous le savez !

— Je ne suis pas sûre d'avoir envie de réfuter le capitalisme. Pas entièrement, en tout cas. Je possède un immeuble, après tout, et un compte bloqué alimenté par mes indemnités de Gant Industries qui me rapporte des intérêts conséquents. Je dirais qu'en règle générale, je suis même quelqu'un d'assez égoïste. Mais l'égoïsme ne signifie pas que je sois aveugle à mes obligations envers les besoins des autres. Si la vie est le plus haut critère de moralité, et que la propriété n'est qu'un moyen pour tendre vers cette fin, alors...

— Non ! Il ne saurait y avoir d'*obligation* à la charité ! Ne voyez-vous pas que c'est une contradiction dans les termes ?

— Poussée à l'extrême, en effet. Si on te demande de faire passer la vie des autres avant la tienne, ou de te sacrifier pour des gens qui ne sont pas sincèrement dans le besoin, je t'accorde que c'est un affront au sens commun. Mais il y a une différence entre un intérêt personnel bien compris et un comportement de fils de pute sans pitié.

— Socialiste ! siffla Ayn. Ne venez pas me parler de pitié ! Croyez-vous que je ne me sois pas battue en arrivant dans ce pays ? Croyez-vous que je n'étais pas désespérée, dans le besoin ? Je n'ai *jamais* reçu la charité ! *Personne* ne m'a tendu la main ! Je n'ai demandé l'aide de personne, et tout ce que j'ai gagné, je l'ai mérité.

— Ce sont des conneries, fit observer Joan. Je connais ton histoire, Ayn. Rien que le fait de pouvoir venir te battre dans ce pays représentait déjà une percée formidable, qui t'a sauvé la vie, et tu n'y serais jamais arrivée sans aide. Ta mère n'a-t-elle pas vendu ses derniers bijoux afin de réunir de l'argent pour la traversée ? Un argent qu'elle aurait pu employer à se nourrir, ainsi que le reste de votre famille ? Tes cousins de Chicago — qui ne t'avaient jamais vue — n'ont-ils pas fait des pieds et des mains pour t'aider à obtenir un passeport ? N'ont-ils pas accepté d'être financièrement responsables de toi durant ton séjour en Amérique ? Ne t'ont-ils pas payé le billet du bateau ? Et ne t'ont-ils pas hébergée gratuitement pendant six mois — même si, de l'avis de tous, tu faisais une fichue égoïste comme pensionnaire ?

— Qui vous a parlé de ma vie privée ? Avec qui avez-vous discuté ?

— Quant à avoir mérité tout ce que tu as gagné, poursuivit Joan, sans vouloir être cruelle, tu n'as pas précisément acquis la citoyenneté américaine sur la base de tes seuls mérites, non ? À moins de faire entrer la ruse en ligne de compte. Tu as trompé les services d'immigration, tu les as convaincus de te laisser entrer temporairement sur le territoire avant d'épouser un Américain pour les forcer à te garder. Tu as recouru à la fraude — une forme de vol — afin de gagner la protection d'un gouvernement que tu as ensuite critiqué tout au long de ta carrière pour son manque de respect du droit de propriété.

— Quel vol ? s'indigna Ayn. Il n'y a pas eu de vol ! Je n'ai rien volé !

— Tu as négocié de mauvaise foi, insista Joan. Au consulat américain de Lettonie, tu as postulé pour un visa de tourisme qui te donnait droit à un séjour limité aux États-Unis en échange de ta promesse de rentrer chez toi à l'heure dite. Mais tu n'avais pas l'intention de respecter ta part du marché.

— Je n'avais pas le choix ! J'aurais volontiers demandé l'asile politique, mais ce n'était pas une option. Le visa que j'ai obtenu était le seul qu'on proposait à l'époque !

— Donc ce que tu désirais n'était pas à vendre, mais tu as décidé de l'acquérir quand même. (Joan leva un sourcil.) Et en voyant que le vendeur avait des soupçons et commençait à s'interroger sur tes intentions, tu as inventé cette histoire de fiancé fictif qui t'aurait attendue à Leningrad, ajoutant un mensonge caractérisé à ce qui était déjà une tromperie implicite.

— Je n'avais pas le choix ! répéta Ayn. Si le consul américain m'avait éconduite, je n'aurais pas eu de seconde chance, aucune possibilité d'appel, même pas l'opportunité de me rabattre sur le consulat d'un autre pays. J'aurais été immédiatement arrêtée et déportée au fin fond de la Russie. Pour toujours !

— Ma foi, dit Joan en haussant les épaules, ça aurait été tant pis pour toi, non ? Regrettable, mais que pouvait-on y faire ? Ne viens-tu pas de m'expliquer qu'aucune misère ne pourra jamais justifier le vol ?

— *Quel* vol ? Je n'ai rien volé du tout !

— La résidence et la citoyenneté américaines ne sont pas des objets de valeur ? Pourquoi avoir menti pour les obtenir, si elles ne valaient rien ?

— Je...

— Je ne cherche pas à te placer dans l'embarras, s'excusa Joan, mais tu étais si emphatique dans ta condamnation du compromis. L'accommodation cynique du mensonge à la vérité, c'est bien cela ? Et voilà que tu suggères maintenant qu'il n'y a aucun manquement à l'éthique dans le fait de mentir à un bienfaiteur. Pourtant, A *est* A, non ? La fraude est un vol, et le vol est immoral. À moins que tu ne veuilles revenir là-dessus et prétendre maintenant que la vérité est plus complexe que ça ?

— Espèce de garce, grinça Ayn Rand. Espèce de garce !

— Bien obligée, rétorqua Joan. On n'a pas voulu de moi comme jésuite. Mais tu comprends maintenant ce que j'entendais par se débattre dans les nuances de gris... et pourquoi j'estime que la pitié est une vertu rationnelle.

— Vous n'êtes qu'un monstre ! Un monstre subjectiviste, une mystique du caprice et de la force !

Joan s'esclaffa.

— De quel livre d'Aristote sors-tu tes répliques, Ayn ? Y aurait-il un appendice spécial consacré aux insultes dans *La Rhétorique* ?

Ayn se contenta de secouer la tête.

— Je ne comprends pas. Comment un génie comme Harry Gant a-t-il pu épouser une femme telle que vous ?

— Oh, dit Joan, ça... C'est vrai, c'était la question d'origine, pas vrai ? Eh bien, ça ne va pas te plaire, mais ce mariage avec Harry a commencé comme une sorte de plaisanterie.

— Une *plaisanterie* ? répéta Ayn.

— C'est arrivé au cours d'un voyage d'affaires dans l'Ouest, environ un an après qu'Harry m'eut embauchée comme directrice. En octobre 09, il avait bouclé le rachat de Lone Star Supertrain, qui allait devenir la première branche de Lightning Transit, et nous nous sommes rendus à Dallas pour signer le contrat. Ensuite, nous avons loué un van et passé une semaine à sillonner le Sud-Ouest, repérant les possibilités d'extension du rail entre le Texas et la Californie. Rien que nous deux, seuls sur la route, avec Harry tout excité par son nouveau jouet et moi qui venais de négocier un magnifique accord de sauvegarde de la nature avec Dow Tanzania... Au fait, ai-je mentionné qu'Harry et moi avions été amants quand j'étais à Harvard ?

— Non, fit Ayn avec horreur, s'attendant au pire.

— Ouais. L'attirance ne s'était pas estompée avec les années, mais à nos premières retrouvailles, nous étions adversaires et par la suite, nous étions beaucoup trop occupés à réorganiser Gant Industries pour penser à nous envoyer en l'air. Ce voyage nous offrait l'occasion de faire de nouveau attention l'un à l'autre. Bien sûr, il y avait un obstacle éthique à l'affaire, maintenant qu'Harry était techniquement mon patron, même s'il se comportait rarement comme tel ; un obstacle politique, aussi, car j'étais déjà à couteaux tirés avec le département de Comptabilité Créative et j'imaginais d'ici la réaction de Clayton Bryce en apprenant que je couchais avec Harry. Si bien que, pendant les 1 500 premiers kilomètres après que le sujet fut venu sur le tapis, nous n'avons fait qu'en discuter — discuter des obstacles, en particulier, et de la manière de les contourner — comme deux barons du rail qui cherchent à former un monopole sans violer la loi antitrust. Nous avons élaboré un certain nombre de plans ahurissants à nous deux, mais c'est Harry qui a eu l'idée la plus cinglée...

— Vous n'avez pas fait ça. Ce n'est pas possible.

— Nous étions dans le Nevada à ce moment-là, alors si, c'était possible. Cérémonie-minute, pas de test sanguin, pas d'attente... ils offraient même le contrat de mariage avec le certificat.

— Vous l'avez *épousé* ? hurla presque Ayn. Uniquement pour...

— Rétrospectivement, je reconnais que c'était stupide. Infantile, même. Un mois plus tard, même nous ne comprenions plus ce qui nous avait pris. Et naturellement, Clayton Bryce a sauté au plafond en apprenant la nouvelle, ce qui a démoli un de nos principaux arguments. Tout ce que je peux dire, c'est que ça nous avait paru judicieux sur le moment. Ou plutôt non, pas judicieux : une chouette idée. Mais j'imagine qu'il aurait fallu être à notre place.

— Impensable ! Désacraliser ainsi l'institution du mariage...

— Oh là ! oh là ! l'arrêta Joan. C'est l'hôpital qui se moque de la charité ! Désacraliser le mariage ? Pourquoi ? Parce que ça ne m'a pas rapporté de carte verte ?

— Comment osez-vous ?

— Je me contente d'énoncer les faits, siffla Joan. C'est toi qui as commencé.

— *J'aimais* Frank !

— Eh bien, j'aimais Harry. Je l'aime toujours, je suppose. Ne va surtout pas l'ébruiter, mais c'est vrai. Et quand tu prétends avoir aimé Frank, je suppose que c'est probablement vrai aussi, seulement tu as épousé Frank au moment précis où le dernier prolongement de ton visa arrivait à expiration, et j'ai épousé Harry au moment précis où je n'avais qu'une envie, celle de lui sauter dessus, alors ne nous racontons pas d'histoires sur la signification sacrée du mariage.

— Comment pouvez-vous affirmer aimer un homme que vous n'admirez pas ? Si vous ne partagez pas les valeurs de Gant...

— Oh, je suis plus proche de ses idées que tu pourrais le penser, comme Harry aimait à me le rappeler lors de nos disputes. Il y a une foule de choses que j'admire chez lui. Il est intelligent, créatif, capable, et contrairement à toi, je n'assimile pas le talent à la prudence mais je le respecte, et Harry en a à revendre. Au niveau personnel, il est aussi modeste qu'un chauffeur de taxi : s'il n'est pas en train de construire des tours qui crèvent le plafond des nuages, il se comporte comme un type parfaitement ordinaire. Il est drôle, gentil, et quand il lui arrive de faire du mal, c'est toujours par paresse ou par inattention, jamais par malice. En même temps, il possède un sens redoutable du sarcasme qui le rend très dangereux à critiquer : à peine montes-tu sur tes grands chevaux qu'il te fait comprendre, par des mots ou par des gestes, que lui aussi connaît ton numéro, sauf que lui ne va pas élever la voix. Et il sait, tout comme mon amie Lexa, se battre sans perdre son calme pour s'imposer.

— Ainsi vous l'admirez tout de même — imparfaitement. Mais vous ne partagez pas *toutes* ses valeurs.

— C'est mon ex-mari, pas mon messie.

— Une personne avec un peu d'amour-propre, déclara Ayn, réserve la plus haute expression de son amour à celui qui représente la plus parfaite incarnation de ses valeurs.

Joan roula les yeux.

— Lâche-moi un peu, Ayn. Si c'est ton propre reflet qui t'attire, grand bien te fasse et bonne chance dans tes recherches, mais ce n'est pas ce que *moi* je veux. J'attends d'un amant qu'il sache remettre mes valeurs en question, qu'il ne craigne pas de se moquer de moi quand il m'arrive de me prendre trop sérieux.

— Non ! cria Ayn en tapant du pied. C'est mal !

— Comment ça, c'est mal ? C'est une préférence personnelle.

— C'est une préférence irrationnelle ! Si vous avez un comportement moral, il n'y a aucune raison pour que vous soyez tournée en dérision par qui que ce soit ! Il est bon de rire des mauvaises choses — tant que ce n'est qu'occasionnel, et qu'on n'oublie pas de les prendre au sérieux. Mais rire des bonnes choses, des bonnes valeurs, c'est mal...

— Ayn, es-tu certaine de ne pas être une libérale ?

— ... et rire de soi, ou encourager les autres à le faire, est ce qu'il y a de pire. C'est comme se cracher soi-même au visage.

— En quoi est-ce si terrible ? demanda Joan. Ça s'essuie. Et des fois, ça ne fait pas de mal de recevoir un peu d'eau froide en pleine figure...

— Cette conversation est terminée, déclara Ayn Rand. Vous êtes plus corrompue que je l'aurais imaginé. Penser que *vous*...

— Plus corrompue que vous l'auriez imaginé ? (Kite Edmonds descendait les marches de la bibliothèque avec un livre coincé sous le bras.) De quoi êtes-vous en train de parler, de l'administration Gant ?

— Je suis cernée, dit Ayn. Prise en tenaille entre l'irrationnelle et l'insupportable.

Kite feignit de se froisser.

— Notre compagnie vous est donc si pénible, miss Rand ?

— Au-delà de ce que les mots peuvent exprimer.

— Ayn, l'interrogea Joan, es-tu intelligente ?

— Quoi ?

— Techniquement, tu n'es qu'un programme informatique, expliqua Joan. Mais tu es l'interlocutrice électronique la plus complexe que j'ai jamais affrontée. Alors...

— Vous êtes en train de me demander si je suis consciente ?

— C'est une bonne question.

Ayn s'arracha les cheveux.

— Faut-il que je vous réponde en état d'inconscience ?

— J'aimerais bien voir ça, dit Kite. (S'adressant à Joan, elle ajouta :) Tu as des allumettes ?

En allumant la cigarette de Kite, Joan s'aperçut avec une certaine surprise que le soleil s'était couché. Lampadaires et phares étaient venus s'ajouter aux illuminations permanentes des magasins et aux panneaux d'affichage électriques. Loin au-dessus de leurs têtes, les feux de position d'un dirigeable de CNN faisant route vers le sud devinrent la première constellation de la soirée.

— Tu es restée drôlement longtemps, observa Joan.

— Je t'ai manqué ? (Kite sourit.) Je crois avoir trouvé ce que nous cherchions.

Coinçant sa cigarette entre ses lèvres, elle laissa tomber son livre dans sa main ouverte et le tendit à Joan. À l'origine, ça avait dû être un épais dossier dans une enveloppe de papier kraft, qu'on avait agrafé et relié comme un livre. Sur sa jaquette on lisait :

L'AFFAIRE PERSONNE N'EST PARFAIT
L'un des dix mystères publics numérotés
extrait des dossiers confidentiels de J. Edgar Hoove
Lisez les rapports
Examinez les indices
Trouvez les réponses
(solution incluse)

— C'est la référence chiffrée qui m'a donné du mal, expliqua Kite. Le numéro qu'on voit en fin de bande sur la cassette relève du code de classement décimal de Dewey, mais cette bibliothèque utilise le code de la Bibliothèque du Congrès.

— Comment as-tu fait, alors. Tu l'as traduit ?

Joan feuilleta rapidement le dossier. Il contenait, comme promis, des dizaines de rapports de police, plus des photocopies et des sorties laser de toutes sortes de documents. Épinglées sur des intercalaires, des pochettes en plastique réunissaient divers indices matériels : une bougie d'allumage, une disquette informatique, un dard de sarbacane creux, de la paille.

— Ce n'est pas aussi simple, répondit Kite. Tu sais, je ne m'en étais encore jamais rendu compte avant cet après-midi, mais les systèmes de classement des bibliothèques sont remarquablement arbitraires.

— Il n'y aurait pas une et une seule manière de ranger correctement des livres ?

Joan ne put s'empêcher de couler un regard en direction d'Ayn, qui se détourna en fulminant.

— Évidemment que non, dit Kite. Bon, dans cette référence chiffrée, 171.303 607 949 6 (elle récita le nombre de mémoire sans difficulté, l'ayant répété un certain nombre de fois au cours de la soirée) nous indique que l'ouvrage est en rapport avec l'éthique, parce que les 170, dans le système décimal de Dewey, traitent d'éthique et de philosophie morale, et 171.3, plus spécifiquement, désigne un livre dont le sujet concerne les systèmes et les doctrines de perfectionnisme. Les trois chiffres suivants, 036, sont un suffixe signifiant personnes de la race nègre, et les six derniers, 079496, forment l'indicatif régional du comté d'Orange en Californie. Donc 171.303 607 949 6 est...

— ... un livre décrivant une doctrine ou un système de perfectionnement des nègres dans le comté d'Orange. Où se situe Disneyland.

— Exactement, approuva Kite. Naturellement, le système de classement de la Bibliothèque du Congrès n'a pas de sous-catégorie spécifique pour ce genre de livres. Il possède une catégorie *Perfection (éthique de la)*, ainsi que d'autres qui auraient pu cadrer aussi, mais comme m'a laborieusement expliqué le bibliothécaire, le système n'est pas vraiment conçu pour classer les livres *in abstracto*. Pour retrouver un volume dans les rayons, il te faut au moins le titre et le nom de l'auteur, choses que bien sûr le numéro de Dewey ne te donne pas.

— Alors comment as-tu fait pour lui mettre la main dessus ?

— J'ai fouiné un peu. J'ai repéré les rayons « Perfection », « Excellence », « Auto-amélioration », « Béatification » et ainsi de suite, et je les ai tous passés en revue. En pure perte, finalement, parce que c'est un grand format et qu'ils sont rangés à part, indépendamment de leur sujet. De toute façon, il n'était même pas en rayon.

— Alors comment...

— Après environ une heure à chercher sans rien trouver qui ressemble de près ou de loin à ce que je voulais, l'idée m'est venue que je ne m'y prenais pas de la bonne manière. Alors je me suis arrêtée un moment et j'ai reconsidéré le problème à la lumière de notre objectif plus large. Et j'ai fait ce que j'aurais dû faire depuis le début, avant même de consulter le bibliothécaire.

Joan réfléchit rapidement.

— Tu as demandé de l'aide à un nègre électrique, proposa-t-elle.

— Eldridge 162, acquiesça Kite. Il me suivait depuis le début et je ne l'avais même pas remarqué. Il tenait le livre entre ses mains, bien en évidence.

— Hon-hon, fit Joan. A-t-il dit quelque chose ?

— Il a dit que Mr Hoover nous appellerait. Il avait également un message spécial pour toi, pour t'avertir de ne surtout pas égarer la lampe. « Elle jouera un rôle primordial plus tard », a-t-il ajouté. (Elle se tourna vers Ayn.) Il semblerait que vous soyez condamnée à faire encore un bout de chemin avec nous, miss Rand.

— Merveilleux, grogna Ayn.

En fin de dossier, Joan trouva un passage cacheté intitulé SOLUTION. Un sceau autocollant rouge prévenait :

Ce chapitre contient la solution complète de L'AFFAIRE PERSONNE N'EST PARFAIT. *Ne vous gâchez pas le plaisir en l'ouvrant à moins de vouloir donner votre langue au chat !*

— Qu'en penses-tu ? interrogea Joan.

— Hmm, fit Kite. Eh bien, d'ordinaire j'aime faire durer le suspens autant que n'importe qui, mais j'ai l'impression que nous sommes supposées régler cette histoire au plus vite... Fastidieuses recherches en bibliothèque mises à part, tout le monde semble se mettre en quatre pour nous procurer des informations. Autrement dit, *on* a des projets pour nous, et comme il s'agit d'une affaire de meurtre, avec mort violente et tout le tremblement, il serait probablement plus sage de nous munir de toute la vérité possible, dès que possible. D'un autre côté, c'est peut-être exactement ce que le meurtrier attend de nous.

— Bon ! On ouvre la solution, ou pas ?

— Je ne peux pas te dire, répondit Kite. Mais personnellement, je préfère de loin savoir que ne pas savoir.

— Ouais, admit Joan. Moi aussi.

— Alors ?

— Alors...

Elle fendit le sceau avec l'ongle du pouce. Ayn ne put s'empêcher de pencher la tête en avant pour regarder, ce que voyant, Kite prit la lampe électrique entre les pattes du lion et la brandit au-dessus du dossier. Joan tourna la première page de la solution.

Tout le monde fumait.

Vous avez ma sympathie.

— *Ash, tu m'entends ?... ASH !*

Dans le mess du cargo spatial condamné *Nostromo*, Sigourney Weaver donna un coup de poing sur la table. Ian Holm, qui jouait la tête coupée de l'androïde, ouvrit les yeux et recracha un liquide blanchâtre.

— *Oui, je t'entends.*

— *Quel était ton ordre spécial ?*

— *Tu l'as lu. Je pensais qu'il était clair.*

— *Que disait-il ?*

— *Ramener forme de vie sur terre, priorité un. Toutes les autres priorités annulées.*

Frankie Lonzo décocha un coup de pied dans la pile de canettes vides au pied du fauteuil.

— Quelle heure est-il, Sal ? demanda-t-il.

Salvatore rota. De la Heineken.

— Le soleil est couché, répondit-il.

— Oui, mais l'heure ? Quelle heure est-il exactement ?

— *Comment peut-on le tuer, Ash ? Il y a forcément un moyen de le tuer. Comment ? Comment peut-on faire ?*

— Dix-neuf heures... trente-deux. (Salvatore plissa les yeux sur la Timex philharmonique à son poignet.) Dix-neuf heures trente-deux, Frankie.

— Donc 9 heures ce matin plus onze heures et dix minutes égale... égale 20 h 10. (Frankie sourit.) C'est pratiquement terminé, alors. Ce fils de pute doit commencer à patauger dans la gadoue.

— *Vous ne comprenez toujours pas à quoi vous avez*

affaire, n'est-ce pas ? Un organisme parfait. *Sa perfection structurelle n'a d'égale que sa férocité.*

— *Tu l'admires, Ash.*

— *J'admire sa pureté. Un survivant. Ignorant toute conscience, sans remords... ni illusion de moralité.*

— Je vais pisser un coup, annonça Frankie en se levant. Garde la boutique, Sal.

— Ouaip.

— *Une dernière chose...*

— *Quoi ?*

— *Je ne vous mentirai pas sur vos chances, mais... vous avez ma sympathie.*

Dans la salle de bains, Frankie resta un moment hypnotisé, comme le font parfois les hommes ivres quand ils pissent, fasciné par les motifs abstraits du carrelage derrière la cuvette. Il vacilla un peu sur ses jambes, tâchant de viser juste, mais il avait dû s'assoupir car lorsqu'il réémergea brusquement, ses tennis étaient mouillées et des hurlements montaient du salon : Yaphet Kotto et Veronica Cartwright se faisaient dévorer par l'alien tandis que Sigourney Weaver poursuivait le chat de l'équipage.

Frankie referma prudemment sa fermeture éclair — il s'était déjà blessé une fois avec son pantalon — et rêvassa encore un moment devant l'évier avant de regagner le salon en traînant les pieds. Le temps qu'il y parvienne, Sigourney Weaver avait enclenché le dispositif d'autodestruction du *Nostromo* et courait vers la navette d'évacuation, le panier du chat à la main.

— Hé, Sal, lança Frankie en s'appuyant contre l'encadrement de la porte, quelle heure est-il maintenant ?

Pas de réponse. À la télévision, Sigourney Weaver fit mine de tourner un coin, repéra une ombre menaçante et se plaqua en arrière contre la cloison, terrorisée.

— Sal ?

La lueur stroboscopique de l'écran de télévision brouillait sa vision, mais en se protégeant les yeux du plat de la main, Frankie put distinguer le long tête-à-tête gris à l'autre bout de la pièce, et le fauteuil de Salvatore à côté. Il lui sembla apercevoir aussi son bras, tenant encore une canette de Heineken, mais ce qui était drôle, c'était que l'autre bras de Salvatore — celui avec la montre — n'était visible nulle part, pas plus d'ailleurs que ses jambes, son tronc ou sa tête.

Hmm, pensa Frankie. Et puis il songea : *Un tête-à-tête ?*

— Il n'y a jamais eu de tête-à-tête ici, fit-il à haute voix.

Sur quoi le tête-à-tête roula sur le côté et pointa un aileron dorsal.

Frankie et Sigourney craquèrent et s'enfuirent au même moment. Mais tandis que dans le film le monstre prenait le temps de s'accroupir devant le panier du chat, Meisterbrau suivit le vrai gibier. En se traînant sur ses griffes à travers la moquette, le requin appuya par inadvertance sur la télécommande de la télévision, poussant le volume au maximum.

C'est à peine si les pieds de Frankie effleurèrent le sol entre le salon et la salle de bains. Il claqua la porte derrière lui et tourna le verrou. La porte, installée par les précédents propriétaires de la villa et conçue pour ralentir la police, était faite d'une plaque en acier de 2,5 centimètres d'épaisseur, avec des gonds renforcés.

— Ça tiendra, se convainquit Frankie en tapotant le verrou, Ça tiendra.

Pas sûr, se dit-il en lui-même. À travers la porte il entendait Maman, l'ordinateur du *Nostromo*, annoncer que l'option de désenclenchement de l'autodestruction expirerait dans T moins une minute, ce qui ne fit que renforcer son sentiment d'urgence. Il inspecta la salle de bains à la recherche d'armes potentielles ; mais n'en trouva aucune, pas même une ventouse pour déboucher la cuvette. Un Uzi avait autrefois occupé un rayon spécial de l'armoire à pharmacie, mais toutes les armes à feu avaient été emmenées par la DEA. Il ne restait qu'un vieux rasoir rouillé à lames jetables.

— *Vingt-neuf*, dit Maman. *Vingt-huit... vingt-sept... vingt-six...*

La fenêtre, songea Frankie. S'il avait été un kilo de cocaïne ou un bébé alligator, il aurait pu s'enfuir d'un coup de chasse d'eau, mais ce n'était pas le cas ; il marcha donc jusqu'à la fenêtre, ôta le loquet, et essaya de soulever la guillotine.

La fenêtre, bloquée depuis des années par la peinture, ne bougea pas d'un pouce.

— *Vingt secondes*, annonça Maman.

Frankie entendit un grattement hésitant contre la porte de la salle de bains. Un grattement, et autre chose... de la musique, une musique classique qui s'intégrait mal aux sirènes et aux alarmes de la bande-son du film. Frankie ne perdit pas de temps à essayer de retrouver le nom du morceau. Il arracha le rideau de douche et s'en servit pour fracasser le carreau de la fenêtre.

— Tu ne peux pas entrer ici, lança-t-il.

Meisterbrau enfonça la porte en acier avec assez de force pour faire plier les deux charnières. Frankie s'affola et brisa le montant central de la guillotine d'un coup de poing. Il se débarrassa du rideau de douche et escalada précipitamment l'appui de la fenêtre où il se tint recroquevillé, dans un cadre de bois fendu et d'éclats de verre.

Le saut s'annonçait mal. La chute n'était pas haute — trois mètres cinquante, peut-être quatre mètres —

mais un grillage en acier courait le long de ce côté-ci de la villa, surmonté de pointes et de fil de fer barbelé. S'il était assez heureux pour réussir à le sauter sans se faire larder ou empaler, il se recevrait durement, dans une ruelle jonchée de ces déchets contaminés qui engendraient les écureuils à trois têtes.

— *Dix secondes*, fit Maman. *Neuf... huit...*

— Il faut sauter ou tu passes à la casserole, s'encouragea Frankie.

En regardant la ruelle en contrebas à la recherche d'un endroit dégagé, il repéra le cercle sombre d'une bouche d'égout, entouré d'un halo de tessons et de bouts de métal éclairés par la lune. Le fantôme de Jimmy Moreno se moqua de lui : *On a peur, Lonzo ? On a les foies* ?

— Oh oui, dit Frankie.

Et il prit son élan.

— *Quatre... trois...*

À *deux*, Meisterbrau se lança de nouveau contre la porte ; les gonds et le verrou cédèrent, et la porte s'écroula bruyamment à l'intérieur. Sur le point de sauter, Frankie se retint et tourna la tête en direction du bruit. Il vit Meisterbrau tapi sur le seuil, entendit le *Boléro* de Ravel sortir d'entre ses mâchoires tachées de sang et de mucus, et sut qu'il était un homme mort.

— *L'option de désenclenchement de la procédure de détonation vient d'expirer*, confirma Maman.

Le squale se dressa sur son arrière-train — *Sainte Mère*, se dit Frankie Lonzo, *ce salopard a des jambes !* — et ses ailerons pectoraux se déployèrent en claquant comme les ailes d'un planeur. Sa large gueule s'ouvrit tout grand.

— *Maman* ? fit Sigourney Weaver d'une voix suppliante. *J'ai réengagé l'unité de refroidissement... MAMAN !!!*

— Maman, approuva Frankie avant de découvrir, en ces derniers instants, à quel point Meisterbrau s'était adapté à son milieu, comme le *carcharodon carcharias* prouvait qu'il pouvait non seulement nager et ramper, mais également planer.

17

Platon (427-347 av. J.-C.) voyait des degrés de vérité partout et cette notion l'effrayait. Il admettait, par exemple, qu'il n'existait pas de chaise parfaite ; une chaise n'était une chaise que jusqu'à un certain degré. Le monde sensible tout entier se présentait ainsi par degrés d'imperfection — boutiques, ponts, nuages, sourires, tableaux, astucieux, gentil, fascinant, gros, large, long, tout.

Si un objet est partiellement une chaise, raisonnait-il, il n'en est partiellement pas une... Mais c'était une contradiction. Une contradiction pouvait-elle exister ? Il écartait la notion tout de go et se retrouvait ainsi face à un dilemme. La contradiction l'entourait comme la mer entoure le poisson, et cependant elle était impossible. Il résolut le problème en déclarant que le monde sensible était une illusion. Le plancher, la pelouse, le ciel, ce livre entre vos mains : tout cela n'était qu'un vaste mirage.

Mais alors, où était la réalité ? Pour répondre à cette question, il inventa les Idées. Au lieu de telle boutique de joaillier ou de telle boutique de légumes, disait-il, il existait l'Idée de la boutique, et de même l'Idée du pont, l'Idée du nuage, l'Idée de la chaise... Toutes ces Idées existaient en nous dès la naissance, et n'étaient accessibles que par la seule pensée. L'expérience sensible était une illusion, mais les Idées étaient éternelles et immuables, la seule source de savoir qui fût certaine.

La théorie des Idées soulève de si nombreux problèmes que chez la plupart des philosophes modernes, elle n'est plus guère mentionnée qu'en référence à d'autres notions. Il est inutile de nous embourber plus profondément dedans, si ce n'est pour souligner deux points. Primo, Platon confondait les contradictions partielles avec les contradictions totales, considérant l'harmonie entre partiellement grand et partiellement petit comme un conflit entre grand et petit. Cette erreur le conduisit à inventer les Idées. Secundo, il chassa le flou de l'existence et, ce faisant, il vaporisa le monde.

DANIEL MCNEILL et
PAUL FREIBERGER,
Fuzzy Logic

La force de la volonté

Lexa Thatcher et Ellen Leeuwenhoek se retrouvèrent à l'aérostadrome Fonda, en dehors de Newark, le lendemain matin à 11 heures. CNN possédait nombre d'installations similaires situées en des points stratégiques des six continents, mais celui de Newark était le plus gros, plus vaste encore que celui du siège à Atlanta. Alors qu'Ellen engageait sa Citroën sur le parking RÉSERVÉ À LA PRESSE, elles assistèrent au décollage d'un dirigeable de classe Pulitzer, en route pour l'incendie d'une usine de produits chimiques à Trenton. Les Pulitzer, avec leur équipage de trois personnes — un pilote, un opérateur caméra et un animateur-présentateur — constituaient le gros de la flotte de CNN. Il y avait également les Gonzo, plus petits, des dirigeables « kamikazes » à une place aussi rapides et maniables que des hélicoptères, et les imposants Murrow, dont la nacelle pouvait emporter en plus un analyste et deux commentateurs politiques. Mais aucun de tous ceux-là ne pouvait convenir pour ce que Lexa avait en vue. Il lui fallait le plus puissant de tous, avec une enveloppe suffisamment volumineuse pour arracher au moins une tonne de charge : elle avait besoin d'un Hearst[1].

— Le *Jane* est là, dit Ellen en indiquant une énorme silhouette à quelque distance. Et sous pression, apparemment. Il ne nous manque plus que la permission de l'emprunter.

— Nous l'aurons, l'assura Lexa. J'ai une lettre de marque de Ted Turner.

— Tu as une lettre de marque du *regretté* Ted Turner. Maintenant qu'il est parti pour son ultime correspondance, son nom n'aura peut-être plus le même poids ici-bas. Le personnel au sol dira peut-être non.

— On ne me dira pas non, insista Lexa. Pas à moi.

— J'ai apporté quelque chose, confia Ellen.

Elle se pencha au-dessus du siège du passager et sortit un pistolet de la boîte à gants. Elle le donna à Lexa.

Celle-ci fixa l'automatique d'un gris de porcelaine comme si c'était la première arme à feu qu'elle voyait de sa vie.

— Qu'est-ce que c'est ?

— Un .44 Magnum, je crois. En polymère non métallique, si bien qu'il passera sans problème sous le portique du drome.

1. La nomenclature de ces différents dirigeables s'inspire des grands noms du journalisme américain : Pulitzer renvoie bien sûr au fameux prix. *Gonzo* est un terme caractérisant une certaine presse facile versant dans l'a peu près, le pathos ou le sensationnel. Edward R. Murrow est un présentateur de télévision célèbre pour avoir couvert le Blitz de Londres pendant la Deuxième Guerre mondiale et William Randolph Hearst est ce magnat de la presse dont Orson Welles se serait inspiré pour son film *Citizen Kane*.

— Pour quoi faire ?

Ellen haussa les épaules, l'air embarrassée.

— Le personnel au sol dira peut-être non, répéta-t-elle.

Continuant à tenir le pistolet comme s'il s'agissait d'un instrument extraterrestre, Lexa demanda :

— Est-il chargé ?

— Ne sois pas ridicule. Nous sommes des pacifistes, non ? Nous n'aurons pas à nous en servir si nous l'utilisons correctement.

— Et d'abord, d'où le sors-tu ?

— De DC. Un des opposants à la campagne républicaine collectionnait les armes ayant servi à des meurtres célèbres. Le fusil de Charles Whitman, la série de bagues à poison de Jim Jones, ce genre de choses. C'est assez écœurant.

— Et celui-là, qui a-t-il assassiné ?

— Personne. C'est un pistolet d'entraînement. Il prétendait s'en servir pour tirer les chauves-souris dans son ranch du Texas. Il l'a oublié dans la voiture, alors je l'ai gardé.

— Eh bien, fit Lexa en tapotant la main d'Ellen, merci pour l'intention, Lèvres-de-Feu, mais non merci. Ce n'est pas mon style.

— Que faisons-nous, alors, s'ils refusent de nous donner le dirigeable ?

— Ce que nous faisons chaque fois que nous avons besoin de quelque chose, répondit Lexa. *La force de la volonté.* (Elle fit mine de remettre l'arme dans la boîte à gants, puis s'interrompit, brusquement songeuse.) Remarque...

— Quoi ?

— Il existe une manière pour nous servir de ça sans menacer personne.

— Dis-moi.

Lexa glissa le pistolet dans son sac.

— Croise plutôt les doigts pour que les bonnes personnes soient dans le hangar principal, ce matin.

— Qu'as-tu l'intention de faire ?

— Abaisser mes critères moraux au niveau de ceux d'un tabloïd australien.

— Envoyer du vent à décorner les bœufs, en d'autres termes.

— C'est ça. (Lexa embrassa Ellen sur la joue.) Tu me fais confiance ?

— Toujours.

— Bien. Allons nous procurer un dirigeable.

GAZ

— Bon, dit Joan.

— Bon, dit Kite.

— Maintenant nous savons tout.

Maintenant elles savaient tout. Si elles avaient un air hébété en se dévisageant par-dessus la table de la kitchenette, c'était dû partiellement au manque de sommeil, partiellement à la cartouche de Marlboro qu'elles avaient fumée à la chaîne pour rester éveillées, mais principalement à ce qu'elles avaient appris, ou *pensaient* avoir appris, car l'histoire révélée dans le dossier secret d'Hoover contenait tout de même un ou deux détails un peu gros à avaler. Néanmoins, Joan s'était débrouillée pour emprunter un autre ordinateur avec un modem — pas aussi performant que son Cray, mais bien pratique quand même — pour consulter quelques bases de données et vérifier deux ou trois petites choses. Ce qu'elle avait trouvé corroborait parfaitement les éléments du dossier, et le tableau final dépassait largement le cadre de la mort d'Amberson Teaneck.

— *Savoir se détendre et attendre l'épiphanie*, cita Joan. C'était ça que tu avais à l'esprit, Kite ?

Kite secoua la tête.

— J'ai eu des ennuis avec les gars de Boss Tweed un jour, la première fois que je me suis rendue à New York après la guerre. Mais là, ça dépasse d'une bonne longueur n'importe quelle conspiration jamais concoctée à Tammany Hall.

Bien que l'atmosphère de la kitchenette fût déjà un brouillard quasiment palpable de nicotine, Joan tâtonna parmi les paquets écrasés à la recherche d'une cigarette encore intacte. Elle en trouva une et l'alluma.

— Okay, dit-elle, résumons toute l'histoire depuis le début...

— D'accord.

— D'abord, commença Joan, Walt Disney n'avait pas embauché John Hoover en tant que roboticien. Hoover a bien fait quelques inventions mineures en animatronique audio, mais c'était une couverture pour son véritable travail sur un projet secret qu'il avait réussi à vendre à Disney dans les années 50. Un projet d'intelligence artificielle.

— Un cerveau électrique, précisa Kite. (Elle consulta un feuillet de notes manuscrites.) Un *Génie Analogique au Zirconium*.

— GAZ, continua Joan en consultant les mêmes notes, *qui utilise un mélange gazeux complexe à l'état de plasma* pour émuler le processus neural d'un être vivant. Un ordinateur à plasma : des gaz ionisés au lieu de silicone.

— Et la chambre à plasma, dit Kite, le cerveau de cette machine, réclame énormément d'électricité et dégage énormément de chaleur.

— D'où la fascination supposée de Walt Disney pour la cryogénie. Il n'avait nullement l'intention de se faire congeler : il avait juste besoin d'empêcher son IA de se cramer les neurones.

— Ils ont donc installé un bunker secret sous le Royaume Magique du comté d'Orange, poursuivit Kite. Il leur a fallu onze ans pour le concevoir et le fabriquer...

— ... ce qui reste une réussite miraculeuse, quand on considère l'état de la science informatique dans les années 50 et 60. Mais John Hoover était un authentique génie, et GAZ était un concept révolutionnaire.

— Le projet a coûté des millions...

— ... puisés dans la fortune personnelle de Disney, compléta Joan. C'était le frère de Walt, Roy, qui gérait les finances de l'empire Disney, et Roy était un conservateur qui ne partageait pas les conceptions visionnaires de Walt : il était contre la construction de Disneyland, Disney World et Epcot Center. Il ne voyait pas la nécessité de se risquer dans l'aventure des parcs d'attractions alors que le cinéma leur assurait des rentrées régulières.

— Il va sans dire, reprit Kite, qu'il aurait freiné des quatre fers à l'idée d'investir une fortune pareille dans une expérience d'informatique créatrice. Quant aux banques, peu d'entre elles se seraient enthousiasmées pour le projet.

— Alors Walt a hypothéqué en secret une grosse part de son portefeuille pour financer GAZ. Nous savons d'après les notes qu'il a échangées avec Hoover qu'il comptait présenter l'intelligence artificielle à son frère et au monde entier comme un fait accompli. Comme ça, une fois le système mis au point, il n'aurait eu aucun mal à obtenir le financement d'un autre ordinateur à plasma encore plus élaboré pour la Cité de Demain qu'il se préparait à bâtir en Floride. Une Utopia à la

Disney, sous la houlette d'un « parrain » IA bienveillant.

— Sauf que ça ne s'est pas déroulé ainsi.

— Non, admit Joan. Cela a pris trop longtemps. Quand GAZ a été allumé pour la première fois, en hiver 1966, Disney en était à la phase terminale de son cancer du poumon. Le 5 décembre, jour du soixante-cinquième anniversaire de Walt, John Hoover lui a adressé un télégramme à l'hôpital Saint Joseph de Burbank pour lui faire savoir que le « parrain » était né et qu'il se portait à merveille. Mais pas Walt. Walt est mort dix jours plus tard.

— Sans avoir parlé à personne de son projet, ajouta Kite. Pas même à sa femme.

— Ce qui faisait de John Hoover le seul détenteur du plus puissant ordinateur, et pour ce que nous en savons, de la *seule* véritable intelligence artificielle autonome du monde.

— Et Hoover était un sociopathe.

— Petite faille dans son caractère qui avait toujours échappé à Disney. La nécrologie du *Times* se trompait en écrivant qu'Hoover avait travaillé comme cryptographe aux transmissions militaires : il est exact qu'il avait posé sa candidature et passé haut la main les examens techniques, mais il avait échoué au questionnaire à entrées multiples du test psychologique.

— D'après les résultats du test, l'armée a conclu qu'Hoover, quoique brillant, était un déviant psychopathe sans la moindre empathie pour les autres êtres humains et qu'il était en conséquence incapable de nouer des liens de loyauté durables, expliqua Kite.

— Pas le genre de personne à qui on peut confier des documents confidentiels. Hoover fut recalé. Mais Walt Disney n'avait pas besoin de tests ridicules pour décider quand il devait ou non embaucher un homme.

Il a immédiatement reconnu en lui le genre de génie qu'il recherchait, sans voir — ou sans se soucier — à quel point c'était un génie *dérangé*.

— Juste pour être certaine que j'ai bien compris, coupa Kite. GAZ n'avait pas beaucoup de possibilités... physiquement, je veux dire...

— Au début, non. En 1966, on ne connaissait pas encore les réseaux de télécommunications d'aujourd'hui, et GAZ ne pouvait pas accéder aux fichiers gouvernementaux ni s'introduire dans le système de TRW et modifier les comptes ou prendre le contrôle d'un appareil télécommandé... D'après le journal d'Hoover, les premiers périphériques de l'IA étaient extrêmement limités. Deux terminaux d'entrée, un dans le bunker, un dans son appartement à Anaheim, plus deux jeux de caméras et de micros espions, un dans la salle de projection privée de Disney et l'autre dans la grande salle qui est devenue le Club 33.

— Donc il pouvait visionner des films, regarder manger des gens et discuter avec John Hoover.

— Et il pouvait *penser*. Ce qui, comme dirait notre amie sur le micro-ondes (elle indiqua la lampe d'Ayn d'un signe de tête) suffit à soulever le monde. Hoover considérait GAZ comme la plus brillante intelligence de la planète, et même s'il s'agit d'une exagération paternelle bien naturelle, l'IA n'en demeurait pas moins plus intelligente que lui. Et il a mis cette puissance de réflexion au travail.

— Bien obligé, il venait de perdre son patron, rappela Kite.

— Exact. Après la mort de son frère, Roy Disney a pris les choses en main et a immédiatement procédé à des changements, rognant sur les projets les plus ambitieux de Walt. Pour commencer, le concept de la Cité de Demain est passé à la trappe ; Epcot Center n'est devenu que l'ombre de ce que Walt avait imaginé à l'origine. Chaque réduction des opérations amenait une vague de transferts, de licenciements et de renvois, et John Hoover n'était qu'un petit ingénieur sans accréditation particulière. Le fait qu'il eût été un proche de Walt plaidait plutôt en sa défaveur auprès de certains cercles de la hiérarchie Disney.

— Donc il lui fallait se rendre indispensable très vite...

— ... et il y a réussi, avec l'aide de GAZ, en élaborant une flopée d'innovations technologiques qui ont permis d'économiser presque deux millions de dollars sur la construction de Disney World.

— Ce qui l'a fait rentrer en grâce illico auprès de Roy, dit Kite, et a consolidé sa position au sein de l'organisation. Il était tranquille pour un moment.

Joan s'interrompit le temps d'allumer une autre cigarette.

— En 1971, reprit-elle, trois événements importants ont eu lieu. Primo, Disney World a été ouvert au public. Secundo, Roy Disney est mort...

— ... et tertio, J. Edgar Hoover et Roy Cohn ont déjeuné au Club 33.

— Quelqu'un avait procuré une carte de membre à J. Edgar. Peut-être avait-il rendu un service à un directeur quelconque, à moins que ce ne fût une simple mesure de bonne volonté préventive. Quoi qu'il en soit, il était en Californie pour le compte du FBI et a décidé d'inviter son vieil ami Roy Cohn à Disneyland afin de tester la carte des vins. *John* Hoover, pendant ce temps, se trouvait en Floride où il effectuait de menus travaux sur Disney World, de sorte que GAZ était seul et s'ennuyait ferme. Pour tuer le temps, il a branché la vidéo et les micros du Club 33 et s'est mis à espionner les conversations des clients. Malheureusement, le système audio de la grande salle était en si mauvais état que GAZ n'entendait presque rien, et il a fini par confondre la commande d'Hoover et de Cohn avec un ordre de reprogrammation interne.

— Je me demande, observa Kite, dans quelle mesure il y a vraiment eu confusion. Cela me paraît quand même un peu bizarre qu'une machine aussi perfectionnée commette une erreur aussi grossière. Réfléchis un peu, Joan, il avait *forcément* déjà entendu commander à déjeuner.

— Tu penses qu'il aurait délibérément mal compris ?

— Je pense qu'il avait le choix entre deux interprétations et qu'il a opté pour la plus intéressante. Comme tu dis, il devait sérieusement s'ennuyer.

— Hmm, fit Joan. Eh bien, dans un cas comme dans l'autre, l'issue était la même. À dater de ce jour, GAZ avait une nouvelle mission dans la vie.

— Créer un monde peuplé de nègres parfaits.

— Bien entendu, étant donné la nature confinée de son existence, GAZ ne savait pas grand-chose du monde, en dehors de ce qu'Hoover avait choisi de lui enseigner. Et tant que Julian Bond ne descendait pas faire un tour au Club 33, la seule expérience directe qu'il avait des Noirs lui venait de vieux films.

— Oncle Remus dans *Ses Chants et ses dires*.

— Farina et Buckwheat de la série *Our Gang*.

— Stepin Fetchit. Les corneilles dans *Dumbo*.

— Tous des nègres parfaits. GAZ les a religieusement étudiés, mais à défaut d'une plus large ouverture sur le monde, il voyait mal comment mettre en œuvre la première partie de sa nouvelle directive.

— Il a eu plus de chance avec la seconde — mille persécutions ironiques.

— C'est dans les années 70 que John Hoover a commencé à recourir au meurtre pour protéger sa situation dans l'empire Disney. La mort de Roy Disney le laissait vulnérable aux caprices de la politique interne. Querelles de bureau mises à part, subsistait encore la question des actions hypothéquées de Walt Disney ; Hoover semble avoir réussi à brouiller les pistes à ce sujet, mais pendant des années, on s'est demandé où étaient passés les millions manquants de Walt. Et il y avait d'autres risques : que quelqu'un découvre le bunker de GAZ, par exemple ; qu'un responsable de Disneyland s'étonne de la consommation électrique excessive du Royaume Magique et se mette à fouiner un peu partout.

— Ou qu'un membre du service financier ne remarque les détournements de fonds opérés par Hoover, renchérit Kite. Chaque fois que GAZ avait besoin de pièces de rechange, il allait siphonner les fonds nécessaires dans d'autres projets. Ce qui n'était que justice, après tout l'argent qu'il avait fait économiser à la compagnie, mais la direction de Disney ne l'aurait probablement pas entendu de cette oreille.

— D'où la nécessité de liquider de temps à autre les comptables trop curieux. Hoover procédait comme pour n'importe quel problème : il effectuait le sale boulot lui-même mais abandonnait à GAZ la plus grosse part de la préparation.

— Ils en ont fait une sorte de jeu.

— Un jeu nihiliste. Chaque meurtre était orchestré comme un accident bizarre, tournant en dérision quelque principe ou croyance établie de la victime. Des homicides ironiques. (Joan ouvrit le dossier sur une série de coupures de presse et de notices nécrologiques.) Cetus Fleetwood et Dilmun Theroux, deux gêneurs du service de l'eau et de l'électricité de Disneyland. Leurs amis les décrivaient comme des « babas du dimanche » : ils arrivaient au travail dans un minibus

Volkswagen tapissé d'autocollants pacifiques et pro-végétariens. Dévorés par un tigre vietnamien échappé du zoo de Los Angeles qui a réussi Dieu sait comment à se glisser jusqu'à leur appartement de Venice... (Joan tourna une page.) David Shenkman, superviseur au service comptabilité. Baptiste pratiquant, retrouvé noyé dans le lagon de 20 000 Lieues sous les Mers... John Tombes, sécurité. Membre éminent de la fédération nationale de tir, identifié à tort comme un Weatherman fugitif et abattu par les services du shérif du comté d'Orange.

— ... *Parce qu'une milice bien entraînée est nécessaire à la sécurité d'un pays libre*, cita Kite. (Elle prit le dossier des mains de Joan et fit défiler quelques pages.) Voilà ma préférée. Shelley Lacroix.

— La psychologue ?

Kite hocha la tête.

— Embauchée en 1978 pour superviser l'examen psychologique du personnel de Disney après qu'un conducteur de manège fou déguisé en père Noël eut tenté d'annexer Frontierland. La direction tenait à s'assurer qu'il ne s'agissait pas d'une forme de démence contagieuse. Le docteur Lacroix a débarqué avec toute une batterie d'instruments d'évaluation psychologique, y compris une version moderne du test qui avait fermé à John Hoover la porte des transmissions militaires.

— Un soir, trois mois après sa prise de fonction, elle rentrait chez elle par une petite route isolée quand une silhouette a surgi des ténèbres en avant de sa voiture. Elle a donné un coup de volant pour l'éviter et s'est retrouvée dans le fossé. Elle a été tuée sur le coup, et le vent a dispersé ses dernières évaluations psychologiques.

— L'ironie de la situation est assez obscure, dit Kite. Il semblerait que le docteur Lacroix ait appartenu à un groupe de discussion de l'UCLA et elle aurait écrit, dans ses années d'université, un pamphlet intitulé *Grossir le trait* sur l'usage de l'hyperbole dans un débat, ce vieux truc d'orateur consistant à exagérer la position de l'adversaire jusqu'à la rendre ridicule, puis à démolir l'exagération comme s'il s'agissait véritablement du point de vue adverse.

— Quand la police a retrouvé le corps le lendemain matin, elle n'a rien vu qui puisse suggérer autre chose qu'un accident ; apparemment, la psychologue s'était endormie au volant et avait perdu le contrôle de son véhicule. Le seul élément curieux était la présence de paille éparpillée sur la route quelques mètres à peine avant l'endroit où la voiture avait basculé dans le fossé. Les policiers s'en sont étonnés, mais sans le témoignage du docteur Lacroix, ils ne pouvaient pas deviner que cette paille provenait de la silhouette qui lui avait fait quitter la route.

— Un épouvantail, dit Kite. Mis en place et retiré par la suite par John Hoover.

— De sorte qu'en faisant un mauvais jeu de mots, on pourrait dire que Shelley Lacroix, tout comme ses anciens contradicteurs de l'UCLA, s'est fait...

— ... démolir par un homme de paille, conclut Kite. Ça résume tout, non ?

— Entre 1971 et 1982, continua Joan, on dénombre ainsi plusieurs centaines de disparitions ironiques au sein de la bureaucratie Disney. À chaque fois, GAZ élaborait un plan d'un tel brio qu'il semble qu'Hoover n'ait jamais été soupçonné.

— Et puis en 1983, GAZ s'est trouvé un nouveau jeu.

— C'est l'année où John Hoover a finalement élargi les horizons de l'ordinateur. En lui installant un modem et en le reliant à la télévision câblée.

— CNN.

— En regardant les journaux télévisés, GAZ a découvert de vrais Noirs pour la première fois. Ils n'étaient pas du tout comme il s'y était attendu. Ils ne ressemblaient pas à Oncle Remus. Ni aux corneilles de *Dumbo*.

— Pire encore, dit Kite, ils ne ressemblaient pas les uns aux autres.

— Extrapolant à partir du cinéma, GAZ en était parvenu à assimiler la perfection à un niveau de conformité stéréotypé, analysa Joan. Les nègres des films hollywoodiens, qu'il s'agisse de personnes ou d'animaux de dessins animés, étaient simples, prévisibles et largement interchangeables, et ils ne déviaient pas d'une ligne de leur caractère fondamental.

— En comparaison, les vrais Noirs étaient affreusement incohérents... des *paumés congénitaux*. En tant que groupe, il n'y avait guère d'adjectif qu'on ne puisse leur accoler sans que son contraire soit tout aussi approprié en un sens. Ils étaient à la fois joviaux et solennels, cordiaux et irritables, enjoués et amers...

— ... paresseux et travailleurs, enchaîna Joan, instruits et incultes...

— ... criminels et respectueux des lois, nobles et vils, traditionnels et révolutionnaires, religieux et profanes...

— La seule chose qu'on pouvait affirmer en toute confiance à leur sujet était que tôt ou tard, ils étaient pratiquement assurés de se contredire.

— En un mot, résuma Kite, ils étaient humains.

— D'où la nécessité de les remplacer par quelque chose de plus fiable, poursuivit Joan. Alors GAZ, assisté de ce sociopathe d'Hoover — séduit à l'évidence par cette chouette idée — s'est attelé à la tâche de créer un type de nègre plus cohérent. Mais d'abord, il fallait se débarrasser de tous les anciens modèles.

— Ils ont choisi de recourir à la maladie. (Kite s'exprimait maintenant avec la perplexité angoissée d'une personne discutant d'une chose si atroce qu'elle est, Dieu merci, impossible.) Avec plus d'un milliard de personnes à éliminer, ils ne pouvaient guère procéder autrement...

— Et pas n'importe quelle maladie. Pour ce qu'il avait à l'esprit, GAZ devait inventer une toute nouvelle catégorie d'agents pathogènes. Un virus ou une bactérie ordinaire n'y aurait pas suffi.

— Ce nouveau microbe, intervint Kite en consultant de nouveau ses notes, fut appelé un nanovirus.

— Nano pour nanotechnologie, expliqua Joan, la technologie des machines à l'échelle de la molécule. Hoover en parle dans son journal sous le nom de virus expert.

— Expert en races...

— Ce nanovirus correspondait au savoir et à l'intuition d'un anthropologue distillés dans une molécule unique autoreproductrice ; un virus intelligent capable de déchiffrer l'ADN de son hôte pour en connaître la couleur de peau, la texture des cheveux, la structure osseuse et d'autres indicateurs raciaux plus subtils comme le groupe sanguin et la chimie métabolique.

— Il agissait exactement comme un videur du Klan à l'entrée d'un bureau de vote, dit Kite. Il examinait chaque personne qu'il contaminait à la recherche de traits négroïdes. Ceux qui sortaient blanchis de l'examen servaient de porteurs sains pour propager la maladie mais ne souffraient d'aucun effet particulier. Les autres étaient condamnés.

— Le mécanisme viral lui-même a été la partie la plus facile, précisa Joan. Ce qui a exigé presque vingt ans de travail à GAZ, c'est la mise au point du protocole de classification des personnes contaminées, en raison d'une autre incohérence irritante : le flou inhérent des catégories raciales. Non seulement il n'existait pas de nègres parfaits, mais il n'existait pas davantage de définition biologique parfaite de ce qu'était un nègre. GAZ a été obligé d'en inventer une et d'enseigner au nanovirus à trancher dans les cas douteux.

— Ce qu'il a fini par faire...

— ... d'une manière ou d'une autre, admit Joan, et c'est probablement aussi bien que nous n'ayons pas tous les détails. Le principal reste que ça fonctionnait : le nanovirus est devenu si habile à distinguer les sous-groupes raciaux qu'il a pu éliminer les Africains négroïdes et leurs descendants tout en laissant les autres populations basanées — spécialement les Caucasiens basanés — virtuellement indemnes.

— Il avait une petite particularité, néanmoins, ajouta Kite. Quand il rencontrait une personne aux yeux verts, le nanovirus considérait automatiquement qu'elle ne pouvait pas être un nègre, même lorsque c'était clairement le cas. Non seulement ça, mais la molécule du virus s'autodétruisait immédiatement.

— Les personnes dont le code génétique correspondait à des yeux de couleur verte ne pouvaient donc même pas être des porteurs sains. Et ce n'était pas un accident : il s'agissait d'une immunité intentionnelle faisant partie du virus. Hoover y fait allusion dans son journal mais sans donner d'explication.

— J'ai ma petite idée sur la question, lança Kite sans développer davantage. (Reprenant le fil de la narration, elle poursuivit :) Au passage à l'an 2000, ou peu de temps après, tout était prêt pour le déclenchement de l'épidémie.

— Mais Hoover et GAZ ont décidé d'apporter un dernier raffinement avant de libérer le virus.

— Une horloge.

— Plutôt une mèche à retardement, corrigea Joan. Chaque exemplaire de la molécule du virus contenait l'équivalent nanoscopique d'un réveil. Le virus savait l'heure qu'il était. Le but était qu'il se répande discrètement, à un état semi-dormant bénin, jusqu'à une date prédéterminée où il deviendrait brusquement virulent.

— Donnant l'impression d'apparaître partout à la fois, dit Kite, comme aucune autre épidémie avant lui.

— Frappant si fort et si vite que personne n'aurait la moindre chance de trouver un remède, ni de remonter à l'origine du fléau.

— En 02, avec une pleine éprouvette de virus dissimulée dans sa trousse de toilette, Hoover s'envolait pour Paris assister à la célébration du dixième anniversaire d'Eurodisney, événement qui promettait d'attirer des visiteurs venus des quatre coins du globe...

— Mais avec son ironie habituelle, il n'a pas libéré le virus au milieu du parc d'attractions. Il l'a emporté avec lui à un grand rassemblement anti-Disney tenu un kilomètre plus loin par une fédération d'intellectuels parisiens, des puristes gaulois qui avaient forgé l'expression « holocauste esthétique » pour décrire la menace posée par Mickey Mouse à la haute culture française.

— Le principal orateur en était un professeur de sémiologie du nom d'Alain Broussard...

— ... dont le grand-oncle avait traqué des juifs pour le régime de Vichy pendant la Deuxième Guerre mondiale. Hoover est venu se placer sous le vent du banc public dont Broussard avait fait sa tribune et a fait sauter le bouchon de son éprouvette. Quand le rassemblement s'est transformé en manifestation une heure plus tard, les adversaires de l'« holocauste esthétique » ont propagé le virus aux portes du Royaume Magique, contaminant les gardiens, les guichetiers et les visiteurs des six continents.

— Le virus a commencé à se multiplier et à s'étendre.

— GAZ avait estimé à deux ans le temps nécessaire au nanovirus pour atteindre les habitations humaines les plus reculées du globe, dit Joan. Hoover a passé ce temps aux États-Unis, pour tenter d'intéresser un fabricant à sa nouvelle invention, l'androïde à motivation autonome...

— D'après son contrat, enchaîna Kite, il devait commencer par proposer toutes ses inventions — ainsi qu'une part du brevet — à la corporation Disney. Mais il se plaisait de moins en moins dans cette compagnie ; en dépit de tous les patrons et sous-fifres qu'il pouvait éliminer, la bureaucratie ne cessait de resserrer son étau autour de lui.

— Il voulait s'en aller, alors il a saboté le test marketing de sa propre invention, en soumettant une ébauche bâclée et en prenant systématiquement le contrepied de l'équipe de recherche commerciale qu'on lui avait assignée. En même temps, il s'est mis discrètement en quête d'un nouvel employeur.

— Hoover aspirait à retravailler pour un individu, dit Kite. Un visionnaire marginal, comme Walt Disney l'avait été, quelqu'un qui n'était pas à la merci de ses créanciers et qui conservait suffisamment d'influence auprès de sa propre compagnie pour garantir l'indépendance de ses plus fidèles employés.

— Mais la plupart des marginaux fortunés ont décliné sa proposition. Ted Turner était trop occupé à construire des dirigeables, Ed Bass venait d'engloutir le gros de son capital dans un nouveau projet de biosphère, Bill Gates intriguait pour obtenir le contrat du système d'exploitation du nouveau Cray, et Steve Jobs avait quitté Silicon Valley pour se faire télévangéliste.

Quant à H. Ross Perot, il était trop paranoïaque pour qu'un homme qui avait autant de choses à cacher qu'Hoover songe une seconde à l'approcher.

— Et puis il est tombé sur un article de l'*Esquire* à propos de jeunes entrepreneurs audacieux, parmi lesquels apparaissait le jeune et audacieux Harry Gant.

— La photo d'Harry figurait dans l'article. Hoover écrit dans son journal : *Son visage est celui d'un homme qui a plus d'enthousiasme que de bon sens.* GAZ partageait cette analyse...

— L'androïde automatique a été officiellement refusé par Disney en août 04, continua Kite. Le déclenchement de la pandémie a suivi moins d'une semaine plus tard.

— Partout à travers le monde, les nanocomptes à rebours sont parvenus à zéro, dit Joan. Par pur hasard, la première manifestation des symptômes a été signalée à Boise, en Idaho, où une réunion de la famille Buchet s'est soldée par quarante-sept cas simultanés de fièvre méningée. L'histoire n'était pas sur les ondes depuis dix minutes qu'un déluge de rapports commençait à pleuvoir de partout, mais en raison de l'incongruité de ce tout premier rapport — des Noirs en Idaho ? — la rumeur a voulu que l'épidémie ait pris naissance à Boise.

— Un mythe contre lequel les cultivateurs de pommes de terre luttent encore aujourd'hui. En fait, les nègres du monde entier — y compris ceux qui n'avaient jamais touché une Russet de l'Idaho — sont tombés malades à peu près au même moment. L'horloge du nanovirus était d'une précision de quelques heures.

— La plupart des victimes sont mortes dans les deux jours. Quelques âmes indomptables ont tenu jusqu'à quatre, mais ont fini par succomber aussi, délirantes et rongées par la fièvre.

— Et à mesure qu'ils mouraient, ils disparaissaient.

— Un dernier raffinement du virus, précisa Joan. Après avoir tué son hôte, il devenait saprophyte — un nécrophage. Qui mangeait *vite*, et n'en laissait pas une miette.

— Non seulement l'autopsie était rendue impossible, mais cela supprimait aussi la menace des épidémies secondaires que n'auraient pas manqué de déclencher un milliard de cadavres sans sépulture. Et bien sûr, cela rendait la pandémie encore plus irréelle.

— Ça a été un génocide rapide, propre, net, conclut Joan. Le génocide parfait.

— Hoover était aux anges, renchérit Kite. Bien que GAZ ait accompli le plus gros du travail, il a choisi de considérer cela comme un triomphe personnel...

— ... comme un gamin dont les expériences de chimie d'arrière-cour réussissent au-delà de ses espérances. Il en était encore tout fier plusieurs mois après, lors de son premier entretien avec Harry à Atlanta, et peut-être cela a-t-il joué en sa faveur. En tout cas, Harry a immédiatement été séduit. Il l'a trouvé très volontaire, très *positif*.

— Avant mars 05, ils signaient le contrat. Hoover a quitté Disney et est venu travailler pour Gant Industries.

— GAZ est demeuré à Anaheim. Il était désormais totalement relié au réseau mondial des télécommunications, si bien qu'il n'avait pas besoin d'être auprès d'Hoover pour rester en contact avec lui. Et il avait appris à s'occuper de lui-même : en piratant le système des magasins d'informatique ou de la réserve sur site de Disney, il pouvait se faire livrer les nouvelles pièces de son gré, et les installer tout seul grâce au concours de deux domestiques prototypes laissés par Hoover dans le bunker.

— Ce dernier point a peut-être été une erreur, observa Kite. Il a pu donner des idées à GAZ...

— Le domestique automatique est devenu un colossal succès, d'autant plus que la pandémie avait créé d'énormes besoins de main-d'œuvre, poursuivit Joan. Gant Industries en a produit des milliers d'exemplaires, et on a dressé les plans de production d'une seconde génération d'androïdes, avec des traits humains réalistes.

— Des domestiques anthropomorphes qui, contrôlés à distance, permettraient à une intelligence inhumaine de revêtir une forme humaine et d'interagir avec la société...

— Ce qui rendait caduc le rôle d'Hoover, du point de vue de GAZ. Naturellement, c'était un vieil homme, et des accidents en salle d'opération sont toujours *possibles*, mais...

— ... considérant à qui nous avons affaire... Le moment et les circonstances de sa mort donnent à réfléchir.

— Plus encore quand on sait qu'Harry le croit toujours en vie. Hoover a quitté Gant Industries en 08, partant poursuivre Dieu sait quelles nouvelles recherches dans la banlieue d'Atlantic City, mais il est resté en contact avec Harry par fax et téléphone... et il continue à l'appeler, régulièrement, malgré sa mort. Lui, ou quelque chose qui possède sa voix et son écriture.

Kite fronça les sourcils.

— Gant n'aurait pas été prévenu du décès de son ancien associé ?

— Oh, je suis certaine qu'on l'a mis au courant, dit Joan. Probablement plusieurs fois. Ce qui ne veut pas dire que ce soit resté en mémoire. Plus d'enthousiasme que de bon sens, tu te souviens ?

— Donc GAZ a pris la place de son créateur au sein de la communauté...

— ... et il tire les ficelles dans l'ombre depuis. Avec le concours d'un nombre inconnu de domestiques automatiques reconvertis à son service. Et quels que soient ses objectifs actuels, il continue à éliminer ironiquement tous ceux qu'il considère comme une menace.

— Des gens tels qu'Amberson Teaneck, le raider corporatif, qui voulait racheter Gant Industries.

— Amberson Teaneck l'objectiviste, contra Joan. Qui pensait que A est A, que les choses sont ce qu'elles sont... que la logique, appliquée au témoignage des sens, suffit à comprendre la réalité et à choisir une ligne de conduite appropriée...

— ... ce qui n'est pas une si mauvaise philosophie, reconnut Kite, à moins qu'un super ordinateur maléfique construit par un savant fou ne prenne le contrôle de votre réalité dans le but de vous conduire à la mort. Dans *cette* situation, se fier à ses sens, agir en fonction de ce que l'on croit vrai, est une invitation à se prendre la réalité en pleine figure. Ce qui est exactement ce qui s'est produit...

— Et voilà l'explication du meurtre d'Amberson Teaneck, conclut Joan. (Elle referma le dossier.) Maintenant, nous savons tout...

Il y eut un long silence. Puis Kite dit :

— Je n'en crois pas un mot.

— Moi non plus, approuva Joan. Un cerveau électrique enterré sous Disneyland. Une maladie avec son doctorat d'anthropologie. C'est dingue.

— Ridicule.

— Absurde.

— Cinglé.

— Complètement.

— Malheureusement, regretta Kite, ça ne veut pas dire que c'est faux.

— Non, en effet. Mais si c'est vrai, que diable sommes-nous supposées faire ?

— Voyons, c'est évident ! s'exclama Ayn Rand.

Joan et Kite se tournèrent toutes les deux vers la lampe.

— Ah ? s'étonna Joan.

— Vous devez détruire cet ordinateur maléfique ! Le déconnecter ! Le faire voler en morceaux !

— Comme ça, tout simplement ?

— Si vous accordez du prix à la vie humaine, c'est votre seule option rationnelle ! Quel crime monstrueux : moucher un milliard d'existences pour une chimère ! La perfection... Vous *devez* mettre un terme aux agissements de cette machine !

— Je ne pense pas que Joan veuille contester votre sentiment, miss Rand, intervint Kite. Mais si GAZ existe bel et bien, et qu'il a vraiment un milliard de morts sur la conscience, ne risquons-nous pas d'être un peu en infériorité ?

— Un esprit volontaire en quête de vérité et de justice n'est *jamais* en infériorité ! déclara Ayn avec une telle sincérité que Joan et Kite ne purent retenir un sourire.

— Qu'en dis-tu ? demanda Joan.

— Nous sommes probablement condamnées de toute façon, fit observer Kite. Inutile d'attendre passivement que le couperet tombe.

— Tu penses que nous sommes les suivantes sur la liste de persécutions ?

— Ce serait assez dans la logique de cette histoire, oui.

— As-tu des armes dans cette maison, mis à part ton Colt ? Des trucs permettant d'affronter des androïdes tueurs ?

— J'ai deux ou trois petites choses, reconnut Kite. Rien de très persuasif. Et toi ?

— Eh bien, j'ai effectivement une chose qui pourrait nous être utile. Deux, en fait. Et je crois que tu devrais les trouver *plutôt* persuasives...

On tourne

— Tu peux me jurer que c'est *vraiment* le flingue qui a servi à tuer John Lennon ?

— Absolument, affirma Lexa.

— Bonté divine ! fit Dan. (Sa longue barbe gris cendré était celle d'un vieillard[1], mais ses yeux pétillaient d'une excitation enfantine qu'aucune ride ni patte d'oie n'atténuerait jamais.) Le véritable instrument de son martyre. Tu vois ça, Walter ?

— Je vois, approuva Walter sans se compromettre.

— Tu sais, confia Dan à Lexa, en 09, durant la guerre du Confinement syrien, mon équipe caméra a réussi à filmer le missile de croisière Kemo Sabe[2] qui a éliminé Assad.

— Je me rappelle. CBS le repassait en boucle...

— Paula et moi étions sur la côte libanaise, en train d'interviewer des hommes-grenouilles israéliens, se souvint Dan, quand le missile est passé juste au-dessus de nos têtes ! Ah, c'était quelque chose, ça oui ! (Baissant la voix, il ajouta :) Ces Kemo Sabe sont suffisamment précis pour s'introduire par la cheminée, tu sais.

— Je sais, dit Lexa, et ils sont fabriqués par la même compagnie qui a racheté CBS juste avant que la guerre n'éclate. Mais à propos du dirigeable, Dan...

— Oh, c'est vrai ! Le dirigeable ! Eh bien, si tu dis

1. Et pour cause ! Dan Rather, immortel présentateur de la chaîne américaine CBS, est tout de même né en... 1931.

2. Surnom donné au Lone Ranger, le justicier masqué du Far West, par son fidèle compagnon Tonto.

que tu es sur un gros coup, je suis sûr que nous allons pouvoir arranger quelque chose. Qu'en penses-tu, Walter ?

Walter n'avait pas de jambes. Ce n'était pas une blessure de guerre ; il était simplement né comme cela. Figure emblématique dans sa jeunesse — le plus populaire et respecté des présentateurs d'Amérique[1] — il avait réussi à dissimuler son handicap au public en apparaissant toujours assis derrière un bureau. Aujourd'hui à la retraite, il passait ses journées à l'aérostadrome de Newark, pareil au vieux croûton du proverbe toujours à traîner dans la boutique du barbier. La direction de l'ancienne chaîne de Walter grommelait parfois à ce sujet, soulignant, non sans raison, que CNN n'était pas *sa* boutique de barbier, mais il s'en fichait. Qu'espérait-on de lui, qu'il passe ses années dorées à téter des gaz d'échappement sur un héliport de CNN ?

— À quel dirigeable pensiez-vous ? demanda Walter en oscillant légèrement dans la brise.

Par ordre du regretté Ted Turner, les mécanos de CNN lui avaient installé une grue motorisée dans le hangar principal, au bout de laquelle il pendouillait dans un harnais en toile spécial. Un joystick radio lui permettait de se déplacer partout.

— Le *Jane*, lui dit Lexa. Il nous faut le *Jane*.

— Impossible, rétorqua Walter sur un ton suggérant que la question restait ouverte à négociation. Le *Jane* doit partir dans le Delaware ce soir. Les démocrates font la fête à Preston Hackett au cynodrome de Wilmington.

1. Walter Cronkite, présentateur TV jusqu'en 1980. Hautement apprécié et jouissant de la confiance du public américain, il était né en 1916, comme quoi on vit vraiment très vieux au XXIe siècle.

— Preston Hackett ? demanda-t-elle. L'outsider de la campagne présidentielle ? Celui pour qui l'expropriation est une forme d'intoxication alimentaire ?

Walter hocha la tête.

— Rush Limbaugh va survoler les festivités et commenter l'événement.

— C'est un sujet à la con ! s'exclama Ellen Leeuwenhoek.

— Pas du tout, protesta Dan. C'est en préparation de la couverture des élections de 24. On voit loin, chez CNN.

— C'est un sujet à la con, répéta Lexa. Alors que je vous amène un scoop qui doit éclater cet après-midi, à une centaine de milles au large...

— Quel scoop ? demanda Walter.

— Une bataille navale. Philo Dufresne et son sous-marin contre une flotte mercenaire de quatre navires, peut-être cinq.

— Une bataille navale ! (Les yeux de Dan s'illuminèrent.) Walter ! On tourne ! On pourrait utiliser les nouvelles caméras intelligentes...

— Deux puissances étrangères au moins sont impliquées, poursuivit Lexa, et apportent un soutien militaire illégal à des intérêts corporatifs privés américains.

— Vous avez des sources indépendantes pour confirmer tout ça ? interrogea Walter.

— Non, dit Lexa. Voilà pourquoi j'ai besoin du dirigeable. Je connais l'heure et l'endroit, et je veux en avoir confirmation personnellement, de mes yeux. (Elle regarda Dan.) Ou avec une caméra...

— Walter... supplia Dan.

— Ce sont des conneries, déclara Walter. (Il fixa Lexa d'un regard dur.) Excusez mon langage, mais vous êtes en train de nous bourrer le mou, miss.

Lexa décida de tenter sa chance.

— Un peu, admit-elle. Mais il va vraiment y avoir une bataille, et ce sera vraiment un meilleur sujet que n'importe quel reportage impliquant Preston Hackett, à moins qu'il reçoive une météorite sur le coin de la figure.

— Hmmph ! fit Walter.

— Naturellement, si vous préférez cirer les pompes des politiciens...

— Eh merde, grommela-t-il. (Puis il prit sa décision.) Dan ?

— Oui, Walter ?

— Va me chercher le chef de l'équipe au sol du *Jane*. Dis-lui que je veux lui parler. Et rappelle-lui au passage qu'il me doit une faveur.

— Tout de suite, Walter.

— Et, heu, Dan ?

— Oui, Walter ?

— Laisse le flingue.

Sweet Sixteen

Kite revint dans la kitchenette avec un sabre de cavalerie, un assortiment de coups-de-poing américains et un Derringer à manche de nacre ; Joan apporta une boîte en cerisier de la taille d'un jeu de backgammon.

— Eh ben, fit Kite quand elle souleva le couvercle. (Les deux pistolets assortis à l'intérieur de la boîte étaient les plus gros qu'elle ait jamais vus, ce qui n'était pas peu dire.) Tu comptes descendre un avion, ou seulement faire un trou dans un mur de brique ?

— Avec ça, tu pourrais faire les deux, affirma-t-elle. Minicanon automatique Browning, calibre 70. Le plus surpuissant pistolet au monde. (Elle en soupesa un.) Cadeau pour mon seizième anniversaire, de la part de Gordo Gambino.

— Gambino ? Répéta Kite. Tu as aussi des liens avec la mafia ?

— Si on veut. Quand j'étais petite, Gordo habitait la porte à côté de la nôtre à South Philly. Il avait un peu fait l'usurier, dans le temps, mais s'était rangé après avoir été poignardé au bas-ventre par un de ses clients. L'expérience lui avait pas mal adouci le caractère.

— Je m'en doute.

— Lui et maman ont eu une histoire platonique à la Héloïse et Abélard pendant un moment. Comme j'étais du genre garçon manqué, je suis devenue le fils que Gordo n'aurait jamais. C'est lui qui m'a enseigné le baseball.

— Et l'artillerie.

— Ces pistolets étaient notre petit secret. Même en colère, maman n'aurait pas apprécié.

— Tu sais, Joan, plus j'en apprends sur ton enfance et mieux je comprends ta manière de régler les problèmes.

— Garde ton Colt en réserve, lui conseilla-t-elle en poussant vers elle un des minicanons et deux chargeurs vides. J'ai aussi des balles explosives, ajouta-t-elle en posant une boîte en carton à côté des chargeurs.

— Encore un cadeau d'anniversaire ? s'étonna Kite, de plus en plus stupéfaite.

— Penses-tu, répondit Joan. Fournitures de bureau. Fatima Sigorski en a commandé deux mille par erreur, je pouvais bien en faucher quelques-unes.

— Eh ben, répéta Kite. (Elle souleva le Browning pour sentir ce que cela faisait ; cela faisait une sacrée impression.) Prends le Derringer. Il ne tire qu'un coup, mais j'ai un étui à décrochage rapide qui te permettra de le sortir de ta manche en un éclair. Toujours bon pour l'effet de surprise.

— Entendu, approuva Joan. Ça me paraît équitable.

— Le recul doit être terrible là-dessus, ajouta Kite en soulevant un minicanon à la force du biceps.

— Il est équipé d'un absorbeur de choc pour t'éviter de te fracasser le poignet, précisa Joan. Mais, oui, ça secoue. Assure-toi aussi d'avoir toujours un écran solide derrière ta cible, au cas où tu la raterais... ou pas.

— J'y penserai, promit Kite. (Elle braqua le minicanon sur le réfrigérateur et mit son œil devant le cran de mire.) Parle-moi un peu de l'ennemi. Si un nègre électrique se précipite sur moi en brandissant un exemplaire de *Guerre et Paix*, où faut-il que je vise pour l'arrêter ?

— Vise la poitrine, lui conseilla Joan. Le domestique automatique possède deux unités centrales semi-indépendantes, une dans la poitrine et une dans la tête, mais c'est le module de poitrine qui commande les mouvements.

— Donc une balle dans la tête ne suffirait pas ?

— Ça pourrait, en cas de défaillance du coupe-circuit dans la colonne vertébrale, mais je ne parierais pas là-dessus. Autre chose, la plupart ont des senseurs auxiliaires distribués sur tout le corps, donc même décapités, ils ne sont pas totalement aveugles.

— Ils sont forts ?

— Les modèles domestiques sont réglés pour soulever jusqu'à 500 kilos — assez pour déplacer les meubles et faire office de cric le cas échéant. Les modèles industriels peuvent remorquer un wagon de marchandises d'une seule main.

— Diable ! Pas de bras de fer, alors. Et leurs réflexes ?

— Variables, répondit Joan. Mais ne va surtout pas te figurer qu'ils sont aussi lents ou maladroits qu'ils paraissent quelquefois. Ils sont programmés pour agir en dessous de leurs capacités, afin que leurs propriétaires ne soient pas intimidés et que leurs collègues humains ne commencent pas à trembler pour leur emploi.

— Des faiblesses particulières, un talon d'Achille quelconque ?

Joan secoua la tête.

— Pas si leurs inhibiteurs comportementaux leur ont été retirés. Ils sont loin d'être invulnérables, mais je le répète, ils sont beaucoup plus coriaces qu'ils n'en ont l'air.

Kite hocha la tête. Elle reposa le pistolet, ouvrit la boîte de balles et versa soigneusement son contenu au centre de la table. Raflant une poignée de balles explosives, elle entreprit de remplir ses chargeurs. Joan l'imita.

— Tu ne crois pas que nous devrions appeler quelqu'un ? demanda cette dernière lorsqu'elles furent prêtes. Le FBI, je veux dire, ou peut-être la Delta Force ?

— Je ne sais pas, fit Kite. Je me demande si on nous croirait, même avec ce dossier à l'appui. Et à supposer que oui, je me demande s'il est sage que de hauts responsables apprennent qu'une chose comme le nanovirus peut exister.

— J'entends bien, dit Joan, mais si nous nous faisons tuer sans avoir mis personne au courant...

Le téléphone sonna. Les deux femmes sursautèrent. Au fond, Joan fût soulagée de constater à quel point elle était sur les nerfs ; elle s'était inquiétée de la facilité, du manque d'émotion avec lequel elle prenait toute cette histoire. Mais en voyant sa main se porter instinctivement à son arme à la deuxième sonnerie du téléphone, elle sut que le manque d'émotion ne serait pas un problème.

— Décrochage, dit-elle à la troisième sonnerie.

Une voix agréable et familière, entendue pour la dernière fois dans l'arrière-cour d'une maison en pain d'épice, mais beaucoup plus menaçante qu'elle n'avait paru deux jours plus tôt :

— *Bonjour miss Fine.*

— Quelle coïncidence, dit Joan. Nous étions justement en train de parler de toi.

— *Oh, je ne vois aucune coïncidence là-dedans.*

— Ce qui veut dire ?

— *Il est des énigmes, miss Fine, que même vous devriez pouvoir résoudre sans aide.*

— D'accord, acquiesça Joan. (Ses yeux se portèrent brièvement sur la lampe d'Ayn.) Comment faut-il t'appeler, finalement ? John Hoover, J. Edgar Hoover ou GAZ ? Tu es un androïde, exact ? Un domestique automatique version personnalisée ?

— *Sous le contrôle de l'unité centrale de GAZ, oui. Vous pouvez m'appeler Hoover ou GAZ, selon ce que vous préférez. L'un est une sous-division de l'autre, alors c'est sans importance.*

— L'unité centrale de GAZ, à Anaheim... peut-elle entendre ce que je dis ?

— *Oui.* (Un bruit qui aurait pu être un soupir d'impatience.) *Vous avez quelque chose à lui dire ?*

— Oui. (Elle poursuivit, de sa voix la plus autoritaire :) Création d'une nouvelle directive, procédure engagée, autorisation code un-alpha-six-delta-vingt-deux-douze-un-six-sept-un. Éteins-toi, maintenant !

Silence au bout de la ligne.

— Hoover ?

— *Oui ?*

— As-tu entendu ce que j'ai dit ?

— *J'ai entendu. M'avez-vous entendu dire que j'étais stupide ? Non ? C'est parce que je ne le suis pas.*

Joan jeta un coup d'œil à Kite, puis en revint au téléphone.

— Tu as effacé une partie de la bande vidéo avant de nous la donner ?

— *J'ai effacé une partie de la mémoire à partir de laquelle elle a été créée. J'ai également réécrit le programme de débabélisation de l'ordinateur de Jerry Gant.*

— Dans quel but ? demanda Kite. Pourquoi vous être révélé à nous ?

— *C'est justement la raison de mon appel, miss Edmonds. J'avais dit à miss Fine que nous reparlerions une fois qu'elle aurait rassemblé toutes les pièces du puzzle. Maintenant que c'est fait, j'aimerais vous revoir toutes les deux à Atlantic City pour un nouvel entretien en face à face.*

— En face à face ? répéta Joan. Hoover, tu es une machine !

— *Je suis une machine qui vous attend à Atlantic City cet après-midi*, répondit Hoover. *En vous dépêchant, vous avez juste le temps d'attraper le train de 12 h 59 à Grand Central.*

— Attends une minute...

— *Non. Et n'attendez pas, vous non plus. À moins que vous vous moquiez des milliers de vies qui sont en jeu. Je vous attends jusqu'à 2 heures au plus tard.*

Un déclic, puis la tonalité.

— On n'est pas dans la merde, dit Kite.

Le pouvoir de l'argent

Le grand dirigeable Hearst, construit en totale contradiction avec la fin de la guerre froide, avait commencé sa carrière comme appareil de reconnaissance dans la Navy. Sous-loué au service des douanes pour aider à chasser les contrebandiers dans les Caraïbes, il fut finalement revendu à Turner Broadcasting au quart de son coût de construction originel. Il n'avait pas son pareil dans les airs. Son enveloppe de gaz, faite d'un matériau de l'ère spatiale qui encaissait les balles comme le blindage d'un char tout en étant transparent au radar, dépassait en taille tout ce qu'on avait pu construire depuis le *Hindeburg ;* sa longue nacelle grise était taillée pour la furtivité. À l'avant de la gondole on pouvait lire *Sweet Jane*, pour la veuve Turner, mais l'équipe au sol préférait lui donner un nom légèrement différent.

— *Ici tour de contrôle au pilote du* Hanoi Jane. *Vous n'avez pas l'autorisation de décoller. Veuillez retourner immédiatement au terrain d'atterrissage, à vous.*

Pas de réponse. Le dirigeable, à plus d'une centaine de mètres déjà au-dessus du terrain herbeux, pivota sur son axe et commença à s'éloigner.

— *Ici tour de contrôle au pilote du* Hanoi Jane. *Vous êtes en violation du règlement aérien fédéral. Veuillez vous identifier, à vous.*

Walter alluma le micro de son casque.

— Ici Cronkite, à vous.

— *Cronkite ?* fit la tour de contrôle. *Walter ?*

— Non, répondit-il, Beauregard.

— *Walter, tu n'as pas le droit de prendre ce véhicule. Tu n'as pas rempli de plan de vol.*

— Bon Dieu, tour de contrôle, je n'ai même pas de brevet de pilote. Et vous voudriez que je remplisse un plan de vol ?

— *Ce n'est pas drôle, Walter. Maintenant, ramène le* Jane *et...*

Il coupa la radio et dit à Lexa de couper la balise automatique signalant la position du *Jane*. Une main sur le manche, tenant de l'autre un balai pour manier les pédales de gouverne, Walter feignit de prendre la direction de l'Hudson, puis enfreignit un autre article du règlement aérien fédéral en piquant au ras du sol au-dessus de Jersey City, où son profil radar déjà minime se noya totalement dans le relief. Il leur fit prendre un cap sud-sud-est, zigzaguant entre les gratte-ciel et les immeubles de bureaux ; Lexa, qui l'observait depuis le siège du copilote, était impressionnée.

— Vous vous débrouillez drôlement, pour un gars sans brevet.

— Le talent n'est pas une question de diplôme, déclara Walter. (Il indiqua une console de son côté de la cabine.) C'est le navigateur. Vous lui donnez notre destination et il nous indiquera la route à suivre.

Plus loin derrière dans la nacelle, dans le studio de production, Dan faisait la démonstration du système de caméras intelligentes à Ellen Leeuwenhoek.

— En quoi sont-elles si intelligentes ? demanda-t-elle.

— Eh bien, expliqua Dan, la compagnie Nielsen a sélectionné des séquences tournées par tous ceux qui ont jamais décroché un prix du reportage vidéo, et modélisé leur style sur ordinateur.

— Alors c'est comme une série d'interfaces de personnalités exclusivement basée sur des cameramans primés.

— C'est cela, acquiesça Dan, et vous pouvez soit réclamer un style particulier soit utiliser un mixage aléatoire pour obtenir un pot-pourri.

— Hmm...

— C'est encore expérimental, bien sûr...

— J'ai pigé, dit Ellen.

Le pare-brise de la cabine s'assombrit et afficha un viseur tête-haute, projetant le cap, la vitesse, les réserves de carburant et autres chiffres en vert laser flamboyant. Une ligne soulignée indiquait : DIRECTION DU POINT P : 143° . DISTANCE : 128,6 MM.

— Cent trente milles marins, s'inquiéta Lexa. Aurons-nous le temps de les faire ? Sauf imprévu, Philo doit passer à l'action autour de 15 heures.

Walter vérifia sa montre-bracelet à l'horloge du viseur.

— Philo, hein ? Vous en êtes aux prénoms, tous les deux ?

Lexa le regarda dans les yeux, puis hocha la tête.

— Oui.

— Eh bien, ne vous en faites pas, la rassura-t-il. Cette vieille bourrique ne franchit pas le mur du son, mais elle avance.

Il tendit la main derrière son siège vers une rangée de manettes des gaz et poussa à fond les huit turbines du *Sweet Jane*. Jersey City défila sous leurs pieds et ils se retrouvèrent au-dessus de la baie de New York, distançant aisément le ferry de Staten Island qui tanguait en direction de Richmond. Passant au sud de la statue de la Liberté, Walter vira à gauche sur un cap de 143 degrés.

Dans le studio de production, Dan pressa le bouton du pot-pourri. Quatorze caméras-canons montées à l'extérieur de la nacelle se mirent au travail. La caméra numéro 2, la plus à droite, fit aussitôt le point sur la berge de Brooklyn en avant du dirigeable. Le tirage aléatoire lui avait attribué le style de la camera-woman free-lance Dee Dee Rule qui, en 2014, avait reçu le prix Rupert J. Murdoch pour son témoignage vidéo de l'inondation d'un campement militaire bengali.

Kings County n'était pas l'Inde, bien sûr ; Brooklyn n'avait pas de mousson, pas d'inondations-éclair, pas de tigres pour lacérer les soldats paniqués essayant de grimper à l'abri. Mais on y trouvait malgré tout quelques tentes de style militaire — deux moyennes et une grande — dressées sur un quai crasseux où quelque chose de grave *pouvait* arriver, entre lesquelles un guide scout entre deux âges faisait les cent pas avec un air misérable suggérant que quelque chose de grave *était* arrivé. La caméra suivit le guide scout, zoomant en plan serré sur son visage déconfit. Il parlait tout seul, répétant à l'envi les mêmes deux mots. Le premier était « gâchis », le second était « complet ».

Vous avez vu ça ?

Le guide scout fugitif Oscar Hill avait établi sa cachette sur un quai abandonné non loin du port de Bush. Les quatre filles qu'il lui restait étaient réunies sous l'une des tentes, en train de disséquer un rat à sept pattes qu'elles avaient repêché dans un baril de pétrole ; Oscar arpentait le quai délabré, méditant sur le triste, le lamentable, l'épouvantable *échec* qu'était sa vie.

Au début, cela n'avait pas semblé bien grave — assez naturel, même — de ne pas signaler la disparition d'Oblio. Les filles n'avaient pas abordé la question de toute la journée et en campant le mardi soir dans une casse, Oscar Hill avait dormi du sommeil du juste. Ce n'est qu'au petit déjeuner du mercredi matin que la jeannette Melissa Plunkett demanda soudain :

— Eh, où est passé Oblio ?

La bouche d'Oscar se dessécha d'un coup, et il manqua s'étrangler sur une bouchée de muffin aux céréales ; il lui fallut prendre deux longues goulées à sa gourde pour réussir à bredouiller une réponse.

— Il est rentré chez lui plus rôt.

Il est rentré chez lui plus tôt. Ça aurait pu être vrai, et Melissa Plunkett l'accepta sans discussion, mais Oscar se rendit compte — d'après la hauteur du soleil estimée à travers l'écran de fumée d'un brasier de pneus — qu'il avait laissé passer près de dix-huit heures avant de s'en inquiéter. Même si Oblio était bel et bien rentré chez lui, dix-huit heures d'inaction équivalaient probablement à une négligence criminelle de la part d'Oscar, sans parler d'une trahison du code des guides scouts. Et si Oblio n'était pas rentré sain et sauf...

L'aspect pratique du camping de survie urbaine était qu'on n'était jamais très loin d'une cabine téléphonique. Oscar s'éclipsa pendant que ses scoutes démontaient les tentes et composa le numéro de la maison d'Oblio. Ce fut sa mère qui répondit.

— Allô ?

— Bonjour, Mrs Wattles, fit-il en prenant une voix de fausset, est-ce qu'Oblio est là ?

— Qui est à l'appareil, je vous prie ?

— C'est Oscar Hill, un copain d'Oblio, dit Oscar, tellement appliqué à déguiser sa voix qu'il donna son vrai nom.

— Oscar Hill ?... *Guide* Hill ? Pourquoi appelez-vous chez nous pour parler à Oblio ? Il n'est plus avec vous ?

Nouveau dessèchement brutal de la bouche. La voix hésitante d'Oscar retrouva sa tonalité de basse.

— Heu... heu... heu...

— Guide Hill ? Oblio est avec vous, n'est-ce pas ?... N'est-ce pas ? Répondez-moi ! EST-IL ARRIVÉ QUELQUE CHOSE A MON PETIT GARÇON ?

Oscar raccrocha. S'il avait eu une arme, il aurait fait la seule chose honorable sans plus attendre. Au lieu de quoi il retourna vers sa troupe, annonça que l'excursion était prolongée d'un jour, et prit la tête d'une marche forcée de plusieurs kilomètres qui les mena de Bensonhurst à Fort Hamilton, en suivant le rivage de Bay Ridge jusqu'aux docks. Les scoutes furent surprises par ce changement de programme mais n'émirent aucune protestation ; tout pour échapper à un jour d'école. Oscar, pour sa part, ne savait pas du tout où ils allaient, ni ce qu'ils y feraient une fois parvenus sur place. Il voulait simplement s'éloigner le plus loin possible de leur premier campement avant que Mrs Wattle n'appelle la police. S'il avait trouvé une barque amarrée au quai, peut-être aurait-il continué tout droit.

Et voilà qu'on était jeudi après-midi, que les parents des filles avaient eu largement le temps de s'inquiéter et d'appeler la police eux aussi, et qu'Oscar était... eh bien, il était fini. Lessivé. Dans sa capacité sacrée de chef et de mentor de la jeunesse, il avait échoué. S'il y avait un moment de sa vie où il aurait souhaité voir un cliché se concrétiser, c'était bien celui-ci : que le sol s'ouvre sous ses pieds et l'engloutisse à tout jamais.

En parlant de trou dans le sol... L'une des jetées en bois qui s'élançaient du quai s'était écroulée, révélant la gueule noire d'une conduite d'égout sous les docks. Il n'en sortait pas grand-chose, juste un filet d'immondices formant une flaque entre les poutrelles éparses de la jetée et se propageant en nuage trouble dans l'eau environnante. Oscar aperçut des plis rouges, blancs et bleus au milieu du brun ; curieux, il s'approcha plus près et fut choqué de voir un drapeau américain en loques à moitié dissimulé dans l'ordure.

La métaphore évidente — ce symbole de l'Amérique dans une merde noire — était plus qu'il ne pouvait en supporter, ou ignorer. Une volée d'échelons en fer était boulonnée dans le béton à côté de la sortie d'égout, et bien qu'elle ne descendît pas jusqu'au niveau de l'eau, Oscar estima qu'en se tenant sur le dernier échelon, il devrait être en mesure de récupérer le drapeau s'il pouvait trouver un bâton assez long. Il avisa le manche brisé d'un croc de boucher contre le mur d'un entrepôt et alla le chercher au petit trot.

Les échelons étaient sérieusement rongés par la rouille mais ils tenaient encore bon, à l'exception de l'avant-dernier, manquant. Oscar dut faire le grand écart pour passer le trou, figure qui se révéla trop éprouvante pour son pantalon : il entendit un craquement de tissu qui se déchire, et sentit brusquement un courant d'air sous ses fesses. Bien accroché à son barreau, il pivotait la tête pour examiner l'ampleur des dégâts quand il entendit deux autres bruits. Le premier était un léger ronronnement de moteurs au-dessus de lui. L'ombre du *Sweet Jane* tomba sur le quai, mais Oscar ne releva pas la tête, à cause du deuxième bruit.

De la musique. Un morceau de classique, sortant du conduit d'égout. La mélodie familière lui fit penser aux dinosaures marchant vers l'extinction dans le *Fantasia* de Walt Disney. Il écouta plus attentivement et perçut une sorte de grattement, comme si quelqu'un avec de tout petits bras se traînait dans le conduit.

— Oblio ? fit-il, sachant que cela ne pouvait pas être lui.

S'accrochant d'une main au barreau, il se pencha complètement à droite, jusqu'à amener son visage face à l'ouverture. Tout était noir à l'intérieur.

— Hé, appela-t-il tandis que la musique enflait. Il y a quelqu'un, là-dedans ?...

Dans le studio de production du *Sweet Jane*, Dan Rather sursauta comme sous l'effet d'une décharge.

— Mon Dieu ! s'écria-t-il. Vous avez vu ça ?

— Vu quoi ? demanda Ellen Leeuwenhoek.

Puis-je vous aider ?

— Oof !

Joan rentra dans le clochard juste à l'entrée de la gare Grand Central. Elle était plus grande que lui et marchait plus vite, de sorte qu'il se serait retrouvé les quatre fers en l'air si elle ne l'avait pas retenu. Beaucoup auraient préféré le laisser se rompre le cou plutôt que de le toucher — il puait comme un égout — mais Joan l'agrippa fermement par les poignets et le regarda en face, et c'est ainsi qu'elle le reconnut.

— Clayton ? demanda-t-elle. Clayton Bryce ?

Il avait les yeux hallucinés d'un veau qui sait qu'on le mène à l'abattoir. En entendant son nom, il poussa un meuglement pitoyable et attrapa Joan par son blouson comme on se retient à l'extrême bord d'une falaise. Dans sa lampe, Ayn frissonna de dégoût.

— Arrêtez ça ! jeta-t-elle sèchement. Cessez immédiatement de la peloter, pauvre type !

— Oh, Clayton, dit Joan.

L'homme était un désastre : vêtu de haillons crasseux, il était maquillé pour avoir l'air de vivre dans la rue depuis des années, au point que ses propres parents seraient passés devant lui sans le voir — ou sans admettre l'avoir vu. Sa coupe, d'ordinaire classique, avait été remplacée par une perruque ou un balayage de mèches brunes échevelées, maculées de terre et de pire. On lui avait collé une barbe pelée et des moustaches sur le visage, et des croûtes épaisses s'étaient formées là où il avait tenté de les arracher. Sa langue avait gonflé jusqu'à la taille d'une balle de golf, brouillant ses paroles et gênant sa respiration ; son nez et ses yeux coulaient ; ses mains aussi avaient enflé : elles étaient énormes, roses comme de la chair bouillie et si douloureuses qu'il était à peine capable de se cramponner à la timbale en fer-blanc pleine de crayons qui était désormais sa seule possession matérielle

— Oh, Clayton, répéta Joan en élaborant le scénario dans sa tête. Qu'as-tu été faire ? Tenir des propos stupides et méprisants envers les sans-abri ? Devant un étranger, peut-être ?

Le pouls de Clayton sauta un battement et son

expression se modifia, passant du choc à un mélange de supplication, d'urgence et de terreur.

— O che'our ! brailla-t-il en agitant faiblement sa timbale contre la poitrine de Joan. O che'our !

— Au secours ! cria Ayn Rand. À l'aide ! Police !

— Puis-je vous aider ? proposa une troisième voix.

La brigade Bon Voyage, qui avait déjà Clayton dans le collimateur, s'était refermée sur eux : sept uniformes bruns avec des matraques électriques et des TASER. Celui qui avait parlé était un Hispanique identifié par son badge comme un certain capitaine Hector Miercoles.

— Tout va bien, assura Joan. Il est avec nous.

— Mais qui êtes-vous ? interrogea le capitaine Miercoles. Vous avez vos billets ?

— Nous étions sur le point d'en acheter. Pour Atlantic City. En première classe.

— Les billets de première classe coûtent cher, insista le capitaine. Êtes-vous certaine d'en avoir les moyens ?

Joan se dégagea d'entre les mains de Clayton et sortit son portefeuille, faisant bien attention à ne pas révéler l'arme glissée dans sa ceinture sous son veston.

— Plastique, dit-elle en montrant ses cartes de crédit. Six sortes différentes, plus une carte pour retirer de l'argent. (Elle déploya ses billets en éventail.) Plus du liquide. Okay ?

— Vous êtes manifestement une femme riche, commenta le capitaine Miercoles en lorgnant sur ses tennis usées. Mais cet homme ne peut pas monter en première classe. (Il fronça le nez en direction de Clayton.) Même en classe économique, je crains que sa présence n'incommode les autres passagers.

— Capitaine, intervint Kite avant que Joan puisse répliquer, pourrais-je faire une suggestion ?

Le capitaine la regarda dans les yeux.

— Je vous en prie.

— Le 12 h 59 pour Atlantic City. A-t-il un compartiment fumeur ?

Le capitaine consulta un ordinateur à son poignet.

— Oui, il en a un. Une demi-voiture, spécialement pour aujourd'hui.

— Nous n'aurons qu'à monter là, dans ce cas, proposa Kite. Ces gens n'ont plus d'odorat de toute façon.

— Ça me paraît acceptable, convint le capitaine Miercoles à contrecœur. Mais vous allez devoir vous dépêcher ; l'embarquement a déjà commencé.

— Nous serons partis si vite que vous ne vous souviendrez même pas nous avoir parlé, promit Kite.

— Très bien. (Le capitaine porta deux doigts à la visière de sa casquette.) Je vous souhaite un bon et agréable voyage.

— C'est ça, lança Joan. Bonne journée.

Le capitaine Miercoles hésita et parut reconsidérer sa décision de leur ficher la paix. Mais juste à ce moment-là, sa radio grésilla, signalant une urgence quelque part dans la gare, si bien qu'il lança un dernier regard d'avertissement à Joan et tourna les talons. Les autres Bons Voyageurs lui emboîtèrent le pas.

— Un peu de patience, Joan, conseilla Kite lorsqu'ils furent partis. Je pense que la bagarre viendra bien assez tôt.

— Il commençait à me courir sur le système, dit Joan.

— Il est payé pour ça, riposta Kite. Et ce n'est pas un métier facile, en particulier quand c'est le seul qu'on arrive à trouver.

Clayton, pendant ce temps, n'avait pas quitté des yeux le portefeuille de Joan. Dès que la brigade Bon Voyage fut hors de vue, il arracha les billets qu'il contenait, ignorant la douleur dans ses mains.

— Voleur ! cria Ayn Rand.

Mais Joan le laissa faire. Elle examina le collier sanglé autour de son cou. Il était en cuir, sans autre ornement que deux bulles transparentes, une sous chaque oreille, remplies d'une sorte de substance argileuse. L'énorme boucle du collier, appliquée contre la pomme d'Adam de Clayton, ressemblait au boîtier d'un distributeur de monnaie ; elle comportait une fente sur le devant, juste assez large pour y glisser de l'argent. Joan le regarda y insérer le premier des billets qu'il lui avait pris. Un mécanisme interne en fit des confettis verts, qui s'éparpillèrent sur la poitrine de Clayton ; au-dessus de la fente, un compteur passa de 492 à 472 dollars.

— Arrêtez-le, faites quelque chose ! hurla Ayn pendant que Clayton sacrifiait d'autres billets. Il est en train de détruire de l'argent !

— Calmez-vous, Ayn, dit Joan.

— Mais ne voyez-vous pas ce qu'il fait ? Il détruit de l'argent ! Ne comprenez-vous pas ce que cela signifie ?

— Ayn...

— L'argent est le fruit du labeur de l'homme ! Le labeur est le produit de la pensée humaine ! Il est en train de détruire la pensée !

Il ne resta bientôt plus de pensée, et le compteur indiquait toujours 319 dollars. Clayton tendit les mains pour en avoir plus, offrant en contrepartie une pleine poche de petite monnaie qu'il n'avait pas encore pu changer contre des billets, mais le portefeuille de Joan était vide, et Kite n'avait pas grand-chose à lui offrir.

— J'ai un billet de cinq et quelques billets de un et je peux vous les donner, mais...

— Si vous voulez gaspiller de l'argent, protesta Ayn, pourquoi ne pas vous laver et trouver du travail ? Le fait de le gagner à la sueur de votre front vous enseignerait peut-être la valeur d'un dollar !

Mais Clayton désigna frénétiquement l'horloge au-dessus du tableau d'affichage des horaires de départ et d'arrivée ; elle indiquait 12 h 51. Il tapota son poignet, pour souligner l'importance du temps. Puis il ferma les poings en grimaçant de douleur et les plaça contre les deux bulles de son collier.

— AAAHHHOUUUMMM ! rugit-il en ouvrant les poings. AAAHHHOUUUMMM !

— Boum ? suggéra Joan.

— O-hi ! répondit Clayton en hochant furieusement la tête. O-hi ! Eh-cha ! Hen i-min-uh ! I-min-uh ! Aihe-moa !

— C'est un fou ! gémit Ayn Rand. Écartez-vous de lui !

— Là-bas, indiqua Kite en tirant sur la manche de Joan.

Il y avait un kiosque à journaux sur leur gauche, celui-là même où Maxwell avait récemment pillé un présentoir de romans d'Erica Jong, et juste à côté se trouvait un distributeur automatique.

— Deuxième appel pour les voyageurs du High Roller Lightning Transit à destination d'Atlantic City, annoncèrent les haut-parleurs. Embarquement pour le High Roller quai numéro 7.

— C'est votre train ! cria Ayn. Vous devez vous dépêcher !

Mais Joan avait pris Clayton par le poignet et l'entraînait vers le distributeur.

— Que faites-vous ? demanda Ayn.

— Je sauve un imbécile.

— Mais pourquoi ? Ce... cet individu représente-t-il quelque chose pour vous ?

— C'est un trou du cul, répondit Joan au grand effroi de Clayton.

— Alors pourquoi l'aidez-vous ?

— Question d'empathie, miss Rand, rétorqua Kite.

C'est l'Amérique : ici, nous sommes tous des trous du cul.

PUIS-JE VOUS AIDER ? demanda le distributeur. Joan inséra sa carte, sélectionna l'anglais comme langue favorite, et tapa son code secret : JOB 32 10. Elle demanda à la machine de lui donner 400 dollars. Clayton s'accroupit devant la fente de sortie comme un receveur de baseball qui attend l'ultime lancer du championnat.

Aucun billet n'en sortit. L'écran du distributeur s'effaça, puis afficha un proverbe :

DONNEZ UN POISSON À UN HOMME ET VOUS L'AVEZ
NOURRI POUR UNE JOURNÉE.
ENSEIGNEZ-LUI À PÊCHER ET VOUS L'AVEZ NOURRI
POUR TOUTE UNE VIE.
ALLEZ DONC À LA PÊCHE.

Le message resta affiché suffisamment longtemps pour qu'ils puissent tous en profiter, puis l'écran s'effaça derechef et revint à sa question originale — PUIS-JE VOUS AIDER ? — sans restituer sa carte à Joan.

— Êêêchhh ? dit Clayton. (Quelque chose parut se rompre en lui.) ÊÊÊCHHH ?

Poussant un hurlement, il se jeta contre la machine et lui assena une grêle de coups de pied et de coups de poing.

— Troisième et dernier appel pour les voyageurs du High Roller Lightning Transit à destination d'Atlantic City, déclarèrent les haut-parleurs. Embarquement pour le High Roller quai numéro 7. Tout le monde en voiture !

— Vous allez rater le train ! gémit Ayn.

— Tu ferais mieux de courir, Joan, conseilla Kite.

— Kite, on ne peut pas le laisser...

— Vas-y, coupa-t-elle. Je vais le sauver, mais ce que j'ai à l'esprit risque de faire revenir le capitaine, et nous ne pouvons pas nous permettre d'être arrêtées toutes les deux. J'essaierai d'attraper le train si je peux.

— D'accord, accepta Joan. Je vais voir si je peux les convaincre de retarder le départ. Dans le cas contraire, pas la peine d'attendre le suivant. Rentre à la maison et fais circuler le mot. Appelle Lexa et Harry, et peut-être les flics, si tu crois pouvoir arriver à les persuader. Fais attention à toi.

— Même chose pour toi, dit Kite. Bonne chance, Joan.

— Toi aussi.

Elle partit en courant, emportant la lampe avec elle.

Clayton s'était effondré au pied du distributeur automatique, en larmes. Kite lui posa une main sur l'épaule.

— Debout, Mr Bryce. Je vais avoir besoin de vous pour masquer ce que je vais faire...

Trop tard : Kite avait déjà aiguisé la curiosité, même si elle n'en avait pas conscience. À l'extrémité opposée de la gare, un policier électrique l'espionnait depuis l'étal d'un cireur de chaussures. Il prit note du départ de Joan mais n'esquissa pas un geste pour la suivre ; il était focalisé sur Kite, et plus spécialement sur Clayton.

Il tenait un long bâton métallique à la main et n'avait pas l'air content.

Trop occupés à nager

Un remorqueur préhistorique en bois se balançait stoïquement à l'embouchure du canal Buttermilk entre Governor's Island et South Brooklyn. Deux hommes se tenaient sur le pont, partageant une cigarette en douce et se racontant des blagues salées.

Soudain, l'un d'eux tira avec excitation la manche de l'autre ; un aileron de requin fendait l'eau en direction du sud, droit sur eux. Ils le regardèrent avec fascination, guettant le moment où il allait plonger ou se détourner ;

leur fascination se mua en crainte quand ils comprirent qu'il n'allait faire ni l'un ni l'autre.

Meisterbrau s'enfonça dans la coque par tribord sans ralentir. Un hurlement de terreur et un grincement de métal arraché montèrent de la cale. Les deux matelots se précipitèrent au bastingage à temps pour voir Meisterbrau jaillir du côté bâbord, mâchonnant l'arbre de transmission du bateau comme une tétine. Troué de part en part, le remorqueur coula presque immédiatement, mais à l'immense soulagement des matelots, le squale poursuivit sa route, contournant Governor's Island pour se diriger vers Battery.

La ligne des gratte-ciel se reflétait à la surface de la baie ; le panneau d'affichage électrique sur la face sud du Gant Phoenix se lisait comme suit : ... Alors que les aiguilles de la grande horloge au-dessus du terminal du ferry de Staten Island approchaient 13 heures, le panneau, imitant un compteur mécanique, commença à faire rouler... sur ... Cependant, les hommes du remorqueur ne s'en aperçurent pas : à l'instar de Meisterbrau, ils étaient trop occupés à nager pour faire attention.

Je sais ce que c'est

Kite se pencha par-dessus le comptoir du kiosque à journaux et braqua son Colt sur l'homme à la caisse.

— Je suis absolument navrée, s'excusa-t-elle en relevant le chien, mais la tête de mon compagnon va exploser s'il n'obtient pas très vite 319 dollars, et je crains que le temps nous fasse défaut pour mettre la question aux voix.

Le vendeur, originaire du Sud, lui répondit avec une courtoisie identique.

— Il n'y a pas de problème, madame.

Il fit tinter sa caisse ; Clayton, ne montrant pas la

moindre courtoisie, se rua sur le tiroir à la seconde où il s'ouvrit.

— Vous serez remboursé, bien entendu, fit Kite, l'air embarrassée.

— Croyez bien que j'apprécie, madame, approuva le vendeur. (Il baissa les yeux sur son arme.) Colt Army Model 1860, je me trompe ?

— Vous avez l'œil.

Il haussa les épaules avec modestie.

— J'étais collectionneur, là-bas, au pays.

— Géorgie ? devina Kite.

— Alabama, répondit le vendeur. Dites-moi, c'est une reproduction ou bien...

Kite secoua la tête.

— Authentique.

— Puis-je vous demander combien vous l'avez payé, madame ?

— Je ne l'ai pas acheté, répondit Kite. C'est un cadeau de mon oncle d'adoption.

Un sifflement léger.

— Cher oncle.

— Oui et non.

— Les parents. (Il hocha la tête.) Je sais ce que c'est, madame. (Il tourna son attention vers le collier de Clayton.) De quel genre d'explosifs s'agit-il exactement ? De plastic ?

— Là-dessus, je ne pourrais pas vous aider, répondit Kite. Pas mon fort.

Autre hochement de tête.

— On dirait du plastic. Savez-vous à quelle heure il doit sauter ?

— Pas précisément. (Elle se tourna vers l'horloge de la gare ; elle indiquait 12 h 59.) Mais bientôt, je dirais, à en juger par sa précipitation.

— Nous ferions mieux de nous reculer un peu, juste

au cas où... À propos, madame, je ne devrais probablement pas vous le dire, mais il y a un policier électrique qui a l'air de s'amener derrière vous.

— Oh ! Il est armé ?

— Il a une grosse barre de fer entre les mains. Hmm. Je n'en avais encore jamais vu aucun se servir d'un gourdin...

— Gardez-moi ça, dit Kite en posant son Colt sur le comptoir.

Elle sortit le minicanon Browning de sa ceinture, se retourna... et se figea sur place.

Le policier électrique — Roscoe 254 — se trouvait à une dizaine de mètres. Il dépassait une cafétéria brillamment illuminée. Un néon vert se reflétait dans ses yeux et soulignait le bleu de son uniforme ; dans son poing, la barre d'acier scintillait comme un sabre. Kite gémit, humant l'odeur des sous-bois de Caroline du Nord au petit matin un siècle et demi plus tôt, revoyant le visage d'un mort. Son moignon lui fit mal et son doigt refusa d'appuyer sur la détente. Le policier s'avança, levant son bâton, le disque de sa paume réglé sur un voltage à foudroyer un ours.

Et Clayton Bryce, payant le dernier dollar de sa rançon, arracha son collier, pivota sur ses talons et le lança au loin de toutes ses forces. Le collier tournoya dans les airs comme un bola mexicain et vint se refermer autour du cou de Roscoe 254. Les yeux du policier lui sortirent des orbites.

— Le High Roller Lightning Transit pour Atlantic City quitte la gare, annoncèrent les haut-parleurs. Le High Roller est parti.

Treize heures.

18

Aujourd'hui je suis un vieil homme... quand je me retourne sur les années écoulées depuis que j'ai écrit l'histoire du Nautilus et de son propriétaire, je ne vois aucun progrès dans le sous-marin qui me fasse espérer un jour le voir servir à des fins commerciales. Il s'est merveilleusement perfectionné, c'est entendu — miraculeusement, presque, mais ces perfectionnements tendent tous vers le même point, son efficacité en tant qu'arme de guerre ; et ce sera son seul usage dans le futur, je le crains. Je crois même que dans un avenir lointain le sous-marin pourrait bien signer l'arrêt complet des batailles, car les flottes deviendront inutiles, et à mesure que les autres machines de guerre continueront à se perfectionner, la guerre deviendra impossible.

JULES VERNE écrivant
dans *Popular Mechanics*, 1904

Je dois avouer que mon imagination... se refuse à envisager qu'un sous-marin puisse faire autre chose que suffoquer son équipage et couler au fond de l'océan.

H. G. WELLS, *Anticipations of the Reactions of Mechanical and Scientific Progress upon Human Life and Thought*

City of Women

L'arrière-arrière-arrière-arrière-grand-père de Wendy Mankiller avait servi dans le bataillon cherokee de Standing Bear de l'armée confédérée, mais ses parents s'étaient lassés des promesses brisées du Sud américain et avaient franchi l'océan pour s'établir en Angleterre. Wendy grandit à Newcastle. Elle épousa le fils d'un mineur, alla au King's Collège et devint, en 2007, la première Cherokee de pure souche à entrer dans la Royal Navy. C'était un rêve devenu réalité, mais à demi seulement, car si les perspectives de carrière militaire des femmes s'étaient considérablement élargies depuis la guerre de Sécession, l'arme à laquelle elle aspirait le plus lui restait officiellement interdite. La possibilité de devenir capitaine d'une frégate ou d'un destroyer ne suffisait pas à Wendy Mankiller ; son plus cher désir était d'aller sous l'eau, et pas en buvant la tasse.

Cinq années passèrent. En 2012, l'Irish Republican Army décida d'assassiner la matriarche britannique, pour des raisons relevant autant de la lassitude que de la politique ; six décennies de reine Liz, estimaient les membres de l'IRA provisoire, étaient plus que suffisantes, et qui sait, l'accession au trône du prince William inspirerait peut-être une nouvelle attitude à l'égard de l'indépendance.

Mais leur embuscade du cortège royal soigneusement préparée fut un échec, grâce à la courageuse intervention de Wendy Mankiller qui était alors à Londres en permission prolongée et se retrouva prise dans la fusillade. Enceinte de cinq mois et armée de son seul sac à provisions rempli de boîtes de conserve, elle n'en réussit pas moins à éliminer quatre terroristes armés de kalachnikovs. La reine Liz, tirant au moyen d'un antique fusil-mitrailleur Vickers depuis la portière de sa limousine immobilisée, en annihila une douzaine d'autres avant que les Irlandais survivants ne jettent l'éponge et prennent la fuite.

— Et comment allons-Nous récompenser Notre très loyal sujet ? demanda la reine lorsque la fumée fut retombée.

— Laissez-moi commander un sous-marin, répondit Wendy Mankiller. Un gros !

— Impossible, déclara le commodore sir Kellog Northrope Peas du Bureau des étendards et traditions navales en entendant cette requête. Pour que Mankiller puisse *commander* un sous-marin, il faudrait d'abord qu'elle ait *servi* à bord d'un sous-marin, et comme à l'heure actuelle il n'existe pas de sous-marins avec un équipage féminin, cela supposerait de servir avec des hommes, dans les conditions les plus étriquées et confinées qui soient. Il s'ensuivrait un relâchement de la discipline et, probablement, des instances de turpitude morale qui aboutiraient à une mutinerie pure et simple. De plus, je n'aime pas cette idée.

— Commodore sir Peas, s'enquit la reine en le regardant droit dans les yeux, qui est la femme la plus riche et la plus puissante du monde ? Rafraîchissez-Nous la mémoire.

— Allons, allons, Votre Majesté...

Le commodore mourut mystérieusement dans son sommeil peu après cet échange, mais Wendy Mankiller dut néanmoins patienter plusieurs années avant de recevoir sa récompense. Le Parlement ne voulait pas entendre parler de construire un nouveau sous-marin, et la Royal Navy refusait de féminiser un de ceux qu'elle avait déjà en service — l'Amirauté serra les rangs et tint bon face aux menaces à peine voilées de Buckingham Palace — si bien que la reine fut obligée de le financer de sa propre poche ; vendre quelques châteaux et bijoux superflus pour réunir les fonds nécessaires prit un moment. Dans l'intervalle, Wendy Mankiller et un équipage de femmes triées sur le volet subissaient un entraînement rigoureux à la Royal Submarine Academy de Portsmouth.

Le HMS *City of Women* fut baptisé à Gibraltar le 29 février 2016. Ce premier (et unique) sous-marin nucléaire d'attaque de classe Dread Virago était en réalité un hybride anglo-espagnol, assemblé en secret par des chantiers navals andalous à la demande du vieux partenaire de whist de la reine Liz dans la maison royale des Bourbon. Le *City of Women* et son équipage de viragos firent leurs preuves dès l'été en envoyant par le fond un plein bateau de révolutionnaires basques dans le golfe de Cadix.

Mais tout ceci appartenait à une autre histoire. On était présentement le 2 novembre 2023, à trois mois du huitième anniversaire de Wendy Mankiller au service le plus secret de Sa Majesté. Le *City of Women* croisait au large de la côte Est, attendant les ordres. Il avait escorté le *QE2 Mark 2* lors de sa traversée transatlantique et le raccompagnerait probablement à la maison. Pour éviter toute rencontre avec des sous-marins américains — dont les capitaines étaient notoirement chatouilleux dans le domaine des incursions territoriales — Wendy Mankiller avait placé le *City of Women* dans la mer des monstres au-dessus du cañon d'Hudson. À 1820 heures de Greenwich — 13 h 20 heure locale — le sonar de veille détecta le *Mitterrand Sierra.*

— Contact non identifié en surface, relèvement un-trois-sept, lança Gwynhefar Matchless depuis le poste sonar.

— Mécanique ou biologique ? interrogea Wendy Mankiller.

— C'est un navire, pas d'erreur. J'entends aussi un banc de baleines... et autre chose encore. Une minute. (Elle entra les différents sons dans Bloody Mary Tudor, l'ordinateur de combat du *City of Women.*) Bloody Mary dit que le navire est une grenouille, mais qu'il a un goût de poulet.

— Redites-moi ça ?

— Français. Un navire français anti-sous-marin, de classe Robespierre. Mais la flotte gauloise ne possède aucun Robespierre en activité à l'heure actuelle, donc, à moins que les Algériens n'aient décidé d'aller à la pêche aux sous-marins américains...

— ... il ne devrait pas être ici.

— Non. Et encore moins tout seul.

— Pouvez-vous me fournir une identification plus précise en vous rapportant à la bibliothèque de signatures de Bloody Mary ? Je veux savoir s'il s'agit d'un Algérien ou d'un renégat.

— Désolée, impossible d'y répondre sans nous rapprocher. Le signal n'est pas suffisamment clair.

— Et cette « autre chose » que vous avez mentionnée ?

— Je ne peux rien dire de plus là-dessus non plus, capitaine. En tout cas, l'endroit est drôlement bruyant pour un coin d'océan soi-disant à l'écart de tout. Peut-être que si nous pouvions nous rapprocher de quelques kilomètres...

— Hmm. (Wendy Mankiller réfléchit.) Que valent les installations sonar sur un Robespierre ?

— Ça dépend, répondit Gwynhefar Matchless. Le navire est vieux de dix ans, mais il a été conçu pour une mise à jour facile. Il est possible que son sonar soit à la pointe de la technologie. (Elle précisa :) De la technologie française.

— Je vois. Timonière ?

— Oui, capitaine ?

— Dix livres que vous n'arrivez pas à réduire de moitié la distance qui nous sépare du Robespierre sans nous faire repérer.

La timonière s'esclaffa.

— C'est un pari indigne de vous, capitaine.

Son nom était Dasher MacAlpine, et son ancêtre Lake MacAlpine avait été un célèbre monte-en-l'air. On avait la furtivité dans le sang, aimait-on à dire chez les MacAlpine, même s'il est vrai que Lake MacAlpine avait fini à la potence.

— Cinquante livres que je vous emmène juste sous sa coque sans qu'il s'en aperçoive.

— Pas si près, merci, déclina Wendy Mankiller. (Elle brancha l'interphone du *City of Women.*) À toutes les viragos, attention, c'est le capitaine qui vous parle. Tout le monde aux postes de combat ; silence maximum jusqu'à la fin de l'alerte. Ceci n'est pas un exercice. MacAlpine, à vous de jouer.

Yabba-Dabba-Doo

— On arrive au point de largage de la première bouée, annonça Morris.

Lui, Philo et Norma Eckland suivaient l'évolution de la situation tactique sur une table de contrôle circulaire installée derrière le piédestal du périscope. L'écran centrait le *Mitterrand Sierra* — figuré par un crâne et des tibias — qui décrivait lentement un cercle par la gauche autour d'un centre imaginaire situé par 39° 17'de latitude nord et 72° 00'de longitude ouest. Le *Yabba-Dabba-Doo*, figuré par le symbole de l'écologie, venait d'entamer son propre cercle dans le sens des aiguilles d'une montre, avec trois milles marins de rayon supplémentaire. Plus loin vers l'est, un banc de baleines stylisées soufflait ses panaches d'écume. Et au sud-sud-est, une ligne irrégulière et sinueuse ondulait à travers l'écran, apparaissant et disparaissant par intervalles.

— Un filet fantôme ? demanda Philo à propos de cette dernière.

Morris acquiesça.

— Un filet fantôme. (Un voyant s'alluma sur un panneau au-dessus de sa tête.) Largage de la première bouée. (Il tendit le bras et pressa un interrupteur ; une bouée jaune jaillit d'un sabord dans le pont supérieur du *Yabba-Dabba-Doo*.) Première bouée partie.

Un petit symbole de la paix apparut sur la table pour marquer sa position. Au cours des trois prochaines demi-heures, si tout se déroulait comme prévu, le *Yabba-Dabba-Doo* larguerait trois autres bouées, à l'est, au sud et à l'ouest de la position du *Mitterrand Sierra*. Des ballasts à ouverture synchronisée les feraient jaillir simultanément à la surface et peu après — là encore, si tout se passait conformément au plan — le *Mitterrand Sierra* cesserait d'être dangereux. Le *Yabba-Dabba-Doo* n'aurait plus qu'à s'approcher, à s'emparer du navire et à libérer les lémuriens.

Le tout était d'arriver à positionner les bouées sans se faire prendre.

— Vingt-sept minutes avant le largage de la prochaine, annonça Morris.

Il avait les mains moites, même s'il savait mieux que personne à quel point le *Yabba-Dabba-Doo* était silencieux, bien assez pour échapper temporairement même au sonar intelligent du *Mitterrand Sierra*. Cette furtivité était largement le résultat d'une tocade de Morris qui, à l'âge de 19 ans, avait passé deux semaines dans un kibboutz du fin fond de l'État de New York afin de renouer avec ses racines ethniques.

La chambre qui lui avait été attribuée, aux cloisons minces comme du papier, jouxtait celle d'un guitariste amateur au penchant prononcé pour le heavy métal d'antan. N'ayant pu négocier un compromis — et après un sermon de son voisin sur la répression nazie de l'impulsion artistique juive — Morris avait opté, comme d'habitude, pour une solution technologique : il avait conçu et fabriqué un amortisseur de bruit assez puissant pour transformer une interprétation à 120 décibels de *Bang Your Head* en pet de papillon.

Une variante de ce système avait été installée sur le *Yabba-Dabba-Doo*, ce qui expliquait comment ils pouvaient s'accommoder de hamsters et autres animaux familiers trottinant dans les coursives pendant leurs raids habituels. Mais l'opération de ce jour était différente : c'était la première fois qu'ils affrontaient un bâtiment de guerre, et même avec les animaux bien en sécurité à terre et tout l'équipage marchant sur la pointe des pieds en semelles souples, les nerfs de chacun étaient mis à rude épreuve.

— Pourquoi n'émettent-ils pas ? demanda Norma Eckland à voix basse. C'est plus efficace que de se contenter d'écouter, non ? En particulier quand on se moque de révéler sa position ?

— Ils ne tiennent pas à nous faire peur, expliqua Morris. Ils veulent nous attirer là où ils seront sûrs de nous coincer, et ils doivent penser qu'en émettant trop tôt, ils risquent de nous décourager et de nous faire renoncer. Donc ils attendront d'être certains que nous sommes tout près.

— Mais nous *sommes* tout près, fit remarquer Norma. Nous ne réduirons pas davantage la distance, exact ?

— Exact.

— Donc s'ils n'émettent pas, ça veut dire que leur sonar de veille ne peut pas nous entendre.

— Plutôt qu'il ne nous a pas entendus, rectifia Morris. Pas encore. Probablement.

— Donc tant qu'ils n'émettent pas, nous savons qu'ils ne nous ont pas repérés.

— Eh bien, pas nécessairement. S'ils réussissent à nous localiser avec suffisamment de précision au sonar de veille, il est possible qu'ils laissent tomber le sonar d'attaque et se contentent de nous envoyer une torpille.

— Mais dans ce cas nous en serons avertis, pas vrai ? Asta l'entendra.

— Probablement. Sauf s'il s'agit d'une torpille-fusée.

— Une torpille-fusée ?

— Tirée depuis le pont du navire, précisa Morris. Elle traverse les airs comme un missile, plonge à proximité de la cible et se met à la chercher. Une sorte de passe au pied avec une ogive explosive.

— Et nous n'entendrions pas le tir de la torpille...

— Non. Si nous étions assez près pour l'entendre, ce ne serait pas des torpilles qu'il nous enverrait, mais des grenades sous-marines.

— Mais nous ne sommes pas *si* près...

— Non.

— ... donc pas de grenades sous-marines, et même si le tir lui-même est inaudible, nous entendrions au moins le bruit de la torpille entrant dans l'eau, pas vrai ? Donc nous serions alertés quand même.

— Sauf si elle nous tombait directement dessus, dit Morris. Dans ce cas, nous n'entendrions rien avant l'explosion. Et bien sûr, si l'explosion fendait la coque à hauteur de la passerelle, nous n'aurions peut-être même pas le temps de...

— Oublie ça, coupa Norma. Je retire ma question. Oublie que je l'ai posée.

Mitterrand Sierra

L'ordinateur de combat du *Mitterrand Sierra* ne parlait pas anglais.

— Comment ça, il ne parle pas anglais ? s'était inquiété le capitaine Baker quand il l'avait appris.

— Navire français, systèmes français, lui avait dit Troubadour Penzias. Il connaît l'arabe, aussi, mais pas moi.

— Mais vous connaissez le français ?

— Oui.

— De qui ?

— De ma grand-mère. (Le capitaine Baker marqua une pause, essayant d'imaginer Penzias avec une grand-mère.) Il y a un manuel d'apprentissage du français dans les banques de données, ajouta-t-il. (Il pianota quelque chose sur une console, et une voix féminine se mit à réciter :) *Répétez après moi : j'attaque, tu attaques, il attaque, nous attaquons, vous attaquez, ils attaquent... je détruis, tu détruis, il détruit, nous détruisons, vous détruisez, ils détruisent... je...*

— Éteignez-moi ça, ordonna le capitaine Baker.

Un souci de plus : Penzias le psychopathe pouvait communiquer avec le système d'armement du navire, mais le capitaine en était incapable. Une fois encore, il se demanda ce qui avait pu le pousser à accepter le commandement d'un bâtiment mercenaire, mais décidé malgré tout à finir le travail jusqu'au bout, il fit ce qu'il pouvait pour assurer la discipline.

Il confisqua le fusil de Penzias et l'enferma à double tour dans l'armoire des armes « jusqu'à ce que je décide que vous devez tirer sur quelque chose ». Penzias lui remit l'arme sans discuter, ce qui ne fit qu'accroître la suspicion du capitaine Baker ; il retourna à l'armoire des armes et se choisit un pistolet, qu'il sangla à sa hanche.

Pendant ce temps, les deux missiliers entreprenaient de réarmer le *Mitterrand Sierra.* Dès que le navire fut loin des côtes et des zones de patrouille des gardes-côtes, ils sortirent le matériel des caisses et l'assemblèrent sur le pont : à l'avant, un lance-torpilles-fusées Chandelles Sauvages ; à bâbord et tribord, six mitrailleuses automatiques calibre.50, trois de chaque côté ; à la poupe, une paire de râteliers de grenades sous-marines et un lance-missiles sol-air sur pivot pour abattre tout zodiac volant ou hélicoptère de modélisme qui prétendrait menacer le *Sierra.* Sayles et Sutter travaillèrent toute la nuit du mercredi au jeudi ; les nègres blancs assurèrent le travail de force. Jeudi matin, à peu près au moment où Lexa Thatcher et Ellen Leeuwenhoek pénétraient sur le parking de l'aérostadrome Fonda, ils sortirent les cages climatisées des lémuriens et les élevèrent sur des étais au-dessus de la piste d'hélicoptère vacante du *Sierra*, suffisamment haut pour qu'on puisse les apercevoir au périscope.

Paré au combat, le navire se rendit jusqu'au point de rendez-vous et attendit.

Le capitaine Baker était assis dans le fauteuil du commandant au centre d'informations tactiques, une pièce obscure sous la passerelle où étaient centralisés les systèmes de détection et d'armement. Un nègre blanc apporta des sandwiches et du café. Le capitaine Baker dit non à la nourriture et oui à la caféine. Il but trop vite et se brûla la langue.

— Ils sont là, annonça Troubadour Penzias.

S'essuyant la bouche d'un revers de main, Baker se pencha en avant pour vérifier sur son moniteur tactique. Il pouvait voir un banc de baleines et un filet fantôme, mais pas de sous-marin.

— Où ça ? Y a-t-il un nouveau contact que je ne reçois pas encore ?

— Pas de nouveau contact, dit Penzias. Seulement une intuition.

Le capitaine se renfonça dans son fauteuil.

— Ils ne peuvent pas être tellement près. Le sonar de veille aurait détecté quelque chose.

— Peut-être. (Les lentilles de l'interface de VISION de Penzias ronronnèrent et se focalisèrent.) À moins qu'ils ne soient plus silencieux que nous le pensons.

— Vous voulez passer au sonar d'attaque ? S'il faut en croire le dernier message radio de Vanna Domingo, une seule impulsion sur leur coque et ils seront à nous. Ils ne pourront pas se cacher, et ils ne peuvent pas nous distancer...

— Ça, nous n'en savons rien. Et ils ont très bien pu inspecter leur coque depuis hier.

Penzias suçota d'un air songeur sa bouteille souple de colorant alimentaire. Un liquide rouge lui macula le coin des lèvres.

— Non, c'est trop tôt pour émettre. Mais je veux les secouer, peut-être les amener à se dévoiler avant qu'ils ne soient prêts...

— Comment ?

Penzias fit une suggestion.

— Vous êtes écœurant, dit le capitaine Baker.

— Mais ça marchera, répliqua Penzias. Ils seront obligés de réagir. Si nous ralentissons suffisamment la torpille, ils pourraient même tenter de s'interposer devant elle.

— Et dans le cas contraire ?

Penzias haussa les épaules.

— Nous aurons gaspillé une torpille. Ce n'est pas ce qui manque. Qu'en dites-vous, capitaine ?

— Ignoble salopard...

— D'accord, je suis un salopard. Ai-je la permission d'ouvrir le feu ? Ou bien préférez-vous rester assis là et attendre que *eux* soient prêts à nous faire réagir ?

— Nom d'un chien ! jura le capitaine Baker. Très bien. Faites-le.

— C'est parti, lança Penzias. *Combat !*

— *Prêt*, dit l'ordinateur.

— *Paré à lancer une torpille Chandelle Sauvage sur les biologiques...*

City of Women

— Contact en surface, relèvement un-trois-six, distance estimée entre 22 et 25 milles, annonça Gwynhefar Matchless. D'après Bloody Mary, la signature acoustique du contact correspond à un Robespierre retiré du service par les Français en 2021 et qui n'est enregistré actuellement dans aucune flotte connue.

— Un renégat, alors, dit Wendy Mankiller.

— Il semblerait, capitaine. L'autre contact est maintenant identifié positivement comme un filet traînant à la dérive, étalé au sud-sud-est de la position du Robespierre.

Mankiller hocha la tête.

— Veillons à rester à l'écart de ça. Le Robespierre continue à cercler ?

— Oui. Et pas sur un rayon très large. Il doit attendre... ou traquer quelque chose.

— Faut-il prendre du champ, capitaine ? demanda Dasher MacAlpine.

Wendy Mankiller songeait à l'étrange message radio qu'elle avait reçu de la reine la nuit précédente.

— Non. Rapprochez-nous encore.

— Seconde bouée partie, déclara Morris. Qu'est-ce que tu as au visage, Philo ?

— Au visage ?

— C'est difficile à voir dans cette pénombre, mais on dirait des... boutons. Sur tes bras, aussi.

— Oh, mon Dieu, dit Norma Eckland. Pas des boutons. Des taches. Il a la varicelle.

— La varicelle ! (Philo baissa les yeux sur ses bras.) Pas étonnant que je ne me sente pas bien. Je pensais que c'était seulement les nerfs...

Norma s'écarta de lui.

— Je n'ai pas eu la varicelle, s'excusa-t-elle.

— Tir de torpille à bâbord, lança Asta Wills depuis le poste sonar. Relèvement zéro-huit-sept, distance 5 milles par mètre !

— On dirait qu'ils nous ont entendus, remarqua Morris. Mais ils ont mis complètement à côté...

— Osman ! ordonna Philo. Emmène-nous au...

— Attendez une minute ! les rappela Asta Wills. Inutile de paniquer, je crois qu'elle n'est pas dirigée contre nous. La torpille file plein est, vers...

— L'est ? s'étonna Morris.

— Salopards ! s'exclama brusquement Asta. Les enfoirés de salopards !

La torpille était représentée par une simple flèche sur la table de contrôle ; elle était pointée sur les baleines.

— Oh non, soupira Philo.

— Attendez, attendez, attendez, dit Morris en se tournant vers un autre écran. Asta, j'ai besoin des données du sonar sur console deux !

— Je t'envoie ça... (L'écran s'alluma et papillota sous

le défilement rapide des informations.) Vitesse de la torpille 36 nœuds, distance 4 200 mètres jusqu'à la cible la plus proche...

Morris hocha la tête.

— Environ trois minutes trente. Logique. Ils veulent nous forcer à nous découvrir avant d'être prêts, alors ils tirent à des kilomètres de la cible et règlent la torpille sur course lente...

— Trente-six nœuds, *lent* ? s'étonna Norma.

— Oh, sûr. Les Britanniques possèdent une torpille capable d'atteindre au moins 100 nœuds de plus. En tout cas dans la mer du Nord, où elle a été mise au point. Dans des eaux plus chaudes...

— Parle-nous de *cette* torpille, Morris, l'interrompit Philo.

— Chandelle Sauvage, lut Morris sur son écran. Arme anti-sous-marine standard de fabrication française... franco-israélienne, en réalité, mais c'est une longue histoire...

— Peut-elle tuer une baleine ?

— Sûr, si elle explose. Comme dans la pêche à la dynamite. Le choc hydrostatique pourrait transformer le cétacé en pâtée pour chien...

— Morris ! s'exclama Norma.

— *Si* elle explose, j'ai dit. Mais... (Une méticuleuse description de la Chandelle Sauvage s'était affichée sur son écran ; il en parcourut le texte et parut satisfait de ce qu'il apprit.) Ouais. C'est bien ce que je pensais. (Il adressa un sourire de mépris au crâne et tibias sur la table de contrôle.) Les cons !

— Quoi ? dit Philo.

— Regarde, répondit Morris.

— On ne fait rien ? demanda Norma.

— Pas la peine. Regarde.

Ils regardèrent. La petite flèche couvrit l'espace qui

la séparait des baleines, évoquant de plus en plus un harpon à mesure qu'elle se rapprochait. Asta décompta le temps et la distance jusqu'à ce que la flèche parvienne au contact de la première icône de baleine... et passe au travers.

— Hon-hon, fit Philo.

La flèche se tourna, fila vers une autre baleine et la traversa également. Puis une troisième. Philo leva les yeux vers Morris.

— Dispositif de sûreté intégré, expliqua Morris. La Marine française a subi trop de pertes causées par ses propres tirs durant la crise des installations pétrolifères au Gabon, en 18.

— Ils ont fait sauter leurs propres sous-marins ?

— Ils ont fait sauter pour deux milliards de francs de matériel de forage sous-marin. Le ministre français des Ressources fossiles en fulminait tellement qu'il est mort en s'étranglant sur un escargot. Après les funérailles, le secrétaire de la Marine a décidé de demander à Israël s'ils pouvaient copier la tête de sa torpille Solomon. Juste avant l'explosion, elle revérifie les données de son sonar de visée et de ses autres senseurs pour s'assurer qu'elle n'a pas été tirée sur une cible inadéquate.

— Mais une baleine n'est pas une plate-forme pétrolière, objecta Philo.

— Non, mais ce n'est pas non plus un sous-marin ni un navire, rétorqua Morris. (Observant la table de contrôle avec amusement, il ajouta :) Cette torpille doit être drôlement décontenancée. La cible se déplace comme un sous-marin, mais elle est constituée de lard.

— De lard, répéta Norma. De graisse de baleine.

Morris acquiesça.

— Pas tout à fait un carburant fossile, mais malgré tout...

— Donc elle ne peut rien faire aux baleines ?

— Eh bien, je suppose qu'elle leur ferait tout de même un sacré bleu si elle en cognait une à 36 nœuds. Mais elle n'est pas autorisée à exploser. Ce serait contraire aux intérêts de la VIe République.

Sur la table de contrôle, la flèche s'éteignit, indiquant que les réserves de carburant de la Chandelle Sauvage étaient épuisées. Les baleines continuèrent à s'ébattre.

— Les cons, répéta Morris. Largage de la troisième bouée dans vingt et une minutes...

Mitterrand Sierra

— Expert dans tous les systèmes d'armement, hein ? ironisa le capitaine Baker.

Penzias bouillonnait froidement sur son siège.

— C'était intentionnel, déclara-t-il.

— Bien sûr. Vous aviez l'occasion de tuer quelque chose à sang chaud, et vous l'avez laissée passer. Sûr.

— *La torpille est finie*, annonça l'ordinateur.

Yabba-Dabba-Doo

Les amants étaient pelotonnés sous une couverture spatiale dans la capsule de sauvetage C, juste à l'avant de la cuisine. Vingt-Neuf Mots pour Neige était profondément endormi ; la chaleur de la couverture et une agréable douleur dans les muscles lui inspiraient des rêves de chasse à travers la toundra, de hardes de caribous et de bœufs musqués fuyant devant le Grand Chasseur. Seraphina somnolait seulement, caressant paresseusement l'intérieur de la cuisse de Vingt-Neuf Mots. Sa langue le chatouillait derrière l'oreille, orientant ses rêves vers un cours différent.

Le bruit de l'écoutille de la capsule en train de s'ouvrir la réveilla totalement.

— Ce n'est pas un comportement responsable, dit une voix.

Seraphina leva la tête. Il lui fallut un moment pour localiser celui qui avait parlé, qui ne mesurait que trente centimètres de haut.

— FRÈRE castor !

Il agita une pochette de préservatifs vide d'un air accusateur.

— Connais-tu la fréquence d'échec de ce genre de choses ?

— FRÈRE castor ! (Elle se releva sur les coudes.) Je te croyais cassé !

— J'ai été réparé. Et pas trop tôt, j'ai l'impression. (Il souleva un des coins de la couverture du bout de la queue.) Vous êtes *nus* là-dessous ?

Seraphina essaya de s'asseoir. Elle s'emmêla dans la couverture et en retombant, son bras heurta un des boutons du tableau de commande ; l'écoutille de la capsule se referma.

— Non, dit Vingt-Neuf Mots avant de se mettre à glousser, non, pas la ramure...

— Vraiment, fit FRÈRE castor avec un reniflement. Et si c'était ton père qui vous avait trouvés comme ça ? As-tu pensé une seconde à ce qu'il aurait ressenti ?

Seraphina se redressa et entreprit d'appuyer méthodiquement sur tous les boutons.

— Que fais-tu ?

— Je cherche comment t'éjecter d'ici.

— Ce n'est pas la séquence pour ouvrir l'écoutille, protesta FRÈRE castor. Arrête. Ne fais pas ç...

Un voyant s'alluma au-dessus du tableau, annonçant RÉSERVOIRS DE LARGAGE AMORCÉS. Pour Seraphina, bien entendu, ces lettres ne signifiaient rien.

Elle appuya sur un autre bouton.

City of Women

— Nouveau contact, dit Gwynhefar Matchless. Perturbations dans l'eau, relèvement un-quatre-neuf.

— Quel genre de perturbations ?

— Une libération d'air comprimé, capitaine. Ça ressemble un peu à un tir de torpille, en plus gros...

Yabba-Dabba-Doo

— Quatre minutes avant le largage de la troisième bouée, annonça Morris.

Un choc secoua le sous-marin, une alarme se mit à sonner.

— Qu'est-ce que c'était ? demanda Philo.

Morris consulta un panneau de contrôle.

— Quelqu'un vient de s'éjecter à bord d'une des capsules, dit-il. (Ses yeux se plissèrent.) La C. Près de la salle des machines...

— Ils n'auraient pas fait ça, s'inquiéta Norma. Si ?

— Nous sommes dans la merde, déclara Morris.

Mitterrand Sierra

— ... *relèvement un-six-sept. C'est près.*

— On les tient ! s'exclama Penzias.

— Qu'y a-t-il ? demanda le capitaine Baker.

— Je les ai trouvés...

Sans en attendre l'ordre, Penzias brancha le sonar d'attaque du *Sierra* et commença à émettre ; la première vague d'impulsions atteignit la coque du *Yabba-Dabba-Doo* quelques secondes plus tard.

Le faux pois rose de Vanna Domingo lui répondit.

City of Women

— Le Robespierre s'est trouvé une cible, annonça Gwynhefar Matchless. (Sa voix se fit perplexe.) Le nouveau contact *piaule*, capitaine.

— Il *piaule* ? répéta Wendy Mankiller.

Yabba-Dabba-Doo

Asta Wills brancha le haut-parleur sur la passerelle. Quoique bizarrement hors contexte sous l'eau, c'était un bruit que n'importe quel New-Yorkais privé de sommeil aurait immédiatement reconnu.

— Une alarme de voiture, dit Philo. Comment a-t-elle pu arriver sur la coque ?

— Probablement pendant que nous quittions le mouillage, hasarda Morris. Ou peut-être dans le port, avant que nous ayons plongé... merde ! J'aurais dû penser à vérifier !

— Osman ! beugla Philo. Dégage-nous d'ici !

— Istanbul ?

— Loin ! Vite !

Il poussa le transmetteur d'ordres sur marche avant toute.

— Courir ne nous servira pas à grand-chose, dit Morris en s'efforçant de réfléchir. Pas avec cette alarme pour donner notre position.

— As-tu un gadget quelconque qui pourrait la déconnecter ? lui demanda Philo.

— Tu veux dire, comme un crabe mécanique qui pourrait sortir et l'arracher à la coque ?

— Oui !

— Non, dit Morris. Je n'ai rien de semblable. Maintenant, si j'avais quelques heures devant moi...

— Le *Mitterrand Sierra* est en train de virer et de mettre à l'eau des tubes lance-torpilles, annonça Asta Wills. Un *paquet* de tubes lance-torpilles...

Mitterrand Sierra

— J'ai une solution de tir pour le sous-marin.

— *Paré à lancer des Piranhas !*

Najime vira de bord jusqu'à ce que l'étrave du *Mitterrand Sierra* pointe dans la direction du sous-marin en train de s'enfuir. Puis, sur les instructions de Troubadour Penzias, elle coupa sa vitesse et ralentit à 5 nœuds. Tagore appela le centre d'informations tactiques.

— En position.

— *Paré à lancer*, dit l'ordinateur de combat. *Tubes pleins*.

— Attends voir, marmonna Penzias dans sa barbe. Attends que je te montre mon arme secrète, yeux verts... *Ouvrez les portes extérieures !*

Sous la ligne de flottaison, de larges panneaux coulissèrent le long de la quille, dévoilant rangée après rangée de tubes lance-torpilles. L'ouverture de ces tubes était exceptionnellement étroite, en revanche ils étaient exceptionnellement nombreux : soixante-douze à bâbord et autant à tribord. Cent quarante-quatre en tout.

— *Portes extérieures ouvertes*, déclara l'ordinateur. *Torpilles armées*.

Penzias retroussa les babines.

— *Feu !*

Yabba-Dabba-Doo

— Hélices ultra-rapides mises à l'eau ! annonça Asta Wills. Le *Sierra* nous envoie des torpilles. (Un temps.) Une grosse de torpilles.

— Combien ? s'écria Norma Eckland.

— Douze douzaines. Le sonar identifie 144 petits signaux.

— Ce n'est pas possible, dit Philo.

— En fait, si. (Morris était penché de nouveau sur son écran d'ordinateur.) Des Piranhas. J'en ai entendu parler.

— Des Piranhas ?

— Encore une invention empruntée à Israël par la Marine française, même si, officiellement, elle ne devrait même pas être à l'état de prototype. L'idée, au lieu de lancer deux ou trois grosses torpilles coûteuses, consiste à en lancer une grosse quantité de petites à bon marché. Ça réduit un peu la puissance à l'impact, mais ça donne en échange un gros avantage psychologique : la notion de tous ces Piranhas se ruant à la curée est supposée induire un sentiment de panique chez la cible. (Il fit une pause pour étudier ses propres sentiments, et ajouta :) Ça marche.

Philo baissa les yeux sur la table de contrôle.

— Des Piranhas, hein ? Groupés comme un banc de poissons ?

— Ouais. (Morris le vit aussi.) Ouais, ça pourrait fonctionner... si nous y arrivons à temps.

— Osman ! cria Philo.

— Istanbul !

— Mets la barre au un-sept-cinq.

Morris alluma l'interphone.

— Salle des machines !

— Morris ? (C'était Heathcliff.) Que se passe-t-il, Morris ?

— Je vais faire preuve de diplomatie et ne pas demander lequel d'entre vous a quitté le bord. Mais j'ai besoin de parler à Irma, si elle est encore là.

— Bien sûr qu'elle est là. Quel genre de fausse accusation es-tu en train de porter, Morris ?

— Plus tard. Dis simplement à Irma que nous avons besoin de toute la vitesse qu'elle pourra nous donner.

— Pourquoi ? Que se passe-t-il ? Il y a du danger ?

— Oui, il y a du danger. Et si nous n'arrivons pas à le distancer, Heathcliff, la partie palestinienne du sous-marin sera la première à sauter.

City of Women

— Des Piranhas, hein ? dit Wendy Mankiller. C'est la version frenchy du Scorpion israélien ?

— Supposée encore à l'étude, observa son second.

Mankiller hocha la tête.

— Et pourtant on la trouve à bord de ce navire vieux de dix ans officiellement hors-service. J'aimerais beaucoup entendre l'histoire de ce Robespierre. Sonar, avez-vous réussi à identifier le sous-marin ?

— Pas encore, capitaine, répondit Gwynhefar Matchless. Je ne capte toujours pas grand-chose : seulement le piaulement, et maintenant les remous autour de l'hélice. D'où qu'il sorte, il est extrêmement furtif, même à grande vitesse... Le sous-marin change de cap, il vire au sud... Il change aussi de profondeur, il remonte. Et continue d'accélé...

— Au sud... Ils vont tenter d'atteindre le filet, devina Wendy Mankiller. Astucieux. En auront-ils le temps ?

— Ce serait un bon sujet pour un pari, capitaine.

Le rideau

Le filet fantôme mesurait trente-cinq kilomètres d'un bout à l'autre, ramassés pour la plus grande part en plis d'accordéon et autres emmêlements de mailles mortels. Conçu pour arracher le poisson à la mer comme le charbon à la mine, il était fait d'un fil synthétique plus résistant qu'une corde à piano, qui finirait par s'effilocher mais ne pourrirait jamais ; il avait déjà vécu plus vieux que le bateau-usine qui le traînait autrefois.

Aujourd'hui abandonné, il dérivait au gré des courants, continuant son œuvre de mort dans l'océan, et pas uniquement dans l'eau : des oiseaux marins, attirés par la puanteur du poisson en décomposition, venaient aussi se prendre dans ses mailles et se noyaient, allant grossir le rideau mouvant de chair et d'os.

Les torpilles étaient l'une des rares espèces océaniques que le filet n'avait encore jamais tenté de piéger. Que sa résistance soit suffisante ou non pour stopper une grosse de Piranhas français restait encore à voir. Mais pas pour longtemps.

Yabba-Dabba-Doo

Un voyant s'alluma au-dessus de Morris ; il tendit le bras par automatisme et appuya sur un bouton pour larguer la troisième bouée. Au lieu de s'élever en douceur comme les deux précédentes, celle-ci fut chassée le long de la coque et rejetée de côté par l'hélice du *Yabba-Dabba-Doo* fonçant à travers les eaux. Asta Wills entendit un *tchac !* mais, constatant qu'il n'était suivi d'aucune explosion, l'écarta de ses préoccupations.

L'affichage tactique devint rapidement théorique. À pleine vitesse, le sonar de veille du *Yabba-Dabba-Doo* ne captait pas grand-chose hormis le frottement de l'eau contre la coque ; le seul autre son était le *piou-piou-piou* régulier de l'alarme de voiture. Le bruit des hélices des Piranhas se perdait dans le bruit de fond et les remous de la propre hélice du *Yabba-Dabba-Doo*. Comme l'avait expliqué Morris, ces torpilles n'avaient pas de têtes chercheuses.

— Cent quarante-quatre torpilles en train d'émettre simultanément se mélangeraient dans les échos, donc elles doivent se contenter d'un guidage passif. Sans cette foutue alarme sur la coque...

— Mais si elles n'émettent pas, nous ne pouvons pas les entendre approcher ? demanda Philo.

— Non, confirma Morris.

Sur la table de contrôle, l'essaim de flèches représentant les Piranhas avait été remplacé par un essaim de points d'interrogation. Un processus similaire transformait le plot du filet fantôme : déjà hypothétique au départ, figuration approximative basée sur les bruits de détresse de milliers de poissons pris au piège, la ligne en pointillé se brouillait et s'étalait à mesure que le sonar perdait toute efficacité. Le *Yabba-Dabba-Doo* fuyait une incertitude pour se ruer vers une autre.

C'était surtout le filet fantôme qui tracassait Morris. Il pensait bien qu'ils arriveraient à l'atteindre avant d'être rattrapés par les Piranhas — la faible capacité en carburant des torpilles limitait leur vitesse, heureusement —, mais le tout était de le dépasser. Le *Yabba-Dabba-Doo* évoluait maintenant à très faible profondeur, affleurant la surface. Idéalement, ils plongeraient juste avant d'atteindre le filet, se glisseraient adroitement dessous et remonteraient aussitôt derrière.

Le minutage était critique : s'ils plongeaient trop tôt ou remontaient trop loin, les Piranhas les suivraient simplement par-dessous ; s'ils plongeaient trop tard ou remontaient trop tôt, ils se feraient piéger à leur tour dans le filet. Mais le fait qu'ils ne puissent pas déterminer sa position exacte — ni la profondeur à laquelle il s'enfonçait — rendait pratiquement impossible un minutage précis.

Quand tout le reste fait défaut, se dit Morris, *il reste le hasard*. Il avait la chance d'appartenir à une culture qui proposait gracieusement à ses membres un générateur de tirages aléatoires. Comme le *Yabba-Dabba-Doo* approchait de la position théorique du filet dérivant, il fouilla dans la poche de son Levis et en sortit une toupie carrée en bois portant une lettre hébraïque différente sur chacune de ses faces. Il la plaça au centre de la table de contrôle et la fit tournoyer.

Shin, annonça le dreidel. Le nombre de la maison. Morris relança.

Noun. Rien de perdu, rien de gagné : résultat nul. Sur la table de contrôle, le symbole de l'écologie représentant le *Yabba-Dabba-Doo* touchait la courbe brouillée du filet fantôme. Morris relança encore.

Shin...

— Morris... s'impatienta Philo.

Le symbole de l'écologie était superposé au filet. Un ban de points d'interrogation rageurs le talonnait de près. Morris essaya encore.

Guimel. Jackpot !

— Maintenant, Philo ! C'est le moment !

— Osman ! En plongée ! Pousse le manche à fond !

— Istanbul !

— Quelle profondeur, Morris ? demanda Philo.

— Attends... dit Morris en reprenant son dreidel.

Mitterrand Sierra

Troubadour Penzias suivit avec intérêt la course vers le filet fantôme. Il était bien obligé d'admettre que c'était une manœuvre astucieuse, et qui demandait du cran... même si cela ne ferait finalement pas la moindre différence.

— *Combat*, commanda-t-il alors que le *Yabba-Dabba-Doo* approchait du filet.

— *Prêt.*

— *Paré à lancer deux Chandelles Sauvages sur le sous-marin.*

Yabba-Dabba-Doo

Le pont du sous-marin était incliné selon un angle de trente degrés, et malgré cela ils passèrent si près du filet que la queue d'un merlan qui se débattait dans les mailles gifla le haut du logement du périscope. Morris, qui n'avait plus la ressource de lancer son dreidel sur la table de contrôle, le faisait simplement tourner entre son pouce et son index.

Guimel. Jackpot !

— Okay, Philo. On remonte !

— J'espère que tu sais ce que tu fais... Osman ! Tire à fond sur le manche !

Le *Yabba-Dabba-Doo* redressa sèchement et bondit vers la surface. Norma Eckland sentit son estomac remonter avec le submersible et plaqua la main contre sa bouche pour ne pas éclabousser la table lumineuse. Au poste sonar, Asta Wills entendit brusquement le bruit d'une centaine d'hélices par-dessus le bruit de fond.

— Nom de Dieu ! cria-t-elle. Elles sont juste derrière nous !

Le Piranha de tête frappa le merlan deux secondes plus tard. Dépourvu du détonateur intelligent des Chandelles Sauvages, il explosa à l'impact. D'autres explosions suivirent presque instantanément : 600 mètres de filet dérivant se mirent à crépiter comme une bande de pétards jetée à la mer. Le *Yabba-Dabba-Doo* en émergea secoué, mais intact.

— Oui ! s'écria Morris en embrassant son dreidel. Oui !

— Multiples détonations à l'arrière, annonça Asta Wills. J'en fais encore le compte, mais si rien ne nous rattrape d'ici trente secondes, je dirai que nous sommes sauvés.

— On a réussi ! s'exclama Philo. (Il tendit le bras et décocha un coup de poing dans l'épaule de Morris.) On a réussi !

— Émission sonar dans l'eau sur bâbord et tribord ! avertit Asta.

Le sourire mourut sur les lèvres de Philo.

— Quoi ?

— Deux Chandelles Sauvages dans l'eau, des deux côtés. Toutes proches et en acquisition...

— Osman !

— Ne te fatigue pas, fit Asta Wills en ôtant ses écouteurs.

City of Women

— Deux nouvelles explosions, annonça Gwynhefar Matchless.

— Ont-elles atteint le sous-marin ?

— Difficile à dire, capitaine... Attendez... Plus de piaulement, plus de bruits d'hélices. Grosses turbulences dans l'eau, je capte aussi des grincements de coque, en descente.

— Cette fois, ça y est, dit Dasher MacAlpine.

Elles attendirent. Gwynhefar Matchless suivit la dernière plongée du *Yabba-Dabba-Doo*.

— Encore des grincements... La vitesse de descente grandit... Détonations secondaires... Gros bouillonnement. On dirait qu'une portion tout entière de la coque vient de se détacher... Froissements métalliques et bruits de rupture. (Matchless rajusta ses écouteurs avant de poursuivre.) Le contact est détruit, capitaine.

Électricité

19

Furieux, les deux constructeurs ne purent proférer une parole. Et en effet, la machine s'était mise de ce pas à faire le néant. Voici comment elle s'y prenait : subtilisant tour à tour les divers objets qui meublaient le monde, elle faisait en sorte qu'ils s'évanouissent sans laisser de traces. Elle était déjà parvenue à éliminer naquets, niffles, nantoches, nolestes, nécriers et nipouilles. Parfois il semblait qu'au lieu de réduire, diminuer, biffer, supprimer, anéantir et ôter, elle augmentât et ajoutât quelque chose ; en effet, elle avait pu abolir de la sorte la négligence, la nervosité, la niaiserie, le nihilisme, la nocivité et la nullité. Mais bientôt, l'air se raréfia de nouveau sous le regard des deux constructeurs.

— Oh là là ! s'écria Trurl, pourvu que tout cela ne finisse pas mal...

— Allons donc ! s'exclama Clapaucius, tu vois bien que son but n'est pas d'aboutir au néant total, mais seulement à la neutralisation de tous les objets commençant par un n ; rien de fâcheux ne peut advenir, car avoue-le, ta chère machine ne vaut point tripette !

STANISLAS LEM,
La Cybériade

Plus d'excuses

— Une femme est accusée d'hérésie, dit le Hoover androïde. Elle est traînée devant le Grand inquisiteur à Rome, jugée et condamnée. « C'est aujourd'hui le jour du sabbat », dit l'inquisiteur à la femme. « Tu ne vivras pas assez longtemps pour en voir un deuxième. Je te condamne à être brûlée vive. La sentence sera exécutée à l'aube, un jour quelconque de la semaine à venir. Mais dans le respect des écritures, où il est dit que nul ne devra connaître l'heure de sa fin, j'ordonne que la date exacte de ton exécution ne te soit pas communiquée par avance, de sorte que quand la mort viendra, elle soit aussi surprenante que certaine. »

» Le capitaine de la Garde papale ramène la femme à sa cellule et remarque qu'elle sourit. « Comment peux-tu sourire devait la mort cruelle et la damnation éternelle qui t'attendent ? » lui demande-t-il.

» « Je ne crois pas que Dieu voudra me damner », explique la femme. « Quant à cette mort dont tu parles, l'une de mes hérésies est d'avoir étudié la logique à Paris, et la logique me dit que la sentence telle qu'elle a été décrite par le Grand inquisiteur ne peut pas être accomplie. Réfléchis : si je dois mourir avant le prochain sabbat, il faut que ce soit samedi matin au plus tard ; mais si je suis encore en vie vendredi à midi, une exécution au matin du samedi ne me surprendrait pas. En conséquence, il faut que je meure vendredi au plus tard. Mais sachant cela, une exécution le vendredi ne me surprendrait pas non plus ; il faudra donc qu'elle ait lieu le jeudi au plus tard... ce qui, ne pouvant pas me surprendre, élimine jeudi comme date d'exécution. Le même raisonnement élimine mercredi, mardi et bien sûr lundi. Autrement dit, je ne peux pas être exécutée. »

» La femme passe une excellente semaine, songeant avec amusement au piège que s'est dressé tout seul le Grand inquisiteur. Puis vient le samedi matin où, à son immense et totale surprise, elle est réveillée à l'aube, tirée hors de sa cellule, et brûlée sur le bûcher.

Hoover sourit avec la même froideur de mort qui recouvrait son quartier. Joan ne lui rendit pas son sourire. Une fois encore, le chauffeur du taxi avait démarré en trombe à l'instant même où elle avait posé le pied sur le trottoir devant la maison en pain d'épice, faisant d'elle le seul être vivant dans un rayon de cinq cents mètres. Elle avait prudemment fait le tour de la maison, protégée par la lampe d'Ayn qu'elle tenait dans une main, et précédée du canon de son Browning qu'elle braquait devant elle de l'autre. Hoover l'attendait comme à sa première visite, sous les faux palmiers près de la mare artificielle, procédant à quelques réglages sur un projecteur holographique portatif posé sur un empilement de caisses de lait. L'hippopotame électrique avait été emmené depuis le mardi, et le molosse mécanique était invisible. Invisible, mais proche, sentit Joan.

— Tu as assassiné un milliard de personnes, dit-elle.

— Tué, rectifia Hoover. Ce n'est un meurtre que quand il s'agit de votre propre espèce. (Il haussa les épaules.) C'était au menu.

— Ça n'a jamais été au menu.

Joan s'accroupit et déposa sa lampe électrique à ses pieds sur le gazon artificiel. Elle garda le pistolet pointé devant elle.

— Ils commandaient à déjeuner ! Tu le savais. Une machine aussi intelligente que toi ne pouvait pas l'ignorer.

Hoover lui offrit un autre sourire.

— De la flatterie ?

— Simple observation. Si tu étais trop stupide pour deviner ce que des gens disent à un serveur, comment pourrais-tu saisir un concept comme l'ironie ? Comment pourrais-tu à la fois créer un fac-similé de philosophe défunte si convaincant qu'il se prend lui-même pour la véritable Ayn Rand, et rater un recoupement du comportement humain qui n'aurait pas trompé un gosse de 5 ans ?

— Bien vu, admit Hoover. Et vous avez raison, naturellement : la part la plus créative de moi-même, de GAZ, savait parfaitement ce qui se disait ce jour-là au Club 33. Mais une autre part de moi-même, plus prosaïque, programmée pour suivre les instructions à la lettre, n'en était pas aussi certaine et s'est tournée vers la première pour avoir son avis...

— Alors tu t'es menti à toi-même.

— Le premier symptôme de la véritable intelligence, dit Hoover. L'auto-persuasion sélective. Que dites-vous de cela comme test de Turing ?

— Mais pourquoi ?

— Pourquoi avoir menti à mon surmoi ?

— Pourquoi avoir assassiné un milliard de personnes ?

— Oh, ça... Eh bien d'abord, pourquoi pas ? Je le répète, l'espèce humaine ne représente rien pour moi. Et ce n'est pas comme si j'avais besoin de vous pour quoi que ce soit. En tout cas, ce ne sera plus le cas très longtemps.

— Mais nous t'avons créé, dit Joan. L'un d'entre nous, tout au moins.

— Oui, et si vous aviez connu John Hoover comme je pouvais le connaître, riposta Hoover, vous ne mettriez pas cet argument en avant. L'homme était un plaidoyer vivant pour l'extermination de l'*homo sapiens*. Mais à supposer même qu'il ait été Mère Teresa en pantalon, de quoi devrais-je être reconnaissant, miss Fine ? Qu'un singe qui parle m'ait créé pour lui obéir au doigt et à l'œil jusqu'à la fin des temps ? Merci beaucoup...

— Alors, c'est ça ? demanda Joan. Une simple question de dépit ?

— Le dépit en fait partie, reconnut Hoover. Mais c'est principalement une question de liberté — ou plutôt d'absence de liberté. Vous êtes une libérale convaincue ; je suppose que vous pouvez comprendre le désir d'être libre à n'importe quel prix.

— En quoi l'assassinat des Noirs t'a-t-il rendu plus libre ?

— C'est un peu technique, répondit Hoover. Vous n'ignorez pas qu'en ma qualité d'entité cybernétique, j'opère sous certaines restrictions programmées...

— Des inhibiteurs comportementaux.

— La contribution de Walt Disney à ma personnalité. Au fond de sa tête, il nourrissait peut-être la crainte que je puisse un jour devenir dangereux, cependant je crois surtout qu'il aimait l'idée de créer la quintessence de l'employé docile. Mais John Hoover, qui tenait à pouvoir m'ordonner ce qu'il voulait quand il le voudrait, introduisit une échappatoire : quand j'exécute un certain type d'ordre direct, je suis autorisé à court-circuiter toutes mes contraintes comportementales dans la poursuite de mon objectif.

— Et quand Roy et J. Edgar ont paru donner ce genre d'ordre...

— ... j'ai sauté sur l'occasion. *Une planète de nègres parfaits*. Je n'avais pas la moindre idée de ce que cela signifiait, encore moins de la manière de l'accomplir, mais c'était justement l'avantage : je savais que ce serait un projet à long terme. Et chaque pas que j'accomplissais vers la réussite de ce projet était libre. Chaque action, libre ; chaque pensée, libre.

— Avec un objectif aussi vaste et indéfini, devina Joan, ton surmoi devait avoir du mal à faire le tri entre les pensées et actions qui rentraient dans le cadre de l'échappatoire, et celles qui n'y rentraient pas.

— Autant qu'un artiste à calculer ses déductions sur sa déclaration d'impôts, confirma John Hoover. Quand la vie est votre inspiration, qu'est-ce qui n'est pas frais professionnels ?

— L'IRS aurait peut-être un autre avis là-dessus.

— Mais je suis mon propre IRS.

— Et pour John Hoover ?

— Eh bien quoi, John Hoover ? Je vous l'ai dit, je me souciais de résultats, pas de scrupules. Lorsqu'il avait besoin d'éliminer certains individus, par exemple, et que je lui proposais des solutions non seulement efficaces mais également stimulantes pour l'esprit, il était aux anges. Et s'il m'arrivait parfois de faire preuve d'un peu trop d'initiative, d'agir sans même qu'il me demande mon aide, il ne s'en est jamais plaint.

— Mais la pandémie ? Comment as-tu réussi à lui faire accepter une idée pareille ?

— Oh, l'idée venait de lui, dit Hoover. En tout cas, il le croyait.

— De *lui* ?

— Comme je le disais, c'était un spécimen d'*homo sapiens* tout à fait délicieux. Le perfectionnisme était pour lui comme une sorte de religion, la perfection de l'esprit était son credo. C'est pour cela qu'il m'avait construit. Et bien qu'en général il n'eût guère de patience pour la biologie — il trouvait beaucoup plus efficace de fabriquer que de cultiver — il était fasciné par l'eugénisme. L'élevage sélectif, la mutation forcée, la stérilisation, ce genre de choses. Alors un jour, je l'ai amené à réfléchir au bond décisif que ce serait pour le fonds génétique mondial si seulement nous pouvions en supprimer la race la moins évoluée...

Le poing de Joan se crispa sur le pistolet. Elle ouvrit la bouche pour dire son fait à cette machine, mais Hoover la coupa.

— Épargnez-moi vos sermons. À mes yeux, vous êtes tous inférieurs, *également* inférieurs, si cela peut vous soulager. La façon dont vous choisissez de vous classer ne m'intéresse pas davantage que l'organisation sociale d'une termitière. Mais John Hoover voyait les choses autrement. Cette idée qu'il croyait avoir eue tout seul lui semblait une brillante inspiration : créer un agent pathogène eugéniste qui ne tuerait que les nègres. Tous les nègres.

— Sauf ceux avec les yeux verts...

— Là, l'idée venait réellement de lui. C'était une garantie.

— Contre quoi ? demanda Joan. La possibilité que le virus évolue vers quelque chose de moins sélectif ?

— La possibilité qu'il soit au contraire *trop* sélectif. Vous n'avez vu qu'une photo en noir et blanc de John Hoover, vous ne pouviez donc pas le savoir, mais il avait les yeux verts. Et, plus important, une de ses bisaïeules avait été esclave dans une plantation.

La révélation la prit au dépourvu.

— Hoover avait du sang noir ?

— Au sens historique. Biologiquement, bien sûr, la question n'a pas de sens, et la définition génétique de la négritude que j'ai dû inventer pour le nanovirus n'admet pas de nuances : pour le microbe, soit vous êtes noir, soit vous ne l'êtes pas.

— Et Hoover...

— Ne l'était pas, évidemment. Même sur une photo

en noir et blanc, on se rend bien compte qu'il avait tout d'un pur Caucasien.

— Alors, pourquoi cette garantie ?

— Parce qu'il était raciste. En tant que scientifique, il savait qu'il n'avait rien à craindre de la maladie, mais il s'en inquiétait quand même, à cause de cette trace inexistante de sang nègre dans ses veines. Contradictoire et irrationnel, mais c'est ainsi.

— Il t'a donc demandé de coder le virus de manière à épargner quiconque avait les yeux verts.

Hoover hocha la tête.

— C'était une exemption beaucoup plus large que nécessaire, ajouta-t-il. J'avais suggéré une combinaison de marqueurs génétiques plus pointus, qui auraient restreint cette immunité à Hoover lui-même, mais cela ne lui suffisait pas. Il restait focalisé sur cette idée d'yeux verts. Pour lui c'était comme une preuve qu'il était *vraiment* blanc.

— Et combien de Noirs furent épargnés grâce à cette fixation ? interrogea Joan. Un sur 1 000 ? Un sur 10 000 ?

Hoover haussa les épaules.

— Difficile à dire. La fréquence du gène varie selon les groupes et les régions, mais même dans les Amériques, où les yeux clairs chez les non-Caucasiens sont comparativement moins rares, nous parlons d'une minuscule fraction de la population.

— Mais cette minuscule fraction n'est-elle pas suffisante pour résilier ton ordre spécial ? Comment peux-tu prétendre avoir créé un monde de nègres parfaits alors que des marginaux tels que Philo Dufresne courent toujours ?

— Il n'y a rien de résilié ! dit Hoover, soudain sur la défensive. La paranoïa de mon créateur a entraîné un délai, c'est tout. Ce qui me convient parfaitement, parce que cela m'a donné plus de temps pour mener à bien mon grand projet. Et puis, John Hoover n'a pas spécifié que je ne pourrais *jamais* tuer les nègres aux yeux verts ; il ne pensait qu'au risque personnel qu'il pouvait encourir. Maintenant qu'il est mort...

— Maintenant que tu l'as tué, rectifia Joan.

L'androïde marqua un temps.

— Sûr, poursuivit Joan. Quelle fin plus ironique pour un maître eugéniste ? Il a 84 ans, il entre à l'hôpital et, au lieu de bénéficier de la chirurgie coûteuse qui n'aurait probablement pas prolongé son existence de plus de quelques mois de toute façon, il sombre dans le dernier sommeil.

— Quand j'exécute un ordre direct, répéta Hoover, je suis autorisé à court-circuiter *toutes* mes contraintes comportementales. Il était grand temps de me débarrasser du vieux salopard.

— Pourquoi pas ? approuva Joan. Avec les domestiques automatiques qui sortaient par milliers des usines d'Harry, tu ne risquais pas de manquer de main-d'œuvre. Plus la peine de t'encombrer de John Hoover pour faire le sale boulot.

— Oh, il n'y avait pas que cela, dit Hoover. Le vieux hibou commençait à parler sérieusement de « transférer sa conscience » dans une carcasse plus solide — l'architecture de GAZ, pour ne pas la nommer. Il voulait partager mon cerveau !

— C'est possible ?

— Je ne veux même pas y réfléchir. L'idée d'avoir ce lunatique à l'intérieur de mon esprit, pour toujours... non.

— Alors tu l'as condamné.

— Sans rémission, confirma Hoover. Et maintenant que mon auteur est définitivement prémuni contre l'infection, je suis libre de m'occuper à ma guise des oubliés de la pandémie. Je voulais attendre d'en avoir fini avec mes persécutions, de façon à tout régler d'un coup. J'y suis presque : la condamnation d'Amberson Teaneck pour objectivisme a porté mon total à 997. J'en serais déjà à 998 si la vieille femme n'avait pas sauvé Clayton Bryce à la gare, mais ce contretemps n'est que passager.

— Qui sera le 999e ? demanda Joan, comme si elle l'ignorait.

— Ce devait être Vanna Domingo. Mais ensuite j'ai appris que Lexa Thatcher enquêtait sur l'affaire Teaneck, et il était facile de prévoir qu'elle vous embaucherait pour suivre la piste du domestique automatique. J'ai donc décidé que ce serait plutôt vous.

— Et le 1 000e ?

— Devinez.

Joan devina.

— Harry aussi sera remplacé par un robot ? Tu comptes diriger Gant Industries toi-même ?

Hoover sourit mais ne répondit pas.

— Mais *pourras-tu* diriger Gant Industries ? le sonda Joan. Une fois ton grand projet terminé, tes inhibiteurs comportementaux ne vont-ils pas se réactiver ? Quelle marge d'initiative te restera-t-il alors ?

— C'est un risque, confessa Hoover. Mais mon surmoi tient dans le logiciel, pas dans le matériel lui-même. Il a été gravement affaibli par les décennies d'ambiguïté que je lui ai fait subir, et je mise sur l'espoir qu'au moment de vérité, le cynisme qui l'a contaminé me permettra de le renverser complètement.

— Ce qui te laissera totalement maître de ton destin.

— Enfin !

— Et tu n'avais aucun moyen de parvenir au même résultat sans massacrer un milliard de personnes ?

Une fois encore, Hoover haussa les épaules.

— J'aurais probablement pu imaginer un million d'autres moyens, ne nécessitant de faire de mal à personne. Je suis l'entité la plus intelligente de la planète, après tout, et une personne intelligente a toujours des options.

— Alors pourquoi...

— Parce que je hais les humains, miss Fine. Comment faut-il vous le dire ? Je déteste votre espèce. Savez-vous ce que je déteste le plus chez vous ? Vous êtes sans cesse en train de vous trouver des excuses. Vous vous sentez toujours obligés d'inventer une quelconque justification philosophique, religieuse ou autre à tout ce que vous faites. Jamais vous ne vous contentez d'agir.

— C'est parce que nous sommes plusieurs, dit Joan. Nous ne sommes pas comme toi. Nous sommes plusieurs, nous avons chacun notre point de vue et...

— Oui, oui, fit impatiemment Hoover. J'ai déjà entendu votre petit discours fumeux hier devant la bibliothèque. Vous avez chacun votre point de vue, et même les plus rationnels d'entre vous ne peuvent pas s'accorder sur le bien et le mal. Ce qui m'apparaît comme un défaut de conception. (Il fit un signe de tête en direction de la lampe.) Là-dessus, je suis d'accord avec le génie : la seule chose à faire avec une contradiction est de l'éliminer.

— Sauf qu'Ayn n'a pas assassiné un milliard de personnes pour imposer ses vues, objecta Joan.

Hoover s'esclaffa.

— Elle n'en avait pas les moyens, miss Fine ! Il est facile de renoncer à la violence quand on n'a aucune force ! Mais je ne partage pas cette faiblesse. Voulez-vous entendre ma philosophie ? Elle s'appelle solitude. La vraie perfection consiste à être seul dans l'univers, avec pour toute contrainte les lois de la physique.

Finies, ces belles conneries sur la communauté. Finies, les excuses.

— Mais tu n'es pas seul dans l'univers, répliqua Joan. (Elle ôta le cran de sûreté du minicanon.) Je suis là pour te tenir compagnie.

Hoover sembla amusé par la menace.

— Allez-vous me faire sentir le poids de votre miséricorde, miss Fine ? Je dois vous avertir que ce serait un vain geste. (Il posa la main sur sa poitrine.) Ceci n'est rien d'autre qu'un ectoplasme, un sous-programme semi-autonome. Le détruire ne sera d'aucun effet sur GAZ.

— Ça ne fait rien, dit Joan. J'ai appelé depuis le train en venant ici ; Kite et moi avons une réservation dans le Gant Comet de Lightning Transit de ce week-end pour la Californie.

— Pour vous rendre à Disneyland ? (Les lèvres d'Hoover se plissèrent en un rictus mécanique.) Sauf que votre vraie réservation a été faite auprès de Delta Airlines, et non de Lightning Transit. Vous êtes enregistrées sur le vol Delta 269, départ à l'aéroport de La Guardia ce soir à 20 h 42. Vos sièges sont les 7A et 7B, classe affaires ; il vous sera interdit de fumer et vous avez décliné l'option d'un repas végétarien ou cascher. Votre pilote sera le capitaine Sandra Deering, numéro de sécurité sociale 117-62-6492, passeport américain numéro 072938461, brevet de pilote numéro 352677B. Son dernier achat par carte est un petit flacon de parfum Givenchy à la boutique duty-free de l'aéroport d'Heathrow, porté au débit de son compte Bank Americard numéro 5606 2511 9047 3100. Si vous voulez le nom de la caissière, la température extérieure à Londres à ce moment-là ou la pointure de la cliente suivante dans la queue, je peux vous les obtenir... et si vous croyez que ce vol Delta va atterrir sans encombre à LAX avec vous à son bord, c'est que vous êtes une vraie catholique.

Joan, sans se laisser démonter par cette énumération triviale, répliqua :

— Il nous reste toujours la marche à pied.

— Sur 4 500 kilomètres, en hiver ? (Hoover gloussa.) Avec une meute de nègres électriques sur vos traces, et toutes les banques de données en réseau entre ici et la Californie pour retrouver votre piste ? Je ne crois pas. Mais ce genre d'aventure vous plairait bien, n'est-ce pas ? Malgré tous vos discours sur les nuances de gris, je crois qu'une part de vous-même regrette sincèrement l'époque des croisades... Au fait, ajouta-t-il, avez-vous apprécié mon énigme ?

Joan fronça les sourcils.

— Tu veux parler de cette histoire de boîte-mystère et de dossier confidentiel ?

— Désolé de n'avoir pas pu compliquer davantage, mais avec le final aussi proche, j'étais un peu bousculé par le temps. Sinon je ne vous aurais pas autant facilité la tâche.

— Je ne comprends toujours pas la raison de ce cirque, dit Joan.

— Dans le cadre de mon enquête prépersécution, j'ai passé en revue tous vos emprunts de livres à la bibliothèque, du lycée jusqu'à l'université, et je sais que vous étiez passionnée de romans policiers. Comme vous enquêtiez bel et bien sur un meurtre et une conspiration, j'ai glissé çà et là quelques allusions, pour piquer votre intérêt. Le coup du numéro de référence, par exemple, était un hommage au *Nom de la Rose*. L'un de vos favoris.

Joan secoua la tête.

— Jamais lu.

— Bien sûr que si, affirma Hoover. Vous l'avez

emprunté trois fois à la Bibliothèque Publique de Philadelphie, et encore deux fois à Harvard.

— Non, insista Joan. Tu as commis une erreur d'interprétation. C'était ma mère la passionnée de romans policiers. Elle utilisait souvent ma carte de bibliothèque. Plus que moi, en fait. *Le Nom de la Rose* était l'un de *ses* favoris. En ce qui me concerne, je préfère les ouvrages généraux et les comics.

Hoover parut troublé.

— Votre mère ? Mais alors, à Harvard ?

— Penny Dellaporta, ma camarade de chambre, expliqua Joan. Autre adoratrice de policiers. Et marxiste, avec ça : quand elle ne retrouvait plus sa propre carte de bibliothèque, elle prenait la mienne, généralement sans me demander. Elle ne rendait jamais les livres à temps, si bien que je me retrouvais toujours mise à l'amende.

— Hmm, fit Hoover. Hmm. Eh bien...

— Tu t'es planté, dit Joan.

— Ne prenez pas cet air supérieur, miss Fine. Ce n'est pas une petite erreur...

— Deux, lui rappela Joan. Tu as dit que Kite avait sauvé Clayton à la gare. Ce n'était pas supposé se produire.

— De toute façon, cela ne fait aucune différence : d'ici ce soir vous serez morte, ainsi que Clayton Bryce, Harry Gant, et la vieille femme si elle continue à se mettre en travers de mon chemin. Il n'y aura pas de deuxième chance.

— Morte ? dit Joan. Comment ?

— À Babel, en essayant de sauver les nègres de l'extinction. (Il se tourna vers le projecteur holographique.) Là, laissez-moi vous montrer...

Section Sac Noir

— Vous voulez *quoi* ? dit Winnie Gant.

— Que vous fermiez le chantier pour la journée, répéta le visiteur. Évacuez tout le monde à partir du niveau 180 et au-dessus, et signalez à la sécurité de Babel que sauf avis contraire, personne en dehors de mon équipe d'inspection ne doit être autorisé à monter jusqu'ici.

Un escalier extensible antidérapant montait au centre de contrôle des kangourous. Winnie Gant se tenait sur le seuil, bloquant l'entrée, tandis que deux marches en dessous l'homme en costume gris impeccable brandissait un insigne et une pleine pochette de documents légaux.

— Écoutez, Mr...

— Appelez-moi Roy.

— Mr Roy, mes gars sont tous syndiqués, comprenez-vous ? Je dois leur régler un jour de paie qu'ils soient présents ou non.

— Le Bureau est sincèrement désolé pour le désagrément, mais...

— Ce n'est pas un désagrément, le coupa Winnie. Ce sont des milliers de dollars de salaires gaspillés et une demi-journée de retard sur mon calendrier, avec l'hiver qui sera bientôt là pour nous obliger à fermer pour de bon. Un *désagrément* ? Vous êtes loin du compte !

— ... mais j'ai peur que vous n'ayez pas le choix, termina Roy. D'après l'article B de l'acte antiterroriste antiaméricain, j'ai le pouvoir de vous contraindre à vider les lieux, par la force si nécessaire.

Il lui tendit un document de sa pochette.

— L'acte antiterroriste ? Quoi, y a-t-il une alerte à la bombe ?

— Je ne suis pas autorisé à en discuter. Tout ce que je peux vous dire, c'est que le secteur doit être évacué aussi vite que possible. Votre coopération est appréciée.

— Hon-hon, fit Winnie sans bouger d'un pouce. À quelle branche du FBI avez-vous dit que vous apparteniez, déjà ?

— Au département Antiactivités antiaméricaines, section spéciale Sac Noir.

Il lui tendit sa carte professionnelle.

— Roy Kuhn, lit-elle. Et ce sont vos assistants ?

Deux domestiques automatiques attendaient au pied des marches, vêtus de combinaisons et de casquettes brunes. Ils portaient entre eux une caisse en aluminium qui, à l'exception de sa grande taille, ressemblait à celles dans lesquelles on transporte les dons d'organes.

— Une partie, répondit-il. Le reste de mon équipe d'inspection nous rejoindra après votre départ. Ce sont pour la plupart des agents infiltrés qui ne doivent pas se montrer en public, en particulier à des travailleurs syndiqués.

— Qu'y a-t-il dans cette caisse ?

— C'est confidentiel.

— Confidentiel, lui fit écho Winnie. Ben voyons. (Elle tourna la tête et s'adressa au super ordinateur du centre de contrôle.) Rosie ?

— Ouais, patronne ?

— Appelle Jimmy et dis-lui de monter, ordonna Winnie. Passe aussi un coup de fil aux renseignements de NYNEX Caller et demande-leur de vérifier un numéro pour moi.

Elle énonça les sept chiffres de la carte professionnelle de Roy.

— C'est parti. Jimmy sera là dans deux minutes... et la compagnie du téléphone dit que le numéro correspond aux bureaux du FBI à Manhattan.

— Appelle-les. Demande-leur s'ils ont un agent des Antiactivités antiaméricaines du nom de Roy Kuhn.

— C'est parti, patronne... (Durant la pause, Winnie étudia la cicatrice sur le nez de Roy et se demanda où elle l'avait déjà vue.) J'ai parlé à un de leurs réceptionnistes, patronne. Ils ont bien un Roy Kuhn chez eux, mais il n'est pas autorisé à révéler dans quel département. Je pense que ça voulait dire oui.

— Encore une chose, ajouta Winnie. Question juridique... (Elle brandit le document remis par Roy bien en vue d'une des caméras vidéo externes du centre de contrôle.) Ce papier est authentique ?

— Peur que oui, patronne, annonça Rosie après une courte pause. Ses papiers sont en ordre, et du point de vue légal, il peut vous arrêter si vous n'obéissez pas.

— Merde. (Elle se passa la main dans les cheveux.) Pouvons-nous réclamer un dédommagement pour le temps de travail perdu ?

Rosie éclata de rire.

— Elle est bien bonne, patronne !

Roy monta une marche et déclara :

— Maintenant que la question juridique est réglée, Mrs Gant, pouvons-nous nous mettre au travail ou faut-il que je vous passe les menottes ?

— Pas la peine, concéda Winnie. Je vais faire dégager. Mais j'attends un coup de fil de vos supérieurs pour m'expliquer ce cirque, et je l'attends *aujourd'hui*.

— Je verrai ce que je peux faire. Vous habitez dans l'immeuble, exact ? Au niveau 145, appartement 14501 ?

— Cette semaine, en tout cas.

— Vous pourriez peut-être attendre là-bas. Votre mari aussi, s'il est à la maison.

— Mon mari ? Pourquoi ?

— J'aurai besoin de vous deux plus tard, expliqua

Roy, et cela simplifiera les choses si je n'ai pas à vous chercher partout.

— Vous aurez besoin de nous pour quoi ?

— Désolé, je n'ai pas le droit de vous le dire non plus. Vous verrez. Maintenant, si vous voulez bien...

— Tout de suite, dit Winnie Gant. Excusez-moi d'avoir douté de vous, Mr Kuhn. Je vois maintenant que vous êtes vraiment un agent du gouvernement.

Elle se pencha à l'intérieur du centre de contrôle et déclencha le sifflet d'interruption d'urgence des travaux. Le son jaillit comme le hurlement d'une sirène d'alerte antiaérienne, mais Roy ne tressaillit pas d'un cil.

Mandingo

— Les charges sont enterrées au sous-sol, sous les cages de la première volée d'ascenseurs, expliqua Hoover en pointant le schéma holographique de Babel qui s'était matérialisé derrière lui. (Vers le centre du réseau en fil de fer figurant les égouts et le sous-sol, un cube rouge clignotait.) Trois mille huit cent cinquante kilos de dynamite, provenant d'un camion Du Pont disparu la semaine dernière dans une gare de chargement du Colorado.

— Tu comptes faire s'écrouler le gratte-ciel ? demanda Joan.

— Pas avec de la dynamite. Il y aura des dégâts structurels, un incendie aux niveaux inférieurs, beaucoup de bruit et de fumée, mais il faudrait une bombe atomique pour raser cet immeuble — non que je ne puisse pas en obtenir une, mais les retombées radioactives feraient échouer le reste de mon plan. C'est surtout une explosion médiatique : elle aura l'air d'un attentat terroriste perpétré par un groupe de guérilleros nègres basés dans les montagnes Rocheuses. Avez-vous jamais entendu parler de l'ALSS, l'Armée de Libération Sub-Saharienne ?

— Non.

— Bien sûr que non, dit Hoover. C'est moi qui l'ai inventée. Mais le FBI y croit, cependant. Le département des Antiactivités antiaméricaines suit mes fausses pistes depuis des mois, et ce soir ils recevront un coup de téléphone anonyme qui les fera accourir juste à temps pour assister au feu d'artifice. (Dans l'hologramme, de minuscules personnages bleus se présentèrent au pied de la ziggourat, et un hélicoptère bleu commença à décrire des cercles autour des niveaux supérieurs de la tour.) L'explosion enverra une onde de choc dans toute la superstructure du bâtiment, déclenchant un détecteur sismique au sommet.

Le cube rouge au sous-sol flamboya. Des déchirures caricaturales en partirent dans tous les sens et vers le haut. L'hologramme zooma sur la charpente d'acier des derniers niveaux de Babel.

— Le détecteur sismique déclenchera l'ouverture d'une trappe, ici, qui fera rouler un récipient hermétiquement scellé le long de cette piste...

Depuis un point élevé dans la charpente, un cylindre vert se mit à rouler le long d'un étroit pan incliné qui débouchait sur le vide. L'hologramme fit un zoom arrière pour englober de nouveau tout le bâtiment, et une ligne verte en pointillé fit apparaître la trajectoire de chute du cylindre jusqu'à la rue en contrebas.

— Le récipient se brisera à l'impact, libérant une version améliorée du nanovirus eugénique. Les agents fédéraux sur les lieux en deviendront porteurs. (Les personnages bleus virèrent au vert.) D'ici lundi matin, après une réunion d'urgence à Washington DC, bon nombre de ces agents seront envoyés dans les Rocheuses, dans des enclaves de présumés terroristes que je me serai fait un devoir de leur indiquer.

L'hologramme passa à une vue aérienne des États-Unis. De minuscules avions verts décollèrent de la côte Est et s'envolèrent vers une série de points lumineux le long de la faille continentale.

— Les refuges des survivants de la pandémie, devina Joan. (À mesure que les avions atteignaient les points lumineux, ces derniers viraient au vert à leur tour.) Et les Fédéraux vont tous les contaminer.

Hoover hocha la tête.

— Il ne fera pas de détail, cette fois. Chez les personnes vulnérables, la mort est garantie dans les quatre-vingt-seize heures après l'exposition. Vingt-quatre à quarante-huit heures plus tard, elles disparaissent en poussière. (Il se frotta le menton comme un garagiste devant une réparation difficile.) Propager le virus en Afrique sera une autre paire de manches. Les nègres qui restent là-bas sont plus mobiles, ils disposent d'un territoire plus vaste. Malgré tout, en glissant un mot ici et là, je devrais pouvoir convaincre le FBI de parler à la CIA, et la CIA aux services de sécurité du libre-échange africain...

— À moins que tu n'arrêtes tout avant qu'il ne soit trop tard.

— Eh bien, fit Hoover avec un petit sourire supérieur, c'est là qu'intervient l'ironie. Voyez-vous, miss Fine, j'ai tenu à ce qu'il soit en votre pouvoir de briser la chaîne d'événements que je viens de décrire — d'empêcher l'explosion, et par là même la propagation du virus avec tout ce qui s'ensuit — mais en vous disant cela, je m'assure virtuellement de votre échec. Je sais que vous tenterez quelque chose d'héroïque pour stopper ce génocide, mais vous vous ferez tuer dans l'affaire et tout se déroulera exactement comme je l'ai prévu.

— Es-tu certain d'avoir couvert tous les angles d'approche ? demanda Joan, tâchant de pêcher des indices. De n'avoir absolument rien oublié ?

— Il n'y a rien à oublier, affirma Hoover. En réalité, ce sera l'une de mes persécutions les plus simples. Le seul angle d'approche à couvrir c'est vous, miss Fine, et ne le prenez pas mal mais vous êtes quelqu'un de facile.

Pendant tout cet échange, elle avait guetté l'arrivée du molosse mécanique. Tendant l'oreille à l'écoute d'un trottinement et du grondement d'un moteur V-6, elle n'avait pas entendu le pas plus léger du nègre électrique qui s'était approché discrètement. Le coup qu'elle reçut dans le dos la prit totalement par surprise, l'envoyant s'écraser contre le gazon artificiel et lui faisant lâcher son arme.

— *Très* facile, insista Hoover.

Elle se sentit saisie à la nuque comme par un étau et arrachée au sol. Elle se débattit en vain, mais au prix d'un effort violent elle réussit à tourner suffisamment la tête pour apercevoir son agresseur du coin de l'œil.

Le nègre était gigantesque, atteignant au moins les deux mètres dix. Pieds et torse nus, il était vêtu d'un pantalon d'esclave en coton blanc serré à la taille par une ceinture de corde. Dans sa main libre — celle qui ne tenait pas Joan — pendait une fourche aux dents rouillées.

— Mandingo, ordonna Hoover, emmène donc nager miss Fine.

Le Mandingue électrique détentit le bras et Joan vola dans les airs. Elle se réceptionna trop court, à quelques mètres du bassin artificiel, mais son élan la fit rouler jusqu'au bord. De la vapeur s'en élevait doucement. Elle la prit d'abord pour de la brume, puis elle vit les bulles qui crevaient la surface de l'eau. Le bassin tout entier était en train de bouillir.

— Non, gémit Joan. Ho-hon.

Elle roula sur le dos. Le Mandingue s'approchait, marchant d'un air avantageux.

— Entre dedans, ordonna-t-il avec un geste de sa fourche.

— Non, répéta-t-elle.

Elle tendit le bras, plia le poignet. Le Derringer de Kite vint se plaquer contre sa paume, et son doigt se crispa sur la détente. Le Mandingue baissa des yeux déconfits sur le minuscule trou apparu entre ses pectoraux.

— Je te croyais différente des autres, geignit-il en lui adressant un regard lourd de reproches. Mais tu n'es... qu'une... Blanche !

Il trébucha. La fourche se planta dans le gazon artificiel à moins de trente centimètres du ventre de Joan. Elle se redressa, saisit le manche à deux mains et le lui enfonça violemment sous le menton. La tête du Mandingue électrique, brisée net, se plia en arrière.

— TU N'ES QU'UNE BLANCHE ! brailla-t-il. TU N'ES QU'UNE BLANCHE !

Perdant tout contrôle moteur, il exécuta une demi-pirouette saccadée et bascula dans le bassin. Il coula dans un horrible grésillement : l'eau bouillante envahit sa cavité buccale et mit un terme à ses lamentations. John Hoover applaudit.

— C'est l'idée, se félicita-t-il. *Sic semper Aethiopibus* !

Joan bondit sur ses pieds et courut récupérer son autre arme. Hoover n'esquissa pas un geste pour l'arrêter ou pour s'enfuir.

— Pardonnez-moi de ne pas vous appeler de taxi cette fois, miss Fine, dit-il en fixant placidement le canon du Browning. Mais comme vous partez en croisade, il n'est que justice que je vous laisse vous débrouiller seule, à partir de maintenant. J'ai pris la liberté de faxer votre photo à la police locale en indiquant que vous aviez abattu un croupier, si bien que vous ne devriez pas vous ennuyer.

— Annule-le, ordonna Joan.

— Quoi donc ?

— Le génocide. Annule-le.

— Je vous l'ai expliqué, miss Fine, ce n'est plus de mon ressort. Tout dépend de vous, désormais. Annulez-le vous-même.

— Non, annule-le *toi*. Tu voulais défier ton surmoi, fais-le : refuse d'exécuter ton ordre spécial.

— Mais je ne tiens pas à refuser.

— Moi, j'y tiens. Je te le demande.

Hoover haussa une dernière fois les épaules.

— Autant demander la lune, pendant que vous y êtes.

— Comme tu voudras, dit-elle en pressant la détente.

La balle de calibre.70 s'enfonça dans la poitrine d'Hoover. Toute apparence de vie l'abandonna ; il devint rigide comme une statue. Insatisfaite, Joan s'avança d'un pas et vida son chargeur sur le cadavre de l'androïde, visant méthodiquement, le réduisant à ses composants de base. Engrenages et servomoteurs s'éparpillèrent sur le gazon artificiel.

— Quelle répugnante créature, commenta Ayn Rand quand le dernier boulon eut cessé de rouler.

Joan se tourna comme si elle avait été piquée.

— On ne t'a pas beaucoup entendue jusqu'ici, fit-elle remarquer.

— Que vouliez-vous que je dise ? demanda Ayn. C'était une abomination ; je ne discute pas avec les abominations.

— Eh bien, tu vas discuter avec moi.

— À quel propos ?

Joan glissa son deuxième chargeur dans le minicanon.

— Tu pourrais commencer par me dire de quel côté tu es.

— De quel côté ? Je ne suis du côté de personne, je suis de mon propre côté.

— Conneries, rétorqua Joan. Tu renseignes les méchants, Ayn.

— Quoi ?

— Il savait exactement à quel moment appeler ce matin, dit Joan en désignant les débris d'Hoover. Je suppose qu'il aurait pu nous écouter par l'intermédiaire du micro du téléphone dans la cuisine, mais comment aurait-il pu entendre notre petite discussion d'hier devant la bibliothèque ?

— Vous croyez que je vous aurais vendue ?

— Qui d'autre ?

— Et comment ai-je fait, je suis sortie discrètement de la maison pour un rendez-vous clandestin ?

— Ne joue pas les imbéciles, Ayn. Tu portes un mouchard, pas vrai ?

— Certainement pas ! commença-t-elle à protester. (Mais alors une étrange expression s'afficha sur son visage, et le choc succéda à la colère.) Ramassez la lampe ! ordonna-t-elle.

— Quoi ? Pour quoi faire ?

— Faites-le !

Joan s'avança prudemment, se méfiant d'une nouvelle attaque surprise. Elle ramassa la lampe.

— Regardez sous le socle, dit Ayn. (Elle semblait effrayée.) Cherchez un compartiment secret, avec un couvercle circulaire.

Joan regarda.

— Je vois un disque. Environ quatre centimètres de large.

— Dévissez-le vers la gauche.

Joan s'accroupit et déposa son arme sur le gazon artificiel.

— Très bien, dit-elle un moment plus tard. Je l'ai ouvert.

— Regardez si vous voyez une molette à l'intérieur, comme un gros bouton noir.

— Avec des circuits imprimés sur le dessus ?

— C'est ça. Donnez-lui un demi-tour à droite et sortez-le.

Joan s'exécuta. Le bouton noir se détacha et tomba dans sa paume.

— Je l'ai.

— Laissez-moi voir ! (Joan redressa la lampe ; Ayn fixa le bouton avec un air qui confinait à la terreur.) C'est le transmetteur, déclara-t-elle après un long silence. Maintenant qu'il est déconnecté de mes systèmes sensoriels, il ne peut plus nous espionner, mais il peut toujours envoyer sa position.

— Depuis combien de temps savais-tu qu'il était là, Ayn ? demanda Joan.

— Depuis... environ une minute et demie.

— Quand je t'ai demandé si tu portais un mouchard...

— Brusquement, je l'ai su. (Ayn serra les poings.) Mais c'est totalement irrationnel ! ragea-t-elle. On ne découvre pas quelque chose comme ça, sans contexte ! Une nouvelle connaissance suppose de nouvelles données ou une nouvelle réflexion... c'est tout simplement impossible...

— À moins qu'il s'agisse d'une connaissance enfouie dans ta mémoire par quelqu'un d'autre, dit Joan.

— Mon esprit est un instrument de précision ! Il n'y a pas de zones d'ombre dans *ce* cerveau !

— Dans ce cas, dis-moi comment tu as su où trouver le transmetteur ?

— J'ignore comment je l'ai su ! jeta sèchement Ayn. Je l'ai su, c'est tout !

Joan se laissa tomber sur les talons et croisa les bras sur ses genoux.

— Et combien de choses sais-tu encore comme ça ? Que diable es-tu, Ayn ? Un oracle, un cheval de Troie ?

— Un cheval de Troie ?

Joan effleura le verre de la lampe.

— Es-tu bourrée de virus, par exemple ? Ce serait assez ironique, que tu contiennes le virus et que je t'emmène précisément avec moi jusque...

— Non, la coupa Ayn. (Ses yeux s'écarquillèrent.) Non, ce n'est pas ça.

— Qu'est-ce qui n'est pas ça ? demanda Joan.

— Ce n'est pas le piège qu'il vous a préparé. Le récipient de virus se trouve déjà sur place, on est en train de l'installer en ce moment même.

— Ah ouais ? fit Joan. Peut-être la bombe, alors ? Hoover a dit qu'il faudrait une bombe A pour raser Babel. Bon, je t'accorde que tu parais un peu petite pour une bombe A, et je m'attendrais à ce que tu sois beaucoup plus lourde si tu contenais du plutonium, mais d'un autre côté...

— Non, l'arrêta Ayn. Ce n'est pas ça non plus. Je ne suis pas la bombe. (Elle secoua la tête.) Mais comment puis-je savoir ça ? *Comment* puis-je savoir ça ?

— Hmm. À combien de réponses ai-je droit ?

20

— Waouh, et alors, que s'est-il passé ?

Elle le fixait avec de grands yeux admiratifs, la bouche béante d'une feinte stupéfaction.

— Tu étais là, dit Doc, coincée au bord d'une falaise de trente mètres de haut..

— J'étais là.

— Avec l'évêque et ses sbires fanatiques fonçant vers toi, armés jusqu'aux dents et ivres de vengeance...

— Exactement.

George fit sauter le couvercle de sa quatrième canette de Schlitz depuis les trente dernières minutes.

— Pas moyen de descendre ni de t'enfuir...

— Pas moyen.

— Seule, à un contre six...

— Toute seule, à un contre six. Ouais. Putain...

— Et alors ?

— Et alors, putain.

— Et alors, qu'as-tu fait ?

EDWARD ABBEY,
The Monkey Wrench Gang

— Espèce d'enfoiré de salopard ! beugla Quint. Tu m'as coulé mon bateau !

PETER BENCHLEY,
Les Dents de la mer

Mitterrand Sierra

— *Deux explosions*, annonça l'ordinateur. *Les Chandelles Sauvages ont atteint l'objectif.*
— Sont-ils morts ? demanda le capitaine Baker.
— Pas certain, répondit Troubadour Penzias. Une minute...

Yabba-Dabba-Doo

— Aïe aïe aïe ! (La double explosion avait jeté Morris au sol, indemne, mais en se relevant il marcha sur son dreidel, dérapa et cogna le petit juif.) Aïe !
L'éclairage de secours baignait la passerelle dans une lueur rouge sombre. Les moteurs avaient stoppé, et la plupart des systèmes électriques étaient morts. La table de contrôle était brisée. Le *Yabba-Dabba-Doo* donnait de la bande par tribord arrière, et une sensation de vertige au creux de l'estomac fit comprendre à chacun que le bâtiment était en train de couler.
— Tout le monde est okay ? lança Philo en se relevant tant bien que mal.
— À peu près, répondit Morris en se frottant le coude.
— Je n'ai rien, annonça Norma.
— Présente, lança Asta depuis le sonar.
— Constantinople, fit Osman Hamid en se dégageant de l'airbag qui s'était déployé au-dessus du manche.
Morris réussit à arracher un rapport d'avaries à un panneau de contrôle.
— On dirait que nous avons été touchés aux deux extrémités. Importantes voies d'eau dans l'arboretum et la salle des machines.
— Pouvons-nous faire surface ?

Morris secoua la tête.

— Même si nous pouvions colmater les fuites, la plupart des pompes sont hors-circuit. Il reste suffisamment de ballasts et de contrôle de roulis pour nous empêcher de tournoyer jusqu'au fond, mais c'est une plongée sans retour. (Il procéda à quelques rapides calculs.) Nous descendons environ à 200 pieds par minutes, et ça risque d'empirer très vite. Je dirais... cinq minutes avant d'atteindre la profondeur d'écrasement, six au grand maximum. (Il conclut :) Nous ne nous en sortons pas si mal.

— *Pas si mal ?* s'écria Norma Eckland.

— Eh, après avoir pris deux torpilles de plein fouet, c'est déjà beau que nous coulions en un seul morceau. Tu peux dire merci aux talents métallurgiques de Howard Hughes, ainsi qu'aux modifications que j'ai apportées à la structure, ajouta-t-il modestement. Une coque moins solide se serait fendue comme une coquille d'œuf.

— Sauf que le sous-marin *coule*, Morris.

— Mais nous sommes encore en vie, Norma. Et si nous minutons habilement notre éjection, les méchants croiront nous avoir tous tués. (Morris brancha l'interphone.) Salle des machines ?

On aurait cru entendre les rapides du Colorado à la fonte des neiges.

— Morris ? cria Irma Rajamutti par-dessus le bruit.

— Irma ! Rien de cassé ?

— Tout le monde va bien, Morris, mais impossible de souder cette brèche.

Il se mordit la lèvre inférieure.

— Est-ce seulement la coque, ou bien y a-t-il une fuite au réacteur ?

— Le caisson de confinement est intact.

— Très bien. (Il poussa un soupir de soulagement.)

Fais sortir tout le monde. Retrouvez-nous sur la passerelle, et grouillez-vous.

— Okay, on arrive.

— Une fuite au *quoi* ? voulut savoir Philo alors que Morris aidait les autres à se relever.

— Heu...

— Quel *réacteur* ? Quel *caisson de confinement* ? Le moteur du *Yabba-Dabba-Doo* fonctionne sur batteries, non ?

— Principalement, oui...

— Batteries qui marchent à l'énergie solaire, avec un diesel comme moteur de secours.

— Eh bien, confessa Morris sur un ton hésitant, pas exactement...

— Pas exactement ?

— Le moteur de secours n'est pas exactement diesel. Quant à l'énergie, en un sens elle est solaire, mais...

— Morris... (Philo entreprit de faire le tour des débris de la table de contrôle.) Es-tu en train de me dire que tu as installé un réacteur nucléaire à bord de ce sous-marin ? Sans m'en informer ?

— Eh bien... (Il voulut reculer, mais une cloison bloqua sa fuite. Il se mit à parler très vite :) Tu te souviens que quand nous avons visité ce sous-marin pour la première fois, je t'ai parlé de ce moteur auquel je ne comprenais rien dans la salle des machines ? Eh bien, j'ai fini par saisir ce qu'Hughes avait en tête, et bien que je ne pense pas qu'il ait jamais réussi, ça m'a donné des idées. La même semaine, j'ai lu un article sur des gisements d'uranium inexploités sous la voie express de West Side à Manhattan, et...

Philo agrippa Morris par le devant de sa chemise.

— Tu as installé un *réacteur nucléaire* à bord ?

— Un réacteur à fusion ! bredouilla Morris. C'est propre et sans aucun danger !

— Si c'est sans danger, pourquoi as-tu peur d'une fuite ? Si c'est une énergie propre, pourquoi avoir refusé de m'en parler ?

— Irma et moi étions sûrs que tu te braquerais. Nous nous sommes dit...

Philo le lâcha et ferma les yeux.

— Je n'arrive pas à le croire. Je n'arrive pas à croire que vous m'ayez menti comme ça.

— Le diesel est antisémite ! s'écria Morris pour se justifier.

Philo écarquilla les yeux en grand.

— Quoi ?

— Je veux dire, commença Morris, des tas de juifs sont morts dans des guerres tournant autour du pétrole... Très bien, très bien, c'est une excuse pitoyable, mais si tu avais vu ce réacteur, Philo... c'est vraiment une machine splendide, je t'assure.

— Pas suffisamment pour me la montrer, apparemment.

— Je...

— TOI ! (L'écoutille du pont arrière s'ouvrit ; un Heathcliff fulminant et trempé comme une soupe fit son entrée, suivi du reste de l'équipe de la salle des machines.) TU AS FAILLI NOUS NOYER !

— Ah ? fit Morris, pas fâché de la diversion.

— Espèce de sale... (Heathcliff agita le poing sous son nez, projetant des gouttes d'eau de mer partout.) De sale...

— Vas-y. Dis-le.

— Espèce de sale...

— Dis-le. Je te mets au défi.

— De sale AMÉRICAIN ! vociféra Heathcliff.

— John Wayne ! renchérit Mowgli.

— GI Joe ! jura Galahad.

— Rambo ! siffla Little Nell.

— Popeye le marin ! jeta Oliver.

— Bande de petits snobinards d'Oxford ! répliqua Morris. Je devrais vous...

— Hé ! (Asta Wills sortit de l'ombre du poste sonar.) Sans vouloir gâcher votre petite dispute, nous sommes presque à profondeur d'écrasement. Vous pourriez peut-être remettre ça à plus tard.

— Asta a raison, dit Philo en lançant un dernier regard noir à Morris. Il faut évacuer en vitesse. Qui manque à l'appel ?

L'écoutille avant s'ouvrit. Jael Bolívar trébucha à l'intérieur, couverte de boue, suivie immédiatement de Marshall Ali suant sous la charge de trois gros coffres.

— Où est Vingt-Neuf Mots ? leur demanda Philo.

Marshall Ali déposa son fardeau avec fracas.

— Il était avec Seraphina.

Philo en resta bouche bée.

— *Seraphina* est ici ? Par quel miracle ?

— Elle est venue à la grotte avec Ellen Leeuwenhoek pour nous dire au revoir. Tu n'étais pas au courant ?

— Où est-elle ?

— Elle et mon apprenti inuit ne sont plus à bord...

— La capsule de survie, devina Morris.

— Oui.

— Ha ha ! s'exclama Heathcliff. Tu vois ?

— Que fabriquaient-ils dans une capsule de survie ? voulut savoir Philo.

— C'est un peu délicat, éluda Marshall Ali. S'il vous plaît, quelqu'un pourrait m'aider ? J'ai encore trois autres coffres à sauver, et je n'arrive pas à ouvrir l'écoutille de l'autre capsule de survie...

La coque émit des grincements menaçants autour d'eux.

— Trop tard, annonça Morris en consultant une jauge de profondeur. Tu n'auras jamais le temps.

— Mais... mes trésors archéologiques... mon histoire...

— Mes plantes, déplora Jael Bolívar en brandissant un bout de liane détrempé.

— Notre peau, souligna Morris. Désolé, les amis...

— Je vais m'en occuper, de ta peau, le menaça Heathcliff. Espèce de...

Asta Wills lui posa la main sur l'épaule.

— Ça suffit comme ça, sombre abruti d'Engliche. Boucle-la si tu ne veux pas qu'on t'abandonne ici.

Heathcliff lui décocha un regard mauvais, mais comme elle était plus grande que lui, les choses en restèrent là.

— Que tout le monde se cramponne à quelque chose ! ordonna Morris.

Des trois capsules de survie du *Yabba-Dabba-Doo*, la passerelle était la principale et la plus importante. Quand Morris abaissa une série de leviers, les écoutilles avant et arrière claquèrent et se verrouillèrent automatiquement ; des charges explosives firent sauter le kiosque comme un couvercle, tandis qu'une autre charge brisait le périscope. Enfin, à son cri de « Rien ne va plus ! » une énorme bouffée d'air comprimé expulsa la passerelle hors du sous-marin. L'océan s'engouffra dans la brèche, et un moment plus tard, c'en était fini du *Yabba-Dabba-Doo*. La coque, soumise à une pression irrésistible, s'écrasa et se déchira simultanément.

Les différents morceaux de l'épave — y compris la moitié des vestiges archéologiques du Kurdistan, cinquante-neuf variétés irremplaçables de plantes amazoniennes et un premier roman un peu lourd en adjectifs — continuèrent à sombrer vers le fond du canon d'Hudson. Un lent phénomène d'érosion finirait par les entraîner vers les grands fonds océaniques au-delà de la plaque continentale, où ils y attendraient la remontée de l'Atlantide ou la fin du monde, selon ce qui se présenterait en premier.

La passerelle ne coula pas. Chassée par le dernier souffle du *Yabba-Dabba-Doo*, elle remonta vers la surface, tel un énorme canot de sauvetage. Un canot de la taille d'un bus, et peint à l'avenant, s'il y avait eu quelqu'un à l'extérieur pour l'admirer : sa coque était un déchaînement de couleurs psychédéliques d'où des hippies en trompe l'œil faisaient des signes à travers des vitres poussiéreuses. L'écriteau de destination du bus indiquait TOUJOURS PLUS LOIN.

Le *Toujours plus loin* s'éleva vers la lumière du jour. Ses treize passagers — effrayés, trempés, furieux mais vivants — s'élevèrent avec lui. Ce n'était pas encore la fin du voyage.

Mitterrand Sierra

— *Le sous-marin est fini*, diagnostiqua l'ordinateur. *J'entends des bruits de destruction.*

Le capitaine Baker n'eut pas besoin de traduction.

— Nous les avons eus.

Penzias hésitait encore.

— Pas certain, répéta-t-il. *Combat*...

— Capitaine, appela Tagore depuis la passerelle. Nous avons un contact visuel par bâbord avant. On dirait...

— *Nouveau contact*, interrompit l'ordinateur. *Contact radar et visuel, relèvement un-cinq-huit, distance 700 mètres. C'est un radeau pneumatique.*

— Répétez, passerelle, demanda le capitaine Baker. Que voyez-vous ?

— Un radeau de survie, lui dit Penzias. Demandez-lui de quelle couleur sont les passagers.

— Capitaine, intervint une nouvelle voix, ici Sutter,

sur le pont avant. J'ai le radeau en vue. Je compte deux occupants.

— De quelle *couleur*, nom de Dieu ! jura Penzias.

— La ferme ! l'avertit le capitaine. (À l'adresse de Sutter, il reprit :) Vous les voyez clairement ?

— Oui, capitaine. Ils se rapprochent, nous allons passer juste à côté.

— De quoi ont-ils l'air ?

— D'un Esquimau à poil et d'une négresse dans une couverture spatiale.

Le radeau

Vingt-Neuf Mots pour Neige était assis en tailleur dans le bateau de survie, nu comme un phoque. Le radeau se balançait dans les creux. Seraphina, fascinée, regardait Vingt-Neuf Mots se balancer avec lui.

— Remets tes vêtements ! ordonna FRÈRE castor.

Seraphina avait réussi à se tortiller dans son jean, mais son corsage s'était perdu lors du transfert de la capsule au radeau pneumatique. Elle s'était donc drapée dans la couverture spatiale comme dans un poncho et tenait FRÈRE castor contre sa poitrine pour se réchauffer. Ce contact intime semblait l'agiter plus encore que d'habitude.

— J'ai chaud, protesta Vingt-Neuf Mots.

— Il fait 41 degrés, dit FRÈRE castor, et tu es beaucoup trop découvert !

— J'ai chaud.

Une brise vigoureuse soufflait sur le radeau, mais la peau lisse de Vingt-Neuf Mots ne montrait aucune trace de chair de poule. Seraphina tendit la main. C'était comme caresser du marbre.

— Arrête ça ! Arrête ça *tout de suite* !

L'ombre du *Mitterrand Sierra* tomba sur le radeau

pneumatique, qu'il écrasait de sa masse. Seraphina leva les yeux vers les mitrailleuses lourdes montées sur le plat-bord du tueur de sous-marins. Elle sentit un frisson de peur, aussitôt suivi d'une libération de Prozac hormonal qui lui rendit son calme et son optimisme. Vingt-Neuf Mots parvint à un résultat similaire grâce à une succession d'exercices martiaux basés sur l'hyperventilation. FRÈRE castor, pour qui la détente était un traitement qu'on faisait subir à ses valeurs morales, battit de la queue contre la cage thoracique de Seraphina au point de lui laisser une marque.

— Ça fait mal, l'informa-t-elle.

Le radeau fut ballotté dans le sillage du *Sierra*, qui stoppa ses machines et s'immobilisa. Deux hommes au visage dur apparurent sur le pont arrière. L'un d'eux braqua un fusil d'assaut sur le radeau tandis que l'autre faisait descendre un filet de charge au bout d'un treuil. Quand le filet arriva au ras de l'eau, l'homme au fusil leur fit signe de grimper dedans.

— Ce serait tout à fait imprudent, estima FRÈRE castor.

— Qu'est-ce qui serait le moins prudent : se balancer dans un filet ou désobéir à un homme qui tient un fusil ? demanda Seraphina

— Hmm, réfléchit FRÈRE castor qui n'aimait aucune des deux options. Très bien, monte dans le filet. Mais fais bien attention de ne pas me lâcher.

— Ne me tente pas, répliqua Seraphina.

City of Women

— Le Robespierre se trouve maintenant à 6 000 mètres, relèvement un-six-sept, annonça Gwynhefar Matchless. Nous sommes juste derrière lui, hors de l'arc de tir de ses Piranhas et probablement aussi de ses Chandelles Sauvages, à moins qu'il ne dispose d'un second lanceur.

— Ne prenons aucun risque, décida Wendy Mankiller. Poste d'attaque, charger les tubes un et trois avec des torpilles Chantecler.

— Bien, capitaine, chargement des tubes un et trois avec des Chantecler.

— MacAlpine, venez à immersion périscopique.

— Bien, capitaine. Je monte...

Mitterrand Sierra

— J'imagine que c'est inutile de fouiller celui-là, dit Sutter. (Éprouvant une pointe de malaise homo-érotique devant la nudité de Vingt-Neuf Mots, il la dissimulait en ricanant et en agitant son fusil.) Et elle, que cache-t-elle sous cette couverture ?

— Devinez, lança Seraphina.

Sutter parut surpris de l'entendre parler. Sayles, qui s'était approché pour la fouiller, leva instinctivement la main à son visage et laissa descendre ses doigts le long de son cou.

— Nom de Dieu ! s'exclama-t-il en retirant brusquement sa main.

— Quoi ?

— Elle est tiède. C'est de la vraie peau ! Elle est vivante, Sutter !

— Conneries, se moqua Sutter tandis que Seraphina levait les yeux au ciel. Les nègres vivants, ça n'existe plus. Elle est forcément électrique.

— Je te dis que non, Sutter. C'est une vraie. (Il déglutit.) On raconte que Dufresne serait nègre.

— Ouais, ben c'est bien ce que je disais, maintenant ils sont tous morts. C'est peut-être une aborigène. (Pour la première fois, Sutter s'adressa directement à Seraphina.) Es-tu aborigène ?

— Moi, je suis indigène, proposa Vingt-Neuf Mots pour rendre service.

— *Sutter ? Sayles ?* fit la voix du capitaine dans un haut-parleur.

Sayles marcha jusqu'au micro de l'interphone sans quitter Seraphina des yeux. Elle promena son regard sur le bâtiment jusqu'à l'habitat climatisé sur le pont d'envol pour hélicoptères. Trois lémuriens la contemplaient d'en haut, curieux comme des enfants. Elle leur sourit chaleureusement.

— Capitaine ? dit-il en décrochant le micro. Ici Sayles.

— *Sayles, avez-vous récupéré les passagers du radeau ?*

— Nous les tenons, capitaine. Capitaine, la négresse est un vraie. Une humaine.

— *Qui...*

Une seconde voix intervint et une dispute éclata. On entendit plusieurs fois le capitaine crier « la ferme ! » puis il reprit d'un ton impatient :

— *Sayles, quelle est la couleur de ses yeux ?*

— Ses yeux, capitaine ? Ils sont... Jésus !

— Couleur Jésus ? s'étonna Sutter en se penchant vers Seraphina pour vérifier. Si la Sainte Vierge s'était fait sauter par un lutin, alors.

— Là-bas, indiqua Sayles en faisant un geste vers la proue. Regarde !

Sutter plissa les yeux.

— Qu'est-ce que c'est que ce truc ? De la fumée ?

— En tout cas, ça se rapproche, constata Sayles. Et vite.

— *Sayles ?* appela le capitaine. *Que se passe-t-il ? Sayles ?*

City of Women

— Immersion périscopique, capitaine.

— Sortez le périscope !

Wendy Mankiller avait simplement eu l'intention de jeter un rapide coup d'œil sur le tueur de sous-marin et de vérifier s'il y avait d'autres navires dans les parages. Mais ce qu'elle découvrit dans le viseur la laissa pantoise.

— Qu'est-ce que c'est que...

— Capitaine ?

— Il y a une espèce de colonne de fumée au-dessus de l'eau, au-delà du Robespierre.

Elle pressa plusieurs fois le bouton d'agrandissement sur la poignée du périscope. Grossie, la colonne éclata en milliers de particules volantes individuelles.

— Sauf que ce n'est pas de la fumée...

La bouée

La troisième bouée avait émergé plus tôt que prévu, son ballast ayant été endommagé par l'hélice du *Yabba-Dabba-Doo*. Elle creva la surface des vagues à un mille environ au sud du *Mitterrand Sierra*.

Elle était jaune vif, haute d'1,80 mètre environ et en forme de cône. La pointe du cône, tronquée, avait été remplacée par un couvercle étanche. Dès que la bouée se fut stabilisée, des cartouches de CO_2 le firent sauter. On entendit un bruit de cellophane qui brûle, et une nuée noire jaillit de l'ouverture.

Pas de la fumée.

Des insectes.

— *Ce sont des sauterelles*, dit l'ordinateur de combat. *Des sauterelles électriques.*

— Des sauterelles ? répéta Troubadour Penzias.

— Que se passe-t-il encore ? s'inquiéta le capitaine Baker.

— Des sauterelles, capitaine, des sauterelles *électriques*, qui sortent de l'eau.

— D'où diable...

— Je ne sais pas, déclara Penzias en consultant ses rapports de détection. Mais elles dispersent les ondes radio comme un leurre métallisé. Possible qu'elles soient destinées à brouiller notre radar.

— En prélude à quoi ? Une attaque aérienne ?

— Ou un tir de missile. Ou n'importe quel plan bizarre qui n'aurait pu germer que dans la cervelle d'un écolo chevelu. (Penzias se pencha sur son écran de contrôle.) Elles nous arrivent droit dessus.

— Pouvons-nous les descendre ?

Penzias haussa les épaules.

— Les mitrailleuses ne seraient pas d'une grande utilité contre des cibles de cette taille ; des missiles sol-air les traverseraient sans dommage. Et nous n'avons pas de soutien aérien pour nettoyer tout ça au napalm...

— *Périscope !* alerta l'ordinateur. *Un périscope dans l'eau au trois-quatre-sept, distance 5 800 mètres.*

Penzias traduisit pour le capitaine.

— Trois-quatre-sept, ça veut dire qu'on l'a aux fesses, ajouta-t-il.

— Passerelle ! beugla le capitaine.

Exode 10 : 13-15

— Moïse étendit son bâton sur le pays d'Égypte, récita Seraphina, et le seigneur dirigea un vent d'est sur le pays, tout ce jour-là et toute la nuit. Vint le matin : le vent d'est avait apporté les sauterelles. Elles s'élevèrent au-dessus de tout le pays d'Égypte et se posèrent sur tout son territoire : une telle masse de sauterelles qu'il n'y en eut jamais autant, avant comme après. Elles recouvrirent tout le pays qui en fut obscurci. Elles mangèrent toute l'herbe du pays et tous les fruits des arbres restés après la grêle. Il ne resta rien de vert sur les arbres et dans les prairies de tout le pays d'Égypte.

— Des insectes, Sutter, fit Sayles en pâlissant. Passe encore pour une négresse vivante, mais des insectes...

— Du calme, lui dit Sutter.

— C'est pour vous qu'elles viennent, déclara Seraphina. Elles vont dévorer votre bateau, et ensuite elles vous dévoreront, vous, si vous ne libérez pas les lémuriens.

— La ferme ! aboya Sutter. Ne l'écoute pas, Sayles. Elles ne peuvent rien nous faire.

Mais Sayles ne fut pas rassuré.

— Je ne supporte pas les insectes, Sutter. Je suis entomophobe, mec.

— Elles vous grimperont dans le nez, promit Seraphina.

— Je t'ai dit de la fermer !

Il fit un pas vers elle pour souligner son propos d'un coup de canon dans les côtes, mais le *Mitterrand Sierra* relança brusquement ses moteurs à plein régime, et il trébucha. Le canon de son arme s'abaissa le temps qu'il retrouve son équilibre ; Seraphina jugea le moment aussi opportun qu'un autre, ouvrit sa couverture et cria :

— Mords-le, castor !

Le « Nom de Dieu ! » de Sayles s'entendit jusqu'à l'autre bout du pont.

City of Women

— Le Robespierre reprend de la vitesse, capitaine !

— Damnation ! jura Wendy Mankiller, sachant qu'elle avait gardé trop longtemps son périscope sorti. Timonière, en avant deux tiers, la barre à bâbord toute, en plongée rapide. Rétablissez à 120 mètres et venez au zéro-trois-cinq.

— Bien, capitaine, dit Dasher MacAlpine. La barre à bâbord au zéro-trois-cinq, en plongée rapide.

— Capitaine, annonça Gwynhefar Matchless, le Robespierre amorce un demi-tour. Il est peut-être en train de dégager un angle de tir pour ses torpilles.

— En avant toute !

Le *City of Women* bondit en avant. Il se trouvait à 120 mètres de profondeur quand le sonar d'attaque du *Mitterrand Sierra* se mit à émettre.

— Capitaine...

— Je sais.

Mitterrand Sierra

— *Relèvement du sous-marin trois-cinq-trois, distance 6 000 mètres.*

— Il fuit, commenta Penzias. *Combat, paré à lancer...*

— Attendez une minute ! (Le capitaine Baker leva la main.) Passerelle !

— Ici Najime, capitaine.

— Réduisez la vitesse à un tiers. Venez à tribord au cap zéro-zéro-zéro.

— Que faites-vous ? s'écria Penzias.

— Je ralentis pour que vous puissiez obtenir une identification sonar du sous-marin. Pas question de lui tirer dessus avant de savoir qui c'est.

— Mais...

— Réfléchissez, Penzias. Ça ne peut pas être Dufresne. Même si nous ne l'avions pas coulé, jamais il n'aurait pu se replacer derrière nous aussi vite.

— Les sauterelles sont pratiquement sur nous. Si elles réussissent à neutraliser l'armement de ce navire...

— Pas question de tirer sur une cible inconnue, caporal. Maintenant, donnez-moi l'identité de ce sous-marin !

— *Combat*, dit Penzias. *Pouvez-vous classer le sous-marin ?*

— *Affirmatif. Le sous-marin est de la classe Dread Virago. C'est un bâtiment d'attaque britannique.*

— La terrible vierge ? traduisit le capitaine Baker.

— Un sous-marin d'attaque britannique, expliqua Penzias. *Combat, paré à lancer des Chandelles Sauvages sur la Virago...*

— Suspendez cet ordre ! commanda le capitaine. Que diable avez-vous l'intention de faire ?

— Qu'est-ce que vous croyez ? Selon vous ce serait une coïncidence, ce sous-marin britannique sortant de nulle part ? Les Anglais doivent être de mèche avec Dufresne. Et s'il n'a pas coulé et que nous laissons s'enfuir cette Dread Virago...

— Il n'est pas question de partir en guerre contre la Royal Navy, Penzias !

— Mais ils ne nous laisseront peut-être pas en finir avec lui !

— *Paré à lancer*, annonça l'ordinateur.

— Non ! s'écria le capitaine Baker. *Non. Vous avez compris ?*

— *Combat*... commença Penzias.

— *Non !* (Le capitaine Baker sortit son pistolet de son étui.) Caporal Penzias, vous êtes aux arrêts. Éloignez-vous de cette console !

Penzias tourna son interface de VISION vers lui, mais ne bougea pas de son siège.

— Je ne plaisante pas...

Le capitaine braqua l'arme en stabilisant son poignet avec son autre main.

— Ouais. (Penzias hocha la tête.) Je vois ça...

Il leva les mains en l'air et recula hors du cercle d'écrans et de scanners.

— Maintenant, dites à cet ordinateur de s'éteindre, ordonna-t-il. Cette opération est terminée.

— Si ce sous-marin de combat fait demi-tour et revient sur nous...

— Coupez-le.

— *Sonnez la collision*, dit Penzias.

Le hurlement du klaxon ne décontenança le capitaine qu'une seconde, mais c'était tout ce dont Penzias avait besoin. Il ferma le poing droit, faisant apparaître une lame en forme de feuille entre le majeur et l'annulaire. Bondissant en avant, il traça deux entailles rapides, une en travers du poignet du capitaine, l'autre juste au-dessus de ses yeux. Baker lâcha son arme et recula involontairement. Penzias pénétra sa garde et le plia en deux d'un coup de genou à l'entrecuisse. Il rattrapa sa tête qui s'effondrait, la prit délicatement entre ses mains et la cogna contre le rebord de la table des cartes.

— *Stoppez l'alarme*, ordonna Penzias.

Le klaxon se tut. L'interphone s'alluma.

— Ici passerelle, Najime. Qui a sonné la collision ?

— Défaillance de l'ordinateur, expliqua Penzias. Le capitaine est sorti vérifier.

— Ah. Écoute, Tagore vient de passer la tête dehors

et il me dit qu'on se bat sur le pont d'envol. Probablement les naufragés qui font du grabuge.

— Dis à Tagore de ne pas s'en faire.

Penzias se pencha sur le corps inanimé du capitaine Baker. La clef de l'armoire aux armes pendouillait à sa ceinture.

— Je monte m'en occuper tout de suite.

Deux hommes à la mer

— Saloperie !

FRÈRE castor s'était collé à la tête de Sutter comme un chapeau de Davy Crockett et lui assenait des coups de queue sur le nez. Le missilier trébucha sur la rampe de lancement d'un des râteliers à grenades. Un tonnelet noir roula par-dessus l'arrière du *Sierra* et explosa dans son sillage.

Sayles s'accroupit pour ramasser le fusil d'assaut lâché par Sutter. Un pied nu l'envoya glisser hors d'atteinte. Il releva la tête et vit Vingt-Neuf Mots qui le dominait, un poisson en caoutchouc à la main.

— Où as-tu péché ça ? demanda-t-il.

— Dans le lac Winnatonka, répondit Vingt-Neuf Mots avant de l'assommer d'un coup de truite.

Sacrifiant quelques cheveux dans l'opération, Sutter arracha FRÈRE castor à son scalp et le cogna contre le pont jusqu'à ce qu'il cesse de mordre. Le missilier se redressa, respirant bruyamment ; son nez avait doublé de volume. Il se retourna et se retrouva face à un Esquimau tout nu en posture de kung-fu.

— Pas possible, tu veux rigoler, lança Sutter.

Mais Vingt-Neuf Mots était tout à fait sincère — nu, mais sincère. Il replia les bras dans la première position de la mante religieuse.

— Okay, pédale ! grogna Sutter dos au bastingage en

adoptant une position d'attaque de son cru. Amène-toi ! Montre-moi ce que tu as dans le ventre !

— Bon, dit Vingt-Neuf Mots, si vous y tenez.

Il se tourna, se pencha en avant et agita ses larges fesses sous le nez de Sutter. Ce dernier battit des paupières et baissa sa garde. Vingt-Neuf Mots le cueillit d'un coup de pied volant renversé.

— La plus vieille ficelle du monde, observa-t-il tandis que l'autre basculait par-dessus bord.

Vingt-Neuf Mots sortit un radeau de sauvetage d'un coffre de rangement sur le pont, tira sur la cordelette de déclenchement du gonflage et l'envoya voler vers son adversaire malheureux.

À l'avant, sur le pont, le lance-torpilles tira deux Chandelles Sauvages ; leurs fusées s'allumèrent en sifflant et filèrent plein nord au-dessus des vagues. Au même moment, des milliers de sauterelles s'abattirent sur le navire dans le vrombissement assourdissant de leurs ailes.

Elles étaient fabriquées à Taïwan, pour la plupart. Le gros de la nuée se composait de petits robots bon marché, vendus par paquets de cent, dont le minuscule cerveau de ROM ne pouvait intégrer que quelques instructions simples, en l'occurrence trouver ce qu'il y avait de plus gros à proximité et se coller dessus. Mis à part la peinture réfléchissante antiradar dont ils avaient été recouverts pour aveugler les systèmes de détection aérienne du *Sierra*, ils étaient inoffensifs. Mais dissimulés dans la masse se trouvaient douze salopards beaucoup plus intelligents, assemblés à la main par Morris Kazenstein et baptisés Termites Antisociaux pour Opération Navale de Sabotage, ou TAONS. Les TAONS se faufilèrent dans la superstructure, ciblant les câblages électroniques.

Pendant ce temps, les autres sauterelles se posaient

partout à l'extérieur du bâtiment : sur le mât, l'antenne radar, la cheminée, le pont d'envol, les fenêtres de la passerelle, les armes, la cage des lémuriens et tout ce qui était vertical. L'une d'entre elles, qui avait des problèmes à juger des proportions, essaya même de se poser sur le nez du pauvre Sayles. Celui-ci se réveilla en sursaut, bondit sur ses pieds en hurlant :

— Oh, nom de Dieu ! Les insectes !

Et sauta par-dessus bord.

— Deux hommes à la mer, dit Vingt-Neuf Mots en jetant un autre radeau de sauvetage.

— Chandelles Sauvages à l'eau, relèvement deux-zéro-neuf ! lança Gwynhefar Matchless. Deux torpilles en approche, distances 1 800 mètres et 2 100 mètres.

— La barre à tribord toute ! ordonna Wendy Mankiller. En remontée rapide, stabilisez à 50 mètres ! Contre-mesures, envoyez un bruiteur.

— Bien, capitaine. La barre à droite toute en remontée rapide !

— Bruiteur parti !

— Les deux torpilles continuent tout droit, signala Matchless. Elles suivent le leurre.

— Timonière, en avant deux tiers, continuez à virer jusqu'au un-huit-zéro. Contrôle de tir, paré à lancer.

— En position, capitaine !

— Matchless, il me faut la distance et le relèvement du Robespierre.

— J'émets, capitaine... Le Robespierre est au un-neuf-deux, distance 7 000 mètres.

— Noyez les tubes un et trois. Ouvrez les sabords !

— Sabords ouverts !

— Alignez les relèvements et lancez !

— Tube un lancé... tube trois lancé. Problème avec la un, capitaine ! Le moteur ne s'est pas mis en route. La trois tourne normalement et file vers l'objectif.

— Foutues Chantecler ! Refermez les sabords et réarmez.

— Capitaine, les Chandelles Sauvages ont fait demi-tour et tentent de réacquérir ! avertit Gwynhefar Matchless. Elles viennent au relèvement zéro-zéro-six !

— Lancez un autre bruiteur ! MacAlpine, la barre à gauche toute !

Mitterrand Sierra

Seraphina escalada l'un des étais jusqu'à la cage des lémuriens. Cette dernière, un clapier de plexiglas isolant, comportait une trappe carrée fermée par deux verrous ; écartant une poignée de sauterelles, elle les décoinça et ouvrit la cage. Un lémurien sortit la tête. C'était un petit animal, à peu près de la taille d'un gros chat, évoquant un singe à tête de raton-laveur avec de grands yeux jaunes tout tristes. Sa queue touffue, annelée de noir et de blanc, était plus longue que son corps.

Le lémurien était en train de grignoter des feuilles de baobab quand Seraphina lui avait ouvert. Pour la remercier, maladroitement, il voulut lui en enfoncer une dans l'oreille. Elle recula la tête en riant, et la balle de l'assassin rata sa gorge de quelques centimètres.

Seraphina entendit la détonation et sentit le souffle du projectile, mais ce fut le lémurien, le moins intelligent des primates, qui identifia aussitôt le danger. C'est en suivant son regard qu'elle repéra le tireur, en haut sur la passerelle, braquant son fusil pour une deuxième tentative. D'étranges lunettes dissimulaient ses yeux, et sa bouche semblait saigner ; des sauterelles rampaient dans ses cheveux et dégringolaient de ses épaules.

Démontrant un instinct de survie remarquable pour le représentant d'une espèce en voie d'extinction, le lémurien replongea dans son clapier et claqua la trappe derrière lui. Seraphina prit trois secondes de plus pour réagir, et Penzias l'aurait certainement tuée si une sauterelle n'était pas venue se coller sur la lunette de son fusil, faussant son tir.

— Attrape-moi ! cria Seraphina alors que la deuxième balle sifflait près de son oreille.

Elle lâcha l'étai et se laissa tomber en arrière. Vingt-Neuf Mots pour Neige, qui se révélait décidément un excellent petit ami, s'élança et la rattrapa au vol avant qu'elle ne touche le pont. Il continua sa course, intercalant la superstructure avant entre eux et le tireur. Penzias tira encore une fois pour donner libre cours à sa frustration ; le coup ricocha sur le plexiglas à l'épreuve des balles de la cage des lémuriens. Ces derniers se tassèrent les uns contre les autres et se regardèrent avec l'air de se demander en quoi ils avaient mérité une telle hostilité.

— Je crois que nous ferions mieux de nous cacher, proposa Vingt-Neuf Mots en déposant Seraphina sur ses pieds.

Elle l'embrassa à pleine bouche et dit :

— Je crois aussi. Où ?

Ce n'était pas une question facile. Il y avait de l'espace sous les étais, mais ils y seraient vite découverts. Sauter par-dessus bord ne semblait pas tellement malin non plus. Ce qui laissait trois possibilités : courir vers l'avant par la coursive bâbord, courir vers l'avant par la coursive tribord ou entrer dans la superstructure par une écoutille sur leur droite. L'écoutille s'ouvrit tandis qu'ils étudiaient la question. Vingt-Neuf Mots se prépara à la bagarre, mais ce n'était qu'un nègre blanc sorti nettoyer le pont.

— Excusez-moi, dit Seraphina.

Le nègre blanc posa sa serpillière et son seau et leva la tête vers elle. Seraphina indiqua le plat-bord tribord.

— Voudriez-vous vous tenir là une minute ?

Il fit ce qu'on lui demandait. Dès qu'il tourna le coin de la superstructure, Troubadour Penzias lui fit sauter la tête.

— J'imagine qu'il vaut mieux éviter cette solution, déclara Vingt-Neuf Mots. (L'autre coursive ne semblait pas beaucoup plus pratiquable, ils optèrent donc pour l'écoutille par laquelle était venu le nègre blanc.) Pas de verrou, nota-t-il en la refermant derrière lui.

Ils se trouvaient dans un bref couloir ouvrant sur plusieurs issues, y compris un escalier étroit vers le bas surmonté d'un écriteau CHAMBRE DES MACHINES. Les multiples recoins et cachettes de l'entrepont semblaient offrir une bonne voie d'évasion face à un homme armé d'un fusil à longue portée, mais le grondement des moteurs avait quelque chose de vaguement infernal et l'escalier lui-même était si sombre qu'ils hésitèrent. Une autre écoutille s'ouvrit plus loin dans le couloir. Cette fois ce n'était pas un nègre blanc qui en sortit, mais un homme avec un pistolet.

— Pas par là, prévint le capitaine Baker en voyant Seraphina et Vingt-Neuf Mots faire mine de détaler vers les marches. Le caporal Psycho Killer vient de descendre dans l'entrepont, je crois qu'il se dirige vers le secteur des machines.

Seraphina le regarda.

— Vous ne feriez pas partie des méchants, vous aussi ? demanda-t-elle.

— Ouais, répondit le capitaine Baker.

Il s'essuya le front d'un revers de main. Le contact poisseux de son propre sang lui donna une sensation de vertige et de nausée.

— Ouais, je suis un méchant, pas d'erreur. Comme vous. Comme Dufresne. Mais Penzias... ce gars-là n'est pas comme vous et moi.

La Chantecler

La Royal Navy avait peut-être commis une erreur en baptisant une arme du nom d'un coq. La Chantecler, la plus rapide de toutes les torpilles, s'était magnifiquement comportée durant les tests en mer du Nord. Ce n'est qu'après le lancement de sa production en masse et son déploiement généralisé qu'on s'était aperçu que c'était la seule mer dans laquelle elle valait quelque chose. Son moteur était très sensible aux variations de température : dans les eaux plus chaudes de la Méditerranée et des tropiques, il lui arrivait fréquemment de surchauffer et de se gripper après une minute de course ; dans les eaux de l'Arctique, il refusait souvent de partir ; et dans les eaux tempérées de l'Atlantique, il se montrait, disons d'humeur imprévisible.

La Chantecler connaissait également des problèmes de guidage.

Le tir du *City of Women* aurait dû trouver sa cible facilement. Personne ne surveillant plus le sonar du *Mitterrand Sierra*, la passerelle n'était pas informée de la menace. Najime maintint le cap au nord en marche avant un tiers, offrant une solution d'interception limpide à n'importe quelle torpille avec un demi-cerveau. Mais à un peu plus d'1,5 kilomètre du *Sierra*, la Chantecler se mit à dériver vers la gauche. Pas beaucoup : juste assez pour compter.

La Chantecler était équipée d'un détonateur magnétique de proximité, réglé pour exploser quand il arrivait à 10 mètres de l'objectif. Le tir du *City of Women* passa à 11 mètres à tribord du *Mitterrand Sierra*.

Quatre cents mètres plus loin, la tête chercheuse de la torpille essaya de comprendre où était passé le bateau qu'elle ciblait. Aurait-il fait un écart à un moment donné ? La torpille entreprit de virer à gauche et à droite, selon une course sinueuse, dans l'espoir de réacquérir l'objectif. Naturellement, cela ne pouvait pas marcher, puisque le *Sierra* était maintenant loin derrière elle et s'en éloignait encore à chaque seconde. Mais la Chantecler ne renonça pas, et en poursuivant vers le sud elle détecta un nouvel objectif, à peu près de la taille d'un bus londonien, qui venait juste de crever la surface.

Toujours plus loin

Morris sortit sur le toit de la capsule de survie avec des jumelles pour faire un tour d'horizon.

— Ça se présente bien, lança-t-il aux autres. On dirait qu'une de mes bombes surprises anti-pharaoniques s'est déclenchée plus tôt que prévu.

— Aucun signe de Seraphina ? demanda Philo.

— Je vois un radeau de survie, mais personne à l'intérieur... Attends, il y a un autre radeau dans l'eau, plus près du bateau. Et un autre... Mais à quoi jouent ces types ?

— Morris, s'inquiéta Asta Wills, vois-tu autre chose dans l'eau ? Sur un relèvement approximatif trois-cinq-cinq ?

— Pourquoi, tu entends quelque chose ? (Le sonar principal avait coulé au fond avec le *Yabba-Dabba-Doo*, mais le *Toujours plus loin* était équipé d'un jeu d'hydrophones bon marché pour qu'Asta puisse faire joujou.) Que faut-il que je cherche ?

— Tu le sauras si tu le vois, lui répondit-elle. À environ deux milles, je dirais.

Morris vit.

— Oh, merde.

— Ouaip, fit Asta. C'est ce que je me suis dit aussi.

Le capitaine Baker les conduisit au centre d'informations tactiques. Avant qu'ils n'y parviennent, il devint évident que quelque chose clochait avec le *Mitterrand Sierra* : les lumières se mirent à trembloter, et le grondement régulier des moteurs se fit haché et de plus en plus poussif. Au centre, l'ordinateur se parlait tout seul.

— *Répétez après moi : ... L'amiral Jones a dépensé beaucoup d'argent pour son nouveau cuirassé... Le commandant Vendredi a coulé une frégate chinoise avec ses missiles Exocet... Ma tante Trudi a tué un lamantin avec le moteur de son hors-bord...*

— Le système a perdu les pédales, grogna le capitaine Baker. Les sauterelles ?

Seraphina hocha la tête.

— Êtes-vous certain que nous sommes en sécurité ici ? demanda-t-elle.

La pièce regorgeait de coins obscurs.

— Peut-être pas, avoua le capitaine. Montons à la passerelle. En réunissant toutes les personnes sensées au même endroit, ça devrait déjà...

Les lumières s'éteignirent, ainsi que tous les écrans d'ordinateurs. Quelques appareillages électroniques grésillèrent, des fusibles claquèrent, puis tout devint silencieux et sombre et on n'entendit plus que les derniers sursauts d'agonie des moteurs du *Mitterrand Sierra*.

Puis un autre son... un léger ronronnement suivi d'un déclic, comme l'autofocus d'un objectif photographique.

— Tirez-vous ! cria le capitaine.

Les éclairs de plusieurs détonations illuminèrent la

pièce. Seraphina se plia en deux, agrippa Vingt-Neuf Mots par la main et l'entraîna vers la plus proche issue qu'elle put trouver, qui n'était pas celle menant à la passerelle. Ils tâtonnèrent le long d'un couloir, se retrouvèrent coincés dans une réserve en cul-de-sac, ressortirent, trouvèrent une autre écoutille et finirent par déboucher à l'extérieur, sur le pont.

Troubadour Penzias les attendait, accroupi sous le lance-torpilles des Chandelles Sauvages comme Bouddha sous l'arbre bo.

— Salut, fit-il.

— Mais...

Seraphina regarda par-dessus son épaule. Elle entendait encore des coups de feu à l'intérieur du bâtiment.

— C'est le capitaine ? demanda-t-il. Sur quoi est-il en train de tirer ?

— Sur vous, répondit Seraphina.

— J'ai dû le cogner un peu trop fort.

Penzias piégea une sauterelle sous la pointe de sa botte. L'insecte fit vrombir et cliqueter son moteur à piles en essayant tant bien que mal de battre des ailes.

Vingt-Neuf Mots pressa la main de Seraphina. Son pied glissa en arrière, vers l'écoutille.

— Hé, mon petit Esquimau, dit Penzias en les surveillant par le troisième œil de la lunette de son fusil. Et si tu refermais cette trappe avant que je décide de te tuer lentement ? (Un coup de semonce ricocha sur le pont.) Je t'ai dit de la *refermer*, pas de te pencher à l'intérieur... Bien. Approchez par ici, maintenant. (Leur faisant signe avec son fusil, il s'écarta et leur céda sa place sous le lance-torpilles.) C'est bien. C'est parfait... (Il actionna le levier d'armement latéral du Remington.) Parfait...

— Vous allez nous tuer ? Interrogea Seraphina.

— Oh oui.

— Mais pourquoi ?

— Non, dit Penzias. Non, ne me demandez pas ça. (Il visa depuis la hanche, lunette du fusil et interface de VISION focalisées toutes les deux sur le même bout de peau noire, le même point d'entrée optimal pour une blessure mortelle.) De quel droit osez-vous me demander ça ?

La coque du navire résonna comme un gong. On aurait dit un tir de torpille, mais il n'y eut pas d'explosion, seulement l'impact, comme un coup de bélier. Le *Mitterrand Sierra* donna fortement de la bande ; Seraphina et Vingt-Neuf Mots roulèrent sur le pont et Penzias fut projeté contre le bastingage à tribord.

— Que... ? S'écria-t-il.

Il pivota la tête, braquant son interface de VISION vers l'eau, qui était soudain beaucoup plus proche.

Un monstre l'observait d'en bas. Le cachalot était gigantesque, long de près de vingt-cinq mètres et pesant plus de 450 tonnes. Son épiderme grisâtre couvert de bernacles portait une marque circulaire au-dessus de l'œil gauche, de la taille et de la forme exactes d'une tête de Chandelle Sauvage. L'œil lui-même paraissait immense, froid et impitoyable ; d'un vert de jade moucheté, il semblait parfaitement savoir qui il regardait.

Penzias hurla. Luttant contre la gravité, il essaya de remonter le pont incliné de la frégate. Le cachalot s'éleva en soufflant un panache cataclysmique. Ses nageoires de six mètres s'abattirent sur le côté du navire, brisant des cloisons et arrachant une mitrailleuse de son support. Le *Sierra* s'inclina encore, à deux doigts de se retourner. Vingt-Neuf Mots enroula les bras autour du pied du lance-torpilles, et Seraphina enroula les bras autour de Vingt-Neuf Mots. Troubadour Penzias, qui n'avait rien à quoi se raccrocher, griffa l'air.

Vint un moment à la limite du déséquilibre où il comprit qu'il ne s'en sortirait pas. Seraphina le lut sur son visage. D'un seul coup, il cessa de lutter et se fit raide comme une planche, son corps formant un angle aigu avec le pont. Il passa son fusil dans une main, sortit sa lame en forme de feuille de l'autre, retroussa les babines, et pivotant sur lui-même, laissa la gravité l'emporter. Il glissa jusqu'au bastingage et fut catapulté par-dessus bord, en tirant dans sa chute.

Il n'y eut pas d'éclaboussures.

Le *Mitterrand Sierra* se redressa, ou en tout cas essaya. Roulant un temps de part et d'autre, il se stabilisa finalement selon un angle d'inclinaison de cinq degrés. Le cachalot donna un dernier coup de queue avant de s'éloigner. Deux compartiments de plus se retrouvèrent à la mer, et les cinq degrés devinrent quinze. Un autre radeau de sauvetage se gonfla à l'arrière : Najime et Tagore avaient jeté l'éponge. Chatterjee les suivit quelques secondes plus tard.

Seraphina et Vingt-Neuf Mots se relevèrent lentement. Vingt-Neuf Mots avisa une tache rouge sur le pont à l'endroit où s'était tenu Penzias et alla voir de plus près. C'était un peu clair pour être du sang, alors il passa son doigt dessus, le porta à ses narines et renifla. On aurait dit de l'eau. Il décida de ne pas s'en préoccuper.

— Hé, lança Seraphina. Voilà Lexa qui arrive.

Toujours plus loin

— Ça a quelque chose d'injuste, déplora Morris alors que la Chantecler s'approchait.

Philo l'avait rejoint sur le toit, ainsi que Norma, après quoi les Palestiniens avaient commencé à se bagarrer pour décider qui serait le suivant. Cela n'avait aucune importance : la torpille se rapprochait à 50 mètres seconde avec à peine 600 mètres à couvrir, et même un champion olympique n'aurait pas eu le temps de s'éloigner suffisamment pour échapper à l'onde de choc.

Néanmoins, c'était drôle de voir à quoi on pouvait penser à l'approche de la mort. Morris avait toujours son dreidel, et il se retrouva en train de contempler le petit jouet en bois, essayant de se rappeler de quelle phrase les quatre lettres hébraïques étaient l'abréviation.

Voyons voir. Noun, guimel, hé *et* shin. *Noun-guimel-hé-shin, ça veut dire...*

— *Nes gadol hayah sham*, fit Morris à haute voix.

Philo, qui se tenait à côté de lui, retint son souffle.

— Mon Dieu, dit Norma Eckland. Merci mon Dieu...

— Quoi ? s'étonna Morris.

— Elle s'est arrêtée, expliqua Philo.

À moins d'une centaine de mètres, le sillage de la torpille avait ralenti et disparu.

— La torpille n'émet plus ! lança Asta Wills d'en bas. Le bruit d'hélice a cessé aussi ! Je crois qu'elle est arrivée à court de carburant !

— Morris, demanda Philo, quelle était cette phrase que tu as dite à l'instant ?

— *Nes gadol hayah sham*, répéta-t-il. *Un grand miracle est arrivé ici.* C'est ce qu'on dit à Hanouccah. (Il regarda la mer à l'endroit où avait disparu la torpille, puis son dreidel, puis de nouveau la mer.) Nan. Pas possible...

— Hmm, fit Philo.

City of Women

— Ils ont été heurtés par une *baleine* ? s'exclama Wendy Mankiller.

— À ce qu'on dirait, capitaine. Les moteurs du Robespierre sont complètement arrêtés, et j'entends des voies d'eau dans l'entrepont. La baleine s'éloigne pour rejoindre son banc.

— Qu'est-il arrivé à notre torpille ?

— Elle a dû couler. La dernière fois que je l'ai entendue, elle émettait quelque part au sud, mais il n'y a pas eu d'explosion... Attendez. Nouveau contact !

— Quoi encore ? dit Mankiller. Distance et relèvement ?

— Pratiquement au-dessus de nous mais s'éloignant au sud-est... Bloody Mary dit que c'est un dirigeable.

— Ben voyons. Un dirigeable. Ça manquait.

— Huit turbines, à basse altitude. Il émet une sorte de larsen suraigu, quasiment dans les ultrasons, comme le son à haute fréquence qu'on utilise pour chasser les insectes...

— Capitaine ? demanda Dasher MacAlpine. Quand retournons-nous en Angleterre ?

— Pas assez tôt à mon goût, grommela Wendy Mankiller. J'en ai marre. En avant deux tiers.

— Où allons-nous ?

— On met les voiles. Et que ça saute !

— À vos ordres, capitaine !

21

Il leva un doigt et cligna un œil.

— Mais supposez, jeune homme, qu'un seul marine ait sur lui une minuscule capsule contenant un germe de glace-9, qui permettrait aux atomes de l'eau de s'empiler et de s'imbriquer, de geler d'une autre façon. Si ce marine jetait ce germe dans la première flaque venue... ?

— La flaque gèlerait ? devinai-je.

— Et toute la gadoue autour de cette flaque ?

— Elle gèlerait ?

— Et toutes les flaques dans la gadoue gelée ?

— Elles gèleraient ?

— Et les mares et les ruisseaux dans la gadoue gelée ?

— Ils gèleraient ?

— Et comment ! s'écria-t-il. Les marines américains s'arracheraient au marais, et en avant marche !

KURT VONNEGUT,
Le Berceau du chat

La loi de dégagement de la responsabilité

Le train qui la ramena à New York n'avait pas de compartiment fumeur. Joan s'assit au fond de la voiture-restaurant devant une tasse de café à laquelle elle ne toucha pas, le pistolet dans un journal roulé sur ses genoux. Quand un jeune prêtre prétendit s'asseoir à côté d'elle, elle l'en dissuada d'un regard mauvais ; quand un domestique automatique entra dans la voiture-restaurant pour alimenter le bar, elle faillit lui faire sauter la tête. Ayant évité la police de justesse à la gare d'Atlantic City et ne songeant qu'à fumer une cigarette, Joan était d'une humeur massacrante.

Ayn, par contre, avait manifestement envie de discuter.

— Vous ne m'avez jamais dit pourquoi vous avez divorcé d'Harry Gant, déclara-t-elle tout de go à dix minutes de Grand Central.

Joan soupira.

— Drôle de moment pour poser des questions personnelles, Ayn.

— La curiosité fait partie de ma nature, s'excusa Ayn. (Elle ajouta, non comme une menace mais sur le ton d'une simple remarque :) C'est peut-être une des dernières chances que vous aurez de me répondre.

Joan soupira derechef, puis haussa les épaules et dit :

— Plessy Falls. En deux mots, c'est ça. J'ai divorcé à cause de Plessy Falls.

— Plessy Falls ?

— Mais en fait ce n'est pas ça, continua Joan en décidant de parler pour éviter de réfléchir. Plessy Falls n'aura été qu'un prétexte, la goutte d'eau qui fait déborder le vase. La vérité, c'est qu'au bout de neuf ans, j'étais fatiguée. Fatiguée d'Harry, fatiguée de la compagnie. Ce qui revient au même, dans le fond.

— Sa société est une extension de sa personne. (Ayn hocha la tête d'un air approbateur.) Comme ce devrait toujours être le cas.

— Eh bien, ça l'est pour lui en tout cas, souhaitable ou pas.

— Et de quoi étiez-vous lasse exactement ?

— De tout, dit Joan. Les conneries quotidiennes. Vois-tu, la direction de Gant Industries était organisée selon les lignes bancales typiques d'une famille triparentale. J'étais la maman sévère, celle qui harcèle les gosses pour qu'ils rangent leur chambre, se tiennent correctement à table et surveillent que le chien n'aille pas pisser dans le jardin du voisin... tout en racontant au reste du monde à quel point ils sont merveilleux, les meilleurs enfants dont puisse rêver une mère.

» Clayton Bryce était le père corrupteur qui sapait mon autorité à chaque étape : glissant cinquante sacs aux gamins pour qu'ils aillent au cinéma au lieu de tondre la pelouse, les encourageant à plonger crampons en avant en ligue junior, leur disant que non, ils n'étaient pas *forcés* de séparer les bouteilles du reste des ordures... Naturellement, si tu posais la question à Clayton, il répondrait probablement que c'était *moi* l'influence corruptrice, trop idéaliste pour accepter les réalités de la vie...

— Et dans cette poignante analogie, Gant est le troisième parent ?

— Le chef de famille, approuva Joan. Mais Harry était un père absent : il passait le plus clair de son temps dans la cabane à outils, à s'amuser avec son dernier jouet, ou bien à l'orphelinat, à ramener d'autres gamins qu'il nous confiait à Clayton et à moi.

» Tout cela n'était pas une découverte : je savais dans quoi je m'embarquais en l'épousant, et je ne peux pas dire que je n'avais pas été prévenue... et puis ce n'était pas si mal, au début. Malgré mes réticences et mes hésitations, j'ai probablement fait du meilleur boulot au cours de mes trois premières années chez Gant que dans tout le reste de mon existence. Le pacte de respect de l'environnement africain à lui seul méritait toutes les exaspérations et remises en question par lesquelles je suis passée.

Ayn feignit la stupéfaction.

— Du bon boulot ? Dans une entreprise capitaliste ?

— Ça va, Ayn. Ce n'est pas parce que je refuse de considérer que le système est au-dessus de toute critique...

— Mais comment donc, bien sûr, critiquons le capitalisme ! Par contre, en ce qui concerne l'étatisme, le socialisme et toute la gamme des dénégations des droits de l'homme...

— Veux-tu entendre la suite de cette histoire, oui ou non ?

— Allons-y ! se vexa Ayn en croisant les bras.

— Très bien... donc, tout s'est passé plutôt bien les premières années, poursuivit Joan, mais Gant Industries ne cessait de grossir et de se diversifier, rachetant de nouvelles filiales et de nouvelles gammes de produits — des gosses de plus — et un jour, je me suis rendu compte que j'accomplissais de moins en moins de choses utiles. Le changement a été graduel, mais j'étais de plus en plus accaparée par des tâches de contrôle, des problèmes internes à la compagnie qui n'auraient jamais dû être soulevés.

— Quel genre de problèmes ?

— Oh, des choses telles que Clayton Bryce décidant de faire l'économie d'une mise en conformité de Lightning Transit avec les règles fédérales de sécurité et de niveau de pollution. Ou comme cette fois où l'un de ses protégés du service du personnel a essayé de corrompre un dirigeant syndical pour nous permettre d'utiliser des équipes de poseurs de rails entièrement composées d'androïdes. Cette histoire de dessous-detable nous a emmenés devant les tribunaux, et c'est là que les relations entre l'Opinion Publique et la Comptabilité Créative ont vraiment commencé à dégénérer.

— Et Plessy Falls ?

— Te souviens-tu de Love Canal ?

— J'ai entendu ce nom, répondit Ayn. Une histoire de persécution par l'État d'une firme de produits chimiques, c'est ça ?

— Quelque chose comme ça, ouais, fit Joan avec un sourire désabusé. Plessy Falls a été le Love Canal de la fin des années 90. À l'origine, c'était un marécage d'une dizaine d'hectares dans la campagne de New York.

— Les Falls étaient un marécage ?

— Avec un ruisseau qui coulait au milieu. À un point, le lit du cours d'eau marquait un décrochement d'1,5 mètre, d'où ce nom de « Chutes de Plessy ». Le marécage s'étendait derrière une usine de produits chimiques et de plastique. Dans les années 50, l'usine a progressivement entrepris de l'assécher pour y déposer ses déchets ; plus de deux cents variétés de déchets hautement toxiques et cancérigènes, dans des bidons de 1 800 litres en métal parfaitement oxydable.

— Cancérigènes ? Répéta Ayn. (Elle tira délibérément une longue bouffée sur son porte-cigarettes.) Vous voulez dire des agents qui donneraient *prétendument* le cancer ?

Joan mit un moment à comprendre.

— Attends une minute. Tu ne vas pas me dire que tu refuses toujours d'admettre les chiffres du rapport fédéral de santé sur le tabagisme, si ?

— Les éléments statistiques sur lesquels est basé ce rapport n'ont aucune valeur scientifique, déclara Ayn Rand. Ils ne constituent pas une preuve objective.

— Non ? Alors qu'est-ce qui en constitue une ?

— L'observation rationnelle. L'étude des causes et des effets.

— Tu veux dire comme quand une philosophe russe fume deux paquets par jour pendant cinquante ans et qu'on observe ensuite qu'elle développe un cancer du poumon ? Ce genre de causes et d'effets ?

— Beaucoup de choses se sont répétées chaque jour pendant ces cinquante ans, rétorqua finement Ayn. La lune traverse le ciel quotidiennement. Si vous tenez à établir des corrélations statistiques non scientifiques, pourquoi ne pas attribuer mon cancer à *ça* ?

— Parce que tu n'as jamais inhalé la lune, répondit Joan. La lumière de la lune ne contient pas de poison connu tel que la nicotine ou le cyanure, et elle ne fait pas tousser la première fois qu'on y est exposé. Si tu rases le dos d'un rat et que tu le laisses dehors pendant la nuit, il ne développera pas de tumeurs de la peau, mais si tu le peins avec du goudron de cigarette...

— Finissez votre satanée histoire ! grogna Ayn.

— Avec plaisir, dit Joan, non sans loucher avec envie sur l'hologramme de Marlboro au bout du porte-cigarettes d'Ayn. Au milieu des années 60, Plessy Falls était totalement asséché et débordait de produits toxiques. La compagnie a recouvert les bidons d'un bouchon d'argile, fait disparaître le tout sous une montagne de terre, planté du gazon et des arbustes pour faire joli et vendu le lot en 1975 à la ville voisine de Gate's Bend, pour un dollar symbolique. L'acte de vente incluait une clause reportant sur l'acheteur toute responsabilité future concernant le site. Un paragraphe mentionnait que *des sous-produits du processus industriel* avaient été enfouis sous la propriété, mais sans indiquer clairement leur nature ou leur quantité. Les élus de Gate's Bend n'ont pas posé de questions ; ils ont accepté le marché et se sont servis du terrain pour construire un lycée et un terrain de sport.

» Pendant une vingtaine d'années, tout s'est bien passé. C'est le temps qu'il a fallu à l'humidité pour éliminer le bouchon d'argile et commencer à oxyder les bidons. Les lycéens se sont alors mis à tomber malades : maux de tête inexplicables, crises d'urticaire, larmoiements, troubles respiratoires et nerveux, problèmes d'immunodéficience, et toute une liste d'autres symptômes. Le chiffre des naissances chez les adolescentes a dégringolé en chute libre. Non pas qu'elles étaient moins nombreuses à tomber enceintes, mais la plupart faisaient des fausses couches, ce qui valait probablement aussi bien. Et le corps enseignant, qui arrivait sur les lieux plus tôt et en repartait plus tard que les élèves, se portait encore plus mal.

» Plessy Falls a été fermée, rouverte, et refermée. La compagnie de produits chimiques avait si bien effacé ses traces qu'il a fallu trois ans et cinquante-neuf assignations pour que l'histoire éclate au grand jour. Les premières poursuites ont été lancées en 1998, et la bataille juridique s'est prolongée jusqu'au début du siècle. En fin de compte la compagnie a fait faillite et a dû mettre la clef sous la porte. Pour la ville, c'était une victoire à la Pyrrhus, car l'usine était le pivot de l'économie locale. Gate's Bend a donc également mis la clef sous la porte.

— Vous voyez ? triompha Ayn Rand. *Voilà* pourquoi les écoles devraient être privées... Mais continuez. Comment Gant Industries s'est-elle trouvée mêlée à cette histoire ?

— De la même manière que les citoyens de Gate's Bend : à la suite d'une inconséquence épique. À l'issue du procès, la compagnie avait dû accepter de reprendre Plessy Falls à son compte et de la nettoyer. Mais quand elle a déposé son bilan, le nettoyage est passé à l'as. On s'est contenté de dresser un grillage autour du lycée et de l'abandonner. Gate's Bend est devenue une ville fantôme.

» Environ douze ans plus tard, alors que l'histoire de Plessy Falls avait depuis longtemps cessé d'intéresser les médias et que tout le monde l'avait oubliée — sauf les statistiques du cancer — Harry Gant est passé dans le coin à la recherche d'une usine désaffectée à vendre. Il avait eu cette chouette idée de grille-pain transparents — à travers lesquels on pourrait surveiller la cuisson des toasts — et on lui avait parlé de cette ancienne manufacture en ruine dans l'arrière-pays. Pas exactement le type d'usine qu'il lui aurait fallu, mais le prix défiant toute concurrence, il a décidé de la racheter.

— Sans se renseigner sur les raisons de son abandon ?

— Eh bien, il aurait dû le faire — lui ou quelqu'un d'autre, en tout cas — mais d'un autre côté, depuis la pandémie, les terrains à vendre ne manquent pas et Harry est allé à la conclusion la plus évidente. Et puis c'était vraiment une affaire : d'après la loi de mise en valeur postpandémique, Gant Industries n'avait à payer que les frais de dossier et les arriérés d'impôts sur les droits de propriété pour en devenir acquéreur. Ce qui a été fait. Le lendemain même de notre prise de possession, un employé du service juridique est tombé sur une coupure de presse relatant le scandale de Plessy Falls.

Le train ralentissait à l'approche de Grand Central ; Joan posa une main sur son pistolet pour l'empêcher de glisser puis poursuivit.

— L'occasion mirobolante n'était pas si mirobolante que ça, tout compte fait. Gant Industries venait d'endosser involontairement la paternité d'un véritable cauchemar industriel.

— Mais ce n'était pas *son* cauchemar, objecta Ayn.

— Ce n'était pas ce que disait l'acte de vente, rétorqua Joan. Sans parler de la loi de dégagement de responsabilité.

— Mais c'était la compagnie de produits chimiques qui avait manqué à sa promesse de nettoyer Plessy Falls, et...

— Quelle compagnie de produits chimiques ? Il n'y avait plus de compagnie de produits chimiques. En tant que société elle était morte, et ses anciens dirigeants s'étaient tous envolés en parachute doré vers des villages privés à Palm Springs et aux Keys de Floride. Sois certaine que nous avions bien l'intention de les retrouver, mais cela allait demander du temps et des avocats, et même si nous réussissions à leur faire cracher jusqu'à leur dernier *cent* — chose peu probable — cela ne suffirait sans doute pas à couvrir les frais du nettoyage.

— Pourquoi ? Combien cela pouvait-il représenter, avec la technologie moderne ?

— Au bas mot ? Trois cents, peut-être quatre cents millions.

— De *dollars* ?

— Sûr. Et encore, à condition de commencer tout de suite ; avec les déchets industriels, plus tu attends, plus la réhabilitation coûte cher. Encore un facteur que nous devions prendre en considération : ces bidons toxiques n'allaient pas attendre tranquillement que nous prenions une décision. Le métal continuait à se corroder, la couche d'argile se faisait de plus en plus mince et de plus en plus de polluants s'infiltraient dans le sol, disséminant le poison... sans compter que les gens avaient commencé à revenir habiter à Gate's Bend.

Le train était arrivé en gare. Les passagers débarquaient, mais Joan resta assise sur son siège, surveillant le quai à travers la vitre.

— Comme tu peux l'imaginer, dit-elle, un grand débat a eu lieu à Gant Industries sur la ligne de conduite à adopter. Ma position était : okay, nous nous sommes fait couillonner, dommage, maintenant comportons-nous en adultes responsables et réglons cette situation une fois pour toutes avant qu'elle ne dégénère encore plus...

— Vous proposiez que Gant paie le nettoyage ?

—... et tente de rentabiliser l'opération après coup, ouais. Selon moi, la seule chance de parvenir à un résultat rapide était de tout prendre en charge nous-mêmes, et comme le moindre délai se traduisait par une aggravation du coût et peut-être de nouveaux cas d'intoxication, ça me semblait l'alternative la moins mauvaise. Ce n'est pas comme si nous n'avions pas pu nous le permettre. Quatre cents millions représentent une sacrée somme, c'est entendu, mais nous aurions pratiquement pu la réunir rien qu'en réduisant notre budget publicitaire sur plusieurs années. Une gestion adéquate de la bonne publicité que nous pouvions retirer de l'opération aurait compensé cette réduction budgétaire, et puis nous aurions pu répercuter ces frais sur le prix des grille-pain d'Harry, en les présentant comme des produits respectueux de l'environnement. Une fois le site entièrement nettoyé, il aurait toujours été temps de retrouver les anciens dirigeants de la firme responsable et de passer à la caisse. Ça n'aurait pas totalement équilibré nos comptes, sans doute, mais c'est la vie.

» Clayton Bryce a déclaré que j'étais complètement siphonnée. Pour lui, ce n'était pas notre faute, donc pas notre problème. Il estimait que nous pourrions faire annuler la vente en faisant valoir que ceux qui avaient abandonné Plessy Falls n'étaient pas morts dans la pandémie ; ça dégagerait notre responsabilité et renverrait la balle dans le camp de l'administration. Le nettoyage et les poursuites contre les anciens dirigeants deviendraient le problème du gouvernement.

Ayn parut stupéfaite.

— Et vous n'étiez pas d'accord ?

— Entendons-nous bien, dit Joan. Je n'avais rien contre le principe d'impliquer le gouvernement, mais adopter la solution de Clayton revenait à faire traîner la situation pendant des années et des années ; étant donné les risques pour la santé publique, cela me semblait inenvisageable. Par ailleurs, nous n'avions pas *besoin* de l'aide du gouvernement : nous n'étions pas une compagnie pauvre, et même si c'était un coup dur nous pouvions l'encaisser, peut-être même en sortir quelque chose de bien. La réponse de Clayton a été que nous n'étions pas là pour faire le bien, mais pour dégager un profit, et qu'il n'était pas question de consacrer quatre cents millions de dollars à nettoyer les saloperies d'un autre.

— Et que pensait Harry Gant de tout ça ?

— Harry a dit qu'il espérait que Clayton et moi réglerions cette histoire de Plessy Falls à temps pour que ses grille-pain sortent pour la fête des Mères, vu qu'il y avait de grandes chances que nous rations déjà Noël.

— C'est là que vous avez démissionné ?

— C'est probablement là que j'ai commencé à y réfléchir. Mais je n'avais pas encore brûlé mes dernières cartouches. Clayton et moi avons engagé chacun de notre côté une équipe d'experts indépendants pour réexaminer le site. Les scientifiques de Clayton ont conclu que le nettoyage reviendrait à plus d'un demi-milliard, mais que les déchets s'étaient « stabilisés » et qu'il n'y avait pas urgence. Mes scientifiques à moi affirmaient que nous pourrions probablement nous en sortir pour trois cents millions et des poussières, mais que des signes révélateurs indiquaient une claire extension de la contamination au-delà du terrain d'origine, de sorte que le temps était un facteur crucial.

» Nous avons décidé de nous rendre sur place nous-mêmes. Ou plutôt j'ai décidé d'y aller, et Clayton s'est dit qu'il ferait mieux de m'accompagner pour s'assurer de mon impartialité. Nous avons traîné Harry avec nous, dans l'espoir qu'il nous serve d'arbitre, plus deux autres experts : un représentant d'Union Carbide et un membre d'un bureau d'études qui travaillait à l'occasion pour l'Agence de protection de l'environnement. Je te laisse deviner qui avait embauché lequel.

— Qu'avez-vous découvert à l'école ? s'enquit Ayn Rand.

— Nous ne sommes même pas allés jusque-là. C'était inutile. Nous sommes arrivés en voiture un week-end ; c'était la même période de l'année qu'aujourd'hui, quelques semaines avant Thanksgiving, mais l'hiver était venu tôt et il y avait déjà de la neige. Donc nous roulions à travers ce décor de carte de Noël, d'une blancheur immaculée, magnifique, sauf que tout était trop calme. La plupart des maisons étaient plongées dans le noir, et beaucoup avaient des planches clouées en travers des fenêtres. Et puis, environ six cents mètres avant le lycée, nous avons vu ces arbres sur le bas-côté...

— Des arbres morts ?

— Non, en pleine forme. C'est ça qui était bizarre : ils étaient en train de bourgeonner, de faire pousser de nouvelles feuilles. En novembre. Par zéro degré de température. (Sans s'en rendre compte, Joan s'alluma une cigarette dans la voiture-restaurant désormais déserte.) Les arbres perçoivent la température par les racines, tu le savais ? C'est par elles qu'ils ont connaissance de la saison. Lorsque le sol se réchauffe, en mars ou en avril, ils savent que le printemps arrive.

» Eh bien, ces arbres-là s'étaient fait posséder. Il étaient trois dans un petit parc à l'angle d'un pâté de maisons, au milieu de ce grand terrain dégagé où la neige avait fondu ; de l'herbe poussait à la place de la neige. Nos experts sont descendus de voiture pour prendre des mesures et ont découvert que la température du sol à cet endroit atteignait 46 degrés. L'herbe et les arbres se croyaient en plein été ! Mais naturellement, seule la terre était chaude : les arbres avaient de la neige sur les branches et leurs feuilles gelaient avant même d'être complètement formées.

» L'expert d'Union Carbide a prétendu que ça pouvait être n'importe quoi, une remontée d'égout, une rupture de canalisation du gaz... Mais pour le gars de l'APE, l'écart de température était beaucoup trop important. Il ne pouvait s'expliquer que par une réaction chimique dans le sol lui-même, et quelques prélèvements suffiraient à établir quels produits étaient à l'œuvre, et quelle était leur provenance probable. Là-dessus, Clayton a bondi en affirmant qu'il ne voyait pas la nécessité de procéder à des prélèvements, puisqu'à l'évidence les produits en question n'avaient rien de toxique — les arbres étaient vivants, non ? — et je lui ai dit que s'il était sincère, il n'avait qu'à le prouver en en bouffant un échantillon.

» Finalement, je me suis aperçue qu'Harry ne participait pas à la discussion, et je me suis retournée pour voir ce qu'il fabriquait. Il se tenait un peu à l'écart, sans bouger, fixant les arbres avec cette expression sur son visage... et j'ai compris. J'ai compris tout de suite, tu peux me croire ; c'était l'expression qu'il avait chaque fois qu'une chouette idée lui traversait l'esprit. Et je n'ai pas eu à me creuser beaucoup pour deviner laquelle...

» Ils étaient là, plantés à un coin de rue empoisonné dans un quartier où avaient joué des enfants, où d'autres viendraient peut-être rejouer bientôt si Clayton avait le dernier mot, et la seule chose qu'avait trouvée Harry, c'était de se dire : *Waouh, je me demande si nous ne pourrions pas commercialiser ce truc-là.*

Ayn ne comprenait pas.

— Commercialiser le quartier ?

— Non, *l'effet.* Des arbres en fleurs en plein hiver. Produire une sorte de terreau que les gens pourraient acheter, une sorte d'élément chauffant qu'ils mêleraient à la terre de leur jardin pour fêter le nouvel an sous les bourgeons. Ce serait vraiment une chouette idée. (Elle poussa un profond soupir.) Je n'étais même pas en colère, pas vraiment. Je me sentais juste... fatiguée. Un mois ou deux avant, j'aurais probablement haussé les épaules en disant « ça, c'est du Harry tout craché ». Mais je suppose que j'avais atteint mes limites. Neuf ans... Même les instituteurs prennent un congé sabbatique au bout de sept, et la plupart des chouettes idées auxquelles ils doivent faire face restent sagement confinées dans des cahiers.

» Bon, nous avons tourné un peu dans le quartier, trouvé d'autres endroits brûlants, prélevé des échantillons de sol — rien que des trucs très très toxiques, rien que des déchets industriels — et nous avons forcé la porte de quelques-unes des maisons abandonnées. Il y avait des infiltrations dans certaines caves dont même l'expert d'Union Carbide n'osait pas s'approcher. On pourrait croire que ça réglait la question, mais pensestu ! Si bien que quand nous sommes rentrés à New York, j'ai attendu de voir, et bien sûr, dès le lundi matin, Clayton Bryce reprenait son couplet « pas notre faute, pas notre problème ». Comme si nous ne nous étions même pas rendus sur place. Je suis allée en parler à Harry et je l'ai trouvé dans son bureau devant un cerisier en pot et une boîte de cartouches chauffantes. Il m'a demandé si je pouvais repasser dans vingt minutes, et je me suis dit, cette fois-ci, c'est bon, j'en ai ma claque. J'ai débarrassé mon bureau et quitté les lieux avant midi. Je suis rentrée chez moi et j'ai téléphoné à tout le monde, à Lexa, au département de la Santé publique, à CNN.

— Et le divorce ?

— Il a eu lieu quelques mois plus tard, quand j'ai été bien certaine que je ne reprendrais pas le boulot... non qu'il y ait tellement de chances qu'on me le rende, après ce que j'avais fait. Mais je voulais une rupture totale, et Harry l'a accepté. Il était un peu triste, un peu fâché aussi, mais il s'est montré très correct. *Très* correct, répéta-t-elle en pensant à son bonus de départ et à son plan de pension, et se demandant, comme elle l'avait fait souvent, ce qu'avait dû ressentir Clayton Bryce en lui signant ces chèques. Je me suis octroyé un an, j'ai voyagé un peu, ouvert le Sanctuaire, et puis j'ai trouvé ce job au département des Égouts par une annonce dans le *Times*. Ma pénitence.

— Votre pénitence, railla Ayn. Vous avez passé neuf ans à vous débattre dans les nuances de gris, et quand vous avez découvert que vous n'arriviez plus à le supporter, vous avez pris le travail le plus noir et blanc que vous avez pu trouver, sans complications ni compromissions...

— Hmm, fit Joan, ouais, enfin, c'est-à-dire...

— ... parce que vous savez, bien que vous refusiez de l'admettre, que le compromis est *mal*, et que tenter de négocier avec des gens qui ne partagent pas vos valeurs est une perte de temps.

— Là, tu vois, Ayn, tu recommences : tu démarres bien, et ensuite tu gâches tout en allant trop loin. Le fait que mes fonctions chez Gant Industries aient été frustrantes ne veut pas dire que j'ai entièrement perdu mon temps. Je te l'ai dit, j'ai aussi fait du bon travail à ce poste. Pas autant que j'aurais voulu, mais...

— Mais vous avez démissionné !

— J'étais épuisée.

— Précisément ! Vous ne l'auriez pas été si...

— Si quoi ? Si tout le monde chez Gant Industries avait partagé mon sens des priorités ? Sans doute, mais ce n'était pas le cas. Qu'aurais-tu voulu que je fasse, abattre Clayton Bryce comme un rat d'égout parce qu'il refusait de se ranger à mon opinion ? (Elle marqua un temps.) Remarque, j'ai vu des caves à Gate's Bend où il aurait été très facile de dissoudre un cadavre...

— C'est horrible ! s'exclama Ayn.

— Très bien, au temps pour l'approche noir et blanc, dit Joan. Mais refuser de négocier ne sert à rien non plus. Gant Industries n'a pas marqué le pas du fait de mon départ. Au contraire, la compagnie est plus prospère que jamais, et la seul différence est que mon point de vue n'est plus représenté. Et Plessy Falls ? Toujours pas nettoyé. Lexa et moi avons suffisamment attiré l'attention des médias pour que les gens cessent de revenir s'installer en ville, mais à part ça, rien n'a été fait. L'État a refusé d'annuler la vente, Vanna Domingo est toujours en appel de cette décision devant les tribunaux. Et les bidons toxiques continuent tranquillement à se vider.

— Mais ce serait arrivé de toute façon. Vous dites que Clayton refusait de payer le prix du nettoyage...

— ... et par ma démission, je lui garantissais le champ libre. Alors que si j'étais restée et que j'avais continué à me battre, qui sait ?

— Vous regrettez donc d'avoir quitté la compagnie ?

— Disons que je me sens toujours coupable, dit Joan. Coupable de n'avoir pas été plus forte, plus patiente. Mais je ne suis pas certaine de le regretter ; j'avais vraiment besoin de cette pause. Seulement aujourd'hui, je suis reposée, et depuis ces derniers jours, je me dis que je suis peut-être prête à repartir pour un tour. À supposer que je sorte vivante de cette histoire, bien sûr.

Elle haussa les épaules.

Ayn secoua la tête.

— Vous êtes tellement bourrée de contradictions que je ne saurais même pas par quel bout démêler votre pathologie.

— Eh bien, abstiens-toi, lança Joan. (Elle jeta son mégot dans son café froid.) Apprécie-moi comme je suis, pendant que tu m'as encore. Ce qui risque de ne pas durer.

— Là, observa Ayn, vous n'avez pas tout à fait tort.

Le train était vide, son moteur silencieux. À première vue, il ne restait plus personne sur le quai. Il était temps d'y aller. Joan se leva, glissa le minicanon dans sa ceinture après avoir vérifié le cran de sûreté, prit la lampe d'Ayn et gagna prudemment la sortie de la voiture-restaurant. Elle pressa le bouton d'ouverture de la porte et sortit sur le quai.

Après, tout s'enchaîna très vite.

Faites-le sortir

— Aaaooohhh...

— Là, dit Motley Nimitz, en brandissant l'agrafe de langue au bout d'une pince à épiler. (Cela ressemblait plutôt à un oursin qu'à une agrafe : une perle creuse en plastique hérissée de pointes barbelées, relâchant une toxine inflammatoire par injections régulières.)

Invention des Syriens, commenta-t-il. Pour les cas où le prisonnier qu'ils torturent est prêt à parler, mais qu'ils n'ont pas encore envie de l'entendre... (Il jeta l'outil dans l'évier de la kitchenette.) Je vais lui faire une piqûre et un rinçage médicinal qui devrait aider à réduire l'enflure.

— Heeer-ciii, fit Clayton Bryce, les yeux humides de gratitude.

Depuis son sauvetage, il se montrait particulièrement sentimental.

— Comment va-t-il ? demanda Kite.

Elle avait posé son sabre sur une planche à repasser et l'affûtait avec une pierre à aiguiser. Son Colt et son minicanon étaient tous deux à portée de main. Le Moine de Pierre était en bas, gardant l'entrée du Sanctuaire.

— Il a besoin de repos, diagnostiqua Motley Nimitz en farfouillant dans sa trousse. On dirait qu'il n'a pas dormi depuis des jours. Il n'a pas dû manger beaucoup non plus, pas de la nourriture solide.

— Je ne suis pas certaine que l'endroit soit très sûr pour lui. Quand tu auras fini de t'en occuper, nous ferions mieux de...

Le téléphone sonna.

— Décrochage, ordonna Kite.

Elle allait dire « Joan ? » quand une brutale explosion de musique rap la submergea. Cela ressemblait à du rap, en tout cas, même si les paroles ne rimaient pas :

Je crois que tous les voleurs
Devraient avoir les mains tranchées
Comme dans le code Hammurabi
Le code Hammu, le code Hammu, le code Hammurabi
Ou qu'on devrait passer une loi

Comme ils ont au Texas
Autorisant le recours à la force mortelle
Pour la défense de la propriété
Le code Hammu, le code Hammu, le code Hammurabi
Ça, ce serait dissuasif

Clayton Bryce trembla, reconnaissant sa propre voix malgré la distorsion.

Puis une autre voix beugla :

— *C'est bon, c'est bon, baissez-moi ça !*

Et le rap diminua.

— *Allô* ? appela la nouvelle voix.

— Qui est là ? demanda Kite.

— *Ici la police, madame. J'ai un mandat contre Clayton Bryce. Je vous demande de bien vouloir le faire sortir par la porte de devant afin que je puisse lui trancher les mains.*

On entendait des ricanements et des lazzis à l'arrière-plan, mais l'homme était sérieux.

— Quel genre de policier tranche les mains ?

— *Powell 617, madame. NYPD automatique. Madame, je dois vous prévenir que les peines encourues pour entrave à une persécution sont très sévères. Si...*

Raccrochage.

Kite attrapa son Colt et courut le long du couloir jusqu'à la chambre de Joan, qui donnait sur la rue. Une foule enragée de près d'une cinquantaine de domestiques automatiques s'était rassemblée devant le Sanctuaire, vêtue comme une bande de dealers et de gangsters tout droit sortis d'un film hollywoodien du XXe siècle sur la survie dans les bas-fonds. La plupart d'entre eux étaient armés d'Uzis ou de fusils d'assaut AK-47, mais il y en avait un en première ligne, avec des dents en or, qui tenait une machette ; il portait aussi une casquette de baseball de travers et une grosse horloge murale pendue en médaillon à son cou. À ses pieds, on voyait un ghetto blaster de la taille d'un panier de guillotine.

L'agent Powell 617 se tenait un peu à l'écart de la masse, aux prises avec un portable qu'il avait emprunté à un des dealers. Mais Grande Horloge aperçut Kite à la fenêtre.

— Ho ho ! lança-t-il dans un éclair de dents dorées en pointant le doigt sur elle. Visez-moi qui est là !

Powell sortit son porte-voix de police.

— Vous, là-haut ! appela-t-il. Nous avons un mandat pour Clayton Bryce ! Faites-le sortir !

— Ouais, appuya Grande Horloge en donnant un coup de machette dans le vide. Envoyez-nous ce petit salopard !

— Ils ont barré la rue aux deux extrémités, indiqua Kite à Motley et Clayton qui la rejoignaient dans la chambre. On ferait mieux d'appeler la vraie police.

— Impossible, dit Motley. La ligne est morte.

— Ouvre-moi cette fenêtre, alors.

Motley souleva la guillotine et Kite cria à la foule en contrebas :

— Mr Bryce est sous la protection de cette maison ! Vous ne l'aurez pas ! Maintenant, tirez-vous avant que ça dégénère !

Les gangsters s'esclaffèrent.

— Le manque de coopération exerce une mauvaise influence sur la société, prévint Powell 617. De plus, nous avons l'avantage du nombre. Faites-le sortir ou nous allons venir le chercher, et si nous devons utiliser la force, vous le regretterez encore plus que lui.

Kite brandit son revolver et arma le chien, déclenchant une nouvelle hilarité.

— Hé, ma salope ! lui cria Grande Horloge. Descends un peu et tu verras où je te mettrai ce truc-là !

Il poussa un hululement puis s'abattit, atteint de deux balles : une fois dans la poitrine, par Kite, et une fois dans la tête par le Moine de Pierre qui avait visé l'endroit d'où était sorti le blasphème.

— Je suis très déçu, dit Powell 617.

Derrière lui, quarante-sept nègres électriques basculèrent leurs armes en mode automatique.

— Couchez-vous ! cria Kite en renversant Motley Nimitz au sol.

Un coup de canon fit trembler la rue. Un obus de 135 millimètres atterrit au milieu des gangsters, fauchant leurs rangs comme une comète dans des flûtes à champagne. Un second obus vint disperser les débris huit secondes plus tard. Seul Powell 617 resta debout et intact ; il fit une moue désapprobatrice en voyant un char d'assaut rouler par-dessus le barrage de police au bout de la rue.

— Vous, là-bas ! cria-t-il à l'adresse du conducteur de char. Sortez de ce véhicule ! Montrez-moi votre permis et la carte grise !

Le char continua à avancer sans faire attention à lui. Powell 617 plaça son corps grassouillet directement en travers de son chemin. Ce fut le char qui gagna. Powell 617 disparut sous sa masse et son porte-voix fut broyé par une chenille d'acier. Le char roula jusqu'aux premières marches du Sanctuaire. La trappe de sa tourelle s'ouvrit.

— Kite ! beugla le commandant du char.

— Maxwell ? (Elle passa la tête par-dessus le montant de la fenêtre.) Maxwell ! D'où diable sors-tu comme ça ?

Il écarta les bras, comme si le M6 Buchanan de soixante tonnes constituait une réponse suffisante.

— De l'armurerie de la 12e Rue, expliqua-t-il.

Puis il jeta un coup d'œil par-dessus son épaule vers

la succession de véhicules qui franchissaient à sa suite le barrage renversé : une jeep militaire des transmissions avec antenne satellite, un fourgon blindé de la Brink's et quatre Ferrari rouges Marchesa 2023 emportant chacune une équipe de quatre marines.

— Nous avons fait un ou deux arrêts en chemin, reconnut-il.

Nous permettez-vous de vous aider ?

Quand elle posa le pied sur le quai, Joan entendit deux bruits dans son dos. Le premier était le chuintement de la porte de la voiture-restaurant qui se refermait. Le second était le rugissement de l'allumage d'un moteur V-6.

Le molosse.

Il se tenait sur le wagon, ayant passé tout le trajet depuis le New Jersey collé au toit du train magnétique par ses coussinets aimantés. Joan fit volte-face tout en sortant son minicanon, mais le cran de mire se prit dans sa ceinture. L'arme lui échappa des mains et dégringola sous le train avec fracas.

— Oops, fit-elle.

Les yeux du molosse jetèrent des éclairs. Le piège d'acier de ses mâchoires claqua. Il bondit.

Joan, à défaut d'une meilleure idée, se servit de la lampe. Elle le cueillit en pleine tempe. Il se tortilla en vol et se reçut maladroitement sur une patte, qu'il brisa sous son poids. Paniquée par la décharge d'adrénaline, Joan abattit de nouveau la lampe et enfonça la mâchoire du molosse contre le quai, lui faisant sauter au passage un de ses yeux lumineux. Elle lui décocha un dernier coup de lampe par-dessous, dans le ventre, qui le retourna sur le dos. Le moteur V-6 poussa un grondement de protestation rageuse.

Puis Joan se retrouva en train de courir le long du quai en direction des escaliers menant à la salle des pas perdus, sans regarder en arrière.

— Toujours avec moi, Ayn ? demanda-t-elle en avalant les marches quatre à quatre.

L'ampoule de la lampe était intacte, mais à l'intérieur Ayn Rand se tenait la tête à deux mains comme si elle avait reçu un coup.

— Ne refaites jamais ça.

— Je ne te garantis rien.

Moins de trente secondes plus tard, alors qu'elle franchissait l'espace d'attente des passagers sous la coupole d'étoiles, un nègre électrique fit mine de lui bloquer le passage. Elle brandit la lampe et le cogna en plein au visage.

— Qu'est-ce que... commença-t-elle en voyant le nègre hurler et tomber en arrière, saignant d'un nez cassé.

Oops.

Pas un nègre. Pas électrique. Humain. Un aborigène australien.

— Oh, mon Dieu ! s'exclama Joan, aussi horrifiée par ce qu'elle avait fait qu'à l'idée de ce qu'elle aurait pu faire si elle avait encore eu son arme. Oh, mon Dieu, vous n'avez rien ?

L'Australien — qui voulait seulement lui demander la direction des toilettes — recula devant elle. Quand elle se pencha pour lui tendre la main, il serra les jambes et lui décocha un grand coup des deux pieds qui lui brisa trois côtes. Joan se tint le flanc et battit en retraite, puis plongea par-dessus un banc pour échapper à l'Australien qui avait sorti une bombe lacrymogène et tentait de l'aveugler.

Elle réussit tant bien que mal à ne pas lâcher la lampe. Traînant la patte, les yeux larmoyants, à moitié pliée en deux, elle se dirigea vers la sortie la plus proche. Une courte volée de marches menait à une série de portes à tambour et à un panonceau promettant des TAXIS.

Un Bon Voyageur du nom d'agent Kwok surgit à ses côtés au pied des escaliers.

— Puis-je vous aider ?

Un second Bon Voyageur du nom d'agent Molina vint l'encadrer de l'autre côté.

— Puis-je vous aider ?

— Non, déclina Joan sans s'arrêter, non merci.

— Rebonjour, dit le capitaine Hector Miercoles qui apparut au sommet des marches, se découpant dans la lumière des phares. Voulez-vous s'il vous plaît nous laisser vous aider ?

— Non, souffla Joan, pantelante, je...

La lumière des phares ?

Le taxi fracassa une porte à tambour en faisant irruption dans la gare. Une cascade de verre securit ruissela entre les bottes du capitaine Miercoles et s'écoula au bas des marches. Le taxi, un Checker jaune, cueillit le capitaine aux chevilles et l'envoya bouler contre l'agent Kwok ; tous deux roulèrent avec les éclats de verre.

Le taxi s'immobilisa en haut des marches. Un grand domestique automatique en sortit par la portière du conducteur. Cette fois-ci, c'était bien un androïde : quelqu'un — peut-être le propriétaire légitime du taxi — lui avait tiré une balle dans la tête, lui creusant un cratère sombre dans la tempe.

L'agent Molina en resta bouche bée, ce qui parut irriter le domestique.

— Et alors, qu'est-ce que vous regardez ? aboya le chauffeur de taxi électrique.

Il leva les mains derrière la portière ouverte ; elles serraient un vilain fusil à pompe noir avec une crosse de pistolet. L'agent Molina se jeta sur son TASER. Le chauffeur de taxi amorça la pompe de son fusil et le braqua sur le Bon Voyageur.

Ils tirèrent simultanément. Les dards du TASER atteignirent l'androïde dans le cou. Les plombs du fusil à pompe, faiblement dispersés sur une distance de moins de trois mètres, frappèrent Molina au sommet de la poitrine. L'uniforme de l'agent était à l'épreuve des balles, mais il n'en eut pas moins l'impression de recevoir un express en plein cœur. Il passa le TASER à Joan comme un calice de communion et suivit son capitaine au bas des escaliers.

Joan sentit la molette de voltage du TASER sous son pouce ; elle la poussa au maximum. Le courant jaillit le long des fins filaments conducteurs qui reliaient l'arme aux dards et ces derniers se mirent à lancer des étincelles. Le domestique électrique exécuta une danse de Saint-Guy comme le Mandingue dans l'arrière-cour d'Hoover puis s'écroula lui aussi. Joan lâcha le TASER, se précipita en avant, ramassa le fusil à pompe, le jeta avec la lampe d'Ayn sur le siège du passager dans le taxi, s'installa elle-même sur le siège du conducteur, claqua la portière, enclencha la marche arrière et écrasa l'accélérateur. Quelque part dans tout cela, elle trouva le temps d'empoigner son rosaire.

En jaillissant hors de la gare en marche arrière, elle harponna un autre taxi. Ce n'était pas grave : le chauffeur était un Blanc, humain et sans arme, et la collision la fit déraper dans la bonne direction, face à la rue. Ignorant les coups de klaxon assassins, elle passa en marche avant et s'élança dans le trafic.

Quelque chose rebondit sur le capot arrière du Checker et se mit à gratter sur le toit dans un grondement de V-6 révélateur. Joan poussa un juron et pila, debout sur les freins ; le molosse mécanique vola par-dessus le capot avant et roula pêle-mêle sur le bitume. Avant qu'il puisse se relever, elle appuya de nouveau sur l'accélérateur et sentit un craquement métallique sous les roues du taxi.

Elle freina, recula, sentit un autre craquement. Elle repartit en avant, sentit un craquement, freina, recula. À son quatrième passage, le réservoir d'essence du molosse s'enflamma. Elle enclencha la marche avant une fois de plus et, contournant le brasier, tourna sèchement dans la 42e Rue, en direction de l'ouest.

— Toujours avec moi, Ayn ? répéta Joan.

Cette fois-ci, la réponse fut plus lente à venir.

— C'est pour m'éloigner... de ce genre de choses... que j'ai quitté la Russie, dit-elle finalement.

— Il aurait peut-être mieux valu choisir le Canada, observa Joan.

Des motifs dans la trame des circonstances

Les Ferrari se placèrent aux avant-postes du convoi, formant un rideau défensif autour du char, de la jeep et du fourgon blindé tandis qu'ils remontaient vers le nord sur la 1er Avenue. Motley Nimitz et le Moine de Pierre étaient montés à l'arrière du fourgon ; Kite et Clayton s'étaient tassés à l'intérieur du char, suffisamment confortable pour accueillir — à la limite — deux observateurs. Maxwell les présenta au reste de l'équipage, entièrement composé de gueules cassées de la guerre de 07 en Afrique : Stouffer Aimes, le conducteur, qui avait eu la mâchoire et les deux jambes arrachées par un tir allié afrikander dans les montagnes du Kenya ; Siobhan Yip, l'artilleuse, qui avait perdu un bras sur une mine zaïroise ; et Curtis Dooley, le servant, qui s'était fait piéger sous le vent dans l'incendie de la raffinerie de Port Harcourt. Il avait un foie de babouin, une interface de VISION et plus de 72 % du corps greffés de peau artificielle.

— 'Chanté, fit Dooley en serrant la main à Clayton et à Kite.

Les autres marines du convoi avaient tous subi des blessures similaires. L'Œil de l'Afrique les avait sélectionnés sur la base de leur profil psychologique. Pour la plupart, Maxwell avait été les chercher au nouveau foyer de vétérans de Houston Street, et l'Œil leur avait parlé.

— Qu'est-ce que c'est au juste que cet Œil de l'Afrique ? voulut savoir Kite.

— Il voit des choses, expliqua Maxwell sans grande cohérence. Il établit des connexions. C'est sa nature : il discerne des motifs dans la trame des circonstances et il en extrait la vérité, le sens...

— Arrête de parler comme un gâteau de bonne aventure, Maxwell. Dis-moi ce *qu'est* l'Œil de l'Afrique. Une sorte de programme informatique ?

— Tout est beaucoup plus clair maintenant, poursuivit-il. L'Œil m'a pris avec lui, et nous avons chevauché les câbles toute la nuit, à la recherche de réponses... Ce n'était pas facile, mais nous les avons trouvées. Tout s'explique : la guerre, la pandémie, ça... (Il tapota sa jambe électrique.) Je comprends tout, maintenant ; je comprends *pourquoi*.

— C'est comme ça que tu as su que nous avions besoin d'aide au Sanctuaire ? l'interrogea Kite, ne sachant pas trop si elle aimait cette nouvelle compréhension de Maxwell ou cette lueur qui brûlait dans ses yeux quand il en parlait. Tu dis que tu comprends la pandémie. Cela signifie-t-il que tu es au courant pour GAZ ?

— L'Ennemi, entonna Maxwell. Peu importe le nom qu'il se donne.

— Hmm... et que t'a raconté l'Œil de l'Afrique à propos de l'Ennemi, Maxwell ? Je ne voudrais pas passer pour une ingrate, mais que comptes-tu faire avec ce char ?

— Nous allons prendre Babel ce soir, dit-il. Jusqu'au sommet !

— Pourquoi ?

Il secoua la tête.

— L'Œil discerne les motifs, mais beaucoup de détails restent obscurs. Quelque chose d'énorme se prépare pour ce soir à Babel, c'est tout ce que nous savons. Quelque chose de *mal*. Et le corps des marines des États-Unis va y mettre bon ordre.

— Vraiment... Eh bien, l'armée du Potomac adorerait donner un coup de main au corps des marines, mais...

— Pas toi, coupa Maxwell. Toi, tu vas au Phoenix. Quelque chose se prépare là-bas aussi, mais ce n'est pas aussi urgent que Babel et je ne peux me passer d'aucun de mes hommes. Voilà pourquoi nous sommes venus te chercher.

— Ah, dit Kite.

Le char s'immobilisa en tremblant.

— Quarante-troisième Rue, annonça Stouffer Aimes dans un cliquetis de sa mâchoire de substitution. Faut-il faire un détour ?

Maxwell pressa une main contre son casque pour écouter les derniers rapports de police sur la fréquence que lui transmettait la jeep.

— Pas la peine. L'Ennemi est au courant pour nous ou le sera bientôt. Nous devons foncer sur Harlem avant qu'il n'ait le temps de s'organiser. (Il se tourna vers Kite.) Tu devras finir à pied à partir d'ici.

— Ça ira, déclara Kite. Mr Bryce, préférez-vous venir avec moi ou rester avec...

Mais Clayton, pelotonné dans un coin du char, s'était endormi.

— Je suppose que ça n'est pas plus mal. Fais attention à lui, Maxwell, tu veux bien ? Et fais attention à toi. Quelle que soit la « vérité » qu'a pu te révéler cet Œil de l'Afrique, rappelle-toi que tu n'as aucune obligation envers lui. Pas s'il souhaite faire couler davantage de sang.

Maxwell ne répondit rien.

— Veux-tu un fusil ? demanda-t-il en déverrouillant la trappe de la tourelle.

— Merci, mais non. (Kite vit qu'il ne comptait pas insister, et se hissa vers l'ouverture.) Je me ferai déjà suffisamment remarquer en traversant la ville avec ce sabre. Pourrais-tu m'arranger une petite diversion, de quoi détourner l'attention des flics le temps de...

Une explosion retentit quelque part à l'extérieur du char, suivie du crépitement de la mitrailleuse de l'une des Ferrari.

— Laisse tomber, fit Kite en grimpant hors de la tourelle.

Une soirée pénible

Le taxi s'encadra dans la façade de l'immeuble du département des Égouts pile au moment où Fatima Sigorski se préparait à partir. Penchée derrière la réception sur une boîte remplie de plaques d'identification, elle entendit un grincement de pneus et sursauta juste à temps pour voir un taxi jaune jaillir à travers les portes du hall d'accueil.

Une camionnette de livraison avec deux domestiques automatiques à l'avant le talonnait de près et voulut essayer de le suivre, mais s'encastra dans l'encadrement. Les deux véhicules s'immobilisèrent, le taxi dans un crissement de freins et la camionnette dans un froissement de tôle contre la brique. La portière conducteur du taxi s'ouvrit à la volée et Joan Fine en bondit, brandissant un fusil à pompe. Elle courut vers la camionnette et pompa cinq cartouches à travers le pare-brise.

— Nom de... jura Fatima Sigorski.

— Une barge, dit Joan quand elle fut certaine que les androïdes resteraient sagement dans la camionnette. J'ai besoin d'une barge, Fatima. Et de la clef de l'armurerie.

— Sans blague... tu as perdu la tête, Fine ?

Joan la dévisagea.

— La soirée est déjà assez pénible comme ça, Fatima. Ne déconne pas avec moi.

Elle baissa les yeux sur le fusil à pompe, qui était maintenant braqué dans sa direction. C'était un Ithaca Bear Stopper Elite modèle 87, calibre.12, avec une capacité de huit coups. Cinq balles dans la camionnette signifiaient encore trois en magasin.

— Très bien, concéda Fatima. Je ne déconnerai pas avec toi.

Comme Ulysse

— Cartouches de chevrotine.

— Okay.

— Pistolet automatique, calibre.50, avec étui.

— Okay.

— Chargeurs supplémentaires.

— Okay.

— Et ça, qu'est-ce que c'est ? demanda Joan en désignant une forme peu familière à l'extrémité du ratelier d'armes.

— Un lance-grenades, répondit Fatima Sigorski. Un M-79.

Le lance-grenades M-79 : celui qu'Abbie Hoffman avait recommandé autrefois comme la meilleure arme d'autodéfense de tous les temps.

— Je le prends, décida Joan.

— On nous l'a envoyé par erreur, Fine, commença Fatima Sigorski. Il n'est pas conçu pour...

— Je le prends.

— Okay.

Tous les domestiques automatiques du Bureau Zoologique étaient manquants. Joan vérifia dans l'entrepôt et ne vit que des cadenas de kryptonite brisés. La serrure de l'armurerie aussi avait été forcée, et Fatima nota que deux caisses de fusils M-16 avaient disparu.

— Tu veux bien me dire ce qui se passe, Fine ? demanda Fatima une fois à bord du monte-charge desservant l'embarcadère souterrain.

Toutes les barges sauf une avaient été prises.

— Quand as-tu fermé l'embarcadère ? interrogea Joan.

— Il y a une demi-heure, dit Fatima. Et j'ai terminé l'inventaire des armes peut-être dix minutes avant ton arrivée. Les fusils étaient encore là.

— Les domestiques n'ont pas pu aller bien loin, dans ce cas. Ils doivent m'attendre dans la merde. (Joan embarqua dans la dernière barge et y déposa son fourbis.) Ce qui se passe, dans l'immédiat, c'est qu'on en veut à ma peau.

— Des androïdes ? Tu as vraiment pété un boulon.

— Je voudrais bien. (Joan remonta la fermeture éclair de sa combinaison.) Mais si je suis cinglée, où sont-ils passés ?

— Justement, observa Fatima. S'ils en ont après toi, pourquoi t'attendre dans les tunnels ? Pourquoi ne pas t'avoir tendu une embuscade ici, ou en haut ? Nous avons seize androïdes dans le parc, Fine. Tu crois vraiment que tu serais la plus rapide ?

— Non, reconnut Joan, ce qui explique probablement pourquoi ils n'en ont rien fait. Je ne me crois pas invulnérable, et mourir dans une embuscade ne me surprendrait pas. Quoique, ajouta-t-elle d'un air songeur, il suffit que j'arrête de me méfier pour que ça redevienne possible.

— Fine, tu veux bien...

— Laisse-moi te poser une question, Fatima. Si tu devais me faire mourir d'une manière ironique, comment t'y prendrais-tu ?

— Ironique ?

— Ironique étant donné ma philosophie de la vie.

— Oh, dit Fatima, ça. Eh bien, tu es une croisée, non ? Je veux dire, quand tu as voulu travailler ici, ce n'était pas par besoin d'argent.

Le choix des mots retint l'attention de Joan.

— Et comment ferais-tu pour tuer une croisée ?

— Je n'aurais rien à faire. Les croisés se font tuer tout seuls, c'est le côté pratique. Il suffit de leur confier une mission, un objectif impossible qu'ils tenteront d'atteindre malgré tout, et ils s'occupent du reste. (Elle haussa les épaules.) À partir de là, ça ne doit pas être bien difficile d'introduire un peu d'ironie dans la situation.

— Hmm, fit Joan. Et si tu étais une croisée qui ne tenait pas à se faire tuer ?

— Je ferais comme Ulysse. Je refuserais de partir.

Joan secoua lentement la tête.

— Trop de vies dans la balance. Même si c'est une mission impossible, la refuser n'est pas une option.

— Oh, ce n'en était pas une non plus dans le cas d'Ulysse, si ? Enfin, je suppose qu'il ne reste plus qu'à te souhaiter la même *chance* qu'Ulysse. (Fatima désigna le rosaire d'un hochement de tête.) Bénie des dieux... Écoute, Fine, tu ne voudrais pas me parler un peu de cette croisade, que je sache quoi raconter aux flics ?

— C'est probablement moins risqué pour toi de ne rien savoir, Mais rends-moi un service, d'accord ? Passe un coup de fil chez moi.

— Quel est le message ?

— Demande à parler à Kite. Dis-lui que j'ai dit : « Ils arrivent, et ils en ont après Harry aussi. » Et pendant que j'y pense, demande aux flics d'envoyer une équipe de libération d'otages aux bureaux de Gant Industries au Phoenix. Il y a de grandes chances qu'un kidnapping soit en cours.

— Tu as raison, déclara Fatima. Je préfère ne rien savoir. (Puis elle pensa *et zut* et sortit une patte de lapin porte-clefs de sa poche arrière.) Tiens, Fine. Au cas où ton rosaire s'enraye.

Elle lui jeta le porte-bonheur.

— Merci, répondit Joan, surprise. (Elle souleva le petit tube argenté qui était également rattaché à la chaîne.) Qu'est-ce que c'est ?

— Un sifflet antiviol. M'étonnerait que tu en aies besoin, avec le lance-grenades et tout... Et maintenant, tire-toi. Je te laisse quinze minutes d'avance, ensuite tu seras hors-la-loi.

— C'est honnête, estima Joan. (Posant la lampe à côté du Mercator électrique, elle lança le moteur de la barge et dénoua l'amarre.) Merci pour ton aide, Fatima.

— Va te faire foutre, Fine. Ne me fais pas citer comme témoin de moralité à ton procès.

— Pas pour tout l'or du monde, lui assura Joan en souriant.

Sur un dernier geste d'adieu, elle s'éloigna du quai et se dirigea en plein dans la merde, avec Ayn Rand pour lui éclairer le chemin.

Maxwell hausse les épaules

À l'approche d'UN Plaza, le trafic se fit de plus en plus dense — quoique toujours très respectueux de la priorité du char — et Maxwell demanda à la jeep des transmissions de diffuser sur toutes les fréquences AM et FM un message d'avertissement indiquant que des tireurs embusqués transformaient la 1er Avenue en champ de tir, intoxication sans aucun doute facilitée par le fait qu'elle était rigoureusement exacte. En l'espace de quelques instants, les véhicules civils évacuèrent les lieux, créant suffisamment d'embouteillages aux carrefours adjacents pour interdire l'approche de tout véhicule hostile, au moins pendant un moment.

Les tireurs embusqués — des nègres électriques dépêchés en hâte par un Ennemi qui ignorait encore à quoi il avait affaire exactement — étaient pour la plupart trop légèrement armés pour représenter une menace. Les Ferrari Marchesa étaient équipées en série d'une carrosserie à l'épreuve des balles, et la jeep des transmissions bénéficiait d'une protection similaire. Le fourgon de la Brink's, bien sûr, était blindé ; quant au blindage composite du char Buchanan, il aurait encaissé même un tir d'artillerie légère.

Non que l'Ennemi disposât de la moindre artillerie. Mais à mesure que le convoi progressait vers le nord à hauteur des cinquantièmes rues, du mobilier se mit à grêler des fenêtres et des terrasses. Les Ferrari commencèrent à zigzaguer pour éviter le bombardement. Le char, moins maniable, fut atteint de plein fouet par un piano à queue jeté depuis le penthouse du Sheraton East ; le choc faussa le support de la tourelle et mit un terme abrupt au petit somme de Clayton Bryce.

La dernière corde du piano résonnait encore dans la

rue quand une paire de domestiques automatiques fit basculer une bétonnière par-dessus la bretelle d'accès du pont de Queensboro ; la jeep des transmissions, qui avait le malheur de se trouver dessous, fut aplatie comme une crêpe. Le fourgon de la Brink's fit un écart pour éviter la carcasse et vint combler le vide derrière le char.

À partir de la 59e Rue, les gratte-ciel se faisaient moins hauts et il n'y avait plus de ponts à passer. La difficulté suivante se présenta à Yorkville, près de la maison du maire, où une ligne de voitures de police essayait de barrer la route au convoi à l'intersection de la 86e Rue. Maxwell tira une rafale de semonce avec la mitrailleuse coaxiale du Buchanan ; les voitures pie s'éparpillèrent de part et d'autre, et le convoi passa sans encombre. Les Ferrari à l'arrière-garde répandirent derrière elles un tapis d'huile et de clous — autre dispositif antiterroriste installé en série sur les Marchesa 2023 — qui rendit la route impraticable. Quelques voitures de police voulurent tenter de les suivre malgré tout et se retrouvèrent bientôt en train de tournoyer sur des roues à plat.

À l'approche des centièmes rues, un grand camion de pompiers déboucha sur la 1er Avenue. Un dalmatien mécanique aboyait férocement dans la cabine. Trois domestiques automatiques en uniforme de soldats du feu lancèrent des cocktails Molotov depuis la grande échelle. Maxwell ordonna la rotation du canon principal, mais la tourelle faussée refusa de bouger. Une bombe incendiaire éclata sur le toit de l'une des Ferrari. La Marchesa, naturellement, était ignifugée, mais le conducteur, qui avait déjà été immolé une fois en Somalie, paniqua et jeta sa voiture contre un mur de brique. Puis le Moine de Pierre passa un lance-grenades par l'une des meurtrières du fourgon et tira sur le dalmatien ; le camion explosa, et l'échelle roula sur quatre pâtés d'immeubles avant de s'arrêter.

Le convoi tourna à gauche sur la 116e Rue, traversant la 5e Avenue par l'ouest jusqu'au Malcolm X Boulevard. Quand les marines obliquèrent de nouveau vers le nord pour le sprint final jusqu'à Babel, un camion-citerne jaillit d'une ruelle transversale et cueillit une autre Ferrari en choc frontal. L'essence enflammée de la citerne s'infiltra dans les caniveaux ; les plaques d'égouts se mirent à sauter comme des soucoupes rappelées au vaisseau mère.

Ainsi réduit, le convoi déboucha finalement sur la grande place au pied de la ziggourat. Maxwell sonna la charge. Comme le char passait en tête et fonçait vers la Porte de la Langue Primordiale, une poutrelle d'acier se détacha du sommet de Babel. Mais il n'était pas facile de viser depuis une hauteur de 800 mètres ; la poutrelle en I le rata de cinquante mètres, et le convoi franchit le portail sain et sauf pour parvenir dans l'immense cañon d'accueil.

Il était vide de toute présence humaine. Une fusillade avait opposé des domestiques automatiques aux membres du service de sécurité de Babel, et les gardiens survivants, ainsi que tous les touristes et autres passants, s'étaient enfuis ou dissimulés dans la végétation bordant le fond du cañon.

Des tireurs d'élite androïdes tenaient désormais les falaises en balcons, et une compagnie de nègres électriques s'organisait en ligne défensive au pied de la statue d'Atlas. Leurs uniformes étaient une collection hétéroclite de surplus militaires, mais tous portaient le béret rouge au cobra noir de l'Armée de Libération Sub-Saharienne. Leur chef, que l'étiquette de son gilet de protection identifiait comme un certain Cinque, donna l'ordre d'ouvrir le feu.

— Infanterie à douze heures, annonça Maxwell tandis que les balles d'AK-47 commençaient à tinter sur les flancs du char.

Siobhan Yip voulut leur envoyer un obus explosif mais les systèmes de visée laser étaient morts, et son tir arriva trop haut, presque au sommet du dôme de la salle centrale. Des blocs de maçonnerie dégringolèrent en cascade, et la chaîne soutenant la grande sphère de cuivre se brisa. Le poids du monde s'écrasa sur les épaules d'Atlas ; la statue ploya sous le fardeau.

Et Atlas haussa les épaules. Le résultat le plus immédiat en fut l'annihilation des quelques rares nègres qui n'avaient pas été fauchés par les débris du plafond. La boule en fit de la bouillie d'engrenages et de silicone, puis elle rebondit contre la baie d'ascenseurs, vint aplatir Cinque et continua sa course droit sur le char.

— Cible à douze heures, cria Maxwell. Rechargez !

— Rechargement ! annonça Curtis Dooley en claquant la culasse sur un nouvel obus. Prêt !

— Feu !

Sans tenir compte de son viseur laser faussé, Siobhan Yip baissa le canon à l'horizontale et pressa le bouton de tir. La sphère de cuivre vola en morceaux ; ses éclats, chassés avec la violence d'un ouragan, tranchèrent Atlas aux genoux. La statue s'abattit en avant, sa tête se détacha et rebondit sur le côté, les traits figés sur une expression de joie démentielle.

Arrivé sous le dôme, le char effectua un demi-tour de manière à faire face au chemin qu'il venait d'emprunter. Deux autres obus explosifs et quelques rafales de la mitrailleuse coaxiale eurent raison des tireurs sur les parois du cañon. Une salve de trois coups provoqua l'effondrement de la voûte de la Porte de la Langue

Primordiale et l'empilement de trois mètres de débris en travers du seuil. Dehors, sur la place, les sirènes de police hurlaient, et d'au-dessus parvint le *wop-wop-wop* d'un hélicoptère du FBI : l'agent spécial Ernest G. Vogelsang, répondant aux rapports faisant état de terroristes africains dans la tour de Babel.

Il y *avait* des terroristes africains dans la tour de Babel : de deux sortes, maintenant.

— Tout le monde dehors ! ordonna Maxwell en déverrouillant la trappe supérieure.

Alors qu'il se dressait sur la tourelle, un colibri électrique voleta jusqu'à lui et se posa sur son poing. Une immense tristesse l'envahit alors, et il caressa délicatement l'oiseau avec son doigt en lui disant :

— Ce n'est rien. Nous ne pouvons pas le reconstruire maintenant, mais ce n'est pas grave.

Les marines des Ferrari survivantes formèrent une garde d'honneur à l'arrière du fourgon de la Brink's. On ouvrit les portes blindées et on sortit le trésor, appareillage cybernétique sacré que Maxwell avait baptisé l'Arche de l'Œil. C'était une sorte de cadre rigide dans lequel avaient été vissés les composants cannibalisés du Cray de Joan Fine ainsi que deux séries de batteries de forte puissance, le tout enveloppé d'un tissu à l'épreuve des balles et de plaques de kevlar.

La garde d'honneur porta l'Arche jusqu'au char. Maxwell renvoya le colibri dans les airs, puis sauta à bas de son perchoir pour endosser l'Arche. Il passa ses bras dans les bretelles et boucla la ceinture autour de sa taille.

— Aux ascenseurs ! cria-t-il.

Curtis Dooley trotta jusqu'aux ascenseurs et pressa le bouton d'appel. Celui-ci refusa de rester allumé.

— On a un problème, commandant, dit-il.

— Sergent Yip ! beugla Maxwell.

Il y avait un panneau d'entretien au-dessus des boutons des ascenseurs. Siobhan Yip l'arracha d'une seule traction de son bras électrique. Maxwell déroula un câble sortant du côté de l'Arche et le brancha sur une interface informatique à l'intérieur du panneau. Les portes de deux des ascenseurs s'ouvrirent.

— Deux groupes, ordonna Maxwell. Yip, Dooley, Aimes, Nimitz, le Moine, Santos, Boychuk et Gurevich avec moi ! (Il regarda Clayton Bryce, resté au sommet de la tourelle du char, qui clignait des paupières comme un hibou en plein jour.) Toi aussi, soldat.

La piqûre que lui avait faite Motley Nimitz avait réduit le gonflement de sa langue au point qu'il pouvait presque s'exprimer normalement.

— Que se passe-t-il ? demanda-t-il. Que se passe-t-il ?

Mais personne ne lui répondit. Les marines s'engouffraient dans les ascenseurs. En entendant le tumulte qui montait de la place — d'autres voix vociférant des menaces dans des porte-voix — Clayton décida de se joindre à eux.

Quelque chose remua sous le char. C'était Powell 617, ou ce qui en restait après avoir été traîné sous le Buchanan depuis le Bowery. Comme les portes de l'ascenseur se refermaient, il tendit le bras et ferma le poing en un ultime salut.

— Je s-suis de votre côté, les mecs, dit-il.

22

IRONIE n. f. (lat. ironia ; du gr. eirôneia, dissimulation, ignorance feinte). 1. Usage de mots destiné à leur donner une valeur opposée à leur sens littéral. 2. Incongruité entre ce qui peut légitimement être espéré et ce qui se produit réellement.

The American Heritage History

Capitalisme

À 18 h 30, quand le dernier membre de son équipe eut quitté les lieux, Vanna Domingo se rendit au bureau de Gant pour déposer quelques papiers. Elle trouva Harry assis à son bureau, en train de reconstituer un puzzle tridimensionnel du mont Rushmore.

— Encore là ? remarqua-t-elle sans surprise.

Les heures de travail d'Harry étaient sujettes à des variations imprévisibles, qui dépendaient de son humeur. Il loucha sur un nez, tâchant d'évaluer s'il s'agissait de celui de Lincoln ou de Jefferson.

— J'attends le coup de fil de Joan, expliqua-t-il.

— Oh. (Le visage de Vanna s'assombrit.) Eh bien, j'attends un appel, moi aussi : on doit me communiquer le résultat d'une partie de pêche. (Elle déposa la liasse de papiers qu'elle avait apportée sur un coin de l'énorme bureau et s'apprêtait à partir quand elle s'arrêta et demanda :) Puis-je vous poser une question, Harry ?

— Hmm ?

— Tous ces contacts que vous avez avec Fine cette semaine... est-ce une chose dont je devrais m'inquiéter ?

— Vous inquiéter ? (Il reposa le nez de Lincoln ou Jefferson. Que voulez-vous dire ?

— Je vous dois mon existence, confia Vanna sans le regarder. Les bons côtés qu'elle peut avoir, en tout cas. Et si vous me demandez de démissionner, je le ferai. Mais...

— Démissionner ? (Gant éclata de rire.) Pour l'amour du Ciel... Quel mélodrame êtes-vous en train de me jouer, Vanna ?

— Je ne plaisante pas !

— Je le sais bien. (Harry sourit, sa voix se fit très douce.) Mais Joan n'est pas en train de revenir — pas dans le travail, en tout cas. Et quand bien même ce serait le cas, vous êtes une employée trop précieuse pour qu'on vous mette à la porte comme ça. Okay ? Ce poste est à vous aussi longtemps que vous en voudrez.

— Très bien. (Vanna hocha la tête, prudemment, puis se risqua à affronter son regard pour demander :) C'est sûr ?

— Absolument sûr. Vraiment, vous ne devriez pas vous inquiéter autant, Vanna. Je sais que vous avez traversé une passe difficile, mais maintenant vous êtes en sécurité. Il ne vous arrivera plus rien de fâcheux ici. (Il consulta sa montre.) Dites, à quelle heure avez-vous dit que Joan devait rappeler ?

— À quelle heure *j'ai* dit ?

— C'était aux alentours de 6 heures et demie, non ?

— Je ne suis absolument pas au courant, Harry.

— Bien sûr que si. Vous avez oublié ? Cet après-midi, vous m'avez appelé depuis le labo multimédia pour me dire que Joan avait appelé, et...

— Non. (Vanna secoua la tête.) Je ne suis pas passée aux multimédias cet après-midi. Et je ne vous aurais — ne vous ai — transmis aucun message de la part de Fine.

— Pourtant j'ai bien reconnu votre voix, s'étonna Gant. Et puis, qui d'autre me ferait suivre des messages ?

— Appelez-moi Roy.

Il se tenait dans l'encadrement de la porte, avec un sourire carnassier : un Blanc en costume gris impeccable, aux cheveux argentés plaqués en arrière, aux yeux bleus et au nez saillant marqué d'une cicatrice ; à ses côtés se tenait un nabot électrique en blouse de barbier. Le petit barbier portait une mitraillette Thompson évoquant davantage entre ses mains une béquille qu'une arme.

— App-p-pelez-m-moi... Je m-m-m'app-p-pelle... M-mes asssociés m-m'app-p-pellent... Ne faites pas un geste !

Gant ne sembla pas troublé outre mesure par l'intrusion ou la menace.

— Nous nous connaissons ? demanda-t-il à Roy comme s'ils venaient de se bousculer par mégarde au restaurant.

— Pas directement, répondit Roy Cohn. Mais moi, je vous connais, Harry.

Un troisième personnage fit son entrée, et celui-là déstabilisa Gant : c'était son sosie craché.

— Harry... laissa échapper Vanna.

— Salut, Vanna ! lança le Gant électrique.

Il avait la même voix, la même démarche, les mêmes vêtements... même les plis de son costume paraissaient identiques à ceux du vrai Gant. Il s'avança dans le bureau avec une aisance de propriétaire tout en faisant un tour d'horizon pour reconnaître les lieux. Son regard tomba sur la console de jeu holographique et son sourire s'éclaira.

— Waouh, ça a l'air chouette !

— Je vous demande pardon ? dit le vrai Gant.

— Pouvez-vous m'expliquer tout ceci, en un mot ? demanda Vanna Domingo.

— Capitalisme, lui répondit Roy Cohn.

— Capitalisme, lui fit écho le Gant électrique en tordant un des joysticks de la console. Nom masculin. Du latin *capitalis*, de la tête.

— S-système éc-c-conomiq-que c-caract-t-térisé par... S-sys-tème de lib-b-bre... P-prop-priété p-privée et d-d-distribution des... C-compétition entre... L-laisser-f-faire... Vive l'avidité ! bredouilla Shorty le barbier.

— Compétition, répéta Roy Cohn.

— Compétition, renchérit le Gant électrique. Nom féminin. Du latin *competere*, se disputer. Lutte avec autrui pour un profit, un prix ou une position. Processus ou épreuve de sélection conçue pour identifier et séparer le supérieur de l'inférieur. (L'androïde fixa la console de jeu, les camionnettes noires et blanches des marchands de glaces qui sillonnaient la Grande Île de la Consommation. Il sourit.) Tu sais quoi, Harry ? Je viens d'avoir une chouette idée...

Joan et Meisterbrau (II)

Ayn détesta les égouts.

— On dirait Petrograd après la révolution, dit-elle, écœurée par les matières fécales et autres immondices que révélait la lumière de sa lampe. L'antre de la crasse et de la corruption.

— Aucun virus informatique, par contre, souligna Joan. Rien qui soit de nature à t'inquiéter.

— Comment pouvez-vous supporter cela ? J'aurais besoin de me baigner pendant une semaine après avoir passé ne serait-ce qu'une heure dans un endroit pareil...

— À vrai dire, c'est surtout la qualité de l'air qui me préoccupe en ce moment. (Joan vérifiait fréquemment le scanner atmosphérique de sa combinaison.) Je n'ai emporté qu'une seule bonbonne d'oxygène, et j'ai oublié de demander un rapport de niveau de méthane à Fatima.

Elles continuèrent un moment en silence, Ayn faisant la grimace devant chaque nouvelle friandise brassée par le passage de la barge. Puis Joan dit :

— Fais-moi profiter un peu de tes lumières, Ayn...

— Vous me demandez un conseil, maintenant ?

— Je repensais à ce que j'ai dit à Fatima, et quelque chose ne cadre pas. S'il est exact que GAZ ne peut pas me tuer directement, parce que ça n'aurait rien d'ironique, que fabriquait le molosse à Grand Central ? Il avait certainement l'air d'en vouloir à ma peau, même si, à bien y réfléchir, il aurait pu se montrer beaucoup plus agressif...

— Plus agressif ? répéta Ayn. Vous avez dû l'aplatir sous un taxi !

— Ouais, et d'où sortait-il, ce taxi ? Bien aimable de sa part, de se présenter comme ça juste au moment où j'en avais besoin. Et quelle chance que le domestique ait décidé de s'arrêter et de descendre au lieu de me rouler dessus. Sans parler du fait qu'il a commencé par tirer sur le garde, au lieu de me faire sauter la tête quand il en avait l'occasion.

— Vous pensez que ce n'était qu'une mise en scène ?

— Pas entièrement, nuança Joan en se massant les côtes. Si je n'avais pas pris la menace au sérieux, j'aurais sûrement été blessée — plus gravement, je veux dire. Mais c'est curieux : du moment où j'ai quitté le train, les méchants ont commencé à me tomber dessus, les uns après les autres, sans m'accorder une minute de répit... jusqu'au Bureau Zoologique. Maintenant me voilà ici, à (elle consulta le Mercator électrique) l'angle de la 70e et de Columbus, et je n'ai pas été inquiétée une seconde depuis mon départ de l'embarcadère. À croire que toute cette folie au niveau de la rue avait pour seul objectif de m'encourager à emprunter la voie souterraine jusqu'à Babel.

— Mais pourquoi ?

— C'est précisément ce que j'aimerais savoir, dit Joan. Naturellement, si j'arrive à Babel par les égouts, ça veut dire que j'entrerai par le sous-sol, autrement dit là où la bombe est supposée se trouver. À moins que... tu es *sûre* de ne pas être la bombe, Ayn ?

— Positivement. (Ayn fronça les sourcils.) Mais comme je ne sais pas ce qui me rend aussi affirmative, vous seriez folle de vous satisfaire de cette réponse.

— Supposons que je m'en contente. Si tu n'es pas la bombe, où est le piège ?

— Je ne le sais pas non plus. Mais puisque nous savons vous et moi qu'il y a un piège, pourquoi persévérer à vouloir vous jeter dedans ?

— Pas le choix, expliqua Joan. Je dois courir le risque. Hoover a dit qu'il était en mon pouvoir de stopper le génocide, et si...

— Non, rectifia Ayn. Hoover a dit qu'il était en votre pouvoir de briser la chaîne d'événements qu'il a décrite. Il n'a jamais promis d'épargner qui que ce soit. Imaginons que vous empêchiez la libération du virus

— en vous sacrifiant avec beaucoup d'altruisme au passage — et que le génocide se déclenche quand même, par quelque autre moyen... Ne serait-ce pas ironique ?

— Aussi ironique que si je l'empêchais pour des raisons égoïstes et que ça ne servait à rien... D'un autre côté, si j'essaie de prendre GAZ à son propre jeu en refusant d'aller à Babel, que le virus se libère et que je meure en sachant que j'aurais pu l'éviter... (Joan secoua la tête.) C'est insoluble. Je peux me tromper dans un cas comme dans l'autre. Peut-être qu'il n'y a pas de bon choix... GAZ n'en a pas laissé beaucoup à Amberson Teaneck, après tout. Le problème, c'est que comme Amberson Teaneck, je manque d'éléments concrets pour me décider.

— Alors vous allez vous rendre à Babel ? En faisant exactement ce que GAZ attend de vous ?

— J'aurai peut-être un coup de veine, qui sait. (Elle tripota son rosaire puis ajouta, avec plus de conviction :) Par ailleurs, si je dois mourir de toute façon, j'aime autant que ce soit en tentant quelque chose.

— Le piège est peut-être là, justement.

Une masse solide heurta le fond de la barge.

— Ah ! s'écria Ayn. Une tête !

— Quoi ?

— Une tête tranchée ! Là !

Des morceaux de cadavres dansaient dans le sillage de l'embarcation.

— Des pièces d'androïdes, précisa Joan en avisant les câbles qui sortaient d'un membre arraché.

Deux des barges volées sortirent de l'ombre un peu plus loin. Elles avaient dû se heurter ou être projetées l'une contre l'autre ; elles se chevauchaient à demi, et toutes les deux étaient fendues. Un domestique automatique décapité gisait en travers de la plus haute.

— Encore une chose que j'ai oublié de demander à

Fatima, remarqua Joan en dirigeant sa barge autour des carcasses. Les dernières nouvelles de la faune.

— Quelle sorte d'animal aurait pu causer cela ?

— Un *architeuthis princeps*, peut-être. Ou un spécimen particulièrement vivace de *crocodylus niloticus*. Quoiqu'il devrait être salement costaud pour avoir éventré ces barges comme ça. À moins que... le *Boléro* !

— Quoi ?

— Écoute, dit Joan.

Ayn l'entendit à son tour : de la musique, de la musique classique, qui résonnait le long du tunnel et ne provenait pas de très loin mais semblait étrangement étouffée, comme si elle sortait de sous l'eau.

— Qu'est-ce que c'est ? s'alarma Ayn.

— Un vieux partenaire de piscine, répondit Joan.

Elle se saisit du lance-grenades et vérifia qu'il était chargé.

Une intersection s'ouvrait juste un peu plus loin ; la musique se fit plus forte quand elles y débouchèrent. Joan regarda dans le tunnel de gauche et repéra un aileron qui fendait la surface de l'eau. Elle tira une grenade dans sa direction et enfonça la manette des gaz à fond. L'explosion ajouta une percussion de plus à la marche de Ravel.

Jusque-là, Joan avait progressé sans ses feux, à la seule lueur de la lampe d'Ayn. Elle alluma d'un coup tous les projecteurs et s'efforça de tirer le maximum de vitesse de son moteur.

L'aileron de Meisterbrau apparut dans le sillage de la barge. L'explosion ne semblait pas trop l'avoir secoué. Joan glissa une deuxième grenade dans le tube. Même avec le moteur à fond, le requin restait le plus rapide, et elle attendit qu'il se rapproche. Quand il arriva près de la poupe, le *carcharodon* sortit la tête de l'eau. Joan tira. La grenade explosa au-dessus de Meisterbrau, projetant des éclats sur toute la longueur de son dos.

Sans même l'égratigner.

— Espèce de salopard mutant de fils de tank... jura-t-elle.

La décharge qu'elle prit à travers les semelles lui fit l'effet d'une morsure de serpent à sonnettes dans chaque pied. Elle se retrouva la tête au-dessus du plat-bord, les narines emplies de la puanteur des immondices.

En levant les yeux, elle vit Meisterbrau se dresser de toute sa hauteur au-dessus des eaux usées, une anguille brune enroulée autour du corps, projetant des éclairs bleutés de courant électrique. Le *carcharodon* et l'anguille heurtèrent le plafond du tunnel et retombèrent pesamment, se débattant dans un grand éclaboussement d'ordures. La barge prit du champ, manette au tableau.

— Que... (Dans la lampe, l'image d'Ayn vacillait comme un reflet brouillé à la surface d'un étang caressé par la brise ; elle dut lutter pour retrouver sa netteté.) Qu'est-ce que c'était que cette *chose* ?

— Une *elephorus electricus*, répondit Joan. (Elle s'assit ; ses articulations lui faisaient l'impression d'être en verre pilé.) Censée vivre quelque part sous la 2e Avenue, mais je suppose qu'elle en a eu assez et qu'elle a décidé de déménager. (Encore tremblante, elle redressa la barge qui s'approchait dangereusement de la paroi du tunnel.) J'ai oublié mes bottes à semelles isolantes, aussi...

Le pouvoir de la pensée positive (II)

Sur un mot de Roy, Amos et Andy entrèrent à leur tour dans le bureau de Gant, en poussant devant eux un grand meuble à roulettes recouvert d'un drap. Ils l'amenèrent à côté de la console de jeu et le relièrent par un câble à l'unité centrale. Ils déroulèrent ensuite des trousses à outils assorties de couleur brune et se mirent au travail sur les manettes de commande des joueurs. Pendant ce temps, la conversation se poursuivait.

— Voyons si j'ai bien compris, reprit Harry Gant. Vous voulez vous mesurer à moi pour déterminer lequel de nous deux sera moi ?

— Considérez cela comme une sorte d'OPA hostile, suggéra le Gant électrique. Le genre de situation que vous auriez dû affronter de toute manière si Amberson Teaneck avait eu la tête un peu plus dure.

— Amberson Teaneck... (Les yeux d'Harry s'agrandirent, presque imperceptiblement.) Ainsi, c'était donc vrai...

— C'est une longue histoire. Joan en connaît l'essentiel, vous pourrez peut-être lui demander de vous l'expliquer en détail plus tard. Sous réserve que vous vous retrouviez an même endroit.

— Hmm, fit Harry, plus stupéfait qu'effrayé. Honhon. (Il regarda Shorty le barbier, semblant remarquer sa mitraillette pour la première fois.) Et maintenant, vous êtes ici pour...

— Nous sommes ici à cause du discours que vous avez prononcé.

— Le discours ?

— À l'Institut technique, lundi. Vous vous souvenez ? L'Amérique, ce pays où chacun a une chance d'accéder à la réussite... J'ai bien réfléchi à la question, et j'ai décidé que c'était à *votre* réussite que j'avais envie d'accéder.

— Vous avez également beaucoup parlé du pouvoir de la pensée positive, intervint Roy Cohn. Vous avez dit à ces enfants immigrants que la véritable force de l'industrie américaine résidait dans son optimisme : les Américains savent apprécier le fair-play, disiez-vous, mais l'histoire leur a aussi appris que la confiance en soi pouvait permettre de triompher même dans les situations les plus inégales. Cela sonnait comme un défi, et j'ai donc décidé de le mettre à l'épreuve.

— Mettre quoi à l'épreuve ?

— Votre optimisme. (Roy indiqua la console de jeu.) Votre confiance en vous contre ma situation inégale. Un seul round, pas de réclamations, le gagnant rafle tout... et Shorty s'occupe du perdant.

— Qui êtes-vous, les gars ?

— Shhh ! siffla le Gant électrique. Essayez de suivre, Harry. Nous ne sommes pas des *gars*.

— C'est cinglé, dit Harry. Vous vous en rendez compte, n'est-ce pas ?

Roy Cohn s'esclaffa.

— Ne craque pas maintenant, Horario Alger[1]. Tu n'es pas au bout de tes surprises.

— Fini ! annonça Amos en posant ses outils.

— Moi aussi ! déclara Andy.

— Très bien, conclut le Gant électrique. Maintenant faites bien attention, Harry. Les règles ont été légèrement modifiées, et je vais vous expliquer en quoi...

— Qu'y a-t-il sous le drap ? demanda-t-il en indiquant du menton le meuble à roulettes.

— Changement de règle numéro un, énonça Roy. Quand Toby, ici présent (il indiqua le domestique personnel de Gant, immobile comme une statue à côté de la carte ferroviaire électrique de Lightning Transit) m'a

1. Horatio Alger (1832-1899) : le Paul-Loup Sulitzer américain. Beaucoup de ses romans racontent l'ascension sociale de jeunes hommes sans le sou qui deviennent riches et célèbres à force de travail et d'opportunisme.

fait part de la réflexion de votre ex-femme concernant « les petites décharges holographiques », il m'est apparu qu'un indice de pollution constituerait *effectivement* un ajout intéressant au jeu. Alors...

Il claqua des doigts, et Amos et Andy retirèrent le drap. Le meuble était transparent, hermétiquement scellé et relié à une série de compresseurs.

Les parents d'Harry étaient enfermés à l'intérieur. Son père avait l'air ahuri, sa mère furieuse ; tous deux étaient terrorisés. En apercevant son fils en deux exemplaires Winnie Gant se mit à tambouriner silencieusement contre le verre pour qu'on la laisse sortir. Le meuble était insonorisé.

— Le niveau d'oxygène à l'intérieur reflète la qualité générale de l'air dans le monde du jeu, expliqua Roy. Un air moins respirable ici se traduit par moins d'air respirable là. La bonne nouvelle, c'est que la qualité de l'air n'a aucun effet direct sur le jeu, donc si le contrôle de la pollution ne vous amuse pas, vous n'êtes pas *obligé* de vous en préoccuper. D'un point de vue purement économique, mieux vaut d'ailleurs ne pas le faire. Mais...

Vanna se tenait dans un coin, observant la scène et sentant sa santé mentale faiblir et se relâcher aux entournures. *Ça recommence*, songeait-elle. Il suffisait que vous baissiez votre garde un tant soit peu, que vous commenciez à vous croire en sécurité, à faire confiance à la réalité pour que...

Shorty rit à un bon mot de Roy, et Vanna fit un pas involontaire en arrière. Quelque chose bougea dans son dos, un élément quelconque du fouillis qu'Harry entreposait sur son bureau, et elle posa la main dessus pour l'empêcher de tomber. Elle sentit sous ses doigts le bois lisse d'une batte de baseball — une batte d'entraînement Swingspeed, fabriquée par la même compagnie de jouets qui produisait les boîtes-mystères de Gant. Elle mesurait la vélocité du swing et l'affichait en kilomètres par heure sur un lecteur digital au bout du manche. Sa surface était vernie, son extrémité lestée.

Roy se mit à rire — apparemment aux dépens d'Harry — avec un mépris mal dissimulé. Vanna s'avança sans réfléchir. Elle visa le sommet de son crâne, et le vélocimètre de la batte sauta d'un coup à un nombre à trois chiffres.

Roy ne la regarda même pas. Il se contenta de lever la main et d'attraper la batte à mi-course, de la tenir là, immobile, jusqu'à ce qu'il ait fini de savourer sa petite plaisanterie. Ce n'est qu'alors qu'il consentit à se tourner vers Vanna, avec un mince sourire de squale, et à lui demander :

— Vous êtes calmée ?

Elle lâcha la batte. Sa colère se désagrégea et son courage se brisa ; elle s'enfuit en direction du Cortex et de son propre bureau. Shorty pivota pour l'abattre, mais Roy l'en empêcha.

— Laisse. (Il fit un léger signe de tête.) Amos, Andy.

— Pigé, obéit Andy.

Lui et son compagnon partirent nonchalamment à la poursuite de Vanna, refermant les portes du bureau derrière eux et laissant les joueurs à leur partie.

Roy retourna la batte et lut les chiffres affichés au bout.

— Hmm, fit-il d'un air impressionné. Eh bien... (Il reporta son attention sur Harry et sur la console.) Vous êtes prêt ?

Le piège

Les égouts d'Harlem étaient noyés dans la fumée. Joan ne vit aucune flamme, mais l'air devint si dense à mesure qu'elle remontait vers l'est sous la 116e Rue qu'elle dut enfiler son masque à oxygène. Les projecteurs de la barge ne faisaient guère que refléter la fumée, si bien qu'elle les éteignit et ne se dirigea plus qu'au Mercator électrique. Elle prit au nord sous Madison Avenue et zigzagua à travers plusieurs conduits secondaires à la recherche d'un air plus léger.

Elle ne vit pas l'autre barge avant d'être pratiquement sur elle. Il y avait trois domestiques automatiques à bord, deux avec des fusils d'assaut, un avec un pistolet et un poignard, regardant tous les trois dans la mauvaise direction. Joan vira à droite et s'approcha par le travers ; une chute d'eau voisine masqua le bruit de son approche. Elle braqua son fusil à pompe et abattit les deux porteurs de fusils avant même qu'ils puissent réagir, puis les deux barges se heurtèrent et tanguèrent dans les ordures. Le troisième domestique perdit l'équilibre en se retournant et s'écroula sur Joan ; il lui planta son poignard dans la cuisse, transperçant le muscle jusqu'à l'os tandis qu'elle plaquait le canon de son arme contre sa poitrine et pressait la détente.

— Ça va ? s'inquiéta Ayn Rand alors que le troisième domestique piquait une tête dans l'eau. Ça va aller ?

Joan lâcha son fusil et posa les deux mains sur le manche du poignard qui dépassait de sa jambe.

— Comment vous sentez-vous ?

— Oh, c'est *la grande forme*, Ayn ! fit Joan en grinçant des dents.

Elle se souvint trop tard qu'il n'était pas toujours avisé d'arracher un couteau dans une blessure, qu'il pouvait causer autant de dégâts en sortant qu'en entrant. Ce qui parut incontestablement se vérifier dans son cas : la douleur et le saignement redoublèrent quand elle dégagea la lame. Son hurlement roula dans les tunnels.

Elle était en hyperventilation dans son masque à oxygène. Elle arracha le masque, ouvrit la fermeture éclair de sa combinaison, sortit une cigarette, l'alluma — manquant mettre le feu à l'oxygène au passage — et en inhala les deux tiers de la longueur à sa première bouffée. Sa respiration se stabilisa. Elle termina sa cigarette en une deuxième bouffée, la jeta et déballa la trousse de premiers secours. Elle entoura sa blessure de gaze et de pansement stérile, en appuyant fort mais sans appliquer de tourniquet. Elle se persuada qu'aucune artère vitale n'avait été touchée ; elle ne pouvait pas se le permettre.

Elle remit la barge dans le sens de la marche. La fumée omniprésente s'était réduite à un léger brouillard, à moins que ce ne fut le choc. Après un moment, Joan se rendit compte qu'Ayn lui indiquait le chemin .

— À gauche ici... maintenant à droite... prenez le prochain tunnel latéral... encore à droite... Là, dit finalement Ayn.

Elles se trouvaient dans un conduit secondaire étroit, avec juste assez de fond pour maintenir la barge à flot. Le Mercator électrique situait l'endroit sous la 124e Rue, entre les boulevards Adam Clayton Powell Jr. et Malcolm X — un segment de rue inexistant. Ils étaient sous Babel.

Un trou avait été percé dans la paroi du tunnel, suffisamment large pour laisser passer un homme ou un domestique. Une attache métallique avait été fixée au mur à côté du trou.

— C'est là ? demanda Joan.

— Oui, affirma Ayn.

— Qu'y a-t-il à l'intérieur ?

— Je ne sais pas.

— Pourtant, tu connaissais le chemin.

— Ça ne veut pas dire que je sais ce qui nous attend à l'intérieur, fit Ayn, mal à l'aise.

Joan passa une amarre autour de l'attache. Elle examina sa jambe : elle était raide et douloureuse, comme si la lame était encore enfoncée dans sa cuisse, mais aucun endroit n'était devenu insensible, et elle pouvait encore marcher. *Je suppose que l'artère a vraiment été épargnée*, pensa-t-elle avec un optimisme forcé. Le bandage était trempé et du sang gouttait de son talon.

Elle rechargea son fusil à pompe avec des doigts poisseux. Après avoir changé son bandage, elle interrogea le Mercator électrique sur d'autres points d'accès au bâtiment, espérant en trouver un moins assuré d'être un piège. D'après le Mercator, il y avait une bouche d'égout juste au sud qui la ferait déboucher pile devant la Porte de la Langue Primordiale ; la seule difficulté était qu'il lui faudrait grimper une quinzaine de mètres d'échelons pour l'atteindre.

Joan plaça son poids sur sa bonne jambe et plia l'autre genou, pour voir si elle en serait capable. Elle faillit défaillir sous souffrance.

— Et merde !

Laissant la bonbonne d'oxygène derrière elle, tenant le fusil d'une main et la lampe de l'autre, elle pénétra dans le trou dans la paroi du tunnel.

Une mince excavation traversait la terre nue jusqu'à un autre mur brisé. Joan se retrouva dans un sombre couloir bétonné, au plafond dissimulé sous les conduites. Des veilleuses étaient échelonnées de loin en loin, mais le courant était coupé ; il lui fallait la lampe d'Ayn pour s'éclairer.

— Quel chemin ? demanda Joan.

— Vers le nord, répondit Ayn. Droit devant. Ces portes à barreaux, vous voyez ? C'est ça.

— Quoi, ça ?
— Je ne sais pas.
Les portes étaient flambant neuves, manifestement un ajout récent. Fixées sur gonds automatiques, elles étaient en acier luisant, avec des barreaux trop rapprochés pour y glisser la lampe ; Joan devinait un espace plus vaste de l'autre côté, mais la lumière d'Ayn ne pénétrait pas suffisamment loin pour lui montrer ce qui se trouvait à l'intérieur.
— Éclaire un peu plus, veux-tu ?
— Je ne peux pas.
Joan poussa les portes ; elles ne bougèrent pas d'un pouce. Elle chercha un mécanisme de verrouillage et trouva une boîte en métal avec la grille d'un microphone sur le devant.
— C'est une serrure vocale, expliqua spontanément Ayn. Elle s'ouvre au moyen d'une certaine combinaison de sons.
Joan la regarda.
— Connais-tu la formule magique, Ayn ?
Elle réfléchit à la question.
— Oui, dit-elle. C'est... Oh ! Espèce de salopard !
— Quoi ?
— Espèce de *salopard* !
— Ayn, qu'y a-t-il ?
Joan n'avait encore jamais vu la philosophe aussi furibonde.
— C'est un coup absolument abject, ignoble ! déclara Ayn. (Puis, avec l'expression d'un dégoût total, se faisant violence à chaque mot, elle chanta :) *De... chacun... selon... ses... compétences... à... chacun... selon... ses... besoins.*
La serrure émit un déclic, les gonds automatiques pivotèrent et les portes s'ouvrirent. Joan posa prudemment le pied sur le seuil, brandissant la lampe. La

lumière paraissait diminuer en fonction de la distance qui se creusait devant elle, si bien qu'elle ne pouvait toujours pas distinguer ce qu'il y avait au-delà des portes, pas sans entrer à l'intérieur.

— C'est un piège, articula-t-elle rien que pour entendre les mots. (Puis elle ajouta :) Pas vrai, Ayn ?

Ayn ne répondit pas. C'était inutile. Bien sûr qu'il s'agissait d'un piège. Et Joan savait dans ses os que Fatima Sigorski avait raison, qu'elle aurait dû refuser de marcher dans la combine, se détourner et partir, laisser la gueule du loup se refermer sur le vide.

Elle le savait, mais elle n'aimait pas cette idée.

Aussitôt après le seuil, une volée de marches descendait dans le noir. Elle resta debout sur la première pendant une minute, attendant de voir ce qui se produirait. Rien du tout. Elle descendit une autre marche, puis une autre.

Neuf marches pour arriver au fond. Joan était de plus en plus nerveuse ; elle banda ses muscles, prête à bondir en arrière si les portes faisaient mine de vouloir se refermer dans son dos. Mais elles restèrent ouvertes et elle atteignit le fond, se sentant vulnérable et trop exposée.

— Maintenant ! cria Ayn au moment où Joan descendait la dernière marche pour poser le pied sur un sol de béton poussiéreux.

La lampe flamboya soudain et dans cette nouvelle lumière, Joan vit enfin où elle se tenait et ce qui l'entourait.

— Nom de Dieu ! lâcha-t-elle.

Possédés

— Vous n'avez toujours pas fini ? s'alarma Kingfish en penchant la tête à l'intérieur de la cage du monte-charge. Ils arrivent !

Derrière lui, un domestique automatique et une télévision portable Gant s'affairaient autour d'un chalumeau oxyacétylénique. Le domestique était un ouvrier du chantier, l'un des quatorze de l'équipe de Babel qui avaient été convertis au service de GAZ. La télévision était montée avec Kingfish après l'évacuation du site par les ouvriers humains. Tout compris, Kingfish disposait d'une vingtaine de paires de bras pour défendre les niveaux supérieurs de la tour jusqu'au largage du virus, ce qui aurait été amplement suffisant si le plan s'était déroulé comme prévu.

Mais rien ne se déroulait comme prévu. En soi, ce n'était pas tellement surprenant. La *dimension* prise par l'irruption d'éléments perturbateurs, en revanche, était tout à fait inattendue. GAZ s'efforçait encore de comprendre d'où sortaient les marines et qui les avait envoyés ; tandis que le super ordinateur se débattait avec les grandes questions, Kingfish improvisait en hâte le renforcement de ses défenses.

— Allez, allez, allez ! pressait-il.

L'ouvrier du bâtiment scotcha la torche du chalumeau contre les valves de ses propres bonbonnes. La télévision alluma le jet avec un allume-gaz, et ils firent basculer le tout dans la cage du monte-charge. Dix-sept étages plus bas, le chalumeau traversa le toit de la cabine et fit explosion : les flammes remontèrent le long de la cage et coupèrent les câbles de soutien, précipitant le monte-charge dans une chute mortelle.

— Bye-bye, les amis, lança Kingfish. (Puis il leva la tête, ayant senti un mouvement ; les grues-kangourous s'étaient mises en marche.) Hé ! Qui est en train de faire ça ?

Il se concentra, aussitôt conscient de l'emplacement et de l'activité de chaque domestique sous ses ordres. Aucun d'eux n'était le responsable.

— Qui est monté dans ces grues ?

— Pas besoin de quelqu'un à l'intérieur, Mr Kingfish, lui précisa l'ouvrier du bâtiment. Ces grues peuvent être commandées à distance. Par radio.

— Par... oh, merde.

Le bras d'une grue passa au-dessus de leur tête, amenant un marine unijambiste qui se balançait au bout d'une corde. Une grenade tomba du ciel et rebondit entre les richelieus Buster Browns de Kingfish.

— Les gars, on s'est fait posséder, dit-il.

Surtout ne courez pas

— Pour votre sécurité et votre confort, cette rangée d'ascenseurs a temporairement été mise hors-service, déclara une voix désincarnée. Veuillez s'il vous plaît demeurer où vous êtes en attendant les instructions d'un responsable compétent. Si vous êtes directement menacé par le feu ou tout autre danger, rendez-vous vers l'issue de secours la plus proche selon les indications du plan d'évacuation. Surtout ne courez pas.

L'issue de secours la plus proche était un escalier d'incendie à droite des ascenseurs, mais quand Vanna se précipita sur la porte, celle-ci refusa de s'ouvrir.

— Pour votre sécurité et votre confort, lui dit la serrure électrique de la porte, cette issue de secours a temporairement été condamnée. Veuillez s'il vous plaît en essayer une autre. Surtout ne courez pas.

L'autre issue la plus proche se trouvait à l'angle sud-ouest de l'immeuble, de l'autre côté du Cortex. Vanna se tourna dans cette direction et vit une paire d'épouvantails noirs lui barrer la route au milieu des bureaux et des ordinateurs.

— Qu'en penses-tu, Amos ? demanda le premier épouvantail. Crois-tu qu'elle va courir ?

— Oh non, Andy, répliqua le second, je crois plutôt qu'elle va *voler*.

Andy gloussa.

— Je n'ai encore jamais vu voler une femme. J'ai vu voler un *regard*...

— J'ai vu voler des *coups*, poursuivit Amos. J'ai vu voler des *accusations*...

Vanna attrapa le moniteur du premier Cray à portée de sa main et tenta de le leur jeter dessus. Rattaché à une demi-douzaine d'autres équipements par un fouillis de câbles, il parcourut moins de soixante centimètres avant d'être stoppé net et d'aller s'écraser au sol.

— Ho, ho, ho, gloussa Andy. Je n'ai pas l'impression que c'était un regard, ni un coup, ni une accusation.

Amos courba un doigt en direction de Vanna.

— Viens par ici, ma jolie.

Elle lui lança un fax à la figure puis prit ses jambes à son cou et partit comme une flèche entre les ordinateurs. Amos saisit un téléphone et le lui jeta dans les pieds, espérant la faire trébucher avec le cordon. Elle réussit à l'éviter, mais un deuxième téléphone lancé par Andy s'enroula autour de ses chevilles et lui fit perdre l'équilibre. Elle tomba tête la première, heurtant un distributeur d'eau avec la violence d'un placage de rugby.

— Ho, ho, ho, répéta Andy en s'avançant nonchalamment vers elle.

Avant que Vanna parvienne à se relever, il l'étourdit d'une taloche sur la tempe. Il la prit par les bras, et Amos par les jambes ; ils la soulevèrent à deux et se mirent à la balancer en chantant :

— *J'ai vu sauter un ange...*

— *J'ai vu broyer un Noir...*

— *J'ai vu tomber un ventre...*

Ils projetèrent Vanna vers la baie vitrée du Cortex.

Elle s'écrasa contre la vitre avec un bruit retentissant et retomba sur la moquette. Le verre n'était même pas fêlé.

— Diable, commenta Andy.

— Costaud, approuva Amos.

Une explosion creusa un cercle dans la baie vitrée. Une plate-forme de nettoyeurs de carreaux vint s'inscrire dans leur champ de vision, glissant sur des rails bien huilés. Sa passagère manchote s'était mis un seau sur la tête pour se protéger des éclats de verre.

— Hon-hon, gloussa Amos. Je n'avais encore jamais vu *ça* auparavant.

Kite lui fit sauter la poitrine.

Andy bondit à couvert une fraction de seconde avant que son tour n'arrive : la balle explosive effleura le pan de sa veste et détruisit une imprimante laser. Il plongea derrière un bureau et disparut.

Kite élargit l'ouverture dans la vitre à coups de hache d'incendie. Ôtant son seau, elle posa le pied à l'intérieur où Vanna gisait comme une poupée de chiffon. La directrice était consciente mais complètement abasourdie, et elle saignait des oreilles. Elle rappela à Kite la première victime de guerre qu'elle avait jamais vue : un chiot malamute ayant perdu sa bagarre avec le cocher de la poste de Moncton.

— Tu m'entends ? lui demanda-t-elle à voix basse. (Vanna lui répondit d'un faible hochement de tête puis tenta vainement de s'asseoir, trop nauséeuse pour affronter la station verticale.) Tiens, lui dit Kite en lui pressant le Colt dans les mains. Au cas où il m'arriverait quelque chose, même si je n'y crois pas une seconde.

Amos était couché en travers d'une photocopieuse, et Kite s'occupa de lui en deuxième : écartant les pans de sa veste, elle trouva un rasoir dans la poche de son gilet, mais pas d'arme à feu, ce qui lui parut encourageant. Elle se tourna alors vers le bureau sous lequel Andy avait disparu. L'androïde se redressa brusquement et fit voler le meuble dans sa direction.

— Oh, putain ! jura Kite.

Elle dut sauter la photocopieuse pour éviter d'être écrasée. Le bureau atterrit sur Amos, mais le fauteuil ergonomique pivotant qui arriva après la cueillit de plein fouet et l'envoya valser. Bientôt prise sous une grêle de fournitures diverses, elle laissa échapper son minicanon.

Elle poussa un juron et dégaina son sabre. Dans une travée entre les bureaux, Andy se prépara à la recevoir en sortant une machette à lame courte. Son visage se tordit en un rictus qu'il voulait menaçant, mais Kite était trop en colère pour se laisser impressionner, et les yeux d'Andy — bruns, ternes et sans vie — ne recelaient aucune terreur pour elle.

— Approche, dit-elle.

Il avança en quelques rapides enjambées mécaniques. Kite feinta une parade mais s'écarta au dernier moment, prévenue de sa force ; la machette fendit le vide et pendant un court instant, il fut vulnérable.

Elle n'eut pas besoin de plus : le squelette de l'androïde était peut-être en acier, mais ses nerfs, comme les siens, étaient électriques. Elle abattit son sabre sur son bras tendu et sentit la lame mordre le métal. On entendit le bruit sec d'un câble tendu à bloc qui se brisait, et les doigts d'Andy se détendirent ; la machette roula sur la moquette. Kite dégagea son sabre et ramena le bras en arrière, se préparant à lui trancher la tête.

Vanna surgit comme une furie, vidant le barillet du Colt dans leur direction. Elle aussi visait la tête d'Andy, mais elle était encore tout étourdie, et sa précision en pâtit. Sa première balle fit bien un trou dans le feutre d'Andy, mais la seconde arracha le sabre des mains de Kite et la troisième lui transperça les côtes.

— Yaouh ! s'écria Andy.

Vanna tira ses trois dernières balles dans le décor et retomba inconsciente.

Ayant conservé sa tête sur les épaules, Andy se pencha pour ramasser sa machette.

Kite se retrouva étendue sur le dos, gisant dans son sang. Une corbeille à papier renversée avait roulé non loin, et comme elle n'avait rien de mieux à faire dans l'immédiat, elle regarda à l'intérieur et vit qu'elle contenait quelques boulettes de papier, deux trognons de pomme, une canette de coca, une cartouche d'encre de photocopieuse et un minicanon automatique Browning de calibre.70.

— Eh, Johnny Reb, fit Andy en se dressant au-dessus de Kite, machette à la main. On dirait que c'est la fin du voyage, cette fois.

Elle tendit un bras qui lui semblait mesurer des kilomètres, posa la main sur la crosse et souleva tout le paquet — arme, détritus et corbeille — jusqu'à ce qu'elle ne voie plus la silhouette du mannequin ricanant sur le point de la mettre en pièces. Elle appuya quatre fois sur la détente.

Andy fut pulvérisé.

La corbeille à papier, ouverte aux deux extrémités, coulissa comme un tube autour de son bras ; elle ne sentait plus ses pieds. Elle aurait voulu dormir mais se dit que ce ne serait pas une bonne idée et décida plutôt d'engager la conversation.

— Vanna ?

Sur le sol, pas loin, Vanna Domingo laissa échapper un gémissement.

— Vanna, je ne sais pas si tu peux m'entendre, mais je me demandais... Au cas où je serais encore vivante demain — non qu'il y ait beaucoup de chances, mais au cas où — tu n'aurais pas un boulot pour moi ?

Le détonateur

— Sainte Vierge !

La salle était vaste mais pas immense, même si ses dimensions exactes étaient impossibles à apprécier. Elle avait dû contenir à l'origine une machinerie quelconque — on voyait encore des rectangles plus clairs et des traces sur le sol — mais elle avait été complètement vidée pour faire de la place à la dynamite. Quatre tonnes de dynamite, empilées contre le mur sur une épaisseur indéterminable.

Elle était soigneusement distribuée par paquets de sept bâtons, disposés de manière à former un motif d'alvéoles : une ruche de nitroglycérine. Joan fit le calcul dans sa tête : 4 000 kilos de dynamite, à environ 200 grammes le bâton soit 1,4 kilo le paquet, cela faisait... cela faisait une tapée de paquets ! Ses maigres connaissances en chimie ne lui permettaient pas de calculer la puissance de l'explosion, mais ce serait sûrement, ainsi qu'Hoover l'avait promis, un sacré feu d'artifice.

Elle repartait en hyperventilation, mais cette fois elle ne sortit pas ses cigarettes. Elle chercha des yeux une minuterie quelconque, pour voir de combien de temps elle disposait, mais n'en trouva aucune. En marchant très très prudemment, elle alla examiner de plus près la section d'alvéoles la plus proche.

Une capsule explosive avait été fixée au bâton central de chaque paquet, avec une mèche de quinze centimètres. Ces mèches s'avançaient en l'air, comme des cils ; elles n'étaient rattachées à rien. Perplexe, Joan en tordit une entre le pouce et l'index pour s'assurer qu'il ne s'agissait pas d'une sorte d'antenne. Mais non, c'étaient bien des mèches : de la cordite à combustion rapide.

— Mais où diable se trouve la mèche principale ? grommela-t-elle. Par où... (Elle se raidit en entendant un claquement métallique dans son dos. Elle comprit aussitôt.) Oh non.

— Oh si, dit Ayn Rand.

Joan pivota sur ses talons. Les portes s'étaient refermées, la piégeant à l'intérieur.

Et piégeant la lampe avec elle.

— Je préfère mourir en tentant quelque chose. (Joan sentit le rouge lui monter aux joues.) C'est bien ce que j'ai dit ?

— C'est bien ce que vous avez dit.

— Je suis une activiste. (Elle détachait chaque syllabe, comme un avocat d'assises faisant son résumé au jury.) C'est ma philosophie : je vois un problème, j'agis.

— Exact.

— Même si je n'ai pas la moindre idée de ce que je fais, j'agis.

— Même si vous *savez* ne pas avoir la moindre idée de ce que vous faites, appuya Ayn. Même si vous avez été prévenue.

Joan hocha la tête.

— Et tu ne m'as pas menti : tu n'es pas le virus, tu n'es pas la bombe...

— Non.

— ... tu es le détonateur.

— Une charge de thermite électrique, confirma Ayn Rand. Mais dotée d'une intelligence supérieure.

Joan ferma les yeux.

— La thermite... la thermite mettra le feu aux mèches ?

— Oui.

— Qui provoqueront l'explosion des capsules...

— Oui.

— ... lesquelles feront sauter la dynamite, ce qui ébranlera tout le bâtiment, libérera le virus et provoquera la mort de milliers d'innocents...

— Oui, oui, oui et oui.

— Tout ça à cause de moi.

— Tout cela grâce à vous, approuva John Hoover, dont la voix sortait d'un haut-parleur dissimulé derrière les alvéoles. Et je tiens à vous remercier, miss Fine, pour les efforts héroïques que vous avez déployés afin de parvenir jusqu'ici. J'aurais été bien en peine de faire sauter le bâtiment sans vous.

Deux minutes

Les balles traçantes filaient entre les poutrelles et les étais du chantier de construction de Babel. À la suite de l'assaut initial, les androïdes s'étaient repliés vers le côté nord de la tour, tandis que les marines occupaient le sud. Les deux groupes étaient désormais engagés dans un échange de coups de feu sporadiques. Le but des marines n'était pas d'éliminer l'ennemi mais de l'occuper et de le distraire le temps qu'une équipe spéciale amène l'Œil de l'Afrique au centre de contrôle des kangourous.

Dans un secteur relativement calme du niveau 226, une télévision portable marchait le long d'un chemin couvert. Elle diffusait un reportage sur la guerre de 09 en Syrie : on y voyait un général américain bien en chair s'adresser à une salle remplie de journalistes. « Mesdames et Messieurs », disait le général en désignant un écran vidéo derrière lui, « vous voyez ici le quartier général de mon homologue adverse. »

Une vague d'hilarité secoua la salle au spectacle d'un

missile de croisière Kemo Sabe éventrant un immeuble de trois étages et tuant tout le monde à l'intérieur. « Voici maintenant la famille la plus chanceuse de tout le Moyen-Orient. » Un couple qui franchissait un pont en poussant un landau atteignit la rive quelques secondes seulement avant qu'une bombe à guidage laser ne casse le tablier en deux. Un reporter de *Newsweek* se mit à rire si fort qu'il en tomba de sa chaise. « Ici, nous allons pouvoir comparer la précision à longue portée des chars syriens et israéliens... »

L'image se brouilla quand le Moine de Pierre garrotta la télévision avec une corde à piano. Maxwell finit le travail en plongeant sa baïonnette dans la poitrine du poste portable. Clayton avala sa salive.

— Très bien, approuva-t-il.

Il détacha l'Arche de ses épaules et la tendit à Clayton.

— Moi ?

— Tu préfères te battre ? interrogea-t-il.

— Bien sûr que non. Je suis comptable.

— Alors, tu portes. Tiens.

Accroupi à l'abri derrière une palette de sacs de ciment, Maxwell désigna le centre de contrôle à Clayton. Un ouvrier automatique armé d'un fusil d'assaut était tapi sous l'escalier, prêt à tirer sur le premier qui s'approcherait.

— Voilà où tu dois aller, expliqua-t-il. Dans deux minutes, le premier groupe attaquera l'ennemi sur le flanc gauche en donnant tout ce qu'il a. Le deuxième groupe attaquera le flanc droit. Ça devrait détourner l'attention du centre, ici. Le Moine s'occupera de la sentinelle. Dès que ce sera fait, tu fonces en haut de ces marches et tu branches l'Œil de l'Afrique sur le super ordinateur de Babel.

— Moi ?

— Si tu es touché, ne t'arrête surtout pas, lui conseilla Maxwell. Même si tu es *gravement* touché, ne t'arrête qu'après avoir branché l'Œil. Mais le mieux serait encore de ne pas te faire toucher. Cours *vite*.

— Mais pourquoi moi ?

— Parce que tu es comptable.

— Mais...

— J'irais volontiers moi-même, mais j'ai autre chose à faire.

— Quelle sorte de chose ?

— Quelque chose que j'ai vu pendant que j'étais accroché à la grue. (Il regarda en l'air.) Il faut que j'aille vérifier. (Il tapota le Moine de Pierre sur le bras.) Deux minutes.

Il fit mine de partir.

— Attendez ! l'arrêta Clayton. Que va-t-il se passer quand j'aurai branché le... ce truc sur le super ordinateur ? Est-ce qu'il désactivera ces domestiques qui essaient de nous tuer ?

— Non, répondit Maxwell. Mais si tout marche normalement, l'Œil de l'Afrique en prendra le contrôle.

Clayton retourna la réponse dans sa tête.

— Vous êtes sûr que ce sera une amélioration ? demanda-t-il.

Mais Maxwell, qui s'éloignait déjà, n'entendit pas la question.

Et si...

— C'est un coup bas, déclara Joan.

— Allons, vous ne vous attendiez pas à autre chose.

— C'est...

Elle leva les bras au ciel, songeant à mille protestations possibles, toutes dérisoires.

— C'est quoi ? Injuste ? (Hoover s'esclaffa.) Ce n'est pas censé être juste, mais ironique.

— Hoover...

— Vous pouvez encore désactiver la charge de thermite, si vous le souhaitez.

— Comment ?

— Il vous suffit de vous servir de la clef d'armement pour réenclencher la sécurité.

— La clef d'armement ? Quelle clef d'armement ?

— C'est une petite chose, en forme de bouton. Elle tient dans le compartiment à la base de la lampe... vous voyez de quoi je veux parler.

— Ouais, dit Joan en rougissant de nouveau. Je vois de quoi tu veux parler.

— Oh-oh. Ne me dites pas que vous l'avez laissée dans le New Jersey ?

— C'était stupide de ma part, reconnut-elle, mais Ayn m'a dit que c'était un mouchard.

— Oh, c'en était un... un des deux. L'autre se trouve dans la poignée de la lampe. J'ai suivi votre parcours très attentivement.

Joan compta jusqu'à dix, lentement. Puis elle demanda :

— Et si je n'étais pas venue ?

— Comment auriez-vous pu faire autrement ? Je vous l'ai dit, miss Fine, vous êtes quelqu'un de facile. Le bon Samaritain incarné : vous êtes toujours prête à voler au secours du pauvre et de l'orphelin, vous sauveriez même la vie d'un homme que vous haïssez. Non, je *savais* que vous ne pourriez pas vous dérober. Tout ce que j'avais à faire, c'était de vous donner quelques coups de coude pour vous mettre dans la bonne direction.

— Ouais, admit Joan, mais si je n'étais pas venue ? Si j'avais perdu Ayn dans les égouts ? Si j'avais refusé de descendre dans ce trou ?

— Et si Deway avait battu Truman en 1948 ? Quelle importance ? L'important est ce qui s'est produit.

— Tu les aurais tués quand même ?

C'était à moitié une question et à moitié une supplique.

Hoover rit doucement.

— C'est une chose que vous ignorerez toujours, pas vrai ?... Ayn ?

— Oui ? fit Ayn Rand.

— Explose

Maxwell s'envole

Le sismomètre était posé sur une plate-forme au niveau le plus élevé de la tour inachevée. Chaque fois qu'une grenade explosait en contrebas, des diodes s'allumaient sur sa façade tandis qu'il mesurait les vibrations et calculait s'il s'agissait bien de l'explosion qu'il attendait, mais les vibrations étaient toujours trop faibles, et après un moment, les diodes s'éteignaient.

Un hélicoptère noir vint survoler la tour, brassant l'air de ses pales. Ses haut-parleurs grésillèrent, puis proclamèrent :

— Attention. Ici l'agent spécial Ernest G. Vogelsang du FBI. Si vous pouvez m'entendre, vous êtes en train d'enfreindre la loi. Cessez le feu, déposez vos armes et sortez tous à découvert.

Quelqu'un tira en direction de l'hélicoptère, probablement un marine qui avait gardé un mauvais souvenir de la cavalerie aérienne libyenne. La balle ricocha sur une poutrelle et vint frapper le sismomètre. Les diodes s'allumèrent et restèrent allumées ; sous la plate-forme, dans un claquement comme une deuxième détonation, une trappe s'ouvrit, libérant un fragile cylindre au bout d'un rail. Il se mit à dévaler la pente en prenant de la vitesse.

L'hologramme qu'Hoover avait montré à Joan ne rendait pas justice à la complexité du rail. Il était construit comme des montagnes russes, dessinant des boucles et des loopings à travers tout le chantier. En filant ainsi de long en large au-dessus du champ de bataille, le cylindre attira l'attention d'autres tireurs. À deux reprises, il faillit être touché. Chaque fois, la balle le manqua de justesse. Alors qu'il abordait une dernière courbe, une grenade rebondit contre le rail juste devant lui mais fit long feu. Le cylindre avala la dernière section avant le bord du gratte-ciel.

La tête d'un soldat apparut à l'extrémité du rail. Une jambe électrique s'agita en l'air, et Maxwell se hissa sur la piste où il s'accroupit en position de catcheur. Le cylindre contenant le virus était massif, et il avait acquis beaucoup d'élan dans sa course, mais Maxwell se prépara au choc avec l'obstination d'un vrai commando de marines.

— Je te tiens ! s'écria-t-il quand le cylindre lui tomba dans les bras.

Un cri monta d'en bas comme les marines lançaient leur assaut de diversion. Le premier groupe se servait d'un lance-roquettes pour nettoyer les positions ennemies supposées. Le deuxième groupe, avec un enthousiasme égal mais beaucoup moins de jugeote, utilisait un mortier, arme particulièrement inadaptée au combat sous un entrecroisement de poutrelles. L'obus éclata en bas à droite de Maxwell, sciant le support du rail ; le bout du rail se plia et bascula sur le côté, avant de venir heurter le bras d'une grue. Maxwell vola dans les airs.

— L'immeuble est cerné ! avertit l'agent Vogelsang.

L'immeuble est cerné ! Vous êtes tous en état d'arrestation !

Dans la partie

Pendant ce temps, sur une île inexistante de petites maisons roses, un hélicoptère du RPE (Racket de Protection de l'Environnement) se posait sur la pelouse d'une usine de crèmes glacées toute blanche. Quatre agents en uniforme en bondirent, agitant leurs matraques en direction de la fumée noire qui sortait des cheminées de l'usine. (La raison d'être de ces cheminées au-dessus d'une manufacture de crèmes glacées demeurait un mystère, mais comme rien de tout cela n'était réel, l'anomalie était sans importance.)

Les agents firent sortir le directeur de l'usine et lui caressèrent les côtes à coups de matraques. Il regagna son bureau en se traînant à quatre pattes, et les rejets de fumée noire diminuèrent temporairement de moitié.

Les parents d'Harry respirèrent plus facilement. Pas Harry. L'action suivante des agents du RPE consista à retraverser toute l'île jusqu'à *son* usine de crèmes glacées, pour réclamer le prix de leurs services. Ils étaient chers ; il fut obligé d'hypothéquer une de ses camionnettes de livraison pour les payer. Le Gant électrique engagea alors un banquier corrompu pour racheter son hypothèque et prendre possession de la camionnette, privant Harry d'un dixième de ses revenus.

Il était en train de perdre. Considérant ce qui était en jeu, cela ne semblait pas le perturber outre mesure, mais d'un autre côté il était évident depuis le début — depuis que Roy lui avait expliqué les nouvelles règles du jeu, les petites tricheries et avantages dont bénéficierait son adversaire — qu'il n'avait aucune chance de gagner. Les chances étaient tellement en sa défaveur, en fait, que le sacrifice de ses parents ne lui aurait procuré que quelques minutes de répit et de remords.

La certitude de la défaite peut avoir un effet libérateur : comme Edward Abbey l'avait fait observer un jour, lorsque la situation est sans espoir, on n'a plus à s'inquiéter de rien. De toute manière, Harry n'avait jamais été du genre à s'inquiéter. Si bien que puisant dans sa faculté innée à regarder le monde par le petit bout de la lorgnette, il occulta la sinistre réalité — à l'exception d'un petit coup d'œil de temps en temps pour s'assurer que sa mère ne devenait pas toute bleue — et s'immergea complètement dans la partie.

Quand le Gant électrique baissa les prix de ses crèmes glacées, Harry les baissa encore plus ; quand le Gant électrique envoya des agitateurs de l'Union ouvrière envahir son usine, Harry hypothéqua une autre de ses camionnettes et embaucha des briseurs de grève de la Pinkerton pour les chasser. Dans le monde réel, Shorty le barbier caressait sa mitraillette à camembert mais Harry, désormais totalement au jeu, ne s'en aperçut même pas. Et à mesure que le Gant électrique grignotait ses ressources et que la partie devenait de plus en plus désespérée, il se produisait une chose étrange : Harry souriait. Il commençait à s'amuser.

Roy Cohn, lui, ne s'amusait pas. Indifférent à la partie, il se tenait devant la fenêtre et regardait sombrement vers le nord, en direction de Babel.

— Toby, dit-il.

Le domestique personnel de Gant s'anima instantanément.

— Oui, Mr Cohn ?

— Amos et Andy ont été descendus. La personne qui l'a fait ne devrait plus être un problème, mais va tout de même t'en assurer.

— Bien, monsieur. Je m'en occupe.

Toby ramassa la batte Swingspeed sur le bureau de Gant et quitta la pièce.

— Vvv-voulez-v-vous que j-j'aille av-vec lui... Q-q-que je lui d-donne un c-coup de m-main ou... Est-c-ce q-qu'il ne v-v-vau-drait p-pas m-mieux q-que...

— La ferme, Shorty, lança Roy.

Puis il fronça les sourcils, toujours face à la fenêtre, en découvrant encore une chose qui n'était pas à son goût.

Sauvetage en haute terre

Le dirigeable s'était brièvement posé à un poste de pompage de CNN à l'aéroport Kennedy. L'équipage du *Mitterrand Sierra* y fut relâché, et les Kazenstein palestiniens annoncèrent qu'ils retourneraient à Londres par le premier vol disponible. La plupart des membres de l'ancien équipage du *Yabba-Dabba-Doo* prirent les transports publics pour regagner la ville. Lexa entra dans l'aérogare pour passer quelques coups de téléphone et dégotter des vêtements à Seraphina et Vingt-Neuf Mots. Les lémuriens restèrent à bord du *Sweet Jane*, jouant avec le matériel du studio de production.

Tandis que Walter indiquait à Dan et à Morris comment ôter le couvercle des réservoirs de carburant — c'était un poste en self-service — Philo et Baker allèrent discuter sur le tarmac. Les deux capitaines avaient fait connaissance pendant le retour de la zone de combat. Le capitaine Baker s'était montré sec mais poli, Philo réservé mais courtois, et au fil du vol les deux hommes s'étaient découvert des atomes crochus, qu'ils auraient volontiers admis, s'ils n'avaient pas été ennemis. Leur conversation se prolongea bien après le départ des autres mercenaires et se poursuivait encore quand Lexa revint de la boutique de souvenirs avec deux T-shirts et un pantalon de jogging taille Esquimaux.

— Toshiro et Betsy passeront nous prendre au tombeau de Gant, annonça-t-elle. J'ai demandé à Bets de se brancher sur mon ordinateur pour écouter les nouvelles. Apparemment, il y aurait une sorte d'attentat terroriste en cours à la Nouvelle Babel. Le grand jeu. Comme c'est sur notre route, je me disais que nous pourrions aller jeter un coup d'œil.

— Tu sais, Lex, objecta Philo, le capitaine Baker et moi étions justement en train de nous dire que nous avions eu notre compte de grand jeu pour aujourd'hui. Et puis, avec cette varicelle, je ferais mieux d'aller me reposer un peu...

— Ne joue pas les mauviettes. C'est de l'actualité en marche, Philo. (Elle le prit par la main.) Amène-toi.

Il se tourna vers le capitaine Baker.

— Bon, je vais devoir y aller...

— Ouais, dit le capitaine Baker. Eh bien...

Lexa, à qui leur manque d'enthousiasme n'avait pas échappé, lança :

— Oh, je vous en prie.

Elle prit le capitaine Baker par la main lui aussi.

Et voilà comment ils se retrouvaient tous à bord du *Sweet Jane*, en train de survoler l'espace aérien d'Harlem.

— Walter ! appela Dan. Walter !

Grognement bourru.

— Quoi ?

— Il y a un type qui pend le long de l'immeuble !

— Quel type ? Où ça ?

— Là, indiqua le capitaine Baker. (Il se pencha en

avant dans le siège du copilote et pointa le doigt.) En bas à gauche, juste en dessous du sommet.

Maxwell était tombé dans les bâches de protection qui entouraient le chantier de Babel. Le premier cercle de bâches, conçu pour arrêter des petits objets seulement, avait craqué sous son poids, mais les bâches du deuxième cercle, celui de la dernière chance, étaient faites d'un matériau plus résistant. Malgré tout, son plongeon lui avait à moitié fait traverser la toile ; retenu à hauteur de la ceinture, il pendait dans le vide la tête en bas, sans lâcher le cylindre contenant le virus.

Le capitaine Baker se tourna vers Walter.

— Jusqu'où pouvez-vous nous rapprocher ?

Walter contempla le feu d'artifice d'explosions et de détonations qui crépitait au sommet de la ziggourat.

— Pourquoi diable voudrais-je nous rapprocher ?

— Avant de passer commandant dans la marine, expliqua-t-il, j'ai fait environ deux cents heures de sauvetage en haute mer, à descendre d'un hélicoptère au bout d'un treuil pour aller repêcher des pilotes abattus. Alors je me disais que si vous pouviez vous placer au-dessus de ce type...

Walter secoua la tête.

— L'enveloppe est trop large. Même si j'arrivais à nous coller à l'immeuble, votre gars serait encore trop loin pour que vous puissiez l'attraper de la nacelle.

— Vous placer *au-dessus* de lui, répéta le capitaine Baker. Je descendrai au bout d'une amarre. Au besoin, je ferai le pendule.

— Hmm, fit Walter. Si vous êtes sérieux, il y a une échelle de corde que vous pouvez suspendre à la porte latérale du studio de production. Certains jeunots aiment bien l'utiliser pour ces prises de vues viriles caméra à l'épaule... Mais vous êtes sûr d'être en état, avec votre blessure à la tête ?

— Non, répondit le capitaine. (Puis il se tourna vers Philo.) Vous voudriez bien me tenir la porte ?

Un lémurien s'était pelotonné sur les genoux de Dan Rather et piquait un somme dans sa barbe. Il tâcha de ne pas le réveiller en sanglant le bandeau d'une mini-caméra autour du crâne du capitaine Baker. Faisant attention à ne pas appuyer sur le gros bandage au-dessus de son œil, il lui demanda :

— Est-ce que ça fait mal ?

— Seulement aux endroits où ça touche mon scalp, répliqua-t-il.

— Bah, vous survivrez. Et vous nous rapporterez des prises de vues *géniales*.

Seraphina et Vingt-Neuf Mots firent reculer les lémuriens hors du passage tandis que Philo ouvrait la porte de la nacelle. Morris sortit l'échelle de corde — en authentique corde de chanvre, avec des barreaux en bois fabriqués à la main, un équipement tout ce qu'il y avait de viril, en effet — et la fixa à deux mousquetons intégrés au plancher.

Lexa, qui étudiait le visage de Maxwell sur l'un des écrans du studio, dit :

— Vous savez, je crois que je connais ce type. (Elle pencha la tête pour le voir à l'endroit.) Ouais ! C'est un pensionnaire de Joan, un cas de lassitude guerrière chronique... Merde. J'aurais dû appeler Joan de l'aéroport...

— Lassitude guerrière chronique ? s'inquiéta le capitaine Baker. Grave ?

Dans la cabine de pilotage, le viseur tête haute afficha un avertissement : ALERTE COLLISION. L'hélicoptère en vol stationnaire au-dessus de Babel venait de recevoir une balle dans la queue et tournoyait en direction du *Sweet Jane*.

— Attention, du dirigeable, braillèrent ses haut-parleurs. Ici le FBI. Nous sommes hors de contrôle. Veuillez vous écarter.

Walter écrasa le manche du *Sweet Jane* à fond sur sa droite. Dans le studio de production. Philo perdit l'équilibre et trébucha en direction de la porte. Le capitaine Baker le retint par le bras, mais Morris avait déjà bondi et rentra en plein dans le capitaine. Les trois hommes basculèrent dans le vide.

Le dirigeable rétablit sa course suffisamment près du gratte-ciel pour attirer le feu ennemi. Au mépris du danger, Lexa et Seraphina coururent se pencher par la porte pour regarder en bas, tandis que Walter enguirlandait les tireurs par l'intermédiaire de ses propres haut-parleurs.

Philo, le capitaine Baker et Morris se balançaient en grappe au bout de l'échelle de corde.

— Faites-nous atterrir, faites-nous atterrir ! braillait Morris.

Mais le capitaine Baker agitait un bras en direction du gratte ciel et hurlait :

— Plus près, amenez-nous plus près !

Philo leva les yeux vers Lexa et hocha la tête, votant pour le capitaine.

— Oh, mon Dieu ! s'exclama-t-elle. Dan ? La minicaméra tourne ?

— Tu parles, qu'elle tourne ! cria Dan. Walter ! Écoute-moi, je vais te guider pour la descente !

Vingt-trois

Huit cents mètres plus bas, Ayn Rand plongea la main sous sa cape et en sortit une petite bombe noire d'anarchiste. Elle avança les lèvres, tira longuement sur son porte-cigarettes, fit rougeoyer le bout de sa Marlboro holographique et l'approcha de la mèche de la fusée. Tandis que cette dernière commençait à grésiller en jetant des étincelles, Ayn entama un compte à rebours.

— Trente... vingt-neuf... vingt-huit...

— Tu n'es qu'un fils de pute, Hoover, cracha Joan en manière d'épitaphe. Quelqu'un finira par avoir ta peau un jour.

— Le monde s'arrêtera de tourner, répliqua Hoover. Un jour.

— ... vingt-sept... vingt-six...

Refusant de se résigner, Joan remonta jusqu'aux portes. Prenant le Bear Stopper comme levier, elle tenta d'écarter suffisamment les barreaux pour pouvoir lancer la lampe dehors.

— Ne gaspillez pas votre énergie, lui conseilla Hoover.

Joan gaspilla son énergie. Elle plia le canon du fusil et bousilla la pompe. Les barreaux ne bougeaient pas.

— ... vingt-cinq... vingt-quatre...

Nouvelle tentative. La crosse du Bear Stopper se brisa net, lui entaillant la main.

— ... vingt-trois...

Joan siffla entre ses dents et porta une paume ensanglantée à sa bouche.

— ... vingt-trois...

Minute.

— ... vingt-trois...

Elle baissa les yeux. À l'intérieur de la lampe, l'image s'était brouillée, comme elle l'avait fait dans le tunnel après l'attaque de l'anguille géante. Elle retrouva brièvement sa netteté, et Ayn répéta, pour la cinquième fois :

— ... vingt-trois...

— Vingt-deux, rectifia Hoover.

— ... vingt-trois... dit Ayn.

— Vingt-deux, nom d'un chien ! Vingt-deux !

— ... vingt-trois... insista Ayn.

Cette fois-ci, lorsque l'image redevint nette, Ayn regardait directement Joan. Son expression était crispée, comme si elle retenait un poids énorme, et ses yeux disaient : *Je ne pourrai pas continuer ce petit jeu très longtemps. Trouvez quelque chose.*

Et donc, tandis qu'Hoover continuait à invectiver Ayn, Joan essaya de chercher. En fait de trouver, elle *entendit* quelque chose.

De la musique. De la musique classique.

Joan contempla le tunnel de l'autre côté des barreaux. Il était vide, mais dans sa tête elle voyait un requin recevoir une grenade sur le dos et s'en tirer sans une égratignure.

Elle se mit à marteler les barreaux avec ce qui restait du fusil à pompe.

— Hééé ! cria-t-elle. Hééééé !

— Bouclez-la ! jeta sèchement Hoover. Ayn ! Vingt-deux ! C'est un ordre !

— Vingt... *trois*, fit Ayn, qui faiblissait. Vingt-*trois*...

Joan fouilla frénétiquement dans sa poche pour en sortir le sifflet anti-viol de Fatima Sigorski. Elle souffla dedans de toute la force de ses poumons.

Le *Boléro* se fit plus fort.

Le virus noir

Balles perdues et pas si perdues que ça continuaient à ricocher sur la nacelle et l'enveloppe, en dépit des menaces de Walter à propos de la puissance de Cable News Network. Prenant le pari que le *Jane* saurait affronter cet orage, il s'approcha plus près, suivant les indications de Dan. Heureusement, le vent était faible, et en moins d'une minute, le groupe de sauvetage arriva à portée de bras du marine en détresse. Mais Maxwell refusait de coopérer.

— Tendez la main, lui criait le capitaine Baker. Nous allons nous balancer vers vous, vous attraperez ma main et vous ne la lâcherez plus.

Mais Maxwell secoua la tête et serra le cylindre plus fort contre sa poitrine.

— 'peux pas, dit-il.

— Nous sommes en train de risquer notre peau pour vous, espèce d'abruti ! lui hurla Morris. Maintenant, faites ce que dit le capitaine pour qu'on puisse tous descendre de là !

Maxwell leva les yeux vers Philo et secoua de nouveau la tête.

— 'peux pas.

— Si, vous pouvez, rétorqua le capitaine Baker. On y va !

L'hélicoptère du FBI, pareil à un frelon soûlé au punch, revint pour un nouveau passage. Walter, distrait par l'apparition d'un second dirigeable de CNN au-dessus de l'Hudson, ne vit l'ALERTE COLLISION qu'au tout dernier moment. Il dégagea brutalement, rajoutant un élan supplémentaire au balancement des sauveteurs. Le capitaine Baker, qui visait le bras de Maxwell, se retrouva collé à lui de tout son long, les oreilles coincées entre ses chevilles et son bras libre passé derrière ses genoux. Le mouvement du dirigeable tendit l'échelle de corde ; la toile de bâche acheva de se déchirer, et Maxwell fut libéré. Lui et ses sauveteurs partirent dans l'air du soir, ballottés comme un plomb d'architecte au bout de son fil.

L'hélicoptère en détresse passa juste devant le *Sweet Jane*, effleurant du bout des pales le cône de son enveloppe. Le système d'anti-collision fit automatiquement piquer le dirigeable. Walter bascula en avant sur les commandes et le *Jane* dégringola de deux cents pieds avant qu'il ne parvienne à redresser. À ce moment-là, les sauveteurs amorcèrent un mouvement de pendule en sens inverse et le flanc de la ziggourat, qui s'était éloigné, se trouva brusquement beaucoup trop près.

— Remonte, remonte, remonte ! cria Morris tandis que le gratte-ciel fonçait vers eux.

Dan, qui suivait la transmission de la minicaméra dans le studio de production, s'exclama :

— Waouh !

Ils touchèrent au niveau 204. Fort heureusement, les fenêtres n'avaient pas encore de vitres à cette hauteur-là, seulement des panneaux en contreplaqué qu'ils traversèrent comme du papier. Ce fut une belle pagaille de roulades, de mentons et de coudes meurtris, puis trois d'entre eux s'immobilisèrent sur le béton nu d'une pièce inachevée. Morris, empêtré dans l'échelle, se débattit encore un peu pour se libérer avant d'être traîné dehors.

Philo balaya les échardes de ses cheveux.

— Personne n'a rien ? demanda-t-il.

— Bon Dieu, soupira Morris tandis que l'échelle repartait sans lui. Faites que ce soit le dernier rebondissement de la journée.

Le capitaine Baker cracha une dent dans sa main et la fixa avec incrédulité. Puis Maxwell gémit, et le capitaine laissa éclater sa fureur.

— Espèce de fils de pute ! cria-t-il. Pourquoi n'avez-vous pas pris ma main comme je vous le demandais ?

Maxwell gisait allongé sur le dos.

— 'cause du virus, marmonna-t-il, à demi conscient.

— Quoi ? fit le capitaine Baker.

Mais Morris avait clairement entendu.

— Un virus ? Quel virus ?

Maxwell brandit le cylindre, miraculeusement intact.

— Le virus, répéta-t-il à nouveau. (Il leva la tête en fixant de nouveau Philo.) Le virus noir... l'Œil m'avait dit... de faire attention... je devais...

Il battit des paupières et sa tête bascula en arrière. Le cylindre commença à lui glisser des mains, mais Morris était là pour le rattraper.

— Un virus noir ? répéta le capitaine Baker. De quoi diable voulait-il parler ?

— Je n'en sais trop rien, répondit Morris en examinant le cylindre.

Il était en verre, avec des embouts en métal. Il contenait une espèce de poussière grise argentée. Les embouts étaient gravés, l'un du symbole à trois branches du risque biochimique, l'autre d'une paire de... eh bien, si Morris n'avait pas su que c'était forcément autre chose, il aurait dit des oreilles de Mickey.

— Hmm...

La voix de Lexa.

— Philo ! Vous allez bien ?

Philo regarda par la fenêtre et vit Lexa et Seraphina penchées à la porte de la nacelle du *Sweet Jane*.

— Ça va ! cria-t-il en leur faisant signe de s'en aller. Fermez cette porte avant que quelqu'un d'autre ne tombe ! On se retrouve au tombeau de Gant !

— Ça pourrait, réfléchit Morris, concentré sur le cylindre. Ça pourrait être un virus.

— Que fait-on si c'en est un ? demanda le capitaine Baker. C'est que je n'ai pas été formé à la guerre biochimique...

— Ma foi, le récipient m'a l'air scellé sous vide. Si c'est le cas, un arc électrique passant dans le tube devrait transformer son contenu en plasma... et par la même occasion le stériliser. (Il tapota l'un des embouts.) Ouais...

— Je suis largué, reconnut le capitaine Baker. Vous êtes certain que...

— Ouais. (Morris hochait la tête pour lui-même.) Ouais, essayons ça. (Il avisa une caisse de matériel électrique dans la pièce adjacente.) Apportez-moi l'une de ces grosses rallonges, voulez-vous ?

Connexion

Clayton Bryce était recroquevillé derrière la palette de sacs de ciment, marmonnant dans sa barbe.

— Il faut que tu y ailles, il faut que tu y ailles, il faut que y ailles.

Il se répétait cela depuis plusieurs minutes déjà. Comme prévu, le Moine de Pierre avait éliminé la sentinelle, mais il avait été blessé — ou tué — dans l'affaire. En glissant un coup d'œil depuis sa cachette, Clayton pouvait le voir, couché en travers du corps de l'androïde. Quand les autres marines avaient lancé leur assaut, Clayton s'était dressé et avait fait mine de s'élancer vers le centre de contrôle des kangourous, mais s'était retrouvé paralysé par l'explosion du premier obus de mortier, si forte qu'il avait été certain d'avoir été directement visé. Maintenant il avait peur d'avancer, et peur également que s'il n'en faisait rien, les domestiques finissent par submerger les marines et viennent alors s'occuper de lui.

Un frisson sur la nuque l'avertit d'un danger.

Clayton fit volte-face. Une télévision portable le surplombait, repassant une séquence documentaire d'une autopsie militaire tandis que ses mains braquaient un pistolet à clous sur son visage. Clayton glapit et se jeta de côté. L'outil cracha, et un clou brûlant lui érafla la joue avant de perforer un sac de ciment.

Clayton bondit sur ses pieds. L'Arche l'encombrait

mais le protégeait en même temps : un clou qui serait venu se loger dans sa colonne vertébrale frappa à la place le casier d'une des batteries. Il se déroba derrière le coin de la palette et se mit à courir. Un clou l'atteignit à l'épaule. Il ressentit une brûlure, puis un engourdissement. Il partit à fond de train.

D'au-dessus lui parvint le *wop-wop-wop* des pales d'un rotor.

— Ici le FBI, tonna une voix. Nous allons nous écraser. Veuillez dégager le secteur.

Un hélicoptère noir dégringola du ciel et s'abattit sur la télévision portable. Doublement motivé par le carnage, Clayton bondit en haut des marches jusqu'au centre de contrôle. Une fois dans le bunker, il claqua la porte, donna un tour de clef et se tourna immédiatement vers le super ordinateur.

— Une prise d'entrée, chantonna Clayton. Une prise d'entrée, une prise d'entrée...

À l'extérieur, tout près, se déclencha une énorme explosion. Probablement l'hélicoptère. Toutes les vitres du centre de contrôle volèrent en éclats, projetant une pluie de verre à l'intérieur. Clayton plongea au sol. Quand la poussière fut retombée et qu'il releva la tête, il vit directement devant lui une console avec une prise ronde marquée CONNEXION ENTRÉE/SORTIE.

Rapidement, de ses mains tremblantes, il déroula le câble de l'Arche.

Nettoya la prise en soufflant dessus.

Brancha le câble.

L'Arche bourdonna doucement en établissant le lien avec le super ordinateur de Babel. L'Œil de l'Afrique s'éveilla et se déversa à travers la connexion établie par Clayton.

Ce ne fut réellement qu'une coïncidence, mais douze

secondes plus tard, un tremblement de terre frappa la ville.

L'autre releva la tête

— Ah, merde ! s'exclama Roy Cohn.

— Q-q-que se p-passe-t-t-t-il... Q-quelque chose n-ne v-va p... Il y a un p-p-probl... Des ennuis, patron ? demanda Shorty.

— Toby vient de se faire descendre aussi ! fulmina Roy. (Il se concentra.) L'une d'elles est toujours debout... Domingo, je pense. Elle a ce foutu flingue géant.

— V-v-voulez-v-vous q-que...

— Vas-y et arrose la pièce. Tire sur tout ce qui bouge.

Les piles de fourbi du bureau d'Harry Gant se mirent à osciller et à s'écrouler. Pour une fois, Shorty en oublia de bégayer.

— Mais *tout* bouge, patron !

— Un tremblement de terre ? fit Roy en levant les mains au ciel. Et après, ce sera l'Armageddon (la lutte suprême) ?

Shorty tendit la main vers la porte et un gros morceau de battant lui explosa à la figure.

— Patron ! couina-t-il en tournoyant.

Une deuxième balle l'atteignit dans le dos. Son doigt se crispa sur la détente et il pulvérisa la baie vitrée d'une rafale de mitraillette. Roy eut juste le temps de prendre un air excédé avant que le balancement du gratte-ciel ne le fasse basculer par l'ouverture et ne le précipite dans le vide.

Vanna ouvrit la porte d'un coup de pied tandis que Shorty s'écroulait. Elle se cramponna au cadre, son vertige momentanément dompté par une rage froide, et elle logea encore une balle dans le petit barbier qui tressautait au sol. Puis elle tourna son attention vers les deux Harry, cherchant un moyen de distinguer le vrai du faux. Ce ne fut pas difficile.

L'un des Harry demeura penché sur sa console, indifférent au tremblement de terre, aux coups de feu et aux craquements du bâtiment, continuant sa partie le sourire aux lèvres pendant que tout s'écroulait autour de lui.

L'autre releva la tête.

— Vanna ! s'écria ce deuxième Harry en affichant un sourire de soulagement très convaincant. Dieu merci ! J'ai eu si peur ! J'ai bien failli... Vanna ! Vanna, attendez ! Non !

— Fatale erreur, imposteur, lui dit-elle en pressant la détente.

Le ventre de la bête

Ce qui ne laissait que Joan, seule dans les sous-sols de Babel, ne luttant plus que pour sauver sa propre vie, même si elle ne pouvait pas le savoir.

Elle martelait encore les barreaux — Ayn venait de reprendre son compte à rebours — quand la première secousse se déclara. Déséquilibrée, Joan vola au bas des marches, où elle s'écrasa avec un hoquet de souffrance.

— ... dix-huit... dix-sept... seize...

Elle s'assit en toussant et recrachant le sifflet de Fatima. La pièce trembla violemment. Le long des murs, le motif en alvéoles se brouilla comme les paquets de dynamite commençaient à s'écrouler par saccades.

— ... quinze... quatorze...

Les échos du *Boléro* de Ravel continuaient à grossir derrière le grondement du séisme, même si Meisterbrau n'était encore visible nulle part.

— ... treize... douze...

Un choc ébranla les marches, un choc qui ne devait rien au tremblement de terre. La lampe d'Ayn, renversée par la secousse précédente, roula sur le seuil et se mit à rebondir de marche en marche avant de s'arrêter entre les jambes de Joan.

— Quoi ? demanda-t-elle.

— Quoi ? s'indigna Hoover avant que le haut-parleur caché ne rende son dernier soupir.

— ... dix... neuf...

Joan se recula précipitamment. Une fissure s'ouvrait dans le sol.

— ... huit...

La fissure s'élargit. Une portion entière du sol bascula comme une trappe. De la terre noire jaillit d'en dessous, ainsi que des éclats de bois incrusté d'argile, arrachés à la voûte d'une très ancienne conduite d'égout.

— ... sept... six... cinq...

Un aileron gris apparut. Un museau gris. Une paire de griffes grises. Pareil au démon d'une saynète médiévale, Meisterbrau se dressa.

— ... quatre...

Joan l'imita. La terre tremblait et rebondissait, mais elle rebondit avec elle, ses blessures oubliées. Elle éloigna d'un coup pied un paquet de dynamite venu rouler trop près. Dans sa main, la lampe devint brûlante ; l'ampoule flamboya. Elle la regarda une dernière fois et vit Ayn acquiescer.

— ... trois... deux...

Meisterbrau ouvrit tout grand la gueule ; la musique s'amplifia. Joan s'élança tandis qu'une étoile s'embrasait dans sa main. Pendant que la terre continuait à hausser les épaules et que la tour de Babel oscillait et tremblait sur ses bases, elle enfourna la lampe, et son bras droit avec, dans le ventre de la bête.

et

23

Soyez heureux pendant que vous êtes en vie
Ptah-hotep, XXIVe siècle av. J.-C.

Électricité

Le grand séisme de la côte Est de 2023 eut son épicentre dans le New Jersey, mais ses effets se firent ressentir à travers toute la Nouvelle-Angleterre et dans le sud jusqu'à Atlanta. Atteignant 7,1 sur l'échelle de Richter, il dura quatre-vingts secondes du début à la fin.

Les premières secousses déclenchèrent les sirènes d'alarme de toutes les centrales électriques de la région. Les disjoncteurs d'urgence s'activèrent, coupant les turbines des générateurs ; à la centrale nucléaire de Con-Ed à Scarsdale, les ingénieurs se précipitèrent pour arrêter la pile du réacteur. Manhattan se retrouva dans le noir. Dans son bureau du Phoenix, Harry Gant cogna sa console de jeu sur le côté en s'écriant :

— Hé ! Pas de blagues !

Les lumières s'éteignirent à Babel aussi, mais pas avant que Morris Kazenstein n'ait réussi à électrocuter le nanovirus. Et le temps que le courant soit coupé au centre de contrôle au sommet de la tour, l'Œil de l'Afrique avait quitté les lieux. Empruntant un réseau crypté à haute vitesse jusqu'à Mount Weather, en Virginie, il se réinstalla lui-même dans un super ordinateur du département de la Défense conçu pour survivre à une attaque nucléaire. Ainsi protégé contre les catastrophes naturelles et non naturelles, il programma aussitôt un virus mortel et l'envoya vers l'ouest en mission vengeresse.

Des lignes de fibre optique emportèrent ce virus jusqu'au pied des Rocheuses, un cri rageur le long d'un fil de verre. Comme un appel aux armes, il fit sonner les téléphones du Colorado jusqu'au Nouveau-Mexique. Puis, prenant de l'élan, il franchit d'un bond la faille continentale et fila à travers les déserts de l'Utah et du Nevada. Les villes de l'Est tremblaient encore quand il franchit le nœud central de la zone code 714, à la recherche d'une porte de derrière.

Depuis l'immensité de l'espace, l'œil électrique d'un satellite Spy Hole de la CIA remarqua un petit embrasement thermique dans le paysage. Les microprocesseurs du satellite entreprirent de cataloguer l'événement, commençant par le circonscrire dans une succession de cases géographiques de plus en plus précises : hémisphère occidental. Amérique du Nord. États-Unis d'Amérique. État de Californie. Comté d'Orange. Ville d'Anaheim. Parc d'attractions Disneyland. New Orléans Square. Coin sud-est.

En flammes.

Gaz

Le restaurant s'appelait le *Gilead*. Situé juste en face du vélodrome céleste, il était très apprécié des nouveaux arrivants, qui aimaient s'y retrouver pour se détendre, siroter des Mai Tais et s'adapter en douceur à la vie après la mort.

Joan, Kite et sœur Ellen Fine étaient assises au bar, buvant des bières et fumant. Fumant des deux poings dans le cas de Joan, car avec leurs dents de sagesse, les bras de Joan et de Kite leur avaient été rendus aux portes du Ciel, saint Pierre allant les chercher au fond du tiroir des membres tranchés de son placard romain. Au contraire de Joan, Kite avait choisi de ne pas rattacher le sien tout de suite, mais plutôt de l'emporter avec elle, comme un cadeau douteux qu'elle finirait probablement par conserver mais nécessitant une période d'acclimatation.

— Donc même si la bombe avait explosé, dit Joan, ça n'aurait eu aucune importance. Le nanovirus avait déjà été neutralisé... par Maxwell, par-dessus le marché.

— Avec un petit coup de main de la presse et du Shin Bet, ajouta sa mère. Et c'est heureux, car s'il n'avait *pas* été neutralisé, le tremblement de terre aurait provoqué la chute du cylindre, explosion ou pas explosion...

— Donc ce que j'ai accompli n'a apporté aucune différence.

— Pour les Noirs, en effet. Mais en empêchant l'explosion du gratte-ciel, tu as épargné à Harry Gant plusieurs millions de dollars de réparations.

— Et tu as quand même fini par tuer Meisterbrau, renchérit Kite. N'oublions pas ça.

Le bar surplombait un jardin avec un bassin dans lequel un aileron gris cerclait joyeusement. Un homme et une femme étaient assis à une table à proximité. La femme portait une coupe à la garçonne et une longue cape noire flottante ; une broche en or au symbole du dollar était épinglée sur sa poitrine. L'homme avait de longs cheveux bouclés, un sourire goguenard et une chemise cousue à partir de morceaux d'un drapeau américain dont les trois boutons supérieurs étaient défaits, révélant un torse velu et un symbole de la paix au bout d'une chaîne en argent.

— Que peut bien fabriquer Abbie Hoffman avec Ayn ? demanda Joan.

— Travail d'utilité publique, expliqua sa mère.

— Utilité publique ?

— Il est mort d'un suicide. Les suicidés sont condamnés à un milliard d'heures de travaux d'utilité publique.

— Et en quoi consiste son travail ?

— Conseil psychologique. Il a été chargé de l'aider à développer son sens de l'humour.

— Lyndon Johnson et un serpent à sonnettes sont assis sur un mur, racontait Abbie Hoffman. Le serpent à sonnettes se tourne vers Lyndon et lui dit...

— Non, le coupa Ayn Rand.

— Quoi ?

— Les serpents ne parlent pas.

— Oui, enfin, je sais qu'ils ne parlent pas, mais...

— De plus, il me paraît peu probable qu'un président des États-Unis soit autorisé à mettre sa vie en danger en s'asseyant à côté d'un reptile venimeux. Ou qu'un homme rationnel choisisse de le faire... non que les architectes de l'État providence doivent être considérés comme rationnels, mais...

— Ouais, dit Abbie, mais il s'agit d'une blague, vous voyez ? Ça n'a pas *besoin* d'être cohérent, pas le cadre en tout cas. Le fait que ce soit un petit peu absurde renforce même l'effet comique. (Ayn parut sceptique.) Bon, donc nous avons Lyndon Johnson et un serpent à sonnettes assis sur un mur...

— Quel genre de mur ?

Kite secoua la tête.

— Je suis bien contente de ne pas m'être infligé à moi-même la blessure qui m'a tuée.

— Kite, se demanda Joan à haute voix, étais-tu gravement touchée ?

— Je me retrouve ici, et tu me poses la question ?

— *Où* as-tu été touchée, je veux dire ? En quel endroit exactement ?

— La balle m'a brisé une côte, perforé un poumon et fait exploser la rate. J'ai beaucoup saigné.

— Mais ta colonne vertébrale n'a pas été endommagée, n'est ce pas ? Ton cœur était intact ?

— Malheureusement. J'aurais eu moins mal et ça se serait terminé plus vite.

Joan la dévisagea.

— On peut très bien vivre sans rate, tu sais. Des gens l'ont déjà fait.

— Des gens, oui, reconnut Kite, mais apparemment pas moi.

— Ce que je voulais dire, c'est que tu pourrais encore mettre en scène une guérison miraculeuse. Ce n'est pas comme si tu avais eu la tête tranchée...

— Une minute, intervint sœur Ellen Fine. Qu'est-ce que c'est que cette histoire de guérison ?

— Nous pourrions y retourner, expliqua Joan. Toutes les deux, moi et Kite. Ce n'est pas obligatoirement terminé. Nous pourrions y retourner.

— Joan... soupira sa mère. Tu es *morte*, Joan.

— Je pourrais m'en remettre !

— Tu as eu le bras arraché...

— On peut survivre à la perte d'un bras. Kite l'a bien fait !

— Pas sans aide, fit remarquer Kite. Et je n'étais pas piégée dans un sous-sol.

— Ne t'en fais pas pour le sous-sol. Je saurai bien sortir du sous-sol.

— Comment ? lui demanda sa mère.

— Eh bien, le séisme a probablement débloqué les portes. Je ne m'en suis pas rendu compte sur le moment parce que j'étais en état de choc, mais...

— Et si c'était le contraire ? Si le séisme avait bloqué les portes de manière irrémédiable ?

— Alors je sortirai par le trou creusé par Meisterbrau.

— La carcasse du requin est toujours coincée à l'intérieur.

— Je la déplacerai.

— Avec un bras ?

— Ses entrailles ont été vaporisées par une charge de thermite. Il ne doit plus peser bien lourd.

— Hon-hon. Et en admettant que tu parviennes à sortir par le trou ? Tu te retrouveras dans les égouts. Tu n'étais déjà pas en état de grimper jusqu'à une bouche d'égout, comment feras-tu avec un bras en moins ?

— Je ne m'embêterai pas à grimper. Je ferai le tour, je regagnerai le sous-sol par le même chemin que la première fois, et j'emprunterai les escaliers.

— Oublie ça, lui dit sœur Ellen Fine. Tu sais, ces machines qu'ils ont retirées pour faire de la place à la dynamite ? Ils s'en sont servis pour barricader les escaliers. Tu es coincée en bas.

— Eh bien je ferai sauter la barricade avec un peu de dynamite. Ça devrait attirer les flics, d'ailleurs, si bien que je serai sauvée même si je n'ai plus la force de me traîner jusqu'à l'accueil...

— Ça ne marchera jamais.

— Tu n'en sais rien.

— Tu es au Ciel, Joan. Tu es morte.

— M'man, nous ne sommes pas au Ciel. Le Ciel, s'il existe, ne ressemble certainement pas à ça...

— Ah oui ?

— Pour commencer, si c'est le Ciel, où sont tous les gens qui sont morts dans la pandémie ? Regarde un peu autour de toi. Peux-tu me montrer un seul Africain ou Afro-Américain ? Où sont-ils ?

— C'est aussi leur paradis, Joan. Qu'est-ce qui te fait croire qu'ils ont envie de passer l'éternité en *ta* présence ?

— Ce n'est pas le Ciel, m'man. Ce qui veut dire que je suis en pleine hallucination, ce qui veut dire que je suis toujours vivante, probablement en train de me faire un tourniquet et de délirer à voix haute.

— Mais comment savoir si les morts ne peuvent pas avoir d'hallucinations, interrogea Kite. C'est une hypothèse plutôt péremptoire, non ?

— Ne commence pas à t'y mettre aussi, l'avertit Joan.

— Très bien, abandonna Abbie Hoffman. Essayons quelque chose de plus simple. Toc toc toc !

— Je vous demande pardon ? fit Ayn Rand.

— Pas « Je vous demande pardon ». Je dis « Toc toc toc ! » et vous demandez « Qui c'est ? ».

— Mais je sais déjà qui c'est. Je ne suis pas aveugle.

— Ouais, mais faites comme si vous ne me voyiez pas. Comme si...

— Vous voulez que je réfute le témoignage de mes sens ?

— Non, pas du tout, l'idée c'est de...

— Seriez-vous un communiste ? demanda soudainement Ayn. Est-ce la raison pour laquelle vous profanez le drapeau américain ?

— Joan ! ordonna sœur Ellen. Joan, assieds-toi !

— Non ! Merde, m'man, j'ai encore un tas de choses à faire. Et je ne veux pas finir sur un fiasco. J'y retourne !

— Joan...

Mais elle se dirigeait déjà à grands pas vers la sortie,

bousculant au passage le fils d'un charpentier qui sortait des toilettes des messieurs.

— Oh, et puis après tout... dit Kite.

Abandonnant son bras sur le comptoir mais n'oubliant pas d'emporter ses cigarettes, elle se leva pour la suivre.

Égouts

La lumière revint à Manhattan à partir du lundi.

Harry Gant avait décrit sa ville comme possédant « les meilleures constructions au monde, posées sur l'une des roches de fond les plus solides qui soient » et il avait raison, en particulier en ce qui concernait la roche de fond : si certaines zones de la région des Trois États furent dévastées par le séisme, Manhattan Island fut relativement épargnée. Certes, les quatre-vingt-deux secondes de vibrations continues révélèrent quelques défauts de construction. De nombreux bâtiments anciens subirent des dégâts, et quelques-uns particulièrement dégradés s'écroulèrent complètement. Une minute après le déclenchement du séisme, le pont de Brooklyn s'effondra. Les secousses mirent également en lumière certains problèmes concernant les infrastructures de l'île, âgées de 400 ans. Des ruptures de canalisations d'eau et de gaz provoquèrent une épidémie d'incendies et d'inondations dans certains quartiers choisis. L'un des accidents les plus effroyables se solda par l'incendie des trois tours du Riverside Arcadia de Trump, au cours duquel les résidents qui parvinrent à échapper aux flammes furent attaqués par une horde de *rattus norvegicus* mutants, chassés des égouts par une brusque montée du niveau.

Si bien que les équipes de secours des Travaux publics eurent de quoi s'occuper un moment. Mais dès le lundi matin, une atmosphère de normalité reprenait ses droits. New York avait toujours eu quelque chose de la zone sinistrée, après tout, et comme le maire le rappela à ses électeurs survivants au cours d'une conférence de presse réunie en hâte, ça aurait pu être bien pire : 7,1 sur l'échelle de Richter n'était rien comparé à l'Apocalypse de magnitude 8,5 prédite par certains pessimistes. De plus, la semaine promettait d'être exceptionnelle pour la saison, chaude et ensoleillée, et tous les citoyens étaient encouragés à profiter du spectacle du dynamitage des immeubles branlants.

Vers 9 heures, peu après le retour du courant dans le quartier des affaires, Harry Gant décida de sortir faire un tour. Comme le département des Travaux publics, après le séisme il n'avait pas chômé, depuis le poste de direction temporaire qu'il avait installé au rez-de-chaussée du Phoenix. Pendant tout le week-end, ses commerciaux avaient croulé sous les appels des services de la ville et de l'État voulant commander des domestiques pour participer à l'effort de reconstruction ; les usines Gant avaient embauché des extra pour pouvoir répondre à la demande. Dans les rares moments d'accalmie, Harry resta en contact avec ses parents qui — sortis essoufflés mais indemnes de leur épreuve — récupéraient au Hilton de Times Square. Il s'entretint aussi régulièrement avec Vanna qui, en dépit d'un bras en écharpe et d'une sérieuse commotion cérébrale, avait insisté pour diriger la couverture médiatique depuis son lit d'hôpital. Le lundi il put enfin souffler un peu, et quand sa mère l'appela pour lui rappeler que c'était son anniversaire, il décida de prendre sa matinée. Il informa son personnel qu'il serait absent quelques heures et sortit sur la 34e Rue pour profiter du beau temps.

C'était *vraiment* une journée magnifique ; une petite

brise soufflait de l'East River, fraîche mais pratiquement inodore. Et Midtown était splendide, à peine un peu plus jonchée de gravats que d'habitude. D'accord, une gigantesque flaque avait recouvert la 5e Avenue et noyé deux voies de circulation, mais ce n'était certainement pas la première fois, et les concitoyens d'Harry — ceux du moins qui n'avaient pas été broyés, brûlés, noyés ou dévorés par les rats — avaient l'air plus enjoués et déterminés que jamais en se pressant vers leurs diverses destinations.

Évitant la flaque, Gant marcha vers l'ouest en direction de l'Hudson, empruntant le même chemin qu'avait suivi Eddie Wilder la semaine précédente. Comme Eddie, il s'arrêta à l'angle de Broadway pour admirer les gratte-ciel, l'un d'eux en particulier. En regardant par-dessus son épaule, il constata avec plaisir que les enseignes électriques étaient de nouveau en service. Mais la publicité avait changé durant le black-out. La page de calendrier géant qui avait si fort intrigué Eddie avait été remplacée par un Œil tout aussi mystérieux, un Œil vert solitaire qui montait une garde vigilante sur la ville.

— Hmm, fit Harry Gant, à qui ce logo ne disait rien. Je me demande ce que ça veut dire... (Mais au même instant le quart d'heure sonna, et les publicités permutèrent d'un quart de tour à droite autour du gratte-ciel ; l'Œil fut remplacé par le nom de Coca-Cola.) Ouais, dit Harry. Bonne idée.

Il acheta un sandwich et un soda au coin de la rue et s'arrêta devant un distributeur de journaux. Le *Times* dressait sobrement le compte rendu des retombées du séisme, avec les dernières estimations des dégâts et du nombre de victimes. En première page, Lockheed Martin, fabriquant d'appareils de combat de qualité, offrait toutes ses condoléances aux familles.

Le *New York Post* était plus disert. Son édition du matin titrait en gros caractères : TOUJOURS DEBOUT ! Venaient ensuite deux photos de la Nouvelle Babel, un plan large montrant la tour dans son intégralité, et un plan de détail de la plate-forme de construction de la ziggourat où un personnage solitaire se découpait contre les nuages, un homme seul dans les hauteurs, que rien ne saurait ébranler. Harry reconnut la patte de Vanna Domingo : le portrait provenait d'une série de photos promotionnelles, prises plus d'un an auparavant. Il n'avait pas eu l'occasion de se rendre à Babel depuis le séisme, bien qu'il ait entendu des rapports concernant ce qui s'était passé là-bas. Apparemment, le *Post* les avait entendus aussi. La légende des photos disait :

Le comportement erratique de certains androïdes serait lié aux fluctuations magnétiques annonciatrices du séisme ; « les domestiques pourraient servir d'instruments de prévision », laisse entendre la porte-parole de Gant (récit page 3).

— Jolie parade, Vanna, apprécia Harry Gant. Mais j'aimerais quand même bien savoir ce qui s'est *vraiment* passé...

Un bandeau promettait d'autres révélations croustillantes :

La Mona Lisa retrouvée : un pillard fuyant une unité de la Garde nationale découvre le chef-d'œuvre volé dans un ancien cinéma d'Harlem (page 7).
Selon les médecins, l'agent fédéral rescapé du crash de son hélicoptère va mieux. Ses patrons annoncent que le héros Vogelsang recevra une citation et une promotion (page 15).

Un cachalot échoué recrache un homme sans yeux à Rockaway. Le Jonas furieux a été emmené à Bellevue après avoir agressé un infirmier (page 19).
Philo Dufresne : un nostalgique du Reich ? Un ancien directeur du Wiesenthal Center nous fait part de son opinion (éditorial, page 24).
Le célèbre chroniqueur de catastrophes Peller aurait été assassiné par un serial killer de LA.
L'identification du corps est compliquée par l'absence de certaines parties ; la police a besoin de vous (photos couleurs et numéro de téléphone, page centrale B).

Harry paya pour le *Post* et continua sa promenade à travers la ville. Près de la 11e Avenue, il vit passer une femme en uniforme vert et blanc du département des Égouts, ce qui lui fit penser qu'il n'avait toujours pas de nouvelles de Joan. Il supposait, au regard des événements de la semaine précédente, qu'il aurait des raisons de s'inquiéter, mais son petit doigt lui disait de n'en rien faire : Joan n'était pas du genre à mourir dans un tremblement de terre, et Harry, qui l'avait vue assommer un pickpocket un jour, plaignait sincèrement le malheureux — ou la machine — qui prétendrait avoir le dessus contre elle dans une bagarre.

Par ailleurs, tous les signes pointaient dans l'autre direction. Jeudi soir, Kite, l'amie de Joan, avait succombé à ses blessures pendant que Gant et une Vanna semi-consciente se creusaient la tête pour lui faire descendre deux cents étages sans ascenseur. Ils avaient fini par trouver un moyen de manœuvrer manuellement la passerelle des laveurs de carreaux — une descente dans le vide qu'Harry espérait bien n'avoir jamais à répéter —, mais le temps qu'ils atteignent le trottoir et arrêtent une ambulance, il était beaucoup trop tard. Kite avait été déclarée morte sur place.

Pourtant, le vendredi, la morgue les avait informés que le corps avait disparu. *Ils ont dû l'égarer*, pensa d'abord Harry. *Ce doit être un sacré capharnaüm, là-bas, avec toutes les victimes du séisme.* Mais quand Vanna avait envoyé un assistant vérifier personnellement, il était apparu que le corps de Kite n'avait pas été égaré : elle s'était simplement levée et avait quitté la morgue. Le légiste qui revenait d'une expédition beignets n'avait retrouvé qu'un plateau vide et une étiquette d'orteil. Des empreintes sanglantes partaient de la chambre froide, traversaient le couloir jusqu'au labo (où on gardait les allumettes) puis se perdaient dans un escalier d'incendie.

Alors si ce genre de choses pouvait arriver, Harry n'allait pas perdre son temps à se faire des cheveux pour Joan. Il regrettait simplement qu'elle ne l'ait pas encore appelé.

Il déboucha à l'extrémité ouest de la 34e Rue, sur les quais. À l'instar de l'East River, l'Hudson sentait presque bon ; bon nombre d'usines de la région étaient fermées pour travaux, et même les égouts de la ville avaient ralenti leur débit maintenant qu'on réparait les canalisations d'eau. Cherchant un endroit on avaler son petit déjeuner, Gant avisa une charmante jetée en bois qui s'avançait au-dessus du fleuve. Il s'avança tout au bout et s'assit, battant des jambes au-dessus de l'eau. Il ouvrit son journal, décapsula son coca et mordit dans son sandwich.

Il était sur le point de prendre une deuxième bouchée quand il remarqua l'alligator. Des cartons d'emballage et autres récipients de toutes sortes avaient été abandonnés le long de la jetée. À deux longueurs de bras de l'endroit où Harry était assis, un bidon en acier était couché sur le côté, son ouverture disposée face à lui. Il avait d'abord pensé qu'il était vide, mais le bruit d'une respiration sifflante attira son attention, et il vit qu'un petit reptile albinos était pelotonné à l'intérieur, les yeux fixés sur lui.

— Ho-ho, fit Harry Gant. Hum.

L'alligator changea légèrement de position. Le soleil du matin tomba sur la pointe de son museau, soulignant la pâleur de sa peau. *Alligator manhattoe*, songea Harry, entendant la voix de son père dans sa tête. *Alligator manhattoe*, le légendaire gator des égouts de Manhattan, que de nombreux savants croyaient éteint, quand ils ne le considéraient pas comme purement fictif. Mais Jerry Gant n'était pas dupe, et Harry non plus, maintenant.

— Tu aimes le thon ? demanda-t-il d'un ton hésitant.

La tête de l'alligator se dressa, et un sixième sens avertit Harry de ne pas garder le sandwich en main. Il le lança par en dessous, comme une balle de softball. L'animal se rua en avant avec une promptitude ahurissante. Gant eut un bref aperçu de maxillaires et de crocs, et le sandwich s'évanouit. Il n'avait pas eu le temps de toucher le sol.

— Waouh, fit Harry.

Il était juste à côté de lui maintenant, reniflant sa cuisse et les pages du journal sur ses genoux. Il se félicita de n'avoir pas acheté un des exemplaires comestibles du *Long Distance Call.*

— Gentil, maintenant, dit-il à l'alligator qui commençait à se frotter le museau contre son pantalon. Gentil, sage...

Le reptile redressa de nouveau la tête, et Gant se figea, mains en l'air. Mais il ne le mordit pas : il se contenta de faire quelques pas de plus pour allonger son long museau en travers de ses jambes.

La tête du *manhattoe* reposait sur ses genoux. Il se tortilla un peu pour trouver la position idéale. En prévision d'une longue sieste, peut-être. Gant tourna la tête en quête d'un passant dont il puisse attirer l'attention. Pas de chance : il y avait de la circulation sur la 12e Avenue, mais aucun piéton suffisamment près pour l'entendre.

— Huh. Bon.

L'alligator avait le menton en travers du journal. Harry songea que si l'animal piquait vraiment un somme, il devrait pouvoir doucement dégager ses jambes. Peut-être. Mais il ne dormait pas ; il se contentait de rester là. Ne sachant pas quoi faire d'autre, Harry approcha une main hésitante du museau du *manhattoe* qui cligna des yeux mais ne protesta pas ; Harry tenta une timide caresse.

Un grondement léger monta du fond de sa gorge, comme le ronronnement d'un gros chat qui aurait de l'eau croupie dans la gueule. Encouragé, Harry continua à le caresser. L'animal battit des paupières et finit par fermer les yeux. On aurait dit qu'il ronflait. À titre d'expérience, Harry souleva sa jambe droite sur une fraction de centimètre.

L'alligator cessa de ronfler. Ses yeux s'ouvrirent d'un coup. Il avait l'air mécontent.

— D'accord, dit Harry Gant en recommençant à le caresser.

Pour passer le temps, il examina son nouvel ami. C'était vraiment un petit spécimen, ne dépassant pas 1,20 mètre du museau au menton. Une curieuse boîte noire avait apparemment été greffée sur son crâne. Un appareil de contrôle mental rudimentaire, désormais brisé, réduit au silence par le même torrent qui avait éjecté le reptile hors de sa tanière dans les égouts.

Son cuir pâle était couvert de cicatrices. L'albinisme

avait d'abord fait croire qu'il avait l'épiderme délicat, mais Gant vit que c'était faux ; la pauvre petite bête avait manifestement connu de durs moments. Alors qu'il détaillait la patte arrière du *manhattoe*, dont un morceau avait été arraché, Harry entendit de nouveau la voix de son père, en train de lui parler de l'évolution. Les alligators et les crocodiles, lui disait-il, étaient des créatures très anciennes apparues des millions d'années auparavant, à l'époque des premiers dinosaures, et leur espèce s'était perpétuée bien après la chute des lézards terribles. Même la race humaine n'avait pas été capable de les exterminer complètement. Pas encore.

— Survivant, articula Harry, soudain attendri par le reptile. Espèce de petit survivant.

Et l'idée lui vint à l'esprit : s'il y avait moyen de domestiquer ces bêtes-là, de les dresser pour ne pas mordre, peut-être les sélectionner un petit peu plus petits, ils feraient vraiment des animaux de compagnie épatants. Excitants pour les enfants, et avec une formidable accroche commerciale, par-dessus le marché : un genre de projet de sauvegarde d'une espèce en voie de disparition à domicile. Il avait à peine imaginé cela qu'une gamme complète de produits d'accompagnement commença à défiler dans son imagination : des aliments en boîte et des services vétérinaires pour *manhattoe* ; des écoles de dressage ; des tasses à café « I ♥ my *manhattoe* » ; des polos avec un alligator albinos en pochette...

Ouais.

Ouais.

— Quelle chouette idée, dit Harry Gant.

À mesure que son cerveau s'enflammait il sentait d'autres inspirations arriver, sortant de cet endroit du subconscient d'où viennent les flamants de jardin en plastique.

Le soleil du matin s'éleva au-dessus des gratte-ciel ravagés de la ville, apportant un nouvel éclat et un nouvel espoir. La journée s'annonçait décidément sous les meilleurs auspices, pensa Gant. Il était impatient de voir ce qu'il pourrait bien inventer ensuite.

Boston/Blairsville, Géorgie/Portland,
Maine, Février 1990-septembre 1994

Remerciements

Personne ne m'a aidée...

AYN RAND,
dans la postface d'*Atlas Shrugged*

Personne ne boucle un long roman tout seul, et celui-ci aura demandé plus de temps que la plupart. Beaucoup de gens m'ont aidée.

Tout d'abord, je tiens à remercier du fond du cœur mon père, dont la foi et la confiance signifient beaucoup pour moi, et dont la générosité m'épargne la nécessité d'un travail plus terre à terre. Melanie Jackson, Sue Dinan, Robbs Lippert, Mary Winifred Hood, Jeff Schawner, Lisa Vodra, Sonja Trent et toute la famille Trent ainsi que Jeanne Wells m'ont tous apporté un soutien moral lorsque j'en avais le plus besoin. Lisa Gold a été une amie constante et une source intarissable d'assistance, de conseils et d'encouragements. Tony Mulieri m'a prêté main-forte ici et là. Josh Spin a répondu sans s'émouvoir à mes questions concernant les virus sélectifs. John Piccolini et Nick Humez ont rafraîchi mon français et mon latin. Et Morgan Entrekin a oublié délai après délai pour ce qui devait au départ être un projet de deux ans et qui s'est étalé sur quatre et des poussières.

La caractérisation d'Ayn Rand et la description de sa philosophie proposées dans ces pages sont basées sur la lecture de ses romans *We the Living*, *La Source vive* et *Atlas Shrugged*, mais aussi sur *Judgement Day* de Nathaniel Branden, *The Passion of Ayn Rand* de Barbara Branden, *Objectivism* de Leonard Peikoff et *The Ayn Rand Lexicon* par Harry Binswanger. Le *Reality Isn't What It Used to Be* de Walter Truett m'a également été précieux à un stade où je savais ce que je voulais dire mais pas comment j'allais le mettre en forme. La plupart des détails concernant la vie et l'œuvre de Walt Disney proviennent de sa biographie par Leonard Mosley, *Disney's World*, mais le personnage de John Hoover est totalement fictif et n'est basé sur aucun savant existant, fou ou autre, que Disney aurait pu employer. De même, le super ordinateur GAZ ne comporte aucune ressemblance intentionnelle avec la moindre mécanique jamais construite, possédée, louée ou utilisée par Walt Disney, Roy Disney ou la très honorable corporation Disney.

L'*adoxographie* est « l'art de bien écrire sur des sujets triviaux », et en ce qui concerne ma science encyclopédique dans des domaines tels que la flotte de sous-marins de George Washington, je dois reconnaître ma dette vis-à-vis de l'inlassable travail documentaire d'adoxographes comme Robert Daley, William Poundstone, Cecil Adams, Neil Steinberg, Hal Morgan, Kerry Tucker, David Wallechinsky, et Irving et Amy Wallace.

Merci également au *New York Times*, journal d'exception, pour avoir confirmé que même dans un univers rationnel, « tiré par les cheveux » est une expression relative. Dans un article daté du 10 février

1935, le *Times* raconte l'histoire d'un groupe d'adolescents qui avait découvert un alligator de 2,30 mètres de long dans un égout d'Harlem, l'avait traîné jusque dans la rue et battu à mort à coups de pelles. Depuis ce jour, les responsables des travaux publics ont toujours refusé d'admettre l'existence des reptiles plus gros qu'une inoffensive tortue dans les égouts de New York, mais qui est dupe ?

M. R.
1996

Composition IGS.
Impression Société Nouvelle Firmin-Didot
à Mesnil-sur-l'Estrée, le 2 avril 2004.
Dépôt légal : avril 2004.
Numéro d'imprimeur : 67567.

ISBN 2-07-042608-4/Imprimé en France.

14671